D0591429

# LA TOUR SOMBRE **2**

## Les trois cartes

*Du même auteur*
*aux Éditions J'ai lu*

*La tour sombre :*

1 – Le Pistolero, *J'ai lu 11638*
2 – Les trois cartes, *J'ai lu 3037*
3 – Terres perdues, *J'ai lu 3243*
4 – Magie et cristal, *J'ai lu 5313*
5 – Les Loups de La Calla, *J'ai lu 7726*
6 – Le Chant de Susannah, *J'ai lu 8261*
7 – La Tour Sombre, *J'ai lu 8293*
La clé des vents, *J'ai lu 10541*

Les yeux du dragon, *J'ai lu 11826*

# STEPHEN KING

# LA TOUR SOMBRE 2

## Les trois cartes

Traduit de l'anglais (États-Unis)
par Gérard Lebec
Traduction revue et harmonisée
par Marie de Prémonville

Illustrations de Phil Hale

Collection dirigée par Thibaud Eliroff

À Don Grant, qui a misé
sur ces *romans*, un par un.

**Titre original :**
The Dark Tower
The Drawing of the Three

Publié avec l'autorisation de l'auteur
et de son agent, The Lotts Agency, Ltd.

© 1987, Stephen King
Première édition
Donald M. Grant, Publisher, Inc.
West Kingston, Rhode Island
Pour la traduction française :
© Éditions J'ai lu, 1991, 2004

# Sommaire

LE POUSSEUR

# Illustrations

# Argument

*Les Trois Cartes* est le deuxième tome d'un long récit, *La Tour Sombre*, qui puise ses racines dans un poème narratif de Robert Browning intitulé « Le Chevalier Roland s'en vint à la Tour Noire » (lui-même inspiré du *Roi Lear)*.

Le premier volume, *Le Pistolero*, raconte comment Roland, le dernier pistolero d'un monde qui a « changé », finit par rattraper l'homme en noir... un sorcier qu'il a poursuivi pendant très longtemps – *combien* de temps, nous ne le savons pas encore. Nous découvrirons par la suite que l'homme en noir est un certain Walter qui se prétendait l'ami du père de Roland, en ces jours où le monde n'avait pas encore changé.

Ce qui pousse Roland dans sa quête, ce n'est pas cette créature à demi humaine mais la Tour Sombre. L'homme en noir – et surtout ce qu'il *sait* – représente la première étape sur la route du Pistolero jusqu'à ce lieu de mystère.

Mais *qui* est Roland ? À quoi ressemblait son monde avant de « changer » ? Qu'est donc cette Tour et pourquoi est-il à sa recherche ? Nous n'avons que des fragments de réponses. Roland est un pistolero, une sorte de chevalier chargé d'assurer la pérennité de ce monde « d'amour et de lumière » dont il se souvient.

Nous savons que Roland, très tôt, a dû prouver qu'il était un homme, après avoir découvert que sa mère était devenue la maîtresse de Marten, un sorcier infiniment plus puissant que Walter (lequel, à l'insu du père de Roland, est en réalité l'allié de Marten) ; nous savons que Marten avait prévu la découverte de Roland, qu'il s'attendait à ce que ce dernier échoue et soit « envoyé à l'Ouest » ; enfin, nous savons que Roland est sorti vainqueur de cette épreuve.

Que savons-nous d'autre ? Que le monde du Pistolero n'est pas radicalement différent du nôtre. Des éléments tels qu'une pompe à essence, des chansons (« Hey Jude », par exemple) ou des comptines (« Fayots, fayots, fruits musicaux »...) ont survécu. Tout comme des coutumes et des rituels qui évoquent étrangement l'épopée de la conquête de l'Ouest.

D'une certaine manière, un cordon ombilical relie notre monde à celui du Pistolero. Dans un relais sur la route déserte empruntée par les diligences, au cœur du désert nu et stérile, Roland rencontre Jake, un jeune garçon qui est *mort* dans notre monde à nous. Un garçon qui fut en réalité poussé sous les roues d'une voiture par l'homme en noir, roi de l'ubiquité (et de l'iniquité). La dernière chose que Jake – qui se rendait à l'école, son cartable dans une main et son casse-croûte dans l'autre – se rappelle de son monde, *notre* monde – ce sont les roues d'une Cadillac qui fonce sur lui... et le tue.

Avant d'atteindre l'homme en noir, Jake meurt à nouveau... cette fois parce que le Pistolero, confronté à l'un des choix les plus douloureux de son existence, décide de sacrifier ce fils symbolique. Entre la Tour et l'enfant – la damnation et le salut ? –, Roland opte pour la Tour.

« Allez-vous-en, lui dit Jake avant de plonger dans l'abîme. Il existe d'autres mondes que ceux-ci. »

La confrontation finale entre Roland et Walter survient dans un golgotha poussiéreux rempli de squelettes. L'homme en noir lit l'avenir de Roland dans un jeu de tarots. Ces cartes – qui montrent les personnages du Prisonnier, de la Dame d'Ombres et une figure ténébreuse qui n'est autre que la Mort (« Mais pas pour toi, pistolero », lui dit l'homme en noir) sont des oracles qui deviennent le fil conducteur de ce volume... et, pour Roland, la deuxième étape sur la route longue et ardue qui mène à la Tour Sombre.

*Le Pistolero* s'achève quand Roland, assis sur la plage bordant la Mer Occidentale, regarde le soleil se coucher. L'homme en noir est mort, l'avenir du Pistolero lui-même demeure obscur. *Les Trois Cartes* commence sur cette même plage, moins de sept heures plus tard.

# 19

# RENOUVEAU

# PROLOGUE

# LE MARIN

Le Pistolero émergea d'un rêve trouble qui ne semblait constitué que d'une seule image : celle du Marin, une lame du Tarot dans laquelle l'homme en noir avait déchiffré (ou prétendu déchiffrer) son avenir gémissant.

*Il se noie, pistolero*, disait l'homme en noir, *et personne ne lui lance de bouée. C'est ce garçon, Jake.*

Mais cela n'avait rien d'un cauchemar. C'était un bon rêve. Bon parce que c'était *lui* qui se noyait, ce qui signifiait qu'il n'était pas Roland mais Jake. Il en fut soulagé parce qu'il valait bien mieux se noyer dans la peau de Jake que de vivre dans la sienne, celle d'un homme qui, pour un rêve glacé, avait trahi un enfant qui lui avait fait confiance.

*Parfait, je vais me noyer*, se dit-il, attentif au rugissement de l'océan. *Ainsi soit-il.*

Mais ce vacarme n'était pas celui du large et de ses abîmes ; de l'eau, certes ; mais qui se raclait la gorge, une gorge encombrée de graviers. Était-ce lui, le Marin ? Si oui, pourquoi la terre ferme était-elle si proche ? En fait, n'était-il pas *sur* le rivage ? Il ressentait comme…

Une eau glaciale détrempait ses bottes, montait à l'assaut de ses cuisses, de ses parties. Ses yeux s'ouvrirent, et ce qui l'arracha à son rêve n'était ni ses couilles gelées, subitement rétrécies à la taille de deux noix, ni l'horreur qui surgissait sur sa droite… mais la pensée de ses armes… de ses armes et, plus essentiel encore, de ses cartouches. On pouvait en peu de temps démonter des pistolets, les essuyer, les huiler, les réessuyer, les rehuiler, puis les remonter. Mais les cartouches qui avaient pris l'eau étaient comme des allumettes mouillées : ou bien elles pourraient encore servir, ou bien elles étaient bonnes à jeter.

L'horreur était une créature progressant au ras du sol et qui avait dû être rejetée sur la grève par la vague précédente. Elle traînait péniblement sur le sable un corps luisant d'humidité, mesurait son bon mètre, était encore distante de quatre environ, et posait sur Roland le regard morne de ses yeux pédonculés. Son long bec denté s'ouvrit et ce qui s'en échappa ressemblait étrangement à des sons humains : une voix plaintive, désespérée même, qui interrogeait le Pistolero dans une langue étrangère :

— *Est-ce que chèque ? A-ce que châle ? Eut-ce que chule ? I-ce que chic ?*

Le Pistolero avait déjà vu des homards. Ce n'en était pas un, bien qu'il ne vît pas à quelle autre famille que les crustacés cet animal aurait pu être apparenté. La créature ne semblait pas avoir peur de lui, et il ne savait pas si elle était dangereuse ou non. La confusion qui régnait dans son esprit ne l'inquiétait pas outre mesure – cette incapacité temporaire à se rappeler où il était et comment il était arrivé en ces lieux, s'il avait rattrapé l'homme en noir ou n'avait fait que le rêver. Il savait seulement qu'il lui fallait au plus vite sortir de l'eau avant que ses munitions ne soient noyées.

Il entendit s'enfler le rugissement graveleux des flots et détourna les yeux de la créature (elle s'était arrêtée, levant des pinces dont elle ne s'était servie jusqu'ici que pour se tracter en avant. Elle évoqua au Pistolero une vision absurde, celle d'un boxeur prêt à l'attaque, dans cette pose que Cort appelait Posture d'Honneur). Son regard se porta sur la frange ourlée d'écume de la vague suivante.

*Cette chose entend les vagues*, pensa le Pistolero. *Quoi que ce soit, c'est pourvu d'oreilles*. Il voulut se relever mais ses jambes, trop engourdies, se dérobèrent.

*Je suis toujours dans mon rêve*, songea-t-il. Mais, si troublé qu'il fût, une telle hypothèse était trop tentante pour être vraiment crédible. Il fit un nouvel essai pour se redresser, y parvint presque, puis retomba sur le dos. La vague allait déferler. Le temps manquait de nouveau. Il fallait qu'il se déplace presque de la même manière que la créature à sa droite : les deux mains plantées dans la grève et tirant le poids mort de ses jambes et de ses fesses loin du flot montant.

Il ne s'éloigna pas assez pour éviter totalement la vague mais se trouvait suffisamment hors d'atteinte pour que l'eau ne recouvre que ses bottes. Elle lécha ses jambes jusqu'en dessous des genoux, puis battit en retraite. *Peut-être que la première vague n'est pas montée aussi haut que je le pensais*, se prit-il à espérer.

Une demi-lune brillait dans le ciel. Elle était voilée par la brume, mais sa clarté restait suffisante pour lui révéler la couleur trop sombre de ses étuis. Les revolvers pour le moins avaient été mouillés. Impossible de déterminer la gravité des choses, toutefois, ni de savoir si les balles dans les barillets et dans les ceinturons avaient elles aussi souffert. Avant de vérifier, il lui fallait s'extirper de l'eau. Il fallait…

— *O-ce que choc ?*

Beaucoup plus près, cette fois. Dans son angoisse de voir ses munitions trempées, il avait fini par oublier la créature rejetée par les flots. Il regarda autour de lui et vit qu'elle se trouvait à moins d'un mètre, pattes accrochées aux galets, tirant vers lui sa carapace encroûtée de sable, soulevant son corps charnu, hérissé, qui, un instant, évoqua celui d'un scorpion – à ceci près que Roland ne vit nul dard à l'autre extrémité.

Nouveau rugissement, plus fort encore. La bête s'arrêta aussitôt, se redressa, pinces en garde dans sa singulière version de la Posture d'Honneur.

La vague était plus grosse. Roland recommença de se traîner sur la grève et, quand il tendit les mains, la créature jaillit à une vitesse que sa lenteur précédente ne laissait pas soupçonner.

Le Pistolero ressentit une vive onde de souffrance dans la main droite mais il n'avait guère le temps de s'y attarder. Il prit appui sur les talons de ses bottes détrempées, s'agrippa des deux mains et réussit à échapper à la vague.

— *I-ce que chic ?* s'enquit le monstre de cette voix plaintive qui semblait répéter interminablement : *Vas-tu m'aider, oui ou non ? Es-tu insensible à mon désespoir ?* Et Roland vit disparaître l'index et le majeur de sa main droite dans le bec denté. La créature réitéra son assaut et, cette fois, Roland n'eut que le temps de relever sa main dégoulinante de sang pour sauver les autres doigts.

— *Eut-ce que chule ? A-ce que châle ?*

Le Pistolero se releva, chancelant. La créature déchira la toile gorgée d'eau de son jean, cisailla une botte dont le vieux cuir, bien que souple, n'en avait pas moins la résistance du métal, et préleva un morceau de chair sur le bas du mollet.

Il dégaina de sa main droite. Ce n'est que lorsqu'il vit le revolver tomber sur le sable qu'il s'aperçut que deux de ses doigts manquaient pour accomplir cet antique cérémonial de mort.

La monstruosité se tourna vers l'objet tombé avec un claquement de bec avide.

— Non, saleté ! grogna Roland qui lui décocha un coup de pied.

Ce fut comme s'il avait frappé un rocher… mais un rocher qui aurait mordu. Le bout de sa botte fut nettement sectionné, ainsi que la majeure partie de son gros orteil. La botte entière lui fut arrachée du pied.

Il se baissa et ramassa l'arme. Elle lui échappa et il jura, avant de réussir finalement à la prendre en main. Ce qui jadis avait été si simple qu'il n'avait même pas à y réfléchir se transformait à présent en prouesse de jongleur.

Tassée sur la botte du Pistolero, la créature la déchiquetait tout en poursuivant le charabia ininterrompu de ses questions. Une lame roula vers la grève, et l'écume qui frangeait sa crête était d'une pâleur cadavérique dans la clarté du demi-disque lunaire. L'homarstruosité cessa de s'acharner sur sa prise et leva de nouveau les pinces dans sa pose de boxeur.

Roland dégaina de la main gauche, pressa trois fois la détente.

*Clic... clic... clic...*

Il était maintenant fixé sur les balles des barillets.

Il rengaina le pistolet de gauche. Pour celui de droite, ce fut une autre affaire : il dut faire pivoter le canon de l'autre main avant de le lâcher au-dessus de l'étui pour le laisser reprendre sa place. Le bois dur des crosses était visqueux de sang ; ce même sang qui tachait aussi le cuir de l'étui et le jean. Il jaillissait des moignons qui remplaçaient maintenant ses deux doigts manquants.

Son pied droit abondamment mâchonné était encore trop engourdi pour faire mal, mais sa main droite était un incendie de douleur. Les spectres de ses doigts autrefois si talentueux et rompus à leur art – ces doigts qui se décomposaient déjà dans les sucs digestifs du monstre – hurlaient qu'ils étaient toujours là, et se tordaient dans le martyre des flammes.

*Je pressens de sérieux ennuis*, songea faiblement le Pistolero.

La vague reflua. La monstruosité abaissa ses pinces, ouvrit un nouveau trou dans la botte du Pistolero puis décida que le propriétaire de ladite botte était infiniment plus succulent que ce morceau de cuir mort qu'elle venait de détacher.

— *Eut-ce que chule ?* s'enquit l'animal en se ruant à nouveau sur lui, toujours à la même vitesse, effroyable.

Le Pistolero battit en retraite, porté par des jambes qu'il sentait à peine et prenant conscience d'avoir affaire à une créature douée de quelque intelligence. Prudente dans son approche, elle devait l'avoir déjà guetté de loin sur la grève, pour mieux s'informer des capacités de cette proie éventuelle. Si la vague ne l'avait pas réveillé, elle lui aurait probablement arraché la figure pendant qu'il était encore plongé dans son rêve. Maintenant, la créature s'était fait une opinion : ce gibier s'avérait non seulement délicieux mais des plus vulnérables. Une proie facile.

Elle était presque sur lui, cette horreur de plus d'un mètre de long, haute d'une bonne trentaine de centimètres, pesant dans les trente-cinq kilos. Elle semblait mue par un instinct carnassier aussi puissant que celui de David, le faucon de sa jeunesse... mais sans les vestiges de loyauté du noble oiseau.

Le talon du Pistolero rencontra une pierre qui affleurait sous le sable et il chancela, tombant presque à la renverse.

— *O-ce que choc ?* demanda la chose – avec sollicitude, sembla-t-il –, tenant le Pistolero sous le regard oscillant de ses yeux pédonculés et tendant vers lui ses pinces...

Puis une vague déferla, et les pinces remontèrent en Posture d'Honneur. Elles se mirent toutefois à trembler imperceptiblement, et Roland comprit que c'était une réponse au bruit du ressac. Puis le bruit faiblit peu à peu.

Toujours à reculons, le Pistolero enjamba la pierre sur laquelle il avait failli tomber puis se baissa au moment où la vague se fracassait sur les galets, dans un grondement infernal. Sa tête n'était qu'à quelques pouces du faciès d'insecte de la chose et l'une des pinces aurait fort bien pu lui arracher les yeux, mais l'une et l'autre, pareilles à des poings crispés, restaient levées de part et d'autre de son bec de perroquet.

Les mains du Pistolero se tendirent vers la pierre. Elle était de belle taille, à demi enfouie dans le sable, et sa main mutilée se tordit de douleur quand les grains et les arêtes tranchantes travaillèrent la chair à vif. Mais il parvint à desceller le bloc et le souleva, tandis que ses lèvres se retroussaient haut sur les gencives dans un rictus de souffrance.

— *A-ce que...* commença le monstre, rabaissant ses pinces et les ouvrant alors que la vague se brisait, que le vacarme refluait.

De toutes ses forces, le Pistolero projeta la pierre.

Le dos segmenté de la créature se fracassa. Pattes et pinces s'agitèrent convulsivement sous la masse qui l'accablait. L'arrière-train se soulevait et retombait, se soulevait et retombait. De bourdonnantes explosions de douleur se substituèrent aux questions. Elle rouvrit ses pinces pour les refermer sur le vide. Son semblant de bec claqua en n'attrapant plus que des grains de sable et des galets.

Et pourtant, quand la vague suivante s'approcha de la grève, l'homarstruosité tenta une fois de plus de redresser les pinces, et ce fut alors que la botte valide du Pistolero lui écrasa la tête. Le bruit ressemblait à celui d'une poignée de brindilles que l'on froisse. Un liquide épais gicla sous le talon de Roland et se projeta dans deux directions. Ça avait l'air noir. La créature s'arqua, se tordit, frénétique. Le Pistolero pesa de tout son poids.

Une vague déferla.

Les pinces de l'horreur se soulevèrent… de trois, quatre centimètres, tremblèrent puis retombèrent, s'ouvrant et se fermant par saccades.

Roland souleva sa botte. Le bec denté, qui l'avait amputé à vif d'un orteil et de deux doigts, s'ouvrit avec lenteur puis, tout aussi lentement, se referma. Une antenne gisait brisée sur le sable. L'autre vibrait sans plus de raison.

Il écarta la pierre du pied, effort qui lui arracha un gémissement, puis longeant par la droite le corps de la créature, y imprima méthodiquement sa botte gauche, section par section, broyant la carapace, éclaboussant le sable gris foncé d'entrailles livides. Le monstre était mort et bien mort, mais n'allait pas s'en tirer à si bon compte. De toute son étrange existence, le Pistolero n'avait jamais été si fondamentalement atteint, et tout s'était passé de façon si inattendue.

Il continua de broyer le cadavre de son agresseur jusqu'au moment où il vit le bout d'un de ses doigts dans la bouillie acide, vit sous l'ongle la blanche poussière du golgotha, là où lui et l'homme en noir avaient tenu leur longue, très longue palabre. Puis il se détourna et vomit.

Il retourna vers l'océan tel un ivrogne, crispant sa main blessée contre le tissu de sa chemise, se retournant de temps à autre pour voir si la créature n'était pas toujours en vie, comme ces guêpes qu'on écrase encore et encore et qui pourtant se tortillent toujours, assommées mais pas mortes. Pour s'assurer qu'elle ne le suivait pas, ne le poursuivait pas de sa voix lugubre et désespérée, de ses incompréhensibles interrogations.

Il s'arrêta au milieu de la plage, chancelant, et contempla les galets jonchés de varech à l'endroit même où il était revenu à lui, tandis que les souvenirs remontaient dans sa mémoire. Il avait apparemment sombré dans le sommeil juste en dessous de la ligne laissée sur la grève par les plus hautes marées. Puis il ramassa sa bourse et sa botte déchirée.

Dans la lumière glabre de la lune, il vit d'autres créatures comme celle qui l'avait attaqué, et dans la césure entre une vague et une autre, entendit résonner leurs questions.

Pas à pas, le Pistolero recula jusqu'à l'herbe qui succédait aux galets. Là, il s'assit et fit tout ce qu'il savait devoir faire : il sacrifia ses derniers restes de tabac, s'en saupoudra les moignons des doigts et de l'orteil pour arrêter l'hémorragie, sans lésiner sur l'épaisseur de l'emplâtre. Il demeura sourd au nouvel assaut de douleur cuisante (son gros orteil s'était joint au chœur hurlant des absents). Puis il resta assis, couvert de sueur dans la fraîcheur nocturne, s'interrogeant sur l'infection, s'interrogeant sur la manière dont il allait se débrouiller dans ce monde avec deux doigts de sa main droite en moins (celle qui avait toujours prévalu, sauf quand il usait des deux mains pour jouer de ses armes), s'interrogeant sur l'éventuel venin qu'avaient pu lui injecter les dents de la créature et qui risquait déjà de se diffuser en lui, se demandant enfin s'il verrait jamais se lever un nouveau matin.

# LE PRISONNIER

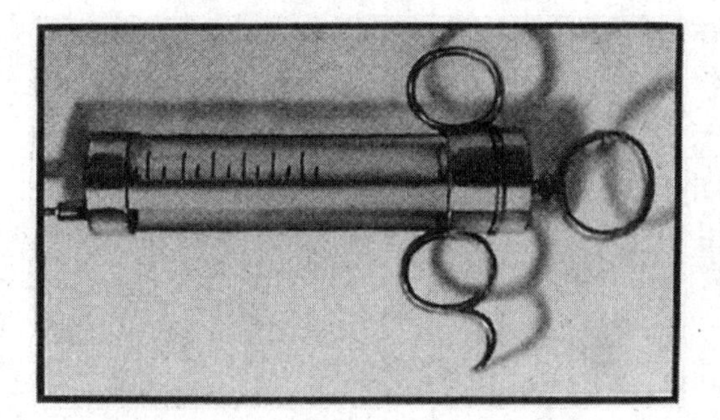

# Chapitre 1

# LA PORTE

## 1

*Trois. C'est le chiffre de ton destin.*

Trois ?

*Oui, le trois est mystique. Le trois est au cœur de ta quête. Plus tard viendra un autre chiffre. Le chiffre* d'aujourd'hui *est le trois.*

Quel trois ?

*On ne voit qu'une partie des choses, et ainsi s'obscurcit le miroir de la prophétie.*

Dis-moi ce que tu peux.

Le premier est jeune, les cheveux noirs. Il se tient au bord du gouffre, le gouffre du vol et du meurtre. Un démon l'a envahi. Le nom de ce démon est HÉROÏNE.

Quel genre de démon ça peut être ? Je ne le connais pas, même dans les leçons de mon tuteur.

*Il voulut parler mais n'avait plus de voix. Et la voix de l'oracle, cette Catin stellaire, cette Pute des Vents, s'était tue elle aussi. Il vit tomber une carte, voltigeant de nulle part à nulle part, tournant et retournant, paresseuse. Un babouin, souriant de toutes ses dents, se tenait sur l'épaule d'un jeune homme. Ce dernier levait la tête, les traits déformés par une représentation stylisée de l'effroi et de l'horreur. En y regardant de plus près, le Pistolero remarqua que le babouin était armé d'un fouet.*

*Le prisonnier*, chuchota l'homme en noir (un homme en qui le Pistolero avait jadis eu confiance et qui s'appelait alors Walter). *Un tantinet dérangeant, non ? Un tantinet dérangeant...*

## 2

Le Pistolero s'éveilla en sursaut, interposant la protection dérisoire de sa main mutilée, sûr qu'un des monstrueux crustacés de la Mer Occidentale allait lui tomber dessus d'un instant à l'autre, le harceler désespérément dans sa langue étrangère tout en lui arrachant la figure.

Mais ce n'était qu'une mouette attirée par le jeu du soleil matinal sur les boutons de sa chemise. Effrayée par son geste, elle vira sur l'aile dans un cri paniqué.

Roland s'assit.

Des élancements dans la main, atroces, sans fin. La même chose dans le pied droit. Deux doigts et un orteil hurlant avec insistance qu'ils étaient toujours là. Une moitié de chemise disparue et ce qui en restait ressemblant à une veste en loques. Il en avait arraché un morceau pour se bander la main, l'autre pour se bander le pied.

*Allez-vous-en*, dit-il aux absents, à ses deux doigts, à son orteil. *Vous n'êtes plus que des fantômes. Allez-vous-en.*

Cela lui fit du bien... enfin, vaguement. C'étaient des fantômes, oui, mais des fantômes pleins de vitalité.

Il mangea de la viande séchée. Sa bouche n'en voulait guère, son estomac encore moins. Il se força. Quand il la perçut à l'intérieur de son corps, il se sentit un peu plus solide. Oh pas beaucoup, toutefois : il était bien près du fond.

Néanmoins il fallait agir.

Il se leva, chancelant, promena un regard autour de lui. Partout des oiseaux tournoyaient et plongeaient, mais il semblait partager avec eux l'exclusive propriété du monde. Les monstres à pinces n'étaient plus en vue. Peut-être s'agissait-il d'une espèce nocturne, ou portée par la marée. Pour l'heure, la distinction semblait sans importance.

La mer était énorme, se perdant à l'horizon dans des brumes bleuâtres, toute frontière entre elle et le ciel s'était effacée. Le Pistolero la contempla pendant un long moment, oubliant de souffrir. Il n'avait jamais vu tant d'eau. Il en avait bien sûr entendu parler, enfant, dans des contes, ou par ses maîtres – certains, en tout cas, l'avaient formellement attestée –, mais voir ce spectacle pour de vrai, cette immensité, cet éblouissement liquide après tant d'années de terres arides, voilà qui était difficilement acceptable… difficile à supporter, même.

Il la regarda longtemps, extasié, tout son corps n'était plus que regard, noyant momentanément sa douleur dans l'émerveillement.

Mais c'était le matin et il restait à faire.

Il chercha la mâchoire dans sa poche arrière, prit soin d'en approcher la main par la paume, afin d'éviter aux moignons tout contact avec l'os s'il était toujours là. Les sanglots infinis de la chair à vif se transformèrent néanmoins en hurlements insoutenables.

La mâchoire était là.

Parfait.

Ensuite :

Il déboucla non sans mal les ceinturons et les posa au soleil sur un rocher. Puis il prit les pistolets, en bascula les barillets, éjecta les balles inutiles. Un oiseau mit le cap sur la brillance de l'une d'elles, la ramassa ; puis il s'en désintéressa et reprit son essor.

Les revolvers mêmes réclamaient ses soins, les auraient réclamés en priorité si, dans ce monde comme dans tout autre, une arme à feu sans munitions n'était devenue aussi efficace qu'une matraque ou une massue. Il reprit donc les ceinturons, se bornant d'abord à les étaler sur ses genoux, laissant courir sur le cuir les doigts de sa main gauche.

Les ceinturons étaient trempés, depuis les boucles et les pattes de fixation jusqu'au point où ils se croisaient sur les hanches. À partir de là, le cuir était sec. Soigneusement, il extirpa les cartouches des alvéoles épargnées. Sa main droite exigeait de participer à l'ouvrage, oublieuse de son infirmité malgré la douleur, et il se surprit à la ramener sans cesse sur son genou comme un chien trop stupide ou trop obstiné pour rester au pied. Il fut à plusieurs reprises à deux doigts de s'administrer une tape sur la main.

*Je pressens de sérieux ennuis*, songea-t-il une fois de plus.

De ces balles qu'il espérait encore bonnes il fit un tas, tellement réduit que c'en était décourageant. Vingt. Dont certaines feraient long feu, presque à coup sûr. Il ne pouvait compter sur aucune. Il ôta les autres et en fit un second tas. Trente-sept.

*Bon. Tu n'avais pas de quoi soutenir un siège, de toute manière*, se dit-il, néanmoins sensible à l'énorme différence entre cinquante-sept balles fiables et… combien ? Vingt ? Dix ? Cinq ? Une ? Zéro, peut-être.

Il avait toujours sa bourse. C'était déjà ça. Il la posa sur les genoux et, lentement, entreprit de démonter les pistolets pour procéder au rituel du nettoyage. Deux heures s'étaient écoulées quand il termina enfin son travail. La douleur avait crû en intensité au point que la tête lui tournait, que toute pensée consciente présentait des difficultés insurmontables. Il avait sommeil. De sa vie entière, jamais il n'avait autant désiré dormir. Mais dans l'accomplissement du devoir, on ne pouvait accepter aucun prétexte pour se désister.

— Cort, dit-il d'une voix qu'il ne reconnut pas, puis il eut un rire sec.

Lentement, lentement, il remonta les revolvers, puis il les rechargea, puisant sur le tas de cartouches présumées sèches. Cela fait, il prit celui conçu pour sa main gauche, l'arma… puis, progressivement, rabaissa le chien. Il voulait savoir, oui. Savoir si presser la détente produirait une détonation satisfaisante ou seulement un nouveau clic inutile. Mais qu'aurait-il appris d'un clic ? Rien. Et d'une détonation ? Seulement que le nombre de ses balles s'était réduit de vingt à dix-neuf… ou de cinq à quatre… Peut-être même venait-il de gaspiller la dernière.

Il déchira un autre morceau de sa chemise, y plaça les munitions touchées par l'eau et noua les pans du tissu, utilisant à la fois ses dents et sa main gauche. Puis il rangea le paquet dans son sac.

*Dors*, exigea son corps. *Dors, il le faut, maintenant, avant qu'il ne fasse noir. Tu es à bout de forces...*

Il se releva et laissa remonter son regard sur la grève déserte. Elle avait la couleur d'un sous-vêtement trop longtemps tenu à l'écart de la lessive, et les coquilles qui la jonchaient se fondaient dans sa grisaille. Çà et là, saillant d'un sable grossier mêlé de galets, de gros rochers couverts de guano voyaient leurs anciennes couches, d'un jaune de dents fossiles, éclaboussées de blanc par les déjections plus fraîches.

Un cordon d'algues matérialisait la frontière des hautes eaux. Juste au-dessus de cette ligne, il vit des morceaux de sa botte droite et ses deux outres. C'était presque un miracle, songea-t-il, que ces dernières n'aient pas été emportées par les plus fortes vagues. Il se dirigea vers elles comme s'il marchait sur des œufs, boitant de manière prononcée. Il ramassa l'une des sacoches et la secoua. Si l'autre était vide, celle-ci contenait à l'évidence encore un peu d'eau. Bien des gens n'auraient pas fait la différence mais, pour le Pistolero, ces outres étaient depuis si longtemps ses compagnes de voyage qu'il n'aurait jamais pu les confondre, telle une mère incapable de confondre ses jumeaux. Il entendit le précieux liquide glouglouter à l'intérieur, don miraculeux. La créature qui l'avait attaqué – ou l'une de ses congénères – aurait facilement pu déchirer l'une ou l'autre de ces outres d'un simple coup de pince ou de bec. Mais monstres et marée, instruments du destin, s'étaient montrés cléments. De la créature même il ne restait trace, alors qu'elle avait trouvé la mort bien au-dessus de la limite des hautes eaux. Il se pouvait que d'autres prédateurs l'aient emportée, ou encore ses semblables pour des funérailles en mer – à l'instar des *olipbontes*, ces géants du bestiaire légendaire dont Roland, enfant, avait entendu dire qu'ils enterraient leurs morts.

Il souleva l'outre sur son coude gauche, but abondamment et sentit quelque énergie revenir en lui.

Sa botte droite était bien sûr dans un état lamentable mais une étincelle d'espoir jaillit en lui quand il la regarda de plus près. La chaussure même était entière – labourée, marquée, mais entière – et il serait peut-être possible, en coupant l'autre, de les apparier, d'en faire quelque chose qui durerait au moins quelque temps.

L'évanouissement le gagna. Il lutta contre lui mais ses genoux lâchèrent et il se retrouva assis par terre en train de se mordiller stupidement la langue.

*Tu ne vas pas tomber dans les pommes !* s'admonesta-t-il. *Pas ici, où un autre de ces monstres serait bien fichu de revenir cette nuit finir le boulot.*

Il se releva, attacha l'outre vide autour de sa taille, et n'avait pas fait plus de trente pas vers l'endroit où il avait laissé ses revolvers et sa bourse quand il s'écroula de nouveau, à demi inconscient. Il resta étendu là un bon moment, une joue collée au sable, le bord d'un coquillage mordant sa chair, assez profond pour en tirer du sang. Puis il réussit à boire une gorgée d'eau et reprit sa progression, en rampant. Vingt mètres plus haut sur la pente, il y avait un arbre de Josué – rabougri, mais susceptible d'offrir au moins un peu d'ombre.

Vingt mètres firent à Roland l'effet de vingt lieues.

Toutefois, non sans mal, il finit par pousser les maigres vestiges de ses biens dans la flaque d'ombre et s'y renversa sur le dos, s'enfonçant déjà dans ce qui pouvait être le sommeil, un évanouissement ou la mort. Il interrogea le ciel, essayant de se faire une idée de l'heure. Pas encore midi mais l'exiguïté de son havre de fraîcheur lui en montrait la proximité. Il résista encore un peu, le temps d'amener son bras droit à la hauteur de ses yeux, d'y chercher les rouges lignes témoins de l'infection, du poison qui filtrait lentement mais sûrement vers le centre de son corps.

Sa paume était d'un rouge éteint. Mauvais signe.

*Je me suis toujours branlé de la main gauche*, pensa-t-il. *C'est déjà ça.*

Puis les ténèbres se refermèrent sur lui et il dormit pendant les seize heures suivantes avec, dans ses oreilles et dans ses rêves, l'incessant fracas de la Mer Occidentale.

## 3

Quand le Pistolero se réveilla, la mer était encore plongée dans l'ombre mais une vague lueur montait dans le ciel à l'est. Le matin était en route. Il se redressa. Des vagues de vertige l'assaillirent et faillirent le renvoyer au sol.

Il baissa la tête et attendit.

Quand le malaise fut passé, il regarda sa main. Aucun doute, c'était infecté : rouge, enflé, prenant toute la paume et le poignet. Pas plus haut pour l'instant, mais il distinguait l'esquisse d'autres lignes qui finiraient par atteindre le cœur, et par le tuer.

*Il me faut un médicament. Mais où en trouver ici ?*

N'était-il venu si loin que pour y mourir ? Jamais ! Et s'il devait périr malgré sa détermination, ce serait au moins sur le chemin de la Tour.

*Quel être d'exception tu fais, pistolero ! Comme tu es indomptable*, ricana la voix de l'homme en noir dans sa tête. *Romantique dans ta stupide obsession !*

— Va te faire foutre, croassa-t-il, puis il but.

Il ne restait pas grand-chose. Il avait toute une mer en face de lui, de l'eau, de l'eau partout, et pas une goutte à boire. *Allez, passe à autre chose !*

Il boucla ses ceinturons, attacha les étuis à ses cuisses – manœuvre qui dura si longtemps que quand il eut fini, les premières lueurs de l'aube éclairaient déjà le ciel de l'après-nuit – et tenta alors de se mettre debout. Il lui fallut attendre d'y être arrivé pour avoir la conviction que c'était faisable.

S'accrochant de la main gauche à l'arbre de Josué, il ramassa l'outre pas tout à fait vide, la prit en bandoulière, puis répéta l'opération avec le sac. Quand il se redressa, une faiblesse le submergea une nouvelle fois. Il courba la tête et attendit, tendu, déterminé à vaincre.

Le malaise passa.

Du pas zigzaguant d'un homme au dernier stade de l'ivresse ambulatoire, le Pistolero redescendit vers la plage. Il s'y planta face à l'océan couleur vin de mûre et sortit de sa bourse la dernière lanière de viande séchée, qu'il mangea à moitié. Sa bouche et son estomac se montrèrent cette fois un peu moins difficiles. Puis le Pistolero se retourna et commença de grignoter l'autre moitié en regardant le soleil se lever au-dessus des montagnes où Jake avait péri – comme s'il s'accrochait d'abord aux arêtes cruelles et dénudées des sommets avant de s'élever enfin bien au-dessus des cimes.

Roland offrit son visage à la caresse du soleil, ferma les yeux et sourit. Il termina sa viande.

Et pensa :

*Parfait. Je n'ai plus rien à manger maintenant. J'ai deux doigts et un orteil de moins qu'à ma naissance. Je suis un pistolero dont les balles pourraient très bien refuser de partir. Je suis malade parce que j'ai été mordu par un monstre et je ne dispose d'aucun remède. Avec un peu de chance, j'ai encore de l'eau pour un jour. Je suis peut-être capable de couvrir quatre ou cinq lieues, mais seulement si je bats le rappel de mes ultimes ressources. Bref, je suis un homme au bord de n'importe quoi.*

Quelle direction prendre ? Il venait de l'est et ne pouvait poursuivre vers l'ouest sans les pouvoirs d'un saint ou d'un sauveur. Restaient le nord et le sud.

*Le nord.*

Telle fut la réponse que lui dicta son cœur. Une réponse sans l'ombre d'une interrogation.

Le nord, donc.

Le Pistolero se mit en marche.

## 4

Il marcha trois heures, tomba deux fois, et la seconde il crut ne jamais devoir se relever. Puis une vague monta vers lui, assez près pour lui rappeler ses armes, et il fut debout d'un bond, sur des jambes qui vibraient comme s'il chevauchait des échasses.

Il se dit qu'il avait peut-être marché sur un peu plus d'une lieue durant ces trois heures. Le soleil commençait à chauffer, mais pas assez pour expliquer le martèlement du sang dans son crâne ou la sueur qui lui ruisselait sur le visage, pas plus que la brise marine n'était assez forte pour justifier ces frissons qui le saisissaient de temps à autre, lui donnaient la chair de poule et le faisaient claquer des dents.

*La fièvre, pistolero*, ricana l'homme en noir. *Ce qui restait de toi s'est embrasé.*

Le rouge faisceau de l'infection était à présent plus net, remontant du poignet jusqu'au renflement de l'avant-bras.

Il couvrit un autre mille et vida sa deuxième outre, puis il l'attacha alors autour de sa taille avec l'autre. Le paysage était désagréablement monotone : la mer à sa droite, les montagnes à sa gauche, le sable gris jonché de coquilles sous la semelle de ses bottes rognées. Et le va-et-vient des vagues. À l'affût d'éventuelles homarstruosités, il n'en vit aucune. Il sortait de nulle part, cheminait vers nulle part, venu d'un autre temps, ayant atteint, semblait-il, un terme inutile.

Peu avant midi, nouvelle chute, et la certitude que c'était la dernière. Ici, donc. La fin, après tout.

À quatre pattes, il redressa la tête, boxeur groggy… et plus loin, peut-être à un mille, peut-être à trois – difficile d'évaluer les distances sur cette bande de sable au décor immuable, avec la fièvre qui le travaillait au corps, et faisait jaillir les globes de ses yeux hors de leurs orbites –, il vit quelque chose de vertical qui tranchait sur la grève.

Quoi ?

*(trois)*

Aucune importance.

*(c'est le chiffre de ton destin)*

Il réussit à se remettre debout, croassa quelque chose – plainte que, dans leurs cercles incessants, les oiseaux marins seuls purent entendre *(et le plaisir qu'ils auraient à m'arracher les yeux de la tête*, songea-t-il, *l'aubaine ! Un tel morceau de choix !)* – puis reprit sa marche, dans des zigzags de plus en plus prononcés, dessinant derrière lui boucles et méandres.

Son regard restait rivé sur cette chose verticale droit devant. Quand ses cheveux lui tombaient dans les yeux, il les rejetait en arrière. Ça ne semblait ni grandir ni se rapprocher. Le soleil atteignit la clé de voûte du ciel et parut s'y attarder bien trop longtemps. Roland s'imagina retourné dans le désert, quelque part entre la bicoque du dernier frontalier

*(fruits musicaux, plus t'en manges, plus tu joues du pipeau)*

et le relais où le gamin

*(ton Isaac)*

avait attendu sa venue.

Ses genoux plièrent, se raidirent, plièrent et se raidirent encore. Quand ses cheveux revinrent obstruer son champ de vision, cette fois il ne prit même plus la peine de les écarter ; il n'en avait plus la force. Il continua de fixer l'objet qui projetait maintenant une ombre étroite vers les hauteurs et continua de marcher.

À présent, il avait fini par comprendre, fièvre ou pas, ce dont il s'agissait.

C'était une porte.

Moins d'un quart de mille l'en séparait quand ses genoux faiblirent de nouveau. Il ne put cette fois se redresser à temps et tomba. Sa main droite griffa le sable et les deux moignons s'indignèrent du contact avec cette substance abrasive qui arrachait leur chair à vif. Ils recommencèrent de saigner.

Il poursuivit donc à quatre pattes, les oreilles résonnant du cycle répété de ruées, de rugissements et de replis de la Mer Occidentale. Il progressait sur les coudes et les genoux, creusant de profondes ornières au-dessus de la guirlande de varech marquant la laisse de haute mer. Il se dit qu'un vent fort devait toujours souffler – sinon pourquoi aurait-il continué de trembler ainsi ? – mais il ne percevait nul autre déplacement d'air que les bourrasques rauques, happées et rejetées par ses poumons.

La porte se rapprocha.

Se rapprocha encore.

Enfin, vers trois heures dans l'après-midi de cette longue journée de délire, tandis que son ombre commençait de s'étirer à sa gauche, il atteignit la porte. Il s'assit sur les talons et posa sur elle un regard las.

Elle était haute d'une toise, et semblait faite de bois de fer massif, bien qu'il n'y eût probablement aucun arbre de fer à moins de deux cents lieues de là. La poignée paraissait toute en or et le métal précieux était travaillé d'un filigrane étrange que le Pistolero déchiffra enfin : c'était le faciès grimaçant d'un babouin.

Pas de trou de serrure dans ce bouton de porte, ni au-dessus, ni au-dessous.

Des gonds en revanche, mais qui ne s'articulaient sur rien... *ou donnaient du moins cette impression*, pensa-t-il. *C'est là un mystère des plus admirable, mais quelle importance, au fond ? Tu es en train de mourir. Et c'est ton propre mystère qui vient à toi – le seul qui compte pour tout être humain quand il approche de la fin.*

Pourtant... tout bien considéré, ce mystère-là semblait avoir de l'importance.

Cette porte. Qui se dressait là où nulle porte n'aurait dû se trouver. Banalement posée sur ce sable grisâtre à quelque dix pas des marées les plus hautes, apparemment aussi éternelle que la mer elle-même, projetant vers l'est l'ombre oblique de son épaisseur alors que déclinait le soleil.

Écrits en lettres noires aux deux tiers du panneau, dans les caractères mêmes du Haut Parler, deux mots :

LE PRISONNIER

*Un démon l'a envahi. Le nom de ce démon est HÉROÏNE.*

Le Pistolero perçut un bourdonnement bas et l'imputa tout d'abord au vent ou à la fièvre qui le rongeait. Mais il lui fallut se rendre à l'évidence : il s'agissait d'un bruit de moteur... et qui provenait de derrière la porte.

*Ouvre-la donc. Elle n'est pas fermée. Tu sais qu'elle n'est pas fermée.*

Mais au lieu de l'ouvrir, il se releva sans élégance et la contourna par en haut, allant voir de l'autre côté.

Il n'y avait pas d'autre côté.

Rien que la plage grise, à l'infini. Rien que les vagues, les coquillages, la laisse de haute mer et ses propres traces, la traînée de ses genoux, les trous de ses coudes. Ses yeux retournèrent sur l'emplacement de la porte absente et s'écarquillèrent un peu. Si la porte avait disparu, son ombre demeurait.

Il amorça un geste de la main droite – oh ! comme elle était lente à comprendre quel serait désormais le rôle amputé qui lui restait –, la laissa retomber, leva la main gauche et, à tâtons, chercha une résistance.

*Même si je sens quelque chose, ce sera comme frapper contre rien*, pensa le Pistolero. *Voilà qui ferait une expérience intéressante, avant de mourir.*

Sa main continua de rencontrer de l'air longtemps après avoir dépassé le point où – même invisible – la porte aurait dû se dresser.

Rien sur quoi frapper.

Et le bruit de moteur – si c'était bien de ça qu'il s'agissait – s'était évanoui. Il ne restait que le vent, les vagues et, dans son crâne, le bourdonnement de la fièvre. Il retourna lentement vers l'autre face de ce qui n'existait pas, supputant déjà qu'il avait dû être victime d'une hallucination ou bien de…

Il s'immobilisa.

L'instant d'avant, il avait eu vers l'ouest la vue ininterrompue d'un rouleau gris et voilà que s'interposait l'épaisseur de la porte. Il découvrait de biais le coffre de la serrure, avec le pêne qui en saillait comme une petite langue de métal butée. Déplaçant la tête de quelques centimètres vers le nord, Roland vit la porte disparaître. Mais elle fut de nouveau là quand il reprit sa position initiale. Elle n'apparut pas. Elle était simplement là.

Il retourna devant la porte et la contempla, chancelant.

La contourner par la mer ? Il était pratiquement sûr que cela reviendrait au même, à ceci près qu'il tomberait, cette fois.

*Je me demande s'il est possible de la franchir par le côté du néant.*

Il y avait toutes sortes de questions à se poser mais la vérité, elle, était toute simple : cette porte solitaire sur une bande de plage apparemment infinie dictait seulement deux marches à suivre : l'ouvrir ou la laisser fermée.

Le Pistolero prit conscience non sans humour qu'il ne mourrait peut-être pas aussi vite qu'il l'avait pensé. Sinon, il n'aurait sans doute pas été à ce point perméable à la terreur.

Il tendit sa main gauche et la referma sur le bouton. Ni le froid mortel du métal, ni la chaleur féroce et ponctuelle des signes qui y étaient gravés, ne le surprirent.

Il tourna le bouton. La porte s'ouvrit vers lui quand il tira.

Ça ne ressemblait à rien de ce qu'il attendait.

Il regarda, figé, proféra le premier cri de terreur de sa vie adulte et referma violemment la porte. Il n'y avait rien sur quoi la claquer mais il la claqua quand même, provoquant le bruyant envol des mouettes qui s'étaient perchées tout autour sur les rochers, pour l'observer.

## 5

Ce qu'il avait vu, c'était la terre, mais de très haut – d'une hauteur inconcevable, à des kilomètres de hauteur, semblait-il. Il avait vu l'ombre de nuages passer sur le globe, le traverser comme en un rêve. Il avait vu ce qu'aurait vu un aigle volant trois fois plus haut que n'importe quel aigle.

Franchir une telle porte signifierait tomber en hurlant, pendant d'interminables minutes, pour finir fiché dans le sol.

*Non, tu n'as pas vu que ça.*

Il y réfléchit alors qu'il s'asseyait, ébahi, sur le sable, face à la porte close, sa main blessée au creux des cuisses. L'infection commençait à préciser ses nervures au-dessus du coude. Il paraissait évident qu'elle ne tarderait pas à atteindre le cœur.

C'était la voix de Cort qui avait résonné dans sa tête.

*Écoutez-moi, bandes d'asticots. Écoutez-moi si vous tenez à la vie, car elle peut très bien en dépendre un de ces jours. Vous ne voyez jamais tout ce que vous voyez. C'est une des raisons pour lesquelles on vous a confiés à moi, pour que je vous montre ce que vous ne voyez pas dans ce que vous voyez… ce qui vous échappe quand vous avez la trouille, quand vous vous battez, quand vous courez, quand vous baisez. Personne ne voit tout ce qu'il voit, mais avant d'être des pistoleros – enfin, ceux d'entre vous qui ne partiront pas vers l'ouest – vous aurez appris à voir plus de choses dans un seul coup d'œil que bien des gens dans leur existence entière. Et une partie de ce que vous n'aurez pas vu dans ce premier regard, vous le verrez plus tard, par l'œil de la mémoire – enfin, si vous vivez assez longtemps pour vous souvenir. Car, entre voir et ne pas voir, il peut très bien y avoir la même différence qu'entre vivre et mourir.*

Il avait vu la planète de cette hauteur phénoménale (avec quelque chose de plus déviant, de plus vertigineux que sa vision de la croissance du monde, juste avant la fin de son temps avec l'homme en noir, car ce qu'il avait vu par cette porte n'avait rien d'une vision). Et le peu d'attention qui lui était resté avait enregistré que la terre entrevue n'était ni désert ni mer, mais quelque endroit verdoyant d'une inconcevable exubérance avec des alvéoles miroitantes, peut-être un marécage. Mais…

*Le peu d'attention qui t'est resté*, singea férocement la voix de Cort. *Tu as vu autre chose !*

Exact.

Il avait vu du blanc.

Des bords blancs.

*Bravo, Roland !* clama Cort en lui, et il eut l'impression qu'une main calleuse s'abattait sur son épaule. Il tressaillit.

C'était par une fenêtre qu'il avait regardé.

Il se releva au prix d'un effort intense et tendit la main, sentit le gel contre sa paume, et les brûlantes lignes de chaleur ténue. Il rouvrit la porte.

## 6

Le spectacle auquel il s'était attendu – celui de la terre vue d'une hauteur terrifiante, incroyable – avait disparu. Il regardait des mots qu'il ne comprenait pas… ou plutôt qu'il comprenait presque : c'était comme si les Grandes Lettres avaient été déformées...

Au-dessus des mots, l'image d'un véhicule sans attelage, une de ces automobiles qui étaient censées peupler le monde, avant que les temps changent. Il pensa soudain au récit de Jake quand, au relais, il l'avait hypnotisé.

Cette voiture mue par un moteur et près de laquelle riait une femme portant une étole de fourrure était peut-être ce qui avait écrasé l'enfant dans cet étrange autre monde.

*C'est cet étrange autre monde que je vois*, se dit le Pistolero.

Soudain, la vue...

Non, ne se modifia pas, mais se déplaça. Le Pistolero oscilla, saisi de vertige, vaguement nauséeux. Image et mots descendirent, et il découvrit une allée avec, par-delà, deux files de sièges. Quelques-uns vides, mais la plupart occupés... par des hommes vêtus d'étrange manière. Il présuma qu'il s'agissait d'un costume, tout en n'en ayant pourtant jamais vu de similaire. Et ce qu'ils avaient autour du cou faisait probablement fonction de foulard, ou de cravate, bien que, là encore, ça n'y ressemblât guère. Pour autant qu'il pût en juger, aucun n'était armé – ni dague ni épée, ni revolver bien sûr. À quelle espèce de brebis naïves s'apparentaient ces gens ? Certains semblaient plongés dans la lecture de grandes feuilles couvertes de caractères minuscules – des mots entrecoupés d'images –, d'autres écrivaient sur des feuilles plus petites avec des plumes comme Roland n'en avait jamais vu. Mais les plumes l'intéressaient peu. C'était le *papier* qui le fascinait. Il vivait dans un monde où l'or et le papier avaient exactement la même valeur. Jamais il ne lui avait été donné de voir tant de papier d'un seul coup. Et voilà que l'un de ces types arrachait une feuille du bloc jaune posé sur ses genoux et qu'il la froissait après s'être contenté de griffonner quelques lignes d'un côté et rien, absolument rien, de l'autre. Le Pistolero n'était pas assez malade pour ne pas éprouver un sentiment d'horreur outragée devant ce gaspillage contre nature.

Derrière les deux séries de sièges, il y avait une paroi blanche incurvée percée de fenêtres. Toute une rangée. Quelques-unes occultées par une sorte de volet, mais il voyait le ciel bleu à travers les autres.

Voilà qu'une femme remontait l'allée, s'approchait de la porte. Elle portait une sorte d'uniforme, mais, encore une fois, d'un genre inconnu. Il était d'un rouge éclatant, et le bas était un pantalon. Roland voyait la jonction entre les deux jambes. C'était une chose qu'il n'avait jamais vue chez une femme habillée.

Elle approcha tant qu'il la crut sur le point de franchir la porte et recula d'un pas, manquant tomber. Elle le regardait avec la sollicitude étudiée de quelqu'un qui accomplit un service tout en restant son propre maître. Mais ce n'était pas cela qui captiva le Pistolero. Ce fut la fixité de l'expression qui le fascina. Ce n'était pas ce qu'on pouvait attendre d'une femme – de n'importe qui, en l'occurrence – confrontée à un personnage titubant, sale, exténué, avec des revolvers suspendus à ses hanches, un chiffon trempé de sang autour de la main droite, des jeans donnant l'impression d'être passés sur une sorte de scie circulaire.

— Souhaitez-vous… demanda la femme en rouge.

Elle ajouta autre chose dont l'exacte signification lui échappa. À boire ou à manger, supposa-t-il. Ce vêtement rouge… ce n'était pas du coton. De la soie. Oui, ça ressemblait à de la soie, mais comment…

— Gin, répondit une voix, mot que le Pistolero comprit.

Et il comprit soudain beaucoup plus :

Il ne s'agissait pas d'une porte.

C'étaient des yeux.

Si dément que cela parût, son regard embrassait en partie l'intérieur d'un véhicule volant dans le ciel. Et ce regard passait par les yeux d'un autre.

*De qui ?*

Mais il connaissait la réponse. Il voyait par les yeux du prisonnier.

## Chapitre 2

# EDDIE DEAN

### 1

Comme pour confirmer cette hypothèse, bien que totalement folle, ce que le Pistolero voyait par l'ouverture s'éleva brusquement tout en opérant un glissement latéral. Le décor pivota (de nouveau cette sensation de vertige, celle de se tenir en équilibre sur un plateau à roulettes que des mains invisibles auraient bougé dans un sens et dans l'autre), puis l'allée se dévida, s'esquivant par le bord inférieur de la porte. Au passage, il vit un groupe de femmes, vêtues du même uniforme rouge, debout dans un endroit plein d'acier. Malgré la douleur et la fatigue, il aurait aimé que la scène s'immobilisât, le temps de mieux comprendre ce qu'étaient ces objets en acier – des appareils de quelque type, sans doute. L'un d'eux ressemblait vaguement à un four. La soldate qu'il avait déjà vue servait le gin commandé par la voix. Elle le versait d'une toute petite bouteille en verre dans un gobelet qui, bien que donnant l'impression d'être en verre, ne l'était sans doute pas.

Mais ce qui lui était montré de cet endroit avait déjà disparu. Il y eut encore un autre de ces vertigineux virages et son regard se retrouva fixé sur une porte de métal. Un mot y était inscrit en lettres lumineuses dans un petit rectangle foncé. Un mot qu'il sut lire : LIBRE.

Léger glissement de son champ de vision vers le bas, et une main venue du côté droit de la porte ouverte où il plongeait le regard se posa sur le bouton de cette autre porte fermée qu'il regardait. Il vit la manchette d'une chemise bleue suffisamment retroussée pour révéler une pilosité noire et drue, de fermes virgules qui descendaient en rangs serrés sur une main aux doigts effilés. L'un d'eux était orné d'une bague dont la pierre pouvait être un rubis ou un sourdfeu, voire n'importe quelle imitation, conclut finalement le Pistolero : la gemme était trop grosse et trop vulgaire pour être authentique.

La porte en métal s'ouvrit, le mettant en présence des latrines les plus insolites qu'il eût jamais vues ; rien que du métal. Les contours de la porte d'acier se superposèrent à ceux de la porte sur la plage, et le Pistolero l'entendit se refermer, perçut le claquement d'un loquet. Comme il n'eut pas à subir une autre de ces étourdissantes volte-face, il comprit que l'homme qui lui prêtait ses yeux s'était contenté de tendre la main derrière lui pour verrouiller le battant.

Puis la vue changea quand même, opérant cette fois un simple quart de tour, et il se retrouva face à une glace, face à un visage qu'il connaissait… pour l'avoir vu précédemment sur une lame de tarot. Les mêmes yeux sombres, les mêmes cascades de mèches foncées. Un visage calme et pourtant pâle. Et, dans ces yeux – des yeux dont, par leur propre entremise, son regard découvrait à présent le reflet –, le Pistolero vit un peu de l'horreur, de la terreur qui avaient hanté ceux de l'être chevauché par le singe sur la carte en question.

L'homme tremblait.

*Il est malade, lui aussi.*

Puis il se rappela Nort, le mangeur d'herbe de Tull.

*Un démon est en lui qui le possède.*

Le Pistolero pensa qu'après tout il savait peut-être ce qu'était L'HÉROÏNE : quelque chose de comparable à l'herbe du diable.

*Un tantinet dérangeant, non ?*

Sans l'ombre d'une pensée, avec cette seule détermination qui avait fait de lui le survivant d'entre tous, le dernier à avancer, à poursuivre la quête, longtemps après que Cuthbert et les autres eurent péri ou renoncé, qu'ils se furent suicidés, eurent trahi ou, simplement, abdiqué tout ce qui les rattachait à la Tour, avec cette détermination opiniâtre, indifférente, qui l'avait porté, au travers du désert et de toutes ces années précédant le désert, dans le sillage de l'homme en noir, le Pistolero franchit la porte.

## 2

Eddie commanda un gin tonic – débarquer bourré à New York et passer la douane comme ça n'était peut-être pas une idée si lumineuse, et il se savait incapable de s'arrêter une fois qu'il avait commencé – mais il lui fallait absolument quelque chose.

*Quand tu te sens en pleine descente et que l'ascenseur est introuvable*, lui avait un jour dit Henry, *tu dois y arriver par n'importe quel moyen, même si c'est en t'aidant d'une pelle.*

Puis, après avoir commandé, quand l'hôtesse se fut éloignée, il commença de se sentir comme s'il allait peut-être vomir. Pas vomir à coup sûr, mais vomir peut-être, et il valait mieux prendre ses précautions. Franchir la douane avec une livre de coke sous chaque bras en empestant le gin n'était déjà pas génial. Faire la même chose avec du dégueulis sur le pantalon, c'était la Berezina. Donc, méfiance. Le malaise allait probablement passer comme d'habitude, mais on n'était jamais trop prudent.

Le problème, c'est qu'il était parti pour être bientôt en manque. Disons que ça se rapprochait. Là aussi, il commençait à en savoir un bout grâce à l'expérience de cet autre Sage & Éminent Junkie, Henry Dean.

Ils se tenaient tous les deux installés dans le parc sur la terrasse de Regency Tower, pas tout à fait sur le point de piquer du nez mais pas loin, la chaleur du soleil sur la figure, lessivés et si bien... Oui, c'était le bon vieux temps, quand Eddie venait juste de se mettre à sniffer et que Henry n'avait pas encore touché à sa première shooteuse.

*Tout le monde te parle de la phase de manque*, avait dit Henry, *mais d'abord, il te faut passer par les préliminaires.*

Et Eddie, défoncé, complètement parti, s'était mis à glousser comme un malade parce qu'il savait exactement ce dont Henry parlait. Henry qui s'était juste fendu d'un sourire avant de reprendre :

*Dans un sens, les préliminaires, c'est pire que le vrai manque. Au moins, quand t'es en manque, t'es sûr que tu vas gerber. Sûr des tremblements, sûr que tu vas te mettre à suer au point d'avoir l'impression de te noyer dedans. Mais, avant, c'est comme qui dirait la malédiction de l'attente.*

Eddie se rappelait avoir demandé à Henry comment on appelait ça quand un mec à la poussette (ce qu'en ces temps – déjà perdus dans les brumes du passé alors qu'ils remontaient à seize mois à peine – ils avaient solennellement juré de ne jamais devenir) se faisait une overdose.

*Ça, c'est la phase ultime*, avait répondu Henry, *pire que de se sentir comme un poulet rôti au four.* Et il avait eu l'air surpris, comme quand on dit quelque chose qui se révèle beaucoup plus drôle qu'on ne l'avait pensé. Ils s'étaient regardés puis ils avaient hurlé de rire dans les bras l'un de l'autre. Poulet rôti ! Oh, le gag ! Pas tant que ça, maintenant.

Eddie remonta l'allée, dépassa l'office et se planta devant les gogues. LIBRE. Il ouvrit la porte.

*Dis, Henry, ô grand frère, Grand Sage & Éminent Junkie, tant qu'on est dans la catégorie « compagnons à plumes », tu veux entendre ma définition du pigeon rôti ? C'est quand, à Kennedy Airport, les types des douanes se disent que, vraiment, tu as une drôle de touche, ou que tu tombes sur l'un de ces jours où ils ont amené leurs chiens au nez diplômé, et que tous ces cabots se mettent à aboyer et à pisser partout, qu'ils tirent sur leur chaîne à s'en étrangler et que c'est contre toi qu'ils en ont. Et qu'ensuite, après avoir éparpillé tout ce que tu avais dans tes valises, les types t'emmènent dans la petite pièce et te demandent si ça ne te ferait rien d'enlever ta chemise, et que tu leur réponds : Mais si, ça me ferait un max, j'ai chopé un petit rhume aux Bahamas et, avec votre climatiseur réglé sur Froid Polaire, ça pourrait bien tourner à la pneumonie, et qu'ils te disent : Tiens, tiens ! Vous êtes toujours en nage quand le climatiseur fait trop bien son boulot ? Bon, ben faudra nous excuser, M. Dean, mais on y tient : retirez votre chemise, et tu le fais, et alors ils te disent qu'après tout vaudrait mieux ôter aussi ton T-shirt car tu as l'air d'être un cas clinique, ouais, mon gars, ces grosseurs sous tes aisselles, ça pourrait bien ressembler à des tumeurs lymphatiques ou à des trucs du même genre, et tu ne te donnes même pas la peine d'ajouter quoi que ce soit, c'est comme le joueur au centre du terrain quand il ne se donne pas la peine de poursuivre la balle qui a été cognée, il ne fait que se retourner pour la regarder filer à Pétaouchnock : quand c'est parti, c'est parti. Tu enlèves donc ton T-shirt et, visez-moi ça, les mecs, c'est qu'il est du genre veinard, ce ne sont pas des tumeurs, à moins que ce soit ça les tumeurs du corps social. Ouaf-ouaf-ouaf, pour sûr, on dirait plutôt des sacs en plastique, maintenus par du sparadrap et à ce propos, p'tit gars, pour l'odeur, ne te fais pas de bile, c'est seulement le pigeon : il est archicuit.*

Il passa la main derrière lui, bascula le loquet. La lumière explosa dans les toilettes. Le bruit des moteurs n'était plus qu'un bourdon assourdi. Il se tourna vers la glace, histoire de mesurer les dégâts et, soudain, terrifiante, pénétrante, une sensation le submergea : celle d'être observé.

*Arrête, mec*, se dit-il, mal à l'aise. *Théoriquement, y a pas un type au monde qui soit moins parano que toi. C'est pour ça qu'on t'a expédié là-bas. C'est pour ça…*

Mais, brusquement, ce fut comme si ce n'étaient pas ses yeux dont le miroir lui renvoyait l'image, pas les yeux noisette presque verts d'Eddie Dean qui avaient fait fondre les cœurs à qui mieux mieux et lui avaient fait écarter tant de jolies paires de cuisses dans les trois dernières de ses vingt et une années d'existence, non pas ces yeux mais ceux d'un étranger. Et non pas noisette mais du même bleu qu'un Levi's délavé. Des yeux glacés, précis, merveilleux. Des yeux de bombardier.

Et il y vit reflétée – nettement, sans erreur possible – une mouette qui descendait raser un brisant pour en extraire quelque chose.

Il eut le temps de penser : *Nom de Dieu, qu'est-ce que c'est que cette merde ?* puis sut que ça n'allait pas passer, qu'il était bel et bien sur le point de gerber.

Dans la demi-seconde qui précéda cet instant, dans cette demi-seconde où il continua de se regarder dans la glace, il vit s'effacer les yeux bleus... mais pas avant d'avoir eu la soudaine sensation d'être deux personnes... d'être *habité*, comme la petite fille dans *L'Exorciste*.

Il sentait distinctement un autre esprit à l'intérieur du sien, il entendait une pensée, non pas comme l'une des siennes, plutôt comme une voix à la radio : *Je suis de l'autre côté. Je suis dans la diligence du ciel.*

Il y eut d'autres mots, mais qu'Eddie Dean ne put entendre, occupé qu'il était à vomir le plus discrètement possible.

La crise passée, alors qu'il allait s'essuyer la bouche, il se produisit quelque chose qui ne lui était jamais arrivé auparavant. L'espace d'un épouvantable instant, il n'y eut rien, juste un intervalle vide. Comme si, dans un journal, une petite ligne dans une colonne avait été soigneusement, totalement caviardée.

*Qu'est-ce qui se passe ?* pensa Eddie, désemparé. *Bordel de Dieu, qu'est-ce que c'est que cette merde ?*

Puis il lui fallut de nouveau vomir, et ce n'était peut-être pas plus mal. Quelque défaut qu'on lui trouve, la régurgitation a au moins ce mérite : aussi longtemps que ça dure, il est impossible de penser à autre chose.

## 3

*Je suis de l'autre côté. Je suis dans la diligence du ciel*, se dit le Pistolero. (Et une seconde plus tard :) *Il me voit dans la glace !*

Roland se mit en retrait – ne quitta pas les lieux mais se mit en retrait, comme un gosse qui va se poster tout au bout d'une très longue pièce. Il était à l'intérieur du véhicule céleste, mais aussi à l'intérieur d'un homme qui n'était pas lui. À l'intérieur du prisonnier. Dans ce premier instant, quand il s'était retrouvé presque *à l'avant* (c'était la seule description qu'il pût donner), il n'avait pas fait qu'être à l'intérieur de cet homme, il avait été pratiquement lui. Il avait senti que ça n'allait pas – quelle que fût la nature du malaise –, que la nausée montait. Il comprit qu'il pouvait au besoin prendre le contrôle de ce corps. Qu'il en connaîtrait les souffrances et serait chevauché par ce démon-singe dont son hôte était la monture, certes, mais qu'il en était capable, si nécessaire.

Comme il pouvait choisir de rester en retrait, inaperçu.

Quand les vomissements cessèrent, il bondit… au premier plan cette fois, directement. La situation lui échappait pour l'essentiel, et agir ainsi dans le brouillard, c'était s'exposer au pire, mais il avait besoin de savoir deux choses, un besoin si désespéré qu'il l'emportait sur toute conséquence susceptible de se faire jour.

Cette porte qu'il avait franchie pour venir de son monde, existait-elle encore ?

Et si oui, son corps l'attendait-il là-bas, évanoui, inoccupé, mourant peut-être, voire déjà mort sans le moi de son moi pour veiller à la bonne marche des poumons, du cœur et des nerfs ? Aurait-il survécu qu'il n'en aurait plus pour longtemps, de toute manière, jusqu'à la tombée de la nuit, quand les homarstruosités sortiraient poser leurs questions et se mettraient en quête de leur dîner.

Il tourna brusquement cette tête qui pour l'heure était la sienne.

La porte était toujours là, dans son dos, ouverte sur son monde, ses gonds disparaissant dans la paroi d'acier de ces singulières latrines. Et lui aussi était là, lui, Roland, le dernier pistolero, couché sur le côté, sa main bandée plaquée sur l'estomac.

*Je respire toujours*, constata-t-il. *Je vais y retourner et me déplacer. Mais j'ai des choses à faire avant. Des choses…*

Il lâcha de nouveau l'esprit du prisonnier et battit en retraite, observa, attendit de voir si l'autre avait ou non conscience de sa présence.

## 4

La crise passée, Eddie resta penché sur le lavabo, les yeux fermés, paupières crispées.

*Une seconde de passage à vide. J'sais vraiment pas ce que c'était. Est-ce que j'ai regardé autour de moi ?*

Il chercha le robinet à tâtons et fit couler l'eau froide, s'en aspergea les joues et le front, les yeux toujours clos.

Puis ce fut impossible à éviter plus longtemps : il se regarda de nouveau dans la glace.

C'étaient ses yeux.

Pas de voix étrangères dans sa tête.

Pas la moindre sensation d'être observé.

*Tu viens de nous faire une petite fugue, Eddie*, l'éclaira le Grand Sage & Éminent Junkie. *Ça n'a rien de rare quand on arrive aux premiers stades du manque.*

Eddie jeta un coup d'œil à sa montre. Encore une heure et demie avant New York. L'atterrissage était prévu pour 4 h 05, heure de la côte Est, mais en réalité il était presque midi. L'heure d'abattre son jeu.

Il retourna s'asseoir. Son verre l'attendait. Il y avait deux fois trempé les lèvres quand l'hôtesse réapparut, lui demandant s'il désirait autre chose. Il ouvrit la bouche pour dire non… et il eut une autre de ces absences étranges.

## 5

— Oui, vous n'auriez pas quelque chose à manger ? dit le Pistolero par la bouche d'Eddie Dean.

— Nous servirons un repas chaud dans…

— C'est que j'ai vraiment faim, dit Roland, parfaitement sincère. N'importe quoi, même un *popkin*…

— Un *popkin* ? répéta la fille en uniforme.

Elle lui lança un drôle de regard et il se retrouva fouillant l'esprit du prisonnier. *Sandwich*... mot lointain comme un murmure entendu dans une coquille.

— Oui, même un sandwich, dit le Pistolero.

La soldate eut l'air indécis.

— Euh... je dois en avoir au thon...

— Ce sera parfait, répondit Roland, bien qu'il n'eût pas la moindre idée de ce que pouvait être du thon.

— Je vous ai vu tout pâle, dit-elle. Et j'ai pensé que vous aviez peut-être le mal de l'air.

— Seulement faim.

Elle le gratifia d'un sourire professionnel.

— Bon. Je vais voir ce que je peux déchiner.

*Déchiner* ? se répéta Roland ahuri. Dans son monde, le verbe déchiner signifiait en argot prendre une femme de force. Aucune importance. Il allait avoir à manger, il ignorait encore comment il allait se débrouiller pour ramener cette nourriture au corps qui en avait tant besoin, mais chaque chose en son temps.

*Déchiner*, pensa-t-il encore une fois, et quelque chose comme une mimique incrédule anima les traits d'Eddie Dean.

Puis le Pistolero se mit de nouveau en retrait.

## 6

*Les nerfs*, lui assura le Grand Oracle & Éminent Junkie. *Les nerfs, c'est tout. Rien de plus normal, quand on fait l'expérience du manque.*

Mais si c'étaient les nerfs, comment expliquer cette étrange torpeur qui s'emparait de lui – étrange parce qu'il aurait dû être à cran, avoir envie de se tortiller et de se gratter, comme toujours avant les vrais tremblements. Même s'il n'était qu'à ce stade des préliminaires, comme disait Henry, restait le fait qu'il allait tenter de passer la douane avec un kilo de coke, crime passible de rien moins que dix ans de prison fédérale. Et voilà que, par-dessus le marché, il se mettait à avoir des absences.

Et pourtant, cette torpeur…

Il prit encore une gorgée de gin et laissa ses yeux se fermer.

*Pourquoi t'es-tu évanoui ?*

*Si j'avais fait ça, elle aurait rappliqué avec leur trousse de premiers secours.*

*Décollé, alors ? Ce n'est pas très bon non plus. Ça ne t'est jamais arrivé. Piquer du nez, oui, mais décoller, jamais.*

Quelque chose de bizarre aussi dans sa main droite. Il y sentait des élancements sourds, comme s'il s'était donné un coup de marteau.

Il la plia sans rouvrir les yeux. Pas de douleur. Pas d'élancements. Pas d'yeux bleus, d'yeux de bombardier. Quant aux absences, il fallait n'y voir qu'une combinaison de cet état de poulet frais avec une bonne dose de ce que le Grand Oracle & Éminent Junkie et cetera aurait sans nul doute appelé le blues du passeur.

*N'empêche que je vais m'assoupir*, se dit-il. *Comment ça se fait ?*

Le visage d'Henry dériva devant lui comme un ballon lâché. *Ne te fais pas de bile, frérot*, disait-il. *Tout va marcher comme sur des roulettes. Tu prends l'avion pour Nassau et tu descends à l'hôtel Aquinas. Un mec t'y contacte vendredi soir. Un type cool. Il va te bichonner, te laisser le nécessaire pour passer le week-end. Dans la soirée du dimanche il t'apportera la coke, et toi, tu lui donneras la clé de la consigne. Lundi matin : routine, tu fais ce que Balazar a dit. C'est au gars de jouer. Il connaît la musique. Lundi midi, vol retour, et comme on te donnerait le Bon Dieu sans confession, tu vas nous passer la douane les doigts dans le nez, si bien qu'avant le coucher du soleil on sera en train de se taper un steak au Sparks, toi et moi. Crois-moi, petit frère, ça va aller comme sur des roulettes.*

En fait, les roulettes semblaient grippées.

Son problème avec Henry, c'est qu'ils étaient comme Charlie Brown et Lucy. À ceci près qu'il arrivait à Henry de laisser le ballon à Eddie pour qu'il puisse taper dedans... pas souvent, mais de temps en temps quand même. Eddie avait même songé – au cours d'une de ses stupeurs héroïniennes – à écrire à Charles Schultz. *Cher M. Schultz*, lui aurait-il dit dans sa lettre, *vous ratez quelque chose en faisant que Lucy retire toujours le ballon au dernier moment. Il faudrait qu'elle le laisse de temps à autre. Que Charlie Brown ne puisse jamais être sûr, vous comprenez ? Elle pourrait faire en sorte qu'il shoote deux, trois ou même quatre fois d'affilée, puis plus rien pendant un mois, puis encore une fois, une seule, et de nouveau trois ou quatre jours où elle retire le ballon, puis... bref, vous voyez ce que je veux dire. Voilà qui ferait flipper le gamin pour de bon.*

Eddie savait que ça le ferait flipper.

Il le savait par expérience.

*Un type cool*, avait dit Henry, mais ce mec qui s'était pointé avait l'accent anglais, le teint jaune et une fine moustache semblant sortir d'un film noir des années 40, sans parler de ses dents carrément ocre qui penchaient toutes vers l'intérieur et faisaient penser à un piège préhistorique.

— Vous avez la clé, *señor* ? lui avait-il demandé.

— Elle est en lieu sûr, si c'est ce que vous voulez dire.

— Alors, donnez-la-moi.

— C'est pas prévu comme ça. Vous êtes censé me donner de quoi passer le week-end puis m'amener la coke dimanche soir. Moi, je vous donne alors la clé. Le lundi, vous descendez en ville et vous vous en servez pour récupérer autre chose. Je ne sais pas quoi, vu que ce n'est pas mes affaires.

Soudain, il y eut un petit automatique bleu extraplat dans la main du machin jaune.

— Pourquoi ne me la donnez-vous pas tout de suite, *senor ?* Cela m'évitera de perdre mon temps et vous d'y perdre la vie.

Junkie ou pas, Eddie avait des nerfs d'acier. Henry le savait et, plus important, Balazar aussi. C'était pour ça qu'on l'avait envoyé. La plupart pensaient qu'il y était allé parce qu'il était accro. Il le savait, Henry le savait, Balazar le savait. Mais Henry et lui étaient les seuls à savoir qu'il y serait allé même s'il n'avait jamais touché à la came. Pour Henry. Balazar n'avait pas été aussi loin dans son raisonnement. Mais Balazar pouvait aller se faire foutre.

— Et vous, pourquoi ne rangez-vous pas ce truc, espèce de minable ? demanda Eddie. Ou vous avez peut-être envie que Balazar expédie quelqu'un qui vous arrachera les yeux avec un vieux couteau rouillé.

Le type sourit. L'arme disparut comme par magie et, à la place, une petite enveloppe apparut. Il la tendit à Eddie.

— Je plaisantais, vous savez.

— Si vous le dites.

— Bon, à dimanche soir, fit l'homme, déjà face à la porte.

— Je crois que vous feriez mieux d'attendre.

Machin jaune se retourna, l'air étonné.

— Vous pensez peut-être que je vais rester là si j'ai envie de m'en aller ?

— Je pense surtout que si vous partez et que ce qu'il y a là se révèle être de la merde, c'est moi qui ne serai pas parti demain. Et vous qui serez dans de sales draps.

L'autre fit demi-tour et, maussade, alla s'asseoir dans l'unique fauteuil de la pièce pendant qu'Eddie ouvrait l'enveloppe et en faisait glisser une petite quantité de poudre brun clair.

— Je sais la gueule que ça a, lança Machin jaune, ça a l'air moche, mais c'est juste le coupage. En fait, c'est de la bonne.

Eddie arracha une feuille du bloc posé sur le bureau et sépara du tas quelques grains qu'il prit sur son doigt pour se les frotter sur le palais. Une seconde plus tard, il cracha dans la corbeille à papiers.

— Vous en avez marre de la vie ? C'est ça ? Vous avez un dernier souhait ?

— C'est tout ce qu'il y a, lâcha l'homme, plus maussade que jamais.

— J'ai une réservation pour demain, dit Eddie. (C'était faux mais il ne croyait pas que le type eût les moyens de vérifier.) Sur un vol TWA. Je l'ai prise de ma propre initiative, pour le cas où le contact serait un connard dans votre genre. Moi, je m'en fiche de tout laisser tomber. C'est même un soulagement. Je ne suis pas fait pour ce genre de boulot.

Machin jaune cogita. Eddie se concentra sur son immobilité. Tout en lui, pourtant, brûlait de bouger, de glisser un pied sur l'autre, de sautiller et de se trémousser, de se gratter les endroits qui le démangeaient, de faire craquer ses articulations. Il sentait même ses yeux prêts à dériver vers le tas de poudre brune, bien qu'il sût que c'était du poison. Il s'était piqué à dix heures et un nombre égal d'heures s'était écoulé depuis. Toutefois, s'il se permettait l'un ou l'autre de ces mouvements, la situation changerait. Le type ne faisait pas que cogiter, il l'observait, tentait d'évaluer sa pointure.

— Il se peut que je puisse trouver quelque chose.

— Donc, essayez. Mais, à onze heures, j'éteins, j'accroche la pancarte NE PAS DÉRANGER sur ma porte et, qui que ce soit qui frappe après ça, j'appelle la réception et je leur dis de m'envoyer quelqu'un pour me débarrasser d'un intrus.

— Vous êtes un enculé, dit l'homme dans son impeccable accent britannique.

— Erreur. Ça, c'est ce que vous attendiez. Or, c'est pas mon genre. Maintenant vous allez me faire le plaisir d'être ici avant onze heures avec un truc que je puisse consommer – pas besoin que ce soit génial, juste consommable – ou vous ferez un beau cadavre de connard.

## 7

Machin jaune n'attendit pas onze heures. À neuf heures trente il était là. Eddie devina qu'il n'avait pas été chercher cette autre poudre plus loin que dans sa voiture.

Il y en avait un petit peu plus cette fois. Pas blanche mais d'un ivoire terne assez prometteur.

Eddie la goûta. Correcte, apparemment. Mieux que ça, vraiment bonne. Il roula un billet, s'octroya un petit snif.

— Bon. À dimanche, donc, lança le type qui se leva.

— Attendez, fit Eddie sur le même ton que si c'était lui qui avait le pistolet.

En un sens, c'était lui qui l'avait. Une arme nommée Balazar. Balazar était un caïd dans le pays des merveilles new-yorkais de la drogue.

— Attendre ? (L'autre fit volte-face et regarda Eddie comme s'il le croyait bon pour le cabanon.) En quel honneur ?

— Ce que j'en dis, c'est pour vous. Si je suis malade comme un chien avec ce que je viens de m'envoyer, on en reste là. On en reste également là, évidemment, si j'en crève. Mais je me disais que si j'étais seulement un tout petit peu malade, je pourrais vous laisser encore une chance. Comme dans l'histoire où ce mec frotte la lampe et a droit à trois vœux.

— Vous ne serez pas malade. C'est de la chinoise.

— Si c'en est, dit Eddie, moi je suis Dwight Gooden.

— Qui ?

— Laissez tomber.

L'homme retourna s'asseoir. Eddie s'installa près du petit tas de poudre blanche disposé sur le bureau de la chambre de motel. (L'attrape-camé, ou quoi que ç'ait été, avait depuis longtemps disparu dans les chiottes.) À la télé, l'équipe des Braves se faisait rétamer par celle des Mets grâce aux bons offices de la WTBS et de l'antenne parabolique géante qui équipait le toit de l'hôtel Aquinas. Eddie sentit comme une vague aura de sérénité qui semblait émaner de l'arrière-plan de son esprit... à ceci près qu'il ne s'agissait pas d'une impression, qu'elle venait réellement de là, de ce faisceau de câbles vivants à la base de sa colonne vertébrale, là où – il le savait pour l'avoir lu dans des revues médicales – s'installait l'assuétude à l'héroïne par un épaississement anormal du tissu nerveux.

*Tu veux décrocher en cinq sec ?* qu'il avait un jour demandé à Henry. *Casse-toi la colonne vertébrale. Tu ne pourras plus marcher, plus baiser, mais le besoin de te shooter aussi aura disparu.*

Henry n'avait pas trouvé ça drôle.

À vrai dire, Eddie non plus. Quand le seul moyen rapide de secouer la guenon qu'on avait sur le dos était de se rompre la moelle épinière au-dessus du fameux faisceau de nerfs, c'est que le singe était du genre mahous. Pas un capucin, pas une de ces mignonnes petites mascottes pour joueurs d'orgue de Barbarie, mais un gros vieux babouin vicieux.

Il commençait à avoir la goutte au nez.

— Bon. Ça ira, finit-il par dire. Vous pouvez débarrasser le plancher, connard.

Le type se leva.

— J'ai des amis, dit-il. Ils pourraient venir s'occuper de vous. Et alors vous me supplieriez de pouvoir me dire où est cette clé.

— Pas moi, mec. Il y a erreur sur la personne.

Et il sourit. Sans savoir ce que donnait ce sourire. Mais ça ne devait rien avoir de très jovial car Machin jaune débarrassa le plancher, le débarrassa vite, et sans jeter un regard en arrière.

Quand il eut la certitude que l'autre était bien parti, Eddie fit sa popote.

Se shoota.

Dormit.

## 8

Comme il dormait maintenant.

Le Pistolero, quelque part dans l'esprit de cet homme (d'un homme dont il ignorait toujours le nom : la canaille que le prisonnier nommait en pensée « Machin jaune » ne l'avait pas su et, partant, ne l'avait pas prononcé), assistait à tout cela comme à ces pièces de théâtre qu'on voyait jadis, avant que le monde n'eût changé… ou pensait ainsi regarder les choses car c'était le seul spectacle dont il eût l'expérience. Eût-il connu le cinéma que la comparaison se fût instantanément imposée. Ce qu'il ne voyait pas stricto sensu, il l'avait prélevé dans les pensées du prisonnier, dans des associations en étroit voisinage. Cette histoire de nom restait toutefois bizarre. Il connaissait celui du frère de son hôte mais pas celui de ce dernier. Évidemment, les noms étaient secrets par essence, investis de pouvoir.

Et, d'ailleurs, le nom de cet homme n'importait guère. Deux choses comptaient : qu'il y eût en lui cette faiblesse de toxicomane et, sous cette faiblesse, de l'acier, enfoui comme un pistolet dans la gangue de sables mouvants.

Douloureusement, il rappelait Cuthbert au Pistolero.

Quelqu'un approchait. Endormi, le prisonnier n'en prit pas conscience, mais le Pistolero, qui ne dormait pas, bondit au premier plan.

## 9

*Bravo !* pensa Jane. *Il me dit qu'il a une faim de loup, alors moi je lui prépare quelque chose parce qu'il est plutôt mignon, et voilà que je le trouve en train de roupiller.*

Puis le passager – une vingtaine d'années, grand, vêtu d'un jean à peine décoloré, propre, et d'une chemise écossaise – entrouvrit les yeux et lui sourit.

— Grand merci, *sai*, dit-il, ou du moins crut-elle entendre.

Quelque chose de presque archaïque… ou étranger. *Il dort encore*, se dit-elle. *C'est tout.*

— De rien.

Elle lui sourit, son plus beau sourire d'hôtesse, sûre qu'il allait se rendormir et que le sandwich serait encore intact quand viendrait l'heure de manger pour de bon.

Bof, lui avait-on appris à s'attendre à autre chose ?

Elle regagna l'office pour s'en fumer une.

Elle gratta l'allumette qui monta jusqu'à mi-chemin de sa cigarette puis s'immobilisa, oubliée. Non, ce n'était pas là tout ce qu'on avait appris à Jane.

*Si je l'ai trouvé plutôt mignon, c'est principalement à cause de ses yeux noisette.*

Or, les yeux que, l'instant d'avant, l'occupant du siège 3A venait d'ouvrir n'étaient pas noisette mais bleus. Et pas de cette douceur azurée des iris de Paul Newman mais d'un bleu d'iceberg. Ils…

— Aïe !

La flamme avait atteint ses doigts. Elle s'en débarrassa.

— Ça va, Jane ? demanda Paula.

— Impec. Je rêvassais.

Elle gratta une autre allumette et, cette fois, s'acquitta correctement de sa tâche. À peine eut-elle tiré la première bouffée que l'explication se présenta, parfaitement rationnelle : il portait des verres de contact. Ce type de verres qui vous changent la couleur des yeux. Il était allé aux toilettes. Y était resté assez longtemps pour qu'elle s'inquiétât, se demandât s'il n'avait pas le mal de l'air. Avec ce teint pâle, la confusion était possible. Mais non, il y était seulement allé retirer ses verres de contact afin d'être plus à l'aise pour piquer un petit somme. Logique, non ?

*Il se peut que vous sentiez quelque chose*, fit soudain une voix surgie de son passé, d'un passé proche. *Un truc qui vous titille. Et vous êtes sans doute à même de voir ce qui cloche*.

Des lentilles colorées.

Jane Dorning connaissait pour le moins deux douzaines de personnes qui portaient des verres de contact. La plupart travaillaient pour la compagnie. Aucune n'avait jamais fait de commentaires sur ce choix mais il avait peut-être été dicté, se disait-elle, par leur sensation unanime que les passagers n'aimaient pas voir le personnel navigant porter des lunettes… que ça les rendait nerveux.

Sur tous ces gens, elle en connaissait peut-être quatre dont les verres étaient colorés. Les lentilles ordinaires n'étaient pas bon marché, celles de couleur coûtaient les yeux de la tête. Dans les relations de Jane, les seules capables de lâcher tant d'argent pour ce genre de choses étaient des femmes, toutes futiles à l'extrême.

*Et alors ? Pourquoi les mecs ne seraient-ils pas futiles, eux aussi ? C'est qu'il est beau garçon*.

Non. Mignon, peut-être… et encore. Avec ce teint blême, il n'était mignon que de justesse. Alors pourquoi ces lentilles de couleur ?

Les passagers ont souvent peur en avion.

Dans un monde où piraterie aérienne et trafic de drogue sont devenus monnaie courante, le personnel volant a souvent peur des passagers.

La voix qui l'avait dirigée sur ces pensées était celle d'une des formatrices à l'école des hôtesses, une vieille dure à cuire donnant l'impression d'avoir fait la Postale avec Mermoz. Elle leur disait : « Ne faites pas taire vos soupçons. Même si vous oubliez tout ce que vous avez appris d'autre sur la manière de se comporter face à des terroristes effectifs ou potentiels, souvenez-vous d'une chose : *Ne faites pas taire vos soupçons*. Dans certains cas, lors de l'enquête, tout un équipage vous dira qu'il ne se doutait de rien jusqu'à ce que le type sorte une grenade et gueule : "Virez sur Cuba ou tout le monde à bord va rejoindre le jet-stream !" Mais, dans la plupart des cas, il y en aura toujours un ou deux – généralement stewards ou hôtesses comme vous le serez dans moins d'un mois – pour dire qu'ils ont senti quelque chose. Comme un titillement. L'impression que le type du fauteuil 91C ou la jeune femme du 5A n'étaient pas tout à fait normaux. Ils l'ont senti mais ils n'ont rien fait. Ils n'allaient quand même pas risquer de se faire virer pour ça ! On ne met pas un type aux fers parce qu'on n'aime pas la façon dont il se gratte ! Le vrai problème est qu'ils ont senti quelque chose… puis qu'ils l'ont oublié. »

La vieille routière du ciel avait levé un doigt carré. Jane Dorning, fascinée comme toutes ses condisciples, l'avait écoutée poursuivre : « Si vous sentez ce petit truc qui vous titille, ne faites rien… mais cela inclut : gardez-vous d'oublier. Parce qu'il y a toujours une petite chance que vous puissiez étouffer quelque chose dans l'œuf… comme douze jours d'escale imprévue sur l'aérodrome pourri de quelque État arabe. »

Rien que des lentilles de contact colorées mais…

*Grand merci, sai.*

Mots marmonnés dans un demi-sommeil ? Ou baragouin maternel qui lui avait échappé ?

Elle allait rester sur le qui-vive, décida-t-elle.

Et se garder d'oublier.

# 10

*C'est le moment*, pensa le Pistolero. *On va bien voir.*

Il s'était trouvé en mesure de passer de son monde à ce corps par cette porte au bord de l'océan. Il lui fallait à présent savoir s'il pouvait ou non y rapporter des choses. Oh, pas y retourner. Il ne doutait pas de pouvoir, quand il le voudrait, franchir cette porte en sens inverse, réintégrer son corps souffrant, empoisonné. Mais qu'en était-il du reste, des autres objets matériels ? Ce qu'il avait devant lui, par exemple, ce sandwich au thon comme l'avait appelé la femme en uniforme. S'il n'avait pas la moindre idée de ce qu'était un thon, il savait reconnaître un *popkin* quand il en avait un sous les yeux, encore que, bizarrement, on eût omis de cuire celui-ci.

Son corps avait besoin d'être nourri, abreuvé aussi, mais par-dessus tout réclamait des soins. Faute d'un contrepoison, la morsure de l'homarstruosité promettait d'être fatale. Un tel médicament devait exister dans ce monde où les diligences volaient dans le ciel, plus haut qu'aucun aigle, dans ce monde où tout semblait possible. Mais à quoi bon disposer ici d'un remède, quelle que fût sa puissance, si tout transfert était impossible ?

*Tu n'as qu'à vivre dans ce corps*, chuchota l'homme en noir dans les profondeurs de son crâne. *Abandonne aux crustacés ce qui n'est plus qu'un morceau de viande s'obstinant à respirer. Une enveloppe désertée, de toute manière.*

Non. Il s'y refusait. D'abord parce qu'il se fût agi d'un vol particulièrement odieux. Il n'aurait su longtemps se contenter de jouer les passagers, de contempler passivement ce monde par les yeux de cet homme comme un voyageur regarde défiler le paysage par la fenêtre de son véhicule.

Ensuite parce qu'il était Roland. S'il devait mourir, il voulait que cette mort fût celle de Roland, d'un Roland qui mourrait en rampant vers la Tour, s'il le fallait.

Puis l'étrange et rude sens pratique cohabitant en lui – tels tigre et chevreuil – avec son romantisme reprit le dessus. Il n'était nullement nécessaire de penser à la mort tant que l'expérience restait à vivre.

Il se jeta sur le *popkin*, le découvrit coupé en deux et en prit une moitié dans chaque main, puis il ouvrit les yeux du prisonnier, promena un regard circulaire. Personne ne faisait attention à lui (même si, très fort, dans la cuisine, Jane Dorning pensait à lui).

Il se tourna vers la porte et la franchit avec les deux moitiés du *popkin*.

## 11

Le Pistolero commença par entendre le rugissement broyeur d'une vague à l'approche, puis les chamailleries d'oiseaux qui, lorsqu'il se redressa en position assise, se soulevèrent en masse des rochers voisins. *(Les voilà qui s'enfuient, les salopards*, songea-t-il, *et que je respire ou non, ils n'auraient pas tardé à m'arracher des lambeaux de chair... ce sont des vautours, rien que des vautours maquillés)*. Ce fut alors qu'il prit conscience qu'une moitié de son *popkin* – celle qu'il avait dans la main droite – était tombée sur le sable gris grossier. Car, s'il la tenait d'une main entière quand il avait franchi la porte, il la tenait à présent d'une main réduite à quarante pour cent de ses capacités.

Il la pinça et l'assura maladroitement entre pouce et annulaire, l'essuya du mieux qu'il put et goûta du bout des dents. L'instant d'après, il la dévorait sans même remarquer le crissement des grains de sable oubliés. Quelques secondes plus tard, il reportait son attention sur la moitié restante. Elle disparut en trois bouchées.

Le Pistolero n'avait pas idée de ce qu'était un sandwich au thon sinon que c'était succulent. Et, pour l'heure, ça semblait suffire.

## 12

Dans l'avion, la disparition du sandwich passa inaperçue. Personne ne vit les mains d'Eddie en agripper si sauvagement les deux moitiés que la marque des pouces s'imprima dans le pain de mie.

Personne ne le vit s'estomper jusqu'à la transparence puis s'évanouir, ne laissant que quelques miettes.

Une vingtaine de secondes après cet événement des plus discrets, Jane Dorning écrasait sa cigarette, traversait l'avant de la cabine pour aller prendre son livre, cédant en fait à sa curiosité pour le 3A.

Il avait l'air de dormir à poings fermés… mais le sandwich n'était plus sur la tablette.

Seigneur ! Il ne l'a pas mangé, il l'a dévoré tout rond. Et pour se rendormir aussitôt. Non mais tu rêves ?

Quoi que ce fût qui la titillait à propos du 3A, de Monsieur Tantôt Les Yeux Noisette, Tantôt Les Yeux Bleus, ça promettait de ne pas se calmer. À coup sûr, il y avait en lui quelque chose de pas clair. De pas clair du tout.

## Chapitre 3

# CONTACT ET ATTERRISSAGE

### 1

Eddie fut réveillé par la voix du copilote annonçant qu'ils allaient se poser à Kennedy International où l'on jouissait d'une visibilité parfaite, où les vents soufflaient de secteur ouest à quinze kilomètres à l'heure, où la température dépassait agréablement les 21 °C, et ce dans quarante-cinq minutes environ. Il leur dit aussi, l'occasion risquant de ne pas se représenter, qu'il tenait à les remercier pour avoir choisi de voyager avec Delta.

Eddie promena un regard autour de lui et, voyant les gens préparer leurs papiers – en provenance des Bahamas, un permis de conduire et une carte de crédit émise par une banque américaine étaient censés suffire, mais la plupart avaient leur passeport –, il sentit un fil d'acier qui, en lui, commençait de se resserrer. Il n'arrivait toujours pas à croire qu'il ait pu dormir, et si profondément.

Il se leva et gagna les toilettes. Bien qu'il les sentît fermement fixés sous ses bras, les sacs de coke ne lui causaient nulle gêne, épousant toujours le creux de chaque aisselle comme dans la chambre d'hôtel où William Wilson, un Américain à la voix presque inaudible, les avait ajustés. Après quoi, cet homme dont Edgar Poe avait rendu le nom célèbre (bien que l'allusion d'Eddie n'eût suscité qu'un regard niais chez l'homonyme) lui avait tendu la chemise. Une banale chemise écossaise aux couleurs légèrement passées, du genre qu'on peut s'attendre à voir sur le dos de n'importe quel étudiant de retour des courtes vacances précédant ses examens… à ceci près qu'elle avait été spécialement taillée pour dissimuler d'inélégants renflements.

— Histoire d'être sûr, il faudra vérifier que tout est bien en place avant de quitter l'appareil, avait dit Wilson, mais vous ne devriez pas avoir de problèmes.

Pour ce qui était des problèmes, Eddie ne savait pas s'il allait ou non en avoir, mais il avait une autre raison d'aller aux chiottes avant que ne s'allumât le ATTACHEZ VOTRE CEINTURE. Malgré la tentation – et non tant la tentation que l'exigeante brûlure du besoin –, il s'était débrouillé pour épargner un ultime petit reste de ce que Machin jaune avait eu l'audace d'appeler de la chinoise.

Franchir la douane en provenance de Nassau ne tenait pas de l'exploit comme lorsqu'on arrivait de Port-au-Prince ou de Bogota, mais on était quand même confronté à des gens qui avaient l'œil. À des experts. Il lui fallait mettre toutes les chances de son côté. S'il pouvait s'y présenter un peu plus calme, rien qu'un tout petit peu, cela pouvait s'avérer décisif.

Il prisa son restant de poudre, tira la chasse sur le petit tortillon de papier qui l'avait contenu et se lava les mains.

*Évidemment, si ça marche, tu ne sauras jamais dans quelle mesure ça a joué*. Non. Évidemment. Mais il s'en foutait.

Alors qu'il retournait à sa place, il vit l'hôtesse qui lui avait apporté son gin. Elle lui adressa un sourire qu'il lui rendit, puis il se rassit, boucla sa ceinture, prit la revue de la compagnie, la feuilleta, regarda images et titres. N'y trouva rien qui fît sur lui grosse impression. Ce filin d'acier continuait d'étreindre ses entrailles, et quand ATTACHEZ VOTRE CEINTURE finit par s'allumer, ça fit un double tour et ça serra le nœud.

L'héroïne avait touché sa cible – les reniflements l'attestaient –, mais il était sûr de ne pas la sentir.

Une chose qu'en revanche il sentit peu avant l'atterrissage fut une autre de ces troublantes absences… courte, mais incontestable.

Le 727 vira sur l'aile au-dessus de Long Island et amorça la descente.

# 2

Dans l'office de la classe affaires, Jane Dorning aidait Peter et Anne à ranger les derniers verres servis quand le type qui ressemblait à un étudiant s'était rendu dans les toilettes des premières.

Alors qu'il regagnait sa place, elle écarta le rideau séparant les deux classes et pressa instinctivement le pas pour le croiser en souriant, l'amenant à lever les yeux et à lui rendre son sourire.

Les yeux du 3A étaient redevenus noisette.

*Bon. Parfait. Il est allé aux chiottes pour les retirer avant de piquer un somme, puis il y est retourné pour les remettre. Je t'en prie, Janey ! Ne sois pas idiote.*

Mais elle ne l'était pas. Il y avait là quelque chose qu'il lui était impossible de cerner, mais elle n'était pas idiote.

*Il est trop pâle.*

*Et alors ? Il y a des tas de gens qui sont trop pâles, y compris ta propre mère depuis que sa vésicule déraille.*

Il avait des yeux d'un bleu troublant – pas aussi mignons qu'avec les verres de contact noisette, mais troublants, pour sûr. Alors, pourquoi s'être ruiné à en changer la couleur ?

*Parce qu'il aime modeler son apparence. Ça ne te suffit pas comme explication ?*

Non.

Peu avant le ATTACHEZ VOTRE CEINTURE et la contre-vérification finale, elle fit quelque chose qu'elle n'avait jamais fait auparavant. Et le fit en pensant à la vieille routière du ciel de l'école des hôtesses. Elle remplit de café brûlant une thermos qu'elle négligea de reboucher, n'en revissant qu'à peine le capuchon de plastique rouge.

Suzy Douglas annonçait l'approche de l'avion, expliquant aux bestiaux qu'ils allaient avoir à éteindre leur cigarette et à ranger leurs affaires, qu'un agent de la compagnie les réceptionnerait au sol, qu'il leur fallait vérifier s'ils avaient les pièces exigées pour débarquer aux États-Unis et qu'on allait passer ramasser tasses, verres et casques.

*Bizarre qu'on n'ait pas à vérifier s'ils n'ont pas fait pipi dans leur culotte*, s'étonna distraitement Jane. Elle avait son propre fil d'acier qui lui garrottait les entrailles.

— Prends mon tour, dit-elle à Suzy qui raccrochait le micro.

Suzy jeta un coup d'œil à la thermos, puis regarda Jane.

— Ça ne va pas, Jane ? Tu es blanche comme un…

— Si, si, ça va. Prends mon tour. Je t'expliquerai quand tu reviendras. (Elle balaya des yeux les strapontins près de la portière gauche.) J'ai envie de faire une balade à moto sur le siège arrière.

— Mais, Jane…

— Prends mon tour, c'est tout.

— Bon, fit Suzy. D'accord. Pas de problème.

Jane Dorning se laissa choir sur le strapontin qui jouxtait l'allée et négligea de s'attacher. Elle voulait garder sur la thermos un contrôle total et la tenait en conséquence à deux mains : pas question de la lâcher pour boucler le harnais.

*Suzy doit se dire que je débloque.*

Et elle espérait qu'il en fût ainsi.

*Si le commandant McDonald n'atterrit pas en douceur, je suis bonne pour avoir des cloques plein les mains.*

C'était un risque à courir.

L'avion perdait rapidement de l'altitude. Soudain, le 3A, le passager au teint pâle et aux yeux bicolores, se pencha pour extraire un sac de sous son siège.

*Nous y sommes*, se dit Jane. *C'est là-dedans qu'il transporte sa grenade ou son arme automatique ou je ne sais quoi.*

Et à l'instant où elle vit le sac, à cet instant précis, d'une main légèrement tremblante, elle dégagea de son pas de vis le capuchon de plastique rouge de la thermos. Il allait y avoir un petit copain d'Allah sacrément surpris de se retrouver par terre dans l'allée avec la figure ébouillantée.

Le 3A ouvrit son sac.

Jane se tint prête.

## 3

Le Pistolero songea que cet homme, prisonnier ou non, était probablement plus doué pour le grand art de la survie que tous ceux qu'il voyait autour de lui dans la diligence du ciel. Les autres étaient dans l'ensemble du genre adipeux, et même ceux qui paraissaient jouir d'une forme physique acceptable s'associaient à quelque chose de relâché dans leurs traits, à des visages d'enfants gâtés, d'hommes qui finiraient par se battre mais pas avant d'avoir gémi et pleurniché pendant des siècles. Des gens dont on pouvait mettre les tripes à l'air sans que leur ultime expression trahît la rage ou la souffrance, rien que la surprise éberluée.

Le prisonnier était mieux... mais pas encore assez bon. Loin de là.

*La soldate. Elle a vu quelque chose. Je ne sais pas quoi, mais ça ne lui a pas semblé normal. Elle a une façon bien particulière de le regarder.*

Le prisonnier s'assit et se mit à feuilleter un livre à la couverture souple qu'il associait mentalement au mot canard (analogie qui échappa au Pistolero et dont le décryptage lui parut sans intérêt). Roland n'avait aucune envie de regarder un livre d'images, si surprenants que fussent de tels objets. C'était la femme en uniforme qu'il voulait surveiller. Son désir de bondir au premier plan prendre les commandes ne cessait de croître, mais il se retint... du moins pour le moment.

Le prisonnier était allé quelque part et en rapportait une drogue. Pas celle qu'il prenait lui-même ni rien qui soit susceptible de combattre le poison dont se mourait le Pistolero, mais une autre que les gens payaient à prix d'or parce qu'elle était illégale. Cette drogue, il allait la remettre à son frère qui, à son tour, la donnerait à un homme nommé Balazar. La transaction serait complète quand Balazar leur aurait remis la drogue qui les intéressait en échange de celle qu'ils lui apportaient... mais ce, à la seule condition que le prisonnier s'acquittât correctement d'un rituel inconnu du Pistolero (l'un de ces singuliers rituels dont un monde aussi étrange que celui-ci ne pouvait que regorger), un rituel auquel se référait l'expression Passer la Douane.

*Mais cette femme l'a repéré.*

Pouvait-elle l'empêcher de Passer la Douane ? Roland estima que la réponse était probablement affirmative. Et ensuite ? La détention, bien sûr. Et si son hôte moisissait au fond d'une cellule, il n'était plus question de trouver ce médicament dont son organisme infecté avait besoin.

*Il lui faut Passer la Douane*, se dit le Pistolero. *Il le faut. Et il lui faut accompagner son frère chez ce Balazar. Ce n'est pas prévu dans leur plan et son frère ne va pas aimer ça, mais il le faut.*

Parce qu'un homme qui s'occupait de drogues avait de fortes chances de connaître – ou d'être lui-même – une personne apte à guérir les maladies. Quelqu'un qui pourrait percevoir ce qui n'allait pas et réussirait... peut-être...

*Oui, il lui faut Passer la Douane*, se dit le Pistolero.

La réponse était si gigantesque, à ce point évidente et à sa portée, qu'il faillit ne pas la voir. Si le Passage de la Douane s'annonçait difficile pour le prisonnier, c'était bien sûr à cause de cette drogue qu'il transportait. Il devait y avoir sur les lieux de la cérémonie une sorte d'Oracle que l'on consultait lorsqu'on avait affaire à des gens suspects. Dans les autres cas, comprit Roland, le Passage était la simplicité même, comme de franchir la frontière d'un pays ami dans son propre monde. Un simple geste – purement symbolique – d'allégeance au monarque de ce royaume suffisait pour y être admis.

Bon.

Se sachant en mesure d'emporter dans son univers des objets matériels appartenant à celui du prisonnier – le petit pain au thon l'avait prouvé –, il allait faire de même avec les sacs de drogue. Le prisonnier Passerait la Douane. Après quoi, Roland lui rendrait les sacs.

*Mais le pourras-tu* ?

Ah, question assez troublante pour lui faire oublier le spectacle de toute cette eau en bas : après avoir survolé ce qui semblait être un immense océan, ils venaient d'effectuer un virage en direction de la côte, et avec régularité, maintenant, les flots se rapprochaient. La diligence du ciel descendait (et au regard superficiel d'Eddie, pour lequel ce spectacle était des plus ordinaire, se superposait celui du Pistolero, fasciné comme un enfant devant sa première neige). Oui, il pouvait emporter des choses de ce monde. Mais les rapporter ? Voilà qui restait à prouver.

Il plongea la main dans la poche du prisonnier, referma les doigts sur une pièce de monnaie.

Puis il refranchit la porte.

## 4

Les oiseaux s'envolèrent quand il se redressa. Cette fois, ils étaient prudemment restés à quelque distance. Il avait mal, se sentait vaseux, fiévreux... et néanmoins bien plus revigoré qu'il n'aurait pu s'y attendre après l'ingestion d'une aussi faible quantité de nourriture.

Il ouvrit la main et regarda la pièce qu'on aurait prise pour de l'argent si des reflets rougeâtres sur la tranche n'avaient trahi quelque métal plus vil. Elle était frappée au profil d'un homme dont les traits respiraient noblesse, courage et persévérance mais dont la coiffure, à la fois bouclée au-dessus de l'oreille et serrée en queue sur la nuque, suggérait un rien de coquetterie. Roland la retourna et, sur l'autre face, vit quelque chose qui lui arracha un cri étranglé.

Un aigle, le blason qui avait orné sa propre bannière dans ce passé déjà bien estompé où il y avait encore eu des royaumes et des bannières pour en être le symbole.

*Le temps presse. Retourne là-bas. Vite.*

Mais il s'attarda encore un moment : réfléchir dans cette tête présentait certaines difficultés – car si l'esprit du prisonnier était loin d'être clair, son crâne, temporairement du moins, offrait un cadre plus propice à la pensée que celui du Pistolero.

Essayer de transporter la pièce dans les deux sens ne constituait qu'une moitié de l'expérience, non ?

Il prit une cartouche dans l'un des ceinturons et la serra contre la pièce au creux de sa paume.

Puis, une fois de plus, il franchit la porte.

## 5

La pièce du prisonnier était toujours là dans le double écrin de sa main et de sa poche. Roland n'eut pas à passer au premier plan pour vérifier ce qu'il en était de la cartouche : il savait qu'elle n'avait pas fait le voyage.

Il n'en bondit pas moins à l'avant, brièvement parce qu'il lui fallait savoir quelque chose, voir quelque chose.

Aussi se retourna-t-il, comme pour rectifier la position du truc en papier qui garnissait le dossier de son siège (par tous les dieux qui avaient eu quelque existence, il y avait du papier partout dans ce monde !) et jeta un coup d'œil par la porte. Il vit son corps, de nouveau affalé à terre, mais avec un filet de sang frais qui coulait à présent d'une coupure à la joue – sans doute venait-il de se l'entailler sur un caillou.

La cartouche qu'il avait essayé d'emporter avec la pièce gisait sur le sable au pied de la porte.

La réponse était néanmoins satisfaisante. Le prisonnier allait pouvoir Passer la Douane. Leurs hommes du guet auraient beau le fouiller de la tête aux pieds, de la bouche au trou du cul…

… ils ne trouveraient rien.

Le Pistolero se réinstalla confortablement chez son hôte, content de lui, et inconscient – du moins pour l'heure – de ce qu'il n'avait pas encore saisi toutes les dimensions du problème.

# 6

Le 727 effectua son approche en souplesse au-dessus des salines de Long Island, abandonnant derrière lui les traînées de suie du carburant consumé. Son train d'atterrissage descendit, grondement suivi d'un choc sourd.

# 7

Le 3A, celui qui avait les yeux de deux couleurs, se redressa et Jane lui vit entre les mains – vit pour de bon – un pistolet-mitrailleur au profil compact avant de s'apercevoir qu'il s'agissait seulement de la carte de déclaration en douane et d'une de ces petites pochettes qu'utilisent les hommes pour ranger leurs papiers.

L'avion se posa sur du velours.

Parcourue d'un frisson convulsif, Jane revissa complètement le capuchon de la thermos.

— Tu peux me traiter d'andouille, glissa-t-elle à Suzy tout en bouclant le harnais maintenant qu'il était trop tard. (Elle avait informé sa collègue de ses soupçons afin qu'elle se tînt prête.) Tu en as parfaitement le droit.

— Non, dit Suzy. Tu as fait ce qu'il fallait.

— J'en ai trop fait. Du coup, je suis bonne pour te payer le resto.

— Ça, tu n'y couperas pas. Mais arrête de le regarder. Regarde-moi. Et souris, Janey.

Jane sourit. Hocha la tête. Se demanda ce qui allait se passer maintenant.

— Tu regardais ses mains, reprit Suzy, puis elle rit et Jane se joignit à elle. Moi je regardais sa chemise quand il s'est baissé pour ouvrir son sac. Il a sous les bras de quoi approvisionner tout un rayon du Woolworth's. Sauf que ce n'est pas le genre d'article qu'on trouve en magasin, je crois.

Jane rejeta la tête en arrière et rit de nouveau, se faisant l'effet d'être une marionnette.

— Comment on s'y prend ?

Suzy était son aînée de cinq ans dans la carrière d'hôtesse et Jane – qui quelques instants auparavant avait estimé avoir la situation en main, du moins sur le mode désespéré – était à présent bien contente d'avoir Suzy près d'elle.

— Ça, ce n'est pas notre problème. Tu vas tout raconter au commandant pendant qu'on nous remorque. Il en parlera aux douanes. Ton petit copain va faire la queue comme tout le monde, sauf qu'à un moment donné des hommes vont le faire sortir du troupeau pour l'escorter jusqu'à une petite pièce. Et je crains que ce ne soit pour lui la première d'une très longue série de petites pièces.

— Seigneur !

Jane continuait de sourire, mais elle était parcourue de frissons tour à tour brûlants et glacés.

Elle enfonça le bouton qui la libérait du harnais tandis que les rétrofreins commençaient à s'essouffler, tendit la thermos à Suzy, puis se leva et alla frapper à la porte du poste de pilotage.

Pas un terroriste mais un trafiquant de drogue. Merci, mon Dieu, pour cette petite aubaine. Pourtant, en un sens, c'était affreux. Elle l'avait trouvé mignon.

Pas *très* mignon, mais un peu.

## 8

*Dieu du ciel ! Il ne s'est toujours aperçu de rien*, songea le Pistolero, rageur, dans un désespoir naissant.

Eddie s'était penché afin de prendre les papiers dont il avait besoin pour le rituel et, quand il avait relevé les yeux, la soldate le regardait, les yeux exorbités, les joues blanches comme le papier revêtant le dossier des sièges. Le tube d'argent au capuchon rouge que Roland avait d'abord pris pour une sorte de gourde lui faisait maintenant l'effet d'une arme. Elle tenait l'objet à hauteur de ses seins. Il se dit que, d'un instant à l'autre, elle allait le lancer ou en dévisser la coiffe et lui tirer dessus.

Puis il la vit se détendre et boucler son harnais bien qu'un choc sourd les eût tous avertis que la diligence du ciel s'était posée. Elle se tourna pour dire quelque chose à l'autre fille de l'armée qui s'était assise à côté d'elle et qui se mettait à présent à rire en hochant la tête. Mais si c'était là un rire franc, Roland voulait bien être un crapaud des rivières.

Il se demandait comment l'homme dans l'esprit duquel son *ka* de pistolero avait élu domicile pouvait être aussi bête. En partie à cause de ce qu'il se mettait dans le corps bien sûr… une des versions locales de l'herbe du diable. En partie seulement, car sans être stupide au même point que les autres, il pouvait se montrer inattentif et mou comme eux.

*Ils sont ce qu'ils sont parce qu'ils vivent dans la lumière*, se dit soudain le Pistolero. *Cette lumière de la civilisation qu'on t'a appris à révérer par-dessus tout. Il vit dans un monde qui n'a pas changé.*

Si c'était là le type de citoyens qu'engendrait un tel monde, Roland n'était pas sûr de ne pas lui préférer celui des ténèbres. « Avant que le monde n'eût changé », disaient les gens de cet univers, et ils le disaient toujours sur un ton de poignante nostalgie… Mais peut-être s'agissait-il d'une tristesse absurde, irréfléchie.

*Elle a cru que je/il avait l'intention de sortir une arme quand je/il s'est penché pour prendre les papiers. Quand elle les a vus, elle s'est détendue, a fait ce que tout le monde avait fait avant que la diligence ne touche le sol. Maintenant, elle et son amie sont en train de causer et de rire, mais leur expression – et particulièrement celle de la soldate qui tient le tube de métal – dit autre chose. Elles parlent, d'accord, mais elles ne font que semblant de rire… pour la simple raison que le sujet de leur conversation, c'est moi/lui.*

Le véhicule céleste roulait à présent sur ce qui avait toutes les apparences d'une longue route cimentée. Si essentiellement rivée que fût son attention sur les deux femmes, le

Pistolero voyait çà et là, du coin de l'œil, d'autres diligences sur d'autres chaussées similaires. Certaines se traînaient, d'autres filaient à une vitesse incroyable – comme celle de projectiles jaillis d'un revolver ou d'un canon –, prenant leur élan pour bondir dans les airs. En dépit du tour critique pris par sa situation, une part de son être brûlait du désir de passer au premier plan et de tourner la tête pour suivre leur envol. C'étaient des machines de facture humaine, mais non moins fabuleuses que dans les histoires du Grand Plumeux qui était censé avoir vécu dans le lointain (et probablement légendaire) royaume de Garlan – peut-être même plus fabuleuses pour la simple raison que des hommes les avaient fabriquées.

La femme qui lui avait apporté le *popkin* décrocha son harnais (et ce, moins d'une minute après l'avoir bouclé), puis se dirigea vers une petite porte. *C'est là qu'est le cocher*, se dit-il, mais quand la porte s'ouvrit et que la femme entra, il s'aperçut qu'il en fallait apparemment trois pour conduire la diligence du ciel. Le bref coup d'œil qu'il put jeter sur ce qui semblait être un bon million de cadrans, de manettes et de petites lumières suffit d'ailleurs à lui faire comprendre pourquoi.

Son hôte regardait tout ça mais ne voyait rien – Cort aurait commencé par l'accabler de sarcasmes avant de l'expédier contre le mur le plus proche. L'esprit du prisonnier était entièrement requis par l'extraction du sac de sous le siège, par l'acte de retirer une veste légère du placard ménagé dans le plafond… et par la perspective du rituel auquel il allait être confronté.

*La soldate l'a d'abord pris pour un voleur ou pour un fou. Il a dû – ou peut-être est-ce moi… oui, c'est plus probable – faire quelque chose qui a éveillé ses soupçons. Ensuite, elle a changé d'avis. Puis l'autre femme l'a ramenée sur sa première impression… sauf que maintenant, à mon sens, elles savent précisément ce qui cloche. Oui, elles ont compris qu'il va tenter de profaner le rituel.*

Et ce fut alors que, dans un éclair, il mesura toute l'ampleur du problème. *Primo*, le transfert des sacs dans son monde n'allait pas être aussi simple que celui de la pièce : celle-ci n'adhérait pas au corps du prisonnier, maintenue par cette lanière collante dont le jeune homme s'était entouré le torse pour se plaquer les sacs sur la peau. Et il y avait un *secundo* : son hôte n'avait pas remarqué la disparition temporaire d'une pièce parmi d'autres, mais quand il se rendrait compte que ce pour quoi il risquait sa vie s'était envolé, il allait à coup sûr se poser des questions.

Il était plus qu'envisageable qu'il se mît à agir de manière insensée, avec pour effet de l'expédier au fond d'une cellule aussi promptement que s'il avait été pris en flagrant délit de profanation. Le choc promettait d'être assez grave : de cette pure et simple disparition des sacs il allait probablement déduire qu'il venait de verser dans la démence.

La diligence du ciel – simple charrette à présent qu'elle roulait sur le sol – se traîna dans un virage à gauche. Roland prit conscience de ne pouvoir s'offrir le luxe de pousser plus loin ses réflexions. Il lui fallait dépasser ce stade d'observateur à l'avant-plan. Il devait entrer en contact avec Eddie Dean.

Immédiatement.

## 9

Eddie rangea sa carte de déclaration en douane et son passeport à portée de main dans la poche de sa chemise. Le fil d'acier s'enroulait régulièrement autour de ses tripes, mordant de plus en plus profond, jusqu'à faire grésiller ses nerfs d'étincelles. Et soudain, dans sa tête, une voix parla.

Pas une pensée, une voix.

*Écoute-moi, l'ami. Écoute-moi bien. Et si tu ne veux pas que ça tourne à la catastrophe, tâche de rien laisser paraître qui pourrait accroître les soupçons des deux soldates. Elles n'en ont déjà que trop.*

Eddie commença par se dire qu'il avait oublié d'enlever le casque fourni par la compagnie et qu'il y recevait par erreur quelque message venu du poste de pilotage. Puis il se rappela qu'une hôtesse était passée ramasser les écouteurs cinq minutes auparavant.

Sa deuxième explication fut qu'il y avait quelqu'un debout à côté de lui en train de parler. Il faillit tourner brusquement la tête mais se retint : c'était absurde. La simple vérité, qu'elle lui plût ou non, était que cette voix résonnait à l'intérieur de son crâne.

Mais peut-être s'agissait-il effectivement d'une interférence d'ondes AM, FM ou VHF captées par les plombages de ses molaires. Il avait entendu dire que de telles...

*Tiens-toi droit, larve ! Ces femmes sont déjà assez méfiantes sans que tu aies par-dessus le marché l'air d'un vrai dingue.*

Eddie se redressa d'un bloc comme s'il venait d'être frappé. Ce n'était pas la voix de Henry, mais il y avait perçu une étonnante ressemblance avec celle de son frère, du temps où ils n'étaient que deux gosses grandissant au pied des logements sociaux de la Cité. Deux garçons avec huit ans d'écart et dont la sœur – après avoir tenu la moyenne entre eux – n'avait désormais place que dans leurs souvenirs. Selina s'était fait écraser alors qu'Eddie avait deux ans et Henry dix. Ce ton âpre, péremptoire, explosait chaque fois que le grand frère voyait son cadet faire quelque chose susceptible de mal se terminer et de le faire se retrouver au fond d'une caisse en sapin bien avant l'heure... comme Selina.

*Mais, bordel de merde, qu'est-ce qui se passe ?*

*D'abord, dis-toi bien que tu n'entends pas des voix*, répondit la voix dans sa tête. Définitivement pas celle d'Henry : plus âgée, plus sèche... plus forte. Mais très proche quand même de celle de son grand frère... Impossible de ne pas l'écouter. *Tu n'es pas en train de devenir fou. Je suis une autre personne.*

*C'est de la télépathie ?*

Eddie était vaguement conscient de conserver un visage totalement inexpressif. Il se dit que, vu les circonstances, cela aurait pu lui valoir l'Oscar du meilleur acteur. Il jeta un coup d'œil par le hublot et vit que l'avion se rapprochait du corps de bâtiments réservé à la compagnie Delta.

*Je ne connais pas ce mot. Mais ce que je sais, c'est que les deux soldates sont au courant de ce que tu as sur toi…*

Il y eut un temps d'arrêt. Une sensation – étrange, inexprimable – de doigts immatériels compulsant son cerveau comme s'il était un fichier vivant.

*… de l'héroïne ou de la cocaïne. Impossible de préciser, sinon… oui, sinon que ce doit être de la cocaïne parce que tu n'en prends pas, tu ne fais qu'en transporter pour payer ce que tu consommes.*

— Quelles soldates ? marmonna Eddie entre ses dents sans s'apercevoir qu'il parlait tout haut. Qu'est-ce que vous êtes en train de me raconter comme co…

De nouveau cette impression de recevoir une gifle… si nette qu'il en garda des tintements dans les oreilles.

*Tu vas la fermer, connard !*

*Ouais, ouais, OK !*

Et encore une fois ces doigts qui farfouillaient.

*Les cantinières*, reprit la voix de l'autre. *Tu vois ce que je veux dire ? Je n'ai pas le temps d'étudier tes pensées en détail, prisonnier.*

— Qu'est-ce qui vous… commença Eddie, puis il se tut. *Pourquoi vous m'appelez comme ça ?*

*Laisse tomber. Tu m'écoutes, c'est tout. On n'a vraiment pas le temps. Ces cantinières ont tout compris. Elles savent que tu as cette cocaïne.*

*Ridicule ! Comment pourraient-elles le savoir ?*

*J'ignore comment elles en ont eu connaissance, et d'ailleurs, peu importe. L'une d'elles est allée le dire aux cochers. Les cochers vont le répéter aux prêtres qui président à cette cérémonie : le Passage de la Douane…*

La langue dans laquelle s'exprimait la voix tenait du mystère avec ses termes si décalés qu'ils en étaient presque charmants… mais le sens qu'ils véhiculaient n'en était pas moins net, massif et clair. Même si rien ne transparut sur ses traits, Eddie sentit ses dents se verrouiller dans un claquement douloureux et filtrer une petite inspiration brûlante.

La voix lui disait qu'il avait perdu la partie. Il était encore dans l'avion et il avait déjà perdu la partie.

Mais non, ce n'était pas vrai. Ça ne pouvait pas être vrai. C'était juste dans sa tête, un petit numéro de paranoïa qu'il se jouait *in extremis*. Suffisait de ne pas y faire attention. Voilà, il n'allait pas y faire attention et ça pass…

*Tu vas y faire attention, sinon tu iras en prison et moi je mourrai !* rugit la voix.

*Mais, au nom du ciel, qui êtes-vous ?* demanda Eddie, de mauvaise grâce, la peur au ventre.

Et dans sa tête il entendit quelqu'un ou quelque chose exhaler un soupir de soulagement.

## 10

*Il y croit*, pensa le Pistolero. *Que soient remerciés tous les dieux qui ont ou eurent jamais quelque existence : il y croit.*

## 11

L'appareil s'immobilisa. L'ordre d'attacher sa ceinture s'éteignit. La passerelle vint s'appliquer dans un choc amorti contre la porte avant.

Ils étaient arrivés.

## 12

*Il y a un endroit où tu peux mettre ce que tu as pendant que tu t'acquittes du Passage de la Douane*, dit la voix. *Un endroit sûr. Ensuite, après la cérémonie, tu pourras le récupérer pour le porter à ce Balazar.*

Les gens se levaient à présent, sortaient leurs affaires des coffres qui les surplombaient, s'arrangeant au mieux de vêtements qu'il faisait trop chaud pour porter à l'extérieur – du moins s'il fallait en croire l'annonce faite par les pilotes.

*Ramasse ton sac et prends ta veste. Puis retourne dans les latrines.*

*Les lat...*

Ah, oui. Les toilettes, les chiottes.

*S'ils sont persuadés que j'ai de la dope, ils vont croire que j'essaie de m'en débarrasser.*

Eddie comprenait toutefois que ce point n'avait guère d'importance. Personne n'irait enfoncer la porte au risque de déclencher une panique chez les passagers. Et il était exclu de pouvoir jeter un kilo de poudre dans des W-C d'avion sans laisser de trace. À moins que la voix n'ait pas menti, qu'il existât un endroit sûr. *Mais comment serait-ce possible ?*

*Laisse tomber. Remue-toi.*

Eddie se remua. Parce qu'il avait fini par prendre conscience de la situation. Bien sûr, il ne voyait pas tout ce que Roland décelait de par ses années d'expérience et cet entraînement où s'étaient mêlées torture et précision, mais il voyait le personnel, voyait les vrais visages derrière les sourires et les serviables restitutions aux passagers des bagages déposés à l'entrée. Il remarquait la manière dont, sans cesse, leurs yeux voletaient pour venir se poser sur lui, furtivement, comme pour mieux l'aiguillonner.

Il prit son sac, sa veste. On avait ouvert la porte donnant sur la passerelle et les gens commençaient à remonter l'allée. La porte de la cabine de pilotage s'était également ouverte et le commandant se tenait sur le seuil, souriant, bien sûr... mais dévisageant aussi les passagers de première classe qui en étaient encore à rassembler leurs affaires, le repérant soudain – non, le prenant pour cible –, puis regardant ailleurs, adressant un signe de tête à quelqu'un, ébouriffant au passage les cheveux d'un gamin.

Eddie était parfaitement froid maintenant. Pas en manque, froid tout court. Froid... c'était parfois très bien. Il fallait seulement faire attention de ne pas en arriver à geler sur place.

Il avança, remonta jusqu'au point où un virage à gauche allait l'engager sur la passerelle, puis porta soudain la main à sa bouche.

— Oh, je ne me sens pas bien, marmonna-t-il. Pardon…

Il repoussa la porte de la cabine de pilotage qui, sur sa droite, lui barrait en partie l'accès des toilettes et ouvrit la porte de ces dernières.

— Je crains que vous n'ayez à quitter l'appareil, lui fit sèchement remarquer le pilote alors qu'il avait déjà un pied dans les W-C. Vous n'êtes…

— Je crois que je vais vomir, et je ne tiens pas à ce que ce soit sur vos chaussures, rétorqua Eddie. Ni sur les miennes.

Une seconde plus tard, il était à l'intérieur, loquet rabattu. Le commandant parlait toujours. Eddie ne comprenait pas ce qu'il disait, ne voulait pas le savoir. Mais c'étaient des mots et non des cris, et cela seul comptait. Il ne s'était pas trompé : personne n'allait se mettre à hurler avec peut-être deux cent cinquante passagers qui attendaient de débarquer par cette unique porte à l'avant. Ainsi enfermé dans les toilettes, il ne risquait rien pour un temps… mais en était-il plus avancé ?

*Si vous êtes toujours là*, pensa-t-il, *vous feriez mieux de faire quelque chose au plus vite, qui que vous soyez.*

L'espace d'un épouvantable instant, il n'y eut rien, rien du tout. Ce fut très court, mais ça parut néanmoins s'étirer presque à l'infini dans sa tête, comme ces rubans de guimauve qu'Henry lui payait parfois l'été quand ils étaient gosses. Faisait-il des bêtises que son frère le battait comme plâtre, était-il sage qu'il lui payait des guimauves. C'était ainsi qu'Henry assumait le surcroît de responsabilités que lui apportaient les grandes vacances.

*Ô mon Dieu, ô Seigneur, j'ai tout inventé. Comment ai-je pu me mettre à débloq…*

*Tiens-toi prêt*, fit la voix, sévère. *Je ne peux pas faire ça tout seul. Je sais monter au premier plan mais il m'est impossible de te faire traverser. Tu vas devoir effectuer la manœuvre avec moi. Tourne-toi.*

La vue d'Eddie se retrouva soudain véhiculée par deux paires d'yeux, et ses sensations gouvernées par deux arborescences nerveuses (mais tous les nerfs de l'étranger n'étaient pas là, une partie de ce corps manquait – mutilation toute fraîche qui hurlait sa souffrance), appréhendant le monde par dix sens, pensant avec deux cerveaux, le sang fusant dans ses artères au rythme d'un double cœur.

Il se tourna et découvrit une ouverture découpée dans la cloison, quelque chose qui ressemblait à une porte, donnant sur une grève de gros sable gris, sur les rouleaux pisseux qui s'y brisaient.

Et ces vagues, il les entendait.

Comme il avait dans les narines cette senteur saline aussi amère que des larmes.

*Passe.*

On frappait à la porte des toilettes, on lui disait de sortir, qu'il devait immédiatement quitter l'appareil.

*Mais vas-y, merde !*

Eddie franchit le seuil en maugréant... perdit l'équilibre et bascula dans un autre monde.

## 13

Il se releva lentement, conscient de s'être entaillé la paume sur un fragment de coquillage. Il regarda bêtement le sang suivre sa ligne de vie, puis vit sur sa droite un autre homme se redresser avec une égale lenteur.

Il eut un mouvement de recul, son vertige soudain supplanté par l'âpre dard de la terreur : ce type était mort et ne le savait pas. Un visage émacié, la peau tendue sur les os comme des bandelettes dont on aurait si étroitement enveloppé une structure métallique que le tissu menaçait de se déchirer aux angles. Peau livide hormis les touches de rouge que la fièvre avait plaquées haut sur les pommettes, de part et d'autre du cou sous la ligne des mâchoires, et entre les deux yeux. Marque isolée, circulaire, pareille à l'enfantine imitation de quelque symbole d'une caste hindoue.

Mais un regard qui niait la mort – bleu, solide, équilibré –, plein d'une extraordinaire et opiniâtre vitalité. Il était vêtu de sombre, d'une sorte de cotonnade artisanale. Une chemise aux manches retroussées, dont le noir achevait de tourner au gris, et un pantalon de type jean. Deux ceintures d'armes s'y entrecroisaient, suspendues à ses hanches, mais leurs alvéoles étaient presque toutes vides. Ce qui dépassait des étuis ressemblait à des 45 – mais d'un modèle d'une incroyable antiquité. Le bois lisse de leurs plaquettes de crosse semblait suinter ses propres luisances.

Eddie, qui ne se savait nulle intention de parler – ni rien à dire – s'entendit néanmoins demander :

— Vous êtes un fantôme ?

— Non, pas encore, croassa l'homme aux pistolets. Allez, vite. L'herbe du diable. La cocaïne. Enlève ta chemise.

— Votre bras…

Eddie venait de découvrir sur le bras droit de cet homme – lequel lui semblait appartenir à cette extravagante espèce de pistolero qui ne se rencontre que dans les westerns spaghetti – un réseau de sinistres lignes écarlates. Il en connaissait le sens. Elles étaient le symptôme d'un empoisonnement du sang. Elles disaient que le diable ne se contentait pas de vous courir au cul, qu'il remontait déjà les égouts vers vos pompes centrales.

— Ne t'occupe pas de mon putain de bras ! claqua la voix du spectral personnage. Retire ta chemise et débarrasse-toi de ce qu'il y a dessous.

Eddie entendait les vagues, avait dans les oreilles le sifflement esseulé d'un vent ignorant tout obstacle. Il voyait ce fou à l'agonie et rien d'autre, autour, qu'un décor désolé. Tout en continuant de percevoir derrière lui le murmure des passagers quittant l'appareil, tandis que les coups sourds, réguliers se fracassaient toujours contre la porte des toilettes.

— M. Dean ! (*Cette voix… elle vient d'un autre monde*, se dit-il, n'en doutant pas vraiment, tentant seulement de se l'enfoncer dans le crâne comme si c'était un clou à planter dans une bille d'acajou.) Il faut absolument que vous…

— Laisse tomber, tu verras ça plus tard, grinça le Pistolero. Tu ne comprends donc pas qu'ici je suis obligé de parler. Que ça fait mal ! Et puis qu'il n'y a pas de temps à perdre, espèce de crétin.

Il y avait des gens qu'Eddie aurait tués sur place pour l'avoir insulté de cette manière... Mais il avait dans l'idée que tuer cet homme présentait quelques difficultés, même si son état semblait appeler cet acte comme un service à lui rendre.

Il ne lisait pourtant que sincérité dans ces yeux bleus : toute question se dissolvant, s'annulant sous leur regard intense.

Il commença de déboutonner sa chemise. Sa première impulsion avait été de l'arracher, comme Clark Kent/Superman quand Lois Lane est attachée en travers des rails ou quelque chose de la même veine, mais ce genre d'agissement ne valait rien dans la vie de tous les jours : on se retrouvait avec des boutons dont, tôt ou tard, il fallait expliquer l'absence. Il les fit donc glisser un par un hors des boutonnières alors que, dans son dos, le tambourinement s'obstinait.

Puis il la retira, révélant les bandes de sparadrap qui bardaient son torse et lui donnaient l'aspect d'un type qu'on soigne pour des côtes salement fracturées.

Il jeta un coup d'œil derrière lui et vit une porte béante... dont le battant avait creusé une forme en éventail dans le sable gris de la plage quand quelqu'un – le mourant sans doute – l'avait poussé. Au-delà, il reconnaissait les toilettes de l'avion, le lavabo, la glace... et le visage qui s'y reflétait, son visage, ses cheveux noirs qui lui tombaient sur le front au-dessus de ses yeux noisette. À l'arrière-plan, il voyait le Pistolero, la grève à l'infini et des oiseaux de mer qui piaillaient en se disputant Dieu sait quoi.

Il palpa les épaisseurs de sparadrap, se demandant par où commencer, comment trouver un bout sur lequel tirer, se sentant alors envahi par une forme hébétée de désespoir. Ce que doit éprouver le cerf ou le lapin qui, traversant une route de campagne et parvenu au beau milieu, ne tourne la tête que pour être cloué par l'éblouissement des phares qui se ruent sur lui.

Enrouler la bande avait pris vingt minutes à William Wilson, l'homme dont Edgar Poe avait immortalisé le nom. Il allait s'en écouler cinq – sept au mieux – avant qu'ils ne se décident à forcer la porte des toilettes.

— Impossible de retirer cette saleté, dit-il à l'homme qui chancelait en face de lui. Je ne sais ni qui vous êtes ni où je suis, mais je peux vous dire que ce sera bien trop long pour le temps dont nous disposons.

## 14

Deere, le copilote, suggéra au commandant McDonald de renoncer à tambouriner à la porte quand son supérieur, devant l'absence de réponse du 3A, entreprit d'exprimer ainsi sa frustration.

— Où voulez-vous qu'il aille ? demanda-t-il. Que peut-il faire ? Sauter dans la cuvette et tirer la chasse ? Il est beaucoup trop gros.

— Mais s'il passe de la... commença McDonald.

Deere – qui, pour sa part, se permettait un usage plus qu'occasionnel de la cocaïne – l'interrompit :

— S'il en passe, c'est un bon paquet. Il ne pourra pas s'en débarrasser comme ça.

— On n'a qu'à couper l'eau, fit le commandant.

— C'est déjà fait, rétorqua le copilote (qui, à l'occasion, se permettait également d'outrepasser ses fonctions). Mais je ne crois pas que ça change grand-chose. On peut dissoudre ce qui va dans les cuves, mais il est impossible de faire que ça n'y soit pas. (Ils étaient agglutinés contre la porte des toilettes – nargués par l'éclat du mot OCCUPÉ dans son petit rectangle – et chuchotaient presque.) Les types de la DEA vont vider la cuvette, prélever un échantillon, l'analyser... et le gars sera coincé.

— Il pourra soutenir qu'un autre est passé avant lui pour s'en débarrasser, fit remarquer McDonald dont la voix se teintait de nervosité.

Il n'avait pas envie d'épiloguer sur la situation, il voulait y répondre, brûlait d'agir, tout en restant intensément conscient que le troupeau de voyageurs n'avait pas encore évacué l'appareil et que bon nombre coulaient des regards plus que simplement curieux vers cet anormal congrès de l'équipage à proximité des toilettes. Pour sa part, ledit équipage était intensément conscient qu'une action – mettons par trop manifeste – risquait de réveiller le terroriste tapi de nos jours au fond de chaque passager. McDonald savait que son navigateur et son mécanicien de bord étaient dans le vrai, que la came avait de fortes chances de rester dans ses sacs en plastique marqués des empreintes du connard, mais il n'en sentait pas moins les sirènes d'alarme se déclencher en lui. Quelque chose clochait dans toute cette histoire. Quelque chose ne cessait de lui répéter : *Vite ! Vite !* comme si le 3A était un joueur professionnel aux manches farcies d'as et sur le point de les abattre.

— En tout cas, il n'essaie pas de tirer la chasse, intervint l'une des hôtesses, Suzy Douglas. Même pas d'ouvrir les robinets du lavabo. On les entendrait pomper l'air s'il le faisait. J'entends bien quelque chose mais...

— Vous pouvez descendre, lui intima sèchement McDonald avant de reporter son regard sur Jane Dorning. Vous aussi. On va prendre les choses en main.

Alors que Jane, les joues en feu, s'apprêtait à obéir, Suzy dit tranquillement :

— C'est Jane qui l'a repéré, et puis c'est moi qui ai vu les grosseurs sous sa chemise. Aussi allons-nous rester, je crois, commandant McDonald. Si vous voulez nous coller un rapport pour insubordination, libre à vous. Mais je tiens à vous rappeler le risque de saboter le travail de la DEA sur ce qui pourrait être un énorme coup de filet.

Leurs yeux se verrouillèrent dans des gerbes d'étincelles.

— Ce doit être au moins le soixante-dixième voyage que je fais avec vous, Mac, reprit Suzy. Ce que j'en dis, c'est par amitié.

Le commandant la regarda encore un moment puis hocha la tête.

— Bon, vous pouvez rester… à condition de vous reculer l'une et l'autre.

Il se dressa sur la pointe des pieds pour regarder où en étaient les passagers. Les derniers franchissaient la séparation entre classe touriste et classe affaires. Deux minutes encore, trois peut-être.

Il reporta son attention sur l'entrée de la passerelle où un agent de la compagnie censé surveiller le département observait en fait l'étrange groupe qu'ils formaient près de la porte des W-C. L'homme devait avoir senti un problème de quelque nature ; il avait sorti son talkie-walkie de l'étui et le tenait à la main.

— Allez lui dire que je veux des types de la police des frontières, glissa tranquillement McDonald au navigateur. Armés. Trois ou quatre. Et tout de suite.

Le navigateur se fraya un chemin dans la file, s'excusant d'un grand sourire, puis tranquillement parla à l'agent qui, portant le talkie-walkie à ses lèvres, parla tout aussi tranquillement dedans.

McDonald – qui, de sa vie entière, ne s'était jamais rien introduit dans l'organisme de plus fort que de l'aspirine, et encore, de loin en loin – se tourna vers Deere. Ses lèvres s'étaient pincées en une mince et livide cicatrice.

— Dès qu'ils seront tous dehors, on enfonce cette putain de porte de chiottes, dit-il. Que les flics soient là ou non. Compris ?

— Cinq sur cinq, fit Deere, et il regarda le bout de la file atteindre enfin la première classe en piétinant.

## 15

— Prends mon couteau, dit le Pistolero, là, dans ma bourse.

Il montra sur le sable un sac de cuir craquelé. Plus un paquetage qu'une bourse, le genre de truc qu'on s'attend à voir sur le Sentier de Grande Randonnée des Appalaches, trimballé par des hippies se shootant aux fleurs et aux petits oiseaux (avec, peut-être, çà et là, l'aide d'un pétard bien dosé), à la différence que celui-ci avait l'air vrai, pas un accessoire pour quelque fumeuse et narcissique image de soi ; un sac qui avait voyagé dur – dans le désespoir, peut-être – sur des années et des années.

Il le montra, mais pas du doigt. Il ne pouvait pas. Eddie s'aperçut que l'homme avait la main droite enroulée dans un chiffon sale, un lambeau de sa chemise. Il en manquait une partie.

— Prends-le et taille dans la bande. Tâche de ne pas te couper. Faut que tu sois prudent, mais que tu fasses vite aussi. On n'a pas beaucoup de temps.

— Je sais, dit Eddie.

Il s'agenouilla. Rien de tout cela n'était réel. Voilà, elle était là la réponse. Comme aurait dit le Grand Sage & Éminent Junkie, Henry Dean : flip-flop, hippety-top, le maxidélire, l'éclate au pire, la vie est un songe, le monde un mensonge, mets donc un Creedence, ça plane, ça balance.

Rien de tout cela n'était réel. Il avait piqué du nez, tout simplement, voyageait avec un extraordinaire réalisme. Le mieux était de se coucher sur la monture, de se laisser porter par le courant.

Sûr… des plus réalistes, ce trip. Il tendit la main vers la fermeture Éclair – ou peut-être était-ce une bande Velcro – quand il s'aperçut que des lanières de peau brute entrecroisées fermaient en fait la sacoche de l'homme. Certaines, cassées, avaient été soigneusement renouées, assez serré pour continuer de passer dans les œillets.

Il dégagea les lanières, élargit l'ouverture du sac et trouva ce qu'il cherchait sous un paquet vaguement humide : des balles emmaillotées dans un autre morceau de chemise. Le manche seul du couteau eut de quoi lui couper le souffle… l'authentique nuance blanc-gris de l'argent massif y était gravée d'une complexe série de dessins qui accrochaient l'œil, le fascinaient…

Une douleur lui explosa dans l'oreille, vrilla son crâne de part en part, souleva momentanément dans son champ de vision une bouffée de brouillard rouge. Il s'effondra sur le sac entrouvert et heurta le sable alors que son regard remontait des bottes raccourcies de l'homme à ses traits livides. Non, il ne planait pas. Les yeux bleus qui le foudroyaient dans ce visage à l'agonie étaient pure vérité.

— Tu t'extasieras plus tard, prisonnier, dit le Pistolero. Pour l'heure, tu t'en sers et c'est tout.

Eddie sentait son oreille palpiter et s'enfler.

— Pourquoi vous m'appelez toujours comme ça ?

— Occupe-toi de la bande. S'ils déboulent dans ces latrines alors que tu es encore ici, j'ai bien l'impression que tu vas y rester un bout de temps. Et, sous peu, en compagnie d'un cadavre.

Eddie tira le couteau de sa gaine. Il n'était pas simplement vieux, ni même ancien ; il remontait au déluge. Sa lame, affilée au point de disparaître ou presque si on la regardait sous un certain angle, semblait être le temps fait métal.

— Ouais, m'a l'air bien coupant, dit-il, mais sa voix n'avait rien d'assuré.

## 16

Les derniers passagers abordaient la passerelle. Parmi eux se trouvait une vieille dame d'environ soixante-dix étés – avec cette charmante expression perdue que seuls savent apparemment revêtir ceux qui, trop avancés en âge, prennent l'avion pour la première fois. Elle s'arrêta pour montrer ses billets à Jane.

— Je continue sur Montréal, dit-elle. Comment vais-je faire pour trouver mon avion ? Et mes bagages ? Doit-on passer la douane ici ou là-bas ?

— Vous avez à l'entrée de la passerelle un de nos agents qui vous donnera toutes les informations nécessaires, madame, lui fut-il répondu.

— Je ne vois pas ce qui vous empêche de me les donner vous-même, rétorqua-t-elle. Cette passerelle – comme vous dites – est toujours pleine de monde.

— Je vous en prie, madame, veuillez avancer, fit le commandant McDonald. Nous avons un problème.

— Bon, excusez-moi d'être encore en vie, persifla la vieille dame. J'ai dû rater le corbillard.

Et elle passa devant eux le nez dressé comme le museau d'un chien flairant un feu au loin, une main crispée sur la poignée de son espèce de cabas, l'autre sur la pochette où étaient rangés ses billets (il en dépassait tant de talons de cartes d'embarquement qu'on était tenté de la croire venue de l'autre bout du monde en changeant d'avion à chaque escale).

— Voilà une cliente qui risque de jamais remonter à bord d'un long-courrier de notre compagnie, commenta Suzy.

— Elle déciderait de voyager dans le slip de Superman, coincée entre ses roubignoles, que je n'en aurais rien à foutre, décréta McDonald. Ils sont tous sortis ?

Jane bondit, survolant du regard les sièges de la classe affaires, puis passa la tête côté touriste. Tout aussi désert.

Elle revint vers les autres et confirma que l'appareil était vide.

McDonald se tourna vers la passerelle. Il vit deux types en uniforme qui se frayaient un chemin dans la foule – s'excusant, certes, mais sans un regard pour ceux qu'ils bousculaient. Leur dernière victime fut la vieille dame. Sa pochette lui échappa et les papiers volèrent et s'éparpillèrent alors qu'elle poursuivait les coupables de ses cris de corneille en colère.

— Parfait, dit McDonald. Pas plus loin, les gars.

— Mais, commandant, nous sommes des douaniers fédéraux…

— Je sais, et c'est moi qui vous ai appelés. Je vous félicite d'être arrivés si vite. N'empêche que vous allez rester où vous êtes parce que c'est mon avion et que le mec qui s'est enfermé là-dedans fait encore partie de mon cheptel. Une fois qu'il aura mis le pied sur la passerelle, ça sera votre bestiau, et vous pourrez l'accommoder à la sauce qui vous plaira. (Il se tourna vers Deere, hochant la tête.) Bon, je donne encore à ce salopard une dernière chance puis on enfonce la porte.

— Ça me va, fit Deere.

Le commandant cogna de nouveau sur la porte du plat de la main et hurla :

— Sortez, l'ami ! Y en a marre de vous le demander.

Pas de réponse.

— OK, conclut McDonald. Allons-y.

## 17

Eddie entendit comme de très loin la voix d'une vieille dame : « Bon, excusez-moi d'être encore en vie, disait-elle. J'ai dû rater le corbillard. »

Il avait déjà cisaillé la moitié du bandage, mais cette voix le fit sursauter. Un filet de sang lui coulait maintenant sur le ventre.

— Merde.

— Pas le temps de s'en occuper, croassa le Pistolero. Termine. À moins que la vue du sang ne te rende malade.

— Seulement quand c'est le mien, cracha Eddie.

Le corset de sparadrap démarrait juste au-dessus de son ventre. Plus il montait, plus il devenait ardu de suivre la lame des yeux. Il tailla encore une dizaine de centimètres et faillit à nouveau se couper en entendant le « Parfait. Pas plus loin, les gars » de McDonald aux douaniers.

— Je peux terminer et – qui sait ? – m'ouvrir la gorge, ou alors vous pouvez essayer, dit-il. Je ne vois pas ce que je fais. J'ai mon putain de menton qui me gêne.

Le Pistolero prit le couteau de la main gauche. Et sa main tremblait. Voir trembler cette lame au fil suicidaire rendit Eddie nerveux à l'extrême.

— Je ferais peut-être mieux…

— Attends.

Le Pistolero riva les yeux sur sa main. Eddie n'avait jamais nié l'existence de la télépathie mais il n'y avait jamais vraiment cru non plus. Il n'en restait pas moins qu'il sentait quelque chose maintenant, quelque chose d'aussi réel, d'aussi palpable que la chaleur émanant d'un four. Quelques secondes après, il comprit : c'était la volonté de cet homme étrange qui se concentrait.

*Comment peut-il être mourant si je suis à ce point sensible à l'énergie qu'il dégage ?*

Le tremblement décrut. La main ne fit bientôt plus que frémir. Quelques secondes encore, dix au plus, elle était ferme et solide comme un roc.

— Bien, dit le Pistolero.

Il s'approcha, leva le couteau. Eddie sentit se dégager une autre chaleur, moite et rance.

— Vous êtes gaucher ?

— Non.

— Mon Dieu ! fit Eddie.

Puis il tabla sur l'espoir de se sentir mieux s'il fermait un moment les yeux. L'âpre chuintement des deux plaques d'adhésif qui se séparaient lui emplit les oreilles.

— Voilà, dit le Pistolero. (Il fit un pas en arrière.) Maintenant, arrache ça en le lançant aussi loin que tu peux. Je m'occupe du dos.

Fini les petits coups polis à la porte des toilettes. C'étaient des poings rageurs, désormais. *La chiasse !* se dit Eddie. *Sûr qu'il n'y a plus un passager dans l'avion, alors adieu les bonnes manières.*

— Sortez, l'ami ! Y en a marre de vous le demander.

— Tire, gronda le Pistolero.

Eddie prit un pan du bandage dans chaque main et tira de toutes ses forces. Ça fit mal, un mal de chien. *Arrête de chialer. Ça pourrait être pire. Imagine que tu aies du poil sur la poitrine comme Henry.*

Il baissa les yeux et se découvrit en travers du sternum une zone à vif large d'environ vingt centimètres. Juste au-dessus de son plexus solaire, il vit l'endroit où il s'était blessé. Le sang s'y accumulait dans une fossette avant de rouler jusqu'à son nombril. Quant aux paquets de coke, ils pendaient à présent sous ses aisselles tels des sacs de selle mal arrimés.

« OK, fit la voix derrière la porte, s'adressant à quelqu'un d'autre. À... »

La suite se perdit dans l'inattendu raz de marée de souffrance qui lui déferla sur le dos quand le Pistolero lui arracha sans ménagement le reste du corset.

Il se mordit les lèvres pour ne pas hurler.

— Remets ta chemise. (Le visage du Pistolero – d'une pâleur qu'Eddie n'aurait jamais crue possible chez un homme encore en vie – avait carrément viré au gris des cendres froides ; le corset, dans sa main gauche, était devenu un enchevêtrement poisseux, méconnaissable, qu'il jeta. Eddie vit sourdre une auréole de sang frais au travers du bandage improvisé de la main droite.) Vite.

Un coup sourd retentit. Plus rien d'une demande, même exigeante, d'être admis dans les toilettes. Eddie se retourna pour y voir le signal lumineux clignoter, la porte vibrer. Ils allaient l'enfoncer.

Il reprit sa chemise avec des doigts qui brusquement lui parurent trop gourds, trop gros. La manche gauche s'était retournée. Il tenta de la forcer, s'y coinça la main et s'en dégagea si violemment qu'il ramena la manche à son état initial.

*Boum*... une deuxième secousse ébranla la porte des W-C.

— Dieu, comment peux-tu être si maladroit ? gémit le Pistolero, enfonçant à son tour le poing dans la manche récalcitrante.

Eddie eut la présence d'esprit d'en retenir le poignet à l'instant où son nouveau compagnon retirait son bras. Maintenant, ce dernier lui tenait sa chemise comme un majordome le manteau de son maître. Eddie l'enfila et ses mains cherchèrent le premier bouton du bas.

— Pas encore, aboya le Pistolero. (Il arracha un autre morceau de sa propre chemise déjà bien défigurée.) Essuie-toi.

Eddie fit de son mieux. La fossette où le couteau avait accroché la peau continuait à se remplir de sang. Une lame se devait d'être aiguisée, d'accord, mais il y avait des limites.

Il jeta le tampon maculé de sang et boutonna sa chemise.

*Boum*. Cette fois, la porte ne fit pas que trembler, elle se déforma dans son cadre. Un coup d'œil à travers la porte de la plage permit à Eddie d'assister à la chute du flacon de savon liquide posé près du lavabo et de le voir atterrir sur son sac.

Il avait eu l'intention de fourrer vite fait dans son pantalon les pans de sa chemise, laquelle était désormais boutonnée... et correctement, par miracle. Soudain, traversé par une meilleure idée, il dégrafa sa ceinture.

— Non ! Ça, on n'a pas le temps ! (Le Pistolero qui avait voulu crier s'en découvrit incapable.) Encore un choc et cette porte va céder.

— Je sais ce que je fais, dit Eddie, espérant le savoir vraiment.

Puis, alors qu'il refranchissait la porte entre les mondes, il baissa la fermeture Éclair de sa braguette.

Au bout d'un court instant d'atroce et radical désespoir, le Pistolero l'y suivit, en chair et en os un moment – chair envahie de souffrance –, pour ne plus devenir, à sa suite, qu'un *ka* détaché dans le cerveau d'Eddie.

## 18

— Encore une fois, dit McDonald, et Deere hocha la tête.

Maintenant qu'il n'y avait plus un passager, non seulement dans l'avion mais sur la passerelle, les types des douanes avaient sorti leurs armes.

— On y va !

Les deux hommes s'élancèrent et, sous l'unique choc de leur double masse, la porte – diminuée d'un morceau qui resta un moment accroché par le loquet avant de tomber par terre – alla valdinguer contre la cloison.

Révélant le sieur 3A sur le trône, le pantalon sur les genoux, les pans de sa chemise écossaise aux couleurs passées dissimulant – mais à peine – son service trois pièces.

*Pas de doute, il semble qu'on l'ait pris sur le fait*, songea le commandant McDonald, écœuré. *Le seul problème est que ce fait sur lequel on l'a pris n'a aux dernières nouvelles rien d'illégal.* Il était soudain sensible aux élancements dans son épaule là où elle avait heurté la porte par... combien ? trois fois ? quatre ?

— Putain de merde, beugla-t-il, qu'est-ce que vous foutez là-dedans ?

— Ma foi, je coulais un bronze, répondit le 3A. Mais si vous êtes tous si pressés que ça, je vais aller me torcher dans les toilettes de l'aé...

— Et bien sûr, petit malin, vous ne nous avez pas entendus frapper à la porte, hein ?

— Si, mais pas moyen de l'atteindre. (Le 3A tendit la main et, bien que ladite porte qui pendait de guingois contre la cloison fût désormais tout près, McDonald comprit qu'il s'agissait d'une preuve.) Évidemment, j'aurais pu me lever, mais j'avais comme qui dirait entre les mains une situation délicate. À ceci près qu'elle n'était pas exactement entre mes mains, si vous me suivez. Et que je n'avais pas non plus envie qu'elle y soit, si vous me suivez toujours.

Le 3A se fendit d'un sourire vaguement niais qui se voulait engageant et que le commandant jugea aussi crédible qu'une coupure de neuf dollars. À l'entendre, il ne s'était jamais trouvé personne pour lui expliquer le truc tout simple de se pencher en avant.

— Debout, dit McDonald.

— Avec plaisir. Pourriez-vous simplement prier les dames de s'écarter ? (Nouveau sourire charmeur.) Je sais que c'est complètement ringard par les temps qui courent, mais c'est plus fort que moi. Je suis pudique. Le fait est qu'il y a de quoi.

Il leva la main, le pouce et l'index séparés d'un centimètre et demi environ, et fit un clin d'œil à Jane Dorning qui piqua un fard et quitta l'avion, suivie de près par Suzy.

*Pudique ! Tu m'as l'air pudique*, pensa le commandant. *Tu me fais plutôt l'effet d'un chat qui vient de faire patte basse sur la crème.*

Les deux hôtesses disparues, le 3A se leva et se reculotta. Il allait tirer la chasse quand McDonald lui expédia promptement la main loin du levier de la chasse d'eau, l'empoigna aux épaules et le fit pivoter face au couloir. Deere lui accrocha une main ferme entre les reins dans la ceinture du pantalon.

— Pas de privautés, je vous prie, dit Eddie.

Il avait la voix dégagée, juste comme il fallait – du moins lui semblait-il –, mais à l'intérieur, c'était la chute libre. Il sentait l'autre, nettement, le sentait posté dans sa conscience, attentif, sur le qui-vive, prêt à intervenir s'il déconnait. Seigneur, ça ne pouvait être qu'un rêve, non ?

— Pas un geste, rétorqua Deere.

Le commandant McDonald jeta un œil dans la cuvette.

— Pas de crotte, dit-il, foudroyant aussitôt du regard le navigateur qui, sur le troisième terme de cette cascade de négations, s'était esclaffé sans le vouloir.

— Vous savez comment c'est, dit Eddie. Il arrive qu'on ait du bol et que ce ne soit qu'une fausse alerte. J'en ai quand même lâché deux, mahousses. Je parle de la compagnie du gaz. Il y a trois minutes, gratter une allumette là-dedans vous aurait rôti à point votre dinde de Noël, vous savez ? Ce doit être quelque chose que j'ai mangé avant de monter dans l'avion, si vous voul…

— On en a assez vu, décréta McDonald.

Deere, qui tenait toujours Eddie par l'arrière de son jean, l'expédia jusqu'à la passerelle où les deux types des douanes le réceptionnèrent, chacun s'emparant d'un bras.

— Pas si vite ! hurla Eddie. Je veux mon sac ! Et ma veste !

— Nous aussi, on tient à ce que tu aies tout, le rassura l'un des douaniers dans une bouffée d'haleine empestant les digestions difficiles et les trucs dont il se bourrait pour les combattre. C'est qu'on s'y intéresse beaucoup, à tes affaires. Maintenant, mon coco, en route !

Quoiqu'il n'eût cessé de leur dire d'y aller mollo, de leur certifier qu'il était capable de marcher seul, Eddie ne devait pas évaluer rétrospectivement à plus de trois ou quatre les fois où la pointe de ses chaussures avait touché le sol de la passerelle entre la porte du 727 et l'aéroport proprement dit. Là, il trouva trois nouveaux chevaliers de la protection des frontières flanqués d'une demi-douzaine de simples flics, les uns l'attendant, les autres retenant la petite foule qui, avec une curiosité avide et un certain malaise, le regarda se faire emmener.

# Chapitre 4

# LA TOUR

## 1

Eddie était dans un fauteuil, et le fauteuil se trouvait dans une petite pièce peinte en blanc. C'était l'unique fauteuil de la pièce et la pièce était bondée, la pièce était enfumée. Eddie était en slip. Eddie avait envie d'une cigarette. Les six – non, sept – autres occupants de la petite pièce blanche étaient habillés. Debout autour de lui, ils l'encerclaient. Trois d'entre eux – non, quatre – fumaient.

Eddie avait envie de se trémousser et de guincher, de bondir et de se tordre.

Eddie était assis, tranquille, détendu, promenant un regard amusé, curieux, sur les types qui l'entouraient, comme si le besoin de se shooter n'était pas en train de le rendre dingue, comme si la simple claustrophobie n'aboutissait pas au même résultat.

Et tout ça parce que l'autre était dans sa tête. Cet autre qui l'avait terrifié au début. Dont la présence était maintenant pour lui une bonne raison de remercier Dieu.

L'autre pouvait être malade, mourant même, il conservait en lui assez d'acier pour en concéder une partie, armer un pauvre junkie paniqué de vingt et un printemps.

— Cette marque rouge que tu as sur la poitrine, c'est vachement intéressant, dit l'un des douaniers. (Une cigarette lui pendait au coin des lèvres. Le paquet dépassait de sa poche de chemise. Eddie se voyait y prélever cinq ou six cigarettes, les aligner dans sa bouche, les allumer, s'expédier une énorme bouffée au fond des poumons, se sentir tout de suite mieux.) À croire que tu avais là quelque chose de fixé par du sparadrap et que brusquement tu t'es dit que ça serait peut-être bien de s'en débarrasser.

— Je vous l'ai déjà dit : j'ai chopé ça aux Bahamas, une allergie ou je ne sais quoi. Combien de fois faut-il que je vous le répète ? Je fais ce que je peux pour garder mon sens de l'humour mais ça devient de plus en plus dur à chaque instant.

— Tu peux te le foutre au cul, ton sens de l'humour, cracha un autre, sur un ton qu'Eddie reconnut.

Celui qu'il avait quand il passait la moitié de la nuit à attendre un dealer qui ne venait pas. Parce que ces types-là aussi étaient accros. À la seule différence qu'ils l'étaient à des mecs comme lui et Henry.

— Et ce que t'as au bide, Eddie ? Tu l'as récolté où ?

Un troisième désignait l'endroit où il s'était blessé avec le couteau. Le sang ne coulait plus, mais la perle violet foncé qui obturait la plaie semblait n'attendre qu'un prétexte pour crever.

Eddie montra la zone irritée.

— Ça me démange, expliqua-t-il sans avoir besoin de mentir. Et quand je me suis endormi dans l'avion… vous pouvez demander à l'hôtesse si vous ne me croyez pas…

— Pourquoi est-ce qu'on ne te croirait pas, Eddie ?

— Je ne sais pas, moi. Vous en rencontrez souvent des gros trafiquants qui arrivent à roupiller pendant leur vol retour ? (Il s'interrompit, leur accorda une seconde pour méditer sa remarque, puis tendit des mains aux ongles rongés, certains même dangereusement déchiquetés ; les préliminaires du manque leur étaient fatals, avait-il constaté.) Bon, vu l'état de mes ongles, je n'avais pas intérêt à me gratter, et j'ai réussi à me retenir. Sauf quand je me suis endormi, apparemment.

— Ou quand tu as piqué du nez. Ce pourrait bien être une marque de seringue.

Le type y allait au flan, savait comme Eddie que c'était impossible. Si près du plexus solaire – de ce tableau de bord du système nerveux – un fix avait toutes les chances d'être le dernier.

— Faut pas pousser. Tout à l'heure, vous m'avez regardé les pupilles de si près que j'ai cru que vous cherchiez à m'hypnotiser. Vous avez bien vu que je n'étais pas dans les vapes.

Le troisième douanier prit un air écœuré.

— Pour un petit gars sans histoire, tu en connais un sacré rayon sur la dope.

— Ce qui ne vient pas de *Deux Flics à Miami*, je l'ai trouvé dans le *Reader's Digest*. Maintenant, dites-moi ce qu'il en est : combien de prises allons-nous devoir tourner de la même scène ?

Un quatrième brandit un sachet à spécimens. Des fibres étaient visibles au travers du plastique.

— On attend la confirmation du labo mais on est à peu près sûrs de ce que c'est : des fragments de sparadrap.

— À la vitesse où je suis parti de l'hôtel, je n'ai pas eu le temps de me doucher, répéta Eddie pour la énième fois. J'avais pris un transat au bord de la piscine, histoire de m'exposer un peu au soleil, des fois que ça serait bon pour mes rougeurs. Pour cette allergie que j'avais chopée. Je me suis endormi. En fait, j'ai même eu de la chance d'attraper mon avion. Il m'a fallu courir comme un dingue. Il y avait du vent. Est-ce que je sais le genre de merde qui a pu se coller sur moi ?

Un doigt passa sur la pliure de son coude.

— Et là, ce ne sont pas des traces de shooteuse ?

Il balaya la main.

— Des piqûres de moustique, je vous l'ai déjà dit. Presque cicatrisées, en plus. Ça crève les yeux, non ?

Ça crevait effectivement les yeux. Les marques n'étaient pas toutes jeunes. Voilà plus d'un mois qu'il décrochait de la poussette. Henry n'aurait pas pu, et c'était en partie pour ça que c'était Eddie, qu'il avait fallu que ce fût lui. Dans l'absolue nécessité d'un fix, il se piquait non au bras mais en haut de la cuisse gauche, sur la face interne, là où reposait son testicule... comme il l'avait fait l'autre nuit quand Machin jaune lui avait finalement apporté quelque chose de consommable. La plupart du temps, il sniffait, ce dont Henry ne pouvait plus désormais se contenter. Eddie en retirait des sentiments qu'il avait du mal à définir... un mélange de fierté et de honte. À part ça, s'ils allaient l'inspecter sous les couilles, il risquait d'avoir de sérieux problèmes, et plus encore s'ils lui faisaient une prise de sang. Mais c'était un pas qu'ils ne sauraient franchir sans un semblant de preuve... et justement, ils n'en avaient pas l'ombre d'une. Ils savaient tout sans rien pouvoir démontrer. Toute la différence entre ce qu'il y a et ce qu'on veut, aurait dit sa mère.

— Des piqûres de moustique.

— Oui.

— Et la bande rouge, une réaction allergique.

— Oui, je l'avais déjà en arrivant aux Bahamas, mais pas à ce point.

— Il l'avait déjà en arrivant là-bas, répercuta l'un des types à son voisin qui n'avait pas entendu.

— Ah bon, fit l'autre. Tu y crois ?

— Évidemment.

— Tu crois au Père Noël ?

— Évidemment. J'ai même une photo de lui avec moi sur ses genoux quand j'étais gosse. (Il se pencha vers Eddie.) Tu n'aurais pas une photo de cette fameuse plaque rouge datant d'avant ton voyage, Eddie ?

Pas de réponse.

— Si tu n'as rien à te reprocher, pourquoi ne pas demander un examen sanguin ?

Retour au premier, à celui qui avait la cigarette au bec. Elle en était presque au filtre.

Eddie eut soudain la rage au ventre, une rage noire. Il se tendit à l'écoute de sa voix intérieure.

OK, fut la réponse instantanée dans laquelle il sentit plus qu'un accord, une sorte de feu vert. Elle lui fit la même impression que lorsque Henry le serrait dans ses bras, lui ébouriffait les cheveux et lui disait avec une bourrade sur l'épaule : « Du bon boulot, gamin… faut pas que t'en aies les chevilles qui enflent, mais tu t'es débrouillé comme un chef. »

— Je suis clean et vous le savez. (Il se leva d'un bond – si brusquement qu'ils reculèrent – et riva les yeux sur le plus proche fumeur.) Toi, petit gars, autant que tu sois prévenu : si tu ne me retires pas cette clope de dessous le nez, je te la fais bouffer. (Le gars en question se fit effectivement petit.) Bon, je suppose que, d'ores et déjà, vous avez vidé la cuve à merde de l'avion – en tout cas ce n'est pas le temps qui vous a manqué. Et vous avez bien sûr passé mes affaires au peigne fin. Puis je me suis penché pour laisser l'un d'entre vous m'introduire dans le cul le plus long doigt du monde. Putain, si on parle de toucher rectal pour un examen de la prostate, là c'était un tringlage en règle. J'avais peur de baisser les yeux : je me disais que j'allais voir un ongle me sortir par le trou de pine.

Il promena sur eux un regard noir.

— Je récapitule : vous m'avez exploré les tripes, z'avez fouillé mes bagages, et je suis là dans ce fauteuil, en slip avec vous autres qui me soufflez votre fumée en pleine poire. Maintenant, si c'est un petit examen sanguin qui vous plairait, d'ac ! Amenez donc un mec pour s'en occuper.

Murmures. Regards échangés. Surprise. Malaise.

— Mais si vous voulez que ce soit fait sans requête du tribunal, enchaîna Eddie, votre type a intérêt à se munir de seringues et de fioles en quantité suffisante parce que je ne vais pas être le seul à donner mon sang. Je veux que ça se passe en présence d'un officier fédéral, qu'on fasse un prélèvement sur chacun d'entre vous, que vos nom et matricule soient portés sur chaque flacon et qu'on les confie à la garde de l'officier. Et quel que soit le type d'examen pratiqué sur mon sang – pour y déceler des traces de cocaïne, d'héroïne, d'amphètes, d'herbe ou de je ne sais quoi –, j'exige que le vôtre soit soumis aux mêmes réactifs… et que les résultats soient communiqués à mon avocat.

— Allons donc, TON AVOCAT ! clama l'un d'eux. Tôt ou tard, faut toujours que ça vienne sur le tapis avec vous autres, bande d'enfoirés. Vous allez avoir des nouvelles de MON AVOCAT ! Je vais vous coller MON AVOCAT au cul ! Merde, ça me fait gerber d'entendre ça.

— En fait, il se trouve que je n'ai pas d'avocat attitré, dit Eddie. (Et c'était la vérité.) Je n'avais jamais pensé en avoir besoin un jour. Cela dit, vous venez de me faire changer d'avis. Si vous ne trouvez rien, c'est qu'il n'y a rien à trouver. Mais on ne va pas s'arrêter à ce genre de détail. Vous voulez m'en faire baver ? Parfait. Je vais en baver. Mais pas tout seul. Vous en baverez autant que moi.

Il y eut un silence oppressé, à couper au couteau.

— J'aimerais que vous ôtiez de nouveau votre slip, M. Dean, fit l'un d'eux, plus âgé que les autres, celui qui semblait être leur chef.

Eddie se demanda si, peut-être – seulement peut-être – ce type n'avait pas fini par comprendre où chercher des marques d'aiguille plus récentes. Jusqu'à présent, ils s'étaient bornés à lui inspecter les bras, les épaules, les jambes... certains qu'ils étaient de tenir leur gibier.

— J'en ai ras le bol d'enlever ceci, d'enlever cela et de me faire traîner dans la merde, dit Eddie. Ou vous appelez quelqu'un pour nous faire ces prises de sang à la chaîne ou je me tire. Choisissez !

Silence de nouveau, tout aussi pénible. Et quand ils commencèrent à se regarder, Eddie sut qu'il avait gagné.

*Qu'on a gagné*, rectifia-t-il. *Comment tu t'appelles, camarade ?*

*Roland. Et toi, c'est Eddie. Eddie Dean.*

*Tu as des oreilles pour entendre.*

*Oui, et des yeux pour voir.*

— Rendez-lui ses fringues, fit le doyen du groupe, dégoûté. (Puis s'adressant à Eddie :) J'ignore ce que vous transportiez et comment vous avez fait pour vous en débarrasser, mais on finira bien par le découvrir, je tiens à ce que vous le sachiez. (Il l'inspecta de la tête aux pieds.) Vous êtes là, devant moi, presque avec le sourire. Ce n'est pas ce que vous racontez qui donne envie de vomir, c'est ce que vous êtes.

— Je vous donne envie de vomir ?

— Exactement.

— C'est le bouquet, rétorqua Eddie. Je suis comme un con dans cette espèce de placard, quasiment à poil, avec sept types armés qui m'entourent, et c'est moi qui vous donne envie de vomir. Ça va pas, mec, faut vous soigner.

Il fit un pas vers le vieux type qui commença par ne pas céder un pouce de terrain puis vit quelque chose dans les yeux d'Eddie – des yeux bizarres, tantôt noisette tantôt bleus –, quelque chose qui le fit reculer malgré lui.

— JE NE SUIS PAS UN TRAFIQUANT ! hurla Eddie. ARRÊTEZ VOTRE CIRQUE ! FOUTEZ-MOI LA PAIX !

Silence encore. Puis le chef pivota sur ses talons et beugla :

— Vous êtes sourds ou quoi ? Rendez-lui ses fringues !

Et voilà.

## 2

— Vous vous demandez si on est suivis ? fit le taxi avec de l'amusement dans la voix.

Eddie se retourna.

— Pourquoi vous me dites ça ?

— Parce que vous n'arrêtez pas de regarder derrière.

— Non, j'étais à cent lieues d'y penser, répondit Eddie sans avoir le moins du monde à mentir. (Son premier coup d'œil par la vitre arrière lui avait permis de repérer les filatures – les... car il y en avait plus d'une – et s'il continuait de regarder, ce n'était pas pour avoir confirmation de leur présence. Des échappés d'un hospice pour attardés mentaux auraient dû se donner du mal pour perdre le taxi d'Eddie par cet après-midi de fin mai. Le trafic était particulièrement fluide sur la voie express de Long Island.) Je prépare une thèse sur les structures de la circulation routière.

— Ah bon. (Dans certains milieux, une si bizarre réponse aurait provoqué un déluge de questions, mais les chauffeurs de taxi new-yorkais n'étaient pas du genre à en poser.

Ils préféraient émettre des affirmations, le plus souvent péremptoires, lesquelles s'ouvraient en général sur l'expression : *C'te ville !* comme s'il s'agissait du prélude à un sermon… ce que c'était d'ailleurs, pour la plupart. Le chauffeur remplaça donc sa question par :) Parce que, si vous aviez pensé que nous étions suivis, j'aurais pu vous dire que non. Croyez-moi, je suis bien placé pour le savoir. Seigneur ! C'te ville ! Si je devais compter le nombre de filatures que j'y ai faites… Vous ne pouvez pas vous imaginer combien de gens montent en me lançant : « Suivez cette voiture ! » Je sais, on ne s'attend pas à entendre ça ailleurs qu'au cinéma. Juste. Mais, comme on dit, l'art copie la vie et la vie copie l'art. Ça arrive pour de vrai ! Quant à se débarrasser d'un mec qui vous suit, rien de plus simple du moment qu'on sait où et comment le rouler. Vous…

Eddie baissa le volume, ramenant sa perception de la voix du chauffeur à celle d'un simple fond sonore, n'écoutant ce bavardage – au demeurant très drôle – que pour être à même de hocher la tête aux bons endroits.

L'un des véhicules qui leur filaient le train était une conduite intérieure bleu nuit. Les douanes, présumait Eddie. L'autre, une fourgonnette, affichait en grosses lettres sa raison sociale : PIZZA GINELLI, illustrée également d'une pizza dessinée, à ceci près que ladite pizza était la bouille d'un gamin tout sourires, que ce gamin se léchait les babines et que sa délectation s'exprimait au bas de l'image dans ce slogan : « Miam-miam, quelle bonne pizza ! » À ceci près encore qu'un jeune graffiteur, armé d'une bombe et d'un sens de l'humour au ras des pâquerettes, avait biffé « pizza » pour lui substituer « chagatte ».

Ginelli. Eddie n'en connaissait qu'un, le patron d'un restaurant à l'enseigne des Quatre Pères. La restauration rapide n'était pour lui qu'un à-côté, une astuce destinée à équilibrer les comptes. Ginelli et Balazar. L'un n'allait pas sans l'autre, comme les hot-dogs et la moutarde.

Il avait été prévu qu'une limousine attendît Eddie devant l'aéroport, une limousine dont le chauffeur l'aurait, en un rien de temps, conduit au quartier général de Balazar, un bar au cœur de Manhattan. Mais le plan initial n'avait évidemment pas inclus deux heures dans une petite pièce aux murs blancs, deux heures sous un feu roulant de questions assenées par un groupe de douaniers pendant que leurs collègues vidangeaient les cuves du vol 901 pour en passer le contenu au peigne fin dans l'espoir d'y trouver le gros paquet dont ils soupçonnaient l'existence, ce gros paquet impossible à évacuer, impossible à dissoudre.

Il allait par conséquent sans dire que, deux heures plus tard, Eddie n'avait pas vu la limousine. Le chauffeur avait vraisemblablement reçu des instructions précises : si, un quart d'heure après la sortie des autres passagers, le passeur n'était toujours pas là, il filait vite fait. Sans doute n'avait-il pas téléphoné de la voiture, équipée probablement d'une C.B., donc susceptible d'être sur écoute. En deux heures, toutefois, Balazar avait eu le temps de se renseigner, d'apprendre qu'Eddie avait foutu la merde, et de parer aux éclaboussures. Balazar pouvait avoir reconnu l'acier en Eddie, ça ne changeait rien au fait qu'il s'agissait d'un junkie. Et il n'était pas question de se fier à un junkie.

Il en résultait la possibilité que le camion les rejoignît, que sa vitre s'abaissât pour laisser dépasser la gueule d'une arme automatique et que le dos du chauffeur de taxi se transformât en quelque chose approchant de la râpe à fromage ensanglantée. Toutes choses qui auraient certainement inquiété Eddie si la douane l'avait retenu quatre heures au lieu de deux, et plus encore si ç'avait été six heures. Mais deux ? Sur si peu de temps, Balazar allait sans doute admettre qu'il ait pu tenir sa langue. Il allait simplement lui demander des nouvelles de sa marchandise.

La vraie raison pour laquelle Eddie ne cessait de jeter des coups d'œil en arrière, c'était la porte.

Elle le fascinait.

Quand les types des douanes l'avaient à demi porté, à demi traîné jusqu'au bas des marches vers les bureaux de l'aéroport, il avait jeté un coup d'œil par-dessus son épaule et l'avait vue là, aussi réelle qu'invraisemblable, d'une existence incontestable, flottant à environ un mètre derrière lui.

Il y avait vu les vagues s'écraser sur la grève, et le ciel coiffant ce paysage s'assombrir.

Elle était comme dans ces images où il faut chercher une forme fondue dans le feuillage, les nuages ou les plis d'un vêtement. Tant qu'on ne l'a pas trouvée, elle reste invisible, mais une fois repérée, aussi fort que l'on essaie, il devient impossible de ne plus la voir.

Elle n'en avait pas moins disparu à deux reprises quand le Pistolero l'avait refranchie sans lui – expérience effrayante : Eddie s'était senti comme un gosse dont la veilleuse venait de s'éteindre – la première fois, en plein interrogatoire.

*Il faut que je m'en aille*, la voix de Roland avait tranché net au beau milieu d'une question qu'ils étaient en train de poser à Eddie. *N'aie pas peur, je ne resterai pas longtemps absent*.

*Pourquoi ? Il faut vraiment que vous partiez* ?

— Qu'est-ce qui t'arrive ? lui avait demandé un de ceux qui le cuisinaient. T'as l'air paniqué tout d'un coup.

Paniqué ? Sûr qu'il l'était, mais ces connards n'auraient rien pu y comprendre.

Il s'était retourné, imité par les types. Eux n'avaient vu qu'un mur blanc, les dalles d'isolant perforé blanc qui absorbaient les sons. Eddie, lui, avait vu la porte, à un mètre comme d'habitude, et désormais sertie dans la cloison, voie d'évasion dont lui seul avait conscience. Mais il avait vu autre chose. Des créatures qui sortaient des vagues. Du genre de celles qui envahissent l'écran d'un film d'horreur dont les effets sont légèrement plus spéciaux que vous ne l'auriez souhaité, assez pour vous donner la totale illusion du réel. D'un réel qui prenait l'aspect d'un hideux croisement de homard, de scorpion et d'araignée. Dont les bruits n'étaient pas moins inquiétants.

— Tu piques ta crise de delirium, Eddie ? lui avait demandé l'un des types. Tu vois des bestioles grimper sur le mur ?

C'était si proche de la vérité qu'il avait failli éclater de rire. Il comprenait pourquoi le Pistolero avait dû précipitamment réintégrer son monde : ici, son esprit ne risquait rien – du moins pour l'heure –, mais là-bas, les monstres montaient vers son corps… Un corps, suspectait Eddie, que Roland devait déplacer au plus vite, s'il voulait garder un endroit où retourner.

Soudain, dans sa tête, il avait entendu David Lee Roth, le chanteur du groupe Van Halen, brailler : *Ouais, mec… j'n'ai plus d'corps…* et cette fois, son rire avait fusé. Impossible de le retenir.

— Qu'est-ce qu'il y a de si drôle ? avait voulu savoir le type qui venait de lui demander s'il voyait des bestioles.

— L'ensemble de la situation, avait-il répondu. Et pas drôle dans le sens d'hilarant, seulement dans celui de bizarre. Je veux dire que si c'était un film, ce serait plutôt du Fellini que du Woody Allen.

*Ça ira ?* lui avait demandé le Pistolero.

*Ouais, impec. Grouillez.*

*Comment ?*

*Dépêchez-vous de faire ce que vous avez à faire.*

*Ah oui, d'accord. Je ne serai pas long.*

Brusquement, l'autre n'avait plus été là, il s'était purement et simplement évanoui, telle une fumée si ténue que le moindre souffle d'air eût suffi à la dissiper. Eddie s'était de nouveau retourné, n'avait plus vu qu'un mur blanc percé de trous – ni porte, ni océan, ni monstre bizarroïde mi-insecte et mi-crustacé – et il en avait eu les entrailles qui se nouaient. Non par crainte d'avoir été victime d'une hallucination, malgré tout – la drogue avait bel et bien disparu, preuve amplement suffisante – mais par la seule angoisse de ne plus sentir en lui cet homme étrange qui… qui l'aidait de quelque manière, et rendait les choses plus faciles.

— Il te plaît, ce mur ? avait lancé l'un des douaniers. Tu veux qu'on y accroche un tableau ?

— Non. (Soupir d'Eddie.) Je veux qu'on me laisse sortir d'ici.

— Dès que tu nous auras dit ce que tu as fait du smack, avait rétorqué du tac au tac un autre. Ou était-ce de la coke ?

Et voilà, c'était reparti. Quand c'est fini, allez Nini…

Dix minutes plus tard – dix minutes étirées à l'extrême –, le Pistolero s'était tout aussi brusquement réintroduit dans l'esprit d'Eddie qui l'avait senti à bout de forces.

*Ça y est ? C'est réglé ?*

*Oui. Désolé que ça ait pris tant de temps.* Il marqua une pause. *J'ai dû ramper.*

Eddie s'était une fois de plus retourné. La porte avait réapparu, mais il s'y inscrivait un décor légèrement différent. Il avait alors compris que, de même qu'elle se déplaçait avec lui dans ce monde, elle accompagnait l'autre dans son propre univers. Concept qui le fit vaguement frémir. C'était comme d'être relié à cet autre lieu par quelque étrange cordon ombilical. Le corps du Pistolero gisait toujours inanimé au premier plan mais le regard d'Eddie devait à présent couvrir une longue bande de plage avant d'atteindre la guirlande d'algues tressées marquant la limite des hautes eaux et autour de laquelle évoluaient en grondant et bourdonnant les horreurs chitineuses. À chaque vague qui se brisait, elles dressaient leurs pinces, évoquant ces foules électrisées par le Führer que l'on voit, dans les vieilles bandes d'actualités tendre le bras en gueulant *Heil Hitler*, comme si leur vie en dépendait – ce qui avait sans doute été le cas, à bien y réfléchir. Le sillage torturé laissé par le Pistolero dans sa pénible progression vers des parages plus sûrs était également visible.

Puis, sous les yeux d'Eddie, l'un des monstres, vif comme l'éclair, avait levé la pince pour saisir un oiseau qui s'aventurait trop bas. Le malchanceux volatile s'était abattu sur le sable, sectionné en deux moitiés sanglantes qui avaient disparu alors même qu'elles remuaient encore, sous un grouillement de carapaces. Une unique plume blanche s'était élevée. Une pince l'avait ramenée au sol.

*Mon Dieu Seigneur !* s'était mentalement exclamé Eddie. *Visez-moi cette bande de morfals !*

— Mais pourquoi n'arrêtez-vous pas de vous retourner ? lui avait demandé celui que son âge et son vouvoiement désignaient comme le chef.

— Parce que de temps à autre il me faut un antidote, avait-il répondu.

— À quoi ?

— À votre tronche de cake.

## 3

Quand le chauffeur de taxi l'eut déposé dans la cité au pied de son immeuble, redémarrant aussitôt après l'avoir remercié pour le dollar de pourboire, Eddie resta un moment – le sac de voyage à la main, la veste jetée par-dessus l'épaule et négligemment retenue par un doigt de l'autre main – planté devant ce bâtiment où il partageait un deux-pièces avec son frère. Il resta donc à regarder cet immeuble, monolithe qui avait le style et l'attrait d'une boîte de cacahuètes salées grand modèle. Avec toutes ces fenêtres perçant en bon ordre la façade de briques rouges, l'ensemble avait l'aspect d'un corps prison et ce spectacle avait un effet aussi déprimant sur Eddie qu'il éveillait, au contraire, l'ébahissement chez Roland.

*Jamais, même dans mon enfance, je n'ai vu de bâtiment aussi haut*, s'écria ce dernier. *Et il y en a tant !*

*Ouais*, approuva Eddie, lugubre. *On vit là-dedans comme dans une fourmilière. Tu peux trouver ça chouette, Roland, mais crois-moi, ça commence à prendre un sacré coup de vieux. À vue d'œil, même.*

La voiture bleue passa au ralenti devant la cité, la fourgonnette y entra et s'approcha. Eddie se raidit et sentit Roland se raidir en lui. Peut-être avaient-ils l'intention de le descendre, après tout.

*La porte ?* suggéra Roland – d'accord, fit Eddie, prêt à tout – tranquillement toutefois. *Tu veux qu'on aille de l'autre côté ?*

*Non, pas encore. Il se peut qu'ils veuillent simplement causer. Mais tiens-toi prêt.*

Il aurait pu se passer d'ajouter ça, percevant que Roland gardait jusque dans les profondeurs du sommeil des réactions plus rapides qu'il n'en aurait jamais lui-même, fût-ce sur le qui-vive.

Le camion-pizza à l'emblème du gamin souriant obliqua vers le trottoir. Côté passager, la vitre commença de descendre. Avec son ombre qui s'étirait devant lui depuis la pointe de ses tennis, Eddie attendit dans l'entrée de son immeuble, attendit de voir ce qui allait apparaître... un canon ou un visage.

## 4

La deuxième absence de Roland n'était pas survenue plus de cinq minutes après que les types des douanes eurent finalement déclaré forfait et laissé partir Eddie.

Le Pistolero avait mangé, mais pas assez. Il avait soif. Par-dessus tout, il lui fallait se soigner. Eddie n'était pas encore en mesure de lui fournir le médicament approprié (tout en suspectant que Roland avait vu juste, que Balazar pouvait... si Balazar voulait...) mais une bonne dose d'aspirine aurait au moins le mérite de faire tomber cette fièvre dont il avait senti l'ardeur quand le Pistolero s'était approché de lui pour achever de cisailler le corset de sparadrap.

Il traversait le hall de l'aéroport et s'arrêta donc devant la boutique.

*L'aspirine existe, là d'où tu viens ?*

*Jamais entendu parler de ça. C'est magie ou médecine ?*

*Les deux, à mon sens.*

Eddie entra, acheta un tube d'Anacine Extraforte. Il passa ensuite au snack et prit deux doubles hot-dogs (des Godzilla-dogs, comme les appelait Henry) et une grande bouteille de Pepsi. Il noyait les saucisses sous la moutarde et le ketchup quand il se rappela soudain que ce n'était pas lui qui allait les manger. Pour autant qu'il sache, Roland pouvait très bien ne pas aimer la moutarde et le ketchup. Pour autant qu'il sache, il pouvait être végétarien. Pour autant qu'il sache, cette cochonnerie risquait de le tuer.

*De toute façon, c'est trop tard*, se dit-il. Quand Roland parlait – ou qu'il agissait –, Eddie avait la certitude que tout ça était bien réel. Quand Roland cessait de signaler sa présence, la vertigineuse sensation de ne vivre qu'un rêve – un rêve extraordinairement réaliste qui parcourait son sommeil à bord du Delta 901 à destination de Kennedy Airport – insistait pour refaire surface.

Roland lui avait dit pouvoir emporter de la nourriture dans son monde, l'ayant déjà fait, prétendait-il, pendant qu'Eddie dormait. Le jeune homme trouvait cela parfaitement incroyable mais le Pistolero lui soutenait que c'était vrai.

*Bon, il va falloir rester prudent*, dit Eddie. *Ils ont collé deux gars pour me... pour nous... bref, pour surveiller ce que je suis maintenant.*

*Je sais*, lui fut-il répondu. *D'autant qu'ils ne sont pas deux mais cinq.*

Et sur ce, Eddie se sentit le théâtre d'une sensation encore plus étrange que toutes celles qu'il avait éprouvées jusqu'alors. Sans avoir eu l'intention de poser les yeux ailleurs que droit devant lui, il les sentit bouger. C'était Roland lui-même qui les dirigeait sur :

Un type en débardeur pendu au téléphone.

Une femme installée sur un banc en train d'explorer les profondeurs de son sac à main.

Un jeune Noir qui aurait pu être d'une beauté peu commune si la chirurgie lui avait un peu mieux rafistolé son bec-de-lièvre et qui, pour l'heure, examinait des T-shirts dans la boutique qu'Eddie venait de quitter.

Bien qu'aucun ne présentât quoi que ce fût d'anormal dans son apparence, Eddie les reconnut tous pour ce qu'ils étaient – et ce fut une fois de plus comme dans ces images où le dessin caché, une fois découvert, refuse de retourner au néant. Il se sentit néanmoins les joues en feu parce qu'il avait fallu que l'autre lui montrât ce qu'il aurait dû voir du premier coup. Il n'avait pas été fichu d'en repérer plus de deux alors que ces trois autres, quoique un peu plus discrets, n'étaient quand même pas des supercracks. Les yeux du type au téléphone n'avaient pas ce regard vide que l'on fixe sur un interlocuteur invisible mais regardaient pour de bon… regardaient l'endroit où était Eddie… cet endroit qui, comme par hasard, ne cessait de les attirer. La femme au sac, tout aussi incapable d'y trouver ce qu'elle cherchait que de renoncer, continuait d'en retourner le contenu. Quant à l'amateur de T-shirts, il devait avoir déjà eu le temps d'examiner une bonne douzaine de fois chaque modèle exposé.

Et, brusquement, Eddie se retrouva âgé de cinq ans et terrifié d'avoir à traverser la rue sans Henry pour lui tenir la main.

*N'y pense pas*, dit Roland. *Et ne t'inquiète pas non plus pour la nourriture. Il m'est arrivé de manger des insectes qui avaient encore assez de vie pour courir au fond de ma gorge.*

*Ouais*, répliqua Eddie. *Mais faut pas oublier qu'on est à New York.*

Il ramassa Pepsi et hot-dogs pour aller s'installer tout au bout du comptoir, tournant le dos au vaste hall de l'aéroport. Son regard monta vers l'angle du plafond, à sa gauche, là où le surplombait un miroir convexe pareil à l'œil d'un hypertendu. Il pouvait y embrasser d'un seul coup d'œil les cinq membres de son escorte et constater qu'aucun n'était assez près pour voir ce qu'il avait sur le comptoir devant lui… avec satisfaction d'ailleurs, car il n'avait lui-même pas la moindre idée du sort attendant cette nature morte pop art.

*Tu poses l'astine sur les trucs à la viande. Puis tu prends le tout entre les mains.*

*L'aspirine.*

*Bon, tu appelles ça comme tu veux, priso… Eddie, mais tu fais comme je te dis.*

Eddie sortit de sa poche où il l'avait fourré le sachet contenant l'Anacine et, manquant faire tomber le tube sur l'un des hot-dogs, prit soudain conscience que Roland, avec ses doigts en moins, risquait d'avoir des problèmes, ne serait-ce que pour l'ouvrir.

Il s'en chargea donc, égrena trois pilules sur l'une des petites serviettes, pesa le pour et le contre, puis en rajouta trois de plus.

*Trois maintenant, trois plus tard*, dit-il. *S'il y a un plus tard.*

*OK. Merci.*

*Bon. Comment on fait ?*

*Tu ramasses tout ça.*

Nouveau coup d'œil dans le miroir. Deux des types s'approchaient comme si de rien n'était du snack-bar, n'appréciant peut-être pas qu'Eddie leur tournât le dos, flairant quelque tour de passe-passe et voulant y regarder de plus près. S'il devait arriver quelque chose, mieux valait que ça se passe vite.

Il plaça les mains autour de l'ensemble, sentit d'un côté la fraîcheur du Pepsi, de l'autre la chaleur des saucisses dans leur gaine de pain mou. En cet instant, il eut tout du type qui va rapporter de quoi nourrir sa petite famille… puis ça se mit à fondre.

Et il riva dessus des yeux qui s'écarquillaient, s'écarquillaient, au point qu'il les crut près de tomber et de pendouiller au bout de leurs pédoncules.

Il voyait les hot-dogs à travers le pain, le Pepsi à travers le gobelet, et le sombre liquide encombré de glaçons s'incurvant en un volume qui finissait par ne plus être visible.

Puis ce fut le formica rouge du comptoir qui transparut sous les hot-dogs et le mur blanc derrière le Pepsi. Ses mains se rapprochèrent, la résistance entre elles s'amenuisant… puis se rencontrèrent, paume contre paume. La nourriture… les serviettes… le Pepsi… les six aspirines… tout ce qu'il avait tenu était parti.

*C'est Jésus avec son violon…* pensa-t-il. Ses yeux bondirent sur le miroir.

La porte avait disparu… tout comme Roland, sorti de son esprit.

*Bon appétit, l'ami.*

Mais cet insolite personnage venu d'ailleurs qui disait s'appeler Roland était-il vraiment son ami ? Allez savoir ? Sûr, il lui avait sauvé la mise, mais ça ne voulait pas dire qu'il s'agît d'un boy-scout.

N'empêche qu'il l'aimait bien. Qu'il le craignait… mais qu'il l'aimait bien.

Se demandait même si, avec le temps, il ne finirait pas par l'aimer tout court comme il aimait Henry.

*Mange, étranger. Mange bien, reste en vie… et reviens.*

Il avait à côté de lui des serviettes tachées de moutarde laissées par un client. Il en fit une boule qu'il expédia dans la poubelle en sortant, les mâchoires en mouvement comme s'il achevait une dernière bouchée de quelque chose. Puis, s'acheminant vers les panneaux qui montraient la direction à prendre pour BAGAGES et TRANSPORTS TERRESTRES, il réussit même à produire un rot fort convenable en approchant du jeune Noir.

— Vous n'avez pas trouvé votre bonheur ? lui demanda-t-il.

— Je vous demande pardon ? fit le gars en se détournant de l'écran des départs qu'il faisait semblant d'étudier.

— J'ai pensé que vous deviez sûrement chercher un T-shirt où on verrait, écrit dessus : LA CHARITÉ, S'IL VOUS PLAÎT ! JE TRAVAILLE POUR LE GOUVERNEMENT, lâcha Eddie avant de passer son chemin.

Alors qu'il descendait les marches, il vit la farfouilleuse refermer précipitamment son sac et se lever.

*Ma foi, ça va ressembler à la parade de Thanksgiving, chez Macy's.*

Journée passionnante, à coup sûr, et il se disait qu'elle n'était pas finie.

## 5

Quand Roland vit les monstrueux crustacés resurgir des vagues (le phénomène n'avait donc rien à voir avec la marée ; c'était la tombée du jour qui les ramenait sur la plage), il abandonna momentanément Eddie Dean pour aller déplacer son corps et lui épargner d'être découvert et dévoré par les créatures.

Il s'était attendu à la douleur, y était préparé. D'avoir si longtemps vécu avec elle en avait presque fait une vieille amie. Il fut toutefois sidéré de la rapidité avec laquelle sa fièvre avait empiré, ses forces diminué. S'il n'avait pas été mourant précédemment, il ne pouvait désormais douter de l'être. Existait-il dans le monde du prisonnier un remède assez puissant pour prévenir l'issue fatale ? Peut-être. Mais à moins de mettre la main dessus dans les six ou huit prochaines heures, la question perdrait sans doute toute importance. À l'allure où évoluait son mal, il n'y aurait bientôt plus ni médecine ni magie, qu'elles proviennent de quelque monde que ce soit, pour restaurer sa santé.

Impossible de marcher. Il allait devoir ramper.

Il s'y apprêtait quand son regard tomba sur les sacs de poudre du diable dans leur gangue entortillée de bande collante. Les laisser ici, c'était les vouer à être éventrés par les homarstruosités. La brise marine disperserait la poudre aux quatre vents. *Elle y serait à sa place*, songea le Pistolero. Mais il ne pouvait permettre qu'il en fût ainsi. Sinon, à un moment ou à un autre, incapable de montrer cette poudre, Eddie allait se retrouver dans les ennuis jusqu'au cou. Il était rarement possible de bluffer le genre d'hommes auquel, à son sens, appartenait ce Balazar. Il allait demander à voir ce pour quoi il avait payé, et tant qu'il ne l'aurait pas vu, Eddie aurait assez d'armes pointées sur lui pour équiper une petite armée.

Roland ramena vers lui l'enchevêtrement poisseux de ses possessions et se l'accrocha autour du cou. Puis il entreprit de mettre une bonne distance entre lui et les vagues.

Il s'était traîné sur une vingtaine de mètres – presque assez haut sur la plage pour s'estimer en sécurité – quand il prit conscience (saisi d'horreur et cependant sensible à l'incommensurable comique de la chose) de laisser derrière lui le seuil entre les mondes. Comique, car pourquoi l'avait-il franchi ?

Tournant la tête, il vit alors que la porte n'était plus là où il croyait l'avoir laissée mais à trois pieds derrière lui. Pendant un long moment, il ne put que la fixer, comprendre ce qu'il aurait déjà dû savoir s'il n'y avait eu la fièvre et le feu roulant de questions auquel les Inquisiteurs soumettaient Eddie. Ces *Où as-tu ? Comment as-tu ? Quand as-tu* ? qui se superposaient aux *Est-ce que chèque ? A-ce que châle ? Eut-ce que chule ? I-ce que chic* ? du grouillement que les vagues continuaient de vomir au bas de la grève.

*Bon, maintenant j'emmène cette porte partout avec moi*, se dit-il, *et Eddie aussi. Elle nous accompagne comme une malédiction dont on ne pourrait plus se débarrasser.*

Évidence incontestable tout comme l'était cet autre fait :

Que si la porte se refermait, ce serait pour toujours.

*Quand cela se produira, il faudra qu'il soit de ce côté, avec moi.*

*Quel parangon de vertu nous avons en toi, pistolero !* L'homme en noir éclata de rire. Il semblait avoir définitivement élu domicile dans le crâne de Roland. *Tu as tué l'enfant, sacrifice qui t'a permis de me rattraper et, je suppose, de faire apparaître cette porte entre les mondes. Voilà qu'à présent tu t'apprêtes à un triple tirage, condamnant les trois compagnons qui te seront donnés à un sort dont tu ne voudrais pas : vivre le restant de leurs jours dans un univers radicalement autre où la mort sera susceptible de les prendre avec autant d'aisance qu'elle s'empare d'animaux de zoo remis en liberté dans une nature hostile.*

*La Tour*, se dit avec sauvagerie le Pistolero. *Une fois que j'aurai atteint la Tour et fait ce que je suis censé y faire, que j'y aurai accompli cet acte fondamental – quel qu'il soit – de restauration ou de rédemption pour lequel j'ai été conçu, alors, peut-être…*

Mais le hurlement de rire de l'homme en noir – de cet homme qui était mort mais n'en continuait pas moins de vivre à l'instar de la conscience blessée du Pistolero – n'allait pas lui permettre de s'en tirer à si bon compte.

Pas plus d'ailleurs qu'envisager sa propre trahison ne pouvait le détourner de sa trajectoire.

Il parvint à se traîner sur une autre dizaine de mètres, jeta de nouveau un coup d'œil derrière lui, et constata que le plus gros des monstres n'irait pas s'aventurer plus d'une vingtaine de pieds au-dessus de la laisse des hautes eaux. Sa reptation lui avait déjà fait couvrir trois fois cette distance.

*Bon, c'est bien.*

*Rien n'est bien*, répliqua, joyeuse, la voix de l'homme en noir, *et tu le sais.*

*Ta gueule !* pensa le Pistolero, et – miracle – l'homme en noir la ferma.

Roland remisa les sacs de poudre du diable dans l'interstice entre deux pierres et dissimula le tout sous quelques poignées d'herbe. Puis il s'accorda un bref répit, le crâne traversé de sourdes palpitations, la peau tour à tour brûlante et glaciale, tandis qu'il se laissait à nouveau rouler jusque par-delà le seuil, dans cet autre monde, dans cet autre corps, abandonnant encore pour un temps derrière lui l'infection à son évolution meurtrière.

## 6

La deuxième fois qu'il retourna dans son propre corps, il le trouva dans un sommeil si profond qu'il le crut un moment déjà entré dans le coma… dans un état où les fonctions vitales s'étaient à ce point réduites au minimum qu'il n'allait pas manquer de voir sa conscience entamer d'une seconde à l'autre une longue glissade dans les ténèbres.

À l'inverse, il força donc ce corps à l'éveil, le bouscula hors de la tanière de pénombre où il s'était terré. Il accéléra son cœur, fit remonter le long des nerfs la souffrance qui grésillait à fleur de peau, rendit sa chair à la douloureuse réalité.

Il faisait nuit. Les étoiles scintillaient dans le ciel. Les espèces de chaussons qu'Eddie lui avait pris étaient des parcelles de chaleur dans la fraîcheur nocturne.

Il n'avait pas faim, mais il allait manger. Et d'abord…

Il regarda les petites pilules blanches. De l'astine, avait dit le prisonnier. Non, il n'avait pas tout à fait dit ça mais le mot exact lui était imprononçable. Un médicament, de toute manière. Un médicament de cet autre monde.

Pas ce dont il avait vraiment besoin – du moins était-ce l'avis d'Eddie –, mais quelque chose qui ferait tomber la fièvre.

*Trois maintenant, trois plus tard.*

Il s'en mit trois dans la bouche mais attendit pour les avaler d'avoir ôté l'étrange couvercle – ni du papier ni du verre mais tenant un peu des deux – du gobelet en carton contenant la boisson, et d'avoir ainsi de quoi les faire passer.

La première gorgée fut une telle surprise qu'il resta un moment contre le rocher auquel il s'était adossé, les yeux tellement écarquillés, fixes et éclaboussés de reflets d'étoiles qu'un improbable promeneur passant devant lui l'aurait à coup sûr pris pour déjà mort. Puis il but avec avidité, les mains crispées autour du gobelet, tellement absorbé dans ce qu'il buvait que la douleur atroce et pulsative de ses doigts absents n'était même plus sensible.

*Quelle douceur ! Dieu, que c'est suave ! Que c'est doux ! Que…*

Un des petits glaçons plats du breuvage se prit dans sa gorge. Il toussa, se martela la poitrine, réussit à le déloger. Il se retrouvait avec une autre douleur dans le crâne, la sensation d'une sorte de vif-argent coulant en lui après avoir bu trop vite quelque chose de trop froid.

Il gisait immobile, sentant battre son cœur comme un moteur emballé, sentant cette énergie toute neuve lui déferler dans le corps avec une telle véhémence qu'un risque d'explosion n'était pas à exclure. Sans vraiment réfléchir à ce qu'il faisait, il déchira un autre morceau de sa chemise – il n'allait bientôt plus lui en rester qu'un chiffon autour du cou – et se l'étala sur la cuisse. Il y verserait les glaçons quand il aurait fini de boire, se confectionnant ainsi une espèce de vessie pour sa main blessée. Mais son esprit était ailleurs.

*Tant de douceur* ! criait et répétait chacune de ses pensées, s'efforçant d'en saisir le sens, ou de se convaincre qu'il y avait là un sens – un peu comme Eddie avait tenté de se convaincre que *l'autre* avait une existence réelle, qu'il ne s'agissait pas d'une aberration mentale, d'un tour que cherchait à lui jouer quelque autre part de lui-même. *Que c'est doux ! Que c'est suave !*

Le noir breuvage était saturé de sucre, plus encore que Marten – dont l'austère et ascétique apparence avait dissimulé gourmandise et sensualité – n'en avait mis le matin dans son café.

*Du sucre... blanc... en poudre...*

Le regard du Pistolero dévia vers les sacs, à peine visibles sous l'herbe qu'il avait jetée dessus pour en masquer la présence, et se demanda fugitivement si leur contenu et ce qu'il y avait dans cette boisson n'étaient pas une seule et même substance. Il savait qu'Eddie n'avait pas eu de problème pour le comprendre dans ce monde-ci quand ils s'étaient retrouvés tous deux, face à face et distincts. Et il soupçonnait que s'il passait physiquement dans le monde du prisonnier (ce qu'il savait par intuition réalisable... encore que, si la porte se refermait pendant qu'il y était, il serait à jamais condamné à demeurer dans ce monde tout comme Eddie dans le sien si c'était l'inverse), il aurait une compréhension tout aussi parfaite de la langue. Il savait aussi, pour avoir séjourné dans l'esprit d'Eddie, que les langues des deux mondes étaient fondamentalement similaires. Similaires mais pas tout à fait superposables. *Popkin* se disait là-bas sandwich, et déchiner y était chercher quelque chose à manger. En ce cas... la drogue qu'Eddie nommait cocaïne ne pouvait-elle s'appeler sucre dans le monde du Pistolero ?

Ce qui lui parut aussitôt fort improbable. Eddie avait acheté cette boisson ouvertement, se sachant observé par des gens au service des Prêtres de la Douane. Bien plus, Roland sentait que le prix en était relativement modique. Inférieur même à celui des *popkins* à la viande. Non, sucre et cocaïne n'étaient pas synonymes, mais Roland ne pouvait comprendre que quiconque eût envie de cocaïne – ou de quelque autre drogue illégale, en l'occurrence – dans un monde où une substance de la puissance du sucre était disponible en abondance et bon marché.

Il baissa de nouveau les yeux sur les *popkins*, sentit les premiers tiraillements de la faim… et constata, sidéré, empli d'une gratitude confuse, qu'il se sentait déjà mieux.

La boisson ? Était-ce elle ? Avec sa teneur en sucre ?

Pour une part, peut-être… mais réduite. Que le sucre pût momentanément ranimer l'énergie défaillante, il le savait depuis l'enfance ; il le savait néanmoins parfaitement incapable de calmer la douleur ou de faire tomber la fièvre quand une infection avait transformé votre corps en fournaise. Or c'était exactement ce qui venait de se produire… une expérience qui se prolongeait.

Le tremblement convulsif n'était plus qu'un souvenir, la sueur achevait de s'évaporer sur son front et les hameçons qui lui avaient tapissé la gorge semblaient avoir disparu. Incroyable, certes, mais tout aussi incontestable – et nullement le fruit de son imagination ou de ses souhaits (frivole tentation d'un auto-mensonge dont le Pistolero ignorait tout depuis des décennies). Ses doigts et orteils manquants continuaient de palpiter et de se plaindre mais il ne doutait pas que cette souffrance allait à son tour s'atténuer.

Il rejeta la tête en arrière, ferma les yeux et remercia Dieu.

Dieu et Eddie Dean.

*Ne va pas commettre la bêtise de placer ton cœur à sa portée, Roland*, fit une voix dans le tréfonds de sa conscience – ni le gloussement nerveux de l'homme en noir ni l'âpre grondement de Cort – plutôt celle de son père. *Tu sais ce qu'il vient de faire pour toi, il l'a fait par nécessité personnelle, tout comme tu sais que ces hommes – ces Inquisiteurs – ont en partie ou tout à fait raison à son endroit. C'est un faible vaisseau, et ils l'ont retenu pour des motifs qui n'avaient rien d'erroné ou de vil. Certes, il y a de l'acier en lui, je te le concède, mais il y a cette faiblesse. Il est comme Hax, le cuisinier. Hax fut empoisonneur la mort dans l'âme, mais cela n'a jamais fait taire les cris des mourants dont les entrailles se tordaient pendant qu'ils crevaient. Et il est une dernière chose qui doit t'inciter à la prudence...*

Mais Roland n'avait besoin d'aucune voix pour lui dire quelle était cette ultime raison : il l'avait lue dans les yeux de Jake quand le gamin avait finalement commencé à comprendre quel était son but.

*Ne va pas commettre la bêtise de placer ton cœur à sa portée.*

Excellent conseil. On se fait mal en aimant ceux à qui on est voué à en faire voir de drôles.

*Rappelle-toi où est ton devoir, Roland.*

— L'ai-je jamais oublié ? grogna-t-il sous l'impitoyable clarté des étoiles, sur fond de raclement du ressac et de l'absurde échange de questions des homardesques monstruosités. Je me suis damné pour mon devoir. Pourquoi faut-il que les damnés soient rejetés ?

Il s'attaqua aux *popkins* à la viande qu'Eddie nommait des « hot-dogs ».

Roland n'appréciait guère d'avoir à manger du chien[1], mets qui était loin d'avoir la finesse de ce qu'on lui avait servi dans la diligence du ciel, mais avait-il le droit de se plaindre après avoir déjà eu la chance de boire cet extraordinaire breuvage ? Il supposait que non. Par ailleurs, la partie était trop engagée pour qu'il s'attardât sur les douceurs de l'existence.

Il mangea donc ses hot-dogs sans en laisser une miette puis retourna là où Eddie se trouvait à présent, dans quelque véhicule magique filant à grande allure sur une route de métal emplie d'autres véhicules du même type... des dizaines, peut-être des centaines, et pas une seule à laquelle un cheval fût attelé.

1. *Hot dog*, en anglais littéralement « chien chaud ». *(N.d.T.)*

# 7

L'approche du camion-pizza trouva Eddie sur ses gardes et plus encore Roland à l'intérieur de lui.

*Rien qu'une nouvelle version du songe de Diana*, pensa le Pistolero. *Qu'y a-t-il dans le coffret ? La coupe d'or ou le serpent qui mord ? Et juste au moment où, après avoir tourné la clé, elle pose les mains sur le couvercle, elle entend sa mère qui l'appelle. « Debout, Diana, c'est l'heure d'aller traire ! »*

*Bon*, se dit Eddie. *Qu'est-ce qui se profile ? La belle fille ou le tigre* ?

Un visage pâle et boutonneux autour d'une paire d'incisives démesurées s'inscrivit dans la fenêtre baissée de la fourgonnette. Une tête qu'Eddie connaissait.

— Salut, Col, lança-t-il sans grand enthousiasme.

Derrière Col Vincent, il reconnut aussi Jack Andolini au volant, Triple Mocheté comme l'appelait Henry.

*Un surnom que Henry n'irait jamais lui balancer en face*, songea Eddie. Sûr que non. Faire preuve d'une telle inventivité en présence de celui qui l'avait inspirée pouvait être un excellent moyen de se faire tuer. C'était une armoire à glace avec un front d'homme des cavernes et des mâchoires assorties. Il avait une parente mariée à Balazar, une nièce ou une cousine, quelque chose dans le genre. Ses mains énormes s'accrochaient au volant du camion comme celles d'un singe à une branche. Des touffes de poils lui sortaient des oreilles. Eddie n'en voyait qu'une, pour l'heure, Andolini s'obstinait à rester de profil, à ne pas regarder ailleurs que devant lui.

Triple Mocheté. Mais même Henry (lequel, devait reconnaître Eddie, n'était pas toujours le type le plus perceptif qui fût au monde) ne se serait pas risqué à l'appeler Triple Crétin. Si Colin Vincent n'était qu'un grouillot promu, Jack, lui, avait assez de cervelle derrière son front néandertalien pour être le bras droit de Balazar. Eddie n'aimait pas trop que le caïd lui eût délégué un lieutenant de cette importance. Il n'aimait même pas ça du tout.

— Salut, Eddie, fit Col. Entendu dire que t'avais des ennuis.

— Rien que je n'aie pu régler, rétorqua Eddie, s'apercevant qu'il était en train de se gratter tour à tour bras gauche et bras droit, une de ces manies junkie qu'il venait de réprimer si fortement pendant qu'il était en garde à vue. Il s'ordonna de cesser.

Mais Col le regardait en souriant, et il éprouva la soudaine impulsion de flanquer son poing en travers de ce sourire. Il l'aurait fait s'il n'y avait pas eu Jack. Celui-ci n'avait pas détourné les yeux du pare-brise, ayant tout du type qui suit le fil rudimentaire de ses pensées en observant le seul jeu de mouvements et de couleurs primaires qu'un intellect aussi réduit (si l'on se fiait aux apparences) pouvait percevoir du monde. Eddie n'en pensait pas moins qu'en une seule journée, Jack voyait plus de choses que n'en verrait Col Vincent dans toute son existence.

— Bon, dit Col. C'est bien. C'est parfait.

Silence. Col surveillait Eddie, souriant, attendant la reprise du numéro junkie, attendant de le voir se gratter, danser d'un pied sur l'autre comme un gosse pressé d'aller aux toilettes, attendant par-dessus tout de l'entendre leur demander ce qu'il y avait et si par hasard ils n'avaient rien sur eux.

Eddie ne fit que soutenir son regard, ne se grattant plus, s'abstenant de tout geste.

Un coup de vent fit voler au ras du parking un emballage de Ring-Ding. Le raclement du plastique sur le béton et le martèlement asthmatique des soupapes mal réglées de la camionnette rompaient seuls le silence.

Le sourire roublard de Col commença à s'altérer.

— Embarque, Eddie, fit Jack, les yeux toujours rivés devant lui. On va faire un tour.

— Où ça ? s'enquit Eddie non moins roublard.

— Chez Balazar. (Jack ne s'était toujours pas retourné. Ses mains se crispèrent, rien qu'une fois, sur le volant. À cette occasion, une grosse bague – en or massif à l'exception de l'onyx qui saillait de l'anneau tel l'œil à facettes de quelque insecte géant – brilla à son annulaire droit.) Il veut avoir des nouvelles de sa marchandise.

— Je l'ai. Elle est en lieu sûr.

— Parfait. Personne n'a de souci à se faire, donc, conclut Jack Andolini, continuant de s'adresser au pare-brise.

— Je voudrais d'abord monter me changer, dit Eddie. Causer un peu avec Henry aussi...

— Et te shooter, n'oublie pas. (Le sourire aux dents jaunes de Col réapparut.) Sauf que, là-haut, tu ne trouveras rien, mon pote !

*Osque pote* ? songea le Pistolero dans l'esprit d'Eddie, et leur corps commun fut traversé d'un frisson.

Col vit ce frisson et son sourire s'élargit. *Ah, nous y voilà*, disait ce sourire. *Le bon vieux numéro junkie. C'est qu'un instant, Eddie, tu m'as donné des inquiétudes*. Les chicots révélés par l'élargissement du sourire n'infirmaient en rien la première impression, loin de là.

— En quel honneur ?

— Monsieur Balazar a estimé préférable que le grand ménage soit fait chez vous, dit Jack, toujours de profil, continuant de poser sur le monde ce regard qu'aucun regard extérieur n'aurait pu déchiffrer. Pour le cas où vous auriez des invités à l'improviste.

— Des types avec un mandat de perquisition en bonne et due forme, par exemple, précisa Col. (Hilare, il attendit, rayonnant de joie mauvaise. Eddie se sentait maintenant rejoint par Roland dans son désir d'enfoncer un poing dans les dents pourries qui rendaient ce sourire si répréhensible, si imprescriptible en quelque sorte. La conscience de partager un tel sentiment lui rendit courage.) Il a fait appel à une équipe de professionnels pour lessiver les murs et passer l'aspirateur dans tous les coins. À ses frais, Eddie ! Ça ne te coûtera pas un rond !

*Et là, tu vas me la poser, cette question*, disait le sourire de Colin Vincent. *Tu vas me demander ce que j'ai sur moi, petit gars ! Parce que tu peux ne pas aimer le fourgue, ça ne t'empêche pas d'aimer ce qu'il peut t'apporter, pas vrai ? Et maintenant que tu sais que Balazar s'est arrangé pour faire disparaître ta réserve...*

Une pensée soudaine, hideuse et paniquante, traversa Eddie. Si la poudre n'était plus là...

— Où est Henry ? demanda-t-il soudain, avec une telle brusquerie que le visage de Col battit en retraite, surpris.

Jack Andolini finit par tourner la tête. Il le fit avec une infinie lenteur, comme s'il s'agissait d'un acte rarement accompli et qui lui coûtait. On s'attendait presque à entendre grincer de vieux roulements mal huilés dans l'épaisseur de son cou.

— En lieu sûr, dit-il, puis, tout aussi lentement, son profil préhistorique se reconstitua.

Eddie resta debout près du camion, luttant contre les vagues de panique qui lui cernaient l'esprit et tentaient de noyer toute pensée cohérente. Le besoin d'un fix, qu'il avait jusqu'alors réussi à tenir en échec, se fit tout à coup incontournable. Il lui fallait se shooter. Avec de l'héro dans les veines, il serait à même de réfléchir, de reprendre le contrôle de...

*Laisse tomber !* lui rugit Roland dans la tête, si fort qu'il en grimaça (et que Col, prenant cette expression où se mêlaient douleur et surprise pour une nouvelle figure de la chorégraphie accro, retrouva son sourire). *Laisse tomber ! Je suis le seul contrôle dont tu aies besoin.*

*Tu ne comprends donc pas ! C'est mon frère, mon putain de frère ! C'est mon frère que Balazar a pris en otage !*

*Tu me répètes ce mot comme si j'en ignorais le sens. Et tu as peur pour ton frère ?*

*Oui. Bon Dieu. Oui.*

*Alors, vas-y, donne-leur satisfaction. Pleure, chiale, traîne-toi à genoux. Mendie-leur ce fix. Je suis sûr qu'ils en ont sur eux, qu'ils n'attendent pas autre chose. Vas-y, fais tout ça, fais en sorte qu'ils te tiennent, et je suis sûr que toutes tes craintes se verront justifiées...*

*Je ne comprends pas ce que tu veux di...*

*Simplement que si tu te déballonnes, tu feras courir à ton frère bien-aimé un sérieux risque d'être tué. C'est ça que tu veux ?*

*D'accord, je vais rester cool. Ça n'en donnera peut-être pas l'impression, mais je serai cool.*

*C'est comme ça que tu dis ? Parfait, donc. Sois cool.*

— Ce n'est pas de cette manière que l'affaire devait se traiter, dit Eddie, s'adressant directement, par-delà Col, à l'oreille moussue de Jack Andolini. Ce n'est que pour ça que j'ai pris soin de la marchandise de Balazar et que je suis resté bouche cousue, alors que d'autres auraient balancé facilement cinq noms pour chaque année de remise de cabane promise.

— Balazar a jugé que ton frère était plus en sécurité avec lui, répondit Jack sans tourner la tête. Il l'a mis sous protection rapprochée.

— Parfait, dit Eddie. Remercie-le de ma part et dis-lui que je suis de retour, que sa marchandise est en lieu sûr et que je peux m'occuper d'Henry comme Henry s'est toujours occupé de moi. Tu lui diras aussi que j'ai un sachet au frigo et qu'une fois rentrés chez nous, mon frère et moi, on va se le partager. Qu'après ça on prendra la bagnole et qu'on descendra en ville conclure l'affaire comme prévu. Comme prévu dans le plan dont on a discuté.

— Balazar veut te voir, Eddie. (Implacable était la voix d'Andolini, inamovible, comme son regard.) Monte.

— Tu peux te le fourrer là où le soleil a peu de chances de briller un jour, salopard, rétorqua Eddie, et il s'achemina vers l'entrée de son bâtiment.

## 8

Il n'avait pas long à couvrir mais à peine fut-il à mi-distance que la main de Jack s'abattit sur son bras, le paralysant comme un étau. Il sentit son haleine brûlante comme celle d'un buffle baigner le bas de sa nuque. Tout ça dans le temps qui aurait paru nécessaire au cerveau du truand pour convaincre sa main de peser sur la poignée de la portière.

Eddie se retourna.

*Cool, Eddie*, chuchota Roland.

*Cool*, répondit Eddie.

— J'aurais pu te descendre pour moins que ça, fit Andolini. Personne ne m'a jamais dit de me le coller au cul, et certainement pas un petit junkie merdique dans ton genre.

— Me tuer, mon cul ! hurla Eddie, mais une hurlante calculée.

Une hurlante *cool*. Ils étaient là, sombres silhouettes découpées sur l'horizontale lumière d'or du couchant, dans ce désert d'expansion urbaine qu'était la cité HLM du Bronx, et des gens entendirent ce cri, y reconnurent le mot « tuer ». Ceux qui avaient leur radio allumée en montèrent le son. Était-elle éteinte qu'ils l'allumèrent puis la mirent à plein volume parce que c'était mieux comme ça, parce que c'était plus sûr.

— Rico Balazar a manqué à sa parole. Je me suis décarcassé pour lui et, après, y a plus eu personne. Alors je te dis que tu peux te le foutre jusqu'au fond de ton putain de cul, et je lui dis à lui aussi qu'il peut se le foutre jusqu'au fond de son putain de cul, et merde, je dis à qui je veux de se le foutre jusqu'au fond de son putain de cul !

Andolini le regarda. Il avait des yeux si bruns que la couleur semblait avoir filtré dans la cornée, leur donnant la nuance du vieux parchemin.

— Et je dis au Président Reagan qu'il pourra aussi se le foutre au cul s'il manque à sa parole, et que je me contrefous de son putain de palpeur rectal ou de quoi que ce soit qui barre le passage !

Brique et béton répercutèrent la fin de sa phrase et la burent. Tout seul sur le terrain de sport, de l'autre côté de la rue, un gosse le regardait, le teint très noir contre le short blanc et les baskets, le ballon négligemment coincé entre la hanche et la saignée du coude.

— T'as fini ? demanda Andolini quand les derniers échos se furent dissipés.

— Oui, dit Eddie, sa voix revenue à la normale.

— Parfait. (Andolini tendit ses doigts d'anthropoïde et sourit… et quand il souriait, il se produisait simultanément deux choses : d'une part vous découvriez chez lui un charme qui vous laissait pantois, de l'autre son extrême intelligence se révélait. Une intelligence au plus haut point dangereuse.) On peut aborder la suite ?

Eddie se passa la main dans les cheveux, croisa un instant les bras pour pouvoir se les gratter ensemble puis répondit :

— Je crois que c'est préférable. On n'aurait abouti nulle part.

— Bon. Personne n'a rien dit ni rien pris de haut. (Et il ajouta brusquement, sans même se retourner ni briser le rythme de sa phrase :) Remonte dans le camion, imbécile.

Col Vincent, qui s'était prudemment glissé par la portière à la suite d'Andolini, réintégra si vite sa place qu'il se cogna ; il s'affala sur la banquette et se mit à gémir en se massant le crâne.

— Tu dois comprendre que d'avoir été retenu par les douanes change singulièrement la donne, enchaîna Andolini avec bon sens. Balazar n'est pas n'importe qui. Il a des intérêts à protéger, des gens à protéger. Il se trouve justement que, parmi ces gens, il y a Henry. Foutaises, dois-tu te dire. En ce cas, tu ferais mieux de penser à l'état actuel de ton frère.

— Henry va très bien, se récria Eddie, parfaitement conscient du contraire et ne pouvant empêcher cette conscience de teinter sa voix.

Il s'en aperçut et sut que Jack Andolini aussi s'en était aperçu. Ces derniers temps, Henry piquait du nez en permanence. Il avait ses chemises pleines de trous de cigarette et s'était salement coupé la main en ouvrant une boîte pour Potzie, leur chat. Eddie ne voyait pas comment il était possible de se blesser avec un ouvre-boîte électrique mais Henry avait réussi. De temps à autre, Eddie trouvait la table de la cuisine toute couverte de poudre après le passage de Henry, ou bien c'étaient des traces carbonisées qu'il découvrait dans le lavabo.

« Henry, disait-il alors. Henry, faut que tu fasses gaffe : tu n'assures plus. Tu voudrais te faire coincer que tu ne t'y prendrais pas autrement. »

« Ouais, petit frère, d'accord, répondait Henry. Discrétion totale. Je prends tout ça en main. »

Mais de temps à autre, quand Eddie regardait la mine terreuse de son frère et ses yeux brûlants, il avait la conviction qu'Henry n'aurait plus jamais rien en main.

Ce qu'il aurait voulu dire à Henry dans ces circonstances, et qui n'aurait rien eu à voir avec le risque que son frère se fît pincer ou même que tous deux se fissent pincer, c'était : « Henry, c'est comme si tu cherchais un endroit pour crever. C'est ça que j'ai l'impression, et, putain, tout ce que je veux, c'est que tu décroches. Parce que si tu crèves, pourquoi est-ce que j'ai vécu, moi ? »

— Henry ne va pas bien, dit Andolini. Il a besoin qu'on le surveille. Il faut... comment c'est dans la chanson ? Ah oui... un pont au-dessus de ces eaux troubles[1]. C'est de ça qu'il a besoin, d'un pont pour franchir des eaux troubles. *Il Roche* est ce pont.

Il Roche *est un pont vers l'Enfer*, songea Eddie, puis, tout haut :

— C'est là qu'est Henry ? Chez Balazar ?

— Oui.

— Si je lui donne sa marchandise, il me donne Henry ?

— Et votre marchandise, lui rappela Andolini.

— En d'autres termes, on retourne à la normale.

— Exact.

— Maintenant, dis-moi ce qui va se passer, selon toi. Dis-le-moi, Jack. Je veux que tu me le dises en face. Et si tu en es capable, je veux voir de combien ton nez s'allonge.

— Je ne te suis pas, Eddie.

— Mais si, tu me suis parfaitement. Balazar pense que j'ai sa marchandise, c'est ça ? Il le penserait qu'il serait idiot, or je sais qu'il ne l'est pas.

— Moi, j'ignore ce qu'il pense, répliqua Andolini, serein. Ce n'est pas mon boulot de le savoir. Il sait que tu avais sa marchandise en quittant les Bahamas, que tu t'es fait coincer

1. Allusion à la chanson de Simon & Garfunkel : *Bridge over Troubled Waters. (N.d.T.)*

par la douane mais que tu es ici au lieu d'être en route pour le dépôt. Et il sait que cette marchandise ne peut qu'être cachée quelque part.

— Et aussi que j'ai les douanes qui me collent au cul comme une combinaison à la peau d'un plongeur. Il le sait parce que vous le savez et que vous l'avez prévenu sur la radio du camion par une espèce de message codé du genre : « Napolitaine, une, sans anchois. » Je me trompe, Jack ?

Jack Andolini s'abstint de répondre, garda son air serein.

— À ceci près que c'était lui raconter quelque chose qu'il savait déjà. Comme de relier les points d'un motif qu'on commence à entrevoir.

Dans la lumière dorée du couchant qui lentement virait à l'orange d'un brasier, Andolini resta campé, toujours aussi serein, continuant de ne rien dire.

— Il se dit probablement qu'ils m'ont retourné, que je marche pour eux. Il me croit assez bête pour ça. Je ne lui reproche rien, en fait. Je veux dire : pourquoi pas ? Un junkie est capable de n'importe quoi. Vous voulez vérifier s'ils m'ont branché ?

— Tu ne l'es pas. J'ai un gadget dans le camion. Une sorte de dispositif antibrouillage, sauf que ça capte les ondes courtes. Et, pour peu que ce soit efficace, je ne crois pas que tu marches pour les Fédés.

— Ah bon ?

— Ouais. Bon, alors est-ce qu'on se décide à aller en ville ou non ?

— Est-ce que j'ai vraiment le choix ?

*Non*, fit Roland dans sa tête.

— Non, dit Andolini.

Eddie retourna vers le camion. Le gosse au ballon de basket était toujours planté de l'autre côté de la rue, son ombre si longue qu'elle ressemblait à celle d'une grue.

— Taille-toi, lui lança Eddie. Tu n'as jamais été là, tu n'as rien vu. Allez, déguerpis.

Le gamin ne se le fit pas dire deux fois.

— Pousse-toi, dit-il ensuite à Col qui le regardait venir, la figure barrée d'un large sourire.

— Je crois que tu devrais plutôt te mettre au milieu.

— Pousse-toi, répéta Eddie.

Col riva sur lui des yeux ronds puis les tourna vers Andolini qui ne répondit pas à leur interrogation muette, se contentant de tirer sa portière et de fixer droit devant lui le regard serein d'un bouddha, abandonnant à ses disciples le soin de s'installer comme bon leur semble. Après un dernier regard à Eddie, Col se poussa.

Ils pénétrèrent dans New York, et bien que le Pistolero (tout à la contemplation émerveillée de structures sans cesse plus hautes et plus gracieuses, de ponts pareils à des toiles d'araignées d'acier enjambant un fleuve d'une largeur extrême et de véhicules aériens pourvus de pales dont le tournoiement les suspendait dans le ciel telles d'étranges libellules créées par l'ingéniosité des hommes) n'en eût aucunement conscience, ils se dirigeaient vers la Tour.

## 9

De même qu'Andolini, Enrico Balazar ne pensait pas qu'Eddie Dean aurait été retourné par les Fédés. De même qu'Andolini, il en avait l'intime conviction.

Le bar était vide – FERMÉ POUR LA SOIRÉE, indiquait la pancarte sur la porte – et Balazar, dans son bureau, attendait l'arrivée d'Andolini et de Col Vincent accompagnés du jeune Dean. Il avait avec lui ses deux gardes du corps, 'Cimi Dretto et Claudio Andolini, le frère de Jack, tous deux installés sur le canapé, à gauche de l'immense bureau, et rivant des yeux fascinés sur l'édifice dont leur patron avait entrepris l'érection. La porte était ouverte, donnant sur un petit couloir qui, à droite, par l'arrière du bar, menait à la petite cuisine où ne se préparaient jamais que des pâtes, et à gauche au bureau du comptable et à la resserre. Dans ce bureau subalterne, trois autres « messieurs » de Balazar – c'était le nom qu'on leur donnait – jouaient au Trivial Pursuit avec Henry Dean.

— OK, disait George Biondi, en voilà une facile, Henry. Henry ? Ho ! Ho ! Henry ? Terre appelle Henry ? On demande Henry sur Terre. Redescends, Henry. Je répète : Redescends, Hen…

— J'suis là, j'suis là, fit Henry, la voix pâteuse, celle du type endormi qui dit le contraire à sa femme pour qu'elle lui foute encore la paix cinq minutes.

— OK. Arts et Spectacles. La question est… Putain, Henry ! Tu fais chier à piquer du nez quand j'te parle !

— C'est pas vrai, gueula Henry, hargneux. J'pique pas du nez !

— OK. Quel roman à succès écrit par William Peter Blatty a pour cadre Georgetown, banlieue chic de Washington, et pour thème la possession démoniaque d'une jeune fille ?

— *Johnny Cash*, répondit Henry.

— Seigneur ! brailla Tricks Postino. *Johnny Cash* ! Tu n'as que ça à la bouche. C'est ta réponse à tout.

— *Johnny Cash* EST la réponse, dit Henry, solennel, et il y eut un moment de silence, palpable dans sa méditative stupéfaction… puis un énorme éclat de rire, non seulement des types présents dans la pièce mais des deux autres « messieurs » logés dans la resserre.

— Vous voulez que je ferme la porte, monsieur Balazar ? demanda 'Cimi.

— Non, ça ira.

Balazar était un Sicilien de deuxième génération mais il s'exprimait sans une once d'accent et certainement pas comme un homme qui n'aurait reçu d'autre éducation que celle des rues. À la différence de bon nombre de ses contemporains dans son secteur d'activités, il était allé jusqu'au bout de sa scolarité secondaire. Plus loin même, puisqu'il avait fait deux années de gestion à l'université de New York. Tout comme ses méthodes de travail, sa voix était tranquille, cultivée, américaine, et elle rendait son aspect physique aussi trompeur que celui de Jack Andolini. Les gens qui l'entendaient pour la première fois ouvraient presque toujours des yeux ronds comme s'ils assistaient au spectacle d'un ventriloque exceptionnellement doué. Car il avait la touche d'un paysan ou d'un tenancier d'auberge, ou encore d'un *mafioso* à temps partiel, qui n'aurait réussi pas tant par l'usage de ses facultés intellectuelles que par celle d'être au bon endroit au bon moment. Il ressemblait à ce que les marlous de la génération précédente avaient appelé un « Père Lustucru ». Un gras du bide fringué comme un bouseux. Ce soir, il était en bras de chemise (blanche, le col ouvert, des taches de sueur s'élargissant aux aisselles) et pantalon de tergal gris, ses pieds dodus à même des mocassins marron si avachis qu'ils tenaient plus de la mule que de la chaussure. Violettes et bleues, des varices s'entortillaient autour de ses chevilles.

'Cimi et Claudio le regardaient, fascinés.

Dans le temps, on l'avait surnommé *Il Roche* – le Roc – et il y avait encore des anciens pour le faire. Dans le tiroir supérieur droit de son bureau, là où d'autres hommes d'affaires rangeaient bloc-notes, stylos, coupures de presse et trucs du même genre, Enrico Balazar avait en permanence trois jeux de cartes. Il ne s'en servait jamais pour jouer.

Mais pour construire.

Il commençait par en prendre deux qu'il appuyait l'une contre l'autre de manière à former un A sans barre horizontale. Puis une deuxième forme en A prenait place à côté de la première et une dernière carte à l'horizontale venait coiffer l'ensemble. De A en A ainsi disposés puis pourvus d'un toit, il finissait par se constituer sur le bureau une véritable maison de cartes. Se pencher pour jeter un œil à l'intérieur vous offrait le spectacle d'une ruche aux alvéoles triangulaires. 'Cimi avait eu l'occasion de voir s'aplatir de telles architectures plusieurs centaines de fois (Claudio aussi, mais beaucoup plus rarement puisqu'il avait trente ans de moins que 'Cimi, lequel comptait bientôt prendre sa retraite avec sa garce de femme dans leur ferme au nord du New Jersey et y consacrer ses vieux jours au jardinage… et à survivre à la garce qu'il avait épousée ; pas à sa belle-mère – il avait depuis longtemps banni de ses projets celui de déguster des *fettucini* en veillant le corps de *La Monstra* – mais si la mère était à l'évidence éternelle, il gardait quelque espoir d'enterrer la fille ; son père avait un proverbe fétiche qui, traduit dans leur langue d'adoption, donnait à peu près ceci : « Dieu te pisse chaque jour sur la nuque mais ne te noie qu'une fois », et tout en n'étant pas vraiment sûr qu'il fallût y voir la preuve que Dieu était somme toute un brave type, il estimait avoir ne serait-ce qu'une chance de survivre à l'une si ce n'était à l'autre). Il n'avait en revanche vu qu'une seule fois Balazar perdre son sang-froid à la suite d'une de ces chutes. La plupart du temps, c'était un événement fortuit qui les provoquait : quelqu'un refermant trop violemment la porte dans une pièce voisine ou un soûlard s'affalant contre la cloison séparant le bureau du bar. Il était arrivé que 'Cimi vît choir l'œuvre que son patron avait mis des heures à construire (il s'obstinait à l'appeler *Da Boss* comme dans une bande dessinée de Chester Gould), rien que sur la seule vibration du jukebox dans les tons graves. Et même que, de temps à autre, la ruine de ces délicates demeures survenait sans motif perceptible. Un jour – c'était une histoire qu'il avait bien racontée cinq ou six mille fois et dont tout le monde à part lui s'était lassé – *Da Boss* avait levé les yeux des vestiges pour lui dire : « Tu vois ça, 'Cimi ? Eh bien, dis-toi qu'à chaque mère maudissant Dieu d'avoir laissé son enfant se faire écraser sur la route, qu'à chaque père maudissant celui qui le chasse de l'usine et le prive de travail, qu'à chaque enfant né pour souffrir et qui demande pourquoi, telle est la réponse. Nos vies sont comme ces choses que je construis. Elles peuvent avoir une raison de s'effondrer comme n'en avoir aucune. »

Carlocimi Dretto y voyait la considération la plus profonde qu'il eût jamais entendue sur la condition humaine.

Quant à cette unique fois où Balazar avait été mis hors de lui par la chute d'une de ses architectures, elle remontait à douze, sinon quatorze années plus tôt. Un type était venu le voir pour une histoire de gnôle. Un type sans la moindre classe, ignorant des bonnes manières. Un type qui cocottait comme s'il ne prenait jamais plus d'un bain par an quelles que fussent les circonstances. Un type qui… bref, un Irlandais. Et, bien sûr, il n'avait pu s'agir que d'une histoire de gnôle. Avec les bouffeurs de patates, c'était toujours la gnôle, jamais la dope. Et celui-ci s'était imaginé que ce qu'il y avait sur le bureau de *Da Boss* n'était qu'un passe-temps sans importance. « Fais un vœu ! », qu'il avait braillé après que *Da Boss* lui eut expliqué, ainsi qu'un gentleman peut l'expliquer à l'un de ses pairs, pourquoi il leur était impossible de traiter ensemble. Et l'Irlandais, un de ces types aux cheveux roux et au teint si pâle qu'il donnait l'impression d'avoir la tuberculose ou un truc apparenté, un de ces types dont le nom commence par O et qui ont cette petite boucle entre ce O et leur vrai nom, avait soufflé sur le bureau de *Da Boss* comme un *bambino* sur les bougies de son gâteau d'anniversaire, et les cartes avaient volé tout partout autour de la tête de Balazar. Alors, Balazar avait ouvert le tiroir supérieur gauche de son bureau et de ce tiroir où d'autres hommes d'affaires auraient éventuellement remisé leur fourbi – carnet d'adresses, agenda personnel, ce genre de choses – il avait sorti un.45 et abattu le bouffeur de patates d'une balle en plein front. Et tout ça en gardant la même expression. Puis après que 'Cimi et un nommé Truman Alexander – lequel était mort, quatre ans auparavant, d'une crise cardiaque – eurent enterré l'Irlandais dans un poulailler quelque part aux alentours de Sedonville, Connecticut, Balazar avait dit à 'Cimi :

— Aux hommes de construire des choses, *paisan*, à Dieu de les détruire. N'es-tu pas d'accord ?

— Si, monsieur Balazar, avait répondu 'Cimi, totalement d'accord.

Balazar avait hoché la tête, ravi.

— Vous avez fait comme j'ai dit ? Vous l'avez mis dans un endroit où les poules et les canards ou n'importe quelle autre volaille puissent lui chier dessus ?

— Oui, patron.

— C'est parfait, avait calmement conclu Balazar avant de prendre un nouveau jeu de cartes dans le tiroir supérieur droit de son bureau.

*Il Roche* ne pouvait se satisfaire d'un édifice de plain-pied. Sur le toit du premier niveau, il en construisait un deuxième – de superficie plus réduite, simplement – puis un troisième sur ce deuxième et ainsi de suite, mais à partir du quatrième, il lui fallait se lever. Il n'était plus nécessaire de se baisser pour regarder à l'intérieur, et ce que l'œil y découvrait n'avait plus rien d'une rangée de triangles tête-bêche. Cela ressemblait plutôt à quelque structure cristalline d'une impossible beauté. Et si on fixait trop longtemps les profondeurs labyrinthiques, on se sentait pris de vertige. À Coney, 'Cimi était un jour entré dans le Palais des Miroirs et il avait ressenti le même malaise. Il n'y était plus jamais retourné.

'Cimi disait aussi (persuadé de n'être cru par personne alors qu'à la vérité tout le monde s'en fichait) qu'il avait assisté une fois à la construction de quelque chose qui n'était plus un château mais une véritable tour, et qu'il l'avait vue atteindre ses dix étages avant de finalement s'effondrer. Que tout un chacun n'en eût rien à foutre, 'Cimi ne pouvait en avoir conscience, tout un chacun affectant d'être émerveillé par le prodige puisque tout un chacun le savait très proche du patron. Mais ils n'auraient pas eu besoin de feindre l'émerveillement s'il avait eu les mots pour décrire cette tour, son exquise silhouette, comment elle s'était élevée jusqu'aux trois quarts de la pièce entre bureau et plafond, dentelle de valets, de trois, de rois, de dix et d'as, rouges et noires configurations dressées, défiant un monde qui tournoyait dans un univers de mouvements et de forces d'une totale incohérence, une tour qui était aux yeux émerveillés de 'Cimi la cinglante négation de tous les injustes paradoxes de l'existence.

S'il avait su comment faire, il aurait dit : Je regardais ce qu'il bâtissait et cela m'expliquait les étoiles.

## 10

Balazar était conscient de la tournure qu'auraient dû prendre les choses.

Eddie ayant d'une manière ou d'une autre attiré l'attention des Fédés, peut-être sa première erreur avait-elle été de l'envoyer, d'obéir à son intuition même si elle lui claironnait que le jeune homme était parfait pour le job. Son oncle, au service duquel il était entré dans la carrière, n'avait cessé de répéter que toute règle souffrait des exceptions sauf une : celle de ne jamais se fier à un junkie. Balazar n'avait rien dit – ce n'était pas à un gamin de quinze ans, à l'époque, de l'ouvrir, fût-ce pour approuver –, mais n'en avait pas moins conclu que la seule règle sans exception était qu'il y avait certaines règles pour lesquelles ce n'était pas vrai.

*Mais*, songea-t-il, *si Tio Verone était encore en vie, tu le verrais éclater de rire et te dire : « Rico, tu as toujours été plus malin qu'il n'est bon de l'être, tu connaissais les règles et tu la fermais tant qu'il te fallait rester respectueux, mais tu avais déjà cette morgue dans les yeux. Tu as toujours trop bien su à quel point tu étais futé, et tu es finalement tombé dans le piège de ton propre orgueil, ce dont je n'ai jamais douté.* »

Il dressa un nouveau A et prolongea d'autant le toit de la rangée en cours.

Ils avaient agrafé Eddie, l'avaient gardé un moment puis l'avaient laissé repartir.

Lui, il avait mis la main sur le grand frère et sur la réserve de poudre. Il estimait cela suffisant pour faire venir Eddie… qu'il tenait à voir.

Il tenait à le voir parce que le séjour chez les Fédés n'avait duré que deux heures, et que deux heures, ça n'était pas normal.

Ils l'avaient cuisiné sur place, à Kennedy, sans transfert dans leurs locaux de la 43e Rue, et ça non plus, ça n'était pas normal. Ça signifiait qu'Eddie avait réussi à se débarrasser du gros de la coke sinon du tout.

Avait-il vraiment réussi ?

Balazar réfléchit, s'interrogea.

Eddie avait quitté l'aéroport deux heures après avoir été cueilli à la sortie de l'avion. Trop court pour qu'ils lui aient fait lâcher le morceau, trop long pour la simple constatation qu'il était clean, qu'une hôtesse avait eu des visions.

Balazar réfléchit, s'interrogea.

Si le grand frère était un zombie, le gamin avait encore toute sa tête, et restait coriace. Pas moyen de le retourner en deux malheureuses heures… à moins qu'il n'y ait eu son frère. Quelque chose à propos de son frère.

Mais là encore, pourquoi pas la 43e Rue ? Pourquoi n'y avait-il pas eu transfert dans l'une de ces fourgonnettes des douanes qui ressemblaient tant à un camion des postes, y compris avec les petites grilles sur les vitres arrière ? Parce que Eddie avait réellement fait quelque chose avec la marchandise ? S'en était débarrassé ? L'avait cachée ?

Impossible de dissimuler quoi que ce soit, à bord d'un avion.

Impossible de faire disparaître quoi que ce soit.

Comme il était bien sûr impossible de s'évader de certaines prisons, de dévaliser certaines banques, de déjouer certaines lois. Comme il y avait aussi eu des gens pour le faire. Harry Houdini s'était libéré de camisoles de force, de malles cadenassées, de chambres fortes. Mais Eddie Dean n'était pas Houdini.

Ou bien si ?

Il aurait pu faire abattre Henry dans l'appartement, Eddie sur l'autoroute de Long Island, ou mieux, dans l'appartement aussi où les flics se seraient dit que ces deux drogués avaient fini par en oublier qu'ils étaient frères et s'étaient entre-tués. Mais trop de questions seraient restées sans réponse.

Des réponses qu'il allait obtenir ici et qui, selon le cas, lui permettraient de prendre ses dispositions ou se borneraient à satisfaire sa curiosité. Puis il les tuerait tous les deux.

Quelques réponses en plus, deux junkies en moins. Toujours ça de gagné et pas grand-chose de perdu.

Dans l'autre pièce, c'était à nouveau le tour de Henry.

— OK, Henry, disait George Biondi. Attention, parce que c'est une question piège. Géographie. Quel est le seul continent où les kangourous sont une forme de vie indigène ?

Silence tout ouïe.

— Johnny Cash, dit Henry, ce qui fut suivi par un monumental éclat de rire.

Les murs en tremblèrent.

'Cimi se tendit, angoissé à l'idée que le château de cartes (susceptible de se faire tour si telle était la volonté de Dieu ou celle des forces aveugles régissant l'univers en son nom) allait peut-être en pâtir.

Les cartes frémirent. Si l'une d'elles cédait, l'ensemble s'écroulerait.

Aucune ne céda.

Balazar leva les yeux et sourit à 'Cimi.

— *Paisan*, dit-il. *Il Dio è buono ; il Dio è malo ; il tiempo è poco poco ; sei un grande piparollo.*

'Cimi lui rendit son sourire.

— *Si, signore. Sono un grande piparollo. Vado fanculer per tu.*

— *Nessuno va fanculer, cazzaro*, dit Balazar. *Eddie Dean va fanculer.*

Il eut un bon sourire et amorça le deuxième étage de sa tour de cartes.

## 11

Quand le camion se rangea le long du trottoir à proximité du quartier général de Balazar, Col Vincent vint à se tourner vers Eddie. Ce qu'il vit alors lui parut impossible. Il voulut parler, s'en trouva incapable. Sa langue s'était collée à son palais et tout ce qu'il put émettre fut un grognement informe.

Les yeux d'Eddie avaient viré du brun au bleu.

## 12

Cette fois, Roland n'eut pas à prendre consciemment la décision de passer à l'avant-scène. Il y bondit sans y penser, mouvement involontaire comme celui de s'arracher à son siège en portant les mains à ses armes quand quelqu'un faisait irruption dans la pièce.

*La Tour ! C'est la Tour. Ô mon Dieu, la Tour, là, dans le ciel. La Tour qui s'y dessine en traits de rutilance ! Cuthbert ! Alan ! Desmond ! La Tour ! La T...*

Mais, cette fois, il sentit Eddie lutter – non contre lui mais pour tenter de lui parler, désespérément tenter de lui expliquer quelque chose.

Le Pistolero battit en retraite, à l'écoute, désespérément à l'écoute alors qu'en surplomb d'une plage, il ne savait à quelle distance dans l'espace et dans le temps, le corps par lui déserté se tortillait et frissonnait comme celui d'un homme en proie aux plus hauts sommets de l'extase ou à des abîmes d'horreur.

## 13

*Une enseigne !* se hurlait Eddie dans la tête, le hurlant à l'autre qui la partageait.

*Une enseigne, une simple enseigne au néon. Je ne sais pas de quelle tour tu parles, mais là, c'est rien qu'un bar, celui de Balazar. La Tour Penchée, qu'il l'a appelée, en pensant à celle de Pise ! Ce que tu regardes avec ces yeux que je sens, c'est juste une enseigne censée représenter cette putain de tour de Pise ! Casse-toi, bon Dieu ! Casse-toi ! Tu veux qu'on se fasse tuer avant que j'aie une chance de les voir ?*

*Pitz ?* fit le Pistolero, indécis, puis il fixa de nouveau le ciel.

Une enseigne ! Ah, oui ! Un Signe. C'était net, maintenant. Il ne s'agissait pas de la Tour mais d'une représentation symbolique. Inclinée sur le côté, pleine de courbes festonnées... une merveille, quoi, mais rien d'autre. Il la distinguait à présent constituée de tubes qu'on avait d'une manière ou d'une autre emplis de feux follets rouge vif. Par endroits, il semblait y en avoir moins, et dans ces sections, les lignes incandescentes palpitaient et bourdonnaient.

Il y avait une légende sous l'arcane, trois mots dont les caractères, faits de tubes plus minces et recourbés, correspondaient pour la plupart aux Grandes Lettres. LA TOUR, réussit-il à lire, mais au milieu du dernier mot, il y avait une lettre qu'il ne connaissait pas.

*Pencrée ?* demanda-t-il à Eddie.

*PENCHÉE ! Aucune importance. Ça n'est qu'une enseigne. Tu le vois, j'espère ? C'est tout ce qui compte.*

*Je vois*, répondit Roland, se demandant si le prisonnier ajoutait foi à ses paroles ou s'il ne cherchait qu'à se rassurer en disant ça, à empêcher la situation de déborder comme semblait devoir le faire cette tour dont le symbole se dessinait en lignes de feu, se demandant si Eddie croyait réellement qu'un Signe – même s'il employait la forme « enseigne » – pouvait être quelque chose de banal.

*Alors, du calme ! Tu m'entends ? Du calme !*

*Cool ?* demanda Roland, et tous deux sentirent son petit sourire dans l'esprit d'Eddie.

*Oui, cool, c'est ça. Tu me laisses faire.*

*D'accord.*

Bon, il allait le laisser faire.

Pour le moment.

## 14

Col Vincent parvint finalement à se décoller la langue du palais.

— Jack, fit-il, la voix épaisse comme un tapis haute laine.

Andolini coupa le moteur et posa sur son collègue un regard peu commode.

— Ses yeux.

— Oui, quoi ?

— Oui, qu'est-ce qu'ils ont, mes yeux ? renchérit Eddie.

Col se retourna.

Le soleil avait disparu, laissant l'air aux cendres du jour, mais la lumière restait suffisante pour convaincre Col que les yeux d'Eddie avaient repris leur couleur d'origine.

S'ils avaient jamais changé.

Tu les as vus bleus, insista quelque chose en lui, mais avait-il bien vu ? Il avait vingt-quatre ans, et depuis vingt et une de ces années personne ne l'avait jamais vraiment cru digne de confiance. Utile parfois. Obéissant presque tout le temps... à condition de ne pas trop lui lâcher la bride. Mais digne de confiance, certainement pas. Il avait fini par souscrire à cet avis sur lui-même.

— Rien, marmonna-t-il.

— Alors, allons-y, dit Andolini.

Ils descendirent du camion. Avec Andolini sur leur gauche et Vincent sur leur droite, pistolero et prisonnier pénétrèrent dans La Tour Penchée.

# Chapitre 5

# CARTES SUR TABLE ET RÈGLEMENTS DE COMPTES

## 1

Dans un blues des années 1920, Billie Holiday – qui allait être un jour bien placée pour le savoir – chantait :

*L'docteur m'a dit : Ma fille, faut qu'tu t'arrêtes fissa*
*Vu qu'si tu décolles encore un coup, ma fille,*
*T'es bonne pour y rester.*

Le dernier décollage de Henry Dean eut lieu pas moins de cinq minutes avant que le camion-pizza ne se rangeât devant La Tour Penchée et que son frère y pénétrât sous bonne escorte.

C'était George Biondi – « Gros George » pour ses amis, « Gros Blair » pour les autres – qui, assis à droite de Henry Dean, posait les questions. Henry piquait du nez pour la énième fois, ouvrant sur le jeu des yeux de hibou tandis que Tricks Postino lui plaçait un dé entre les doigts. Des doigts qui avaient déjà cette nuance terreuse que l'on repère aux extrémités d'un corps soumis depuis longtemps à l'héroïne, cette livide avant-garde de la gangrène.

— C'est ton tour, Henry, dit Tricks, et Henry laissa échapper le dé.

Quand il continua de fixer le vide sans manifester la moindre intention de bouger son pion en forme de camembert, Jimmy Haspio le fit à sa place.

— Regarde, Henry, dit-il. Tu as l'occasion de gagner une autre portion de caldoche.

— Big bang, fit Henry, rêveur, puis il regarda autour de lui comme s'il se réveillait. Où est Eddie ?

— Il arrive, le rassura Tricks. Joue.

— J'cracherais pas sur un petit fix.

— Joue, Henry.

— Ouais, ouais, arrête de me bousculer.

— Le bouscule pas, dit Kevin Blake à Jimmy.

— Je le frai plus, dit Jimmy.

— Tu es prêt ? demanda George Biondi, décochant aux autres un énorme clin d'œil alors que le menton de Henry s'enfonçait puis, tout aussi lentement, amorçait une remontée. (C'était comme une épave gorgée d'eau, mais pas encore assez pour sombrer pour de bon.)

— Ouais, dit Henry. Qu'on me la sorte.

— Il a demandé qu'on la lui sorte ! exulta Jimmy Haspio.

— Alors tu la lui sors, consentit Tricks, et tous rugirent de rire. (Dans la pièce voisine, Balazar en était à son troisième niveau. L'édifice trembla mais tint bon.)

— Bon. Écoute bien. (Nouveau clin d'œil de George. Bien que le camembert de Henry fût sur le quartier général de Sports et Jeux, il annonça la catégorie Spectacles.) Quel célèbre chanteur de country a fait un malheur avec *A Boy Named Sue, Folsom Prison Blues* et bon nombre d'autres rengaines de culs-terreux ?

Kevin Blake, qui était capable de vous trouver combien font sept et neuf (si on lui donnait des jetons de poker pour faire l'addition), hurla de rire en se tenant les côtes et manqua de renverser le plateau.

Continuant de faire semblant de lire la carte qu'il avait en main, George poursuivit :

— Ce célèbre chanteur est également connu comme l'Homme en Noir. Son prénom ressemble à l'endroit où tu vas pisser et son nom signifie ce que tu as dans ton portefeuille pour peu que tu ne sois pas un connard de junkie.

Long silence expectatif.

— Walter Brennan, dit enfin Henry.

Beuglements de rire. Jimmy Haspio s'accrochait à Kevin Blake et Kevin lui assenait des claques dans le dos. Dans le bureau de Balazar, le château de cartes en voie de se faire tour vibra dangereusement.

— Vos gueules, hurla 'Cimi. Il y a *Da Boss* qui bâtit !

Les rires cessèrent aussitôt.

— Bon, dit George. Cette fois, tu as bien répondu, Henry. C'était coton, mais t'y es arrivé.

— Comme toujours, dit Henry. J'y arrive toujours. J'ai droit à un petit fix, non ?

— Bonne idée !

George alla pêcher derrière lui une boîte à cigares, en extirpa une seringue chargée, la planta sous le biceps de Henry, dans la veine boursouflée, marquée de cicatrices, et l'aîné des Dean décolla pour la dernière fois.

## 2

Vu de l'extérieur, le camion-pizza n'était pas jojo, mais tant la peinture bâclée que la crasse récoltée sur les routes dissimulaient une merveille technologique à faire pâlir de jalousie les mecs de la DEA. Comme Balazar l'avait dit plus d'une fois, baiser les salopards impliquait qu'on soit de taille, qu'on puisse rivaliser avec eux quant à la sophistication du matériel. D'un matériel qui n'était pas donné, mais là, Balazar et ses pareils disposaient d'un net avantage : celui de pouvoir voler ce qui, dans l'autre camp, faisait fondre les deniers du contribuable, vu les factures scandaleusement gonflées qu'on lui présentait. Il y avait même, dans les entreprises d'électronique de la côte Ouest, des types toujours prêts à vous vendre du top secret pour des clopinettes. Ces *cazzaroni* (Jack Andolini disait : « Ces aspirateurs à coke de la Silicon Valley ») bazardaient littéralement la marchandise.

Sous le tableau de bord, il y avait un dispositif antibrouillage, un brouilleur d'UHF efficace contre les radars de la police, un détecteur d'ondes radio gamme haute/haute fréquence, un brouilleur GH/HF, un répéteur-amplificateur capable d'amener quiconque cherchait à localiser le camion par une triangulation classique à la conclusion qu'il était simultanément dans le Connecticut, à Harlem et au fin fond de Long Island. On y trouvait aussi un radiotéléphone et un petit bouton rouge qu'Andolini enfonça dès qu'Eddie Dean fut descendu.

Dans le bureau de Balazar, l'interphone proféra un unique et court bourdonnement.

— C'est eux, dit-il. Va leur ouvrir, Claudio. Et toi, 'Cimi, va dire à tout le monde de la fermer. Pour Eddie Dean, il ne doit y avoir ici, à part moi, que toi et Claudio.

Ils quittèrent la pièce. Dans le couloir, 'Cimi prit à gauche, Claudio Andolini à droite.

Balazar s'attaqua tranquillement à l'érection d'un nouvel étage.

## 3

*Tu me laisses faire*, répéta Eddie alors que Claudio ouvrait la porte.

OK, répondit le Pistolero qui n'en resta pas moins sur le qui-vive, prêt à passer au premier plan sitôt qu'il le jugerait nécessaire.

Des clés s'entrechoquèrent. Roland eut une conscience aiguë des odeurs – celle de vieille sueur de Col Vincent sur sa droite, l'âpre, voire âcre parfum de l'after-shave de Jack Andolini sur sa gauche, et, alors qu'ils pénétraient dans la pénombre, les relents aigres de la bière.

Cette odeur de bière fut la seule chose qu'il reconnut. L'endroit n'avait rien d'un saloon au sol jonché de sciure ni d'un bar fait de planches posées sur des tréteaux. Il était aussi loin qu'on peut l'être du bastringue de Sheb à Tull. Les doux reflets du verre y foisonnaient ; il y avait plus de verre dans cette seule pièce qu'il n'en avait vu durant toutes les années qui le séparaient de son enfance, de l'époque où l'approvisionnement avait commencé à partir à vau-l'eau, en partie à cause des raids incessants des rebelles de Farson, des partisans de l'Homme de Bien, mais surtout, songeait-il, surtout et simplement, parce que le monde était alors entré en mutation. Une mutation dont Farson avait été un symptôme mais nullement l'origine.

Il les voyait partout, ces reflets – sur les murs, sur la façade vitrée du comptoir, sur le long miroir derrière, jusqu'aux miniatures curvilignes dans les gracieux calices des verres à pied suspendus à l'envers au-dessus du bar… une guirlande de verres, fragile et fastueuse comme un décor de fête.

Dans un angle, une sculpture de lumières qui naissaient et changeaient, naissaient et changeaient, naissaient et changeaient. De l'or au vert, du vert au jaune, du jaune au rouge, du rouge à l'or de nouveau. Barrant en Grandes Lettres ces métamorphoses, un mot qu'il réussit à déchiffrer mais qui resta pour lui dénué de sens : ROCKOLA.

Aucune importance. Il avait quelque chose à faire ici, et ne pouvait s'octroyer le luxe d'avoir le comportement d'un touriste, si étrange et merveilleux que ce décor pût être.

L'homme qui leur avait ouvert était à l'évidence le frère de celui qui avait conduit ce qu'Eddie nommait le camion (sans doute un mot dérivé de *camino* supposait Roland) – bien qu'il fût beaucoup plus grand et environ de cinq ans plus jeune. Il portait un pistolet dans un étui accroché à l'épaule.

— Où est Henry ? demanda Eddie. Je veux voir Henry. Henry ! cria-t-il. Ho ! Ho ! Henry !

Pas de réponse. Rien qu'un silence dans lequel les verres suspendus au-dessus du bar semblaient vibrer subtilement juste hors de portée d'une oreille humaine.

— Monsieur Balazar aimerait d'abord te parler.

— Vous l'avez bâillonné, hein ? Il est quelque part, pieds et poings liés avec un mouchoir dans la bouche ? poursuivit Eddie, agressif, puis avant que Claudio n'ait pu faire plus que s'apprêter à répondre, il éclata de rire. Non, suis-je bête… vous l'avez simplement défoncé. Pourquoi se faire chier avec des cordes et des bâillons quand on a sous la main une shooteuse et de quoi la remplir ? Bon, d'accord. Allons voir Balazar. Autant régler ça tout de suite.

## 4

Le Pistolero vit la tour de cartes sur le bureau de Balazar et pensa : *Encore un signe*.

Balazar n'eut pas à lever les yeux – l'édifice était assez haut pour que, par-dessus le sommet, son regard embrassât naturellement les visiteurs. Il s'y inscrivit simplement une expression chaleureuse et réjouie.

— Ah, Eddie ! Je suis content de te voir, fiston. On m'a dit que tu avais eu des problèmes à l'aéroport.

— Je ne suis pas votre fiston, répondit sèchement Eddie.

Balazar fit un petit geste, à la fois hypocrite, comique et navré. *Tu me fais mal*, disait ce geste. *Tu me fais mal, Eddie, quand tu dis des choses pareilles*.

— On ne va pas tourner autour du pot, enchaîna Eddie. Si les Fédés m'ont relâché, vous savez très bien que c'est l'un ou l'autre : ou ils me contrôlent, ou ils n'ont pas trouvé le moyen de me coincer. Et vous savez aussi qu'il leur a été impossible de m'arracher quoi que ce soit en deux heures, que s'ils s'y étaient essayés, je serais encore 43e Rue à répondre à leurs questions avec, çà et là, une pause pour gerber.

— Alors, comme ça, ils ne te contrôlent pas ? demanda Balazar, tout en douceur.

— Non. Donc, c'est qu'ils ont été contraints de me relâcher. Ils me suivent, mais je ne les mène pas.

— Ce qui implique que tu as réussi à te débarrasser de la marchandise. Fascinant ! Faut absolument que tu me racontes comment on s'y prend pour faire disparaître un kilo de coke à bord d'un avion. Plutôt précieux comme renseignement. Le genre *Mystère de la chambre jaune*.

— Je ne m'en suis pas débarrassé, mais je ne l'ai plus sur moi.

— Alors, qui est-ce qui l'a ? voulut savoir Claudio qui rougit aussitôt sous le regard que lui lança son frère.

— Lui, dit Eddie avec un sourire en montrant Enrico Balazar derrière sa tour de cartes. C'est déjà livré.

Pour la première fois depuis qu'Eddie et son escorte étaient entrés dans le bureau, les traits de Balazar s'éclairaient d'une expression sincère : la surprise. Puis ce fut remplacé par un sourire poli.

— Je vois. En un lieu qui sera révélé plus tard, lorsque tu auras récupéré ton frère, ta marchandise et que vous serez loin.

— Non. Vous ne m'avez pas compris. Je parle d'ici. La marchandise vous a été livrée à domicile. Comme convenu. Parce que, même à notre époque, il y a encore des gens qui ont à cœur de respecter les termes d'un marché. Je sais que ça paraît loufoque, mais c'est comme ça.

Tous les regards convergeaient sur lui.

*Dis, Roland, comment je me débrouille ?*

*Bien. Très bien, même. Seulement, ne lui laisse pas le temps de récupérer, Eddie. Je crois que ce Balazar est dangereux.*

*Tu le crois ? Eh bien, moi j'ai de l'avance sur toi : je le sais. Je sais qu'il est terriblement dangereux.*

Son attention retourna sur Balazar et il lui décocha un petit clin d'œil.

— Ce qui fait que c'est vous qui devez vous sentir concerné par cette histoire de Fédés, pas moi. S'ils se pointent avec un mandat de perquisition, vous allez vous retrouver enculé jusqu'à l'os sans même avoir eu le temps de baisser votre froc, *signor* Balazar.

Balazar avait pris deux cartes. Un tremblement soudain dans ses mains les lui fit reposer. Infime détail, que Roland vit, et qu'Eddie vit aussi. L'incertitude – voire la peur, un instant – passa sur son visage.

— Surveille ta langue quand tu t'adresses à moi. Tâche de rester correct et de te rappeler que je n'ai pas plus de patience que d'indulgence à l'égard des absurdités.

Jack Andolini eut l'air paniqué.

— Il est de mèche avec eux, m'sieur Balazar ! Cette petite ordure leur a livré la coke et ils nous l'ont collée pendant qu'ils faisaient semblant de le cuisiner !

— Personne n'a pu entrer ici, Jack. Tu sais très bien que c'est impossible. Les alarmes se déclenchent dès qu'un pigeon pète sur le toit.

— Mais…

— Et en admettant même qu'ils nous aient monté un coup, on a assez de gens qui les infiltrent pour en faire tomber une quinzaine d'un coup. On sait qui, quand et comment.

Il se retourna sur Eddie.

— Bon, dit-il. Tu as quinze secondes pour arrêter tes conneries. Ensuite, j'envoie chercher 'Cimi Dretto pour qu'il te fasse mal. Puis, quand il t'aura fait mal pendant un petit bout de temps, il s'en ira et tu l'entendras faire mal à ton frère dans une pièce voisine.

Eddie se raidit.

*Détends-toi*, murmura le Pistolero qui pensa : *Tu veux lui faire mal, il suffit de prononcer le nom de son frère. C'est comme si tu lui fouillais une plaie ouverte avec un bâton.*

— Je vais emprunter vos toilettes, dit Eddie, montrant à l'autre bout de la pièce une porte si discrète qu'on l'aurait prise pour un panneau du revêtement mural. Je vais y aller tout seul et j'en ressortirai avec la moitié de votre cocaïne. Vous vous assurerez que c'en est, puis vous m'amènerez Henry. Quand je l'aurai vu, que j'aurai constaté qu'il va bien, vous lui donnerez notre marchandise et il rentrera chez nous avec un de vos messieurs. Ensuite, on tuera le temps, moi et… (il faillit dire Roland)… moi et les autres types que vous avez ici, en vous regardant bâtir vos châteaux de cartes. Dès qu'Henry sera à la maison, et en sécurité – c'est-à-dire sans pistolet braqué sur la tempe –, il va téléphoner, dira un certain mot. On en a convenu avant mon départ. Juste au cas où.

Le Pistolero vérifia dans l'esprit du prisonnier s'il s'agissait ou non d'un bluff. Apparemment, c'était vrai, du moins pour

Eddie qui pensait que son frère aurait préféré mourir que de donner le feu vert si quelque chose clochait. Roland en était moins sûr.

— Tu t'imagines sans doute que je crois encore au Père Noël ? demanda Balazar à Eddie.

— Je sais qu'il n'en est rien.

— Claudio, fouille-le. Toi, Jack, tu vas dans mes toilettes et tu les passes au peigne fin.

— Y a-t-il ici un endroit que je ne connaîtrais pas ? demanda Andolini.

Balazar prit son temps pour répondre, ses yeux sombres examinant attentivement son lieutenant.

— Oui, il y a une cache au fond de l'armoire à pharmacie. J'y garde deux ou trois bricoles. C'est trop petit pour une livre de coke mais autant vérifier.

Jack gagna la porte et, alors qu'il l'ouvrait, le Pistolero entrevit dans les latrines la même lumière glacée que celle du véhicule aérien. Puis la porte se referma.

Balazar ramena les yeux sur Eddie.

— Pourquoi vas-tu inventer des histoires pareilles ? lui demanda-t-il, presque avec tristesse. Je te croyais malin.

— Regardez-moi, rétorqua tranquillement Eddie. Regardez-moi en face et dites-moi que ce sont des inventions.

Balazar fit comme demandé. Scruta longuement Eddie. Puis il se détourna, les mains si enfoncées dans les poches que son postérieur de péquenot se dessinait sous le tissu tendu. Il présentait un dos de père affligé – navré que son fils s'obstinât dans l'erreur – mais, avant de ne plus voir que son dos, Roland avait surpris sur le visage de Balazar une expression totalement étrangère au chagrin. Ce que Balazar venait de lire dans les yeux d'Eddie ne l'avait en fait nullement chagriné mais perturbé au plus haut point.

— À poil, dit Claudio qui avait sorti son arme et la braquait sur Eddie.

Eddie commença de se déshabiller.

## 5

*Ça ne me plaît pas*, songeait Balazar en attendant que Jack Andolini ressorte des toilettes. Il avait peur, transpirait à présent non seulement sous les bras et autour des parties – endroits qu'il avait moites en permanence, même quand il gelait à pierre fendre –, mais de partout. Eddie était parti avec la touche d'un junkie – d'un junkie malin mais d'un junkie quand même, d'un type qu'on menait où on voulait, solidement ferré à l'hameçon de la poudre – et revenu avec celle… celle d'un quoi ? Comme s'il avait grandi en un sens, comme s'il avait changé.

*Comme si quelqu'un lui avait injecté une bonne dose de cran frais.*

Ouais. Il y avait ça. Et il y avait la dope. Cette putain de dope.

Jack était en train de retourner les toilettes et Claudio fouillait Eddie, déployant la férocité d'un maton sadique. Eddie avait montré une impassibilité dont Balazar ne l'aurait jamais cru capable, ni lui ni aucun autre drogué, quand Claudio, après s'être enduit la main droite des quatre glaviots qu'il s'était crachés dans la gauche, la lui avait enfoncée dans le cul jusqu'au poignet et au-delà.

Pas de dope dans les toilettes, ni sur Eddie, ni dans Eddie. Non plus que dans ses vêtements, dans sa veste, dans son sac. Tout ça ne pouvait être qu'un bluff.

*Regardez-moi en face et dites-moi que ce sont des inventions.*

Il l'avait regardé en face. Avait vu quelque chose de renversant. Qu'Eddie était parfaitement sûr de lui, qu'il s'apprêtait à entrer dans ces toilettes pour en ressortir avec la moitié de la coke.

Et lui-même y avait presque cru.

Claudio Andolini récupéra sa main. Ses doigts firent *floc* en s'extirpant du trou du cul d'Eddie. Sa bouche se tordit, prit l'aspect d'une ligne emmêlée.

— Grouille-toi, Jack. J'ai de sa merde de junkie plein la pogne.

— Si j'avais su que t'allais enquêter de ce côté, Claudio, je me serais soigneusement récuré le derche avec un barreau de chaise la dernière fois que j'ai coulé un bronze. Ta main serait ressortie parfaitement clean et j'aurais pas eu l'impression de me faire violer par un taureau.

— Jack !

— Tu n'as qu'à aller te laver dans la cuisine, dit Balazar. Eddie et moi, on ne va pas se sauter à la gorge dès que tu auras le dos tourné. Pas vrai, Eddie ?

— Sûr.

— De toute façon, il est net, dit Claudio. Enfin, net n'est peut-être pas le mot. Je veux dire qu'il n'a rien sur lui.

Il sortit en laissant pendre sa main merdeuse à bout de bras comme si c'était un poisson crevé.

Eddie reporta tranquillement son attention sur Balazar qui pensait de nouveau à Harry Houdini, à Blackstone, à Doug Henning et à David Copperfield. On n'arrêtait pas de dire que la prestidigitation avait rejoint le vaudeville dans le cimetière du show-business, mais Henning restait une superstar et il se souvenait encore de l'enthousiasme de la salle quand il avait assisté au spectacle du gamin Copperfield à Atlantic City. Balazar adorait les illusionnistes depuis le premier numéro de magie vu à un coin de rue quand il était encore tout gosse. Un gars qui s'assurait son argent de poche avec des tours de cartes. Et qu'est-ce qu'ils faisaient tous avant de faire apparaître quelque chose… un truc devant quoi le public allait d'abord rester bouche bée puis exploser dans un tonnerre d'applaudissements ? Inviter quelqu'un dans la salle pour vérifier que l'endroit d'où allait sortir le lapin – ou la colombe ou le joli petit lot, les nibards à l'air, ou tout ce que vous voudrez – était parfaitement vide. Et mieux que ça, pour s'assurer qu'il n'y avait aucun moyen que quoi que ce soit y rentre.

*Je me dis qu'il a peut-être réussi son coup. Je ne sais pas comment et j'en ai rien à cirer. Tout ce que je vois, c'est que ça ne me plaît pas… non, que ça ne me plaît pas du tout.*

## 6

Il y avait également quelque chose qui ne plaisait pas du tout à George Biondi et il se demandait de quoi Eddie Dean serait capable lorsqu'il l'apprendrait.

Car il était pratiquement sûr qu'un peu après l'entrée de 'Cimi dans le bureau du comptable pour baisser les lumières, Henry était mort. Mort sans tambour ni trompette, tranquillement, sans emmerder personne. Emporté comme une spore de pissenlit par la brise. George estimait que l'événement avait pu se produire aux alentours du moment où Claudio était parti se laver les mains dans la cuisine.

— Henry ? murmura George à l'oreille de l'aîné des Dean, approchant ses lèvres si près que ce fut comme quand on donne un baiser dans l'oreille de votre voisine au cinéma, et c'était plutôt olé olé compte tenu que le type était probablement mort – comme de l'accrophilie ou le putain de nom qu'ils donnaient à ça –, mais il lui fallait en avoir le cœur net et la cloison entre ce bureau et celui du patron était des plus minces.

— Qu'est-ce qui se passe, George ? demanda Tricks Postino.

— Z'allez la fermer ? fit 'Cimi, sa voix comme le grondement sourd d'un camion au point mort.

Ils la fermèrent.

George glissa la main dans la chemise de Henry. Oh, c'était de pire en pire, l'impression qu'il était au cinoche avec une né-nette ne voulait pas le lâcher. Maintenant, voilà qu'il la pelotait, sauf que ce n'était pas *la*, mais *le*, pas de l'accrophilie normale mais de l'accrophilie de pédé, que par-dessus le marché, la poitrine décharnée de l'accro en question ne se soulevait ni ne retombait, et qu'il n'y avait rien qui battait à l'intérieur. Pour Henry Dean, c'était terminé. Pour Henry Dean, la pluie avait eu raison du match de base-ball à la septième reprise. Plus rien ne faisait tic-tac chez lui, à part sa montre.

George se déplaça jusque dans le halo d'ail et d'huile d'olive – l'atmosphère du Vieux Pays – nimbant 'Cimi Dretto.

— Je crois qu'on a un petit problème, murmura-t-il.

## 7

Jack ressortit des toilettes.

— Pas de dope là-dedans, annonça-t-il, et il examina Eddie d'un œil morne. Si tu avais des projets concernant la fenêtre, tu peux laisser tomber. Elle est doublée d'un grillage de dix.

— Qu'est-ce que j'en ai à foutre de la fenêtre ? rétorqua tranquillement Eddie. C'est déjà dedans. Tu n'as simplement pas su où chercher.

— Excusez-moi, m'sieur Balazar, dit Andolini, mais ce mec commence à me les gonfler salement.

Le regard de Balazar restait rivé sur Eddie comme s'il n'avait même pas pris conscience du retour de Jack. Il était complètement absorbé dans ses pensées.

Des pensées peuplées d'illusionnistes tirant des lapins de leur chapeau.

Constante numéro un : le pékin pris dans l'assistance à qui on fait vérifier que le chapeau est vide. D'accord, mais il y en avait une deuxième : à part le magicien, bien sûr, personne après ça ne regardait dans le chapeau. Or le gamin avait dit : *Je vais emprunter vos toilettes. Je vais y aller tout seul.*

Savoir comment marchait un tour de magie n'était d'habitude pas son truc, vu que ça vous gâchait le plaisir.

D'habitude.

Mais, en l'occurrence, il était impatient de voir son plaisir gâché.

— Parfait, dit-il au jeune homme. Si c'est dedans, va le chercher. Comme tu es. À poil.

— OK.

Eddie s'achemina vers la porte.

— Mais pas tout seul, ajouta Balazar. (Eddie se figea comme s'il venait de recevoir un harpon invisible, et ce raidissement soudain versa du baume dans le cœur de Balazar : pour la première fois, quelque chose ne rentrait pas dans les plans du gamin.) Jack t'accompagne.

— Non, se récria aussitôt Eddie. Ce n'est pas ce qui…

— Eddie, mon cher Eddie, ne me dis pas non. C'est la seule chose que tu ne dois jamais faire.

## 8

*Pas de problème*, dit le Pistolero. *Qu'il vienne.*

*Mais… mais…*

Eddie était à deux doigts de bafouiller, n'avait plus qu'un semblant de contrôle sur ses réactions. Ce n'était pas seulement la balle oblique et soudaine que Balazar venait de lui lancer ; il y avait le souci croissant qu'il se faisait pour Henry et, prenant lentement mais sûrement l'ascendant sur tout le reste, l'impérieux besoin d'un fix.

*Si, si, qu'il vienne. Tout se passera bien. Écoute.*

Eddie écouta.

## 9

Balazar le regardait, regardait un jeune homme nu, mince, dont la poitrine n'en était encore qu'à l'esquisse du caractéristique affaissement de l'héroïne, qui se tenait la tête légèrement penchée sur le côté, et à le regarder, Balazar sentit s'évanouir quelque peu de son assurance. C'était comme si le gamin tendait l'oreille à une voix que lui seul pouvait entendre.

La même pensée traversa Andolini, mais sur un mode différent : *Qu'est-ce qui lui arrive ? On dirait le chien sur les vieux disques de La Voix de son Maître.*

Col avait essayé de lui dire quelque chose à propos des yeux d'Eddie. Il regrettait soudain de ne pas l'avoir laissé parler.

Puis si Eddie avait écouté des voix dans sa tête, elles se turent ou il cessa de leur prêter attention.

— Bon. Allons-y, Jack. Je vais te montrer la huitième merveille du monde.

Il leur décocha un sourire qui les laissa de glace l'un comme l'autre.

— Ah bon ? fit Jack, allant pêcher une arme dans l'étui qu'il avait au creux des reins. Dois-je m'attendre à une surprise ?

Le sourire d'Eddie s'élargit.

— Ça oui. Sûr que tu vas en rester sur le cul.

## 10

Andolini suivit Eddie dans les toilettes, le pistolet bien haut vu que le trouillomètre dégringolait passablement.

— Ferme la porte, lui dit Eddie.

— Va te faire foutre, fut la réponse.

— Ferme cette porte ou pas de dope.

— Va te faire foutre, répéta Andolini.

Vaguement paniqué comme il l'était, sentant là quelque chose qui lui échappait, Jack Andolini avait l'air plus intelligent qu'au volant du camion.

— Il ne veut pas fermer la porte, gueula Eddie. Je vous prends à témoin, monsieur Balazar. Vous avez probablement une demi-douzaine de gars ici, avec une moyenne de quatre armes par tête de pipe, et je vous vois l'un comme l'autre en train de flipper devant un malheureux gamin, junkie de surcroît.

— Ferme cette putain de porte, Jack ! hurla Balazar.

— Parfait, dit Eddie alors qu'Andolini refermait derrière eux d'un coup de pied. T'es un homme ou t'es...

— Et puis merde, j'en ai ras le bol de ces conneries, décréta Jack sans s'adresser à quiconque en particulier.

Il retourna le pistolet avec l'évidente intention d'en flanquer un coup de crosse en travers de la mâchoire d'Eddie.

Puis il se figea, sa matraque improvisée stoppée dans son élan, son rictus mauvais se désagrégeant en niaise expression abasourdie alors qu'il découvrait ce que Col Vincent avait vu dans la fourgonnette.

Les yeux d'Eddie qui viraient du marron au bleu.

— *Maintenant, tu l'attrapes !*

La voix grave, péremptoire, qui sortait de la bouche d'Eddie n'était pas la sienne.

*Schizo*, pensa Jack Andolini. *Le voilà qui devient schizo, qui me pique une putain de crise de schi...*

Mais l'explication tourna court alors qu'Eddie l'agrippait aux épaules car, en ce même instant, il vit surgir une brèche dans le réel un peu moins d'un mètre derrière le jeune homme.

Non, pas une brèche, rien d'un trou ; des dimensions trop régulières pour ça.

C'était une porte.

— Je vous salue Marie pleine de grâce, gémit Jack à mi-voix.

Par cette découpe suspendue dans l'espace à une trentaine de centimètres du sol devant la douche personnelle de Balazar, il voyait une plage aux couleurs sombres dévalant vers les vagues qui s'y brisaient. Des choses bougeaient sur cette plage. Des monstres.

La crosse du pistolet redescendit, mais le coup censé fracasser les incisives d'Eddie mourut sur le coussinet de ses lèvres qu'il ensanglanta quelque peu. Jack Andolini comprit que ses forces l'abandonnaient ; il les sentait fuir.

— Ne t'avais-je pas averti que tu allais en rester sur le cul ? dit Eddie.

Puis il empoigna Jack qui ne saisit qu'au dernier moment où il voulait en venir, se débattit comme un diable, mais trop tard... ils basculaient déjà au corps à corps dans la fantastique ouverture. Et le murmure du New York nocturne, si permanent, si familier qu'on n'en percevait jamais que l'interruption, fut remplacé par le fracas des vagues et par les voix grinçantes, interrogatives, des horreurs qui évoluaient au ras du sable.

## 11

*Il va falloir aller très vite ou on va se retrouver dans le four à houblon*, avait dit Roland. Ce qu'Eddie avait compris qu'il fallait traduire par : s'ils ne se remuaient pas le cul à une vitesse approchant celle de la lumière, ils étaient cuits. Il partageait cette opinion. Quand il y avait du grabuge, Jack Andolini était du style Dwight Gooden : possible de le bousculer, ouais, voire de le secouer sérieusement, mais si vous le laissiez s'échapper dans les premières reprises, il vous battait plus tard à plates coutures.

*La main gauche !* hurla Roland alors qu'ils franchissaient le seuil et qu'Eddie et lui redevenaient deux individus distincts. *N'oublie pas ! La main gauche ! La gauche !*

Il vit Eddie et Jack tomber à la renverse puis rouler au bas de l'éboulis qui bordait la grève, luttant pour la possession de l'arme qu'Andolini tenait toujours.

Roland eut juste le temps de penser à l'énorme plaisanterie que lui aurait jouée le Destin s'il ne retournait présentement dans son monde que pour découvrir son corps physique mort dans l'intervalle... et puis ce fut trop tard. Trop tard pour se poser des questions, trop tard pour faire marche arrière.

## 12

Andolini ne voyait pas ce qui avait pu se produire. Une part de lui était persuadée d'avoir sombré dans la démence, une autre de s'être fait droguer par Eddie, ou gazer, ou quelque chose du genre, une autre encore que le Dieu vengeur de son enfance avait fini par se lasser de ses méfaits, qu'il l'avait arraché au monde des vivants pour le précipiter dans cet étrange purgatoire.

Puis il vit la porte ouverte et l'arc de lumière blanche – l'éclairage au néon des chiottes de Balazar – qu'elle projetait sur le sol caillouteux, comprit alors qu'il lui était possible de rebrousser chemin. Jack Andolini avait avant tout l'esprit pratique. Il serait toujours temps de s'interroger sur ce mystère ; pour l'heure, ses ambitions se bornaient à liquider ce fils de pute et à refranchir la porte en sens inverse.

L'énergie dont il s'était trouvé vidé sous le coup de la surprise réaffluait en lui, et il se rendit compte qu'Eddie tentait de lui arracher son petit mais efficace colt Cobra, et qu'il était sur le point d'y parvenir. Il se dégagea, essaya de viser, mais en vain : la main d'Eddie s'était de nouveau refermée sur son bras.

Ce fut alors son genou qu'il expédia dans la cuisse droite du jeune homme (notant au passage les plaques de sable sale et gris qui souillaient déjà la coûteuse gabardine de son pantalon) et le cri de douleur attendu explosa quand la crampe noua le muscle d'Eddie.

Qui, derrière ce cri, hurla :

— *Roland ! Viens m'aider ! Pour l'amour du ciel, viens m'aider !*

Andolini tourna brusquement la tête et ce qu'il vit lui fit perdre une deuxième fois l'équilibre. Un type, là, debout... sauf qu'il n'avait pas tant l'air d'un type que d'un revenant. Et pas vraiment du genre Casper le Petit Fantôme. Des traits d'une pâleur extrême, mangés par une barbe de plusieurs jours et par des yeux hagards. Une chemise déchirée dont le vent soulevait derrière lui les lambeaux entortillés, révélant les cannelures de ses côtes. Un chiffon crasseux noué autour de la main droite complétait le tableau. Il donnait l'impression d'être malade, malade et mourant, coriace aussi, malgré tout, assez pour qu'Andolini se sentît de nouveau gagné par une certaine mollesse.

Et l'enfoiré portait une paire de pistolets.

Des antiquités, dignes de figurer dans un musée du Far West... mais des armes quand même, et susceptibles de fonctionner. Andolini s'aperçut qu'il allait avoir à s'occuper séance tenante de l'homme au visage blême... à moins que ce ne fût réellement un spectre, auquel cas tout cela n'avait pas la moindre importance et il était inutile de s'inquiéter.

Il lâcha Eddie et se rejeta sur la droite, à peine conscient de déchirer sur une pierre son veston à cinq cents dollars. Au même instant, le Pistolero dégaina de la main gauche, geste qui fut comme il avait toujours été, que son exécutant fût malade ou bien portant, réveillé ou encore dans les brumes du sommeil, plus vif que l'éclair zébrant de bleu la nuit d'été.

*Je suis foutu*, pensa Andolini, émerveillé autant qu'amer. *Seigneur, je n'ai jamais vu quelqu'un d'aussi rapide ! Je suis foutu, sainte Mère de Dieu, il va me descendre, il va...*

Le doigt gauche de l'homme en haillons pressa la détente du revolver et Jack Andolini crut – crut pour de bon – qu'il était mort avant de se rappeler n'avoir entendu qu'un *clic* en fait de détonation.

Long feu.

Souriant, il se redressa sur les genoux, leva son Cobra.

— Je ne sais pas qui tu es, putain de cadavre ambulant, mais tu peux te dire adieu ! dit-il.

## 13

Eddie s'assit, tremblant, son corps nu hérissé par la chair de poule. Il vit Roland dégainer, entendit un claquement sec au lieu d'une explosion retentissante, vit Andolini se relever, l'entendit dire quelque chose, et sur ce, sans vraiment savoir encore ce qu'il faisait, il eut sous la main un gros caillou acéré à souhait qu'il dégagea du sol grenu et lança de toutes ses forces.

Il toucha Andolini sur le haut de la nuque avant de rebondir ailleurs, y laissant pendre un bout de cuir chevelu ensanglanté. Andolini fit feu, mais la balle, destinée à tuer le Pistolero, se perdit.

## 14

*Pas vraiment*, aurait dit le Pistolero à Eddie. *Quand tu la sens passer au ras de ta joue, tu ne peux pas vraiment parler d'une balle perdue.*

Il réarma, tira de nouveau dans le temps même où il évitait la balle d'Andolini. Cette fois, la détonation retentit, sèche, impérieuse, emplissant toute la plage. Les mouettes qui dormaient sur les rochers, hors d'atteinte des homarstruosités, s'envolèrent en piaillant.

La balle de Roland aurait probablement cueilli Andolini si celui-ci, groggy du coup reçu, n'avait à cet instant basculé sur le côté. Le fracas de la pièce de musée lui parut lointain, mais pas le tisonnier brûlant qui plongea dans son bras, lui fit voler le coude en éclats. Il en sortit de son étourdissement et se releva, un bras cassé, pendeloque inutile, l'autre oscillant avec l'arme à la recherche d'une cible.

La première qui lui tomba sous les yeux fut Eddie, Eddie le toxico, Eddie qui l'avait d'une manière ou d'une autre entraîné dans cet endroit de dingues. Eddie qui était là aussi nu qu'au jour de sa naissance et tremblait de froid, s'enveloppant de ses bras pour s'en protéger. Bon, il allait peut-être crever sur cette foutue plage mais il aurait au moins le plaisir de voir Eddie Dean Fleur de Pine l'accompagner.

Le petit Cobra s'était fait dix fois plus lourd dans sa main. Il réussit quand même à l'amener en position.

## 15

*Vaudrait mieux que ça parte, cette fois*, pensa Roland, sinistre, alors que son pouce ramenait le chien. Sous le vacarme des mouettes, il entendit le *clic*, aisé, huilé, de l'alvéole qui se verrouillait en place.

## 16

Le coup partit.

## 17

Le Pistolero n'avait pas visé la tête d'Andolini mais l'arme dans sa main. Il ignorait s'ils allaient encore avoir besoin de cet homme, mais la chose n'avait rien d'impossible : c'était un type important aux yeux de Balazar, lequel s'était révélé largement aussi dangereux que Roland l'avait supputé. La prudence était donc de mise.

La balle toucha sa cible… rien d'étonnant à cela. Il en alla différemment du pistolet d'Andolini et, partant, d'Andolini lui-même. Roland avait déjà vu le fait se produire, mais seulement une ou deux fois dans toutes ces années où il avait assisté à des échanges de coups de feu.

*Pas de chance, mon gars*, pensa-t-il en regardant son adversaire s'éloigner, chancelant, hurlant, vers la plage, la chemise et le pantalon éclaboussés de sang. La main qui avait tenu le colt Cobra s'achevait maintenant à mi-paume. Le pistolet n'était plus qu'un morceau de ferraille tordu gisant sur le sable, méconnaissable.

Eddie rivait sur Jack des yeux ronds. Plus personne n'irait préjuger inconsidérément du niveau d'intelligence de cet homme sur la foi de son faciès néandertalien, vu que ce faciès n'était plus qu'un souvenir. Il s'y était substitué une bouillie de chair sanguinolente autour du trou noir de sa bouche ouverte sur un long cri.

— Mon Dieu, que s'est-il passé ?

— Ma balle doit s'être coincée dans le canon de son arme à la seconde même où il en pressait la détente, répondit le Pistolero, sec, précis comme s'il faisait une conférence de balistique à l'école de police. Il en a résulté une explosion qui a déchiqueté la culasse et entraîné, à mon sens, celle d'une ou deux autres cartouches.

— Achève-le, dit Eddie. (Il tremblait plus fort que jamais, et ce n'était plus seulement dû à l'action conjuguée de la fraîcheur nocturne et de la brise marine sur son corps nu.) Mets fin à ses souffrances, pour l'amour du…

— Trop tard, dit le Pistolero avec une froide indifférence qui glaça Eddie jusqu'aux os.

Et celui-ci se détourna juste un peu trop tard pour se soustraire à la vue des homarstruosités qui grouillaient aux pieds d'Andolini, lui arrachaient ses mocassins Gucci… avec leur contenu, bien sûr. Hurlant, agitant spasmodiquement les bras devant lui, Andolini s'écroula. Les monstres le recouvrirent, avides, le dévorèrent vivant sous le feu roulant de leurs questions anxieuses : *I-ce que chic ? Eut-ce que chule ? A-ce que châle ? O-ce que choc ?*

— Mon Dieu, gémit Eddie. Qu'est-ce qu'on fait maintenant ?

— Tu vas prendre l'exacte quantité de *(poudre du diable*, dit le Pistolero, *cocaïne*, entendit le jeune homme) que tu as promise à ce Balazar. Ni plus ni moins. Et puis on retourne là-bas. (Il regarda Eddie.) À ceci près que, cette fois, je t'y accompagne en tant que personne distincte.

— Seigneur ! Tu peux faire ça ? (Question à laquelle il répondit aussitôt :) Évidemment que tu en as la faculté. Je devrais plutôt te demander pourquoi tu veux être physiquement présent.

— Parce que, vu ce qu'il y a à faire, tu ne pourrais pas y arriver seul, dit Roland. Viens.

Eddie se retourna vers le grouillement des horreurs chitineuses un peu plus bas sur la plage. Il n'avait jamais eu la moindre sympathie pour Jack Andolini, mais ce spectacle le révulsait quand même.

— Viens, répéta Roland avec impatience. On n'a pas l'éternité devant nous, et je n'aime pas trop ce que je vais devoir faire. Je n'y ai jamais été contraint et n'avais jamais pensé l'être un jour. (Un pli amer tordit ses lèvres.) Cela dit, faut que je m'y habitue.

Eddie rejoignit la silhouette décharnée, porté par des jambes qu'il sentait de plus en plus molles. Dans ce crépuscule d'un autre monde, sa peau nue avait des reflets livides. *Qui es-tu Roland ? Qui es-tu, au juste, et qu'es-tu ? Et ce feu qui émane de toi... est-ce seulement la fièvre ? Ou un genre de folie ? Je crois bien qu'il s'agit des deux.*

Seigneur, il avait besoin d'un fix. Correction : il en méritait un.

— T'habituer à quoi ? demanda-t-il. De quoi parles-tu ?

— Prends ça, dit le Pistolero, montrant – non du doigt mais de l'espèce de sac qui remplaçait sa main – l'autre antiquité suspendue bas sur sa hanche droite. Je n'en ai plus l'usage. Pour le moment, du moins, si ce n'est pour toujours.

— Je... (Eddie déglutit.) Je ne veux pas y toucher.

— Ça m'ennuie autant que toi que tu y touches, dit Roland avec une curieuse douceur dans la voix, mais je ne crois pas que nous ayons le choix. Il va y avoir du grabuge.

— Vraiment ?

— Oui. (Et, sans que son regard posé sur le jeune homme perdît en sérénité, il ajouta :) Pas qu'un peu, à mon sens.

## 18

L'inquiétude de Balazar ne cessait de grandir. Trop long. Voilà trop longtemps qu'ils étaient dans ces chiottes, et le silence était trop profond. Dans les lointains – peut-être dans l'immeuble en face –, il avait entendu un échange de cris, puis plusieurs détonations qui devaient être une explosion de pétards... mais quand on était dans la branche de Balazar, ce n'était pas à des pétards qu'on pensait en premier.

Et ce hurlement ? Était-ce vraiment un hurlement qu'il avait entendu ?

*Laisse tomber. Ce qui se passe en face n'a rien à voir avec toi. Voilà que tu te comportes comme une vieille bonne femme.*

Tout cela, néanmoins, ne présageait rien de bon. Non, rien de bon.

— Jack, brailla-t-il en direction de la porte close au fond de la pièce.

Pas de réponse.

Il ouvrit le tiroir supérieur gauche du bureau et en sortit son pistolet. Il ne s'agissait pas d'un colt Cobra ni d'aucune arme assez pratique pour s'ajuster dans un étui à crampons : c'était un Magnum 357.

— 'Cimi ! appela-t-il. J'ai besoin de toi !

Il referma violemment le tiroir. La tour de cartes s'affaissa dans un soupir. Il n'y prêta même pas garde.

'Cimi Dretto apparut sur le seuil, ses cent vingt kilos interdisant toute vision du couloir. Il constata que *Da Boss* avait sorti son arme et, immédiatement, extirpa la sienne des profondeurs d'une veste écossaise si voyante qu'elle aurait probablement brûlé la cornée de quiconque aurait commis l'erreur de la regarder trop longtemps.

— Va me chercher Claudio et Tricks en vitesse, lui lança Balazar. Le gosse mijote quelque chose.

— On a un problème, patron.

Les yeux de Balazar quittèrent la porte des toilettes pour se poser sur 'Cimi.

— Un de plus, dit-il. De quoi s'agit-il, cette fois ?

'Cimi se passa la langue sur les lèvres. Dans les meilleures circonstances, il n'aimait déjà pas annoncer une mauvaise nouvelle à *Da Boss*. Alors, quand il le voyait comme ça...

— Eh bien... dit-il, et il se repassa la langue sur les lèvres. Il se trouve...

— Bordel de merde, accouche ! gueula Balazar.

## 19

Les plaquettes de crosse en bois de santal du revolver étaient si lisses que la première prouesse d'Eddie en le recevant fut de manquer de le laisser choir sur ses orteils. L'arme était si grosse qu'elle en paraissait antédiluvienne, si lourde qu'il ne voyait pas d'autres moyens de la soulever que de la prendre à deux mains. *Le recul est fichu de me projeter à travers la cloison la plus proche*, pensa-t-il. *Et ce, en admettant que la balle consente à partir*. Il n'en restait pas moins qu'une part de son être aspirait à tenir cette arme, répondait à la finalité qu'elle exprimait si parfaitement, sentait son obscure et sanglante histoire, voulait de toutes ses forces y avoir part.

*Nul n'a jamais tenu ce bébé en main s'il n'était le meilleur*, songea Eddie. *Du moins jusqu'à ce jour.*

— Tu es prêt ? lui demanda Roland.

— Non, mais allons-y quand même.

Il referma sa main gauche sur le poignet gauche de Roland. Celui-ci glissa autour de ses épaules nues un bras droit qu'embrasait l'infection.

Ensemble ils refranchirent le seuil, passant de l'obscurité venteuse de cette plage, de ce monde à l'agonie du Pistolero, à l'éclat froid des tubes fluorescents des toilettes privées de Balazar à la Tour Penchée.

Alors qu'Eddie clignait des yeux pour les habituer à la lumière, il entendit dans l'autre pièce le « On a un problème » de 'Cimi Dretto. *N'est-ce pas notre lot à tous ?* songea-t-il, et, à cet instant, son regard se riva sur l'armoire à pharmacie. Elle était restée ouverte. Il réentendit Balazar demander à Jack de fouiller la salle d'eau, réentendit Andolini demander s'il y avait là un endroit qu'il ne connaîtrait pas. Balazar avait marqué un temps d'arrêt avant de répondre. *Il y a une cache au fond de l'armoire à pharmacie*, avait-il fini par dire. *J'y garde deux ou trois bricoles.*

Andolini avait fait glisser le volet dissimulant la cache. Et il avait négligé de le refermer.

— Roland ! fit Eddie entre ses dents.

Le Pistolero leva le revolver qu'il avait gardé, en posa le canon sur ses lèvres pour lui faire signe de se taire. Eddie s'approcha sans bruit de l'armoire.

*Deux ou trois bricoles*... Exact : un flacon de suppositoires, un numéro de *Jeux enfantins* – revue à la quadrichromie sommaire où, nues en couverture, deux fillettes d'environ huit ans s'embrassaient avec passion – et huit ou dix échantillons de Keflex. Eddie savait ce dont il s'agissait. Exposés comme ils l'étaient aux infections tant locales que généralisées, les junkies faisaient une grosse consommation de Keflex.

C'était un antibiotique.

— Un de plus, entendit-il. (Balazar avait l'air à bout.) De quoi s'agit-il, cette fois ?

*Si ça ne met pas K-O les saletés de microbes qui le travaillent*, se dit-il, *rien n'y parviendra.*

Il ramassait les boîtes de Keflex, s'apprêtant à les fourrer dans ses poches, quand il prit conscience de ne pas en avoir. L'aboiement rauque qui lui échappa n'eut rien d'un rire.

Il allait mettre ça dans le lavabo et le reprendrait plus tard... s'il y avait un plus tard.

— Eh bien... disait 'Cimi Dretto. Il se trouve...

— Bordel de merde, accouche ! gueula Balazar.

— C'est le grand frère du gosse, dit 'Cimi, et Eddie se figea, ses deux dernières boîtes de Keflex à la main, la tête inclinée sur le côté. Plus que jamais, il ressemblait à ce chien sur les vieux disques La Voix de son Maître.

— Oui, alors, qu'est-ce qu'il a ? demanda Balazar, perdant patience.

— Il est mort, répondit 'Cimi.

Eddie laissa tomber les antibiotiques dans le lavabo et se tourna vers Roland.

— Ils ont tué mon frère, dit-il.

## 20

Balazar ouvrit la bouche pour dire à 'Cimi de ne pas venir l'emmerder avec ce genre de conneries alors qu'il avait à se préoccuper de choses plus sérieuses – entre autres cette impression qui ne voulait pas le lâcher : la sensation qu'Andolini ou pas, le gamin était en train de le baiser – quand il entendit la voix aussi distinctement qu'Eddie avait dû entendre la sienne ou celle de 'Cimi.

— Ils ont tué mon frère, disait le gosse.

Balazar perdit soudain tout intérêt pour sa marchandise, pour ses questions restées sans réponse, pour tout, bref, sauf la nécessité de stopper net la situation avant qu'elle ne virât franchement à la catastrophe.

— Tue-le, Jack, hurla-t-il.

Silence. Puis il entendit le gamin répéter :

— Ils ont tué mon frère. Ils ont tué Henry.

Balazar comprit soudain – il eut la certitude, même – que ce n'était pas à Jack qu'Eddie parlait.

— Va chercher les messieurs, dit-il à 'Cimi. Tous. On va lui faire la peau et quand il sera mort, on le transportera dans la cuisine où je m'occuperai personnellement de lui trancher la tête.

## 21

— Ils ont tué mon frère, dit le prisonnier.

Le Pistolero ne dit rien, ne fit que regarder et penser : *Ces boîtes... dans le lavabo. C'est le médicament dont j'ai besoin ou dont Eddie pense que j'ai besoin.*

— Tue-le, Jack ! entendit-il dans l'autre pièce.

Ni lui ni Eddie n'y prêtèrent la moindre attention.

— Ils ont tué mon frère. Ils ont tué Henry.

Balazar parlait à présent de prendre en trophée la tête d'Eddie. Le Pistolero se sentit bizarrement réconforté par la menace : ce monde n'était donc pas radicalement différent du sien.

Celui qui se nommait apparemment 'Cimi se mit à brailler pour appeler les autres. S'ensuivit une cavalcade fort peu digne de messieurs.

— Tu veux y faire quelque chose ou tu préfères attendre et voir venir ? demanda Roland.

— Sûr que je veux faire quelque chose, rétorqua Eddie, levant l'arme du Pistolero, se découvrant capable d'accomplir aisément ce qui, quelques minutes auparavant, aurait sans doute réclamé l'usage de ses deux mains.

— Et que veux-tu faire ? poursuivit Roland, voix lointaine, même à ses propres oreilles.

Il était malade, habité par la fièvre, mais ce qui lui arrivait là était l'assaut d'une autre fièvre, différente, qui ne lui était que trop familière. Celle qui l'avait submergé à Tull. La fièvre des combats, qui voilait toute pensée, ne laissait subsister que le besoin d'arrêter de penser, de se mettre à tirer.

— Partir sur le sentier de la guerre, répondit Eddie, très calme.

— Tu ne sais pas de quoi tu parles, dit Roland, mais tu ne vas pas tarder à l'apprendre. Dès qu'on a franchi la porte, tu prends à droite. Moi, je prends à gauche. À ma main.

Eddie hocha la tête et ils partirent sur le sentier de la guerre.

## 22

Balazar attendait Eddie, ou Andolini, ou les deux. L'arrivée d'Eddie accompagné d'un total inconnu, d'un grand type aux cheveux gris-noir, dont le visage semblait avoir été ciselé dans un roc impassible par quelque dieu sauvage, était parfaitement inattendue. Un instant, il ne sut où tirer.

'Cimi n'eut pas ce problème. *Da Boss* en avait contre Eddie. Il démolirait donc Eddie en premier, s'occuperait plus tard de l'autre *cazzaro*. Il se tourna pesamment vers le jeune homme et, par trois fois, pressa la détente de son automatique. Les douilles vides s'éjectèrent, courbes scintillantes. Eddie avait déjà plongé dans une folle glissade au ras du sol comme un gamin saisi par la fièvre du samedi soir, un gamin défoncé au point de ne pas s'être aperçu qu'il avait oublié sa tenue de Travolta, jusqu'aux sous-vêtements. Il glissa, avec la bite qui se balançait, les genoux s'échauffant puis à vif alors que le frottement se prolongeait. Des trous apparurent dans ce qui, juste au-dessus de lui, était censé représenter un pin noueux, et des éclats de plastique s'abattirent sur ses cheveux et sur son dos.

*Mon Dieu, ne me laissez pas mourir à poil et en manque d'héro*, pensa-t-il, sachant qu'une telle prière dépassait le blasphème pour entrer dans la pure et simple catégorie de l'absurde. Il n'en continua pas moins : *Je suis prêt si c'est mon heure mais, par pitié, accordez-moi un dernier fix...*

Le revolver que le Pistolero tenait dans la main gauche parla. Déjà puissante sur la plage, la détonation fut assourdissante dans cet espace confiné.

— Ô Jésus ! hurla 'Cimi Dretto d'une voix étranglée, haletante. (C'était merveille qu'il en eût encore, sa poitrine s'étant soudain creusée comme un tonneau sous l'impact d'un marteau-pilon. Sa chemise blanche commençait à virer au rouge par touches circulaires comme si des coquelicots étaient en train d'y éclore.) Ô Jésus ! Jésus ! Jé...

Repoussé par Claudio Andolini, il s'écroula comme une masse. La pièce entière vibra et deux photos encadrées se décrochèrent du mur. Celle qui montrait Balazar en train de remettre sa coupe à l'Athlète de l'Année, un gamin tout sourires, lors du banquet de l'Association Sportive de la Police, atterrit sur le crâne de 'Cimi, lui jonchant les épaules de verre brisé.

— ... Jésus, murmura-t-il d'une toute petite voix, puis le sang se mit à sourdre de ses lèvres.

Claudio venait de débouler avec sur ses talons Tricks Postino et l'un des messieurs précédemment en faction dans la resserre. Il avait un automatique dans chaque main, et l'autre type une arme de chasse – un Remington – aux canons sciés si courts qu'elle ressemblait à un Derringer qui aurait attrapé les oreillons. Tricks était équipé de ce qu'il nommait sa Merveilleuse Rambo Machine : un fusil d'assaut à feu continu, un M-16.

— Où est mon frère, enculé de junkie ? brailla Claudio. Qu'as-tu fait à Jack ?

La réponse ne devait pas outre mesure l'intéresser car il n'avait pas encore fini sa question qu'il faisait feu des deux armes. *Je suis foutu*, se dit Eddie, puis Roland tira de nouveau. Claudio Andolini fut projeté en arrière dans un nuage de sang, le sien. Les automatiques s'arrachèrent de ses mains pour glisser sur le bureau de *Da Boss* et choir en bout de course sur la moquette dans une averse tourbillonnante de cartes à jouer. Le gros de ses tripes toucha le mur une seconde avant qu'il ne les rattrapât.

— Descendez-le ! hurla Balazar. Descendez ce foutu spectre ! Le gosse n'est pas dangereux, rien qu'un drogué à poil ! C'est l'autre qu'il faut éliminer !

Il pressa par deux fois la détente du Magnum qui se révéla presque aussi bruyant que le revolver de Roland. D'énormes trous aux bords déchiquetés se découpèrent de part et d'autre de la tête du Pistolero dans le faux bois de la cloison entre le bureau et les toilettes. La lumière crue de ces dernières s'y engouffra, projetant dans la pièce d'épais rayons cannelés.

Roland pressa une fois de plus la détente de son arme.

Ne s'ensuivit qu'un *clic*.

Long feu.

— Eddie ! cria-t-il.

Le jeune homme leva son propre revolver et tira.

La déflagration fut telle qu'il crut un instant que l'arme venait de lui exploser dans la main comme c'était arrivé à Jack. Le recul ne lui fit pas traverser le mur mais jeta son bras en l'air dans un arc dément qui lui étira douloureusement les tendons.

Il vit l'épaule de Balazar se désintégrer en partie, se muer en brume vermeille, et entendit son cri de chat blessé.

— Alors, comme ça, le drogué n'est pas dangereux ! beugla Eddie. C'est bien ce que tu as dit, connard ? Tu as voulu jouer au con avec moi et mon frère, et je vais te montrer qui est dangereux ! Je vais…

Il y eut une explosion comparable à celle d'une grenade alors que le type de la resserre entrait dans la danse avec son arme bricolée. Eddie roula pour ne pas être sur la trajectoire de la rafale qui décora la porte des toilettes et les murs adjacents d'une bonne centaine de trous minuscules. En plusieurs points, toutefois, son corps nu en resta piqueté de rouge et il comprit que si le type avait été plus près, la dispersion du tir moins grande, il n'aurait pas survécu à un pareil essaim de plombs.

*De toute façon, je suis foutu*, songea-t-il en voyant le type pomper de nouvelles cartouches dans la double culasse du Remington puis se le caler sur l'avant-bras. L'homme souriait, exhibant des dents particulièrement jaunes – qui n'avaient pas dû être mises en relation avec une brosse depuis pas mal de temps, se dit Eddie.

*Seigneur, je vais me faire tuer par un demeuré aux dents dégueulasses dont je ne connais même pas le nom. Enfin, j'en aurai au moins collé un à Balazar. C'est toujours ça.*

Il se demanda si Roland avait encore une seule balle valable. Pas moyen de se souvenir du nombre de fois où il avait tiré.

— Je le tiens, hurla joyeusement Tricks Postino. Laisse-moi le champ libre, Dario !

Et avant que le nommé Dario ait pu lui laisser le champ libre, Tricks ouvrit le feu avec la Merveilleuse Rambo Machine. Le lourd tonnerre du fusil-mitrailleur emplit le bureau de Balazar, et ce tir de barrage eut pour premier effet de sauver la vie d'Eddie. Dario était en train de l'ajuster avec son arme aux canons sciés ; il n'eut pas le temps d'en presser la double détente que Tricks l'avait cisaillé en deux.

— Arrête, crétin ! hurla Balazar.

Ou Tricks n'entendait pas, ou il ne put s'arrêter, ou il n'en eut pas la moindre envie. Les lèvres retroussées au point de dénuder ses dents luisantes de salive dans un gigantesque sourire de requin, il ratissa la pièce d'une extrémité à l'autre, réduisant en poussière deux pans du décor mural, transformant en tessons les vitres des cadres, arrachant de ses gonds la porte des toilettes. La cabine de douche en verre dépoli de Balazar explosa littéralement. Le trophée qu'il avait reçu l'an passé pour sa contribution à la lutte contre la polio rendit un son de cloche quand une balle le traversa.

Au cinéma, les gens font à la mitraillette une hécatombe humaine. Dans la vie, ça se passe rarement ainsi. Quand ils tuent, c'est avec les quatre ou cinq premières balles tirées – l'infortuné Dario en aurait témoigné, eût-il encore pu se porter témoin de quoi que ce fût. Après, il arrive deux choses au gars qui essaie de contrôler une arme de ce type, même si c'est un malabar : le canon commence à monter, et le tireur lui-même à se tourner tantôt à gauche, tantôt à droite selon qu'il a choisi d'infliger le martyre du recul à une épaule ou à l'autre. Bref, il n'y aurait qu'un acteur de cinéma ou un demeuré total pour s'équiper ainsi : ça revenait à vouloir tuer quelqu'un avec un marteau piqueur.

Un moment, Eddie resta incapable d'œuvrer sur un mode plus constructif que la contemplation de ce prodige d'idiotie, puis il vit les autres qui se bousculaient à la porte derrière Tricks et leva le revolver de Roland.

— Je l'ai ! beuglait Tricks, tout à l'hystérique exultation du type qui a vu trop de films pour être à même de distinguer de la réalité le scénario qui se déroule dans sa tête. Je l'ai ! Je l'ai ! Je…

Le doigt d'Eddie pesa sur la détente et le crâne de Tricks se volatilisa au-dessus des arcades sourcilières. À en juger par le comportement du bonhomme, la perte n'était pas de taille.

*Mon Dieu Seigneur ! Quand ces machins consentent à tirer, ils font réellement des trous dans les choses.*

Un puissant KA-BLAM retentit sur sa gauche et, du même côté, un sillon brûlant s'ouvrit dans son biceps sous-développé. Il se tourna et vit dépasser le Magnum de Balazar de derrière le bureau jonché de cartes. Aussitôt, une nouvelle détonation le fit se plaquer sur la moquette.

## 23

Roland réussit à s'accroupir, visa le premier de ceux qui déboulaient dans la pièce et tira. Il avait basculé le barillet, éjecté les douilles vides et les balles qui n'étaient pas parties, chargé de neuf une unique alvéole. L'avait fait avec les dents. Balazar venait de clouer Eddie au sol. *Si c'en est une qui a pris l'eau, on est cuits tous les deux.*

La cartouche était bonne. Le revolver rugit, décocha son recul. Jimmy Haspio bascula par le côté, le 45 abandonnant ses doigts mourants.

Roland eut le temps de voir s'aplatir les deux autres avant d'être lui-même à quatre pattes dans les décombres qui jonchaient le sol. Il rengaina son revolver. L'idée de le recharger avec deux doigts en moins tenait de la plaisanterie.

Eddie se débrouillait à merveille. Roland le mesurait d'autant plus que le garçon se battait nu. C'était dur pour un homme. Parfois impossible.

Il attrapa au passage un des automatiques lâchés par Claudio Andolini.

— Mais qu'est-ce que vous attendez, merde ? hurla Balazar. Débarrassez-moi de ces types, à la fin !

George Biondi et l'autre gars qui avait été dans la resserre repartirent à l'assaut. Le dernier braillait quelque chose en italien.

Roland atteignit l'angle du bureau. Eddie se releva, visa la porte et ceux qui la franchissaient.

*Il sait que Balazar n'attend que ça*, songea le Pistolero, *mais il croit être à présent le seul de nous deux qui ait une arme chargée. En voilà encore un prêt à mourir pour toi, Roland. Quelle énorme faute as-tu commise pour inspirer à tant d'autres une loyauté si terrible ?*

Balazar se leva, le Pistolero sur son flanc sans en avoir conscience. Il ne pensait qu'à une chose : éliminer ce putain de junkie responsable du désastre.

— Non, dit Roland.

Balazar se retourna ; la surprise s'imprima sur ses traits.

— Putain de… commença-t-il, changeant de cible.

Le Pistolero pressa quatre fois la détente de l'automatique. C'était une saloperie bon marché, à peine mieux qu'un jouet, et sa main répugnait à son contact, mais peut-être convenait-il de tuer un homme méprisable avec une arme qui l'était autant.

Enrico Balazar mourut avec, gravé sur ce qui lui restait de visage, une expression d'étonnement absolu.

— Salut, George ! lança Eddie, pressant de nouveau la détente du revolver prêté par Roland.

Une fois de plus la détonation fut positive. *Pas de raté dans ce bébé*, pensa-t-il. *J'ai dû hériter du bon*. George ne put lâcher qu'une balle avant d'être projeté par celle d'Eddie sur l'autre type hurlant qu'il renversa comme une quille. Et cette balle se perdit. Une conviction irrationnelle s'installa dans le jeune homme : celle que l'arme de Roland possédait quelque magie, le pouvoir d'un talisman. Tant qu'il la tenait, il était invulnérable.

Le silence tomba, un silence qu'Eddie n'entendit plus que traversé par les gémissements de Ruddy Vecchio (le malheureux qui s'était pris de plein fouet la masse du Gros George et gisait dessous avec trois côtes cassées) et la stridence qui lui emplissait les oreilles. Il se demanda s'il pourrait jamais entendre à nouveau correctement. En comparaison de la fusillade – qui, semblait-il, venait de s'achever – le concert de rock le plus violent auquel il eût assisté faisait penser à une radio braillant un peu fort.

Le bureau de Balazar n'était plus reconnaissable en tant que tel, ni en tant que pièce destinée à un usage quelconque. Eddie promena autour de lui le regard d'un très jeune homme qui pour la première fois découvre ce genre de spectacle, un spectacle que Roland connaissait : c'était toujours le même. Que ce fût sur un champ de bataille où des milliers avaient péri par le canon, le fusil, l'épée, la hallebarde, ou dans une petite pièce où ils n'avaient été que cinq ou six à s'entre-tuer, c'était toujours pareil en fin de compte, un charnier de plus puant la poudre et la viande crue.

La cloison entre bureau et toilettes n'existait plus à l'exception de quelques montants. Du verre brisé scintillait partout. Le faux plafond, déchiqueté par le clinquant mais vain feu d'artifice du M-16, pendait en lambeaux comme une peau qui pèle.

Eddie toussa. Débouchées, ses oreilles perçurent de nouveaux sons : un brouhaha de voix excitées, des cris dehors, devant le bar, et, plus loin, le chœur entrecroisé des sirènes.

— Combien étaient-ils ? demanda le Pistolero. Est-ce qu'on les a tous eus ?

— Je crois...

— J'ai un cadeau pour toi, Eddie, fit Kevin Blake depuis le couloir. Je me suis dit que t'aimerais emporter un souvenir.

Le projet que Balazar n'avait pu mettre à exécution sur le jeune Dean, Kevin l'avait accompli sur l'aîné. Il balança dans la pièce la tête d'Henry Dean.

Eddie la vit et poussa un grand cri. Il se rua vers la porte, indifférent aux échardes et aux bouts de verre qu'il récoltait dans ses pieds nus, criant toujours et tirant ses dernières balles.

— Non, Eddie ! hurla Roland.

Mais le jeune homme ne l'entendait plus. Il avait cessé d'entendre.

La sixième alvéole ne rendit qu'un *clic*, mais il n'était d'ores et déjà plus conscient de rien, sinon que son frère était mort. Henry... ils lui avaient coupé la tête, une espèce de petite crapule minable avait coupé la tête d'Henry, et cette petite crapule allait le payer, oh oui, elle allait le payer.

Il se précipitait donc vers la porte, pressant la détente encore et encore, sans noter que rien ne se produisait, sans noter qu'il avait les pieds en sang et que Kevin Blake franchissait le seuil à sa rencontre, à demi accroupi, un Llama 38 à la main. La rousse tignasse de Kevin lui faisait autour du visage un halo de bouclettes et il était tout sourires.

## 24

*Il va venir par le bas*, s'était dit le Pistolero, sachant que, même si le pronostic se vérifiait, il allait avoir besoin de chance pour atteindre sa cible avec cette espèce de joujou.

Quand il avait compris que le soldat de Balazar était en train de réussir son coup en attirant Eddie hors de la pièce, Roland s'était redressé sur les genoux, assurant sa main gauche sur le poing droit, ignorant stoïquement le cri de douleur qu'un tel acte lui arrachait. Il n'allait pas avoir trente-six chances de réussir. La douleur n'avait aucune importance.

Puis l'homme aux cheveux roux s'était présenté sur le seuil, en position basse comme prévu, et Roland, comme toujours, n'avait plus eu de cerveau, juste un œil pour voir et une main pour tirer ; le rouquin s'était soudain retrouvé gisant contre l'autre mur du couloir, les yeux grands ouverts, un petit trou bleu dans le front. Eddie debout au-dessus de lui, hurlant et sanglotant, avait commencé à décharger encore et encore sur le cadavre des balles inexistantes, comme si ce type aux cheveux roux ne pouvait jamais être assez mort.

Le Pistolero attendait maintenant le mortel feu croisé qui allait cisailler Eddie, et quand il en constata l'absence, il sut que c'était fini pour de bon. S'il y avait eu d'autres soldats, ils avaient de toute manière déguerpi.

Il se releva complètement, tituba un instant, puis à pas lents rejoignit Eddie.

— Arrête, dit-il.

Eddie n'y prit pas garde, continua de tirer à vide sur le cadavre.

— Arrête, Eddie. Il est mort. Ils sont tous morts. Tu as les pieds en sang.

Eddie l'ignorait toujours, son doigt s'obstinant sur la détente. Dehors, les voix excitées se rapprochaient. Les sirènes aussi.

Le Pistolero saisit le revolver par le canon et tira dessus. Eddie se retourna. Avant que Roland n'ait pu vraiment se rendre compte de ce qui se passait, Eddie lui avait assené sa propre arme sur le côté de la tête. Il sentit un jet de sang chaud couler sur sa peau, s'affaissa contre le mur et lutta pour rester debout – il leur fallait sortir d'ici au plus vite. Mais il se sentit glisser jusqu'au bas de la cloison malgré tous ses efforts. Puis le monde s'évanouit quelque temps dans un océan de grisaille.

## 25

Cela ne dura guère que deux minutes. Puis il réussit à extirper les choses de leur flou et à se redresser. Eddie avait disparu du couloir. Le revolver gisait sur la poitrine du rouquin. Repoussant une vague de vertige, il se pencha pour le ramasser, et lui fit regagner son étui au prix d'une maladroite contorsion.

*Je veux retrouver mes putains de doigts*, songea-t-il avec lassitude, puis il soupira.

Il voulut regagner le bureau dévasté mais ce retour sur les lieux de leur victoire n'eut guère plus d'allure que les zigzags d'un fêtard éméché. Il s'arrêta, se pencha de nouveau, cette fois pour ramasser tous les vêtements d'Eddie qui pouvaient tenir dans le creux de son bras gauche. Les hululements avaient presque atteint l'entrée du bar. Roland supposait que ceux qui les tiraient d'une corne quelconque appartenaient à une milice. C'étaient les assistants d'un shérif, ou quelque chose du même genre… mais la possibilité qu'il s'agisse d'autres hommes de Balazar n'était pas à exclure.

— Eddie, fit-il d'une voix rauque.

Sa gorge était à vif, nouvelle source d'élancements lancinants, plus douloureuse encore que la bosse qui lui ornait le côté du crâne, là où Eddie l'avait frappé avec le revolver.

Eddie n'entendit pas ce croassement ou n'y fit pas attention. Il était assis au milieu des décombres, serrant sur son ventre la tête de son frère. Il tremblait de tout son corps et pleurait. Le Pistolero chercha la porte, ne la vit pas et fut parcouru d'une déplaisante décharge assez voisine de la terreur. Puis il se rappela. Avec eux deux de ce côté, le seul moyen de susciter l'existence de la porte était d'établir un contact physique avec Eddie.

Il tendit la main mais le jeune homme se recula sans cesser de gémir.

— Ne me touche pas, dit-il.

— C'est fini. Ils sont tous morts… et ton frère aussi.

— Mêle pas mon frère à ça ! hurla Eddie, puéril, et une autre crise de tremblements le traversa. (Il referma les bras, amenant la tête coupée à hauteur de sa poitrine et, la berçant, leva sur le Pistolero des yeux baignés de larmes.) Il a toujours pris soin de moi, tu comprends ? (Il sanglotait si fort que Roland avait peine à saisir ses paroles.) Toujours et tout le temps. Pourquoi n'ai-je pas veillé sur lui, juste cette fois, après tout ce temps qu'il a passé à s'occuper de moi ?

*Ah bon ?* pensa durement Roland. *Regarde-toi un peu, assis là, tremblant comme un type qui vient de croquer dans une pomme de l'arbre à fièvre. Sûr qu'il a magnifiquement pris soin de toi.*

— Il faut qu'on s'en aille, dit-il.

— S'en aller ? (Pour la première fois, une vague compréhension s'inscrivit sur les traits d'Eddie, vite remplacée par une expression inquiète.) Je ne vais nulle part. Et surtout pas dans cet autre endroit où il y a ces espèces de gros crabes ou de je ne sais quoi qui ont bouffé Jack.

Quelqu'un cognait sur la porte d'entrée, hurlait d'ouvrir.

— Tu veux rester et avoir à rendre compte de ces cadavres ? demanda le Pistolero.

— Je m'en contrefiche, dit Eddie. Henry mort, ça n'a plus aucune importance. Plus rien n'en a.

— Pour toi, peut-être, dit Roland. Mais tu n'es pas tout seul, prisonnier.

— Arrête de m'appeler comme ça ! glapit Eddie.

— Je continuerai tant que tu ne m'auras pas démontré que tu es capable de quitter ta cellule, hurla le Pistolero en retour. (Ça lui déchira la gorge, mais il hurla quand même.) Lâche ce bout de viande pourrie et cesse de piailler !

Eddie le regarda, les joues ruisselant de larmes, les yeux écarquillés, la peur en eux.

— NOUS VOUS OFFRONS UNE DERNIÈRE CHANCE DE VOUS RENDRE ! fit une voix amplifiée dans la rue. (Eddie crut bizarrement y reconnaître celle d'un animateur de jeu télévisé.) LE GROUPE D'INTERVENTION EST SUR PLACE... JE RÉPÈTE : LE GROUPE D'INTERVENTION EST SUR PLACE !

— Qu'est-ce qui m'attend de l'autre côté de cette porte ? demanda tranquillement Eddie. Vas-y, dis-le-moi. Si tu es fichu de me le dire, il se peut que je vienne. Mais si tu mens, je le saurai.

— La mort probablement, lui répondit Roland. Mais avant cette échéance, tu n'auras pas le temps de t'ennuyer. C'est à une quête que je te convie. Bien sûr, tout s'achèvera sans doute dans la mort... notre mort à tous quatre dans quelque lieu étrange. Mais si nous devions triompher... (une flamme brilla dans son regard)... s'il nous est donné de triompher de tous les obstacles, Eddie, tu verras quelque chose surpassant tout ce à quoi tu as pu croire dans tes rêves.

— Quelle chose ?

— La Tour Sombre.

— Et où est-elle, cette Tour ?

— Loin, bien loin au-delà de la plage où tu m'as trouvé. À quelle distance exacte, je ne sais.

— Et qu'est-ce que c'est ?

— Je n'en sais rien non plus... sinon qu'il s'agit peut-être d'une sorte de... de cheville. Un pivot central maintenant ensemble tous les plans de l'existence. Tous les temps, toutes les dimensions.

— Tu as dit quatre. Qui sont les deux autres ?

— Je ne les connais pas encore. Ils n'ont pas encore été tirés.

— Comme je l'ai été. Ou plutôt comme tu souhaiterais me tirer.

— Oui.

Dehors, une explosion tonna comme un tir de mortier. La vitre de la fenêtre sur la façade principale de La Tour Penchée vola en éclats et de suffocants nuages de gaz lacrymogène commencèrent à envahir la salle.

— Alors ? demanda Roland.

Il aurait pu contraindre la porte à se matérialiser en agrippant Eddie puis en le faisant basculer de force avec lui dans son monde. Mais il avait vu le jeune homme risquer sa vie pour lui, il l'avait vu se comporter avec toute la dignité d'un pistolero en dépit de sa dépendance à la drogue et bien qu'il ait été forcé de se battre nu comme au jour de sa naissance. Il voulait en conséquence lui laisser le choix.

— Quêtes, aventures, Tours, triomphes, fit Eddie, et un pâle sourire s'esquissa sur ses traits. (Ni l'un ni l'autre ne prêta la moindre attention à la nouvelle tournée de bombes lacrymogènes qui venait d'être servie dans le bar et explosait au sol avec des sifflements prolongés. Les premiers tentacules de gaz irritant s'insinuaient à présent dans le bureau de Balazar.) Ça m'a l'air encore plus chouette que dans les bouquins où Edgar Rice Burroughs parle de Mars ; Henry m'en lisait parfois des passages quand on était gosses. Il n'y a qu'une chose que tu as oubliée.

— Quoi ?

— Les pin-up aux seins nus.

Le Pistolero sourit.

— Sur le chemin de la Tour Sombre, dit-il, tout est possible.

Un autre frisson secoua Eddie qui souleva la tête de son frère, effleura de ses lèvres la joue froide au teint cendreux. Puis il posa en douceur la sanglante relique et se leva.

— Bon, dit-il. De toute façon, je n'avais rien prévu d'autre pour ce soir.

— Prends ça, dit Roland. (Il lui tendit les vêtements.) Mets au moins les chaussures. Tu as vu dans quel état sont tes pieds ?

Dehors sur le trottoir, deux flics masqués de plexiglas et portant des gilets pare-balles enfoncèrent la porte de la Tour Penchée. Dans les toilettes, Eddie (qui avait remis son slip et chaussé ses Adidas mais avait borné là son rhabillage) tendait un par un à Roland les échantillons de Keflex, et Roland un par un les glissait dans les poches du jean d'Eddie. Quand toutes les boîtes furent ainsi remisées, Roland passa de nouveau son bras droit autour du cou du jeune homme qui, de nouveau, lui prit la main gauche. Et la porte fut là, rectangle d'ombre. Eddie sentit le vent de cet autre monde soulever de son front les cheveux plaqués par la sueur. Il entendit rouler les vagues sur la grève caillouteuse, eut les narines emplies de leur saline senteur. Et en dépit de tout, de la douleur et du chagrin, il désira soudain voir cette Tour dont Roland parlait. Henry mort, que lui restait-il en ce monde ? Leurs parents n'étaient plus et, depuis qu'il avait plongé pour de bon dans l'héro trois ans plus tôt, pas de régulière non plus, rien qu'une régulière succession de coureuses, d'enquiquineuses et de sniffeuses.

Ils franchirent le seuil, Eddie menant même un peu le mouvement.

De l'autre côté, il se trouva tout à coup en proie à de nouveaux frissons et à des crampes atroces – premiers symptômes du manque. Et avec eux vinrent les premières pensées de panique.

— Attends ! cria-t-il. Je veux y retourner ! Juste une minute ! Son bureau ! Oui, dans l'un des tiroirs… ou dans l'autre bureau ! La poudre ! Il leur en fallait pour garder Henry dans les vapes ! Je la veux ! J'en ai besoin !

Il posa un regard suppliant sur le Pistolero qui resta de marbre.

— C'est une part de ta vie qui appartient désormais au passé, dit Roland.

Sa main gauche se tendit

— Non ! hurla Eddie, se jetant sur lui toutes griffes dehors. Tu n'as rien pigé, mec ! J'en ai besoin ! BESOIN !

Il aurait aussi bien pu s'acharner sur du roc.

Le Pistolero acheva son geste et repoussa la porte.

Elle claqua, son morne qui parla des fins dernières, puis bascula sur le sable. Un peu de poussière se souleva autour. Il n'y avait rien derrière, et plus rien maintenant qui fût écrit dessus. Ce passage entre deux mondes venait de se fermer à jamais.

— NON ! cria encore une fois Eddie, et les mouettes lui répondirent, cris narquois, comme méprisants.

Les homarstruosités posèrent leurs questions, lui suggérant peut-être de se rapprocher pour mieux les entendre. Et il s'écroula sur le côté, en larmes et frissonnant, tout vibrant de crampes.

— Ce besoin passera, dit le Pistolero qui se débrouilla pour extraire une des boîtes de la poche d'Eddie, de ce jean si peu différent du sien.

Une fois de plus il reconnut des lettres mais pas toutes. REFLET, semblait-il être écrit.

Reflet.

Un remède de cet autre monde.

— Tue ou sauve, murmura Roland avant d'avaler à sec deux des cachets.

Puis il prit les trois autres *astines* et s'étendit près d'Eddie, le prit dans ses bras du mieux qu'il put et, passé quelques moments difficiles, tous deux s'endormirent.

# BRASSAGE

# Brassage

Le temps qui suivit cette nuit fut pour Roland du temps éclaté, du temps qui n'en fut pas vraiment. Il n'en garda qu'une série d'images, de moments, de conversations sorties de leur contexte, des images qui défilaient comme des valets borgnes, des trois et des neuf, la Noire Salope de Reine de Pique à l'occasion, dans un rapide brassage de joueur professionnel.

Plus tard, il demanda à Eddie combien de temps cela avait duré ; Eddie n'en savait rien non plus. La notion de temps s'était trouvée anéantie pour l'un comme pour l'autre. Il n'y a pas d'heure en enfer et chacun d'eux était dans le sien, Roland dans l'enfer de la fièvre et de l'infection, Eddie dans celui du sevrage.

— Moins d'une semaine, dit Eddie. Il n'y a que ça dont je sois sûr.

— Comment tu le sais ?

— Je n'avais qu'une semaine de cachets à te donner. Après, c'était à toi seul de prendre une voie ou l'autre.

— Aller mieux ou mourir.

— C'est ça.

## Brassage

Un coup de feu retentit alors que le crépuscule tourne à la nuit, une détonation sèche qui se greffe sur l'inévitable, inéluctable fracas des brisants venant mourir sur la grève désolée : KA-BLAM ! Puis il perçoit dans l'air une odeur de poudre. *Problème*, se dit faiblement le Pistolero, et à tâtons il cherche des revolvers qui ne sont plus là. *Oh, non… c'est la fin, c'est…*

Mais il n'y a rien de plus… alors que quelque chose se met à sentir

## Brassage

bon dans le noir. Quelque chose qui succède à ce long temps de ténèbres et d'absence, quelque chose qui cuit. Ce n'est pas seulement l'odeur. Il entend les craquements des brindilles, voit danser l'orange pâle d'un feu de camp. À l'occasion, la brise marine rabat sur lui une fumée haute en senteurs de résine et cet autre arôme qui lui fait venir l'eau à la bouche. *À manger*, pense-t-il. *Mon Dieu, aurais-je faim ? Si j'ai faim, c'est peut-être que je vais mieux.*

*Eddie*, s'efforce-t-il de dire, mais il n'a plus de voix. Sa gorge lui fait mal, atrocement mal. *On aurait dû aussi rapporter de l'*astine, se dit-il, puis il essaie de rire : toutes les drogues pour lui et rien pour Eddie.

Eddie apparaît. Il a entre les mains une assiette en fer-blanc que le Pistolero reconnaîtrait n'importe où : après tout, ne vient-elle pas de sa bourse ? Sont disposés dessus des morceaux de viande blanc-rose d'où monte une vapeur appétissante.

*Qu'est-ce que c'est ?* veut-il demander ; rien ne sort à part une espèce de petit couinement.

Eddie a lu la question sur ses lèvres.

— Je n'en sais rien, lui répond-il avec mauvaise humeur. Tout ce que je sais, c'est que je n'en suis pas mort. Mange et fais pas chier.

Il constate qu'Eddie est très pâle, qu'il tremble, qu'il dégage une odeur ou de merde ou de mort, et en déduit qu'Eddie file un mauvais coton. Il tend vers lui une main hésitante, cherchant à le réconforter. Eddie le repousse brutalement.

— Je vais te nourrir, enchaîne Eddie sur le même ton. Je me demande bien en quel honneur. Je devrais plutôt te tuer. Ce serait fait si je ne m'étais dit que tu avais une chance de réaccéder à mon monde puisque tu y étais déjà arrivé une première fois.

Il regarde autour de lui.

— Et si je n'avais pas eu peur d'être seul. Avec eux…

Ses yeux retournent sur Roland et une crise de tremblements le saisit, si violente qu'il manque faire tomber les morceaux de viande de l'assiette. Les tremblements finissent par se calmer.

— Mange.

Le Pistolero s'exécute. Cette viande n'est pas seulement comestible, elle est délicieuse. Il réussit à en avaler trois morceaux, puis tout se brouille dans un nouvel

## Brassage

effort de parler mais il ne peut que chuchoter. L'oreille d'Eddie est collée à ses lèvres sauf quand, à intervalles plus ou moins réguliers, elle s'écarte en tremblant parce qu'une nouvelle crise secoue Eddie. Il répète :

— Plus au nord… en remontant la plage.

— Comment tu le sais ?

— Je le sais, voilà tout, chuchote-t-il.

Eddie le regarde.

— Tu es siphonné.

Le Pistolero sourit et tente de replonger dans l'inconscience, mais Eddie le gifle... le gifle avec violence. Les yeux bleus de Roland se rouvrent et, pendant un instant, il y a en eux une telle vie, un tel magnétisme, qu'Eddie semble mal à l'aise. Puis les lèvres d'Eddie se retroussent en un sourire qui est avant tout une démonstration de hargne.

— Ouais, tu peux te rendormir, dit-il, mais pas avant d'avoir pris ta drogue. C'est l'heure. Enfin... au soleil, ou plutôt... je suppose. C'est que je n'ai jamais été scout, moi, je ne peux pas te certifier qu'il est l'heure, mon gars, mais l'approximation devrait suffire pour jouer les assistantes sociales. Allez, ouvre la bouche, Roland. Ouvre-la bien grande pour le docteur Eddie, espèce d'enculé de kidnappeur.

Le Pistolero ouvre la bouche comme un bébé à l'approche du sein maternel. Eddie y lâche deux cachets puis, sans ménagement, y verse de l'eau fraîche. Roland se dit que cette eau doit venir d'un torrent, quelque part dans ces collines à l'est d'ici. Le risque existe que ce soit du poison. Eddie ne saurait distinguer une eau potable d'une eau qui ne l'est pas. Toutefois, Eddie n'a pas l'air de trop mal se porter. *Et ai-je vraiment le choix ?* se dit-il. *Non.*

Il avale, tousse, s'étrangle presque, tout cela sous le regard indifférent d'Eddie.

La main de Roland se tend vers Eddie.

Eddie tente de s'écarter.

Les yeux du Pistolero le lui interdisent.

Roland tire Eddie à lui, si près qu'il sent l'odeur de la maladie d'Eddie et qu'Eddie sent l'odeur de la sienne. Le mélange leur fait violence à tous deux, les rend tous deux malades.

— Le choix n'est pas large ici, murmure Roland. Je ne sais pas comment c'est chez toi mais ici, il n'y a qu'une alternative. Rester debout... peut-être vivre, ou mourir à genoux, la tête basse, le nez sur la puanteur de tes aisselles. Très peu... (Il débite au hachoir une quinte de toux.) Très peu pour moi.

— Qui es-tu ? lui hurle Eddie.

— Ton destin, murmure le Pistolero.

— Pourquoi ne peux-tu simplement aller te faire foutre et crever ? lui demande Eddie.

Le Pistolero essaie d'ajouter autre chose mais, avant de le pouvoir, il se met à dériver toujours plus loin alors que les cartes entament un

## Brassage

KA-BLAM !

Roland ouvre les yeux sur un milliard d'étoiles qui tournoient dans le noir puis il les referme.

Il ne sait pas ce qui se passe, mais il pense que tout va bien. Le jeu se déploie toujours, les cartes poursuivent leur

## Brassage

Encore de ces délicieux, de ces suaves morceaux de viande. Il se sent mieux. Eddie aussi a l'air mieux. Mais non sans avoir également l'air soucieux.

— Ils se rapprochent, explique-t-il. Si vilains soient-ils, ils ne sont pas complètement idiots. Ils savent ce que je fais. D'une manière ou d'une autre, ils le savent, et ça ne leur plaît pas. Nuit après nuit, ils se rapprochent. Il serait peut-être astucieux de déménager au lever du jour, si tu en es capable. Sinon ça risque d'être la dernière fois que nous le verrons se lever.

— De quoi tu parles ?

Plus vraiment un murmure mais un souffle rauque, intermédiaire entre le chuchotement et la parole normale.

— D'eux, répond Eddie, montrant la plage. *A-ce que châle, eut-ce que chule*, et toute cette merde. Je crois qu'ils sont comme nous, Roland : toujours prêts à bouffer mais pas très chauds pour se faire bouffer.

Dans un total sursaut d'horreur, Roland comprend ce qu'étaient ces morceaux de viande blanc-rose qu'Eddie lui a servis. Il reste sans voix, le dégoût lui dérobant le peu qu'il avait réussi à récupérer. Mais sur son visage, le jeune homme voit tout ce qu'il veut dire.

— Comment tu t'imagines que je m'y prenais ? (C'est presque un grognement de rage.) Que je passais commande d'un plat de homard à emporter ?

— C'est du poison, chuchote Roland. C'est ça qui m'a...

— Ouais, c'est ça qui t'a mis *hors de combat*. Mais, mon cher Roland, c'est aussi du *hors-d'œuvre*. Car pour ce qui est du poison, les serpents à sonnette s'y connaissent, et il y a pourtant des gens qui en mangent. Paraît que c'est bon, comme du poulet, j'ai lu ça quelque part. Moi, j'ai trouvé que ces bêtes-là ressemblaient à des homards, alors je me suis dit : pourquoi ne pas essayer ? Qu'est-ce qu'on aurait mangé d'autre ? Du sable ? J'ai dégommé un de ces salopards et je l'ai concocté à la sauce Petit Jésus en Culotte de Velours. Il n'y avait rien d'autre, de toute façon, et ça s'est révélé rudement goûteux. J'en descends un chaque soir, juste après le coucher du soleil. Ils ne sont pas très vifs tant qu'il ne fait pas complètement noir. Je ne t'ai jamais vu refuser ce que je t'apportais.

Eddie sourit.

— Ça me plaît de me dire que, dans le lot, j'ai peut-être chopé un de ceux qui ont bouffé Jack. Ça me fait jouir de penser que je suis en train de bouffer ce connard. Ça me tranquillise l'esprit en quelque sorte, tu vois ?

— L'un d'eux a aussi des morceaux de moi dans le corps, dit Roland dans son fantôme de voix. Deux doigts et un orteil.

— Ça aussi, c'est cool.

Eddie continua de sourire. Son visage est très pâle, quelque chose d'un requin... mais il n'a plus autant mauvaise mine, et cette odeur de merde et de mort qui flottait autour de lui comme un linceul semble s'être dissipée.

— Va te faire foutre, s'éraille le Pistolero.

— Voyez-vous ça ! s'exclame Eddie. Roland qui reprend du poil de la bête ! En fin de compte, tu ne vas peut-être pas mourir ! Eh bien, mon cher, je trouve ça fan-tas-tique !

— Vivre, dit Roland, sa voix blanche de nouveau murmure, les hameçons revenus se planter dans sa gorge.

— Ouais ? (Eddie le regarde, puis hoche la tête et répond à sa propre question.) Ouais. Je pense que c'est ton intention. À un moment je me suis dit que tu étais en train de lâcher la rampe, à un autre que c'était déjà fait. Maintenant, il me semble que tu es sur la bonne voie. Les antibiotiques y sont pour quelque chose, bien sûr, mais c'est surtout parce que tu as décidé de te prendre par la main, à mon sens. Le problème, c'est pourquoi. Pourquoi te décarcasses-tu à ce point pour rester en vie sur cette plage merdique ?

*La Tour*, dessinent les lèvres de Roland, parce qu'il n'est même plus question pour lui d'émettre un son.

— Toi et ta putain de Tour, lâche Eddie qui se détourne, s'apprêtant à partir, puis refait face à Roland, surpris de sentir la main de celui-ci se refermer sur son bras comme une paire de menottes.

Ils se regardent dans les yeux, puis Eddie s'incline.

— D'accord. C'est d'accord !

*Vers le nord*, articule en silence le Pistolero. *Vers le nord, t'ai-je dit.* Le lui a-t-il dit ? Il en a l'impression, mais le souvenir s'est perdu. Perdu dans le brassage.

— Comment tu peux le savoir ? lui braille Eddie, soudain frustré.

Il lève les poings comme pour frapper Roland, puis il les baisse…

*Je le sais, voilà tout… alors cesse de me faire perdre mon temps et mon énergie avec des questions stupides !* a-t-il envie de répondre, mais avant qu'il n'en ait le loisir, les cartes reprennent leur

## Brassage

traîné, ballotté et cahoté, sa tête désemparée heurtant tour à tour un côté puis l'autre, arrimé par ses propres ceinturons sur quelque espèce de *travois* mal fichu, et la chanson d'Eddie Dean si étrangement familière qu'il croit d'abord rêver, être en proie au délire :

— *Heyyy Jude… don't make it bad… take a saaad song… and make it better…*

*D'où la connais-tu ?* a-t-il envie de demander. *M'as-tu entendu la chanter ? Et où sommes-nous ?*

Avant qu'il puisse s'enquérir de quoi que ce soit

## Brassage

*Cort défoncerait la tête au gamin s'il voyait ce bricolage*, pense Roland à la vue du *travois* sur lequel il a passé la journée, puis il rit. Ça ne ressemble guère à un rire. On croirait plutôt l'une de ces vagues qui déversent leur charge de galets sur la grève. Il ne sait pas quelle distance ils ont parcourue mais c'est bien assez pour qu'Eddie soit complètement vanné. Il est assis sur un rocher dans la lumière qui s'étire, l'un des revolvers du Pistolero sur ses genoux, une outre à moitié vide en bandoulière. Quelque chose fait une petite bosse dans sa poche de chemise. Ce sont les balles rangées à l'arrière des ceinturons – la réserve de « bonnes » balles qui diminue à vue d'œil. Eddie les a nouées dans un morceau de sa propre chemise. La raison majeure qu'a cette réserve de diminuer si vite est que, toutes les quatre ou cinq balles, il s'en trouve une pour refuser de partir.

Eddie, qui a été à deux doigts de s'assoupir, relève maintenant la tête.

— Qu'est-ce qui te fait rire ? demanda-t-il.

Le Pistolero lui fait signe que c'est sans importance. Parce qu'il se trompe, en fait. Cort n'aurait jamais levé la main sur Eddie à cause du *travois*, si bizarrement fichu, si bancal fût ce truc. Roland croit même possible que Cort ait pu grogner un vague compliment – et c'était si rare, avec lui, que celui à qui il l'adressait ne savait presque jamais quoi répondre et restait bouche bée, comme un poisson frais sorti du baril.

Deux branches de peuplier en constituent les montants. Elles sont de longueur et d'épaisseur approximativement égales et doivent avoir été abattues par le vent. Eddie s'est servi de branches plus petites comme traverses et a procédé à leur assemblage par des moyens hétéroclites pour ne pas dire loufoques, mettant à contribution les ceinturons, la bande enduite de glu qui avait maintenu les sacs de poudre du diable contre ses flancs, ainsi que les lacets de ses Adidas ; jusqu'à la cordelette de boyau du chapeau de Roland. Et, par-dessus l'ensemble, il a disposé la couverture.

Cort ne l'aurait pas cogné parce que, dans l'état où il était, Eddie avait au moins réussi à faire plus que s'asseoir sur les talons, la tête entre les mains pour gémir sur son sort. Il avait fait quelque chose. Il avait essayé.

Et Cort l'aurait peut-être gratifié d'un de ses compliments bourrus, presque hargneux même, parce que, si branque en soit l'aspect, le bricolage paraissait efficace. Les longues traces qui s'étiraient derrière eux sur la grève jusqu'au point où elles semblaient se rejoindre en étaient la preuve.

— Tu en vois un ? demanda Eddie.

Le soleil descend, déroulant un chemin d'or rouge en travers des flots, et le Pistolero se rend alors compte qu'il a pour le moins dormi six heures d'affilée, cette fois. Il se sent plus solide. Il s'assoit et regarde l'océan. Ni la plage ni les terres qui montent se fondre dans le versant occidental des montagnes n'ont beaucoup changé ; s'il relève de faibles variations dans le paysage et dans les détritus (un cadavre de mouette, par exemple, petit tas de plumes ébouriffées à une vingtaine de mètres sur sa gauche, une trentaine en direction de l'eau), rien ne lui donne vraiment l'impression d'avoir avancé.

— Non, dit-il. Ah, si, j'en vois un.

Il tend son bras. Eddie plisse les yeux puis hoche la tête. Alors que le soleil sombre de plus en plus bas et que l'or du chemin se fait de plus en plus sang, les premières homarstruosités s'extraient des vagues et commencent à se répandre sur la plage.

Deux d'entre elles se lancent dans une maladroite course de vitesse vers la mouette morte. La première arrivée bondit dessus, l'ouvre d'un coup de pince et se met à enfourner les restes en putréfaction dans son étrange bec denté.

— *I-ce que chic ?* demande-t-elle.

— *Eut-ce que chule ?* répond la perdante. *O-ce que...*

KA-BLAM !

Le revolver de Roland met fin aux questions de la deuxième créature. Eddie descend la ramasser. Il la saisit par le dos en gardant un œil sur sa collègue, laquelle n'y voit aucun inconvénient, occupée qu'elle est avec le cadavre de l'oiseau. Eddie rapporte sa prise. Elle se tortille encore, haussant et baissant ses pinces, mais ne tarde pas à y renoncer. Sa queue s'arque une dernière fois puis retombe simplement au lieu de fouetter l'air en sens inverse. Les pinces de boxeur pendent lamentablement.

— Le dîner sera bientôt servi, Monsieur, dit Eddie. Monsieur a le choix entre filet d'horreur à carapace et filet d'horreur à carapace. Monsieur se sent-il tenté plutôt par l'un ou l'autre ?

— Que veux-tu dire ?

— Monsieur m'a parfaitement compris, rétorque Eddie. Où est passé ton sens de l'humour, Roland ?

— Il a dû se faire tuer dans une guerre ou une autre.

Réponse qui fait sourire Eddie.

— Tu m'as l'air d'être un peu plus en forme, ce soir.

— Oui, c'est aussi mon impression.

— Bon. Alors tu pourras peut-être marcher un moment demain. Pour parler franc, l'ami, te traîner c'est la croix et la bannière.

— Je ferai un effort.

— C'est tout ce qu'on te demande.

— Toi aussi, tu as l'air mieux, hasarde Roland, et sa voix se brise sur la fin comme celle d'un gosse qui mue. *Si je ne m'arrête pas de parler*, pense-t-il, *je vais me retrouver définitivement aphone.*

— Ouais, je crois que je vais survivre. (Il pose un regard vide sur Roland.) Par deux fois, pourtant, tu ne peux pas t'imaginer à quel point ça n'est pas passé loin. La première, quand j'ai pris ton pistolet et que je me le suis appliqué contre la tempe. Je l'ai armé, je l'ai tenu comme ça un moment, puis je l'ai écarté. J'en ai ramené le chien au repos et je l'ai remis dans son étui. L'autre, c'est quand j'ai eu des convulsions, une nuit. Je crois que c'était la deuxième nuit, mais je n'en suis pas sûr. (Il secoue la tête et ajoute quelque chose que le Pistolero ne comprend pas tout en n'y voyant pas mystère :) Le Michigan me fait l'effet d'un rêve, à présent.

Et bien que la voix de Roland se soit de nouveau réduite à ce bruissement de feuilles mortes et qu'il ait conscience qu'il vaudrait mieux pour lui de ne pas parler du tout, il lui reste une chose à savoir :

— Qu'est-ce qui t'a retenu de presser la détente ?

— Je n'ai pas d'autre jean, répond bizarrement Eddie, puis il s'explique : À la dernière seconde, je me suis dit que si je la pressais et que ce soit une de ces putains de balles qui ne partent pas, je n'aurais pas le courage de recommencer. Car une fois que tu as chié dans ton froc, faut que tu le laves tout de suite, ou alors tu vis avec l'odeur pour toujours. C'est Henry qui m'a dit ça. Il l'avait appris au Viêt-nam. Et comme c'était la nuit, et qu'Omar était de sortie sur le bord de mer avec tous ses copains…

Mais le Pistolero est déjà plié de rire, même si de temps à autre ce sont des grincements inquiétants qui s'échappent de sa gorge. S'autorisant un petit sourire, Eddie reprend :

— Je crois que, dans cette guerre, tu n'as pas perdu ton sens de l'humour plus haut que le coude.

Puis il se lève, s'apprête apparemment à grimper la pente, là où il pourra trouver du bois pour faire un feu.

— Attends, murmure Roland, et Eddie se retourne. Pourquoi, en fait ?

— Parce que tu as besoin de moi, je suppose. Si je m'étais fait sauter la cervelle, tu serais mort. Plus tard, quand tu seras vraiment remis, je réexaminerai peut-être mes options. (Il jette un regard circulaire sur le paysage et pousse un soupir à fendre l'âme.) Il se peut qu'il y ait un Disneyland quelque part dans ton monde, Roland, mais ce que j'en ai vu jusqu'à présent est loin de m'emballer.

Il repart, s'arrête, se retourne encore une fois. Son visage est lugubre quoique la pâleur maladive l'ait quelque peu quitté. Les tremblements se sont réduits à des frissons sporadiques.

— Il y a des moments où tu ne me comprends pas, hein ?

— Oui, murmure le Pistolero. Par moments.

— Bon, je vais être plus clair. Il y a des gens qui ont besoin que les gens aient besoin d'eux. Si tu ne me comprends pas, c'est parce que tu n'es pas de ceux-là. Tu te servirais de moi pour me jeter ensuite comme une vieille chaussette s'il le fallait. Mais Dieu t'a baisé, mon ami. Il t'a donné assez de jugeote pour que tu souffres d'agir comme ça et assez de stoïcisme pour que tu passes outre et que tu le fasses quand même. Tu ne pourrais pas t'en empêcher. Je serais couché là sur cette plage, hurlant pour que tu m'aides, tu me passerais sur le corps si tu n'avais pas d'autre chemin pour atteindre ta putain de Tour. Est-ce que je me trompe ?

Roland ne répond pas, ne fait que regarder Eddie.

— Mais tout le monde n'est pas comme ça. Il y a des gens qui ont besoin que d'autres aient besoin d'eux. Comme dans la chanson de Barbara Streisand. Rebattu mais vrai. Juste une autre façon d'être accro. (Il fixe Roland.) Mais toi, bien sûr, tu es au-dessus de ça. (Roland l'observe.) Sauf pour ta Tour, achève Eddie sur un petit rire grinçant. Tu es accro à la Tour, Roland.

— Quelle guerre était-ce ? murmura Roland.

— Hein ?

— Cette guerre où tu t'es fait dégommer ton sens de la noblesse et de la quête ?

Eddie recule comme si Roland l'avait giflé.

— Je vais aller chercher de l'eau, dit-il. Garde un œil sur les horreurs à carapace. On a fait un bon bout de chemin aujourd'hui, mais je ne sais toujours pas si elles ont un vrai langage.

Puis, pour de bon, il tourne le dos à Roland, mais pas avant que celui-ci n'ait vu ses joues baignées de larmes accrocher les ultimes rayons du soleil couchant.

Roland aussi se tourne. Il se tourne vers la grève et regarde. Les homarstruosités vont et viennent en posant leurs questions, posent leurs questions cependant qu'elles vont et viennent, mais sans qu'aucun de ces mouvements semble avoir un but. Elles sont certes douées de quelque intelligence, mais pas à un niveau suffisant pour communiquer entre elles.

*Dieu ne te le crache pas toujours en pleine gueule*, songe Roland. *La plupart du temps, mais pas toujours.*

Eddie revient avec le bois.

— Alors, s'enquiert-il. Où tu en es de tes pensées ?

— Je me disais qu'on était très bien ici, croasse Roland.

Eddie commence à dire quelque chose mais le Pistolero est fatigué ; il se recouche, regarde les premières étoiles clouter le dais violacé du ciel et

## Brassage

dans les trois jours qui suivirent, l'état du Pistolero ne cessa de s'améliorer. Les lignes rouges sur son bras commencèrent par inverser leur progression puis s'estompèrent et disparurent. Le premier jour, comme prévu, tantôt il marcha, tantôt il se laissa tirer par Eddie. Le jour suivant, le *travois* devint inutile, ils n'eurent d'autre précaution à prendre que de s'arrêter toutes les une ou deux heures, le temps que la sensation cotonneuse quittât ses jambes. Ce fut durant ces périodes de repos, et dans celles comprises entre leur repas du soir et l'extinction des dernières braises préludant au sommeil, qu'il en apprit un peu plus sur Eddie et son frère. Il se rappela s'être demandé ce qui avait pu rendre leur relation si complexe, voire conflictuelle, mais après que le jeune homme eut amorcé son récit hésitant, sous-tendu par cette hargne rancunière qui naît des grandes douleurs, Roland aurait pu l'arrêter net, aurait pu lui dire : *Ne t'en fais pas, Eddie. Je comprends tout.*

Sauf que ça n'aurait fait aucun bien à Eddie. Le jeune homme ne parlait pas pour venir en aide à son frère puisque son frère était mort. Il parlait pour enterrer définitivement Henry. Et aussi pour se remettre en mémoire que si Henry était mort, lui ne l'était pas.

Le Pistolero l'écouta donc en silence.

Le fond du problème était simple : Eddie croyait avoir volé la vie de son frère, et celui-ci aussi l'avait cru. Conviction qui pouvait avoir germé seule dans l'esprit de Henry comme il pouvait l'avoir faite sienne à force d'entendre leur mère sermonner Eddie, lui répéter combien elle et Henry s'étaient sacrifiés pour lui, pour qu'il soit aussi protégé que possible dans la jungle de la cité, pour qu'il soit heureux, aussi heureux que possible dans cette jungle de la cité, pour qu'il ne finisse pas comme sa pauvre grande sœur dont il n'avait peut-être même pas vraiment gardé souvenir mais qui avait été si belle, Dieu la protège, dans Sa Grâce éternelle. Selina était avec les anges, et c'était à coup sûr un endroit merveilleux, mais elle ne voulait pas qu'Eddie la rejoigne tout de suite, qu'il se fasse écraser par un dingue de chauffard imbibé d'alcool comme sa sœur ou qu'un dingue de junkie lui troue la peau pour les malheureux vingt-cinq *cents* qu'il avait en poche et l'abandonne tripes à l'air sur le trottoir, et parce qu'elle ne pensait pas qu'Eddie ait envie d'être tout de suite avec les anges, elle lui conseillait d'écouter son grand frère, de faire ce que son grand frère lui disait de faire et de toujours se rappeler qu'Henry se sacrifiait pour lui par amour.

Eddie exprima au Pistolero ses doutes sur la connaissance que sa mère avait eue de certaines choses qu'ils avaient faites ensemble, Henry et lui, comme de piquer des illustrés chez le marchand de bonbons de Rincon Avenue ou de fumer en cachette derrière l'atelier de galvanoplastie de Cohoes Street.

Une fois, ils étaient tombés sur une Chevrolet avec les clés sur le tableau de bord et, bien qu'Henry eût à peine su conduire – il avait alors seize ans et son frère huit –, il avait poussé Eddie dans la voiture en lui disant qu'ils allaient descendre à New York. Eddie était mort de trouille et pleurait, Henry aussi avait peur et il était en colère contre Eddie, lui répétant de la fermer, d'arrêter de chialer comme un mioche, qu'il avait dix dollars en poche et qu'Eddie en avait trois ou quatre, qu'ils allaient passer la journée au cinéma, puis qu'ils prendraient le métro et seraient rentrés avant que leur mère ait eu le temps de mettre la table pour le souper et de se demander où ils étaient. Mais Eddie continuait de pleurer et, juste avant d'atteindre le Quennsboro Bridge, ils avaient reconnu au passage une voiture de police dans une rue transversale et, bien que certain que le chauffeur n'avait même pas eu les yeux tournés dans leur direction, Eddie avait répondu « Ouais » quand Henry lui avait demandé, la voix rauque et tremblotante, s'il pensait que le flic les avait vus. Henry avait pâli et pilé si sec qu'il s'était presque payé une borne d'incendie. Deux secondes plus tard, il cavalait sur le trottoir alors qu'Eddie, tout aussi paniqué que lui maintenant, restait à se battre avec la poignée peu familière de la porte. Henry avait fait demi-tour, libéré son petit frère, lui avait aussi expédié un aller-retour. Puis rentrer à pied – traîner, en fait – jusqu'à Brooklyn leur avait pratiquement pris l'après-midi et, quand leur mère avait voulu savoir pourquoi ils étaient en nage et avaient l'air si crevés, Henry lui avait dit avoir passé la journée à apprendre à Eddie une technique de basket sur le terrain derrière l'immeuble. Puis que des loubards s'étaient pointés et qu'ils avaient dû courir. Leur mère avait embrassé Henry et tourné vers Eddie un visage rayonnant. Elle lui avait demandé s'il n'avait pas le meilleur grand frère qui fût au monde. Eddie avait répondu que si. Et n'avait pas eu à se forcer : il le pensait.

— Il avait autant la trouille que moi, ce jour-là, dit Eddie à Roland alors qu'ils contemplaient les dernières lueurs du jour abandonnant les flots, cette masse d'eau où bientôt ne se refléterait d'autre clarté que celle des étoiles. Plus même, car il croyait que ce flic nous avait vus alors que je savais bien que non. C'est pour ça qu'il a couru. Mais il est revenu me chercher. C'est ça qui compte. Il est revenu.

Roland resta silencieux.

— Tu vois ce que je veux dire ? Tu le vois ?

Il posait sur Roland un regard âpre, interrogateur.

— Je vois.

— Il avait toujours peur, mais il est toujours revenu.

Roland songea qu'il aurait peut-être été préférable pour Eddie – si ce n'était pour tous les deux à long terme – qu'Henry eût continué de prendre ses jambes à son cou ce jour-là... ou n'importe quel autre jour. Mais les gens comme Henry ne faisaient jamais ça. Les gens comme Henry revenaient toujours parce que les gens comme Henry savaient se servir de la confiance. C'était bien la seule chose dont les gens comme Henry connaissaient le mode d'emploi. Ils commençaient par transformer la confiance en besoin, puis ils transformaient le besoin en drogue, et cela fait, ils... quel était le mot d'Eddie pour ça ? Ah oui, « dealer ». Ils la dealaient.

— Bon, dit le Pistolero. Je crois que je vais me pieuter.

Le lendemain, Eddie poursuivit son récit mais Roland savait déjà tout. Au lycée, Henry n'avait jamais joué dans aucune équipe parce qu'il n'était pas question de rester le soir pour l'entraînement. Il lui fallait s'occuper d'Eddie. Qu'il fût malingre, affligé d'une coordination douteuse et sans passion particulière pour le sport n'avait bien sûr rien à voir là-dedans : Henry aurait fait un extraordinaire lanceur au base-ball ou un de ces basketteurs qui semblent s'envoler vers le filet, leur certifiait leur mère dix fois plutôt qu'une. Henry collectionnait les mauvaises notes et avait à redoubler pas mal de matières, mais ce n'était pas qu'il fût bête : Eddie et Mme Dean savaient l'un comme l'autre Henry aussi fin que vif. Mais Henry devait consacrer à la garde d'Eddie le temps qu'il aurait dû passer à lire ou à faire ses devoirs (que cette abnégation fraternelle eût d'ordinaire pour cadre le salon des Dean avec les deux gamins vautrés sur le canapé devant la télé ou par terre à se bagarrer pour rire n'avait apparemment aucune importance). Côté études supérieures, les sales notes avaient réduit le choix à la seule université de New York, ce qu'ils n'avaient pu se permettre parce que les mêmes notes compromettaient tout espoir de bourse, et puis Henry s'était retrouvé sous les drapeaux, et ça avait été le Viêt-nam où Henry avait perdu la moitié de son genou. La douleur était atroce. Ce qu'on lui avait donné pour la calmer ? De la morphine base. On l'avait sevré à peine remis, mais le boulot avait dû être fait à la va-vite parce qu'Henry était rentré à New York avec sa guenon sur le dos, une guenon affamée qui attendait ses rations, et au bout d'un mois ou deux, il était sorti voir un type, et quatre mois plus tard environ, trois semaines au plus après la mort de leur mère, Eddie avait pour la première fois vu son frère priser sur une petite glace une ligne de poudre blanche. Il avait pensé à de la coke. Ça s'était révélé être de l'héroïne. Et si on reprenait toute l'histoire en sens inverse, à qui la faute ?

Roland ne dit rien, mais il entendit la voix de Cort : « La faute est toujours au même endroit, mes bébés : chez celui qui est assez faible pour ne pas vouloir l'assumer. »

Passé le choc initial, Eddie était entré dans une rage noire. Henry y avait répondu non par la promesse d'arrêter mais en disant à Eddie qu'il ne lui reprochait pas de se mettre en colère, qu'il savait que le Viêt-nam avait fait de lui une loque, qu'il était faible, qu'il s'en irait, que c'était ce qu'il y avait de mieux à faire, qu'Eddie avait raison, qu'avoir un sale junkie dans les pattes était bien la dernière chose dont son petit frère eût besoin. Il espérait seulement qu'Eddie ne lui en voudrait pas trop. Il était faible, il le reconnaissait : quelque chose au Viêt-nam l'avait rendu comme ça, l'avait pourri de la même manière que l'humidité pourrissait les lacets de vos baskets ou l'élastique de votre slip. Car il y avait aussi au Viêt-nam quelque chose qui, apparemment, vous pourrissait le cœur, lui dit Henry en larmes. Il espérait seulement qu'Eddie se souviendrait de toutes les années où il avait tenté d'être fort.

Pour Eddie.

Pour maman.

Henry essaya donc de quitter la maison. Eddie, bien sûr, ne le laissa pas faire. Il était rongé de remords. Il avait vu l'horreur couturée de cicatrices qu'était devenue cette jambe autrefois normale autour d'un genou désormais plus fait de téflon que d'os. Il en résulta une confrontation sonore sur le palier, Henry en vieux treillis, son paquetage à la main et des cernes violets sous les yeux, Eddie sans rien d'autre sur lui qu'un caleçon douteux, Henry disant : « Tu n'as pas besoin de moi dans le secteur, Eddie, je suis à fuir comme la peste et je le sais », Eddie braillant en réponse : « Tu n'iras nulle part, il n'en est pas question, ramène ton cul immédiatement », et ainsi de suite jusqu'au moment où Mme McGursky était sortie de chez elle pour crier : « Tu pars ou tu restes, pour moi c'est bonnet blanc, blanc bonnet, mais tu te décides en vitesse ou j'appelle la police. » Alors qu'elle ne paraissait pas avoir épuisé son stock de remontrances, elle s'aperçut soudain dans quelle tenue était Eddie et ajouta : « Et tu es indécent, Eddie Dean ! » avant de disparaître comme un diable rentrant dans sa boîte. Eddie regarda Henry. Henry regarda Eddie. « *Elle a l'air d'un ange, mais c'est le diable déguisé* », fredonna Henry à voix basse, et tous deux tombèrent dans les bras l'un de l'autre, hurlant de rire, se bourrant les côtes, et Henry réintégra l'appartement ; quinze jours plus tard environ, Eddie sniffait aussi et ne pouvait comprendre pourquoi il en avait fait un tel fromage, ça n'était que sniffer après tout, et comme disait Henry (dans lequel Eddie allait finir par voir le Grand Sage & Éminent Junkie), dans un monde qui de toute évidence fonçait vers l'enfer tête baissée, qu'y avait-il de si bas à vouloir planer ?

Du temps avait passé. Eddie ne précisa pas combien. Le Pistolero s'abstint de le lui demander. À son sens, Eddie savait qu'il existait un millier de bonnes excuses pour planer mais pas une seule raison valable, et il avait joliment réussi à contrôler sa consommation. Henry aussi s'était débrouillé pour contrôler la sienne. Pas aussi bien que son petit frère, mais assez pour ne pas sombrer. Car qu'Eddie ait ou non entrevu la vérité (au fond, pensait Roland, il avait dû la connaître), Henry ne pouvait qu'avoir compris : leur rapport s'était inversé ; maintenant, c'était Eddie qui prenait Henry par la main pour traverser la rue.

Vint le jour où Eddie surprit Henry non plus avec une pipette dans la narine mais avec une aiguille dans le bras. Suivit une nouvelle discussion hystérique, calque presque exact de la première, à ceci près qu'elle eut pour cadre la chambre d'Henry. Le dénouement non plus n'offrit guère de variantes : Henry pleurant et recourant à son implacable, inattaquable système de défense, l'absolue reddition, la totale reconnaissance des faits : Eddie avait raison, il était indigne de vivre, n'était même pas digne de se nourrir d'ordures ramassées dans le caniveau. Il allait partir. Eddie n'aurait plus à supporter sa vue. Il espérait seulement qu'Eddie se souviendrait de toutes les…

Le récit se fondit en une sorte de bourdonnement peu différent de celui des graviers roulés par le ressac. Roland connaissait l'histoire et ne dit rien. C'était Eddie qui ne la connaissait pas, un Eddie qui pour la première fois, depuis dix ans ou plus peut-être, avait l'esprit clair. Eddie ne racontait rien à Roland ; Eddie se racontait en fin de compte cette histoire à lui-même.

C'était parfait. Pour autant que pût en juger le Pistolero, le temps était une chose dont ils ne manquaient pas. Parler était une manière comme une autre de le tuer.

Le genou d'Henry l'obsédait, expliqua Eddie, et les noueux torons de la cicatrice, tant sur la cuisse que sur la jambe (tout ça guéri, bien sûr, Henry ne boitait qu'à peine… sauf lors des engueulades avec Eddie où sa claudication semblait toujours plus prononcée), l'obsédaient toujours. Comme le hantait aussi tout ce à quoi Henry avait renoncé pour lui. Et puis il y avait une autre obsession, beaucoup plus terre à terre : Henry ne devait pas traîner dans les rues. Il y aurait été comme un petit lapin lâché dans une jungle pleine de grands tigres. Abandonné à lui-même, Henry se serait retrouvé en tôle ou à l'asile en moins d'une semaine.

Eddie avait donc supplié et fini par obtenir d'Henry qu'il restât ; et six mois plus tard, Eddie lui aussi jouait l'homme au bras d'or. À dater de cet instant, les choses avaient entamé la régulière et inéluctable spirale descendante qui s'était achevée par le voyage d'Eddie aux Bahamas et sur la soudaine intervention du Pistolero dans sa vie.

Un autre que Roland, moins pragmatique et plus enclin à l'introspection, se serait sans doute demandé – ou bien l'aurait demandé à voix haute : Pourquoi lui ? Pourquoi cet homme en premier ? Pourquoi quelqu'un qui semblait promettre faiblesse, anormalité, voire malédiction pure et simple ?

Questions que le Pistolero non seulement ne se posa jamais mais qui jamais ne lui germèrent dans l'esprit. Cuthbert les aurait posées. Cuthbert avait eu des questions sur tout, en avait été infesté, était mort avec une ultime question à la bouche. Ils étaient tous morts. Les derniers pistoleros de Cort, les treize survivants d'une classe dont l'effectif initial avait été de cinquante-six. Tous morts, sauf Roland. Il était le tout dernier, poursuivant obstinément sa route dans un monde qui s'était éventé, qui s'était fait vide et stérile.

*Treize*, avait dit Cort la veille des Cérémonies de la Présentation. *C'est un chiffre de mauvais augure*. Et le lendemain, rompant avec trente-cinq années d'observance des traditions, Cort n'y avait pas assisté. Sa dernière couvée s'était rendue chez lui pour s'agenouiller à ses pieds, lui présenter sa nuque à nu, puis se relever, recevoir de lui le baiser de la félicitation et lui accorder l'honneur de charger leurs armes pour la première fois. Neuf semaines plus tard, Cort était mort. Empoisonné, avaient prétendu certains. Deux ans après, la finale et sanglante guerre civile avait éclaté. La rouge lame de fond des massacres et des pillages avait atteint l'ultime bastion de la civilisation, de la lumière et de la raison pour balayer tout ce qui leur avait paru impérissable. Avec la même aisance qu'une simple vague noyant le château d'un gamin sur la plage.

Il était donc le dernier, et ne devait peut-être d'avoir survécu qu'à la prééminence de son sens pratique et de sa simplicité sur le ténébreux romantisme de sa nature. Il comprenait que trois choses seules comptaient : la mort, le *ka* et la Tour.

C'était assez pour occuper les pensées d'un homme.

Eddie termina son récit en milieu d'après-midi, le troisième jour de leur progression vers le nord sur cette grève monotone. La plage même semblait immuable et, pour avoir le sentiment d'avancer, il fallait porter ses regards sur la gauche, vers l'est. Là, les sommets déchiquetés des montagnes avaient commencé à s'adoucir, à s'affaisser – modérément certes, mais laissant entrevoir que, beaucoup plus loin, il ne subsistait plus qu'un moutonnement de collines.

Son histoire racontée, Eddie sombra dans le silence, et ils marchèrent sans parler une demi-heure durant, sinon plus. Eddie ne cessait de jeter à Roland des petits coups d'œil à la dérobée sans soupçonner qu'ils fussent perçus, tant le jeune homme était encore perdu dans ses pensées. Outre ces regards furtifs, Roland percevait chez Eddie une attente et il savait laquelle : l'attente d'une réponse. D'une réponse de quelque type que ce soit. N'importe quelle réponse. Par deux fois Eddie n'ouvrit la bouche que pour la refermer. Finalement, il posa cette question que le Pistolero était – il n'en avait jamais douté – voué à entendre :

— Alors, qu'est-ce que tu en penses ?

— J'en pense que tu es ici.

Eddie se planta, les poings sur les hanches.

— C'est tout ?

— Je n'en sais pas plus.

Ses doigts et son orteil manquants se rappelaient à son souvenir, élancements et démangeaisons qui lui faisaient regretter de n'avoir pas emporté plus *d'astines* du monde d'Eddie.

— Tu n'as même pas une opinion sur ce que tout ça signifie ? insista ce dernier.

Roland aurait pu montrer sa main droite infirme et dire : *Pense plutôt à la signification de ça, triple crétin*, mais pareille réplique ne lui vint pas plus à l'esprit que de demander pourquoi, sur la population totale de l'intégralité des univers possibles, il avait fallu que ce soit Eddie qu'il tirât.

— C'est le *ka*, dit-il, tournant vers Eddie une expression patiente.

— Et c'est quoi, le *ka* ? (il entendit l'agressivité dans la voix d'Eddie.) Première fois que j'entends ce mot. À part que si tu le dis deux fois de suite, ça devient ce que les gosses disent pour désigner la merde.

— C'est un sens que j'ignore, répondit le Pistolero. Ici, *ka* veut dire devoir ou destin, ou encore, dans l'usage courant, un endroit où tu dois te rendre.

Eddie se débrouilla pour avoir l'air à la fois consterné, écœuré et amusé.

— Alors, dis-le deux fois, Roland, parce que, au gosse à qui tu parles, des mots comme ça n'évoquent pas autre chose que de la merde.

Le Pistolero haussa les épaules.

— Je n'ai de compétence ni en philosophie ni en histoire, et je me borne à constater que ce qui est derrière est derrière et ce qui est devant, devant. Et cette deuxième partie est du ressort du *ka*, qui se suffit à lui-même.

— Ah bon ? (Eddie se tourna vers le nord.) Moi, tout ce que je vois devant, c'est au bas mot neuf milliards de kilomètres de cette même putain de plage. Alors si c'est ça dont tu parles, *ka* et caca sont effectivement synonymes. Car si on a peut-être encore assez de bonnes balles pour refroidir cinq ou six autres de nos copains à pinces, on en sera ensuite réduits à les dégommer à coups de pierre. Donc : où allons-nous ?

Roland se demanda – fugitivement mais quand même – si c'était une question qu'Eddie avait jamais pensé poser à son frère, mais vouloir tirer ça au clair maintenant n'aurait fait que déclencher une discussion stérile. Aussi se contenta-t-il de basculer son pouce vers le nord en disant :

— Là. Pour commencer.

Le regard d'Eddie se porta dans la direction indiquée pour n'y découvrir que l'uniforme étendue de galets gris mêlés de coquillages, ponctuée de rochers. Toutefois, alors qu'il se retournait vers Roland, le sarcasme au bord des lèvres, il vit ses traits baignés d'une sereine certitude. Aussi regarda-t-il de nouveau. Il plissa les yeux, plaça la main dans le prolongement de sa joue pour se les abriter du soleil couchant. Il voulait désespérément voir quelque chose – n'importe quoi, merde ! – même un mirage aurait fait l'affaire, mais il n'y avait rien de rien.

— Raconte-moi tout ce que tu veux comme salades, fit Eddie en détachant ses mots, mais laisse-moi libre d'y voir un putain de tour de cochon. Je te rappelle que j'ai risqué ma vie pour toi chez Balazar.

— J'en suis conscient. (Le Pistolero sourit – rareté qui lui illumina le visage comme une brève éclaircie dans la grisaille d'une journée maussade.) C'est pourquoi je n'ai pas cessé d'être franc avec toi, Eddie. Il y a quelque chose là-bas. Voilà une heure que ça m'est apparu. Au début, j'ai cru qu'il s'agissait seulement d'un mirage, que je prenais mon désir pour une réalité. Mais c'est là. Pas de problème.

Une fois de plus, Eddie s'usa les yeux, se les usa jusqu'à les avoir débordants de larmes.

— Je ne vois rien, finit-il par dire. Rien d'autre que cette plage. Et pourtant, j'ai dix sur dix d'acuité visuelle.

— Je ne sais pas ce que ça veut dire.

— Ça veut dire que, s'il y avait quelque chose à voir, je le verrais !

Mais il avait des doutes, se demandait sur quelle distance ces yeux bleus de tireur d'élite pouvaient voir plus loin que les siens. Courte, peut-être.

Peut-être énorme.

— Tu finiras par la voir, dit le Pistolero.

— Par voir quoi, nom de Dieu ?

— Nous ne l'atteindrons pas aujourd'hui, mais si tu as une aussi bonne vue que tu le dis, tu peux être sûr de la voir avant que le soleil ne soit au ras des flots. À moins que tu ne préfères rester ici à bouder.

— Le *ka*, fit Eddie comme en un rêve.

Roland hocha la tête.

— Le *ka*.

— Caca, dit Eddie, qui éclata de rire. Allez, Roland. On fait un pari. Si je n'ai toujours rien vu avant le coucher du soleil, tu me paies un poulet-frites pour le dîner. Ou un Big Mac. Ou n'importe quoi du moment que ce n'est pas du homard.

— Allons-y.

Ils se remirent en marche et, au bas mot une bonne heure avant que l'arc inférieur du soleil ne touchât l'horizon, Eddie commença d'entrevoir une forme au loin – c'était flou, miroitant, indéfinissable, mais nettement reconnaissable comme quelque chose. Quelque chose de nouveau.

— D'accord, dit-il. J'ai vu. Mais tu dois avoir les yeux de Superman.

— De qui ?

— Laisse tomber. Tu sais que tu représentes un cas vraiment phénoménal de décalage culturel ?

— Hein ?

Eddie éclata de rire.

— Laisse tomber. Dis-moi plutôt : qu'est-ce que c'est, ce truc, là-bas ?

— Tu verras bien.

Et Roland redémarra, coupant court à toute autre question.

Vingt minutes plus tard, Eddie pensa avoir vu. Un quart d'heure après, ce fut une certitude. Trois kilomètres, sinon, cinq, l'en séparaient encore, mais il savait ce que c'était. Une porte, bien sûr. Une autre porte.

Ni l'un ni l'autre ne dormit vraiment bien cette nuit-là. Ils furent debout et en route une heure avant que l'aube ne dessinât la silhouette érodée des montagnes, et atteignirent la porte à l'instant même où perçaient, sereins et sublimes, les premiers rayons du soleil matinal. Leurs joues mal rasées s'embrasèrent comme des lampes. Le Pistolero fit de nouveau ses quarante ans, Eddie guère plus que quand Roland avait combattu Cort avec David pour arme.

Cette porte ressemblait en tout point à la première, hormis pour l'inscription :

— Nous y voilà, dit Eddie presque en un murmure, contemplant cette porte qui, simplement, se dressait là, ses gonds solidaires de quelque charnière invisible entre un monde et un autre, entre un univers et un autre. Elle se dressait là, délivrant son message gravé, aussi réelle que le roc, étrange comme la clarté des étoiles.

— Oui, nous y voilà.

— Le *ka*.

— Le *ka*.

— C'est là que tu vas tirer ta deuxième carte ?

— On dirait.

Le Pistolero sut ce qu'Eddie avait en tête alors qu'Eddie lui-même l'ignorait encore. Il le vit faire alors qu'Eddie se croyait encore immobile. Il aurait pu se retourner et casser le bras d'Eddie en deux points avant qu'Eddie ait su ce qui lui arrivait, mais il ne fit rien. Il laissa Eddie subtiliser le revolver de son étui droit. C'était la première fois qu'il se laissait prendre une de ses armes sans en avoir au préalable fait l'offre. Pourtant, il s'abstint de tout geste pour l'en empêcher, se tourna simplement vers lui et le regarda, un regard tranquille et même empreint de douceur.

Eddie avait le teint livide, les traits creusés, le blanc des yeux qui faisait tout le tour de l'iris. Il tenait à deux mains le lourd revolver mais le canon n'en flottait pas moins, incapable de se fixer sur sa cible.

— Ouvre-la, dit-il.

— Tu es en train de faire une bêtise. (Sa voix était aussi douce que son regard.) Ni toi ni moi n'avons la moindre idée de ce qu'il y a derrière cette porte. Rien ne dit qu'elle donne sur ton univers, à plus forte raison sur ton monde. Pour ce que nous en savons, la Dame d'Ombres peut très bien être dotée de huit yeux et de neuf bras, comme Shiva. En admettant même que cette porte s'ouvre sur ton monde, ce peut être très longtemps avant ta naissance ou bien après ta mort.

Eddie eut un sourire crispé.

— Tu veux que je te dise ? Je suis prêt à échanger le poulet aux hormones et les congés payés sur une plage merdique contre ce qu'il y a derrière la porte n° 2.

— Je ne comp…

— Je sais que tu ne comprends pas. Aucune importance. Ouvre cette putain de porte.

Le Pistolero fit non de la tête.

Ils étaient là, dans la claire lumière du petit matin, la porte projetant son ombre oblique vers la mer à marée basse.

— Ouvre ! hurla Eddie. J'y vais avec toi ! Tu piges ? Je t'accompagne ! Ça ne veut pas dire que je vais rester là-bas. Je reviendrai peut-être. En fait, il y a même de grandes chances pour que je revienne. Je te dois bien ça. Tu as toujours été réglo avec moi, j'en ai conscience, ne t'inquiète pas. Il y a simplement que, pendant que tu t'occuperas de cette Nana d'Ombres, je filerai au plus proche Chicken Delight et je m'y prendrai un truc à emporter. Je crois que le modèle familial de trente croquettes ira pour commencer.

— Tu ne bougeras pas d'ici.

— Tu t'imagines peut-être que ce sont des paroles en l'air ? (La voix d'Eddie avait grimpé dans les aigus. Il était à bout. Le Pistolero avait presque l'impression de le voir entièrement tourné vers les profondeurs instables de sa propre damnation. Le pouce du jeune homme commença d'amener au bandé l'antique chien du revolver. Le vent était tombé avec le point du jour et le retrait des flots, et le *clic* du chien passant au cran d'arrêt se fit nettement entendre.) Tu n'as qu'à essayer.

— C'est bien ce que je compte faire.

— Je te descends ! hurla Eddie.

— Le *ka*, répondit tranquillement le Pistolero, et il se tourna vers la porte.

Sa main se tendait vers la poignée, mais son cœur était dans l'attente : dans l'attente de voir s'il allait vivre ou mourir.

Le *ka*.

# LA DAME D'OMBRES

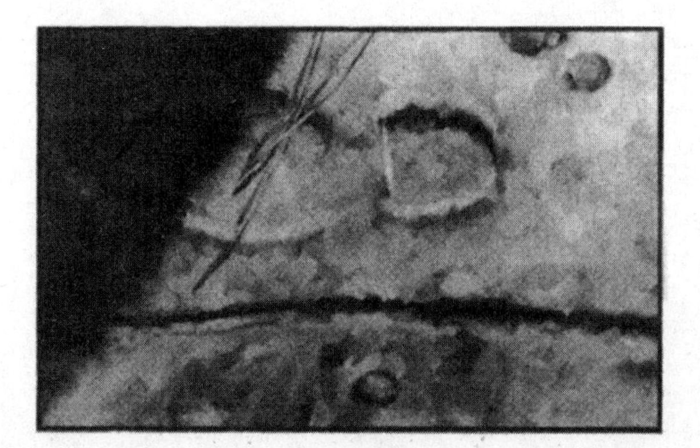

# Chapitre 1

# DETTA ET ODETTA

Dépouillé du jargon, voici ce qu'a dit Adler en substance : le schizophrène idéal – en admettant qu'un tel individu existe – serait un homme ou une femme qui non seulement ne serait pas conscient de sa ou de ses autres personnalités, mais qui n'aurait même pas l'impression que quelque chose cloche dans sa vie.

Dommage qu'Adler n'ait jamais connu Detta Walker et Odetta Holmes.

## 1

— … dernier pistolero, dit Andrew.

Il y avait un bout de temps qu'il parlait mais avec Andrew c'était toujours ainsi, et Odetta avait pris l'habitude de laisser les mots ruisseler à la périphérie de sa conscience comme quand on prend sa douche et qu'on laisse couler l'eau chaude sur la figure et les cheveux. Mais ces mots-là, précisément, firent plus qu'attirer son attention, ils la piquèrent comme une épine.

— Pardon ?

— Oh, rien qu'un article dans le journal, dit Andrew. Je ne sais pas de qui. Je n'ai pas pensé à regarder. Sans doute un de ces gars dans la politique, et probab' que son nom vous dirait quelque chose, Miz Holmes. Faut dire que je l'aimais et que j'ai pleuré le soir où il a été élu…

Elle sourit, émue à son corps défendant. Andrew disait que son bavardage ininterrompu était quelque chose de plus fort que lui, dont il n'était pas responsable, que c'était son atavisme irlandais qui ressortait, et la plupart du temps, c'était effectivement sans importance – rien qu'un bruit de fond, des claquements de langue à propos de parents et d'amis qu'elle ne connaîtrait jamais, un vague brouet d'opinions politiques, des révélations scientifiques farfelues glanées à diverses sources, uniformément farfelues (Andrew était, entre autres, fermement convaincu de l'existence des soucoupes volantes qu'il appelait des *ovesnids)* – mais là, ce qu'il venait de dire l'avait émue parce qu'elle aussi avait pleuré au soir de l'élection.

— Mais je n'ai pas pleuré quand ce fils de pute – excusez mon latin, Miz Holmes – quand ce fils de pute d'Oswald l'a assassiné, et je n'ai pas pleuré depuis, et ça fait… combien déjà, deux mois ?

*Trois mois et deux jours*, songea-t-elle, mais elle répondit :

— Oui, quelque chose comme ça.

Andrew hocha la tête.

— Donc, hier, j'ai lu l'article – ça devait être dans le *Daily News* – au sujet de Johnson qui allait sans doute faire du bon boulot mais que ça ne serait pas pareil. Le gars disait que l'Amérique venait d'assister au passage du dernier pistolero du monde.

— À mon avis, John Kennedy n'était pas du tout ça, dit Odetta, et si sa voix fut plus âpre qu'à l'accoutumée (elle dut l'être car, dans le rétroviseur, Odetta vit Andrew plisser des yeux, surpris – plus un froncement de sourcils, d'ailleurs, qu'un plissement d'yeux), c'était que cette remarque aussi l'avait touchée.

Absurde, mais vrai. Il y avait dans cette citation d'un article de journal : *L'Amérique vient d'assister au passage du dernier pistolero du monde*, quelque chose qui éveillait en elle de profondes résonances. C'était répugnant, parfaitement inexact – John Kennedy avait été un homme de paix et n'avait rien eu d'un bagarreur du style Billy le Kid, dans la lignée duquel se plaçait plus un Goldwater – mais, sans qu'elle sache pourquoi, cela lui avait donné la chair de poule.

— Bref, le type disait qu'on n'allait pas être à court de maniaques de la gâchette, poursuivit Andrew, posant sur elle des petits regards inquiets dans le rétroviseur. Il a parlé de Jack Ruby, et d'un, de Castro, et de son pote à Haïti…

— Duvalier, dit-elle. Papa Doc.

— Ouais, lui, et Diem aussi…

— Les frères Diem sont morts.

— Bon, il disait que John Kennedy n'avait pas été pareil, voilà tout. Qu'il n'aurait pas hésité à dégainer, mais seulement si quelqu'un de plus faible avait eu besoin de lui pour dégainer à sa place, et seulement dans l'impossibilité de faire autrement. Selon lui, Kennedy avait assez de jugeote pour savoir que parler n'amène parfois rien de bon. Pour savoir que, quand un chien a la rage, il faut l'abattre.

Ses yeux continuaient de la surveiller, pleins d'appréhension.

— Cela dit, c'est simplement un article que j'ai lu.

La limousine remontait maintenant la 5e Avenue, glissant vers Central Park West. L'emblème de la Cadillac, à la pointe du capot, fendait l'air glacial de février.

— Oui, fit Odetta d'une voix très douce, et la tension se relâcha quelque peu dans le regard d'Andrew. Je comprends. Je ne suis pas vraiment d'accord mais je comprends.

*Menteuse*, fit une voix intérieure, une voix qu'elle était loin d'entendre pour la première fois. Au point d'avoir un nom pour la désigner. C'était la voix de l'Aiguillon. *Tu comprends on ne peut mieux et tu es totalement d'accord. Tu peux mentir à Andrew si tu estimes que c'est nécessaire mais, de grâce, ne va pas te mentir à toi-même.*

Toutefois cela suscitait les protestations horrifiées d'une part de son être. Dans un monde qui s'était transformé en baril de poudre nucléaire sur lequel étaient assis près d'un milliard d'hommes, voir chez les flingueurs une différence entre bons et méchants était une erreur – d'envergure suicidaire, peut-être. Il y avait trop de mains tremblantes pour tenir la flamme d'une allumette à côté de trop de mèches.

Ce monde n'était pas fait pour les pistoleros. S'ils avaient eu leur époque, elle était passée.

L'était-elle ?

Elle ferma les yeux quelques secondes et se massa les tempes. Elle sentait monter l'une de ses migraines. Il ne s'agissait parfois que d'une menace, telles ces barrières de nuages violacés qui s'élaborent par les chauds après-midi d'été pour se déporter ailleurs, pour aller déverser ailleurs leur tourmente.

Elle avait néanmoins le sentiment que, cette fois, l'orage allait éclater, une véritable tempête avec tonnerre, éclairs et grêlons gros comme des balles de golf.

La haie des lampadaires sur la 5e Avenue semblait par trop brillante.

— Comment c'était, Oxford, Miz Holmes ? hasarda Andrew.

— Humide. Février ou pas, c'était très humide. (Elle s'interrompit, s'intimant l'ordre de ne pas prononcer les mots qui s'accumulaient dans sa gorge comme de la bile, de les ravaler. Elle se montrerait inutilement brutale en les disant. Cette histoire de dernier pistolero du monde n'avait guère été qu'un tour de plus de ce moulin à paroles qu'était Andrew. Mais, venant en couronnement du reste, ce fut la goutte qui fit déborder le vase : ce qu'elle n'avait pas à dire lui échappa. Sa voix resta, supposa-t-elle, aussi calme et résolue que toujours mais elle ne fut pas dupe : elle savait reconnaître une gaffe quand elle en entendait une.) L'agent de cautionnement est arrivé très vite avec le montant ; normal, on l'avait prévenu à l'avance. N'empêche qu'ils nous ont retenus aussi longtemps qu'ils ont pu, et moi, je me suis retenue aussi longtemps que j'ai pu, mais sur ce point, je crois qu'ils ont gagné parce que j'ai fini par faire pipi dans ma culotte. (Elle vit un nouveau tressaillement froisser les yeux d'Andrew et voulut s'arrêter, en fut incapable.) Voyez-vous, c'est ça qu'ils veulent vous faire rentrer dans le crâne. En partie, je suppose, parce que ça vous fait peur, et qu'une personne qui a peur est susceptible de ne pas redescendre les embêter dans leurs chers États du Sud. Mais je crois que la plupart d'entre eux – même les plus bouchés, ce qu'ils sont loin d'être en général – savent que, quoi qu'ils fassent, les choses finiront par changer, et ils sautent donc sur l'occasion de vous avilir tant qu'ils en ont encore les moyens. De vous apprendre qu'il est possible de vous avilir. Vous avez beau jurer par Dieu le Père, par son Fils et par toute la cohorte des saints que jamais, au grand jamais, vous ne vous souillerez, s'ils vous retiennent trop longtemps, vous finissez par le faire. Ce qu'ils veulent vous inculquer, c'est que vous n'êtes qu'un animal en cage, pas plus que ça, pas mieux que ça. Alors, j'ai fait pipi dans ma culotte. J'en sens encore l'odeur et celle de cette maudite cellule. Ils disent que nous descendons du singe, vous savez. Et c'est exactement ce que j'ai l'impression de sentir. Le singe.

Elle vit les yeux d'Andrew dans le rétroviseur et fut désolée de ce qui s'y lisait. Parfois, l'urine n'était pas la seule chose impossible à retenir.

— Navré, Miz Holmes.

— Non, dit-elle, se massant de nouveau les tempes. C'est moi qui suis navrée. Ce furent trois jours plutôt éprouvants.

— J'imagine, dit-il sur un ton de vieille fille scandalisée qui la fit rire malgré elle.

Mais, dans l'ensemble, elle ne riait pas. Elle avait cru savoir dans quoi elle se lançait, avoir pleinement mesuré l'horreur que ce pouvait être. Et elle s'était lourdement trompée.

*Plutôt éprouvants*. Bon, c'était une façon de décrire ces trois jours à Oxford, Mississippi. Une autre aurait pu être d'en parler comme d'une courte saison en enfer. Mais il y avait certaines choses impossibles à dire. Que la mort même n'aurait pu vous arracher… à moins d'avoir à en témoigner devant le Trône de Dieu, le Père Tout-Puissant, là où, supposait-elle, même les vérités qui déclenchent des tempêtes dans cette étrange gelée grise qu'on avait entre les oreilles (gelée grise que les savants prétendaient dépourvue de nerfs, et si ça n'était à se tordre de rire, elle ne voyait pas ce qui pouvait l'être) devaient être avouées.

— Ce que je veux, c'est simplement rentrer à la maison, prendre un bain, prendre un bain, prendre un bain, dormir, dormir, dormir. Après, je pense être fraîche comme une rose.

— Sûr ! Comme une rose !

Andrew avait quelque chose à se faire pardonner, et cet écho était la meilleure tentative d'excuse qu'il pouvait produire. En outre, il ne voulait pas prendre le risque de pousser plus loin la conversation. Le trajet se poursuivit donc dans un inhabituel silence jusqu'à l'immeuble victorien dont la masse grise occupait l'angle de la 5e Avenue et de Central Park South. Un immeuble des plus select qui faisait d'elle quelqu'un de bien en vue, supposait Odetta, consciente qu'il y avait là, dans ces appartements huppés, des gens qui, pourtant, ne lui auraient jamais adressé la parole sauf cas de force majeure. Consciente, oui, mais s'en fichant comme de l'an quarante. Par ailleurs, elle les dominait, ce qu'ils savaient pertinemment. Il lui était plus d'une fois venu à l'esprit que certains d'entre eux devaient se sentir atrocement humiliés à l'idée qu'une négresse habitait l'appartement en terrasse de ce vénérable et splendide immeuble victorien où, en un autre temps, les seules mains noires admises avaient été gantées de blanc, ou à la rigueur du fin cuir noir des chauffeurs de maître. Humiliation qu'elle espérait réellement atroce, se reprochant de se montrer méchante et animée de sentiments bien peu chrétiens, mais c'était plus fort qu'elle. De même qu'elle n'avait pu réprimer le jet souillant la soie fine de ses dessous français, elle ne pouvait pas davantage empêcher cet autre débordement de pisse. C'était mesquin, totalement indigne d'une chrétienne et, presque aussi grave – non, pire, pour autant que le Mouvement était concerné – c'était improductif. Ils allaient conquérir les droits qu'il leur fallait conquérir, et probablement cette année : Johnson, pénétré de l'héritage que lui avait laissé entre les mains le président assassiné (et souhaitant peut-être planter un autre clou dans le cercueil de Barry Goldwater) allait faire plus que veiller à la mise en place des droits civiques ; il allait, si nécessaire, imposer l'adoption de la loi électorale. Il était donc essentiel de réduire les frictions. Il y avait encore du

# Illustrations

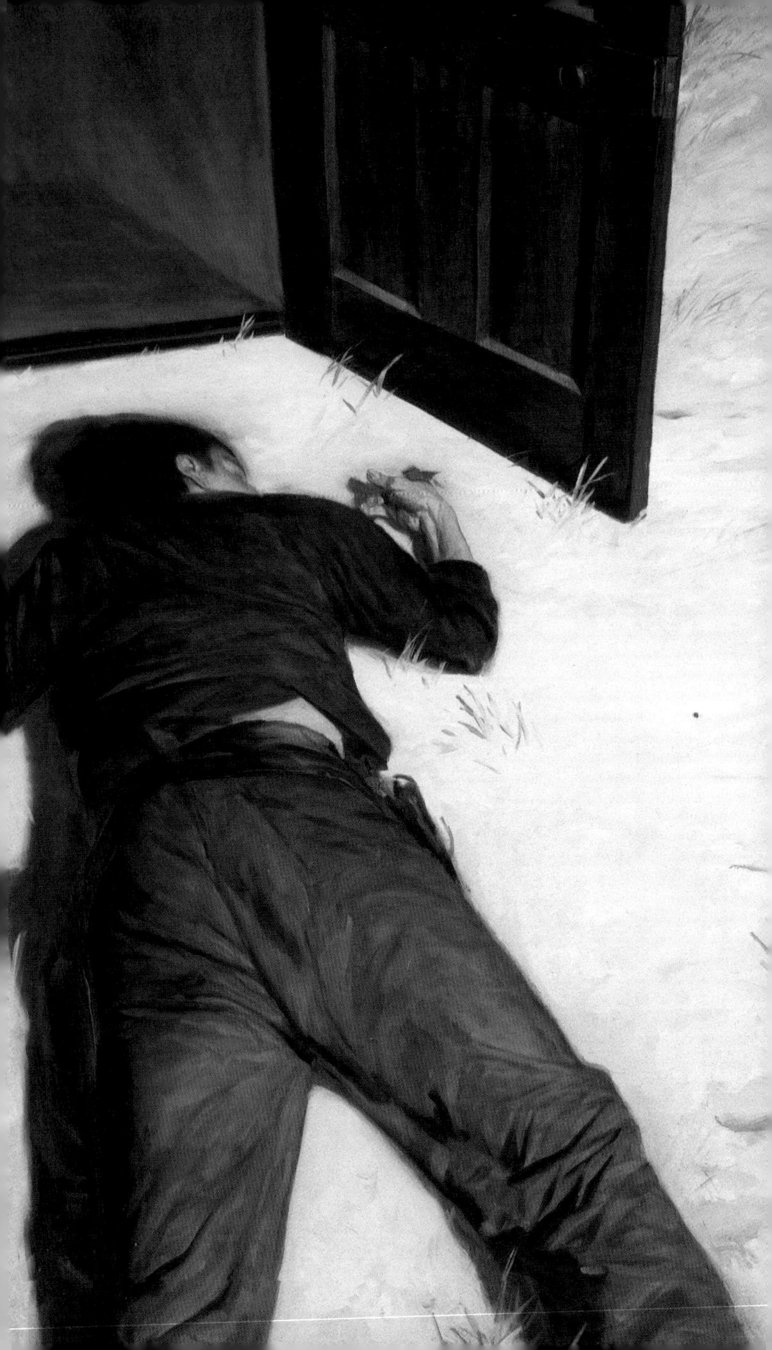

pain sur la planche. Loin de faciliter l'évolution des choses, la haine ne pouvait que l'entraver.

Mais, parfois, on n'en continuait pas moins de haïr.

Telle était l'autre leçon que venait de lui donner Oxford Town.

## 2

Detta Walker n'avait strictement aucun intérêt pour le Mouvement et occupait un logement nettement plus modeste. Elle vivait dans le grenier d'un immeuble lépreux de Greenwich Village. Odetta ignorait tout de la soupente et Detta tout du *penthouse*, ce qui, pour soupçonner quelque anomalie à cette répartition des choses, ne laissait que le chauffeur, Andrew Feeny. Il était entré au service du père d'Odetta quand elle avait quatorze ans et que Detta Walker n'existait pour ainsi dire pas.

De temps à autre, Odetta disparaissait. Lesquelles disparitions pouvaient être l'affaire de quelques heures ou de plusieurs jours. L'été dernier, l'une d'elles s'était prolongée trois semaines, et un soir, vers huit heures, Andrew avait été sur le point d'alerter la police quand Odetta l'avait appelé pour lui demander de passer la chercher avec la voiture le lendemain matin à dix heures. Elle comptait faire quelques achats.

Il avait eu envie de hurler dans l'appareil : *Miz Holmes ! Où étiez-vous ?* mais il avait déjà essayé de lui poser la question dans des circonstances similaires et n'avait obtenu en réponse qu'un regard éberlué – sincèrement éberlué, il n'y avait pas de doute à cela. Cette fois, donc, elle lui aurait probablement dit : *Mais, voyons, Andrew, ici même. Ne m'avez-vous pas conduite chaque jour en deux ou trois endroits ? Votre cervelle ne commencerait-elle pas, par hasard, à tourner à la sauce blanche ?* Puis elle aurait éclaté de rire et, pour peu qu'elle se fût sentie particulièrement en forme (ce qui, à la suite de ses disparitions, semblait être souvent le cas), lui aurait pincé la joue.

— Très bien, Miz Holmes, s'était-il contenté de répondre. À dix heures.

Il avait raccroché, fermé les yeux, remercié d'une courte prière la Très Sainte Vierge Marie pour le retour de Miz Holmes saine et sauve, puis avait redécroché le téléphone et composé le numéro de Howard, le concierge du luxueux immeuble victorien donnant sur Central Park.

— À quelle heure est-elle rentrée ?

— Il y a vingt minutes à peine, lui apprit Howard.

— Qui est-ce qui l'a ramenée ?

— J'sais pas. Tu sais comment ça se passe. C'est toujours une voiture différente. Des fois, ils se garent de l'autre côté de l'immeuble et je ne sais même pas qu'elle est de retour avant d'entendre la sonnette, de regarder dehors et de voir que c'est elle. (Howard marqua une pause puis ajouta :) Elle a un sacré bleu sur la joue.

Howard ne s'était pas trompé. Elle avait à coup sûr un sacré bleu sur la joue. Il avait meilleure apparence, maintenant, mais Andrew n'aimait pas trop penser à ce qu'il devait avoir été à l'origine. Miz Holmes venait d'émerger à dix heures précises de son immeuble, vêtue d'une robe de soie aux bretelles ultrafines (on était fin juillet), le bleu tirant déjà sur le jaune. Elle n'avait guère apporté de soin à le dissimuler sous son maquillage comme si elle était consciente qu'un plâtrage trop épais ne ferait qu'attirer encore plus l'attention.

— Comment vous êtes-vous fait ça, Miz Holmes ? lui demanda-t-il.

Elle eut un rire joyeux.

— Vous savez comment je suis, Andrew... maladroite comme toujours. Ma main a glissé sur la poignée, hier, alors que je m'extirpais de la baignoire, pressée d'aller voir les informations. Je suis tombée, me suis cognée juste sous l'œil. (Ce furent les yeux d'Andrew que, sur ce, elle sonda.) Vous allez me parler de docteurs et d'examens, non ? Inutile de répondre. Après toutes ces années, je lis en vous comme dans un livre. Alors, tenez-vous-le pour dit : je n'irai pas consulter. Je me sens on ne peut mieux. Allez, Andrew, en route ! J'ai l'intention d'acheter la moitié de chez Saks, la totalité de Gimbel's et de prendre dans l'intervalle un échantillon de tout ce qu'il y a sur la carte des Quatre Saisons.

— Bien, Miz Holmes.

Et il sourit. Un sourire forcé. Et cela n'avait rien de facile. Ce bleu ne datait pas d'hier, mais d'une semaine au moins… d'autant qu'il avait une autre raison de douter de son histoire. Tous les soirs de la semaine dernière, il l'avait appelée à sept heures, sachant que, s'il avait une chance de la trouver chez elle, c'était au moment du journal de Huntley-Brinkley, vu qu'elle y était accro. Il avait téléphoné chaque soir, sauf hier. Hier, il y était allé, avait emprunté le passe à Howard. Car, soir après soir, la conviction n'avait cessé de grandir en lui qu'elle avait eu exactement le genre d'accident qu'elle venait de décrire… sauf qu'au lieu de récolter un bleu ou une fracture, elle était morte, toute seule, et que là-haut son cadavre l'attendait. Il s'était introduit dans l'appartement, le cœur battant à tout rompre, se sentant comme un chat dans une pièce obscure au sol tapissé de cordes à piano. À ceci près qu'il n'y avait rien trouvé justifiant son angoisse. Un beurrier était resté sur le plan de travail de la cuisine et, quoique couvert, son contenu avait eu le temps de développer une belle récolte de moisissures. Arrivé à sept heures dix, Andrew était reparti au quart. Sa rapide inspection de l'appartement n'avait pas négligé la salle de bains. La baignoire était sèche, les serviettes proprement – voire austèrement – rangées, les nombreuses poignées d'acier chromé que comportait la pièce révélaient par leur éclat qu'elles étaient vierges d'eau.

L'accident décrit n'avait pu se produire.

Mais il n'en avait pas déduit pour autant qu'elle mentait. Elle avait été la première – en l'occurrence la seule – à croire à son histoire.

Pour l'heure, il jetait un nouveau coup d'œil dans le rétroviseur et la voyait se masser les tempes du bout des doigts. Ça ne lui disait rien qui vaille. Il l'avait trop souvent vue faire ce geste à la veille d'une disparition.

# 3

Andrew laissa le moteur tourner pour qu'elle pût bénéficier du chauffage. Puis il sortit ouvrir le coffre. La vue des deux valises lui arracha une nouvelle crispation des muscles du visage. On aurait dit que des fous furieux – dont la force devait être inversement proportionnelle à la taille de leur cerveau – les avaient longuement piétinées, leur infligeant ce qu'ils n'osaient infliger à Miz Holmes – ce qu'ils lui auraient infligé à lui, par exemple, s'il s'était trouvé là. Or ils s'étaient retenus, et pas seulement parce qu'il s'agissait d'une femme : avant tout, c'était une négresse, une arrogante négresse du Nord qui était venue foutre sa merde là où elle n'avait pas à la foutre, et à leurs yeux, probablement, une femme comme ça n'avait que ce qu'elle méritait. Mais c'était également une négresse riche. Elle était presque aussi connue du grand public américain que Medgar Evers ou Martin Luther King. Et sa tronche de négresse pleine aux as avait fait la couverture de *Times Magazine*. Alors pouvait-on molester quelqu'un de ce genre puis s'en sortir en disant : *Ah non, m'sieur, sûr que dans l'secteur on a vu personne correspondant à vot' description, pas vrai, les gars ?* Sûr que ça aurait promis d'être coton. Et tout aussi coton, en l'occurrence, de se décider à porter la main sur une femme qui était l'unique héritière des Industries Dentaires Holmes quand les États du Sud ne comptaient pas moins de douze usines Holmes, dont une dans le comté voisin de celui d'Oxford Town.

Ils avaient en conséquence fait à ses valises ce qu'ils n'osaient lui faire à elle.

Andrew contempla ces muets indices du séjour de sa patronne à Oxford, submergé par la honte, la colère et l'amour, émotions muettes à l'égal des plaies et bosses de ces bagages qui étaient partis pimpants pour revenir rompus. Il les fixa, momentanément paralysé, un petit panache s'arrondissant devant ses lèvres dans l'air glacé.

Howard accourait pour l'aider mais il prolongea encore un peu sa pause avant de se saisir des valises. *Qui êtes-vous,*

*Miz Holmes ? Qui êtes-vous en réalité ? Où allez-vous parfois et qu'y faites-vous qui vous paraisse être si mal que vous ayez, même pour vous-même, à vous inventer un faux emploi de ces heures et de ces jours manquants ?* Et une autre question se forma dans son esprit juste avant qu'Howard n'arrivât à sa hauteur, une question d'une étrange pertinence : *Où est le reste de vous ?*

*Tu vas me faire le plaisir de penser à autre chose, Andrew Feeny. Si quelqu'un par ici se doit de s'adonner à ce genre de cogitations, c'est Miz Holmes, et puisqu'elle ne le fait pas, tu n'as pas à le faire.*

Il sortit les valises du coffre et les tendit à Howard qui à mi-voix lui demanda :

— Elle va bien ?

— Je crois, répondit Andrew tout aussi discrètement. Fatiguée, c'est tout. Complètement vannée.

Howard hocha la tête, prit les valises meurtries et retourna vers l'immeuble, marquant un bref temps d'arrêt pour porter deux doigts à sa casquette, saluer avec réserve et respect Odetta Holmes à peine visible derrière les vitres fumées.

Après son départ, Andrew sortit du fond du coffre un appareil d'acier inoxydable qu'il entreprit de déplier. C'était un fauteuil roulant.

Depuis le 19 août 1959, quelque cinq ans et six mois auparavant, Odetta Holmes avait dans son corps au-dessous des genoux un vide comparable à celui de son existence.

## 4

Avant l'épisode du métro, Detta Walker n'avait connu que de rares moments de conscience – lesquels étaient comme ces îles coralliennes qui donnent l'impression d'être isolées mais sont en fait les vertèbres d'une longue dorsale presque entièrement sous-marine. Odetta ne soupçonnait pas du tout l'existence de Detta ni Detta qu'il y eût dans la sienne une personne telle qu'Odetta… mais Detta au moins comprenait clairement que quelque chose n'allait pas, que quelqu'un tripatouillait sa vie. Si l'imagination d'Odetta brodait des romans sur toutes sortes d'événements mythiques censés s'être déroulés pendant que Detta contrôlait son corps, Detta n'était pas si douée. Elle croyait se rappeler des choses, certaines choses en tout cas, mais, la plupart du temps, elle ne se souvenait de rien.

Au moins était-elle partiellement consciente d'absences.

Elle se souvenait du plat en porcelaine. Oui, elle s'en souvenait. Se revoyait le glissant dans la poche de sa robe en surveillant pardessus son épaule si la Femme en Bleu n'était pas en train de l'espionner. Il lui fallait s'en assurer car le plat en porcelaine appartenait à la Femme en Bleu. Ce plat était, Detta le comprenait de quelque vague manière, *pour les grandes occasions*. C'était pour ça qu'elle le prenait. Elle se rappelait l'avoir pris et emporté dans un endroit dont elle connaissait (sans pour autant savoir comment) le nom : les Drawers, un trou jonché d'ordures où de la fumée flottait en permanence et où elle avait un jour vu brûler un bébé à la peau en matière plastique. Elle se revoyait poser soigneusement le plat par terre puis s'apprêter à marcher dessus, s'interrompre, retirer sa petite culotte en coton, la mettre dans la poche dont elle avait sorti le plat, puis soigneusement glisser l'index de sa main gauche, soigneusement contre la fente dans son corps, là où Dieu le Vieux Con l'avait mal jointe comme il avait mal joint toutes les autres filles et femmes, mais il devait y avoir quelque chose de bien fait à cet endroit parce qu'elle se souvenait de la décharge, se revoyait voulant appuyer, se revoyait n'appuyant pas, se rappelait le délice d'avoir son sexe nu, sans la petite culotte en coton entre lui et le monde, et elle n'avait pas appuyé, tant que son soulier n'avait pas appuyé, son soulier verni noir, tant que son soulier n'avait pas appuyé sur le plat, puis elle avait appuyé sur la fente avec son doigt comme elle appuyait avec son pied sur le plat *pour les grandes occasions* de la Femme en Bleu, elle revoyait le soulier verni couvrir les fins filets bleus sur le bord du plat, retrouvait la sensation d'appuyer, oui, la sensation d'appuyer dans les Drawers, d'appuyer avec le doigt et avec le pied, se souvenait de la délicieuse promesse du doigt et de la fente, se rappelait que quand le plat avait craqué avec un petit bruit sec, acide, un plaisir pareillement acide était remonté dans ses entrailles, était remonté comme une flèche de cette fente, elle se rappelait le cri qui avait alors explosé sur ses lèvres, un cri rauque et déplaisant, celui d'un corbeau s'enfuyant, paniqué, d'un champ de maïs, elle se revoyait fixant d'un œil terne les débris du plat puis tirant lentement de la poche de sa robe la culotte de coton blanc pour la remettre, y renfiler d'abord un premier soulier verni puis y renfiler l'autre, la remonter sur ses jambes, dépasser les genoux, la croûte sur le gauche, presque prête à tomber, à révéler la neuve et rose peau de bébé qui s'était formée dessous, oui, elle en avait un souvenir si net que ce pouvait n'être pas arrivé une semaine auparavant ni même hier, pas plus loin, même, que dans la minute qui avait précédé, elle allait jusqu'à se rappeler comment l'élastique de la ceinture avait atteint l'ourlet de sa robe, le net contraste du coton blanc sur la peau brune, comme de la crème, oui, c'était ça, comme l'instant où la crème versée du pot n'a pas encore touché le café, la texture, la culotte disparaissant à demi sous l'ourlet de la robe. Sauf que maintenant la robe était rouille et que la culotte ne montait plus, elle descendait, elle était toujours blanche mais plus en coton, c'était du nylon, du voile de nylon à quatre sous, et elle se revoyait l'enlevant, la revoyait chatoyer sur le tapis de la 46 Dodge DeSoto, oui, comme elle était blanche, comme elle faisait camelote, rien d'un dessous chic, que du sexy toc, du sexy pas cher, comme la fille, et c'était bon d'être pas chère, c'était bon d'être à vendre, d'être sur le trottoir, pas même comme une pute mais comme une truie qui aime ça ; elle ne revoyait pas de plat rond en porcelaine blanche mais, ronde et blanche, la bouille d'un garçon, d'un jeunot en java, ahuri par l'alcool et la surprise, il n'était pas en porcelaine mais sa bouille était ronde comme l'avait été le plat de la Femme en Bleu, et il avait sur les joues des filets qui ne paraissaient pas moins bleus que ceux sur le bord du plat *pour les grandes occasions*, mais c'était seulement à cause du néon qui était rouge, de l'enseigne au néon de la taverne en bordure de route qui, dans le noir, avait fait paraître bleus les filets de sang sur les joues du garçon là où elle l'avait griffé, et il avait dit : « Pourquoi t'as pourquoi t'as pourquoi t'as... » puis il avait baissé la vitre et passé la tête dehors pour vomir, et elle se rappelait la chanson sur le juke-box, Dodie Stevens débitant son histoire de chaussures jaunes à lacets roses et de bande violette sur son grand panama, réentendait le bruit du gars qui vomissait comme du gravier tournant dans une bétonneuse, en revoyait le sexe, quelques instants auparavant point d'exclamation livide jaillissant de l'enchevêtrement crépu de la toison pubienne, maintenant tout mou, point d'interrogation ; elle se rappelait le bruit de bétonneuse que le garçon faisait en vomissant, qui avait cessé puis qui avait repris tandis qu'elle se disait : *Bon, je crois qu'il n'en a pas encore assez versé pour remplir cette tranchée de fondations*, et elle, riant, appuyant son index (équipé désormais d'un ongle de longueur et de forme adéquates) contre son propre sexe, qui était nu mais plus vraiment puisque envahi par le foisonnement de sa propre toison pubienne, et retrouvant ce même petit craquement acide en elle, toujours autant souffrance que plaisir (mais mieux, tellement mieux que rien du tout), puis le gars, à tâtons, avait de nouveau cherché à la saisir et il lui avait dit d'une voix qui se brisait, d'une voix blessée : « Oh, saloperie de négresse », tandis qu'elle continuait de rire, l'avait repoussé sans difficulté, avait ramassé sa culotte, ouvert la portière et senti l'ultime tâtonnement des doigts du gars dans le dos de son chemisier alors qu'elle s'élançait dans la nuit de mai, courait dans les premières senteurs de chèvrefeuille, enjambait les bégaiements rose-rouge du néon sur le gravier d'un parking d'après-guerre, fourrant la petite culotte non dans la poche de sa robe mais dans le joyeux fatras de produits de beauté d'un sac à main d'adolescente, qu'elle courait, que la lumière tressautait, puisqu'elle avait vingt-trois ans et que ce n'était plus une culotte qu'elle mettait dans son sac mais un foulard en rayonne, et qu'elle l'y glissait négligemment en passant devant un rayon dans la Boutique Inventive de Macy's, un foulard qui à ce jour coûtait 1,99 $.

De la camelote.

De la camelote comme la culotte en voile de nylon.

De la camelote.

Comme elle.

Le corps qu'elle habitait était celui d'une femme qui avait hérité des millions mais ce fait, n'étant pas connu, n'avait aucune importance – le foulard était blanc avec un liseré bleu, et le petit craquement de plaisir acide fut le même alors qu'à l'arrière du taxi, oublieuse du chauffeur, elle prenait le foulard d'une main et le regardait fixement tandis que l'autre main remontait sous la robe de tweed, se glissait sous le bord de la culotte blanche et qu'un long doigt sombre s'attaquait à la tâche qui réclamait d'être accomplie d'une seule et impitoyable caresse.

De temps à autre, donc, elle se demandait distraitement où elle était quand elle n'était pas ici, mais la plupart du temps ses envies étaient trop soudaines, trop urgentes, pour autoriser plus ample méditation, et elle s'acquittait simplement de ce dont il fallait s'acquitter, faisait ce qui avait besoin d'être fait.

Roland aurait compris.

## 5

Même en 1959, Odetta aurait eu toute latitude de ne se déplacer qu'en limousine ; même si, à l'époque, son père était toujours de ce monde et qu'elle n'était pas aussi fabuleusement riche qu'elle allait le devenir à sa mort en 1962, elle avait depuis son vingt-cinquième anniversaire la libre disposition de l'argent placé pour elle, et pouvait faire à peu près ce qu'elle voulait. Mais elle n'appréciait guère l'expression « la gauche limousine » forgée un an ou deux auparavant par un journaliste conservateur et se sentait assez jeune pour refuser d'être vue sous cet angle, même si elle n'était pas autre chose. Pas assez jeune (ou assez bête), en revanche, pour s'imaginer que quelques paires de jeans délavés et les chemises kaki qu'elle portait d'habitude changeaient en quoi que ce fût son statut fondamental, ni pour prendre le bus ou le métro alors qu'elle aurait pu aller n'importe où en voiture (mais assez égocentrique pour ne pas remarquer le profond désarroi d'Andrew, sa souffrance ; il lui vouait une grande affection et prenait pour lui ce refus de ses services). Mais assez jeune pour croire encore qu'un tel geste pouvait vaincre (ou du moins renverser) la réalité.

Ce geste, elle allait le payer au soir du 19 août 1959, le payer d'une moitié de ses jambes… et d'une moitié de son cerveau.

## 6

Odetta s'était d'abord sentie sollicitée, puis tirée, puis franchement emportée par la houle qui devait naître et finalement se transformer en raz de marée. En 1957, quand elle s'y était vraiment jetée, ce qui allait passer à la postérité comme le Mouvement n'avait pas encore de nom. Elle en connaissait à peu près les origines, savait que le combat pour l'égalité remontait plus loin que l'Émancipation, presque au débarquement de la première cargaison de bois d'ébène sur le sol américain (en Géorgie, pour être précis, colonie fondée par les Anglais pour se débarrasser de leurs assassins et de leurs insolvables), mais tout lui semblait toujours avoir pris naissance dans un même cadre, sur les mêmes mots : « Je ne bougerai pas. »

Le cadre, un autobus à Montgomery dans l'Alabama ; les mots, prononcés par une femme de couleur du nom de Rosa Lee Park ; et l'endroit dont Rosa Lee Park ne voulait pas bouger était l'avant du véhicule, l'arrière étant bien sûr censé être réservé aux moricauds. Beaucoup plus tard,

Odetta chanterait avec tous les autres « On Ne Nous Fera Pas Bouger », et toujours elle penserait à Rosa Lee Park, jamais ne pourrait entonner cet hymne sans un sentiment de honte. C'était si simple de dire *nous ;* les bras soudés à ceux d'une foule entière, si simple, même quand on n'avait pas de jambes. Si simple de dire *nous*, si simple de l'être. Il n'y avait pas eu de *nous* dans ce bus qui devait puer le vieux cuir et des années d'imprégnation par la fumée des cigares et des cigarettes, avec ses pancartes incurvées couvertes de réclames du genre LUCKY STRIKE LSMFT, CHOISISSEZ VOTRE ÉGLISE MAIS ALLEZ-Y, POUR L'AMOUR DU CIEL, LE MATIN OVALTINE ET BONJOUR LA BONNE MINE, CHESTERFIELD, VINGT ET UN GRANDS TABACS POUR VINGT GRANDS MOMENTS DE DÉTENTE, pas de *nous* sous les regards incrédules du conducteur et des Blancs au milieu desquels Rosa Lee Park était assise, sous les regards non moins incrédules de ses frères et sœurs de couleur assis au fond.

Pas de *nous*.

Pas de milliers d'autres pour marcher tous ensemble.

Rien que Rosa Lee Park pour déclencher un raz de marée par ces quatre mots : « Je ne bougerai pas. »

Odetta pensait : *Si je pouvais faire quelque chose comme ça, si je pouvais avoir ce courage, je crois que je serais heureuse jusqu'à la fin de mes jours. Mais cette sorte de courage n'est pas de mon ressort.*

La lecture du fait divers n'avait d'abord suscité chez elle qu'un intérêt minime. C'était venu peu à peu. Difficile de préciser quand et comment son imagination avait été touchée puis embrasée par cet anodin frisson avant-coureur du séisme racial qui allait secouer le Sud.

Un an plus tard environ, un jeune homme qu'elle fréquentait avec une certaine constance l'avait emmenée dans un endroit de Greenwich Village où certains des jeunes folk-singers (blancs dans l'ensemble) qui s'y produisaient venaient d'ajouter quelques nouvelles et surprenantes chansons à leur répertoire – brusquement, en sus de toutes ces vieilles rengaines sur la façon dont John Henry avait pris son manteau et forgé ses pièces plus vite que le nouveau marteau-pilon à vapeur de l'usine (y perdant la vie ce faisant, ô mon Dieu, ô mon Dieu) et dont Bar'bry Allen avait cruellement éconduit son soupirant mort d'amour (et fini par en mourir de honte, ô mon Dieu, ô mon Dieu), voilà qu'ils se mettaient à raconter l'effet que ça faisait d'essayer de survivre en ville dans le trente-sixième dessous, rejeté, ignoré, l'effet que ça faisait de se voir refuser un boulot dans vos cordes parce qu'on n'avait pas la bonne couleur de peau, et l'effet que ça faisait d'être traîné en tôle et fouetté par M. Charlie pour la simple raison qu'on avait osé, ô mon Dieu, ô mon Dieu s'asseoir du côté RÉSERVÉ AUX BLANCS du comptoir à la cafétéria du supermarché de Montgomery, en Alabama.

Incroyable ou non, ce fut alors et seulement alors qu'elle commença à se poser des questions sur ses parents, et leurs parents, et sur les parents de leurs parents. Elle ne lirait jamais *Racines* – serait passée dans un autre monde et dans un autre temps bien avant qu'Alex Haley n'en ait écrit une ligne, voire n'en ait eu l'idée –, mais ce fut à cette époque incroyablement tardive dans son existence que, pour la première fois, se fit jour en elle l'idée que, quelques générations en arrière, ses ancêtres avaient été chargés de chaînes par les Blancs. À coup sûr, il s'agissait d'un fait qu'elle avait déjà croisé, mais comme une simple donnée historique sans chaleur, sans substance, une sorte d'équation, rien qui eût un rapport intime avec sa vie.

Odetta récapitula ce qu'elle savait et fut consternée d'en avoir si vite fait le tour. Elle savait que sa mère était née à Odetta, bourg de l'Arkansas dont elle avait hérité son prénom, que son père, dentiste dans une petite ville, avait inventé un nouveau type de couronnes dont le brevet avait dormi dix ans au fond d'un tiroir avant de faire soudain sa modeste fortune, qu'il avait, durant ces dix ans et dans les quatre qui avaient suivi la brusque augmentation de ses revenus, mis au point bon nombre d'autres inventions touchant à la dentisterie tant restauratrice qu'esthétique et que, peu de temps après avoir déménagé à New York avec son épouse et sa fille (laquelle était née quatre ans après le dépôt du brevet initial), il avait fondé une société, les Laboratoires

Dentaires Holmes, qui était aux dents ce que Squibb était aux antibiotiques.

Mais chaque fois qu'elle lui demanda quelle avait été sa vie tout au long de ces années d'avant la réussite – tant de celles qui avaient précédé la naissance de sa fille que de celles qui l'avaient suivie –, ce fut pour n'en rien tirer. Il lui racontait toutes sortes de choses en s'arrangeant pour ne rien lui dire. Il lui refusait l'accès à cette part de lui. Un soir, la mère d'Odetta, Alice – il l'appelait maman, parfois Allie pour peu qu'il eût un petit coup dans le nez –, avait lancé : « Dan, raconte-lui quand ces types t'ont tiré dessus alors que tu passais sur le pont couvert avec la Ford », et Odetta l'avait vu décocher à maman, qui avait quelque chose d'une hirondelle, un regard si sombre, si péremptoire, que maman s'était recroquevillée dans son fauteuil et n'avait plus rien dit.

À la suite de quoi, elle avait une ou deux fois profité de ce qu'elle était seule avec sa mère pour l'interroger et tenter d'en savoir plus... sans résultat. Y eût-elle pensé avant qu'elle en eût éventuellement pu tirer quelque chose, mais comme papa n'avait pas voulu parler, maman s'y était également refusée. Aux yeux de son père, comprit-elle, le passé – la famille, les chemins de terre rouge, les boutiques, les masures dont le sol en terre battue rimait avec l'absence de vitres aux fenêtres, de fenêtres déshonorées de ne saluer que d'un seul rideau, les enfants des voisins allant vêtus de blouses taillées dans des sacs de farine –, tout cela était, pour lui, enfoui comme de vilaines dents dévitalisées sous l'éblouissante et blanche perfection des couronnes. Il ne voulait pas en parler, ne le pouvait pas peut-être, s'était peut-être volontairement affligé d'une amnésie sélective. La prothèse dentaire était toute leur vie dans la Résidence Greymarl sur Central Park South. Le reste était entièrement caché sous l'inattaquable couronne en porcelaine. Un passé si bien protégé qu'il n'existait nulle brèche pour s'y glisser, franchir la barrière de cette denture impeccablement revêtue, et plonger dans la gorge de la révélation.

Detta savait des choses, mais Detta ne savait pas qu'Odetta existait, pas plus qu'Odetta ne soupçonnait l'existence de

Detta, et, là encore, les dents serrées opposaient un obstacle aussi lisse et inviolable que la porte d'un fortin.

Elle avait en elle un peu de la timidité de sa mère associée à l'impassible (encore que muette) ténacité de son père, et la seule fois où elle avait osé le poursuivre dans ses retranchements, lui suggérer que ce qu'il lui refusait était en fait une confiance qu'elle estimait mériter, la scène s'était déroulée un soir dans la bibliothèque paternelle. Il avait soigneusement regroupé les pages de son *Wall Street Journal* avant de le fermer, de le plier et de le poser à l'écart sur la table de bois blanc à côté du lampadaire. Ensuite, il avait ôté ses lunettes à monture d'acier qui avaient rejoint le journal. Puis il l'avait regardée – mince homme de race noire, d'une minceur presque aux limites du décharné, des cheveux gris et crépus qui, désormais, dégarnissaient de plus en plus les tempes, des tempes qui se creusaient tandis que l'on y voyait palpiter avec régularité les tendres ressorts de montre de ses veines – et il lui avait seulement dit : « Je ne parle jamais de cette période de ma vie, Odetta, pas plus que je n'y pense. Ce serait inutile. Le monde a changé, depuis. »

Roland aurait compris.

## 7

Quand Roland ouvrit la porte où étaient inscrits les mots : LA DAME D'OMBRES, il vit des choses qu'il ne comprit pas du tout... mais comprit qu'elles n'avaient aucune importance.

C'était le monde d'Eddie Dean, mais cela mis à part, ce n'était qu'un tohu-bohu de lumières, de gens et d'objets... plus d'objets qu'il n'en avait jamais vu dans sa vie. Des articles pour dames, à ce qu'il semblait, et apparemment à vendre. Certains sous vitrine, d'autres disposés, ou s'offrant en piles tentantes... rien n'ayant plus d'importance que le mouvement qui faisait couler ce monde par-delà les bords de l'ouverture devant laquelle Eddie et lui se tenaient. Car cette porte ouvrait sur les yeux de la Dame d'Ombres. Des yeux par lesquels il regardait ce monde comme il avait regardé l'intérieur de la diligence du ciel par les yeux d'Eddie tandis qu'il remontait le couloir central.

Eddie, par ailleurs, était sidéré. Dans sa main, le revolver tremblait, penchait un peu. Roland aurait pu en profiter pour le lui reprendre mais n'en fit rien, se contentant de rester là, debout, sans rien dire, tactique éprouvée au fil des années.

Voilà que maintenant la vue effectuait un de ces virages que le Pistolero trouvait si étourdissants – mais ce soudain balayage latéral de la scène eut sur Eddie un effet étrangement rassurant. Roland n'avait jamais été au cinéma. Eddie, lui, avait vu des milliers de films, et ce qu'il avait sous les yeux était l'un de ces travellings avant comme on en faisait dans *Halloween* ou dans *Shining*. Il connaissait même le nom du gadget dont on se servait pour faire ça : une Steadi-Cam.

— Et aussi dans *La Guerre des étoiles*, murmura-t-il. Sur l'Étoile de la Mort. Dans cette putain de crevasse, tu te rappelles ?

Roland le regarda et ne dit rien.

Des mains – des mains très brunes – s'inscrivirent dans ce que Roland voyait comme la découpe d'une porte et qu'Eddie, déjà, commençait à considérer comme une espèce d'écran magique… un écran de cinéma dans lequel on pouvait entrer, pour peu que certaines conditions fussent respectées, comme le type dans *La Rose pourpre du Caire* sortait de cet autre écran pour entrer dans le monde réel. Putain de film.

Eddie ne s'était pas rendu compte jusqu'alors à quel point c'était un putain de film.

Sauf qu'il n'avait pas encore été tourné de l'autre côté de cette porte par laquelle plongeaient maintenant ses regards. C'était New York, d'accord – les klaxons des taxis, si assourdis, si lointains fussent-ils, ne laissaient aucun doute – et c'était un grand magasin dans lequel, un jour ou un autre, il avait mis les pieds, mais c'était.. c'était…

— C'est plus vieux, dit-il entre ses dents.

— D'avant ton *quand ?* demanda le Pistolero.

Eddie le regarda et eut un rire bref.

— Ouais, tu peux décrire ça comme ça, si tu veux.

— Bonjour, Mlle Walker, fit une voix hésitante. (Dans un mouvement si brutal qu'Eddie même en fut vaguement étourdi, l'ouverture remonta et cadra une vendeuse qui, de toute évidence, connaissait la propriétaire des mains noires – la connaissait et soit ne l'aimait pas soit la craignait. Ou les deux.) Que puis-je pour vous ?

— Celui-ci. (La propriétaire des mains prit un foulard blanc à bordure bleu vif.) Pas la peine de faire un paquet, mon petit. Fourrez-le juste dans un sachet.

— Liquide ou ch…

— Liquide. N'est-ce pas toujours en liquide ?

— Si, Mlle Walker. Très bien.

— Votre approbation me va droit au cœur, mon chou.

Juste avant qu'elle ne se détournât, Eddie surprit une petite grimace sur les traits de la vendeuse. Réaction peut-être consécutive à la façon dont cette femme qu'elle considérait comme une « négresse arrogante » lui avait adressé la parole. Ce furent davantage ses fréquents séjours dans les salles obscures que toute autre forme plus classique de culture historique, ou bien encore son expérience de la vie courante, qui amenèrent le jeune homme à cette explication des choses. Parce que c'était un peu comme de voir un film tourné dans les années 1960, quelque chose du genre *Dans la chaleur de la nuit* avec Sidney Steiger et Rod Poitier. Mais l'hypothèse pouvait être encore plus simple : noire ou blanche, la Dame d'Ombres de Roland pouvait bien être une sacrée salope.

À vrai dire, cela n'avait aucune espèce d'importance. Rien de tout ça ne changeait quoi que ce soit. Il ne voyait qu'une chose, une seule chose, et qui réglait tout.

C'était New York ; il avait presque l'impression d'en sentir l'odeur.

Or, qui disait New York disait poudre.

Et il n'était pas loin d'en sentir également l'odeur flotter dans l'air.

Mais il y avait un hic.

Un seul et putain d'enculé d'énorme hic.

## 8

Roland posa sur Eddie un regard attentif et, bien qu'ayant eu six fois le temps de le tuer et ce à n'importe quel moment de son choix, s'en tint à sa décision de rester immobile et silencieux, de laisser au jeune homme le soin de tirer seul au clair la situation. Eddie était un tas de choses, et bon nombre de ces choses n'avaient rien de chouette (en tant qu'homme qui avait laissé en connaissance de cause un gosse faire une chute mortelle, le Pistolero mesurait la différence entre chouette et pas tout à fait bien), mais à coup sûr Eddie n'était pas idiot.

C'était un gamin futé.

Il finirait par voir ce qu'il en était.

Ce qu'il fit.

Eddie répondit au regard de Roland, sourit sans écarter les lèvres, fit maladroitement tourner le revolver sur son doigt, parodiant la coda virtuose d'un tireur de foire, puis le tendit au Pistolero en le tenant par le canon.

— Pour ce que ça m'aurait servi, j'aurais aussi bien pu avoir un paquet de merde dans la main, non ?

*Tu es capable de sortir des choses intelligentes quand tu veux, Eddie*, songea le Pistolero. *Pourquoi choisis-tu si souvent de dire n'importe quoi ? Est-ce parce que tu crois que c'est ainsi qu'on parlait là où ton frère est allé avec ses armes ?*

— Non ? répéta Eddie.

Roland acquiesça d'un signe.

— Si je t'avais collé un pruneau, qu'est-ce qui serait arrivé à la porte ?

— Je n'en sais rien. Je suppose que la seule manière de l'apprendre serait d'essayer.

— Tu n'as vraiment pas une petite idée de ce qui se passerait ?

— Elle disparaîtrait, je pense.

Eddie hocha la tête. Il partageait cet avis. Hop ! Comme par enchantement ! Attention, messieurs et mesdames, c'est là, vous pouvez le constater… eh bien non, regardez, ça n'est plus là ! Fondamentalement, il n'y aurait pas eu grande différence avec un projectionniste sortant un six-coups pour farcir de balles son projecteur.

Si on tirait dans un projecteur, le film s'arrêtait.

Eddie n'y tenait pas.

Il voulait en avoir pour son argent.

— Tu as donc la possibilité de franchir seul cette porte, dit-il en détachant ses mots.

— Oui.

— Enfin, pour ainsi dire.

— Oui.

— De te pointer dans sa tête comme tu t'es pointé dans la mienne.

— Oui.

— Je résume : tu peux faire du stop dans mon monde, mais c'est tout.

Cette fois, Roland s'abstint de répondre. *Faire du stop* était l'une de ces expressions qu'employait parfois Eddie et dont le sens exact lui échappait... bien qu'il vît à peu près ce qu'elle voulait dire.

— Toutefois, tu pourrais être en mesure d'y aller physiquement. Comme tu as fait chez Balazar. (Il parlait tout haut, mais se parlait en fait à lui-même.) Sauf que, pour ça, tu aurais besoin de moi.

— Oui.

— Alors emmène-moi.

Le Pistolero ouvrit la bouche pour répondre mais déjà Eddie poursuivait :

— Non, pas tout de suite. L'idée ne m'a même pas effleuré de le faire maintenant. Je sais très bien qu'il en résulterait une émeute ou je ne sais quelle merde si on... si on déboulait comme ça de nulle part. (Il éclata d'un rire bref passablement hystérique.) Comme des lapins qu'un illusionniste ferait sortir de son chapeau... et sans chapeau par-dessus le marché. Ouais, c'est sûr que maintenant c'est impossible, et je le comprends. Mais il suffirait d'attendre qu'elle soit seule et...

— Non.

— Mais je reviendrai, s'écria Eddie. Je te le jure, Roland ! Je sais que tu as un boulot à faire, et je suis conscient d'avoir un rôle à jouer. Je sais que tu m'as sauvé la mise pour le passage de la douane, mais j'estime avoir sauvé la tienne chez Balazar… cela dit, je ne sais pas ce que tu en penses.

— J'en pense que tu m'as effectivement sauvé la mise.

Roland revit le jeune homme sortir au mépris de sa propre vie de derrière le bureau ; un instant, il fut assailli par le doute.

Mais rien qu'un instant.

— Alors ? enchaîna Eddie. Un prêté pour un rendu ? Chacun son tour ? Je ne suis pas gourmand. Tout ce que je veux, c'est retourner là-bas quelques heures. Mettre la main sur du poulet à emporter, peut-être sur un paquet de Dunkin Donuts. (Il se tourna vers la porte où le décor s'était remis en mouvement.) Alors, qu'est-ce que tu décides ?

— C'est toujours non, répondit le Pistolero, bien que, depuis quelques secondes, le jeune homme fût presque entièrement sorti de ses pensées.

Cette manière de remonter l'allée… la Dame d'Ombres, qui qu'elle fût, ne se déplaçait pas comme tout un chacun – pas comme Eddie, par exemple, s'était déplacé quand il avait occupé son esprit et partagé ses yeux, ni… (à présent qu'il s'attardait à y réfléchir, ce qu'il n'avait jamais fait auparavant, de même qu'il ne s'était jamais attardé à remarquer la constante présence de son nez sur la frontière inférieure de son champ de vision)… comme lui-même se déplaçait. Quand on marchait, le corps s'animait d'un léger mouvement de bascule – pied gauche, pied droit, pied gauche, pied droit – qui imprimait une oscillation similaire à votre regard sur le monde alentour. Mais sur un mode si subtil qu'au bout d'un moment – presque aussitôt après s'être mis en route, supposait-il – on cessait purement et simplement d'y être sensible. Or il n'y avait rien de pendulaire dans la progression de la Dame : elle ne faisait que remonter l'allée d'un mouvement uniforme, comme guidée par des rails. Il se trouvait qu'Eddie avait eu la même perception… à ceci près qu'elle lui avait évoqué un travelling. Elle l'avait rassuré parce qu'il l'avait trouvée familière.

Pour Roland, c'était une sensation radicalement étrangère... mais, la voix suraiguë, Eddie l'interrompit dans ses pensées.

— Pourquoi pas, merde ? Pourquoi pas ?

— Parce que c'est pas du poulet que tu veux, je le sais. Je connais même jusqu'aux mots que tu emploies pour en parler, Eddie. Tu veux te « faire un fix ». Tu veux te « recharger ».

— Et alors ? hurla Eddie. Même si c'est pour ça, qu'est-ce que ça change ? J'ai dit que je reviendrai ici avec toi ! Tu as ma parole ! Je ne dis pas ça en l'air : tu as ma putain de parole ! Qu'est-ce qu'il te faut de plus ? Tu veux que je te le jure sur ma mère ? OK. Je te le jure sur ma mère ! Tu veux que je te le jure sur mon frère Henry ? Parfait, je te le jure ! Je te le jure ! Je te le JURE !

Enrico Balazar aurait pu le lui dire, mais Roland n'avait pas à apprendre des pareils de Balazar un tel truisme de l'existence : Ne jamais faire confiance à un junkie.

D'un signe de tête, il montra la porte.

— Jusqu'à la Tour au moins, cette part de ta vie est close. Après, je m'en fiche. Après, tu seras libre d'aller au diable, et comme bon te semblera. Mais jusque-là, j'ai besoin de toi.

— Ah, tu es un putain de salaud de menteur, fit Eddie avec douceur, sans émotion perceptible dans sa voix, mais le Pistolero vit dans ses yeux le scintillement des larmes. Tu sais très bien qu'il n'y aura pas d'après, ni pour moi, ni pour elle, ni pour Dieu sait qui sera ce troisième type. Et probablement pas pour toi non plus... tu as la même putain de touche de crevard qu'Henry sur la fin. Si tu ne lâches pas la rampe sur le chemin de ta Tour, tu peux être sûr de le faire une fois que nous y serons. Alors pourquoi me mens-tu ?

Une forme assourdie de honte s'installa en Roland qui cependant ne fit que répéter :

— Pour le moment du moins, cette part de ta vie est close.

— Voyez-vous ça ? Eh bien, j'ai quelque chose à t'apprendre, Roland. Je sais ce qui va arriver à ton vrai corps une fois que tu auras franchi cette porte et que tu occuperas celui de la Dame. Je le sais parce que c'est tout vu d'avance. Je n'ai même pas besoin de tes armes. Je te tiens par la fameuse barbichette, mon ami. Tu pourras même tourner la tête de cette femme comme tu as tourné la mienne et regarder ce que je fais de ton enveloppe mortelle pendant que tu n'es plus que ton putain de *ka*. J'aimerais pouvoir attendre la tombée de la nuit et te traîner au bord de l'eau. Comme ça tu pourrais vérifier que les homards te trouvent à leur goût. Mais j'ai bien peur que ce ne soit pas possible. Tu vas être beaucoup trop pressé de rentrer.

Eddie marqua une pause. Le raclement du ressac et l'appel de conque soutenu du vent parurent soudain se hisser au niveau du vacarme.

— Je pense donc me borner à te trancher la gorge avec ton propre couteau.

— Et fermer cette porte à jamais.

— Je ne fais que te prendre au mot. Cette part de ma vie est close, dis-tu. Je ne pense pas que tu veuilles seulement dire l'héro. Tu parles de New York, de l'Amérique, de mon époque, de tout. Alors si c'est comme ça, il n'est pas question que je joue un rôle dans le restant de la pièce. Le décor et les acteurs craignent un max. Il y a des moments, Roland, où comparé à toi, Jimmy Swaggart aurait presque l'air sain d'esprit.

— D'extraordinaires merveilles nous attendent, dit Roland. De grandioses aventures. Et plus encore, c'est une quête à poursuivre, une occasion qui t'est donnée de racheter ton honneur. Autre chose aussi. Tu pourrais être pistolero. Rien n'exige après tout que je sois le dernier. Tu en as l'étoffe, Eddie. C'est en toi. Je le vois. Je le sens.

Eddie éclata de rire en dépit des larmes qui continuaient de rouler sur ses joues.

— Génial ! Absolument génial ! Exactement ce dont j'ai besoin ! Tu sais, Henry, mon frère ? Il a été pistolero. Dans un coin qui s'appelle le Viêt-nam. Ça a été super pour lui. Il aurait fallu que tu le voies quand il piquait du nez pour de bon. Il ne pouvait plus trouver le chemin des chiottes sans qu'on l'aide. S'il n'y avait personne pour l'y emmener, il restait là collé devant la télé et il se chiait dessous. Ah, c'est vraiment le super pied d'être pistolero. Je le vois bien. Mon frère en est sorti camé jusqu'à la moelle et toi tu es complètement jeté.

— Peut-être ton frère n'avait-il pas une vision très nette de l'honneur.

— Peut-être pas, effectivement. On ne s'est jamais très bien représenté ce que c'était dans les cités. Juste un mot que tu mets derrière Votre si tu te fais piquer à fumer un pétard ou à dépouiller un mec et qu'on te traîne en justice pour ça. (Eddie se mit à rire alors que, pourtant, les larmes redoublaient et inondaient ses joues.) Passons à tes amis. Ce type dont tu n'arrêtes pas de parler en dormant, par exemple, ce Cuthbert…

Malgré lui, le Pistolero sursauta. Toutes ses longues années d'entraînement avaient été impuissantes à réprimer ce sursaut.

— Est-ce qu'*eux* aussi ont avalé toutes ces salades que tu débites sur le ton d'un putain de sergent recruteur des Marines ? Ces histoires d'aventure, de quête, d'honneur ?

— Ils avaient une notion claire de ce qu'est l'honneur, oui, répondit lentement Roland, pensant aux disparus.

— S'en sont-ils mieux sortis que mon frère d'avoir porté les armes ?

Le Pistolero garda le silence.

— Je sais ce que tu es, poursuivit Eddie. Des types comme toi, j'en ai croisé des tas. T'es rien qu'un cinglé de plus à chanter : *Soldats du Christ* avec un drapeau dans une main et un pistolet dans l'autre. J'en ai rien à cirer de l'honneur. Tout ce que je veux, c'est du poulet et un fix. D'abord du poulet, et ensuite un fix. Donc, je t'avertis : tu es libre de franchir cette porte, mais à l'instant même où tu seras parti, je zigouille ce qui reste ici de toi.

Le Pistolero continua de ne rien dire.

Eddie eut un petit sourire de travers et, d'un revers de main, essuya les larmes sur ses joues.

— Tu veux que je te dise comment on appelle ça chez nous ?

— Comment ?

— Un match nul.

Un moment, ils ne firent que se regarder l'un l'autre, puis les yeux de Roland se rivèrent sur l'ouverture. Tous deux avaient eu partiellement conscience – Roland un peu plus qu'Eddie – qu'il s'était produit un autre de ces brusques virages, sur la gauche cette fois. Il y avait là un étincellement de joyaux, quelques-uns sous vitrine, la plupart non protégés, ce qui fit supposer au Pistolero qu'il s'agissait d'imitations, de ce qu'Eddie aurait appelé du bijou fantaisie. Les mains noires examinèrent quelques pièces – comme ça, en passant, sembla-t-il – et, sur ces entrefaites, une autre vendeuse apparut. Suivit une conversation à laquelle ni lui ni Eddie ne prêtèrent vraiment attention, puis la Dame demanda à voir quelque chose. La vendeuse s'éloigna, et ce fut alors que les yeux de Roland retournèrent se fixer sur la scène.

Les mains réapparurent. Elles tenaient un sac. Il s'ouvrit. Et les mains soudain s'activèrent à y enfourner des choses, au hasard, apparemment… non, c'était presque certain.

— Bon, dit Eddie avec une ironie amère. Je vois que tu ramasses un bel équipage. Tu as commencé par un échantillon de junkie blanc, et voilà que tu récoltes une de ces voleuses à l'étalage noi…

Mais Roland marchait déjà vers la porte entre les mondes, sans perdre un instant, ne se souciant plus d'Eddie.

— Je n'ai pas dit ça en l'air ! cria Eddie. Tu franchis cette porte et je te tranche la gorge. Je te tranche ta putain d'…

Il ne put achever : le Pistolero était parti. N'en restait sur la plage qu'un corps flasque animé par la seule respiration.

Un moment, Eddie resta là sans réaction, incapable de croire que Roland avait fait ça, qu'il était réellement parti, en dépit de l'avertissement donné – de la putain de promesse qu'il lui avait faite, et sincère au possible – quant aux conséquences d'un tel acte.

Parfait. Parfait, donc.

Il n'avait pas l'éternité devant lui pour la mettre à exécution, cette promesse. Tout au plus le Pistolero risquait-il de lui laisser quelques instants, et il en avait clairement conscience.

Il jeta un coup d'œil par la porte et vit les mains noires se figer avec un collier doré suspendu au-dessus d'un sac dont l'intérieur scintillait déjà comme les profondeurs d'une grotte où un pirate aurait caché son trésor. Bien qu'il ne pût l'entendre, il devina Roland parlant à la propriétaire des mains.

Il sortit le couteau de la bourse du Pistolero et retourna le corps inerte qui gisait au pied de la porte. Les yeux étaient ouverts mais vides, révulsés, ne montrant que leur blanc.

— Regarde bien, Roland ! hurla-t-il. (Ce vent monotone, incessant, imbécile – qui aurait poussé n'importe qui dans les retranchements de la folie – lui sifflait dans les oreilles.) N'en perds pas une miette ! Je vais compléter ta putain d'éducation ! Je vais te montrer ce qui arrive quand on se fout de la gueule des frères Dean !

Il amena le tranchant de la lame au contact de la gorge du Pistolero.

# Chapitre 2

# ET ELLES DEVINRENT DEUX

## 1

Août 1959 :

Quand George ressortit au bout d'une demi-heure, il trouva Julio adossé au capot de l'ambulance toujours garée dans l'accès aux urgences de la Clinique des Sœurs de la Charité sur la 23e Rue. L'infirmier avait le talon d'une de ses santiags calé sur le pare-chocs avant et il s'était changé. Il portait à présent un pantalon de satin rose et une chemise bleue sur la poche gauche de laquelle était brodé son nom en lettres d'or : c'était sa tenue de bowling. George consulta sa montre et constata que l'équipe de Julio – les Hispanos Sensass – devait déjà être en piste.

— Je pensais que vous seriez parti, dit George Shavers. (Il était interne à la Clinique des Sœurs de la Charité.) Comment vos gars vont-ils se débrouiller pour gagner sans le Bourreau des Quilles ?

— Ils ont pris Miguel Basale pour me remplacer. Il a des hauts et des bas mais, dans les hauts, il est capable de faire un malheur. On devrait gagner quand même. (Julio marqua une pause.) J'étais curieux de savoir comment ça allait finir.

C'était lui le chauffeur de l'ambulance, un Cubain, doté d'un sens de l'humour dont George n'était même pas sûr qu'il fût conscient.

George jeta un regard autour d'eux. Aucun des infirmiers de leur unité mobile n'était en vue.

— Où sont-ils ?

— Qui ça ? Les frangins Bobbsey ? Où voulez-vous qu'ils soient, ces putains de jumeaux ? Au Village, en train de courir la gueuse. Vous croyez qu'elle va s'en tirer ?

— Pas idée.

Il avait essayé de prendre une voix sereine face à l'inconnu. Mais après que l'interne de service d'abord puis deux chirurgiens lui avaient arraché la jeune Noire en moins de temps qu'il n'en fallait pour dire *Je vous salue Marie pleine de grâce* (prière qu'il avait d'ailleurs eue sur le bout de la langue, la fille ne lui ayant pas vraiment donné l'impression d'en avoir pour très longtemps), ce genre de tentative semblait compromise.

— C'est qu'elle a perdu un paquet de sang.

— Ça, je veux bien le croire.

George était l'un des seize internes de la clinique et l'un des huit affectés au nouveau système d'unité mobile. On était parti du postulat qu'un interne faisant équipe avec une paire d'infirmiers pouvait de temps à autre, en situation d'urgence, faire toute la différence entre la mort et la vie. George savait que la plupart des chauffeurs et infirmiers jugeaient ces internes nés de la dernière pluie tout aussi capables de tuer leur chargement de viande saignante que de le sauver. Mais il n'estimait pas moins le nouveau système susceptible de donner des résultats.

De temps à autre, en tout cas.

Qu'il en donnât ou pas, c'était de toute façon excellent pour l'image de marque de la clinique et, même si les internes concernés râlaient de voir leur semaine grevée de huit heures supplémentaires (et non payées), George Shavers les supposait pour la plupart sensibles comme lui à la fierté qu'ils en tiraient, au sentiment d'être des durs à cuire, capables d'encaisser ce que le destin leur collait sur le paletot.

Puis était venu le soir où ce Tri-Star de la TWA s'était écrasé à Idlewild. Soixante-cinq passagers à bord, dont soixante que Julio Estevez classait dans la rubrique MSP – Morts Sur Place – et trois des cinq survivants à peu près dans l'état de ce qu'on récolte au fond d'une chaudière à charbon quand on la nettoie... sauf que les résidus de combustion n'ont pas pour habitude de gémir et de hurler, de réclamer de la morphine ou qu'on les achève, s'pas ? *Si tu peux encaisser ça*, s'était-il dit juste après, se remémorant les membres sectionnés gisant au milieu des débris, fragments de volets d'aluminium, sièges éventrés, un morceau de la queue avec encore le chiffre 17, un grand T rouge, la moitié du W et rien d'autre, se remémorant l'œil échappé de son orbite qu'il avait vu posé sur une valise carbonisée, se remémorant l'ours en peluche et le regard fixe de ses yeux en boutons de bottine à côté de la petite basket rouge avec le pied du gosse encore à l'intérieur, *si tu peux encaisser ça, tu peux encaisser n'importe quoi*. Et il l'avait encaissé à merveille. Avait continué de l'encaisser tout au long du chemin en rentrant chez lui. Et jusqu'au bout de son souper tardif, un plateau télé de dindonneau Swanson. Ensuite, il s'était endormi sans problème, preuve que sans l'ombre d'un doute il l'encaissait à merveille. Puis, dans les ténèbres mortelles du petit matin, il s'était réveillé d'un horrible cauchemar où, entre la valise carbonisée avec son œil et la petite basket rouge encore pourvue de son contenu, ce n'était pas un ours en peluche qu'il voyait mais la tête de sa mère, et les yeux de cette tête s'étaient ouverts, et ils étaient carbonisés, avec le même regard fixe et sans expression des yeux en boutons de bottine de l'ours en peluche, et la bouche de sa mère s'était ouverte, révélant les chicots éclatés de ce qui avait été sa denture avant que l'éclair ne frappât le Tri-Star de la TWA, lors de son approche finale. Et elle avait murmuré : « Tu ne m'as pas sauvée, George ; on s'est sacrifiés pour toi, on s'est privés, on s'est saignés aux quatre veines, ton père a réparé ce merdier dans lequel tu t'étais foutu avec cette fille, et tu n'as quand même pas été fichu de me sauver, que le diable t'emporte », et il s'était réveillé dans un hurlement, vaguement conscient que quelqu'un tambourinait sur le mur, mais déjà il s'était précipité dans la salle de bains pour réussir à s'agenouiller devant l'autel de porcelaine dans la posture du pénitent une fraction de seconde avant que son souper tardif ne remontât par l'ascenseur express. Il fit l'objet d'une livraison spéciale, tout chaud et tout fumant, sentant encore le dindonneau traité. Agenouillé là, il avait fixé le fond de la cuvette, les morceaux de volaille à moitié digérés, les carottes qui n'avaient rien perdu de leur éclat fluorescent d'origine, et ce mot lui avait flamboyé en travers de l'esprit en grosses lettres rouges :

TROP

Exact.
C'était :

TROP

Il allait renoncer à la carrière de charcuteur. Il allait renoncer parce que

TROP C'ÉTAIT TROP

Il allait renoncer parce que Popeye avait pour devise : *C'est tout ce que je peux supporter et je n'en supporterai pas plus*, et que Popeye avait foutrement raison.

Il avait tiré la chasse puis s'était recouché, avait presque instantanément sombré dans le sommeil et ne s'était réveillé que pour constater qu'il voulait toujours être médecin, et que c'était une sacrée bonne chose de le savoir pour de bon, qui justifiait peut-être tout le reste, qu'on lui donnât le nom d'Unité Mobile d'Urgence ou de Sang à la Une ou de Reconnaissez-moi C't Air.

Il voulait toujours être médecin.

Il connaissait une dame habile aux travaux d'aiguille. Il la paya dix dollars – qu'il ne pouvait se permettre pourtant de dépenser – pour qu'elle lui brodât un petit canevas désuet où était écrit :

SI TU PEUX ENCAISSER ÇA, TU PEUX ENCAISSER N'IMPORTE QUOI.

Oui. Exact.

Le sale boulot dans le métro survint quatre semaines plus tard.

# 2

— Cette fille, elle était sacrément bizarre, hein ? fit Julio.

George poussa un soupir intérieur de soulagement. Julio n'aurait-il pas abordé le sujet que lui-même se serait déballonné pour le faire. Il était interne et, un de ces jours, allait être docteur en titre – il en avait la certitude à présent –, mais Julio était un ancien, et on ne disait pas n'importe quoi devant un ancien. Il se serait mis à rire et aurait lâché : *Merde, c'est la millième fois que je vois ça, gamin. Va me chercher une serpillière pour éponger les flaques de c'te pluie avec laquelle t'es venu. Y en a encore partout.*

Mais il semblait que Julio n'eût pas vu ça mille fois, ce qui n'était pas plus mal car George avait vraiment envie d'en parler.

— Ouais, sûr qu'elle était bizarre. On aurait dit qu'elle était deux personnes distinctes.

George avait la surprise de voir que c'était maintenant Julio qui semblait soulagé ; il en fut accablé de honte. Julio Estavez, qui jusqu'à la fin de ses jours ne serait jamais autre chose qu'un type au volant d'une limousine avec une paire de gyrophares rouges sur le toit, venait de montrer plus de courage que lui-même n'avait été fichu d'en rassembler.

— Bravo, doc, vous avez tapé dans le mille.

Julio sortit un paquet de Chesterfield et s'en colla une au coin des lèvres.

— Ces saletés vont vous tuer, l'ami, dit George.

Le Cubain hocha la tête et lui tendit le paquet.

Un moment, ils fumèrent en silence. Les deux infirmiers étaient peut-être descendus draguer au Village, comme avait dit Julio... mais il se pouvait qu'ils aient simplement estimé à leur tour que trop c'était trop. George avait eu la trouille, d'accord, pas question d'en douter. Mais il savait aussi que c'était lui qui avait sauvé la fille, pas les infirmiers, et savait que Julio en avait pris conscience, que c'était peut-être la vraie raison pour laquelle il l'avait attendu. La vieille Noire avait certes donné un coup de main, ainsi que ce jeune

Blanc qui avait téléphoné aux flics alors que tout le monde (hormis la vieille) restait planté là à regarder comme si c'était un putain de film, ou un feuilleton télé, quelque chose du genre – un épisode de *Peter Gunn*, pourquoi pas ? –, mais au bout du compte, tout avait reposé sur lui, sur un petit toubib paniqué faisant son boulot le mieux possible.

La fille attendait ce moyen de transport urbain que Duke Ellington tenait en si haute estime : le fabuleux métro de la Ligne A. Juste une jolie petite Noire en jean et chemise kaki en train d'attendre le fabuleux métro de la Ligne A pour remonter quelque part dans les beaux quartiers.

Et quelqu'un l'avait poussée.

George Shavers ignorait si la police avait pincé l'ordure qui avait fait ça – il l'ignorait et s'en fichait. Son boulot, c'était cette fille qui était tombée sur les rails, juste devant le fabuleux métro de la Ligne A, et avait eu de la veine d'éviter le troisième, ce fabuleux troisième rail qui lui aurait fait ce qu'à Sing-Sing l'État de New York fait aux sales types qui ont décroché un voyage à l'œil dans ce fabuleux métro qu'ils appellent le Cracheur d'Étincelles.

Oh, les miracles de l'électricité.

Elle avait bien essayé de se sauver à quatre pattes, mais le temps manquait et la fabuleuse rame débouchait déjà du tunnel dans le crissement des freins, dans des gerbes d'étincelles, parce que le machiniste l'avait vue mais qu'il était trop tard, trop tard pour lui et trop tard pour elle. Les roues d'acier de ce fabuleux métro de la Ligne A l'avaient rattrapée, lui sectionnant les jambes juste au-dessus du genou. Et alors que tout le monde (sauf le jeune Blanc qui s'était rué sur le téléphone alerter les flics) restait là à s'astiquer le manche (ou le bouton, supposait George), la vieille Noire avait sauté dans la fosse – récoltant ainsi une hanche démise et la Médaille du Courage que lui remettrait plus tard le Maire – et s'était arraché son foulard de la tête pour improviser un garrot autour d'une des cuisses pissant le sang de la fille. Le jeune Blanc braillait à l'autre bout du quai, réclamant une ambulance, et la mémé de couleur braillait au fond de son trou, réclamant de l'aide… une cravate…

quelque chose… n'importe quoi, pour l'amour du ciel… et il avait fini par y avoir un vieux monsieur blanc, genre homme d'affaires, pour à contrecœur se délester de sa ceinture, et la vieille avait levé les yeux vers lui pour prononcer les mots qui allaient faire la une du *Daily News* du lendemain, qui allaient faire d'elle une héroïne cent pour cent américaine : « Merci, mon frè'e. » Puis elle avait bouclé la ceinture autour de la cuisse gauche de la jeune femme à mi-chemin entre la fourche du jean et l'endroit où elle avait eu un genou avant l'arrivée du fabuleux métro de la Ligne A.

George avait entendu quelqu'un dire à un autre que les derniers mots de la jeune Noire avant de tourner de l'œil avaient été : « Qui c'était c't enculé d'cul blanc ! Il peut êt' sûr que j'vais l't'ouver pou' lui fai' la peau ! »

Il n'y avait pas de trou assez haut sur la ceinture pour que la vieille Noire y pût coincer l'ardillon, aussi continua-t-elle de tirer dessus jusqu'à l'arrivée de Julio, de George et des deux infirmiers.

George se souvenait de la ligne jaune, de sa mère lui répétant qu'il ne devait jamais, sous aucun prétexte, franchir cette ligne jaune quand il attendait le métro (fabuleux ou non), se souvenait de l'odeur de graisse et d'électricité qui s'était refermée sur lui quand, après avoir franchi la ligne jaune, il avait sauté à bas du quai, se souvenait de s'être retrouvé dans une étuve. Une chaleur atroce, qui semblait émaner de lui, de la vieille Noire, de la jeune, de la rame, du tunnel, du ciel invisible au-dessus de leur tête, et de l'enfer en dessous. Il se rappelait avoir pensé : *Si on me colle un brassard pour mesurer ma tension, je suis sûr de faire sauter le cadran*, et il s'était calmé, avait gueulé qu'on lui passe sa trousse, et quand l'un des infirmiers la lui avait apportée au bord du quai, prêt à bondir le rejoindre dans la fosse, il lui avait dit de se tirer, et l'infirmier avait eu l'air surpris comme s'il voyait George Shavers pour la première fois, et il s'était tiré.

George avait ligaturé autant d'artères et de veines que possible, et quand le cœur de la fille avait entamé un be-bop endiablé, il lui avait fait une piqûre de digitaline. Du sang était arrivé avec les flics. « On la remonte, doc ? », avait demandé l'un d'eux. George avait répondu : « Pas encore », et, comme si c'était une junkie en manque ayant avant tout besoin de son fix, il avait enfoncé l'aiguille dans le bras de la fille et le flacon avait commencé à se vider.

Alors, il les avait laissés la remonter.

Alors, ils l'avaient emmenée.

En chemin, elle s'était réveillée.

Alors, c'était devenu vraiment bizarre.

## 3

George lui fit une injection de Demerol quand les infirmiers la chargèrent dans l'ambulance – elle avait commencé à s'agiter et à pousser des petits cris. Il lui en colla une dose suffisante pour s'assurer qu'elle se tiendrait tranquille jusqu'aux Sœurs de la Charité. Il avait déjà quatre-vingt-dix pour cent de certitude qu'elle serait encore avec eux quand ils y parviendraient, et c'était un point pour le camp des braves types.

N'empêche qu'elle battit des paupières alors qu'ils étaient encore à six rues de la clinique. Un gémissement rauque monta de ses lèvres.

— On n'a qu'à lui refaire une piqûre, doc, suggéra l'un des infirmiers.

À peine si George remarqua que, pour la première fois, un infirmier avait daigné l'appeler autrement que George, ou pire, Georgie.

— Ça va pas la tête ? Pas question que je confonde overdose et mort à l'arrivée à moins que pour vous ce soit du pareil au même.

L'infirmier fit marche arrière.

George ramena son regard sur la jeune Noire et constata que les yeux qui le lui rendaient étaient parfaitement réveillés et conscients.

— Que m'est-il arrivé ? demanda-t-elle.

George revit le type qui avait dit à un autre type que la fille avait soi-disant demandé qui c'était cet enculé, braillé qu'elle allait le retrouver, qu'il pouvait en être sûr, et qu'elle lui ferait la peau. Ce type était un Blanc. George concluait maintenant qu'il s'était agi d'une pure invention, inspirée soit par l'étrange penchant humain à rendre encore plus dramatiques des situations qui l'étaient déjà, soit au simple préjugé raciste. Cette jeune femme était à l'évidence intelligente et cultivée.

— Un accident, dit-il. Vous êtes...

Elle ferma les yeux et il crut qu'elle allait se rendormir. Bien. Qu'un autre aille lui dire qu'elle avait perdu ses deux jambes. Un autre qui se faisait plus de 630 $ par mois. Il s'était légèrement décalé sur la gauche pour jeter un nouveau coup d'œil sur la tension de la fille quand elle rouvrit les yeux. Il eut aussitôt l'impression d'avoir affaire à une autre femme.

— Putain de me'de, on m'a coupé les guibolles, j'les sens plus. Où que j'suis ? Dans l'ambulance ?

— Euh... oui.

Il avait soudain besoin de boire. Pas forcément de l'alcool. Juste de quoi s'humecter le gosier. C'était comme Spencer Tracy dans *Dr Jekyll et M. Hyde*, sauf que ça ne se passait plus au cinéma.

— Ils l'ont coincé, l''culé d'cul blanc ?

— Non, dit George, et il pensa : *Le type avait raison, merde. Il a vraiment entendu ça.*

Il était vaguement conscient de ce que les infirmiers, après s'être penchés vers eux (peut-être dans l'attente de le voir faire une boulette) se détournaient pour regarder droit devant.

— Ext'a. Autant qu'la poulaille cul blanc l'laisse cou'ir. Comme ça j'vais pouvoi' l'coincer, moi. Et j'lui coupe'ai l'zob. L'enculé ! J'vas t'di'e, moi, c'que vas lui fai'e à c' salopa'd ! J'vas te l'di'e, moi, 'spèce de 'culé d'cul blanc ! J'vas te di'e une chose... 'sp... j'vas...

Nouveau battement de paupières, et George pensa : *Oui, c'est ça, rendors-toi, je t'en prie, rendors-toi. Je ne suis pas payé pour des trucs comme ça. Je n'y comprends rien. On nous a bien parlé du syndrome commotionnel mais personne n'a jamais cité la schizophrénie dans les...*

Les yeux se rouvrirent une fois de plus. C'était la première femme.

— Quelle sorte d'accident ? Je me revois sortant du Toi.

— Du toit ? demanda-t-il bêtement.

Elle sourit. Un petit sourire douloureux.

— Du Toi et Moi. C'est un café.

— Ah, oui, c'est vrai.

L'autre, blessée ou pas, n'avait suscité en lui aucune pitié, bien plus, l'avait fait se sentir minable, mesquin, vaguement nauséeux. Celle-ci le transformait en Chevalier de la Table Ronde, un chevalier qui venait d'arracher sa Dame aux griffes du dragon.

— Je me rappelle être descendue dans le métro, jusque sur le quai, et puis après...

— Quelqu'un vous a poussée.

Ça paraissait absurde, dit comme ça. Et alors ? Où était le problème puisque ça l'était ?

— M'a poussée juste au moment où le métro arrivait ?

— Oui.

— Ai-je perdu mes jambes ?

George essaya de déglutir mais en vain. Il ne semblait plus rien y avoir dans sa gorge pour graisser la machine.

— Pas complètement, dit-il, lamentable, et les yeux de la fille de nouveau se fermèrent.

*Pourvu que ce soit un évanouissement*, pensa-t-il. *Mon Dieu, faites que ce soit un évanouissement.*

Ils se rouvrirent, étincelants de rage. Des doigts fusèrent, tailladèrent le vide à moins de deux centimètres de son visage. Un peu plus près, et, pour l'heure, il serait toujours aux urgences à se faire poser des points de suture sur la joue au lieu de fumer des Chester avec Julio Estavez.

— Z'êtes rien qu'un tas d'culs blancs, tous autant qu'vous êt', des salauds d'culs blancs ! hurla-t-elle. (Des traits monstrueusement déformés. Des yeux où brûlaient les flammes de l'enfer. Un visage qui n'avait plus rien d'humain.) J'm'en vas fai'e la peau à chaque 'culé d'cul blanc que j'vois ! leur couper la queue, leur couper les couilles et les r' cracher dans leur sale gueule de 'culé d'cul blanc ! J'm'en vais…

C'était dingue. Elle parlait comme une Noire de dessin animé, Butterfly McQueen version Looney Tunes. Elle – ou ça – semblait dotée d'une énergie surhumaine. Créature qui se tordait, hurlait, dont on n'aurait jamais pensé qu'elle était passée une demi-heure plus tôt sur le billard improvisé de rails de métro pour y être amputée des deux jambes. Elle mordait. Lançait vers lui ses griffes, encore et encore. Des bulles de morve lui sortaient du nez. Sa bouche était frangée d'écume. D'infectes vomissures lui coulaient du coin des lèvres.

— Piquez-la, doc ! brailla un infirmier. (Il était tout pâle.) Pour l'amour du ciel, collez-lui sa dose !

L'infirmier tendit vers la réserve une main que George écarta brutalement.

— Fais pas chier, connard.

Son attention retourna sur sa patiente ; le regard posé, cultivé de l'autre l'y attendait.

— Vais-je survivre ? demanda-t-elle sur le ton d'une conversation à l'heure du thé.

*Elle n'est absolument pas consciente de ses absences*, pensa-t-il. *Pas le moins du monde*. Puis, au bout d'un moment : *L'autre non plus, d'ailleurs*.

— Je…

Il déglutit, même si c'était à sec, comprima la galopade de son cœur sous sa blouse, et s'ordonna de reprendre les choses en main. Il lui avait sauvé la vie. Ses problèmes psychologiques ne le concernaient pas.

— Ça va ? fit-elle, et le souci sincère qu'il perçut dans sa voix le fit sourire.

*Elle* lui demandait à *lui* si ça allait !

— Oui, mademoiselle.

— À quelle question répondez-vous ?

L'espace d'un instant, il resta sans comprendre, puis ça se déchira.

— Aux deux, dit-il.

Puis il lui prit la main, en sentit les doigts serrer les siens, plongea son regard dans ces yeux si lumineux, si sensibles, et songea : *Il n'y a ni heure ni lieu pour tomber amoureux*, et ce fut alors que la main qu'il tenait se fit serre et qu'il s'entendit traiter de 'culé d'cul blanc, qu'il l'entendit hurler qu'elle n'allait pas seulement lui couper les couilles mais qu'elle allait se les bouffer, ses couilles de 'culé d'cul blanc.

Il arracha sa main de la sienne, vérifiant qu'elle était intacte, ayant vaguement dans l'idée d'avoir à faire quelque chose s'il y voyait du sang, parce que cette fille était pleine de poison, cette fille était venimeuse, et être mordu par elle devait revenir au même qu'être mordu par une vipère ou par un serpent à sonnette. Non, pas de sang. Et quand il la regarda, c'était de nouveau l'autre... la première.

— Je vous en prie, dit-elle. Je ne veux pas mourir. Je...

Puis elle ferma les yeux pour de bon, et c'était mieux. Pour tout le monde.

## 4

— Alors, votre avis ?

— Sur qui va terminer au classement ? (George écrasa son mégot sous le talon de son mocassin.) White Sox. Je les ai cochés sur mon bulletin de pronostics.

— Votre avis sur cette fille ?

— Elle pourrait bien être schizophrène, dit lentement George.

— Ouais, ça j'ai vu. Je veux dire, qu'est-ce qui va lui arriver ?

— Je n'en sais rien.

— Elle a besoin d'aide. Qui est-ce qui va lui en donner ?

— Ma foi... je viens de faire quelque chose pour elle, dit George, avec toutefois l'impression d'être rouge tant il avait chaud aux joues.

Julio le regarda.

— Si vous ne pouvez rien faire de plus, doc, il aurait mieux valu la laisser crever.

George regarda Julio un moment puis constata que ce qu'il voyait dans ses yeux était réellement insoutenable... rien qui l'accusât mais une effroyable tristesse.

Alors il s'éloigna.

Il avait des choses à faire.

## 5

L'instant du Tirage :

Depuis l'accident, c'était dans l'ensemble Odetta Holmes qui était restée aux commandes, mais Detta Walker avait fait des irruptions de plus en plus fréquentes, et ce que Detta préférait, c'était voler. Que son butin fût toujours sans grande valeur n'avait pas la moindre importance, pas plus que n'en avait le devenir de ce butin qui, souvent, finissait un peu plus tard dans la boîte à ordures.

Seul importait le fait de prendre.

Quand le Pistolero entra dans son esprit chez Macy's, Detta hurla dans un mélange d'horreur, de terreur et de rage, ses mains se figeant sur les bijoux de pacotille qu'elle enfournait dans son sac.

Elle hurla parce que, à l'instant précis où Roland fit irruption et passa au premier plan, dans ce même instant elle sentit *l'autre* comme si une porte venait d'être ouverte à la volée dans sa tête.

Et elle hurla parce que cette présence qui l'envahissait, qui la violait, était celle d'un cul blanc.

Qu'elle ne voyait pas mais dont elle sentait la blancheur.

Les gens se retournèrent. Un surveillant vit cette femme en fauteuil roulant qui criait, vit le sac ouvert, vit la main figée dans l'acte d'y enfourner une poignée de bijoux fantaisie, dans ce sac qui – ça se voyait, même à dix mètres – valait bien trois fois ce que cette femme volait.

— Hé, Jimmy ! beugla-t-il, et Jimmy Halvorsen, un des flics maison, se retourna et vit ce qui se passait.

Il fonça sur la Noire au fauteuil roulant. Il ne put s'en empêcher – il avait fait huit ans dans la police municipale et courir était inscrit dans ses neurones –, mais il se disait déjà que ça allait être la merde. Les petits gosses, les handicapés, les nonnes, c'était toujours la merde. Les pincer avait l'efficacité des coups de pied sur un ivrogne. Ils pleuraient un petit peu devant le juge et s'en sortaient avec un non-lieu. Dur de convaincre un juge qu'être infirme n'excluait pas d'être une canaille.

Il courait quand même.

## 6

Roland fut momentanément horrifié de se retrouver dans un tel puits sifflant de haine et de refus… puis il entendit le cri de la femme, vit le type au ventre en sac de pommes de terre se ruer sur elle/lui, vit les gens partout qui regardaient, et prit les commandes.

Il fut soudain cette femme aux mains d'ombre. Il sentit en elle quelque étrange dualité mais n'avait pas le loisir de s'y attarder.

Il fit pivoter le fauteuil et pesa sur les roues. L'allée se remit à défiler. Les gens plongeaient de part et d'autre, dégageant le passage. Le sac tomba, répandant sur le sol un sillage de trésors volés et de papiers. L'homme à l'énorme panse dérapa sur les chaînes d'or à zéro carat et sur les tubes de rouge à lèvres, et tomba sur le cul.

## 7

*Merde !* jura mentalement Halvorsen, et, un instant, il eut la main sous son veston, là où se trouvait un .38 dans un étui à crampon. Puis il se reprit. Il ne s'agissait pas d'un coup de filet sur un beau réseau de trafic de drogue, ni d'un vol à main armée mais d'une moricaude en fauteuil roulant. Qu'elle en fît un bolide n'y changeait rien. Qu'est-ce qu'il allait faire ? Lui tirer dessus ? Génial ! Et pouvait-elle lui échapper, de toute manière ? Il n'y avait rien au bout de l'allée qu'une paire de cabines d'essayage.

Il se releva, massa son postérieur endolori et reprit sa poursuite, traînant toutefois la patte maintenant.

Le fauteuil roulant s'engouffra dans l'une des deux cabines. Sitôt libérée par les poignées arrière, la porte se referma.

*Je te tiens, salope*, pensa Jimmy. *Et je vais te flanquer une de ces trouilles. Je me fiche pas mal que tu aies cinq gosses sur les bras et rien qu'un an à vivre. Je ne te toucherai pas, ma cocotte, mais tu vas en chier sur ton putain d'engin.*

Il battit le surveillant au finish, enfonçant la porte de l'épaule gauche.

La cabine était vide.

Pas de moricaude.

Pas de fauteuil roulant.

Rien.

Il se tourna vers le surveillant, les yeux ronds.

— L'autre ! beugla celui-ci. Elle est dans l'autre !

Avant que Jimmy ait pu faire un geste, son collègue avait ouvert la porte de l'autre cabine. Une dame en jupette de nylon et Cœur Croisé poussa un cri strident et renforça de ses bras l'ingénieuse armature du soutif. Elle avait la peau très blanche et aussi, de toute évidence, ses deux jambes.

— Excusez-moi, fit le surveillant, rouge jusqu'aux oreilles.

— Sortez d'ici, satyre !

— Oui, madame.

Il referma la porte. Chez Macy's, le client avait toujours raison.

Il regarda Halvorsen.

Qui lui rendit son regard et demanda :

— Qu'est-ce que c'est que ce foutoir ? Elle y est rentrée ou non ?

— Sûr, elle y est rentrée.

— Alors, elle est où ?

Le surveillant ne put que faire un geste d'impuissance.

— Allez, Jimmy, y a plus qu'à tout ramasser.

— Tu ramasses. Moi, j'ai l'impression de m'être cassé le cul en quinze morceaux. (Il marqua un temps d'arrêt.) À vrai dire, mon vieux, c'est surtout dans mes idées que j'ai besoin de remettre un peu d'ordre.

## 8

À l'instant où le Pistolero entendit claquer derrière lui la porte de la cabine d'essayage, il fit faire demi-tour au fauteuil face à cette autre porte qui, si Eddie avait tenu sa promesse, ne devait plus être là.

Mais elle y était, toujours ouverte, et Roland y poussa la Dame d'Ombres.

## Chapitre 3

# ODETTA DE L'AUTRE CÔTÉ

### 1

Peu de temps après, Roland allait penser : *Toute autre femme, infirme ou non, soudain poussée dans l'allée du marché couvert où elle fait ses emplettes – même si c'est d'une manière peu orthodoxe – par un inconnu qui a élu domicile dans son crâne, poussée jusque dans une petite pièce avec derrière elle un type qui lui crie de s'arrêter, puis brusquement retournée, de nouveau poussée dans cette pièce où il n'y a matériellement pas la place d'aller ailleurs, et se retrouvant soudain dans un monde entièrement différent... j'estime qu'en pareilles circonstances toute autre femme aurait presque à coup sûr demandé : « Où suis-je ? » avant toute autre chose.*

Or, la question qu'Odetta Holmes posa sur un ton presque amusé fut :

— Que comptez-vous faire au juste avec ce couteau, jeune homme ?

### 2

Roland regarda Eddie qui était accroupi au-dessus de lui, le couteau à moins d'un centimètre de sa gorge. Quelle que fût la prodigieuse vitesse acquise au long des années de formation, il n'était pas question de pouvoir éviter la lame si Eddie décidait de s'en servir.

— Oui, dit-il, que comptes-tu faire au juste avec ça ?

— Je n'en sais rien, répondit Eddie. (Il y avait dans sa voix un profond dégoût pour lui-même.) Chercher des appâts, je pense. Évidemment, je ne dois guère donner l'impression d'être venu ici pour pêcher.

Il lança le couteau en direction de la Dame, nettement à droite du fauteuil cependant. Il se ficha en vibrant dans le sable, jusqu'à la garde.

Sur ce, la Dame se retourna et commença :

— Auriez-vous l'amabilité de m'expliquer où vous m'avez...

Et elle en resta là. Toutefois, si elle avait dit : « Auriez-vous l'amabilité... » alors que son regard n'avait pas encore décrit un arc de cercle suffisant pour lui révéler l'absence de tout interlocuteur derrière elle, le Pistolero nota avec un intérêt réel qu'elle n'en avait pas moins poursuivi sa phrase quelques instants parce que sa situation dictait un certain nombre d'évidences, même contredites par les faits, entre autres, que si elle était arrivée ici, ce ne pouvait être que poussée par quelqu'un.

Bien qu'il n'y eût personne derrière elle.

Absolument personne.

Elle reporta son attention sur Eddie et sur le Pistolero, l'incertitude dans les yeux, la confusion, l'inquiétude, et voilà qu'elle demandait :

— Où suis-je ? Qui m'a poussée ? Comment se fait-il que je sois là ? Pourquoi suis-je habillée, au fait, alors que j'étais chez moi en robe de chambre à regarder le journal de midi ? Qui suis-je ? Où est-ce ici ? Qui êtes-vous ?

*« Qui suis-je ? », a-t-elle demandé*, songea Roland. *La digue s'est rompue... sur un déluge de questions ainsi qu'il était prévisible. Mais il en est une – « Qui suis-je ? » – allant contre toute attente et dont je sens qu'elle n'a toujours pas conscience de l'avoir posée.*

*Ni conscience du moment où elle l'a posée.*

Car elle avait dit ça avant.

Avant même de leur demander qui *ils* étaient, elle s'était inquiétée de savoir qui *elle* était.

## 3

Les yeux d'Eddie allèrent du beau jeune/vieux visage de la femme noire dans le fauteuil roulant à celui du Pistolero.

— Comment se fait-il qu'elle ne le sache pas ?

— Difficile à dire. Le choc, je suppose.

— Un choc qui l'aurait surprise chez elle, dans son salon, avant de sortir pour aller chez Macy's ? Tu m'as bien dit que son dernier souvenir, c'est qu'elle était en peignoir devant sa télé en train d'écouter je ne sais quel minet brushingué de frais raconter qu'on a retrouvé ce gus au fin fond des Keys, en Floride, avec la main gauche de Christa McAuliff accrochée au mur de son cabanon, à côté de l'espadon de deux mètres ?

Roland s'abstint de répondre.

Plus éberluée que jamais, la Dame demanda :

— Qui est Christa McAuliff ? Est-elle de ces Marcheurs de la Liberté qui ont disparu ?

Ce fut au tour d'Eddie de ne pas répondre. Les Marcheurs de la Liberté ? Qu'est-ce que c'était que ces zouaves ?

Le Pistolero lui jeta un regard qu'il n'eut aucun mal à interpréter :

*Ça ne te crève pas les yeux qu'elle est en état de choc ?*

*Je vois ce que tu veux dire, Roland, mon vieux copain, mais ça ne colle que jusqu'à un certain point. Moi-même, j'ai subi un choc quand tu as déboulé dans mon crâne façon* Starsky et Hutch, *mais mes banques de données n'en ont pas pris un coup, que je sache.*

À propos de choc, il venait de se payer une jolie décharge quand elle avait franchi le seuil. Il était agenouillé au-dessus du corps inerte de Roland, le couteau presque posé sur la chair vulnérable du cou… mais, à la vérité, il n'aurait jamais pu poursuivre son geste, pas pour l'heure du moins. Il était fasciné par la porte, par ce qu'il y voyait, une allée du Macy's qui se ruait vers lui – et repensait de nouveau à *Shining*, à cette séquence où l'on voit ce que voit le gamin quand il fait du tricycle dans les couloirs du palace hanté, revoyait le moment où le gosse, au bout d'un de ces couloirs, tombe sur ces horribles jumelles fantômes. Ce qu'il y avait au bout de l'allée n'avait rien d'aussi fantastique, une simple porte blanche où était écrit en caractères discrets : PAS PLUS DE DEUX ARTICLES PAR ESSAYAGE. Ouais, pas de problème, on était bien chez Macy's. C'était du Macy's tout craché.

Une main noire jaillit et poussa la porte cependant que, derrière, une voix masculine (celle d'un flic – Eddie l'eût reconnue entre mille, n'eût-il entendu ce genre de voix qu'une fois dans sa vie, ce qui était loin d'être le cas) criait à la propriétaire de la main de s'arrêter, que c'était une impasse et qu'elle ne faisait qu'aggraver les choses. Dans la glace, sur sa gauche, Eddie entrevit le fauteuil et son occupante ; il se souvenait avoir pensé : *Il l'a eue, c'est sûr, mais on ne peut pas dire que ça ait l'air de l'enchanter*.

Puis la vue avait pivoté et Eddie s'était vu. Le spectacle s'était rué sur son spectateur et celui-ci avait failli lever la main tenant le couteau pour se protéger les yeux tant la soudaine sensation de regarder le monde par deux paires d'yeux était intense, tant elle était folle, tant elle risquait de le faire basculer dans la démence s'il ne s'y soustrayait pas, mais alors, tout arriva trop vite pour qu'il en eût le temps.

Le fauteuil franchit la porte. De justesse. Les moyeux crissèrent sur le chambranle invisible. Au même instant, Eddie perçut un autre bruit : un déchirement visqueux qui le fit penser à un mot

*(placentaire)*

lequel ne put vraiment lui venir à l'esprit parce qu'il ne se savait pas le connaître. Puis la femme roula vers lui sur le sable tassé de la grève, et elle n'avait plus l'air d'une furie, plus grand-chose de commun, en l'occurrence, avec celle dont il venait d'entrevoir le reflet dans la glace, mais Eddie n'en était pas outre mesure surpris : quand on passait tout d'un coup d'une cabine d'essayage du Macy's à un bord de mer dans quelque monde oublié de Dieu où les homards pouvaient atteindre la taille de petits colleys, on avait le droit d'être un peu secoué. Il estimait pouvoir en apporter un témoignage personnel.

Elle parcourut encore un mètre avant de s'arrêter, et n'alla si loin qu'en raison de la pente et de la compacité du sable. Ses mains ne poussaient plus sur les roues comme elles avaient dû le faire – Eddie devinait avec quelle énergie *(quand demain matin vous vous réveillerez avec des douleurs dans les épaules*, songea-t-il, acerbe, *c'est à Messire Roland qu'il faudra vous en prendre, ma petite dame)* –, et elles allèrent étreindre à la place les bras du fauteuil alors que le regard de l'infirme se posait sur les deux hommes.

Derrière elle, la porte entre les mondes avait déjà disparu. *Disparu* n'était peut-être pas le meilleur terme. Elle avait donné l'impression de se replier sur elle-même comme un morceau de pellicule repartant à l'envers. Le phénomène avait commencé de se produire à l'instant où le détective du magasin avait ouvert cette autre porte plus ordinaire se bornant à préserver l'intimité de la cabine d'essayage. L'avait ouverte ou plutôt enfoncée – tant il s'attendait à ce que la voleuse en eût rabattu le loquet – et avec une telle violence qu'Eddie l'avait jugé sur le point de se payer un putain de plat contre le mur d'en face. Pronostic que le jeune homme ne devait jamais voir confirmé ou infirmé. Avant que l'ouverture de ce monde sur l'autre ne se fût totalement résorbée, la scène qui s'y inscrivait se figea.

Le film se terminait par un arrêt sur image.

Ne demeurait de ces péripéties mouvementées que la double trace du fauteuil, démarrant d'un sableux nulle part pour s'achever un mètre plus loin, là où lui et son occupante s'étaient immobilisés.

— Quelqu'un pourrait-il m'expliquer où je suis et comment j'y suis arrivée ? demanda cette dernière d'une voix presque suppliante.

— Une chose est sûre, Dorothy, dit Eddie. Ce n'est plus le Kansas.

Elle était au bord des larmes. Il la vit lutter pour les retenir. Perdre. Se mettre à sangloter.

Furieux (et avec un égal dégoût pour lui-même), il se tourna vers le Pistolero qui se relevait, chancelant. Roland s'éloigna, mais pas vers la Dame en pleurs. Il alla ramasser son couteau.

— Dis-lui ! hurla Eddie. Tu l'as amenée, alors maintenant, vas-y, dis-lui ! (Et, au bout d'un moment, il ajouta, plus bas :) Et puis tu m'expliqueras comment ça se fait qu'elle ne sache même plus qui elle est.

## 4

Roland ne répondit pas. Pas tout de suite. Il se baissa, pinça entre les doigts restants de sa main droite le manche du couteau qu'avec le plus grand soin il transféra ensuite à la gauche pour le ranger dans sa gaine sur le côté du ceinturon. Il essayait toujours d'appréhender ce qu'il avait senti dans l'esprit de la Dame. À la différence d'Eddie, elle s'était débattue, débattue comme un chat, depuis l'instant où il était passé au premier plan jusqu'à celui où ils avaient franchi la porte. La lutte avait commencé dès qu'elle l'avait senti. Sans le moindre temps mort parce qu'il n'y avait pas eu de surprise. C'était cela qu'il avait senti, cela dont il n'avait pas le plus petit début de compréhension. Aucune surprise à l'irruption de cette présence étrangère dans son cerveau, rien que la rage et l'horreur, immédiates, et l'immédiat début d'un combat pour l'en déloger. Un combat qu'elle n'avait même jamais été près de gagner – qu'elle n'aurait pu gagner, suspectait-il – mais qu'elle n'avait pas moins livré sans relâche. C'était une femme folle de peur, de colère et de haine qu'il avait sentie.

Rien que noirceur en elle… un esprit muré dans les ténèbres d'un éboulement.

Sauf que…

Sauf qu'à l'instant où ils avaient jailli en ce monde, où ils s'étaient séparés, il avait regretté – amèrement regretté – de ne pouvoir rester ne fût-ce qu'une seconde de plus. Une seconde qui lui aurait tant appris. Car cette femme devant eux n'était pas celle qu'il venait de quitter. Être dans l'esprit d'Eddie avait été comme de séjourner dans une pièce aux murs qui suintaient et se trémoussaient. Être dans celui de la Dame, c'était se retrouver couché nu dans le noir avec des serpents venimeux que l'on sentait ramper tout autour.

Jusqu'à la fin.

Car, à la fin, elle avait changé.

Et il y avait eu quelque chose d'autre, quelque chose qu'il pensait être d'une importance vitale, mais qu'il ne pouvait soit comprendre soit se remettre en mémoire. Quelque chose comme

*(un coup d'œil)*

la porte, mais dans le cerveau de cette femme. Quelque chose à propos

*(tu as cassé le plat c'était toi)*

quelque soudain éclair de compréhension. Comme dans l'étude, quand on finit par voir…

— Oh, le diable t'emporte, dit Eddie, écœuré. Tu n'es rien qu'une putain de machine.

Il passa sans s'arrêter devant Roland, s'approcha de la femme, s'agenouilla près d'elle, et quand elle l'entoura de ses bras, s'accrocha à lui comme un nageur qui se noie, il ne fit rien pour se dégager de l'étreinte mais à son tour la prit dans ses bras, la serra contre lui.

— Ça va, dit-il. Pas que ce soit génial mais ça va.

— Où sommes-nous ? gémit-elle. J'étais chez moi à regarder la télé. Je voulais savoir si mes amis s'étaient sortis vivants d'Oxford, voilà que je me retrouve ici, et que je ne sais même pas où c'est !

— Moi non plus, en fait. (Il la serra plus fort, commença de la bercer.) Mais nous y sommes ensemble, à mon sens.

Je viens du même coin que vous, de ce bon vieux New York, et il m'est arrivé à peu près la même chose – enfin… à quelques variantes près, mais la même chose – et ça va bien se passer. (Comme s'il y repensait tout d'un coup, il ajouta :) Du moment que vous aimez le homard.

Elle s'accrochait à lui et pleurait, il la tenait dans ses bras et la berçait. Le Pistolero pensa : *Pour lui, maintenant, ça va aller. Son frère est mort mais il a quelqu'un d'autre dont il pourra s'occuper. Oui, ça va aller.*

Mais ce ne fut pas sans un serrement de cœur, sans un douloureux reproche. Il avait la faculté de tirer – de la main gauche, du moins –, de tuer, d'avancer sans relâche dans sa quête de la Tour, de s'y obstiner avec un acharnement brutal sur des milles, sur des années, voire sur des dimensions. Il avait la faculté de survivre, et même, de temps à autre, de protéger – n'avait-il pas sauvé l'enfant, Jake, d'une mort lente au relais, puis au pied des montagnes, de l'Oracle qui l'aurait sexuellement consumé ? – mais pour en fin de compte le laisser mourir. Et il ne l'avait pas fait par accident, il s'était agi d'un acte conscient, d'une damnation librement acceptée. Il les regardait tous les deux et, voyant Eddie serrer la femme dans ses bras, lui répéter que tout allait bien se passer, il se disait qu'il n'aurait jamais pu en faire autant, et voilà qu'une terreur insidieuse venait rejoindre en lui l'amertume.

*Si tu as renoncé à ton cœur pour la Tour, Roland, tu as d'ores et déjà perdu. Un être sans cœur est un être sans amour, et un être sans amour est une bête. Être une bête est peut-être supportable, encore que l'homme qui accepte de se ravaler à ce rang finira sûrement par payer son tribut à l'enfer, mais pourquoi pas, si atteindre son objectif est à ce prix ? Si, sans cœur, on réussit à investir la Tour et à la conquérir ? Mais si tu n'as en toi que noirceur, que peux-tu faire sinon régresser de l'animal au monstre ?* Devenir un animal à l'issue de tout cela relevait de la plaisanterie amère, comme d'offrir une loupe à un élaphonte. Mais devenir un monstre, c'était…

*Payer son tribut à l'enfer est une chose. Mais souhaiterais-tu en porter tout le poids sur les épaules ?*

Il repensa à Allie, et à la fille qui l'avait jadis attendu à sa fenêtre, repensa aux larmes qu'il avait versées sur le corps sans vie de Cuthbert. Oh, à l'époque, il avait aimé. Oui. À l'époque.

*Je veux aimer !* sanglota-t-il en silence, mais alors qu'Eddie joignait ses larmes à celles de la femme dans le fauteuil roulant, les yeux du Pistolero restaient désespérément secs, comme le désert qu'il avait traversé pour atteindre cette mer sans soleil.

## 5

Il répondrait plus tard à la question d'Eddie. Plus tard, mais il y répondrait, car il estimait qu'Eddie avait intérêt à rester sur ses gardes. Si elle ne savait plus qui elle était, la raison en était fort simple : elle n'était pas une femme mais deux.

Et l'une des deux était dangereuse à l'extrême.

## 6

Eddie lui raconta ce qu'il put, glissant sur le règlement de comptes, mais sincère sur tout le reste.

Quand il eut achevé son récit, elle resta un moment parfaitement silencieuse, les mains réunies dans son giron.

Des ruisseaux dévalaient des montagnes qui ne cessaient de s'affaisser, les dévalaient sans jamais atteindre l'océan, et allaient se perdre à quelques milles à l'est de la plage qu'Eddie et Roland remontaient vers le nord. C'était là qu'ils allaient remplir les outres, corvées qu'Eddie avait assurées seul au début, Roland étant encore trop faible, mais plus tard, ils y étaient allés à tour de rôle, ayant à s'enfoncer toujours plus loin et à chercher plus longtemps pour trouver ces ruisseaux, toujours plus nonchalants à mesure que diminuait la hauteur des sommets où ils prenaient leur source. Toutefois, leur eau ne les avait jamais rendus malades.

Jusqu'à présent.

Roland y était allé hier et, bien que ce fût le tour d'Eddie, y était retourné aujourd'hui, prenant les outres en bandoulière et s'éloignant sans un mot. Geste qu'Eddie trouva d'une singulière discrétion sans vouloir en être touché – comme par tout ce qui venait du Pistolero, en l'occurrence –, s'en découvrant néanmoins touché... un peu.

Elle prêtait une oreille attentive à Eddie, sans jamais l'interrompre, les yeux rivés sur lui. Il y avait des moments où le jeune homme lui donnait cinq ans de plus que lui, d'autres où il allait jusqu'à quinze, mais ce sur quoi il n'avait aucun doute, c'était de tomber amoureux d'elle.

Quand il eut fini, elle resta un moment sans rien dire, cessant de fixer le jeune homme pour poser son regard au-delà sur les vagues qui, à la tombée de la nuit, ramèneraient les monstrueux crustacés et leur incompréhensible kyrielle de questions. Il avait apporté un soin particulier à les décrire. Mieux valait qu'elle eût un petit peu peur maintenant que beaucoup plus tard, quand ils sortiraient se dégourdir les pinces. Elle allait refuser d'en manger, supposait-il, après avoir entendu ce que les créatures avaient fait au pied et à la main de Roland, à plus forte raison une fois qu'elle les aurait vues de près. Mais la faim finirait bien par triompher de *I-ce que chique* et *U-ce que chule*.

Elle avait maintenant dans les yeux quelque chose de lointain.

— Odetta ? fit-il après que peut-être cinq minutes se furent écoulées.

Elle lui avait dit son nom : Odetta Holmes. Un nom qu'il trouvait grandiose.

Arrachée à sa rêverie, elle ramena les yeux sur lui, eut une esquisse de sourire et dit un mot, un seul :

— Non.

Il ne fit d'abord que lui rendre son regard, incapable de trouver une réponse qui convînt. Il pensait n'avoir jamais compris jusqu'alors à quel point une simple négation pouvait être illimitée.

— Je ne vous suis pas, finit-il par dire. À quoi dites-vous non ?

— À tout ça.

Le bras d'Odetta traça un vaste demi-cercle (un bras dont il avait déjà remarqué l'extrême vigueur – lisse et galbé, mais sous-tendu de muscles durs), montrant la mer, le ciel, la plage, les collines pelées où le Pistolero devait être à la recherche d'un cours d'eau (à moins qu'il ne fût en train de s'y faire dévorer par quelque monstre d'une intéressante et nouvelle espèce, éventualité sur laquelle Eddie n'avait guère envie de s'attarder). Montrant en bref l'ensemble de ce monde.

— Je vois ce que vous ressentez. Au début, j'ai moi-même eu l'impression de nager dans l'imaginaire. (Mais l'avait-il eue, cette impression ? Avec le recul, il lui semblait avoir tout de suite admis la réalité de ce monde, peut-être parce qu'il était malade, trop occupé à secouer sa guenon.) Ça vous passera, dit-il.

— Non, répéta-t-elle. Je ne vois que deux choses qui aient pu m'arriver, et, que ce soit l'une ou l'autre, je suis toujours à Oxford, Mississippi. Rien de tout ceci n'est réel.

Elle continua à parler. Si elle avait parlé un rien plus fort (ou s'il n'avait pas été lui-même en train de tomber amoureux), cela aurait presque eu l'air d'une conférence. En tout cas, la comparaison avec une ode lyrique s'imposa d'emblée.

*À ceci près*, s'astreignit-il à penser, *que toute cette absurdité qui nous entoure s'avère bien réelle, et que tu vas avoir à l'en convaincre. Pour son bien.*

— Je puis avoir été touchée à la tête, dit-elle. C'est qu'ils sont notoirement experts à manier matraque et manche de pioche à Oxford Town.

*Oxford Town.*

Il naquit un faible écho tout au fond des souvenirs d'Eddie. Elle avait dit ces mots dans une sorte de rythme qui, pour quelque motif, lui renvoyait Henry… Henry et des couches-culottes. Quoi ? Pourquoi ? Aucune importance pour l'heure.

— Vous voulez dire que tout ça pourrait n'être qu'une sorte de rêve que vous faites alors que vous êtes dans les pommes ?

— Ou dans le coma. Et vous n'avez pas besoin de me regarder comme si c'était absurde parce que ça ne l'est pas. Regardez.

Elle partagea ses cheveux sur la gauche si bien qu'Eddie put constater que ce n'était pas par simple coquetterie qu'elle les portait d'un seul côté. La vieille plaie au centre de la plaque à présent découverte était vilaine, dégarnie, torons blanc-gris tranchant sur la peau brune.

— Je vois que vous avez dû en baver.

— En baver et avoir du bon temps. Je suppose que ça rétablit l'équilibre. Mais je ne vous montrais ça que pour vous dire qu'à l'époque je suis restée trois semaines dans le coma. J'avais cinq ans. J'ai fait un tas de rêves qui me sont sortis de la tête, mais maman m'a toujours dit que c'est grâce à eux qu'ils avaient gardé quelque espoir : ils savaient que je n'allais pas mourir du moment que je parlais, et il semble que je parlais tout le temps, même si, d'après elle, il n'y avait pas un mot sur dix qui fût compréhensible. Et ces rêves étaient extraordinairement réalistes, ça je m'en souviens. (Elle marqua une pause, promena son regard autour d'elle.) Pas moins que cet endroit. Pas moins que vous, Eddie.

En entendant dans sa bouche les syllabes de son nom, il eut la chair de poule. Hou là là, c'était du sérieux.

— Ou que lui. (Elle frémit.) De tout, c'est lui qui a l'air le plus réel.

— Normal. Je veux dire : nous sommes réels, quoi que vous en pensiez.

Elle lui adressa un petit sourire, à l'évidence incrédule.

— Comment vous l'avez récoltée ? enchaîna-t-il. Cette cicatrice.

— Aucune importance. C'était simplement pour vous faire comprendre que ce qui est arrivé une fois peut toujours se reproduire.

— Peut-être, mais je vous demande ça par curiosité.

— Une brique m'est tombée sur la tête. C'était la première fois qu'on montait dans le Nord. Pas très loin de New York, à Elizabeth, dans le New Jersey. On était venus en train, dans le wagon à Jim Crow.

— Qu'est-ce que c'est ?

Elle écarquilla les yeux. Sa surprise presque méprisante.

— Mais où avez-vous vécu, Eddie ? Dans un abri anti-atomique ?

— Non, dans un autre temps. Puis-je vous demander votre âge, Odetta ?

— Assez vieille pour voter, pas assez pour l'assistance sociale.

— Bon, voilà qui me remet à ma place, je suppose ?

— Mais gentiment, j'espère.

Et son sourire radieux hérissa de nouveau les avant-bras d'Eddie.

— J'ai vingt-trois ans, dit-il. Mais je suis né en 1964, l'année même où Roland vous a prise.

— Bêtises.

— Non. Moi, c'est de 1987 qu'il m'a tiré.

— Ma foi, fit-elle au bout d'un moment, ironique. Voilà qui plaide à coup sûr en faveur de votre théorie sur la réalité de ce monde, Eddie.

— Le wagon à Jim Crow... c'est là que les Blacks étaient tenus de voyager ?

— Les gens de couleur, rectifia-t-elle. Nous appeler Blacks est un peu péjoratif, non ?

— Vous ne vous donnerez pas d'autre nom dans les années 80, dit Eddie. Quand j'étais gosse, déjà, dire à un copain black qu'il était de couleur, c'était s'exposer à recevoir son poing dans la gueule. Il pensait qu'on se foutait de lui. Tout juste s'il n'aurait pas préféré être traité de nègre.

Elle le regarda, plus trop sûre d'elle, puis secoua de nouveau la tête.

— Bon, fit Eddie, revenons à cette histoire de brique.

— La plus jeune sœur de ma mère allait se marier. Elle s'appelait Sophia mais maman disait toujours Sœur Bleue parce que c'était la couleur qu'elle adorait. Enfin… « qu'elle adorait adorer », comme disait maman. Donc, je l'ai toujours appelée Tante Bleue, même avant de la connaître. Un beau mariage. Avec une réception après. Je me souviens de tous les cadeaux. (Elle rit.) Ça a toujours l'air si beau, les cadeaux, quand on est gosse, vous ne trouvez pas, Eddie ?

Il sourit.

— Ouais, c'est vrai. On n'oublie jamais un cadeau. Qu'on l'ait reçu ou qu'on ait vu quelqu'un d'autre le recevoir.

— Mon père gagnait déjà de l'argent, à l'époque, mais tout ce que j'en savais, c'était que *nous étions en progrès*. Là encore, c'est une expression de ma mère. Je lui avais raconté qu'une petite fille avec laquelle je jouais m'avait demandé si mon papa était riche et elle m'a dit ce que j'étais censée répondre si l'on venait à me reposer la question : que *nous étions en progrès*.

« On était donc en mesure d'offrir à Tante Bleue un service en porcelaine de toute beauté, et je me souviens…

La voix lui manqua. Elle porta une main à sa tempe et la massa distraitement comme si une migraine y prenait naissance.

— De quoi, Odetta ?

— Que maman lui a donné à part un plat *pour les grandes occasions*…

— Qu'est-ce que c'est ?

— Excusez-moi. J'ai mal à la tête et ma langue a fourché. Je me demande d'ailleurs pourquoi je vous raconte tout ça.

— Ça vous embête ?

— Non, pas du tout. Je voulais dire que ma mère lui avait offert un plat spécial. Blanc, avec de jolis filets bleus sur le bord. (Elle sourit. Eddie n'eut pas l'impression d'un sourire parfaitement serein. Il semblait y avoir dans l'évocation de ce plat quelque chose qui la perturbait, et la manière dont ce souvenir prenait le pas sur la situation des plus étranges où elle se trouvait actuellement, situation qui aurait dû requérir l'essentiel de son attention, le perturbait, lui.)

« Je revois ce plat aussi nettement que je vous vois, Eddie. Ma mère l'a donné à Tante Bleue qui a fondu en larmes.

Je crois qu'elle en avait vu un pareil dans la vitrine d'un magasin alors qu'elle et maman étaient encore gamines, et qu'à l'époque, bien sûr, leurs parents n'auraient jamais pu se permettre un tel achat. Elles n'avaient jamais rien eu qui fût *pour les grandes occasions* dans leur enfance. Après la réception, Tante Bleue et son mari étaient partis dans les Smoky Mountains pour leur lune de miel. Ils avaient pris le train.

Elle regarda Eddie.

— Dans le wagon à Jim Crow, dit-il.

— Exact ! Dans le wagon à Jim Crow ! À l'époque, les gens de couleur n'en connaissaient pas d'autre : le train regroupait les trois classes, servait de wagon-lit et de wagon-restaurant. C'est pour essayer de changer ce genre de choses que nous sommes à Oxford Town.

Elle gardait les yeux fixés sur lui, s'attendant sans doute à ce qu'il insistât sur sa présence ici et non là-bas, mais il était de nouveau pris dans l'enchevêtrement diffus de ses propres souvenirs. Oxford Town. À ceci près que d'autres mots avaient maintenant refait surface, rien qu'un fragment de refrain qu'il entendait Henry seriner d'une voix nasillarde jusqu'à ce que leur mère demande à son grand garçon s'il pouvait avoir la gentillesse de la laisser écouter Walter Cronkite.

*Qu'attend-on pour enquêter ?* répétait Henry dans sa mémoire. Il essaya d'y retrouver le reste du refrain, mais peine perdue. Sans grande surprise, d'ailleurs : les couches-culottes tendaient à situer le souvenir dans sa quatrième année au maximum. *Qu'attend-on pour enquêter ?* La question lui donnait froid dans le dos.

— Ça va, Eddie ?

— Oui, pourquoi ?

— Je ne sais pas, vous tremblez.

Il sourit.

— Donald a dû marcher sur ma tombe.

Elle rit.

— Toujours est-il qu'au moins je n'ai pas gâché la noce. C'est arrivé le lendemain matin au moment du départ. Nous avions passé la nuit chez un ami de Tante Bleue et mon père a appelé un taxi qui s'est présenté sans tarder. Mais quand le chauffeur a vu qu'il avait affaire à des gens de couleur, il a redémarré aussitôt comme s'il avait le feu où je pense. L'ami de Tante Bleue était déjà parti devant avec deux de nos valises – c'est qu'on était chargés : on devait rester une semaine à New York. Je me rappelle papa me disant qu'il avait hâte de voir mon visage s'illuminer quand j'allais découvrir le carillon de Central Park en train de frapper l'heure avec tous les animaux qui dansaient.

« Mon père a dit qu'on ferait aussi bien d'y aller à pied et ma mère a sauté sur cette idée, disant qu'elle était excellente, qu'il n'y avait après tout guère plus d'un kilomètre et demi d'ici à la gare et que ça nous ferait le plus grand bien de nous dégourdir les jambes après ces trois jours passés dans le train qui nous avait amenés du Sud et alors qu'une demi-journée nous attendait encore pour rejoindre New York. Mon père a dit qu'il était tout à fait d'accord avec elle et que, d'ailleurs, il faisait un temps splendide, mais je crois que, même si je n'avais que cinq ans, je me suis rendu compte qu'il était furieux et qu'elle était gênée, que tous deux craignaient d'appeler un autre taxi parce que la même chose risquait de se reproduire.

« On a donc commencé à descendre la rue. Je marchais du côté des maisons parce que maman aurait eu trop peur de me voir sur le bord du trottoir avec toutes ces voitures qui passaient. Je me rappelle m'être demandé si mon papa voulait vraiment dire que ma figure allait s'allumer comme une lampe ou quelque chose du genre quand j'allais voir cette horloge à Central Park, et si ça ne risquait pas de me faire mal, et c'est à cet instant que j'ai reçu la brique sur la tête. Tout est devenu noir pendant un moment. Puis je me suis mise à rêver. Des rêves extraordinairement réalistes. (Elle sourit.) Comme ce rêve-ci, Eddie.

— La brique est tombée seule ou il y avait quelqu'un pour la lancer ?

— On n'a jamais trouvé personne. La police (ma mère me l'a dit beaucoup plus tard, alors que j'avais dans les seize ans) a examiné l'endroit d'où, selon eux, provenait la brique : il y en avait d'autres qui manquaient et bon nombre de descellées. C'était juste à l'extérieur d'une fenêtre au troisième étage d'un immeuble condamné – que ça n'empêchait pas d'être habité, bien sûr… la nuit surtout.

— J'imagine, dit Eddie.

— On n'avait vu personne en sortir, alors on a conclu à un accident. Ma mère disait qu'à son avis ça n'avait pu être autre chose mais j'ai l'impression qu'elle mentait. Elle n'a même jamais essayé de me dire ce que mon père en pensait. Ils ruminaient toujours cette histoire de chauffeur de taxi qui avait jeté un regard sur nous pour redémarrer aussitôt. C'était ça plus que tout le reste qui pouvait leur faire admettre que quelqu'un ait pu être là-haut à jeter un coup d'œil par la fenêtre, à nous voir, et à se dire que lâcher une brique sur cette famille de nègres ne serait pas une si mauvaise idée.

« Vos crustacés vont-ils bientôt venir ?

— Non, répondit Eddie. Pas avant le crépuscule. Bon. Donc l'une de vos hypothèses concernant ce monde où nous sommes est qu'il s'agit d'un rêve de coma comme vous en avez eu après vous être fait assommer par cette brique. Sauf que, cette fois, c'était par une matraque ou un instrument du même type.

— Oui.

— Et quelle est l'autre hypothèse ?

Si la voix et les traits d'Odetta conservaient un calme relatif, son crâne était le théâtre d'un hideux maelström d'images qui se superposaient pour donner Oxford Town, oui, Oxford Town. Comment c'était la suite ? *Déjà deux s'y sont fait tuer. Qu'attend-on pour enquêter ?* Pas vraiment dans le mille, mais près. Très près.

— Que je suis devenue folle, dit-elle.

## 7

La première réponse qui lui vint à l'esprit fut : *Si vous croyez que vous êtes devenue folle, Odetta, c'est que vous êtes cinglée.*

Un rapide examen lui présenta toutefois cette réponse comme peu susceptible de convaincre qui que ce soit.

Il choisit donc de garder le silence quelque temps, assis auprès du fauteuil, les genoux sous le menton, les mains verrouillées, chacune enserrant le poignet de l'autre.

— Vous étiez vraiment accro à l'héroïne ?

— Je le suis. C'est comme de fonctionner à l'alcool ou au crack. Pas le genre de truc dont on se débarrasse à jamais. Quand j'entendais ça, dans le temps, jc me disais *Oui, oui, on lui dira*, mais maintenant, je comprends. J'en ai encore envie, et je pense qu'une part de moi en aura toujours envie, mais le besoin physique est passé.

— Qu'est-ce que c'est, le crack ?

— On n'a pas encore inventé ça à votre époque. C'est un dérivé de la cocaïne, à ceci près que ça revient à transformer de la dynamite en bombe A.

— Et vous en preniez ?

— Dieu me préserve, non. Je vous l'ai déjà dit, mon truc c'était l'héro.

— Vous n'avez pas l'air d'un drogué.

Juste. Eddie était plutôt coquet… enfin, mis à part l'odeur de fauve qui montait tant de lui que de ses vêtements (il avait la possibilité de les passer à l'eau, de s'y plonger lui-même, et ne s'en privait pas, mais sans savon, le résultat n'était guère concluant). Il avait les cheveux courts quand Roland était entré dans sa vie (rien de mieux pour passer la douane, mon cher ; comique, vu la manière dont les choses avaient tourné) et ils restaient d'une longueur convenable. Il se rasait tous les matins avec le couteau extraordinairement affilé de Roland ; à sa maladresse du début avait succédé une assurance croissante. Il avait été trop jeune quand Henry était parti pour le Viêt-nam pour que se raser tînt une grande part dans sa vie et le retour du grand frère n'avait pas trouvé cette part fort grandie. Sans jamais aller jusqu'à se laisser pousser la barbe, il lui arrivait alors de résister trois ou quatre jours au harcèlement maternel, lui ordonnant de « tondre le chiendent ». Toutefois, Henry était revenu de là-bas maniaque sur le sujet (comme sur un certain nombre d'autres points de détail du même ordre : se saupoudrer les pieds d'un produit contre la transpiration après chaque douche, trois ou quatre brossages quotidiens des dents suivis d'un bain de bouche prolongé pour faire passer le goût du dentifrice, les vêtements toujours impeccables sur un cintre) et il avait converti Eddie au même fanatisme. Le chiendent était désormais tondu matin et soir. L'habitude s'était enracinée en lui comme tant d'autres qu'il devait à Henry, y compris celle qui réclame l'emploi d'une seringue.

— Trop soigné de ma personne ? demanda-t-il à Odetta, souriant jusqu'aux oreilles.

— Trop blanc, répondit-elle, laconique, puis elle garda le silence un moment, posant un regard sombre sur la mer.

Eddie aussi resta silencieux. S'il existait une réplique à ce genre de commentaires, il ne la voyait pas.

— Pardon, finit-elle par dire. C'était méchant, totalement injuste, et ça ne me ressemblait pas du tout.

— Ce n'est rien.

— Si, c'est comme un Blanc qui dirait : « Mon Dieu, je n'aurais jamais pensé que vous étiez un nègre », à quelqu'un qui a la peau très claire.

— Vous préférez vous voir comme une personne plus impartiale ?

— Ce qu'on préfère voir en soi et ce qu'on est en réalité n'ont bien souvent pas grand-chose en commun, serais-je tentée de penser, mais c'est exact : j'aime à me considérer comme sans parti pris. Veuillez donc accepter mes excuses, Eddie.

— À une condition.

— Laquelle ?

Elle avait un peu retrouvé son sourire et il était content. Il aimait pouvoir la faire sourire.

— Que vous donniez impartialement sa chance à ceci. Telle est la condition.

— Donner impartialement sa chance à quoi ?

L'amusement perçait dans sa voix. Pareille intonation l'aurait ulcéré chez un autre, lui donnant l'impression qu'on se foutait de lui, mais avec elle, c'était différent. Dans la bouche d'Odetta, ce ton un rien narquois ne posait pas de problème. Venant d'elle, supposait-il, rien n'aurait pu en poser.

— À une troisième hypothèse. À la réalité de ce qui nous arrive. Je veux dire… (Il s'éclaircit la gorge.) Je ne suis pas doué pour toutes ces foutaises philosophiques ou pour… vous savez… la métamorphose ou je ne sais quel putain de nom que vous donnez à ça…

— La métaphysique ?

— Peut-être. Je n'en sais rien. Oui, ça doit être ça. Mais ce que je sais, c'est qu'on ne peut pas refuser de croire à ce que vous disent vos sens. Car enfin, si votre théorie comme quoi tout ceci n'est qu'un rêve est exacte…

— Je ne parlais pas d'un rêve ordi…

— Quoi que vous ayez dit, ça revenait à ça. À une illusion ?

S'il y avait eu, à un moment ou à un autre, une pointe de condescendance dans la voix d'Odetta quelque condescendance, elle avait complètement disparu.

— Vous ne vous sentez peut-être aucune propension à la philosophie et à la métaphysique, Eddie, mais, au lycée, vous deviez briller dans les débats.

— Je n'y ai jamais participé. C'était bon pour les gays, les boudins et les chiffes molles. Comme le club d'échecs. Mais qu'est-ce que vous voulez dire par propension ? C'est quoi une propension ?

— Un penchant, ce qu'on aime bien faire. Mais vous, que voulez-vous dire par gais ? Qui appelle-t-on des gais ?

Il la regarda un moment puis haussa les épaules.

— Les homos. Les tapettes. Aucune importance. On pourrait passer la journée à faire des concours d'argot, ça ne nous mènerait nulle part. Ce que j'essaie de vous dire, c'est que si tout ça n'est qu'un rêve, rien ne prouve que ce soit le vôtre. Ce pourrait être le mien. C'est vous qui pourriez n'être qu'un produit de mon imagination.

Le sourire d'Odetta s'altéra.

— Mais... personne ne vous a tabassé.

— Vous non plus.

Le sourire avait complètement disparu maintenant.

— Pas que je me souvienne, rectifia-t-elle avec quelque aigreur.

— Tout comme moi ! s'écria Eddie. Vous me dites qu'ils ont la matraque facile à Oxford Town. Mais ces types des douanes n'étaient pas précisément aux anges quand ils se sont aperçus que je n'avais pas la dope qu'ils comptaient trouver. L'un d'eux aurait très bien pu me caresser le crâne avec la crosse de son arme. Je pourrais être à Bellevue à l'heure qu'il est, en train de rêver de vous et de Roland pendant qu'ils rédigent leur rapport, expliquant comment, alors qu'ils m'interrogeaient, je suis devenu violent et qu'ils ont dû me calmer.

— Ce n'est pas du tout pareil.

— Pourquoi ? Parce que vous êtes cette Black handicapée, intelligente et cultivée, prenant une part active à la vie de son pays alors que je ne suis qu'un junkie de la cité ?

Cela dit avec un grand sourire pour bien montrer qu'il blaguait, mais elle ne l'en foudroya pas moins du regard.

— J'aimerais que vous cessiez de me traiter de Black !

Il soupira.

— OK, mais il va falloir que je m'y habitue.

— Vous auriez vraiment dû participer à des débats.

— Mon cul, dit-il. (Et le regard qu'elle lui lança lui fit comprendre qu'entre elle et lui existait plus qu'une simple différence de couleur ; ils se parlaient à deux îles de distance. L'eau entre eux était du temps. Aucune importance. Le mot avait requis l'attention d'Odetta.) Ce n'est pas un débat que je veux avoir avec vous. C'est vous ouvrir les yeux sur le fait que vous êtes bien réveillée, voilà tout.

— Je pourrais être en mesure de me conformer provisoirement aux principes de votre troisième hypothèse aussi longtemps que ce... que cette situation se poursuivra s'il n'y avait une différence fondamentale entre ce qui vous est arrivé et ce qui m'est arrivé à moi, dit-elle. Si énorme et si fondamentale qu'elle vous a échappé.

— Alors montrez-la-moi.

— Il n'y a pas de rupture dans votre conscience des choses. Il y en a une très grande dans la mienne.

— Que voulez-vous dire par là ?

— Simplement que votre récit rend compte d'une chaîne ininterrompue d'événements : l'avion, l'incursion de cet... de... de lui... (Elle désigna les collines avec une répugnance visible.) La mise en lieu sûr de la drogue, la garde à vue à la douane et tout le reste. C'est une histoire fantastique mais qui se tient d'un bout à l'autre.

« Quant à moi : je suis revenue d'Oxford et Andrew, mon chauffeur, m'a ramenée chez moi. J'ai pris un bain avec l'envie d'aller me coucher juste après. J'avais un mal de tête terrible et le sommeil est la seule chose qui me fasse du bien dans ces cas-là. Mais on n'était pas loin de minuit et je me suis dit que j'allais d'abord regarder les informations. Si certains d'entre nous avaient été relâchés, la grosse majorité moisissait toujours au violon quand j'avais quitté la ville. Je voulais savoir si on avait réglé leur cas.

« Je me suis séchée, j'ai enfilé mon peignoir et je me suis installée devant la télé. Le présentateur a commencé par parler du discours que Khrouchtchev venait de faire à propos des conseillers militaires américains au Viêt-nam. Il disait : “Nous avons des images qui ont été tournées...” et puis plus rien, je roulais sur cette plage. Vous me dites que vous m'avez vue franchir une sorte de porte magique à présent disparue, et qu'avant j'étais chez Macy's et que j'y étais en train de voler à l'étalage. C'est déjà passablement absurde mais admettons... vous ne croyez pas que j'aurais trouvé mieux à voler que des bijoux de pacotille dans ce cas ? Je ne porte jamais de bijoux.

— Vous feriez mieux de jeter un nouveau coup d'œil sur vos mains, Odetta, dit tranquillement Eddie.

Un long moment, son regard alla du « solitaire » sur son petit doigt gauche, une pierre trop vulgaire, trop grosse pour être autre chose que du strass, à l'opale débordant de l'annulaire gauche, trop vulgaire et trop grosse elle aussi pour être autre chose que bien réelle.

— Rien de tout cela n'existe, répéta-t-elle avec conviction.

— Changez de disque ! (Pour la première fois, sa colère n'était pas feinte.) Chaque fois qu'on perce un trou dans votre petite histoire bien nette, vous ne savez que vous réfugier dans cette réponse. Merde, réfléchissez un peu, 'Detta.

— Ne m'appelez pas comme ça ! J'ai horreur de ça !

Sa réaction avait été si violente qu'Eddie eut un mouvement de recul.

— Désolé. Seigneur, je ne pouvais pas savoir...

— Bon. Je suis passée de la nuit au jour, d'un seul peignoir sur le dos à une tenue complète, de mon salon à cette plage déserte. Et ce qui est arrivé, en fait, c'est qu'une espèce de panse à bière de shérif rougeaud m'a collé son bâton sur le sommet du crâne, et c'est tout !

— Mais vos souvenirs ne s'arrêtent pas à Oxford, lui fit doucement remarquer Eddie.

— Que... Qu'est-ce ?

Incertitude à nouveau. Ou peut-être voir et refuser l'évidence. Comme pour les bagues.

— Si vous avez perdu connaissance à Oxford, comment se fait-il que vos souvenirs aillent plus loin ?

— Il n'y a jamais trop de logique dans ce genre de choses. (Elle s'était remise à se masser les tempes.) Et maintenant, si ça ne vous fait rien, Eddie, j'aimerais que nous mettions un terme à cette conversation. Mon mal de tête est de retour, et il s'annonce carabiné.

— À mon avis, la logique dans tout ça ne dépend que de ce que vous voulez croire ou ne pas croire. Je vous ai vue chez Macy's, Odetta. Je vous ai vue voler. Vous me dites que ce n'est pas une chose que vous faites, mais vous me dites aussi que vous ne portez jamais de bijoux. Et vous me le soutenez même après avoir à plusieurs reprises depuis que nous parlons baissé les yeux sur vos mains. Ces bagues n'ont pas cessé d'y être, mais c'était comme si vous ne pouviez pas les voir tant que je ne vous y avais pas obligée en attirant votre attention sur elles.

— Je ne veux plus parler de ça ! hurla-t-elle. J'ai horriblement mal à la tête !

— D'accord. Mais vous savez très bien où vous avez perdu conscience de l'écoulement du temps, et ce n'était pas à Oxford Town.

— Laissez-moi tranquille, dit-elle d'un ton morne.

Eddie vit Roland qui redescendait vers eux, ses outres pleines, une autour de la taille, l'autre en bandoulière. Il avait l'air exténué.

— Je voudrais vous aider, ajouta-t-il à l'adresse d'Odetta. Mais pour que ce soit possible, il me faudrait être réel, je crois.

Il s'attarda encore un moment près d'elle mais elle gardait la tête baissée, continuait de se masser les tempes.

Il alla à la rencontre du Pistolero.

## 8

— Assieds-toi. Tu as l'air à bout de forces.

— Je le suis. Je recommence à être malade.

Eddie posa les yeux sur les lèvres craquelées de son compagnon, sur ses joues et son front qu'embrasait la fièvre et hocha la tête.

— J'espérais qu'il n'en serait rien, mais je ne peux pas dire que ça me surprenne. Le coup de batte des antibios était trop mou pour un parcours complet. Balazar n'avait pas assez de Keflex.

— Je ne comprends pas.

— Avec la pénicilline, il te faut poursuivre le traitement un certain temps pour triompher de l'infection. Sinon, tu ne fais que la suspendre. Passent quelques jours et elle réapparaît. Il n'y a plus qu'à retrouver du Keflex. Et on a encore une porte qui nous attend. Dans l'intervalle, tu vas simplement avoir à te ménager.

Eddie songeait toutefois non sans inquiétude au handicap d'Odetta et aux trajets de plus en plus longs qu'ils allaient avoir à faire pour trouver de l'eau. Il se demanda si Roland aurait pu choisir un pire moment pour sa rechute. Sans doute, mais c'était déjà assez gratiné comme ça.

— Il faut que je te dise quelque chose à propos d'Odetta.

— C'est son nom ?

— Oui.

— Il est charmant.

— Ouais, c'est aussi mon avis. Ce qui l'est moins, c'est ce qu'elle pense de cet endroit. Elle est persuadée de pas y être pour de vrai.

— Je sais. Et elle n'a pas l'air de me porter dans son cœur, hein ?

*Non*, pensa Eddie. *Même si ta fonction de croquemitaine ne te rend pas plus réel à ses yeux*.

Il le pensa mais n'en dit rien, et se contenta de hocher la tête.

— Les raisons sont presque les mêmes, dit le Pistolero. Ce n'est pas la femme que j'ai ramenée de là-bas. Pas du tout.

Eddie ouvrit de grands yeux puis acquiesça, tout excité. Le reflet entrevu dans la glace de la cabine d'essayage... ce visage tordu par la haine... bon Dieu, Roland avait raison. Rien d'Odetta.

Puis il se rappela les mains qui avaient farfouillé négligemment dans les foulards, enfournant tout aussi négligemment la quincaillerie dans le sac ouvert sur les genoux... comme si, lui avait-il semblé, comme si elle avait voulu se faire prendre.

Il y avait eu des bagues sur ces mains.

Les mêmes bagues.

*Ce qui n'impliquait pas nécessairement les mêmes mains*, s'écria-t-il mentalement, mais ça ne tint pas plus d'une seconde. Il les avait étudiées, ces mains. C'étaient les mêmes doigts, longs, fuselés, tout en finesse.

— Non, reprit le Pistolero. Ce n'est pas elle.

Son regard bleu se posa sur Eddie, l'examina.

— Les mains...

— Écoute. Écoute-moi bien. Notre vie peut en dépendre. La mienne parce que je suis de nouveau mal, la tienne parce que tu es amoureux.

Eddie ne dit mot.

— Elles sont deux dans un même corps. C'était une femme quand je suis entré en elle, une autre quand j'ai franchi la porte.

Là, Eddie ne vit plus rien à dire.

— Et ce n'est pas tout. Il y a quelque chose d'étrange, que je n'ai pas compris, ou alors que j'ai compris mais qui m'a échappé depuis. Et qui semble important.

Les yeux de Roland se portèrent au-delà d'Eddie sur le fauteuil roulant échoué, solitaire, au bout de sa courte trace qui naissait de nulle part. Puis ils se reportèrent sur le jeune homme.

— Je n'y comprends pas grand-chose, ni comment une telle chose peut être possible. Mais il te faut rester sur tes gardes. Ça, tu le comprends ?

— Oui.

Eddie se sentait comme si l'air dans ses poumons s'était raréfié. Il comprenait – du moins avait-il cette espèce de compréhension d'un rat des salles obscures – ce dont parlait le Pistolero – mais le souffle lui manquait pour l'expliquer… en tout cas pour l'instant. C'était comme si Roland le lui avait extirpé à coups de pied.

— Bien. Parce que la femme dans laquelle je me suis retrouvé de l'autre côté de la porte était aussi dangereuse que ces espèces de homards géants qui sortent des vagues à la tombée de la nuit.

# Chapitre 4

# DETTA DE L'AUTRE CÔTÉ

## 1

« Il te faut rester sur tes gardes », avait dit le Pistolero. Mais en dépit de l'accord exprimé, il n'en restait pas moins certain qu'Eddie ne savait pas de quoi il parlait. Toute la part profonde de sa conscience, celle qui héberge ou non l'instinct de survie, n'avait pas capté le message.

Le Pistolero s'en aperçut.

Et ce fut une chance pour Eddie.

## 2

Au beau milieu de la nuit, les yeux de Detta Walker basculèrent, grands ouverts. Il y scintillait la clarté des étoiles et une conscience aiguë de la situation.

Elle se souvenait de tout, de la résistance qu'elle leur avait opposée, comment ils avaient fini par l'attacher dans son fauteuil, et la manière dont ils l'avaient narguée, ne cessant de la traiter de *sale négresse, sale négresse*.

Elle se rappelait les monstres sortant des vagues et l'un des deux hommes – le plus vieux – en tuant un. Le jeune avait allumé un feu pour faire cuire la prise puis il s'était approché d'elle avec un sourire mauvais et lui avait tendu un morceau fumant de chair de monstre. Elle l'avait frappé au visage et il lui avait dit : « Bon, parfait, tu finiras bien par changer d'avis, sale négresse. On va bien voir si tu ne changes pas d'avis. » Puis lui et le Vraiment Méchant avaient sorti un quartier de bœuf et l'avaient lentement, délicieusement rôti sur les braises de ce feu allumé sur cette plage inconnue où ils l'avaient amenée.

Tentation terrible que le parfum de ce bœuf grésillant sur les braises mais elle n'en avait rien montré. Même quand le jeune lui en avait agité un morceau sous le nez en serinant : « Mords dedans, sale négresse, allez, mords dedans », elle était restée de marbre, entièrement renfermée sur elle-même.

Puis elle avait dormi et maintenant elle était réveillée. Ils l'avaient détachée. Elle n'était même plus dans le fauteuil mais allongée entre deux couvertures, largement au-dessus de la limite des marées hautes que les homards géants continuaient d'arpenter, tout en posant leurs questions absurdes, débarrassant l'air des mouettes bizarres qui avaient la malchance de passer à leur portée.

Elle tourna la tête à gauche, n'y vit rien.

Elle la tourna à droite et son regard rencontra les deux types endormis, enroulés dans leurs couvertures. Le jeune était le plus proche et c'était à côté de lui que le Vraiment Méchant avait posé ses ceinturons après les avoir retirés.

Les pistolets dépassaient des étuis.

*T'as fait une connerie, cul blanc*, pensa Detta, et elle roula sur sa droite, constata que le crissement du sable grossier sous son corps restait inaudible, couvert par le vent, par les vagues et par l'interrogatoire plaintif des créatures. Telle l'une d'entre elles, les yeux brillants, elle commença de ramper vers les ceinturons.

Les atteignit, s'empara d'une arme.

La trouva très lourde, sa crosse si lisse, si totalement meurtrière dans sa main. Le poids ne l'inquiéta pas. Elle avait des bras musclés, Detta Walker.

Elle rampa un peu plus loin.

Le jeune n'était toujours qu'une souche aux ronflements sonores mais le Vraiment Méchant s'agita soudain dans son sommeil et elle se figea, un rictus tatoué sur la figure, jusqu'à ce qu'elle le vît de nouveau parfaitement immobile.

*Il doit êt' 'usé, l'salaud. T'avise pas d'en douter, Detta.*

Elle trouva le cran usé du barillet, le poussa, n'obtint rien, tira. Il bascula, révélant des alvéoles garnies.

*Cha'gé ! Bien, ma fille. D'abo'd, tu t'occupes du p'tit pédé. Le V'aiment Méchant, y va se 'éveiller aussi sec, alors tu lui décoches ton plus beau sou'i'e, et ce joujou va lui nettoyer la caboche comme une to'nade blanche.*

Elle referma le barillet, posa son pouce sur le chien... et attendit.

Profitant d'une bourrasque, elle arma au bandé.

Braqua le revolver de Roland sur la tempe d'Eddie.

## 3

Le Pistolero vit tout cela par la fente de son œil entrouvert. La fièvre était de retour, mais pas assez encore pour qu'il eût à se méfier de lui-même. Donc, il attendit, un seul œil entrouvert, tous ses nerfs prêts à détendre son corps, ce corps qui avait toujours été son arme quand il n'en avait pas une à la main.

Elle pressa la détente du revolver qu'elle venait de prendre dans son ceinturon.

*Clic.*

*Clic*, évidemment.

Quand Eddie et lui, palabre conclue, étaient rentrés au camp, ils y avaient trouvé Odetta Holmes dans un profond sommeil, avachie sur un bras du fauteuil. Ils lui avaient aménagé le meilleur lit possible dans le sable, l'y avaient transportée puis bordée. Eddie, ce faisant, n'avait pas douté qu'elle dût se réveiller. Le Pistolero savait qu'il n'en serait rien.

Il avait abattu un homard. Eddie l'avait fait cuire et ils avaient mangé, réservant une part pour Odetta.

Puis ils avaient parlé, et le jeune homme avait dit quelque chose qui avait fait à Roland l'effet d'un éclair déchirant la nuit. Ce fut trop éblouissant et trop bref pour une saisie exhaustive mais il vit beaucoup, comme on peut discerner la configuration d'une côte dans le temps de cette seule et providentielle explosion de lumière crue.

Il aurait pu en informer Eddie mais n'en avait rien fait. Il se savait devoir être le Cort du jeune homme, et quand un élève de Cort se retrouvait en sang à la suite d'un coup qu'il n'avait pas vu venir, le commentaire du maître n'avait jamais varié : « Un gosse ne comprend ce qu'est un marteau qu'après avoir eu le doigt proprement écrasé sur un clou. Allez, debout, larve, et cesse de pleurnicher ! Tu as oublié le visage de ton père ! »

Eddie s'était donc assoupi – en dépit de la recommandation de rester sur ses gardes – et quand le Pistolero avait eu la certitude qu'ils dormaient tous deux (il s'était octroyé un délai, se méfiant de la Dame), il avait rechargé ses armes avec des douilles vides et ôté ses ceinturons (non sans une pointe d'angoisse) pour les déposer près d'Eddie.

Puis il avait attendu.

Une heure. Deux. Trois.

Vers la demie de la quatrième, alors que son corps exténué et fiévreux tentait de l'entraîner dans le sommeil, il sentit plutôt qu'il ne vit la Dame s'éveiller, ce qui déclencha chez lui une vigilance absolue.

Il la regarda rouler et se mettre à plat ventre, muer ses mains en serres et ramper sur le sable vers les ceinturons. L'observa tandis qu'elle sortait un des revolvers de son étui, reprenait sa progression vers le jeune homme puis s'immobilisait tête dressée, les narines palpitantes, faisant plus que humer l'air, le goûtant.

Oui, c'était bien celle qu'il avait été chercher de l'autre côté de la porte.

Quand elle jeta un rapide regard dans sa direction, il fit plus que feindre le sommeil – feinte qu'elle aurait sentie – et s'endormit pour de bon. À peine averti par son intuition qu'elle se désintéressait de lui, il s'éveilla de nouveau et, rouvrant à demi son œil, reprit sa surveillance. Il la vit lever l'arme – considérablement moins gênée par son poids qu'Eddie lorsque, pour la première fois, il avait fait de même – et la pointer sur la tête du jeune homme. Puis elle marqua une pause, et ses traits s'emplirent d'une indicible astuce.

En cet instant, elle lui rappela Marten.

Elle tripota le barillet, s'y prit mal au début puis réussit à le basculer. Son regard se posa sur les culots de douille et Roland se tendit, attendant d'abord de voir si elle allait comprendre que le percuteur avait déjà frappé ces amorces, et ensuite si elle allait retourner l'arme pour ne rien découvrir dans ces alvéoles au lieu du plomb qui aurait dû les garnir (il avait songé à charger les revolvers de cartouches qui avaient fait long feu, y avait songé mais fugitivement : Cort leur avait appris que toute arme à feu n'obéit en dernier ressort qu'au Vieux Pied Fourchu et qu'une balle qui a refusé de partir une fois peut très bien se décider la fois suivante). L'eût-il vue répondre à l'une de ces deux attentes qu'il eût aussitôt bondi.

Mais elle rabattit le barillet et commença de relever le chien… puis marqua une nouvelle pause, attendit une saute de vent pour couvrir le petit cliquetis qui sanctionnerait la fin de son geste.

*Elle aussi*, pensa-t-il. *Mauvaise et sans jambes, mais pistolero à coup sûr au même titre qu'Eddie.*

Il attendit avec elle.

Le vent s'enfla.

Elle amena le chien au bandé, plaça le canon presque au contact de la tempe du jeune homme.

Avec le sourire grimaçant d'une ogresse, elle pressa la détente.

*Clic.*

Il attendit.

Elle la pressa de nouveau. Puis encore une fois. Puis une autre.

*Clic-Clic-Clic.*

— 'Culé ! hurla-t-elle avant de retourner l'arme dans sa main d'un mouvement fluide.

Roland se ramassa mais ne bondit toujours pas. *Un gosse ne comprend ce qu'est un marteau qu'après avoir eu son doigt proprement écrasé sur un clou.*

*Si elle le tue, elle te tue.*

*Aucune importance*, répondit la voix de Cort, inexorable.

Eddie se réveilla. Et donna la preuve que ses réflexes étaient corrects, s'esquivant assez vite pour n'être ni assommé ni tué. Au lieu d'atteindre la tempe, cible vulnérable, la lourde crosse du revolver s'abattit sur le côté de la mâchoire.

— Qu'est-ce que… Seigneur !

— 'Culé ! 'Culé d'cul blanc ! brailla Detta, et Roland vit remonter l'arme.

Qu'elle fût infirme et qu'Eddie roulât déjà hors d'atteinte n'autorisa pas le Pistolero à tenter le diable plus longtemps. Si Eddie n'avait pas retenu la leçon, le cas était désespéré. Mais, d'une part, il y avait fort à parier que la prochaine fois qu'il lui dirait de rester sur ses gardes, il le ferait, d'autre part – et surtout – la salope était trop rapide.

Il se détendit, vola par-dessus Eddie, renversa la femme, et atterrit sur elle.

— T'en veux aussi, salopa'd ? hurla-t-elle à Roland, lui plaquant simultanément son pubis contre les parties et levant au-dessus de lui le revolver qu'elle tenait encore. Pasque si t'en veux, j'vas t'en donner, tu peux êt' sû' !

— Eddie !

Plus qu'un cri, c'était un ordre. Auquel Eddie ne réagit d'abord qu'en restant stupidement accroupi à côté d'eux, les yeux écarquillés, le regard fixe, le sang ruisselant de sa mâchoire (déjà bien enflée). *Fais quelque chose !* pensa le Pistolero, rageur. *Ou serait-ce que tu ne veux rien faire ?* Ses forces diminuaient et le prochain coup de crosse allait lui casser le bras… et encore, s'il interposait celui-ci à temps. Sinon, c'était sa tête qu'il fracasserait.

Puis Eddie se décida. Il bloqua l'arme à mi-descente et, dans un cri, elle se retourna contre lui, le mordit, l'insulta, dans un argot si outrageusement déformé par l'accent du Sud que même lui n'y comprit mot. Pour Roland, ce fut comme si elle s'était brusquement mise à parler dans une langue étrangère. Eddie réussit toutefois à lui arracher l'arme et, débarrassé de cette menace, le Pistolero fut en mesure de clouer l'infirme au sol.

Elle ne s'avoua pas vaincue pour autant, s'obstinant à ruer, à se tordre, à hurler, son noir visage ruisselant de sueur.

Eddie restait paralysé, les yeux ronds, la bouche s'ouvrant et se fermant comme celle d'un poisson. Il porta une main hésitante à sa mâchoire, grimaça, regarda ses doigts et le sang qui les maculait.

Elle leur criait qu'elle aurait leur peau à tous les deux, qu'ils pouvaient essayer de la violer, qu'elle les tuerait avec sa chatte, qu'ils allaient voir ce que c'était que sa chatte, une putain de grotte avec des dents tout autour de l'entrée, qu'ils n'avaient qu'à essayer de l'explorer s'ils ne la croyaient pas.

— Mais merde... fit Eddie, la voix aussi niaise que l'expression de son visage.

— Un de mes ceinturons, vite, hoqueta le Pistolero. Je vais la faire rouler au-dessus de moi et tu vas lui attraper les bras, lui lier les mains dans le dos.

— Jaaa-mais ! hurla Detta, et elle cambra son corps infirme avec une telle violence qu'elle réussit presque à désarçonner Roland.

Il la sentit tentant de lui remonter le restant de sa cuisse droite dans les couilles, de chercher à les broyer.

— Je... Je... elle...

— Remue-toi, merde ! Que soit maudit le visage de ton père ! rugit Roland.

Eddie sortit enfin de sa stupeur.

## 4

À deux reprises, elle faillit leur échapper alors qu'ils la maîtrisaient. Mais Eddie finit par passer la boucle d'un ceinturon autour des poignets que, dans un ultime effort, Roland venait de réunir dans le dos de la femme (le Pistolero n'ayant cessé dans l'intervalle de se rejeter loin des morsures comme une mangouste combattant un serpent, évitant les dents mais ne se retrouvant pas moins luisant de crachats jusqu'à ce que, enfin, Eddie la tire en arrière par l'espèce de laisse qu'ils venaient d'improviser). Le jeune homme ne voulait pas faire mal à cette horreur écumante et hurlante. Elle était mille fois plus repoussante que les homarstruosités car dotée d'une intelligence infiniment supérieure, mais il savait qu'elle pouvait être belle. Il se refusait à blesser l'autre personne que cette enveloppe abritait (telle une colombe prête à jaillir du coffre à double fond d'un magicien).

Odetta Holmes était quelque part à l'intérieur de ce monstre.

## 5

Bien que sa dernière monture – une mule – fût morte dans un passé trop lointain pour lui être restée en mémoire, il avait toujours dans sa bourse une longueur de corde qui lui avait servi à l'attacher (laquelle corde avait été dans un passé plus reculé encore un magnifique lasso de pistolero). Ils s'en servirent pour river la Dame d'Ombres à son fauteuil comme elle s'était imaginé (ou avait cru se rappeler, ce qui en fin de compte revenait au même) l'avoir été auparavant. Puis ils s'en éloignèrent.

N'eussent été les monstrueux crustacés, Eddie aurait gagné le bord de l'eau pour se laver les mains.

— J'ai l'impression que je vais vomir, dit-il d'une voix qui muait d'un extrême à l'autre de son registre, comme celle d'un jeune adolescent.

— Pourquoi vous ne vous faites pas un soixante-neuf, tous les deux ? braillait la créature en se débattant dans ses liens. Pourquoi vous ne faites pas ça si la femme noire vous flanque la trouille ? Allez, sucez-vous vos p'tites bougies ! Profitez-en tant que c'est possible pasque Detta Walker va sortir de son fauteuil et vous la couper, vot' p'tite bougie maigrichonne, elle va vous la couper pour en nourrir les scies circulaires qui se trimballent là-bas !

— C'est elle, la femme dans laquelle je suis entré, dit le Pistolero. Tu me crois, maintenant ?

— Je te croyais avant. Ne te l'ai-je pas dit ?

— Tu croyais me croire. Tu me croyais du bout de l'esprit. Me crois-tu de tout ton être maintenant ? Jusque dans ses moindres recoins ?

Eddie regarda la chose qui se convulsait et hurlait dans le fauteuil, puis il se détourna, blanc comme un linge hormis sa mâchoire qui saignait encore un peu. Tout ce côté de son visage commençait d'ailleurs à évoquer un ballon de baudruche.

— Oh que oui ! dit-il.

— Cette femme est un monstre.

Eddie se mit à pleurer.

Roland aurait voulu le consoler, ne pouvait se permettre un tel sacrilège (le souvenir de Jake n'était que trop vif), aussi s'enfonça-t-il dans le noir avec en lui cette fièvre nouvelle qui le brûlait et le torturait.

## 6

Beaucoup plus tôt dans la nuit, alors qu'Odetta dormait toujours, Eddie avait dit qu'il avait peut-être une idée de ce qui ne tournait pas rond chez elle. Peut-être. Le Pistolero lui avait demandé de développer.

— Il se peut qu'elle soit schizophrène.

Roland bornant sa réponse à une mimique impuissante, Eddie lui expliqua ce qu'il comprenait de la schizophrénie (savoir glané dans des films tels que *Les Trois Visages d'Eve* ou au hasard de diverses émissions à la télé, en particulier les *soaps*[1] qui, lorsque Henry et lui étaient défoncés, leur

1. *Soap :* feuilleton mélo. *(N.d.T.)*

servaient de toiles de fond pendant leurs voyages). Roland hocha la tête. Oui, la maladie que lui décrivait Eddie semblait correspondre : une femme à deux visages, l'un de lumière, l'autre enténébré, comme la figure que l'homme en noir lui avait montrée sur la cinquième lame de Tarot.

— Et ces gens – les schizophrènes –, ils n'ont pas conscience d'avoir une autre personnalité ?

— Non, dit Eddie. Bien que…

Il en resta là, observant d'un air sombre les homarstruosités qui allaient et venaient et posaient leurs questions, posaient leurs questions et allaient et venaient.

— Bien que quoi ?

— C'est que je ne suis pas jivaro… alors je n'en sais trop rien…

— Jivaro ? Qu'est-ce que c'est ?

— Réducteur de têtes. (Il se tapota la tempe.) Un type qui s'occupe de ce qui ne va pas là-dedans. Le vrai nom, c'est psychiatre.

Roland fit signe qu'il avait compris. Il préférait réducteur de têtes. Parce que l'esprit de cette femme occupait trop de place, deux fois plus que nécessaire.

— Bien qu'à mon avis, reprit Eddie, les schizos se doutent presque toujours qu'il y a quelque chose d'anormal chez eux. À cause des trous de mémoire. Je me trompe peut-être, mais je vois ça comme s'il s'agissait le plus souvent de personnes qui pensent souffrir d'amnésie partielle du fait qu'elles interprètent mal les passages à vide qui semblent se produire quand leur autre « moi » est aux commandes. Elle, en revanche, dit se souvenir de tout. Et si elle le dit, c'est qu'elle est sincèrement persuadée qu'il en est ainsi.

— Je pensais t'avoir entendu dire qu'elle ne croyait pas à la réalité de ce qui lui arrive.

— Ouais, reconnut Eddie, mais oublie ça pour l'instant. Ce que j'essaie de dire c'est que, quelle que soit l'interprétation qu'elle en donne, ses souvenirs passent directement de son living où elle est en peignoir devant le journal télévisé de minuit à sa situation présente. Directement, sans rupture aucune. Elle n'a pas la moindre sensation qu'une autre personne ait pris le relais dans l'intervalle. Et il ne faut pas perdre de vue que, quand tu lui es tombé dessus chez Macy's, ce pouvait être le lendemain ou des semaines plus tard. Je sais qu'on était encore en hiver parce que la plupart des clients dans le magasin étaient en pardessus… (Le Pistolero hocha la tête. Les perceptions d'Eddie s'affinaient. Bien. Il n'avait certes pas encore remarqué ni les bottines ni les écharpes, ni les gants dépassant des poches, mais c'était un début.) Mais à part ça, impossible de dire combien de temps Odetta est restée cette autre femme parce qu'elle n'en sait rien. Je pense qu'elle se trouve dans une situation où elle n'a jamais été auparavant, et pour se protéger des deux côtés, elle a recours à cette histoire de coup sur la tête qu'elle aurait reçu.

Roland acquiesça d'un signe.

— Et puis il y a les bagues, enchaîna Eddie. Les voir lui a donné un sacré choc. Elle a fait de son mieux pour ne pas le montrer mais ça crevait les yeux.

Roland avait alors demandé :

— Si ces deux femmes ignorent qu'elles partagent un même corps, si elles n'ont pas même le soupçon que quelque chose cloche et si chacune d'elles a son propre continuum de souvenirs – en partie réels, en partie forgés de toutes pièces pour justifier le temps de l'autre –, qu'allons-nous faire d'elle ? Comment même allons-nous pouvoir vivre à ses côtés ?

Haussement d'épaules d'Eddie :

— Ce n'est pas à moi qu'il faut poser ce genre de questions. C'est ton problème ! C'est toi qui dis avoir besoin d'elle. Merde, tu as risqué ta vie pour aller la chercher.

Eddie réfléchit un instant à ce qu'il venait de dire et se revit accroupi au-dessus du corps de Roland, le couteau de celui-ci à moins d'un centimètre de sa gorge. Il eut un rire sec, dénué d'humour. *Ouais, mec, ta vie n'a vraiment tenu qu'à un fil.*

Un silence s'installa entre eux. Alors que le Pistolero allait le rompre pour réitérer sa mise en garde et annoncer (assez fort pour être entendu de la Dame si cette respiration régulière ne faisait que feindre le sommeil) qu'il allait se pieuter, Eddie le devança, lui disant quelque chose qui jeta dans son esprit une clarté vive et soudaine, quelque chose qui lui fit comprendre au moins une partie de ce qu'il avait si désespérément besoin de savoir.

À la fin, quand ils avaient franchi la porte.

Elle avait changé à la fin.

Et il avait vu quelque chose, une chose…

— Tu veux que je te dise, fit Eddie, sans cesser de fixer d'un œil morose les restes du feu qu'il remuait avec une pince de leur proie du soir, quand tu l'as ramenée, moi j'ai eu l'impression d'être schizo.

— Pourquoi ?

Eddie regarda Roland, vit que ce n'était pas une question en l'air, qu'il avait une raison précise de la poser – ou crut le voir – et prit une minute pour peser sa réponse.

— C'est rudement dur à décrire, mec. C'était le fait de regarder par cette porte. C'est ça qui m'a décoiffé. Faut bien s'imaginer que quand on y voit bouger quelqu'un c'est comme si on bougeait avec. Mais tu sais de quoi je parle.

Roland hocha la tête.

— Bien. Moi j'ai regardé ça comme si c'était un film – si tu ne sais pas ce que c'est, laisse tomber, aucune importance –, et ce, presque jusqu'à la fin. Et puis tu as retourné Odetta vers ce côté-ci de la porte, et pour la première fois de ma vie je me suis vu. C'était comme… (Il chercha, en vain.) Ch'sais pas. On aurait pu dire que c'était comme de se voir dans une glace, mais ça n'aurait pas collé parce que… parce que c'était comme d'avoir quelqu'un d'autre en face de soi. D'être retourné comme un gant. D'être en deux endroits à la fois. Merde, je ne sais pas, moi.

Clouer le Pistolero sur place n'en réclamait pas plus. C'était là ce qu'il avait senti quand ils avaient franchi la porte, ce qui lui était arrivé à elle, et pas seulement à elle, à elles deux : l'espace d'un instant Detta et Odetta s'étaient regardées, pas comme si chacune avait vu son reflet dans un miroir mais en tant que deux personnes distinctes ; la glace s'était muée en vitre et, pendant quelques secondes,

Odetta avait vu Detta et Detta avait vu Odetta et une horreur égale les avait frappées.

*Elles savent, l'une comme l'autre*, songea le Pistolero, lugubre. *Qu'elles n'aient pas su avant, peut-être ; c'est exclu désormais. Elles peuvent essayer de se le cacher, mais il est un instant où elles se sont vues, où elles ont su. Et ce savoir est toujours en elles, maintenant.*

— Roland ?

— Oui ?

— Je voulais simplement être sûr que tu ne dormais pas les yeux ouverts, parce que c'est l'impression que tu donnais, d'être très loin dans l'espace ou dans le passé.

— Auquel cas, je suis de retour. Bon, maintenant je vais me coucher. Rappelle-toi ce que je t'ai dit : sois sur tes gardes.

— Je prends la veille, dit Eddie, mais le Pistolero savait que, malade ou pas, ça allait être à lui de veiller cette nuit.

Tout le reste en avait découlé.

## 7

Passé le chahut, Eddie et Detta Walker avaient fini par se rendormir (elle n'était pas tant tombée dans le sommeil que dans une sorte d'évanouissement, exténuée, le corps retenu par les liens).

Le Pistolero s'était recouché mais restait éveillé.

*Je vais avoir à provoquer un affrontement entre elles deux*, songeait-il sans qu'il fût besoin qu'un des « réducteurs de têtes » d'Eddie lui soufflât qu'un tel combat risquait d'être effroyable. *Si c'est la part de lumière, Odetta, qui en sort vivante, tout peut encore bien se passer, mais si c'est l'autre, la part ténébreuse, il est presque certain que tout sera perdu.*

Il sentait néanmoins que n'était pas requise la mort de l'une ou l'autre mais leur fusion. Il s'était déjà rendu compte de la valeur que pouvait avoir pour lui – pour eux – la pugnacité vulgaire de Detta Walker, et souhaitait l'avoir à ses côtés... mais sous contrôle. Un long chemin les attendait. Detta les voyait, Eddie et lui, comme des monstres de quelque espèce nommée par elle 'culé d'cul blanc. Dangereuse illusion, sans plus, mais ils étaient voués à rencontrer des monstres bien réels – les crustacés géants n'étant que les premiers d'une longue série. L'agressive et tenace énergie de cette femme dans laquelle il était entré hier et qui venait de resurgir cette nuit de sa cachette pouvait se révéler, à condition d'être tempérée par la tranquille humanité d'Odetta Holmes, décisive dans un combat contre de tels monstres... particulièrement décisive maintenant qu'il lui manquait deux doigts, qu'il était presque à court de balles alors que la fièvre le gagnait.

*Cela dit, nous n'en sommes pas là. Je crois que l'étape initiale pourrait être de faire prendre conscience à chacune de l'existence de l'autre, ce qui amènerait une confrontation. Mais comment y parvenir ?*

Il resta éveillé tout au long de cette longue nuit, réfléchissant et retournant le problème en tous sens, et bien qu'il sentît la fièvre croître en lui, la solution refusa d'apparaître.

## 8

Eddie s'éveilla peu avant l'aube, vit le Pistolero assis, drapé à l'indienne dans sa couverture, près des cendres de leur feu de la veille, et le rejoignit.

— Comment tu te sens ? lui demanda-t-il à voix basse.

La Dame dormait encore dans l'entrecroisement des cordes, bien qu'elle sursautât de temps à autre, marmonnât et gémît.

— Bien.

Eddie l'examina.

— Tu n'en donnes pas l'impression.

— Merci, dit sèchement Roland.

— Tu trembles.

— Ça passera.

La Dame s'agita de nouveau. Cette fois, dans les mots qui lui échappèrent il y en eut un presque reconnaissable. *Oxford*, peut-être.

— Seigneur, ça me fait mal de la voir attachée comme ça, murmura Eddie. Comme un veau à l'étable.

— Elle ne va pas tarder à se réveiller. Il se peut qu'alors on puisse la détacher.

Ce qu'ils voulaient l'un et l'autre dire, en fait, c'était que, lorsque la Dame dans le fauteuil ouvrirait les yeux, si le regard était serein, peut-être même légèrement perplexe, ce serait alors Odetta Holmes qui allait les accueillir.

Un quart d'heure plus tard, lorsque le soleil décocha ses premiers rayons par-dessus les collines, ces yeux s'ouvrirent – cependant ce ne fut pas le regard serein d'Odetta Holmes qu'ils virent mais les éclairs de rage de Detta Walker.

— Combien de fois vous m'avez violée pendant qu'j'étais dans les pommes ? J'me sens l'con lisse et poissé comme si on y avait fou'é une poignée d'ces p'tites bougies minus qu'vous aut' 'culés d'culs blancs vous appelez des bites.

Roland soupira.

— Allons-y, dit-il, et il se mit debout, grimaçant sous l'effort.

— Pas question que j'aille que'qu' pa' avec toi, cul blanc, cracha Detta.

— Oh, mais si, rétorqua Eddie, tu vas nous accompagner, je regrette infiniment, chérie.

— Où vous allez m'emmener ?

— Ma foi, fit Eddie, ce qu'il y avait derrière la Porte Numéro Un n'était pas terrible terrible, et derrière la Numéro Deux, c'était pire encore, alors maintenant, au lieu de laisser tomber comme si on avait deux sous de bon sens, on va aller jeter un coup d'œil derrière la Trois. Vu la progression, on a des chances d'y trouver quelque chose du genre Godzilla ou Ghidra Les Trois Têtes, mais, tu vois, j'suis optimiste. Je me dis qu'ça pourrait être la batterie de cuisine en inox.

— J'i'ai nulle pa'.

— Mais si, mais si, dit Eddie qui alla se placer derrière le fauteuil.

Elle recommença de se débattre dans ses liens, mais les nœuds étaient l'œuvre du Pistolero et plus elle se débattait, plus ils se resserraient. Elle eut tôt fait de s'en apercevoir. Venimeuse en diable mais ayant oublié d'être bête. Elle n'en décocha pas moins à Eddie par-dessus son épaule un sourire qui le fit légèrement reculer. Il lui semblait n'avoir jamais vu sur un visage humain d'expression aussi perverse.

— Bon, dit-elle, j'vais p't-êt' ben fai' un bout d'chemin avec vous, mais pas aussi loin qu'tu t'imagines, fomage blanc. Et pas aussi vite, j'peux te l'ju'er.

— Qu'est-ce que tu veux dire ?

Encore une fois, ce sourire par-dessus l'épaule, tout de jouissance mauvaise.

— Tu ve'as bien, fomage blanc. (Ses yeux, fous mais convaincants, se posèrent brièvement sur le Pistolero.) Tous les deux, vous allez voi'.

Eddie referma ses mains sur les poignées du fauteuil et ils reprirent leur marche vers le nord, laissant à présent outre leurs pas la double trace de la Dame sur le sable de cette plage apparemment sans fin.

## 9

La journée fut un cauchemar.

Dur d'évaluer la distance parcourue quand c'était dans un décor qui variait si peu, mais Eddie n'en sut pas moins qu'ils se traînaient à présent.

Et il savait à qui la faute.

Que oui.

*Tous les deux, vous allez voir*, avait dit Detta, et ils ne s'étaient pas ébranlés depuis plus d'une demi-heure qu'ils commençaient à voir.

Pousser.

D'abord ça. Pousser le fauteuil sur une plage de sable fin aurait été aussi impossible que de conduire une voiture dans une épaisse couche de poudreuse. L'agglomérat marneux de cette grève rendait l'exploit possible, loin d'être aisé toutefois. Ça consentait à rouler un moment sans problème, dans le crissement des coquillages et les projections de gravier sous le caoutchouc plein des roues... puis ça bloquait sur une plaque de sable plus fin et le jeune homme se retrouvait alors grogner en peinant pour forcer le passage. Le sable aspirait littéralement les roues et il fallait simultanément pousser et peser de tout son poids sur les poignées si l'on ne voulait pas voir le fauteuil et son ballot d'occupante basculer tête la première.

Et supporter en prime les gloussements de Detta.

— Alo's, mon mignon, tu t'amuses bien de'iè'e ? lui demandait-elle chaque fois qu'il rencontrait l'un de ces pièges.

Quand le Pistolero s'approcha pour l'aider, il le renvoya d'un geste.

— Tu auras ta chance. On va faire un roulement.

*Mais je pense que mes tours vont durer nettement plus longtemps que les siens*, fit une voix dans sa tête. *Avec la touche qu'il se paie, je suppose que c'est déjà trois* fois trop de *boulot pour lui de se traîner, alors pousser le fauteuil... Non, m'sieur. J'crois que c'est à toi seul d'assumer. Dieu qui se venge, vois-tu ? Après toutes ces années où tu as porté ta guenon, voilà qu'il te faut en pousser une !*

Il émit un rire bref avec ce qui lui restait d'haleine.

— Qu'est-ce qui te fais ma'er, f'omage blanc ? demanda Detta d'une voix qu'elle voulait sarcastique mais qu'Eddie devina un rien hargneuse.

*Visiblement, pour Miss Detta, je ne suis pas censé trouver quoi que ce soit de drôle dans la situation*, se dit-il.

— Laisse tomber, cocotte, tu ne comprendrais pas.

— C'est moi qui vas te laisser tomber, dit-elle. Toi et ton copain, z'allez même tomber de si haut que vous vous r't'ouve'ez en mille mo'ceaux sur c'te plage. En attendant, tu fe'ais mieux d'ga'der ton souffle pou' me pousser. T'as déjà l'ai' de plus en avoi' t'op.

— Bon, apparemment, tu es capable de parler pour nous deux, hoqueta Eddie. Ton souffle n'est pas près de te lâcher ?

— En pa'lant d'lâcher, j'vas t'en lâcher un, cul blanc. Ça va t'exploser au nez si fo't que t'en passe'as l'a'me à gauche.

— Promesses, promesses.

Eddie extirpa le fauteuil du sable et leur progression reprit sans trop de problèmes... pour un temps, du moins. Le soleil n'était pas encore au plus haut mais arrachait déjà de belles suées.

*La journée s'annonce amusante et instructive*, se dit-il. *Je vois ça d'ici.*

Piler net.

Ça, c'était le deuxième truc.

Ils avaient atteint une portion de plage plus compacte. Eddie poussait le fauteuil plus vite avec le vague espoir que cette vitesse acquise lui permettrait de franchir sur sa lancée le prochain piège à sable.

Et tout d'un coup, le fauteuil s'arrêta net. Eddie en reçut en pleine poitrine la barre transversale à l'arrière. Il grogna. Le Pistolero leva les yeux mais ses réflexes, si rapides fussent-ils, ne purent empêcher le fauteuil de basculer exactement comme il avait failli le faire à chaque passage sablonneux. Il bascula et Detta bascula avec, ligotée, impuissante, mais n'en ricanant pas moins. Elle ricanait toujours quand, finalement, Eddie et Roland réussirent à redresser le véhicule et son occupante, constatant que certaines cordes s'étaient resserrées au point de lui cisailler vraisemblablement les chairs, bloquant la circulation sanguine aux extrémités. Elle était tombée sur le front et se l'était sérieusement éraflé ; du sang lui ruisselait jusque dans les sourcils. Mais elle ricanait quand même.

Puis le fauteuil fut de nouveau sur ses roues, les deux hommes pantelants et hors d'haleine. C'est qu'il leur avait fallu soulever plus de cent vingt kilos sans doute, dont une bonne moitié assurée par le seul fauteuil. Eddie songea que si le Pistolero avait prélevé la Dame d'Ombres dans son époque à lui, 1987, l'engin en aurait facilement pesé trente de moins.

Detta alternait gloussements et râlantes, clignait des yeux pour en ôter le sang.

— 'Ga'dez-moi ces mectons. Pas fichus de pousser sans m'fai' 'amasser un billet d'pa' te'e.

— C'est ça, marmonna Eddie. Téléphone à ton avocat et colle-le-nous aux fesses.

— Et z'avez l'ai' complètement vannés. C'était si du' que ça de me 'elever ? Z'avez ben mis dix minutes.

Le Pistolero déchira un nouveau pan de sa chemise – au point où elle en était, quelle importance ? – et il s'apprêtait à étancher la plaie au front de Detta quand les dents de celle-ci se ruèrent à la rencontre de la main secourable – c'était la gauche, celle qui avait encore tous ses doigts – et le claquement de ces dents qui se refermaient sur le vide persuada Eddie que si Roland avait été moins vif sa main droite n'aurait plus guère eu de motif d'être jalouse de l'autre.

Elle ricanait, rivait sur lui des yeux emplis de joie mauvaise, mais, derrière, le Pistolero y voyait la peur. Detta le craignait. Il était le Vraiment Méchant.

Pourquoi ce titre ? Parce qu'il se pouvait qu'à un niveau plus profond elle le sentît conscient de ce qu'elle était.

— J'ai failli t'avoi', cul blanc, dit-elle. C'te fois, c'était moins une.

Et elle ricana, caquet de sorcière.

— Tiens-lui la tête, dit tranquillement le Pistolero. Elle mord comme une belette.

Eddie fit comme demandé pendant que Roland essuyait la plaie. De faible étendue, elle n'avait pas l'air très profonde mais le Pistolero ne voulut prendre aucun risque. Il descendit lentement jusqu'à la mer, trempa son morceau de chemise dans l'eau salée puis remonta vers Eddie et la Dame.

Elle se mit à hurler à son approche.

— Ne me touche pas avec ce t'uc ! Plus maintenant qu'tu l'as t'empé dans c'te flotte d'où so'tent ces poisons d'bestioles ! Fiche le camp avec ça ! Fiche-moi le camp.

— Tiens-lui la tête, dit encore une fois Roland, toujours sur le même ton. (Elle la lançait de gauche et de droite.) Je ne tiens à prendre aucune sorte de risques.

Eddie la lui maintint de nouveau... et serra quand elle tenta de se dégager. Elle vit qu'il prenait sa tâche à cœur et se calma aussitôt, ne manifestant plus la moindre peur à l'endroit du chiffon mouillé. Tout ça n'avait été que de la comédie.

Elle sourit au Pistolero qui bassinait sa blessure, la nettoyait avec soin des derniers grains de sable qui la souillaient.

— En fait, t'as pas l'ai' simplement vanné, cul blanc, fit-elle remarquer. T'as l'ai' malade comme un chien. M'est avis qu' t'i'as pas loin comme ça. Qu' t'es pas en état d'fai' un long voyage.

Eddie examinait les commandes rudimentaires du fauteuil. Il y avait là un frein à main qui bloquait les deux roues. Detta s'était débrouillée pour y amener sa main droite et avait eu la perverse patience d'attendre qu'Eddie ait pris de la vitesse pour l'actionner, provoquant ainsi sa propre chute. Dans quel but ? Nul autre que les ralentir. Il n'y avait aucun motif logique d'agir de la sorte, mais une femme comme Detta n'avait pas besoin de motifs, se dit-il. Une femme comme elle était parfaitement capable de faire une chose pareille par pure méchanceté.

Roland relâcha quelque peu les nœuds de manière à ce que le sang pût circuler plus librement puis rattacha la main de Detta loin du frein.

— T'en fais pas, mon bonhomme, dit-elle en lui décochant un éclatant sourire dangereusement surchargé de dents. T'en fais pas, je me déb'ouille'ai quand même. Il y a bien d'aut'es moyens de vous 'alenti', les ga's. Toutes so'tes de moyens.

— Allons-y, dit le Pistolero d'une voix sans timbre.

— Ça va, mec ? lui demanda Eddie.

Roland était très pâle.

— Oui. Allons-y.

Et ils se remirent en route.

# 10

Le Pistolero insista pour pousser pendant une heure et le jeune homme, à contrecœur, lui céda la place. Roland franchit sans encombre une première plaque de sable, mais Eddie dut venir à sa rescousse pour sortir le fauteuil de la deuxième. La respiration du Pistolero n'était plus qu'un halètement convulsif et c'était à grosses gouttes que la sueur perlait à son front.

Eddie le laissa reprendre les poignées et, pendant quelque temps, Roland se montra parfaitement à même de contourner les endroits présentant des risques ; puis de nouveau les roues s'ensablèrent et le jeune homme ne put supporter longtemps le spectacle de son compagnon pesant et poussant, pantelant, cependant que la sorcière (car il en était venu à la voir ainsi) hurlait de rire et se lançait de tous côtés pour lui compliquer la tâche. Il n'y tint plus ; bousculant le Pistolero, il souleva le fauteuil pour le porter en terrain ferme dans une embardée rageuse. Le siège vacilla et voilà qu'il en voyait/sentait l'occupante se pencher au maximum que le lui permettaient ses liens, avec une étrange prescience du moment adéquat pour réitérer sa chute.

Roland jeta tout son poids sur l'arrière du fauteuil aux côtés d'Eddie et ils l'empêchèrent de basculer.

Detta se retourna et leur fit un clin d'œil d'une complicité si obscène qu'Eddie sentit la chair de poule lui remonter le long des bras.

— Z'avez enco'e failli m'fai' tomber, mes mignons, dit-elle. Va falloi' fai' un peu plus attention à l'aveni'. Je ne suis qu'une vieille dame handicapée, alo's j'aime'ais qu'on ait des éga'ds pou' moi.

Elle éclata de rire.

Et bien qu'Eddie eût les plus grands égards pour l'autre part de cette femme – il était même tout bonnement tombé amoureux d'elle sur la seule base du bref moment qu'ils avaient passé ensemble à parler –, il sentit ses mains le démanger de serrer ce cou, d'étouffer ce rire, de l'étouffer jusqu'à ce qu'elle n'eût plus jamais la possibilité de rire.

Elle se retourna de nouveau, vit ce qu'il pensait comme si c'était écrit sur son visage à l'encre rouge, et n'en rit que plus fort. Elle le défia du regard. *Vas-y, cul blanc, fais-le. T'as envie de le fai' ? Alo's fais-le.*

*En d'autres termes*, pensa Eddie, *ne te contente pas de renverser le fauteuil, renverse la nénette. Allonge-la pour de bon. Être tuée par un Blanc pourrait bien être le seul but qu'ait Detta dans la vie.*

— Bon, dit-il, reprenant les poignées. On est partis pour visiter la côte, mon chou, que ça te plaise ou non.

— Va te fai'e fout', cracha-t-elle.

— On lui dira, fit Eddie, démarrant.

Le Pistolero le suivit, les yeux rivés au sol.

## 11

Ils atteignirent un vaste affleurement de roches alors que le soleil indiquait dans les onze heures et y firent une halte assez longue, profitant de l'ombrage alors que l'astre montait à son zénith. Eddie et le Pistolero mangèrent les restes de leur proie de la veille. Eddie en offrit à Detta qui, à nouveau, refusa. Elle savait où ils voulaient en venir, leur cracha-t-elle à la figure, et, puisque c'était ça, ils n'avaient qu'à le faire de leurs propres mains au lieu de chercher à l'empoisonner. C'était de la lâcheté.

*Eddie a raison*, se prit à songer le Pistolero. *Cette femme s'est forgé des souvenirs sur mesure. Toute une chaîne d'événements depuis hier soir alors qu'en fait elle a dormi à poings fermés.*

Elle croyait qu'ils lui avaient apporté des morceaux de viande qui puaient la mort et la putréfaction, puis qu'ils l'avaient narguée en se régalant de bœuf au sel arrosé de cette sorte de bière qu'avaient contenue leurs flacons. Elle s'imaginait les avoir vus de temps à autre lui tendre des morceaux de cette nourriture saine qu'ils mangeaient, les reprendre au dernier moment, à l'instant où elle allait mordre dedans… et rire, bien sûr. Dans le monde de Detta Walker (du moins dans la vision qu'elle en avait), les 'culés d'culs blancs ne faisaient que deux choses aux femmes un peu foncées : ils les violaient ou ils riaient d'elles, voire les deux à la fois.

Ça frisait le comique. Eddie Dean n'avait plus vu de viande de bœuf depuis son voyage dans la diligence du ciel, et Roland depuis qu'il avait mangé sa dernière lanière de viande séchée, les dieux seuls savaient en quel passé reculé. Quant à la bière… il partit à rebrousse-temps.

Tull.

Il y avait eu de la bière à Tull. De la bière et du bœuf.

Dieu, qu'une bière serait la bienvenue ! Sa gorge le brûlait et la fraîcheur d'une bière eût tempéré ce feu. C'eût été plus efficace encore que les *astines* du monde d'Eddie.

Ils allèrent se mettre à l'écart.

— J'suis pas d'assez bonne compagnie pou' des Blancs comme vous, p't-êt' ? caqueta-t-elle dans leur dos. Ou c'est simplement pou' vous t'ipoter vos p'tites bougies pâlichonnes ?

Elle rejeta la tête en arrière et hurla de rire, provoquant l'envol effaré des mouettes qui tenaient congrès un quart de mille plus loin sur les rochers.

Le Pistolero s'assit, les mains ballant entre les genoux, et s'absorba dans ses réflexions. Il finit par relever la tête.

— Je ne comprends pas un mot sur dix de ce qu'elle raconte, annonça-t-il à Eddie.

— J'ai une nette avance. J'arrive à en saisir un sur trois. Mais tu ne perds pas grand-chose, la plupart se résument à *'culés d'culs blancs*.

Roland hocha la tête.

— Est-ce qu'il y a beaucoup de gens à la peau sombre qui parlent comme ça, là d'où tu viens ? Ce n'était pas le cas de *l'autre*.

Eddie éclata de rire.

— Non ! Et je vais te dire un truc assez drôle… enfin, que je juge assez drôle, mais parce qu'il n'y a pas vraiment de quoi rire, peut-être. Ça n'a aucune réalité. De la pure invention. Et elle ne s'en rend même pas compte.

Roland le regarda sans rien dire. Eddie poursuivit :

— Tu te rappelles quand tu as voulu lui laver le front et qu'elle a fait semblant d'avoir peur de l'eau ?

— Oui.

— Tu savais que c'était du chiqué ?

— Pas au début, mais j'ai vite compris.

Eddie hocha la tête.

— Elle jouait donc un rôle, et consciemment. Mais comme elle est visiblement douée, on a marché pendant quelques secondes. Eh bien, sa façon de parler, c'est aussi du cinéma, mais beaucoup moins bon. Ça ne correspond à rien de réel. C'est purement débile !

— Tu penses qu'elle n'est bonne actrice que quand elle a conscience de jouer un rôle ?

— Exactement. Là, ça m'a fait l'effet d'un croisement entre un bouquin que j'ai lu qui s'appelait *Mandingo* et la façon dont Butterfly McQueen s'exprime dans *Autant en emporte le vent*. Je sais que ça ne te dit rien, tout ça, mais ce que je veux te faire comprendre, c'est qu'elle débite des clichés. Tu connais ce mot ?

— C'est ce que disent ou croient les gens qui n'ont rien ou presque rien dans la tête.

— Parfait. Je n'aurais pas pu trouver une meilleure définition.

— Z'avez pas enco' fini d'vous b'anler, p'tits gars ? (Elle finissait par avoir la voix qui s'éraillait.) Ou p't-êt' que vous a'ivez pas à t'ouver vot' tit' bougie ? C'est ça ?

— Allons-y. (Le Pistolero se releva lentement, chancela un moment, vit Eddie qui le regardait et sourit.) Ça ira.

— Combien de temps ?

— Autant qu'il faudra, répondit Roland, et la sérénité de sa voix glaça le cœur d'Eddie.

## 12

Ce soir-là, le Pistolero tira la dernière cartouche dont il fût certain pour abattre leur repas. Dès le lendemain, il allait tester systématiquement toutes celles qui lui restaient mais ne se faisait pas trop d'illusions : comme lui avait dit Eddie, ils en seraient sans doute bientôt réduits à tuer les homarstruosités à coups de pierre.

Cette nuit ne différa pas des autres : le feu, la popote, le repas – un repas tout en lenteur à présent, sans enthousiasme. *On se contente de survivre*, se dit Eddie. Encore une fois, ils apportèrent à manger à Detta qui, encore une fois, hurla, ricana, se répandit en insultes, leur demanda s'ils allaient longtemps continuer de la prendre pour une idiote, puis commença de se lancer de part et d'autre du fauteuil, indifférente à la constriction des cordes, tendue vers le seul objectif de basculer une fois de plus le fauteuil pour qu'ils aient de nouveau à la ramasser avant de pouvoir s'attaquer à leur repas.

Elle allait y parvenir quand Eddie lui bloqua les épaules pendant que le Pistolero assurait la stabilité du fauteuil en calant des grosses pierres de part et d'autre des roues.

— Calme-toi, lui dit Roland, et je te desserrerai un peu les nœuds.

— Viens me lécher la me'de que j'ai dans le t'ou de balle, 'culé d'cul blanc.

— Je n'ai pas compris si ça voulait dire oui ou non.

Elle le regarda, les yeux réduits à deux fentes, soupçonnant quelque sarcasme dans cette voix sereine. (Eddie aussi, mais également incapable de déterminer si la suspicion était fondée.) Puis elle rétorqua, boudeuse :

— OK, j'me calme. J'ai t'op faim pou' m'agiter, de toute façon. Vous comptez fai'e quoi, maintenant ? M' donner que'que chose que j'puisse manger ou me laisser c'ever ? C'est ça, vot'e plan ? Z'êtes t'op lâches pou' m'étouffer et vous savez bien que j'touch'ais jamais à c'te nou'itu' 'poisonnée, donc ça doit êt' ça, vot' plan. Bon, laissez-moi c'ever d'faim. On va voi' si ça ma'che. Sû', on va bien voi'.

Elle leur décocha de nouveau son sourire à glacer les sangs.

Et, peu de temps après, s'endormit comme une masse.

Eddie effleura la joue de Roland qui lui jeta un bref regard mais ne se déroba pas au contact de sa main.

— Ça va, dit le Pistolero.

— Ouais, tu pètes la forme, je sais. Mais tu veux que je te dise ? On n'a pratiquement pas avancé aujourd'hui.

— Je sais.

Le fait d'avoir tiré leur dernière cartouche fiable l'obnubilait. Il jugeait toutefois inutile d'en faire part à Eddie. Pas ce soir, du moins. Il n'était pas malade mais son état de fatigue interdisait un surcroît de mauvaises nouvelles.

*Pas malade, non, pas encore, mais s'il continue comme ça, sans un réel repos, il finira par l'être.*

Et il l'était déjà, en un sens. Le Pistolero et lui déployaient un bel éventail de pathologies superficielles. Eddie avait des engelures au coin des lèvres et des plaques de desquamation, le Pistolero sentait ses dents qui se déchaussaient et des crevasses sanguinolentes s'étaient ouvertes entre ses orteils comme entre ses doigts restants. Ils n'étaient pas sous-alimentés mais mangeaient jour après jour la même chose et finiraient par en mourir aussi sûrement que de faim.

*On a le scorbut*, se dit Roland. *Le mal des marins sur la terre ferme. Pas plus compliqué que ça. Et d'un comique… On a besoin de fruits, de verdure.*

Eddie montra la Dame.

— Et elle va continuer de nous mener la vie dure.

— À moins que l'autre ne réapparaisse.

— J'aimerais bien, mais comment y compter ? (Il prit une pince noircie et commença de faire des gribouillis dans la poussière.) Tu as une idée de ce qui nous reste à faire avant la prochaine porte ?

Roland fit non de la tête.

— Je dis ça parce que, s'il y a autant de distance entre la Numéro Deux et la Numéro Trois qu'entre la Numéro Un et la Numéro Deux, on risque d'être dans la merde.

— On y est déjà.

— Ouais, jusqu'au cou. En fait, tout ce que je me demande, c'est combien de temps je vais tenir à patauger dedans.

Roland lui donna une tape sur l'épaule, geste affectueux si rare qu'Eddie ouvrit des yeux ronds.

— Mais il y a une chose que la Dame ne sait pas, dit-il.

— Ah bon ? fit Eddie. Qu'est-ce que c'est ?

— Que nous autres, 'culés de culs blancs, on est capables de tenir longtemps et d'aller loin en pataugeant.

Eddie éclata de rire. Un rire bruyant, inextinguible, qu'il s'empressa d'étouffer dans ses bras pour ne pas réveiller Detta. S'il vous plaît, merci, de rien, c'était largement suffisant pour aujourd'hui.

Le Pistolero le regarda, souriant.

— Bon, je vais me pieuter, dit-il. Tu restes…

— … sur mes gardes. T'en fais pas, j'ai compris.

## 13

Le cri ensuite.

Eddie sombra dans le sommeil à la seconde même où sa tête toucha la chemise roulée dont il se servait comme oreiller. Il ne parut pas s'écouler plus de cinq minutes avant que Detta se mît à hurler.

Il se réveilla instantanément, s'attendant à n'importe quoi, à quelque Roi Homard remonté des abîmes tirer d'eux vengeance pour le massacre de ses enfants ou à une autre horreur descendue des collines. À vrai dire, il n'eut que l'impression de s'être instantanément réveillé car le Pistolero était déjà debout, un revolver à la main gauche.

Et quand elle les vit tous deux réveillés, Detta s'arrêta de crier.

— Juste pou' tester vos 'éflexes, les gars, leur annonça-t-elle. Pou'ait y avoi' des loups dans l'coin. Ça m'a l'ai' assez paumé pou' qu'il y en ait. Alo's j'voulais êt' sû' que si j'voyais un loup app'ocher, j'pou'ais vous 'éveiller à temps.

Mais il n'y avait aucune peur dans ses yeux, rien qu'un scintillement amusé.

— Seigneur, fit Eddie d'une voix pâteuse.

La lune était levée mais à peine. Ils n'avaient pas dormi deux heures.

Le Pistolero rengaina son arme.

— Ne t'avise pas de recommencer, dit-il à la Dame.

— Vous fe'ez quoi, si je 'ecommence ? Vous me viole'ez ?

— Si on avait dû te violer, tu l'aurais déjà été cent fois, rétorqua Roland sans hausser le ton. Ne t'avise pas de recommencer, c'est tout.

Il se recoucha, disparut sous sa couverture.

*Mon Dieu, mon Dieu*, pensa Eddie, *dans quel putain de pétrin...* et il n'alla pas plus loin, dériva dans le néant de la fatigue et puis elle fut de nouveau à déchirer l'air de ses cris, de ses appels de sirène, et de nouveau Eddie fut debout, corps embrasé par l'adrénaline, poings crispés, et elle riait maintenant, la voix rauque et râpeuse.

Eddie leva les yeux au ciel et constata que la lune avait à peine parcouru dix degrés depuis leur précédent réveil.

*Elle est décidée à continuer*, se dit-il avec lassitude. *Elle ne va pas fermer l'œil pour nous surveiller et, une fois sûre que nous aurons glissé dans un profond sommeil, dans ce sommeil où on peut vraiment recharger ses accus, elle va se remettre à brailler. Et elle va recommencer encore et encore jusqu'à ce qu'elle n'ait plus de voix.*

Elle cessa brutalement de rire. Roland marchait sur elle, ombre au clair de lune.

— T'app'oche pas, fomage blanc, fit Detta, mais avec un tremblement dans la voix. T'as pas inté'êt à m'toucher.

Roland s'immobilisa près d'elle et, un moment, Eddie eut la conviction absolue que le Pistolero avait simplement atteint le bout de sa patience et qu'il allait l'écraser comme une mouche. Soudain, contre toute attente, il le vit plier un genou à terre, comme s'il s'apprêtait à faire sa demande en mariage.

— Écoutez, dit-il, d'un ton si suave qu'Eddie put à peine y croire. (La même surprise se lut sur les traits de Detta, sauf que la terreur, là, s'y mêlait.) Écoutez-moi, Odetta.

— Pou'quoi tu me dis vous ? Et pourquoi tu m'appelles comme ça : O-detta. C'est pas mon nom.

— Ta gueule, salope, gronda le Pistolero, puis repassant à sa voix veloutée : Si vous m'entendez, si vous avez quelque contrôle sur elle...

— Qu'est-ce qui t'p'end d'me pa'ler comme ça, mec ? À c'oire qu'tu pa'les à quelqu'un d'aut'. T'a'ête ça tout d'suite, tu m'entends ?

— ... faites qu'elle se taise. Je pourrais la bâillonner, mais je ne veux pas. Un bon bâillon est dangereux. Il y a un risque d'étouffement.

— TU VAS TOUT D'SUITE A'ÊTER CES CONNE'IES D'VAUDOU CUL BLANC ! T'AS ENTENDU, 'CULÉ D'CUL BLANC, TOUT D'SUITE !

— Odetta.

Murmure. Crépitement feutré comme un début d'averse.

Elle se tut, le fixa, les yeux écarquillés. Eddie n'avait jamais vu tant de haine et de peur à ce point concentrées dans un regard humain.

— À mon sens, cette salope n'en a rien à faire de mourir étouffée par un bâillon, reprit Roland. Elle cherche à se faire tuer mais, plus que tout, c'est votre mort qu'elle cherche. Mais vous avez tenu bon jusqu'à présent, et je ne crois pas que Detta soit une nouvelle venue dans votre vie. Elle s'y sent trop chez elle. Il se peut donc que vous puissiez m'entendre, que vous puissiez exercer sur elle quelque contrôle, même si vous n'êtes pas encore en mesure de prendre les commandes.

« Empêchez-la de se réveiller une troisième fois, Odetta.

« Je ne tiens pas du tout à la bâillonner.

« Mais si j'y suis contraint, je le ferai.

Il se leva, s'éloigna sans un regard en arrière, s'enroula à nouveau dans sa couverture et se rendormit presque aussitôt.

Elle le regardait toujours, les yeux ronds, les narines palpitantes.

— Putain d'vaudou d'cul blanc, répéta-t-elle entre ses dents.

Eddie se recoucha, mais cette fois, le sommeil se fit tirer l'oreille, malgré la fatigue qui le terrassait. Il dérivait à la frange de sa conscience, tendu dans l'attente des cris et, irrésistiblement, se retrouvait ramené en arrière.

Trois heures et quelques plus tard, alors que la lune achevait son hémicycle visible, il finit par échapper à l'insomnie.

Detta ne se signala plus de la nuit, soit que Roland l'eût effrayée, soit qu'elle préférât garder sa voix pour plus tard, ou encore – peut-être, mais seulement peut-être – qu'Odetta eût capté le message du Pistolero et lui eût rendu le service demandé.

Eddie avait fini par s'endormir mais il se réveilla lessivé. Son premier regard fut pour le fauteuil, un regard d'espoir contre tout espoir : celui d'y voir Odetta… par pitié, mon Dieu, d'y voir Odetta…

— Salut, f'omage blanc, fit Detta, et elle lui décocha son sourire de requin. J'me disais qu' t'allais do'mi' jusqu'à midi. Tu peux pas t'pe'mett'e ça pasque qu'on a enco' des kilomèt' à s'taper, non ? Et m'est avis qu'tu vas avoi' à fai' l'boulot tout seul ou p'es-que, ca' ton copain aux yeux d'vaudou, y m'fait l'imp'ession d'êt' plus pat'aque chaque fois qu'je l''ega'de. Ça, pou' êt' pat'aque, il est pat'aque. M'est avis qu'y n'va plus manger g'and-chose, même c'te chouette viande fumée qu'vous ga'dez pou' les moments où vous aut', 'culés d'culs blancs, vous vous t'ipotez vos p'tites bougies. Allez, fomage blanc, vas-y, Detta voud'ait pas t'empêcher d'attaquer ta jou'née du bon pied.

Sa voix et ses paupières s'abaissèrent un peu et ses yeux se posèrent sur lui de biais, sournois.

— Non, Detta voud'ait pas.

*Car ça va êt' un jou' dont tu vas t'souveni', fomage blanc*, lui promirent les yeux sournois de la fille. *Ouais, t'es pas p'ès d'l'oublier.*

*Pou' sû'.*

## 14

Ils couvrirent une lieue ce jour-là, plutôt moins que plus, et à deux reprises le fauteuil de Detta se renversa. La première fois, ce fut l'œuvre de son occupante : patiemment, subrepticement, elle avait atteint le frein à main et l'avait tiré. Pour la seconde chute, Eddie se débrouilla comme un grand, n'eut pas besoin d'aide pour pousser trop fort dans l'un de ces maudits pièges à sable. L'incident se produisit en fin de journée, et il paniqua, se dit qu'il n'allait tout bonnement pas réussir à la sortir de là. Puis, dans une ultime et gigantesque poussée, il libéra toute l'énergie qu'il était parvenu à rassembler et, bien sûr, ce fut si violent que la femme bascula comme Humpty Dumpty de son mur. Et lui et Roland eurent un mal de chien à la remettre droite. Ils faillirent ne pas terminer à temps. La corde qui lui passait sous les seins était remontée se tendre en travers de sa gorge et les efficaces nœuds coulants du Pistolero étaient en train de l'étrangler. Son visage avait déjà pris une drôle de couleur bleue et elle était sur le point de perdre conscience. Pourtant elle n'en consacrait pas moins le peu de souffle qui lui restait à son insupportable ricanement.

*Pourquoi te casser la tête ?* fut à deux doigts de demander Eddie à Roland qui s'activait déjà à libérer le nœud. *Laisse-la crever ! Je ne sais pas si elle veut sa mort, comme tu dis, mais elle veut la nôtre à coup sûr… alors laisse tomber !*

Puis le souvenir d'Odetta lui revint (même si leur rencontre avait été si brève et semblait remonter si loin dans le passé qu'elle commençait à s'effacer de sa mémoire) et il s'avança pour aider le Pistolero.

Celui-ci le repoussa d'un geste impatient.

— Pas de place pour deux, dit-il.

Quand la corde perdit sa tension meurtrière et que la Dame en fut à hoqueter pour reprendre son souffle (qu'elle continuait à exhaler en bouffées de rire hargneux), il se tourna vers Eddie et posa sur lui un regard critique.

— Je pense qu'il est temps de s'arrêter pour la nuit.

— Encore un peu. (Le ton du jeune homme était presque suppliant.) Je peux encore aller un peu plus loin.

— Voyez-vous ça ! C'est qu'il est costaud, l'étalon ! I' peut enco' abat' une 'angée de coton et ga'der assez d'éne'gie pou' bien t'sucer ta p'tite bougie pâlichonne ce soi'.

Elle s'obstinait à refuser toute nourriture et son visage s'émaciait, se réduisait à un jeu d'angles et de lignes. Ses yeux brillaient au fond d'orbites creuses.

Roland ne lui prêta aucune attention, et reporta son regard sur Eddie qu'il examina attentivement. Il finit par hocher la tête.

— Bon, encore un peu. Pas très loin mais un peu.

Vingt minutes plus tard, Eddie renonça de lui-même, les bras mous comme de la guimauve.

Ils s'assirent à l'ombre d'un rocher, dans le vacarme des mouettes, contemplant la marée montante, dans l'attente que le soleil se couche, sonnant l'heure où les homarstruosités sortiraient des flots, entameraient leur ratissage lourdaud du bord de mer.

Assez bas pour que Detta ne pût entendre, le Pistolero apprit à Eddie qu'ils étaient à court de cartouches fiables. Les lèvres du jeune homme se pincèrent mais, à la satisfaction de son compagnon, ce fut tout.

— Bon. Il va falloir leur écrabouiller la tête, conclut Roland. Et tu vas avoir à t'en occuper. Je pourrais à la rigueur soulever une pierre assez grosse pour faire le boulot mais je serais incapable de la lancer avec précision.

Ce fut à son tour d'être soumis à un examen prolongé.

Dont Eddie n'eut pas l'air d'aimer le résultat.

Auquel Roland mit fin d'un geste.

— C'est comme ça et puis c'est tout.

— Le *ka*, dit Eddie.

— Le *ka*, répondit le Pistolero, qui, hochant la tête, esquissa un piètre sourire.

— Caca, fit Eddie, et ils se regardèrent.

Puis éclatèrent de rire. Roland parut surpris, peut-être vaguement effrayé, du raclement qui lui sortit des lèvres. Il ne prolongea pas trop l'épreuve, et s'enferma ensuite dans une humeur lointaine et mélancolique.

— C'est d'avoir finalement 'éussi à vous dégo'ger l'poi'eau qui vous fait 'igoler comme ça ? leur cria Detta d'une voix tout aussi éraillée et mourante. Quand c'est-y qu'vous vous décidez à vous défoncer la 'ondelle ? C'est ça qu'Detta veut voi' ! Vous défoncer la 'ondelle !

## 15

Eddie tua un homard.

Comme d'habitude, Detta refusa de toucher à la part qu'il lui apportait. Il mangea la moitié d'un morceau devant elle, lui tendit l'autre.

— Pas question ! (Elle le foudroyait du regard.) Tu m'p'ends pou' une conne ? T'as mis l'poison à l'aut' bout, à ç'ui qu'tu m'donnes.

Sans mot dire, Eddie mit l'autre moitié dans sa bouche, mâcha puis avala.

— Ça p'ouve quoi ? fit Detta, ronchon. Fous-moi la paix, f'omage blanc.

Eddie fit la sourde oreille. Il lui tendit un second morceau.

— Tu le coupes en deux. Tu me donnes la moitié que tu veux. Je la mange. Et puis tu manges le reste.

— Tu t'imagines que j'vais couper dans tes entou'loupettes de cul blanc, Missié Cha'lie ? Taille-toi, j'te dis, j't'ai assez vu.

## 16

Pas de cris, cette nuit-là, mais au matin, c'était encore elle.

# 17

Le lendemain vit leur performance se réduire à deux milles bien que Detta n'eût rien tenté pour faire basculer le fauteuil. Peut-être n'avait-elle plus la force de se livrer à des actes de sabotage, pensa Eddie, à moins qu'elle n'eût mesuré qu'elle pouvait désormais s'en passer. Trois facteurs concouraient à une issue inexorable : l'épuisement d'Eddie, le terrain – qui, après d'interminables journées interminablement semblables, avait fini par se modifier – et l'état du Pistolero qui continuait d'empirer.

Pour ce qui était du terrain, les trous à sable ne constituaient plus qu'un obstacle occasionnel mais la suite n'était pas plus réjouissante. Le sol avait pris l'aspect aride d'un mélange de poussière, de gros sable et de cailloux (où l'on rencontrait çà et là des touffes d'herbe rabougrie qui semblaient s'excuser de leur présence) d'où jaillissaient de plus en plus fréquemment de grosses masses rocheuses qu'Eddie avait du mal à contourner. Et bientôt, il s'aperçut que la plage elle-même allait disparaître, les collines fauves et inhospitalières ne cessant de se rapprocher – Eddie en distinguait maintenant le lacis de ravines comme taillées à l'emporte-pièce par quelque géant maladroit. Et ce soir-là, tandis qu'il sombrait dans le sommeil, il entendit au loin dans ce relief désolé ce qui ressemblait au cri d'un énorme chat sauvage.

Cette plage qu'Eddie avait crue sans fin allait donc en avoir une. Quelque part devant, les collines allaient se resserrer sur elle et la bouter hors de l'existence, puis s'avancer dans la mer et s'y enfoncer à leur tour, promontoire d'abord, archipel ensuite, puis plus rien.

Ce terme à leur progression en terrain plat n'était pas sans l'inquiéter, mais moins que l'autre progression, celle de l'infection chez Roland.

Désormais le Pistolero ne semblait plus tant consumé par la fièvre que dissous par elle, vidé de sa substance, s'acheminant vers la transparence.

Le faisceau de lignes rouges était de retour, avançant vaillamment vers le coude sur la face interne de l'avant-bras droit.

Voilà deux jours qu'Eddie gardait les yeux rivés sur les lointains devant eux, guettant l'apparition d'une porte, de la porte magique. Deux jours aussi qu'il attendait la réapparition d'Odetta.

Et que la réalité, dans les deux cas, s'obstinait à contredire ses espérances.

Avant de s'endormir, ce soir-là, deux terribles pensées le traversèrent, telle une plaisanterie à double chute.

Et s'il n'y avait pas d'autre porte ?

Et si Odetta Holmes était morte ?

## 18

— Debout, 'culé d'cul blanc ! hurla Detta, le tirant de son coma nocturne. M'est avis qu'y a plus qu'toi et moi pour répond' p'ésent. J'ai comme qui di'ait l'imp'ession qu'ton copain a cané, qu'à c'te heu'e c'est plus toi qu'il enfile mais l'diab' au fond d'l'enfe'.

Eddie jeta un coup d'œil vers le Pistolero enroulé dans sa couverture et, l'espace d'un effroyable instant, il se dit que cette salope avait raison. Puis Roland remua, émit un gémissement pâteux et se redressa en position assise.

— Voyez-vous ça ! (Elle avait tant braillé que sa voix désormais se brisait, se réduisait de temps à autre au chuchotement furieux du vent d'hiver sous une porte.) J'te c'oyais mort, du schnock !

Maintenant, avec une infinie lenteur, le Pistolero se levait. Une fois de plus Eddie eut à l'esprit l'image d'un homme en train de gravir une échelle invisible. Et une émotion l'assaillit, rage et pitié mêlées… émotion familière, étrangement nostalgique, qu'il mit un moment à reconnaître. Puis ça lui revint. C'était la même chose que dans le temps, quand Henry et lui, vautrés devant la télé, regardaient un match de boxe où l'un des types sur le ring abîmait l'autre, l'abîmait salement, cognait encore et encore, pendant que la foule hurlait, réclamait du sang, et qu'Henry à ses côtés hurlait avec les autres, réclamant aussi sa part de sang, et que lui, Eddie, restait figé sous le double assaut de la colère et de la compassion, sous celui d'un dégoût muet, et qu'il restait là, au fond du canapé, à expédier message mental sur message mental à l'arbitre : *Mais arrête ça, mec. T'es aveugle ou quoi ? Tu ne vois pas que ce type est en train de crever ! De crever, j'te dis ! Alors qu'est-ce que tu attends, merde, pour arrêter le combat !*

Pour ce qui était du combat actuel, il n'y avait personne à qui gueuler par télépathie pour y mettre un terme.

Roland posa sur Detta le regard halluciné de ses yeux fiévreux.

— Tu es loin d'être la première à avoir cru ça. (Il se tourna vers Eddie.) Tu es prêt ?

— Oui, je pense. Et toi ?

— Oui.

— Tu vas pouvoir…

— Oui.

Ils s'ébranlèrent pour une nouvelle journée de marche.

Aux environs de dix heures, Detta porta les mains à ses tempes et se mit à les masser.

— A'ête, dit-elle brusquement. J'me sens mal. J'c'ois que j'vais dégueuler.

— Sans doute que tu as trop mangé, hier soir, répliqua Eddie sans cesser de pousser le fauteuil. Tu as eu tort de prendre du dessert. Ne t'avais-je pas prévenue que ce gâteau au chocolat était dur à digérer ?

— J'te dis j'vais dégueuler, me'de ! J'ai…

— Arrête, Eddie, fit le Pistolero.

Eddie s'arrêta.

Dans le fauteuil, la femme fut soudain saisie de contractions spasmodiques comme si un courant électrique la traversait. Ses yeux s'écarquillèrent, rivés sur rien.

— C'est moi qu'ai cassé le plat de ta vieille conne de Tante Bleue ! hurla-t-elle. Ouais, c'est moi que j'l'ai cassé, et j'suis toujours vach'ment contente de l'a…

Puis tout aussi brusquement, elle s'affaissa, bascula en avant. S'il n'y avait pas eu les cordes pour la retenir, elle serait tombée du fauteuil.

*Seigneur, elle est morte, elle a eu une attaque et elle est morte*, pensa Eddie. Il bondit, s'apprêtant à contourner le fauteuil, quand il se rappela combien elle était rusée, démoniaque, et s'immobilisa tout aussi brusquement qu'il s'était élancé. Il tourna vers le Pistolero un regard que celui-ci lui rendit, serein, ne perdant rien de ce qui se passait.

Puis elle gémit, ouvrit les yeux.

Des yeux qu'Eddie reconnut.

Les yeux d'Odetta.

— Grand Dieu, aurais-je de nouveau perdu connaissance ? Je suis désolée que vous ayez dû m'attacher. Maudites jambes ! Mais je crois pouvoir me redresser un peu si…

Mais, à cet instant, ce furent les jambes de Roland qui commencèrent à se dérober sous lui, et il perdit connaissance à quelque trente milles au sud de l'endroit où s'achevait la grève de la Mer Occidentale.

# REBRASSAGE

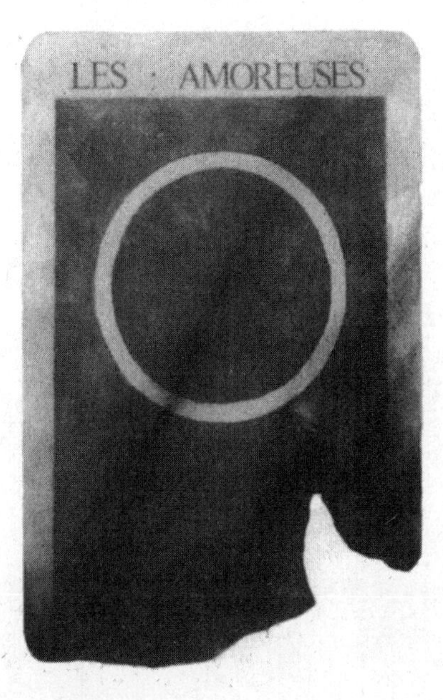

# 1

Pour Eddie Dean, ni lui ni la Dame ne semblaient plus se traîner ni même marcher sur les derniers milles de plage. C'était plutôt comme s'ils y volaient.

Roland n'inspirait toujours, à l'évidence, ni affection ni confiance à Odetta Holmes, mais elle se rendait compte à quel point son état était désespéré et réagissait en conséquence. Maintenant, au lieu de pousser une masse inerte d'acier et de caoutchouc à laquelle un corps s'était trouvé attaché, Eddie avait presque l'impression de pousser un véhicule sur coussin d'air.

*Va-t'en avec elle. Avant, j'avais à veiller sur toi, et c'était important. Maintenant, je ne ferai que vous ralentir.*

Il s'aperçut que le Pistolero était bien près d'avoir raison. Eddie poussait la chaise, Odetta aidait les roues.

Eddie avait l'un des revolvers du Pistolero passé dans la ceinture de son jean.

*Tu te souviens quand je t'ai dit de rester sur tes gardes et que tu ne l'as pas fait ?*

*Oui.*

*Je te le répète : Reste sur tes gardes. À tout moment. Si son autre personnalité reprend le dessus, ne perds pas une seconde. Assomme-la.*

*Et si je la tue ?*

*Ce sera la fin. Mais qu'elle te tue et ce sera aussi la fin. Et si elle réapparaît, elle essaiera. Je te garantis qu'elle essaiera.*

Eddie l'avait quitté à contrecœur. Pas seulement à cause du cri de chat sauvage entendu dans la nuit (même s'il y pensait sans arrêt), simplement parce que Roland était devenu sa seule prise sur ce monde auquel ni lui ni Odetta n'appartenaient.

Il ne s'en rendait pas moins compte que le Pistolero avait raison.

— Tu veux qu'on fasse une pause ? demanda-t-il à Odetta. Il reste un peu à manger.

— Pas encore. (La fatigue néanmoins était nette dans sa voix.) Bientôt.

— Comme tu veux. Mais arrête au moins de pousser sur les roues. Tu es trop faible. Ton estomac…

— D'accord.

Elle se tourna, lui offrit son visage ruisselant de sueur éclairé d'un sourire qui à la fois le faisait fondre et le régénérait. Il aurait accepté de mourir pour un tel sourire… et pensait même y être prêt si les circonstances l'exigeaient.

Bien sûr, il espérait ne jamais voir ces circonstances se présenter mais n'avait aucune illusion. Le temps était devenu crucial, à en hurler.

Elle croisa les mains dans son giron et il continua de pousser. Derrière eux, sur la grève, le sillage du fauteuil était à peine visible, le sol devenu progressivement plus ferme s'étant aussi jonché d'épaves susceptibles de provoquer un accident, un accident qu'ils ne pourraient éviter à la vitesse où ils allaient, et dans lequel Odetta risquait d'être gravement blessée. Un accident qui, tout aussi gravement, risquait d'endommager le fauteuil. Grave pour eux, et plus encore pour le Pistolero presque à coup sûr voué à une mort solitaire en ce cas. Et si Roland mourait, ils seraient à jamais piégés dans ce monde.

Avec Roland trop malade et trop affaibli pour marcher, Eddie s'était retrouvé confronté à la nudité d'un fait : ils étaient trois ici, dont deux infirmes.

Quel espoir donc ? Comment s'en tirer ?

Le fauteuil.

Le fauteuil était cet espoir, le seul espoir, et rien qu'un espoir.

Alors, à la grâce de Dieu.

## 2

Le Pistolero avait repris conscience peu après qu'Eddie l'eut traîné à l'ombre d'un rocher. Sur son teint d'un gris terreux se détachaient les marques brûlantes de la fièvre. Sa poitrine se soulevait et retombait à un rythme accéléré. Un long gant de résille rouge lui recouvrait le bras droit de son réseau vénéneux.

— Donne-lui à manger, dit-il ou plutôt croassa-t-il à Eddie.

— Tu…

— T'occupe pas de moi. Ça va aller. Tu lui apportes à manger. Elle ne refusera plus, je crois. Qu'elle reprenne des forces, tu vas en avoir besoin.

— Et si elle ne faisait que semblant d'être…

Roland eut un geste d'impatience.

— Elle ne fait semblant de rien, si ce n'est dans le secret de son corps. Tu le sais aussi bien que moi. Ça te crève les yeux si tu la regardes. Tu lui donnes à manger, pour l'amour de ton père, et pendant qu'elle mange, tu reviens me voir. Dépêche-toi. Chaque minute compte, à présent. Chaque seconde.

Eddie se leva. Le Pistolero le retint. Maladie ou pas, cette main crispée autour de son poignet gardait une force étonnante.

— Et tu ne dis rien sur l'autre. Pas un mot. Quoi qu'elle te dise, quoi qu'elle t'explique, tu ne la contredis pas.

— Pourquoi ?

— Je n'en sais rien. Mais il ne faut pas, ça je le sais. Maintenant, fais ce que je te dis et ne perds plus de temps.

Il avait retrouvé Odetta contemplant la mer avec dans le regard une expression rêveuse et légèrement surprise. Quand il lui avait tendu les restes de homard de la veille, elle avait souri.

— J'en prendrais si j'osais, lui dit-elle. Mais tu sais comment ça se passe.

Non, il ne savait pas… n'avait pas la moindre idée de ce dont elle parlait, et ne put que hausser les épaules et insister :

— Essaie quand même, Odetta. Il faut que tu manges. On va devoir faire vite et cela va réclamer toute notre énergie.

Elle eut un petit rire et lui toucha la main. Il sentit comme une décharge électrique passer de son corps à elle au sien. Oui, c'était bien elle, Odetta. Pas plus que Roland, il ne pouvait en douter.

— Je t'aime, Eddie. Tu as fait de tels efforts. Montré tant de patience. Lui aussi… (Elle se tourna vers le rocher contre lequel Roland, adossé, observait la scène.)… Mais ce n'est pas le genre d'homme facile à aimer.

— Ouais, j'en sais quelque chose.

— Bon, je veux bien refaire un essai.

— Pour toi.

Elle sourit et c'était effectivement pour elle que bougeait le monde, il le sentit, à cause d'elle, et il pensa : *Pitié, mon Dieu. Ça n'a jamais été à ce point. Alors, pitié, ne me la reprenez pas.*

Elle prit les morceaux qu'il lui tendait, fronça le nez, petite grimace triste et pitoyable, puis leva de nouveau les yeux vers Eddie.

— Je dois ?

— Un coup pour voir.

— C'est que je n'ai plus jamais remangé de crustacés.

— Pardon ?

— Je croyais t'avoir raconté…

— Tu l'as peut-être fait, dit-il, puis il rit, le conseil de Roland soudain lui revenant à l'esprit : ne rien lui laisser soupçonner de la présence de l'autre.

— Il y en a eu un soir au dîner. J'avais dix ou onze ans. J'ai eu horreur du goût, horreur de la texture : comme des balles de caoutchouc sous la dent, et j'ai tout vomi plus tard. Je n'en ai plus jamais remangé. Enfin… (elle soupira)… un coup pour voir, comme tu dis.

Elle porta un morceau à sa bouche, comme un gosse une cuillère du sirop qu'il déteste, mâcha d'abord avec lenteur, puis plus vite, puis avala. Elle prit un autre morceau. Mâcha. Avala. Un troisième. N'en fit qu'une bouchée. Maintenant, à peine Eddie arrivait-il à suivre le mouvement de sa main.

— Whaou ! Ralentis.

— Ce ne doit pas être la même espèce de homard ! Voilà, bien sûr ! (Elle posa sur Eddie un regard rayonnant.) On a avancé sur cette plage et l'espèce a changé. Je n'y suis plus allergique, apparemment ! Ça n'a même plus mauvais goût comme avant… et pourtant je faisais des efforts pour ne pas vomir. N'est-ce pas que j'en ai fait ?

— Ça oui. (Il avait l'impression d'entendre sa voix comme une émission lointaine à la radio. *Elle est persuadée d'avoir essayé de manger, jour après jour, et de n'avoir rien pu garder*, pensa-t-il. *C'est l'explication qu'elle donne à sa faiblesse. Seigneur !*) Pour sûr que tu as fait des efforts.

— Et ce goût… (ou du moins est-ce de cette manière qu'il interpréta son *é-eu-ou* qu'elle prononçait la bouche pleine)… délicieux ! (Elle rit, trille cristallin, adorable.) Et ça va rester ! Je vais me nourrir ! Je vais reprendre des forces ! Je le sais ! Je le sens !

— Ne passe quand même pas d'un extrême à l'autre, lui conseilla-t-il en lui tendant une des outres. Ton estomac n'a plus l'habitude… Toutes ces fois où tu as… (il déglutit et il y eut dans sa gorge un *clic* audible – du moins pour lui)… où tu as vomi.

— Oui, oui.

— Il faut que j'aille dire un mot à Roland.

— D'accord.

Mais il allait partir quand elle le retint de nouveau par la main.

— Merci, Eddie. Merci d'être si patient. Et tu le remercies lui aussi. (Elle marqua une pause, sérieuse.) Tu le remercies et tu ne lui dis pas qu'il me fait peur.

— Je m'en garderai, avait répondu Eddie avant de retourner voir le Pistolero.

## 3

Même quand elle ne poussait pas sur les roues, Odetta l'aidait. Elle dirigeait leur course avec la prescience d'une femme rompue à l'art de conduire un fauteuil roulant dans un monde qui allait encore mettre bien des années à accepter l'existence d'handicapés comme elle.

— Gauche, criait-elle, et le jeune homme infléchissait leur trajectoire sur la gauche, dépassant une pointe rocheuse qui, tel un chicot érodé, affleurait à la surface grise et grenue de la grève. Seul, il aurait peut-être vu l'obstacle, comme il aurait pu ne pas le voir.

— Droite, et il basculait le fauteuil sur la droite, manquant de peu l'un des rares pièges à sable qu'ils rencontraient encore.

Ils finirent par s'arrêter. Eddie s'allongea, le souffle court et rauque.

— Dors, lui dit-elle. Dors une heure. Je te réveillerai.

Eddie la regarda.

— Si je te le dis, je le ferai. Je sais très bien dans quel état est ton ami...

— Ce n'est pas vraiment mon ami, tu s...

— ... et j'ai parfaitement conscience que le temps nous est compté. Je n'irai pas te laisser dormir plus d'une heure par quelque commisération malvenue, et je sais très bien lire l'heure au soleil. Tu ne lui feras aucun bien en t'exténuant toi aussi. Je me trompe ?

— Non, reconnut-il, mais il pensait : *Tu ne peux pas comprendre. Si je m'endors et que Detta Walker refait surface...*

— Alors dors, dit-elle, et comme Eddie était trop épuisé (trop amoureux aussi) pour faire autrement que s'en remettre à elle, il s'endormit.

Et elle le réveilla une heure plus tard comme prévu, et c'était toujours Odetta, et ils se remirent en route, et de nouveau elle l'aidait, ses bras comme des pistons. Ils filèrent sur cette plage qui tirait à sa fin vers cette porte qu'Eddie ne cessait de chercher des yeux et qu'il continuait de ne pas voir.

## 4

Quand il avait quitté Odetta bien engagée dans son premier repas depuis des jours et des jours pour retourner auprès du Pistolero, Eddie avait trouvé ce dernier un peu mieux.

— Approche-toi, lui avait dit Roland.

Eddie s'était accroupi à côté du Pistolero.

— Laisse-moi l'outre qui n'est qu'à moitié pleine. Ça me suffira. Tu vas emmener Odetta jusqu'à la porte.

— Et si je ne...

— Si tu ne trouves pas de porte ? Tu la trouveras. Les deux premières étaient là. La troisième ne fera pas exception. Si tu l'atteins ce soir avant le coucher du soleil, attends la nuit et abats deux homards. Il va falloir que tu lui laisses à manger et que tu te débrouilles pour qu'elle soit le plus à l'abri possible. Si vous n'y êtes pas ce soir, abats une triple ration de gibier. Tiens.

Il lui tendit l'un des pistolets.

Eddie prit l'arme avec respect, surpris comme auparavant par son poids.

— Je croyais qu'il ne nous restait que des cartouches foireuses.

— Sans doute est-ce le cas. Mais j'ai chargé ce revolver avec celles qui me semblaient avoir le moins pris l'eau : les trois qui étaient au-dessus de la boucle de chaque ceinturon. Il y en aura peut-être une pour accepter de partir. Deux, si tu as de la chance. Mais ne les gaspille pas pour nos copains à pinces. (Ses yeux soumirent Eddie à un bref examen.) Il se peut qu'il y ait autre chose par là-bas.

— Toi aussi tu as entendu ?

— Si tu parles de ce qui miaulait dans les collines, la réponse est oui. Mais c'est non si tu penses à un type aux yeux en boule de loto du genre de celui que tu es en train d'imiter. J'ai entendu une sorte de chat sauvage dans les halliers dont la voix devait être quatre fois plus grosse que le corps, c'est tout. Rien dont tu ne puisses sans doute venir à bout avec un simple bâton. Mais c'est plutôt elle qui m'inquiète. Si son autre personnalité réapparaît, il te faudra éventuellement…

— Je ne la tuerai pas, si c'est ce que tu veux dire.

— Il te faudra éventuellement lui mettre du plomb dans l'aile. Compris ?

Non sans répugnance, Eddie acquiesça. De toute façon, ces putains de cartouches allaient sans doute faire long feu, alors pourquoi se casser la tête à l'avance ?

— Quand vous aurez atteint la porte, tu l'y laisses. Tu veilles à ce qu'elle soit le plus en sécurité possible et tu reviens me chercher avec le fauteuil.

— Et le revolver ?

Un tel éclair embrasa les yeux du Pistolero qu'Eddie rejeta brusquement la tête en arrière comme si Roland venait de lui braquer un lance-flammes sur la figure.

— Mon Dieu ! Je rêve ! Lui laisser une arme chargée alors que l'autre, à tout instant, risque de refaire surface. Tu es complètement givré ou quoi ?

— Les cartouches…

— Rien à foutre des cartouches ! hurla le Pistolero, et une saute de vent porta son cri jusqu'à Odetta qui tourna la tête et les regarda un long moment avant de se remettre à contempler la mer. Tu ne lui laisses ce revolver sous aucun prétexte !

Eddie baissa le ton pour éviter une nouvelle indiscrétion du vent.

— Et si quelque chose descend des collines pendant que je suis sur le chemin du retour ? Une sorte de chat quatre fois plus gros que sa voix au lieu du contraire ? Quelque chose dont il n'est pas question de venir à bout avec un bâton ?

— Tu lui laisses un tas de pierres à portée de main.

— Des pierres. Seigneur ! Tu es vraiment le dernier des salauds !

— Je réfléchis, moi, rétorqua le Pistolero. Ce qui ne semble pas être ton cas. Je t'ai donné mon arme pour que, durant la première partie du trajet qui te reste à faire, tu puisses la protéger contre cette sorte de danger dont tu parles. Ça te plairait que je reprenne le pistolet ? Parce que ça pourrait te donner l'occasion de mourir pour elle et que c'est peut-être ça qui te plairait ? Très romantique… mais alors, au lieu que ce soit juste elle, c'est nous trois qui y passerions.

— C'est d'une logique impeccable. Tu n'en restes pas moins le dernier des salauds.

— Bon, tu pars ou tu restes. Mais tu arrêtes de me traiter de tous les noms.

— Tu as oublié quelque chose, fit Eddie, furieux.

— Quoi ?

— De me dire de grandir. C'est toujours ce que finissait par me lâcher Henry : « Grandis un peu, gamin ! »

Le Pistolero sourit. Un sourire las, étrangement beau.

— Je crois que c'est déjà fait. Tu es grand maintenant. Alors, tu pars ou tu restes ?

— J'y vais. Qu'est-ce que tu vas manger ? Elle a dévoré tous les restes.

— Le dernier des salauds trouvera bien un moyen. Ça fait des années que le dernier des salauds en trouve.

Eddie détourna les yeux.

— Je… je suis navré de t'avoir appelé comme ça, Roland. Mais cette journée… (il éclata d'un rire suraigu)… a été un vrai calvaire.

Roland sourit de nouveau.

— Oui. Tu peux le dire.

## 5

Ils firent ce jour-là leur meilleur temps de tout le voyage, mais il n'y avait toujours aucune porte en vue quand le soleil commença de dérouler sa voie d'or en travers de l'océan. Odetta eut beau lui assurer qu'elle se sentait parfaitement capable de poursuivre encore une demi-heure, il décida d'en rester là pour la journée. Il la sortit du fauteuil et la transporta jusqu'en un endroit où le sol était assez lisse, l'y déposa puis retourna prendre les coussins du siège et du dossier pour l'installer confortablement.

— Seigneur, soupira-t-elle. C'est si bon de pouvoir s'étirer. Pourtant… (son front s'assombrit)… je n'arrête pas de penser à cet homme, à Roland, qui est tout seul là-bas, et ça me gâche tout le plaisir. Qui est-ce, Eddie ? Qu'est-il ? (Puis, pratiquement comme si ça venait de lui revenir :) Et pourquoi passe-t-il son temps à crier ?

— Ce doit être dans sa nature, répondit le jeune homme avant de s'éloigner aussitôt en quête de pierres utilisables.

Roland ne haussait pour ainsi dire jamais la voix. La réflexion d'Odetta pouvait reposer en partie sur l'éclat de ce matin – *Rien à foutre des cartouches !* – mais pour le reste, cela semblait relever d'un faux souvenir, et d'un temps où elle croyait avoir été elle-même.

Il suivit les consignes de Roland et tua trois homarstruosités, si concentré sur la tâche de broyer la tête de la dernière qu'il fut bien près d'être le gibier d'une quatrième. Elle s'était approchée sur sa droite et, quand il vit ses pinces se refermer sur l'emplacement occupé une seconde auparavant par son pied et par sa jambe, il ne put s'empêcher de penser aux doigts manquants du Pistolero.

Il fit cuire ses proies sur un feu de bois sec – l'empiétement croissant des collines et leur végétation de moins en moins clairsemée facilitaient la recherche d'un combustible efficace ; c'était déjà ça – cependant que les dernières lueurs du jour abandonnaient le ciel occidental.

— Regarde, Eddie ! s'écria-t-elle. (Il suivit la direction du doigt qu'elle levait et vit une étoile isolée scintillant sur le sein de la nuit.) N'est-ce pas magnifique ?

— Si.

Et soudain, sans le moindre motif, les yeux d'Eddie se remplirent de larmes. Où donc au juste avait-il passé sa putain de vie ? Où l'avait-il passée, à quoi l'avait-il employée, qui avait-il eu à ses côtés, et pourquoi se sentait-il soudain si lugubre, si fondamentalement abusé par l'existence ?

Le visage d'Odetta renversé vers le ciel était d'une beauté phénoménale, irréfutable sous cette lumière, mais d'une beauté dont la jeune femme n'avait pas conscience, elle qui n'avait d'yeux que pour l'étoile et accompagnait ses regards émerveillés d'un rire très doux.

— Brillante étoile dans le ciel noir… dit-elle, puis elle s'interrompit, le regarda. Tu connais ?

— Oui, fit-il, gardant les yeux rivés au sol.

Sa voix restait assez claire mais, s'il levait la tête, elle allait voir qu'il pleurait.

— Alors aide-moi. Mais il faut que tu regardes.

— D'accord.

Il essuya ses larmes d'un revers de main et regarda l'étoile avec elle.

Brillante étoile… (elle le regarda de nouveau et il se joignit à elle)… dans le ciel noir…

La main d'Odetta se tendit, tâtonnante, et il la saisit. Deux mains, l'une d'un délicieux brun clair chocolat au lait, l'autre de la blancheur tout aussi délicieuse d'une gorge de colombe.

— Première étoile que je vois ce soir, firent-ils à l'unisson, garçon et fille pour le moment, pas encore homme et femme comme ils le seraient tout à l'heure quand il allait faire nuit noire et qu'elle allait l'appeler, lui demander s'il dormait, qu'il allait répondre non et qu'elle lui demanderait s'il voulait bien la prendre dans ses bras parce qu'elle avait froid. Un vœu je fais sous le ciel noir…

Ils se regardèrent et il lui vit les joues baignées de larmes. Les siennes lui remontèrent aussi aux yeux et il les laissa se répandre sans rien faire pour les cacher. Il n'en éprouva nulle honte mais un soulagement indicible.

Ils se sourirent.

— ... exauce le vœu que je fais ce soir, dit Eddie qui pensa : *Toi pour toujours.*

— ... exauce le vœu que je fais ce soir, fit-elle, en écho, pensant : *Si je dois mourir dans cet endroit étrange, que ce ne soit pas trop dur et que ce bon jeune homme soit à mes côtés.*

— Je suis navrée d'avoir pleuré, dit-elle en s'essuyant les yeux. Ce n'est pas mon habitude mais cette journée...

— ... a été un vrai calvaire, acheva-t-il à sa place.

— Oui. Et tu as besoin de manger, Eddie.

— Toi aussi.

— J'espère que ça ne me rendra pas de nouveau malade.

Il lui sourit.

— Je ne crois pas.

## 6

Plus tard, sous le lent menuet des galaxies insolites, ils s'abandonnèrent l'un à l'autre, partageant le sentiment de n'avoir jamais vécu l'acte d'amour avec une telle douceur, une telle plénitude.

## 7

Ils furent en route avec l'aube, filant à la même allure que la veille, et, vers neuf heures, Eddie se prit à regretter de n'avoir pas demandé à Roland ce qu'il faudrait faire s'ils parvenaient au mur de collines sans aucune porte en vue. La question semblait avoir son importance car ce point allait bientôt être atteint. Les collines ne cessaient de se rapprocher, non plus parallèles au bord de mer mais coupant à l'oblique en travers de la grève pour le rejoindre.

La plage même n'en était plus vraiment une. Le sol était ferme, désormais, parfaitement lisse aussi. Quelque chose – le ruissellement, supposait Eddie, voire les averses pendant une éventuelle saison des pluies (il n'avait pas plu depuis qu'il était dans ce monde, pas une goutte ; le ciel s'était couvert deux ou trois fois mais les nuages avaient toujours fini par se dissiper) – avaient emporté la plupart des roches affleurantes.

À neuf heures et demie, Odetta cria :

— Arrête, Eddie ! Arrête-toi !

Il obtempéra si brutalement qu'elle dut se retenir aux bras du fauteuil pour ne pas basculer. En un clin d'œil, Eddie fut devant elle.

— Excuse-moi. Ça va ?

— Oui, très bien. (Il s'aperçut qu'il avait pris l'excitation d'Odetta pour de l'angoisse. Elle avait le doigt pointé droit devant eux.) Là-bas ! N'y a-t-il pas quelque chose ?

Il mit sa main en visière mais ne vit rien. Plissa les yeux et, l'espace d'un instant, crut... non, sans doute n'était-ce qu'un mirage, le chatoiement de l'air au-dessus du sol surchauffé.

— Il n'y a rien là-bas, dit-il, et il sourit. Sinon une projection de ton souhait, peut-être.

— Moi je suis pratiquement sûre de distinguer quelque chose ! (Elle tourna vers Eddie un visage souriant et tout excité.) Comme une forme verticale. Tout au bout de la plage ou presque.

Il scruta de nouveau les lointains, plissa les yeux si fort qu'ils s'emplirent de larmes. Encore une fois, il eut la fugitive impression de voir ce qu'elle lui montrait. *Tu as effectivement vu quelque chose*, pensa-t-il, et il sourit. *Tu as vu une projection de son souhait*.

— Peut-être, dit-il, non parce qu'il y croyait mais parce qu'elle y croyait, elle.

— Allons-y !

Il regagna sa place derrière le fauteuil et s'accorda un moment pour se masser les reins là où une douleur sourde avait fait son nid. Odetta se retourna.

— Qu'est-ce que tu attends ?

— Tu es certaine d'avoir bien vu ?

— Oui !

— Alors allons-y.

Et il recommença de pousser.

## 8

Une demi-heure plus tard, il dut se rendre à l'évidence. *Seigneur*, se dit-il, *elle a d'aussi bons yeux que Roland. Meilleurs, peut-être.*

Ni l'un ni l'autre n'avait envie de s'arrêter, mais il leur fallait manger. Ils prirent un repas rapide et se remirent en route. La marée montait et Eddie jetait sur sa droite – à l'ouest – des regards remplis d'une inquiétude croissante. Ils continuaient d'avancer largement au-dessus de la guirlande de végétation marine marquant la laisse des hautes eaux, mais il ne pouvait s'empêcher de penser qu'au moment où ils atteindraient la porte, ils se retrouveraient dans un angle désagréablement étroit entre, d'un côté, l'océan, de l'autre l'oblique des collines. Et il avait à présent une vision claire de ces dernières. Elles n'avaient rien d'engageant. Chaos de roches cloutées d'arbustes bas qui déroulaient leurs racines jusqu'au sol et s'y agrippaient – poignes noueuses, sinistres serres – et de buissons d'épines. Des collines pas vraiment escarpées mais trop pour un fauteuil roulant. Il pouvait être en mesure de la porter sur un bout de pente, peut-être s'y verrait-il contraint, mais l'idée de la laisser là-haut ne l'enchantait guère.

Pour la première fois depuis longtemps, il entendait à nouveau des insectes. Un peu comme des criquets, mais plus haut perché, sans rythme, rien qu'un *riiiiiii* continu comme celui d'une ligne à haute tension. Il voyait aussi apparaître d'autres oiseaux que des mouettes, des gros parfois, décrivant de vastes cercles au-dessus des terres sur la voilure de leurs ailes raidies. *Des faucons*, pensa-t-il. De temps à autre, il les voyait plier leurs ailes et plonger comme des pierres. Chasser. Chasser quoi ? De petits animaux, sans doute.

Mais il avait toujours en mémoire ce miaulement dans la nuit.

En milieu d'après-midi, la troisième porte se dessina nettement. Comme les deux autres, il s'agissait d'une impossibilité qui n'en était pas moins là, incontestablement.

— Étonnant, entendit-il Odetta murmurer. Tout à fait étonnant.

Elle se dressait à l'emplacement exact qu'il avait prévu, dans l'extrême pointe de cet angle marquant le terme de toute progression aisée vers le nord. Juste au-dessus de la laisse de haute mer et à moins de dix mètres de l'endroit où les collines s'arrachaient au sol, telle une main de géant velue, tapissée de broussailles vert-de-gris en guise de poils.

La marée fut haute alors que le soleil défaillait vers l'océan. Il pouvait être dans les quatre heures – de l'avis d'Odetta, et il la croyait puisqu'elle lui avait affirmé savoir lire l'heure au soleil (et qu'il l'aimait) – quand ils atteignirent la porte.

## 9

Ils ne firent que la regarder, Odetta dans son fauteuil, les mains dans son giron, Eddie debout à ses côtés, les pieds presque léchés par les vagues. Si, d'une certaine manière, ils la regardaient comme ils avaient la veille regardé l'étoile, avec ce regard que les enfants portent sur les choses, ils la regardaient aussi différemment. Les deux enfants de la joie qui avaient fait un vœu devant la première étoile du soir s'étaient faits solennels, cernés par le mystère, peut-être encore enfants mais posant les yeux sur l'inéluctable matérialisation d'une chose qui n'avait jusqu'alors existé pour eux que dans les contes de fées.

Deux mots étaient inscrits sur la porte.

— Qu'est-ce que ça veut dire ? finit par demander Odetta.

— Je n'en sais rien, répondit-il, même si ces mots l'avaient glacé de désespoir, même si la nuit d'une éclipse avait un instant visité son cœur.

— Vraiment ? fit-elle, et ses yeux attendirent la réponse.

— Non. Je... (Il déglutit.) Non.

Elle le regarda encore un moment. Puis :

— Pousse-moi de l'autre côté, s'il te plaît. J'aimerais bien voir comment c'est par-derrière. Je sais que tu es pressé de retourner le chercher, mais peux-tu encore faire ça pour moi ?

Et comment qu'il pouvait !

Ils s'ébranlèrent, contournant la porte par le haut.

— Stop ! s'écria-t-elle. Tu as vu ?

— Quoi ?

— Recule ! Puis repars en regardant la porte.

Il obéit et, cette fois, au lieu de concentrer son attention sur un éventuel obstacle en travers de leur route, il fit comme elle disait. Alors qu'ils amorçaient leur tournant, il vit le panneau rétrécir en perspective, en découvrit les gonds, des gonds qui ne semblaient s'ancrer dans rien, puis n'en vit plus que l'épaisseur...

Puis plus rien.

Il aurait dû y avoir, barrant verticalement le paysage, huit, voire dix centimètres de bois massif (l'extraordinaire épaisseur de la porte n'avait pas manqué de le frapper), mais son regard ne se heurtait à aucun obstacle.

La porte avait disparu.

Son ombre demeurait mais la porte avait disparu.

Il fit deux pas en arrière, de manière à être juste en deçà d'une droite fictive tracée dans le prolongement de la porte, et l'épaisseur de celle-ci réapparut.

— Tu la vois ? s'enquit-il d'une voix blanche.

— Oui. Elle est de nouveau là !

Il repartit vers le nord. Avança d'une trentaine de centimètres : la porte était toujours là. De quinze : toujours là. Encore cinq : toujours là. Deux de plus… envolée.

— Seigneur… murmura-t-il. Seigneur Dieu.

— Tu crois pouvoir l'ouvrir ? demanda Odetta. Ou moi ?

Il se pencha, main tendue, la referma autour du bouton de porte, cette porte sur laquelle deux mots s'inscrivaient.

Il essaya de le tourner dans le sens habituel, puis dans l'autre sens.

Le bouton ne bougea pas d'un pouce.

— Bon, dit-elle, sereine et résignée. C'est pour lui. Je pense qu'on s'en doutait l'un comme l'autre. Va le chercher. Vas-y tout de suite.

— Il faut d'abord que je t'installe.

— Ça ira comme ça.

— Non. Tu es trop près de la mer. Si je te laisse ici, les homards vont sortir au coucher du soleil et tu leur serviras de dî…

Le feulement d'un félin très haut dans les collines l'interrompit comme un couteau tranchant un fin cordon. Cela venait de très haut dans les collines, loin encore, mais plus près que l'avant-veille.

Odetta baissa les yeux sur le revolver passé dans la ceinture d'Eddie, ne s'y attarda qu'un instant, remonta poser son regard sur le visage du jeune homme qui se sentit le rouge aux joues.

— Il ne tient pas à ce que je l'aie, c'est ça ? fit-elle doucement. Il t'a dit de ne pas me le donner. Pour une raison ou une autre, il ne veut pas.

— De toute façon, les cartouches ont pris l'eau, dit-il sans conviction. Elles ne partiraient sans doute pas.

— Je comprends. Porte-moi un peu plus haut sur la pente, Eddie. Tu crois que tu pourras ? J'imagine dans quel état est ton dos – Andrew appelle ça : la Crampe du Fauteuil –, mais inutile d'aller très loin, juste à l'abri des homards. Je doute que quoi que ce soit de vivant se risque si près d'eux.

*Elle a probablement raison pour la marée haute*, pensa Eddie. *Mais qu'en sera-t-il après, quand elle descendra ?*

— Laisse-moi à manger, et des pierres, dit-elle.

Et cet écho inconscient des paroles du Pistolero déclencha une nouvelle bouffée de chaleur chez le jeune homme. Il se sentit jusqu'à la racine des cheveux pareil aux parois de brique d'un four à pain.

Elle le regarda, eut un petit sourire doux et fit non de la tête comme s'il avait exprimé tout haut sa pensée.

— Ce n'est pas le moment de se lancer dans une discussion. J'ai bien vu dans quel état il est. Il n'est pas question de le faire attendre. Tu vas me monter un peu plus haut, me laisser de la nourriture, puis tu reprendras le fauteuil et tu t'en iras.

## 10

Il l'installa au mieux et aussi vite qu'il put, puis sortit le revolver de sa ceinture et le lui tendit en le tenant par le canon. Elle refusa.

— Il serait en colère contre nous deux. Contre toi pour me l'avoir donné, contre moi pour l'avoir accepté.

— Conneries ! s'égosilla Eddie. Qu'est-ce qui a bien pu te mettre ça en tête ?

— J'en suis certaine.

Elle n'en démordrait pas.

— Bon, supposons que ce soit vrai. Je dis bien : supposons… Si tu ne le prends pas, c'est moi qui vais me mettre en colère contre toi.

— Range-le. Je n'aime pas les armes. Je ne sais même pas m'en servir. Si quoi que ce soit s'approchait de moi dans le noir, la première chose que je ferais serait de m'oublier, la deuxième de pointer ce truc dans la mauvaise direction et de me tirer dessus. (Elle s'interrompit, regarda Eddie d'un air grave.) Et ce n'est pas tout, autant que tu le saches. Je ne veux rien toucher qui lui appartienne. Rien. C'est sans doute personnel, mais tout ce qui l'entoure me semble avoir ce que maman appelait le vaudou. J'aime à voir en moi une femme moderne… mais je ne tiens pas à être en possession d'un objet vaudou quand tu seras parti et que ce paysage de ténèbres va se refermer sur moi.

Le regard d'Eddie alla de l'arme à Odetta, restant dubitatif.

— Range-le, répéta-t-elle, sévère comme une institutrice.

Il éclata de rire et obéit.

— Pourquoi ris-tu ?

— Parce qu'en disant ça, tu m'as fait penser à Mlle Hathaway. C'était ma maîtresse au CM1.

Elle eut encore son doux sourire sans détacher ses yeux si lumineux de ceux d'Eddie, puis elle chantonna :

— *Doucement, très doucement s'en vient le soir…*

Sa voix mourut sur les dernières syllabes et ils portèrent un même regard sur le ciel occidental, mais l'étoile de la veille restait invisible même si leurs ombres commençaient de s'étirer.

— Tu es sûre qu'il ne te manque rien, Odetta ?

N'importe quoi pour repousser l'instant du départ. Ça lui passerait une fois qu'il serait en route mais, pour l'heure, il semblait avoir un urgent besoin de trouver prétexte à s'attarder.

— Si, que tu m'embrasses. À moins que tu n'y voies quelque inconvénient.

Il n'en voyait pas et son baiser s'éternisa, puis quand leurs lèvres se séparèrent, elle lui prit le poignet, plongea ses yeux dans les siens.

— Je n'avais jamais fait l'amour avec un Blanc avant la nuit dernière. Je ne sais si ça a oui ou non de l'importance pour toi, ni même si ça en a pour moi, mais j'ai pensé que tu devais le savoir.

Il réfléchit.

— Pour moi, en tout cas, ça n'en a pas. La nuit, tu sais, tous les chats sont gris. Je t'aime, Odetta.

Elle plaça sa main sur la sienne.

— Tu es un jeune homme adorable et il se peut que moi aussi je t'aime, quoiqu'il soit encore trop tôt pour que nous sachions l'un et l'autre…

À cet instant, comme pour lui donner la réplique, une des créatures félines qui hantaient ce que le Pistolero avait appelé les halliers donna de la voix. Elle semblait toujours à cinq ou dix kilomètres de distance mais c'était quand même cinq ou dix kilomètres plus près que la dernière fois, et ça donnait l'impression d'être gros.

Alors qu'ils tournaient la tête dans cette direction, Eddie sentit les cheveux follets de sa nuque qui tentaient de se hérisser sur l'arrière de son crâne… tentaient sans vraiment y parvenir. *Désolé, les tifs*, pensa-t-il bêtement. *Je crois que vous êtes un peu trop longs pour ça.*

Le miaulement s'enfla, se fit cri torturé, ressemblant à la plainte d'un animal luttant contre les affres d'une mort horrible (susceptible en fait de ne correspondre à rien de plus tragique qu'un accouplement réussi). Il dura un bon moment, culmina dans une stridence presque insoutenable, puis commença de se résorber, glissant dans des registres de plus en plus graves jusqu'à cesser et se fondre dans le hululement constant du vent. Ils attendirent un retour qui ne vint pas, mais la décision d'Eddie était prise. Il tira de nouveau le revolver de sa ceinture pour le tendre à Odetta.

— Prends-le et ne discute pas. Si tu as besoin de t'en servir, il peut très bien te jouer un tour de cochon, mais prends-le quand même.

— Tu tiens vraiment à ce qu'on se dispute ?

— Oh, trouve tous les arguments que tu veux, ça n'y changera rien.

Après avoir étudié les yeux tirant sur le noisette du jeune homme, Odetta esquissa un sourire las.

— Pas de discussion, donc. (Elle prit l'arme.) Mais, je t'en prie, fais vite.

— Tu crois que je vais traîner ?

Un dernier baiser, rapide cette fois, et il faillit lui dire d'être prudente… mais sérieusement, les mecs, qu'entendait-on par prudence dans une pareille situation ?

Dans l'ombre qui s'épaississait (les homarstruosités n'étaient pas encore sorties des vagues mais n'allaient plus tarder à honorer leur rendez-vous nocturne), il redescendit jusqu'à la porte et son regard se posa une fois de plus sur les mots qui y étaient inscrits. Le même frisson le traversa. C'étaient des mots terriblement justes. Oui, d'une rare vérité. Il chercha ensuite Odetta sur la pente, resta un temps sans la voir, puis surprit un mouvement, la tache brun clair de la main qu'elle agitait pour lui dire au revoir.

Il agita la sienne en réponse, fit pivoter le fauteuil et, au pas de course, commença de le pousser, tout en le basculant sur l'arrière pour maintenir les roues avant – plus petites et plus fragiles – hors de contact avec le sol et ses obstacles potentiels. Il courut cap au sud, retournant sur ses traces, et pendant la première demi-heure, son ombre l'accompagna, ombre impossible d'un géant décharné qui, collée à la semelle de ses tennis, s'étirait vers l'est sur de longs mètres. Puis le soleil sombra dans les flots et l'ombre disparut. Les vagues échouèrent un premier arrivage d'homarstruosités.

Il s'écoula encore une dizaine de minutes avant qu'il ne levât les yeux pour découvrir la sereine brillance de leur étoile du soir sur le velours bleu nuit du ciel.

*Doucement, très doucement s'en vient le soir...*

*Faites qu'il ne lui arrive rien.* Les douleurs s'insinuaient déjà dans ses jambes et son souffle était trop brûlant, trop oppressant dans ses poumons alors qu'il venait seulement d'amorcer son retour à vide et qu'il lui restait un troisième voyage à faire, avec le Pistolero comme passager. Il se doutait que Roland allait peser nettement plus lourd qu'Odetta, savait qu'il aurait dû ménager ses forces, et n'en courait pas moins, toujours plus vite. *Faites qu'il ne lui arrive rien, c'est là mon vœu. Faites que rien n'arrive à ma bien-aimée.*

Et, comme pour faire planer un sinistre présage sur l'exaucement de ce vœu, un chat sauvage hurla quelque part dans les gorges tourmentées qui entaillaient les collines... à ceci près que la puissance d'un tel cri évoquait plutôt un lion rugissant au fin fond d'une savane africaine.

Eddie accéléra sa course, imprimant une vitesse accrue au véhicule vide qu'il poussait devant lui. Lamentation lugubre et ténue, le vent se mit bientôt à bruire dans les rayons des roues avant qui tournaient sur elles-mêmes.

## 11

Le Pistolero perçut l'approche d'un son gémissant comme celui de l'air dans les roseaux. Il se crispa un instant puis reconnut le rythme qui s'y superposait, celui d'un souffle haletant. Alors il se détendit. C'était Eddie. Il le savait sans avoir besoin d'ouvrir les yeux.

Quand la plainte s'évanouit et que s'espacèrent les chocs sourds marquant chaque foulée (mais pas les sifflements de la respiration), il consentit à les rouvrir. Eddie était planté devant lui, hors d'haleine et les joues ruisselantes de sueur. Sa chemise trempée était plaquée sur sa poitrine, y dessinant une tache uniformément sombre. Disparus les derniers vestiges du look étudiant bon chic bon genre dont Jack Andolini avait recommandé l'adoption avec tant d'insistance pour mieux abuser les douaniers. Ses cheveux lui pendaient sur le front. Il s'était ouvert la couture du jean sous la braguette, et les magnifiques croissants bleu violacé sous ses yeux complétaient le tableau. Un vrai désastre.

— J'ai réussi, dit-il. Je suis de retour. (Il promena un regard circulaire qu'il ramena ensuite sur le Pistolero comme s'il n'arrivait pas à y croire.) Je suis ici.

— Tu lui as donné le revolver.

Roland était dans un sale état, remarqua Eddie, un état comparable à celui dans lequel il l'avait connu avant la première prise écourtée de Keflex. Peut-être même dans un plus sale état. La fièvre semblait rayonner par vagues brûlantes de ce corps adossé au rocher, et il aurait dû en éprouver de la pitié, il le savait, mais il restait apparemment incapable de sentir monter en lui autre chose qu'une colère noire.

— Je me casse le cul pour être de retour ici en un temps record et tout ce que tu trouves à dire c'est : « Tu lui as donné le revolver. » Bravo, mec, je te remercie ! Je n'irai pas dire que je m'attendais à des démonstrations exubérantes de gratitude, mais là, c'est le bouquet.

— Je crois avoir dit la seule chose qui ait de l'importance.

— Puisque tu m'y fais penser, c'est exact : je le lui ai laissé. (Mains sur les hanches, Eddie fixait agressivement l'homme à terre.) Bon, maintenant ce sera selon les préférences de Monsieur. Soit Monsieur grimpe dans ce fauteuil, soit je le replie, histoire de voir si j'arrive à le fourrer tout entier dans le trou du cul de Monsieur. Que choisit Monsieur ?

— Ni l'un ni l'autre. (Roland souriait un peu, comme quelqu'un qui n'en a pas envie mais ne peut s'en empêcher.) D'abord, tu vas dormir, Eddie. On verra ce qu'on verra quand le moment sera venu de voir, mais pour l'heure tu as besoin de sommeil. Tu es lessivé.

— Je veux retourner près d'elle.

— Moi aussi. Mais si tu ne prends pas un minimum de repos, tu vas t'écrouler en route. Pas plus compliqué que ça. Et ce sera mauvais pour toi, pire pour moi, catastrophique pour elle.

Eddie était pris dans un nœud d'indécision.

— Tu as fait vite, concéda Roland, levant vers le soleil des yeux étrécis. Il est seize heures, seize heures quinze, peut-être. Tu vas dormir cinq heures… allez, sept, et il fera nuit noire…

— Quatre. Pas plus de quatre heures.

— D'accord. Jusqu'à ce qu'il fasse noir. C'est ça l'important, à mon sens. Ensuite, tu mangeras. Puis on s'en ira.

— Toi aussi, il faut que tu manges.

Cette esquisse de sourire, une fois de plus.

— J'essaierai. (Ses yeux bleus se posèrent sur Eddie, tranquilles.) Ta vie est entre mes mains désormais. Je suppose que tu en as conscience.

— Oui.

— Je t'ai kidnappé.

— Je sais.

— As-tu envie de me tuer ? Parce que, dans ce cas, fais-le tout de suite au lieu d'exposer l'un ou l'autre d'entre nous… (son souffle s'amenuisa, se réduisit à un sifflement grêle cependant que montaient de sa poitrine des raclements qu'Eddie n'aima guère)… à un surcroît d'inconfort.

— Je n'ai pas envie de te tuer.

— Alors… (cette fois, ce fut une violente et soudaine quinte de toux qui l'interrompit)… va te coucher.

Eddie y alla. Le sommeil, loin de l'envelopper de voiles cotonneux comme il le faisait parfois, le saisit avec les mains brutales d'une amante que le désir rend gauche. Il entendit (ou peut-être ne fut-ce qu'en rêve) le Pistolero dire : « Mais tu n'aurais pas dû lui laisser le revolver », puis pour un temps indéterminé, il fut simplement dans le noir, puis Roland fut à le secouer, le réveillant, puis quand il se fut assis, chaque parcelle de son corps fut douleur, douleur et pesanteur. Une sorte de rouille semblait avoir grippé ses muscles comme les treuils et poulies d'un chantier à l'abandon. Sa première tentative pour se mettre debout se solda par un échec. Il retomba lourdement sur le sable. Réussit au deuxième essai mais eut l'impression que l'élémentaire mouvement de se retourner allait lui prendre vingt minutes. Et lui faire horriblement mal.

Roland l'interrogeait du regard.

— Tu es prêt ? fit le Pistolero, formulant la question.

Eddie hocha la tête.

— Oui. Et toi ?

— Oui.

— Tu y arriveras ?

— Oui.

Ils mangèrent, donc… puis Eddie entama son troisième et dernier voyage sur cette maudite longueur de plage.

## 12

S'ils couvrirent une bonne distance cette nuit-là, Eddie n'en fut pas moins déçu quand le Pistolero annonça qu'ils allaient s'arrêter. Eddie ne marqua pourtant nul désaccord, tout bonnement trop fourbu pour continuer sans repos, mais il avait espéré aller plus loin. Le poids. C'était là le hic. Pousser Roland après Odetta revenait à pousser un chargement de barres à mine. Eddie dormit les quatre heures qui leur restaient avant l'aube, et quand il s'éveilla, le soleil bondissait par-dessus les croupes érodées, derniers soubresauts des montagnes. Roland toussait. Eddie écouta. Toux sans force et sous-tendue de râles, toux de vieillard que la pneumonie va peut-être emporter.

Leurs regards se croisèrent. Le spasme du Pistolero se mua en rire.

— Je ne suis pas encore au bout du rouleau, Eddie, même si c'est l'impression que je donne quand on m'entend. Et toi ?

Eddie pensa aux yeux d'Odetta et fit non de la tête.

— Pas encore, moi non plus, mais je ne cracherais pas sur un cheeseburger accompagné d'une mousse.

— Mousse ? répéta le Pistolero, incertain, revoyant les frais vallons du Parc Royal.

— Laisse tomber. Allez, en voiture, mec. Ça n'a ni cylindres en V ni vitesses au plancher mais on n'en abattra pas moins notre paquet de bornes.

Ainsi firent-ils, mais au crépuscule de ce deuxième jour après qu'Eddie eut laissé Odetta, ils n'en étaient toujours qu'à se rapprocher de la troisième porte. Eddie se coucha dans l'intention d'effectuer un nouveau séjour de quatre heures dans les bras de Morphée mais il ne s'en était pas écoulé deux quand le hurlement d'un de ces chats sauvages l'en arracha, le cœur battant. Seigneur ! l'animal ne pouvait qu'être énorme !

Il vit briller dans le noir les yeux du Pistolero qui s'était redressé sur un coude.

— On y va ? fit Eddie, se levant avec lenteur, grimaçant tant c'était un supplice.

— Tu es sûr de vouloir y aller ? demanda Roland presque en un murmure.

Eddie s'étira, suscitant une série de petits bruits secs le long des vertèbres, comme la mise à feu d'un chapelet de pétards minuscules.

— Ouais. Cela dit, je préférerais que ce soit avec ce cheese-burger dans le ventre.

— Je croyais que c'était du poulet que tu voulais.

— Lâche-moi les baskets, mec, gronda Eddie.

La troisième porte était en vue quand le soleil quitta les collines. Deux heures plus tard, ils l'avaient atteinte.

*De nouveau réunis*, pensa Eddie, s'apprêtant à s'écrouler.

Mais il se trompait, apparemment. Il n'y avait plus trace d'Odetta Holmes. Plus la moindre.

## 13

— Odetta ! s'époumona Eddie, la voix aussi éraillée que celle de Detta, l'autre personnalité d'Odetta.

Pas même un écho, rien, pas même l'illusion d'une réponse d'Odetta. Ce relief lourd, raboté, n'offrait aux sons nulle surface où rebondir. Ils restaient là, suspendus tout entiers dans les airs, d'une puissance exceptionnelle dans cet étroit couloir de la grève, fracas de cymbales des vagues déferlantes et grosse caisse du ressac pulsant à l'extrémité du tunnel qui s'était creusé dans la roche friable. Et puis il y avait aussi la plainte permanente du vent.

— Odetta !

Cette fois, il hurla si fort que sa voix se brisa sur la dernière syllabe et que, l'espace d'un instant, quelque chose de pointu comme une arête lui déchira les cordes vocales. Il darda des yeux hagards partout sur la pente, y cherchant la tache brun clair de la main qu'elle devait agiter, le mouvement qu'elle faisait pour se redresser, cherchant aussi (Dieu le lui pardonne) d'éventuelles éclaboussures de sang frais sur la basane usée des roches.

Et il se demanda ce qu'il ferait si c'était cette dernière recherche qui se trouvait satisfaite, ou si son regard tombait sur un revolver frappé au sceau de dents acérées plantées dans le tendre bois de santal des crosses. Pareilles découvertes auraient eu de quoi le faire basculer dans l'hystérie, voire dans la démence, mais ses yeux n'en poursuivaient pas moins leur quête.

Qui s'avéra vaine, tout autant que celle de ses oreilles qui ne captèrent aucun cri, même ténu, en réponse à ses appels.

Le Pistolero en avait profité pour examiner la porte. Il s'était attendu à n'y voir qu'un mot, celui prononcé par l'homme en noir retournant la cinquième lame de son Tarot dans le poussiéreux Golgotha où ils avaient tenu palabre. *Mort*, avait dit Walter, *mais pas pour toi, pistolero*. Il n'y avait pas qu'un mot sur la porte mais deux… et ni l'un ni l'autre n'était le mot MORT. Il relut l'inscription, ses lèvres dessinant en silence chaque syllabe :

LE POUSSEUR

*Le sens en est pourtant la mort*, songea-t-il, le sachant mais sans savoir comment.

Ce qui le fit se retourner fut d'entendre la voix d'Eddie lui venir de plus loin. Le jeune homme escaladait déjà la première colline en continuant de crier le nom d'Odetta.

Un moment, il envisagea de le laisser faire.

Eddie avait une chance de la trouver, peut-être même de la trouver vivante, sans blessure grave et toujours aux commandes du corps qu'elle partageait avec l'autre. Il supposait qu'Eddie et elle n'étaient peut-être pas sans avoir vécu ici quelque chose ensemble, que l'amour du jeune homme pour Odetta et celui d'Odetta pour le jeune homme étaient susceptibles d'étouffer la face ténébreuse qui se donnait à elle-même le nom de Detta Walker. Oui, entre ces deux forces de lumière, il était parfaitement possible que Detta s'étiolât jusqu'à en mourir. Romantique dans sa rudesse, Roland avait également le réalisme de savoir que l'amour triomphait parfois de tout. Et lui, maintenant, où en était-il ? Même s'il parvenait à ramener du monde d'Eddie ces cachets qui, auparavant, l'auraient guéri, en eût-il eu en suffisance, rien ne prouvait qu'ils en fussent désormais capables, voire qu'il s'ensuivît une quelconque amélioration. Il était beaucoup plus malade que la première fois et se demandait si l'infection n'avait pas atteint un point de non-retour. D'atroces douleurs lui cisaillaient bras et jambes, lui martelaient le crâne tandis qu'un poids énorme broyait sa poitrine, et ses bronches pleines de glaires. Tousser lui mettait le flanc gauche à la torture comme s'il avait des côtes cassées. Jusqu'à son oreille gauche qui l'élançait. Peut-être l'heure était-elle venue d'en finir, se dit-il, de quitter la partie.

Contre pareille éventualité, tout en lui protesta.

— Eddie ! cria-t-il, et nulle toux ne s'en mêla : il avait la voix claire et puissante.

Eddie se retourna, un pied dans les éboulis, l'autre calé sur une roche en saillie.

— Va, lui cria-t-il en réponse avec un curieux geste de la main (un petit mouvement de balancier signifiant qu'il voulait être débarrassé du Pistolero afin de passer aux choses sérieuses, à ce qu'il avait d'important à faire : retrouver Odetta et la sauver si la situation l'exigeait). Franchis cette porte et va donc chercher ce dont tu as besoin. Nous serons tous les deux là quand tu reviendras.

— J'en doute.

— Il faut que je la retrouve. (Eddie regarda Roland et son extrême jeunesse fut dans ce regard, dans sa totale nudité.) Je ne dis pas ça en l'air : il le faut.

— Je comprends ton amour, les exigences qu'il t'impose, dit le Pistolero, mais, cette fois, Eddie, je désire que tu m'accompagnes.

Eddie resta un long moment à le fixer comme s'il essayait d'ajouter foi à ce qu'il venait d'entendre.

— T'accompagner… finit-il par dire, rêveur. T'accompagner ! Seigneur ! Après ça, il n'y a plus qu'à tirer l'échelle. La dernière fois, ta détermination à me laisser derrière était telle que tu prenais le risque de me laisser te trancher la gorge. Et maintenant, tu veux qu'on se risque à laisser je ne sais quelle créature la déchiqueter !

— C'est peut-être déjà fait, dit Roland, sachant pertinemment qu'il n'en était rien.

La Dame était peut-être blessée, mais il la savait vivante.

Et, malheureusement, Eddie aussi le savait. Sept à dix jours de sevrage lui avaient considérablement aiguisé l'esprit. Son doigt se pointa sur la porte.

— Tu sais très bien qu'elle n'est pas morte. Sinon ce putain de truc ne serait plus là. À moins que tu n'aies menti en disant que ça ne servait à rien si on n'y était pas tous les trois.

Eddie essaya de reprendre son ascension mais le regard du Pistolero le cloua sur place.

— Bon, dit Roland. (Il parlait presque avec plus de douceur qu'il ne l'avait fait en s'adressant, par-delà le visage et les cris haineux de Detta, à l'autre, prisonnière quelque part sous hystérie et stridence.) Elle n'est pas morte. Ton explication à son silence ?

— Euh... un de ces félins a pu l'emmener.

C'était dit d'une voix faible.

— Ça l'aurait tuée. Il en aurait mangé ce qu'il voulait, aurait laissé le reste. Au mieux, ça aurait traîné le cadavre à l'ombre et serait revenu ce soir manger ce que le soleil aurait épargné. Mais alors, la porte ne serait plus là. Et les félins ne sont pas comme les insectes, il n'en est pas pour paralyser leur proie et tranquillement s'en repaître plus tard, tu le sais aussi bien que moi.

— Peut-être. (Et un moment Eddie entendit Odetta lui dire : « Tu aurais dû participer aux débats, Eddie », pensée qu'il repoussa.) Est-ce qu'un de ces fauves n'aurait pas pu descendre, alors elle aurait essayé de se défendre mais les deux premières cartouches ne seraient pas parties ? Mais alors, pourquoi pas les quatre ou cinq balles suivantes ? Le chat lui saute dessus et là, juste avant qu'il ne la tue, BANG ! (Eddie se cogna le poing dans la paume. Il voyait la scène. Aurait pu s'en porter témoin.) La balle tue l'animal, ou le blesse, ou le fait détaler. Qu'est-ce t'en penses ?

— On aurait entendu le coup, suggéra Roland.

Sur le moment, Eddie resta coi, incapable d'imaginer quoi que ce soit qui contre l'évidence. Oui, ils auraient entendu. Le premier cri de l'une de ces bestioles leur était parvenu à vingt ou trente kilomètres de distance. Alors, la déflagration d'un pistolet...

Il regarda soudain Roland par en dessous.

— Mais tu as peut-être entendu quelque chose, toi ? Tu as peut-être entendu tirer pendant que je dormais ?

— Ça t'aurait réveillé.

— Pas crevé comme je suis, mec. Quand je dors, je dors comm…

— Comme un mort, dit le Pistolero, la voix toujours aussi douce. Je connais la sensation.

— Alors tu comprends…

— Sauf que ce n'est peut-être pas mort. Cette nuit, quand le chat a hurlé, tu t'es réveillé et tu étais debout en une seconde. Tant tu te fais du souci pour elle. Il n'y a pas eu de coup de feu. Ça aussi, tu le sais. Tu n'aurais pas pu ne pas entendre… à cause de ce souci que tu te fais pour elle.

— Donc, elle a peut-être réussi à l'assommer avec une pierre ! hurla Eddie. Comment je le saurai, en restant planté là à discuter avec toi au lieu d'aller voir ce qu'il en est ? Imagine qu'elle baigne dans son sang quelque part, blessée, et qui sait, mourante ! Ça te plairait que je franchisse avec toi cette porte et qu'elle y passe pendant qu'on est de l'autre côté ? Ça te plairait de te retourner, de voir cette porte, de te retourner une deuxième fois et de ne plus la voir, comme si elle n'avait jamais été là, parce qu'une des trois personnes qui la dotait d'existence n'est plus ? Et que toi tu te retrouves piégé dans mon monde au lieu que ce soit le contraire !

Il était hors d'haleine, foudroyait le Pistolero du regard, poings crispés.

Roland sentait monter en lui une exaspération lasse. Quelqu'un – Cort, peut-être, mais il semblait plutôt que c'était son père – avait eu un dicton : *Autant chercher à boire l'eau de l'océan à la petite cuillère que de vouloir discuter avec un amoureux*. S'il était besoin d'attester la justesse du proverbe, la preuve était là, qui lui tenait tête, véritable défi. Continue, disait-il par sa seule posture. *J'ai de quoi répondre à chacun de tes arguments*.

— Ce n'est pas forcément un chat qui lui est tombé dessus, disait-il à présent sur le mode ordinaire. Tu es peut-être dans ton monde mais je ne crois pas que tu connaisses cette région plus que moi Bornéo. Tu n'as aucune idée de ce qui peut rôder dans ces collines ? Ça pourrait bien être un singe ou quelque chose comme ça, qui se serait emparé d'elle.

— On s'est emparé d'elle, je suis d'accord.

— Dieu soit loué, ta maladie ne t'a pas ôté tout sens com...

— Et ce « on » nous savons qui c'est, l'un comme l'autre. Detta Walker. C'est elle qui s'est emparée de la Dame. Elle, Detta Walker.

Eddie ouvrit la bouche mais l'espace d'un instant – quelques secondes, en fait, mais suffisantes pour qu'ils prissent l'un et l'autre conscience de l'évidente vérité – l'inexorable expression sur les traits du Pistolero réduisit les arguments d'Eddie au silence.

## 14

— Ça ne s'est pas nécessairement passé ainsi.

— Rapproche-toi. Si on doit parler, parlons. Mais je ne tiens pas à brailler pour couvrir le fracas des vagues ; j'ai chaque fois l'impression de m'arracher un bout de poumon.

— Mère-grand, comme tu as de grands yeux, lança Eddie sans bouger d'un pouce.

— Qu'est-ce que tu me racontes ?

— Un conte de fées. (Le jeune homme consentit à redescendre mais sur quatre mètres, pas plus.) Et c'est le genre de littérature qu'il te faut, si tu espères m'attirer assez près de ce fauteuil.

— Assez près pour quoi faire ? cria Roland. Je ne comprends pas, ajouta-t-il alors qu'il comprenait parfaitement.

Un demi-kilomètre à l'est de l'endroit où ils étaient et les surplombant d'environ cent cinquante mètres, des yeux noirs – aussi débordants d'intelligence que dénués de pitié – observaient la scène. Impossible d'entendre ce que disaient les deux hommes – le vent, les vagues et le ressac attelé au creusement de son tunnel y veillaient –, mais Detta n'avait nul besoin de distinguer des mots dans leurs cris pour savoir de quoi ils parlaient. De même qu'elle pouvait se passer de jumelles pour constater qu'il n'était plus question de donner au Vraiment Méchant un autre nom que celui de Vraiment Malade, et que si le Vraiment Méchant était peut-être disposé à consacrer quelques jours, voire quelques semaines, à torturer une infirme de couleur – les occasions de se divertir devaient être assez rares dans le secteur, à en juger par le décor –, à son avis, le Vraiment Méchant n'avait plus qu'une envie, tirer d'ici son cul d'blanc. Prendre cette porte magique et le déménager vite fait. Mais avant ça, il n'avait trimballé aucun cul d'aucune sorte. Avant ça, il n'avait rien eu à déménager, vite ou en prenant son temps. Avant ça, le Vraiment Méchant n'avait été nulle part sinon à l'intérieur de sa tête à elle. Elle n'aimait pas trop penser à la manière dont ça s'était passé, à ce qu'elle avait ressenti, à la facilité avec laquelle il avait triomphé de ses tentatives enragées pour s'arracher du crâne cette présence et reprendre le contrôle. Horrible, c'était un souvenir horrible. Et ce qui le rendait pire encore, c'était l'absence de compréhension qu'elle en avait. Cette terreur, quelle en était l'origine au juste ? Ce n'était pas simplement l'intrusion qui la dérangeait et cela, justement, ne laissait pas d'être inquiétant. Peut-être aurait-elle pu comprendre, si elle avait porté sur elle un regard plus attentif. Elle en avait conscience mais s'y refusait. Un tel examen risquait de l'entraîner dans ce genre d'endroit redouté par les marins du temps passé, cet endroit qui n'est ni plus ni moins que l'extrême bord du monde, là où les cartographes avaient déroulé un phylactère portant pour légende : ICI L'ON TROUVE MOULT SERPENTS. Ce qu'il y avait eu d'hideux à être envahie par le Vraiment Méchant avait été l'impression d'éprouver une sensation familière, comme si ce fait pourtant surprenant s'était déjà produit auparavant… et pas qu'une fois : plusieurs. Mais terrifiée ou pas, Detta n'avait pas cédé à la panique. Elle avait continué d'observer tout en se battant, et elle se revoyait regardant par cette porte face à laquelle ses mains, mues par cette présence en elle, venaient de la placer. Elle se souvenait y avoir vu le corps du Vraiment

Méchant étalé sur le sable et l'autre accroupi à côté, un couteau à la main.

Ah, si cet Eddie avait pu plonger sa lame dans la gorge du Vraiment Méchant ! C'eût été mieux que quand on tue le cochon ! Mille fois mieux !

Il ne l'avait pas fait, dommage, mais Detta n'en avait pas moins vu en cet instant le corps du Vraiment Méchant... corps était le mot car, bien qu'il respirât, c'était une chose sans valeur, comme un sac qu'un débile aurait rempli de graines ou de fanes de maïs.

Que l'esprit de Detta fût répugnant comme le trou du cul d'un rat ne l'empêchait pas d'être vif et acéré, à un plus haut degré même que celui d'Eddie. *Le V'aiment Méchant avait pété l'feu dans l'temps. Mais plus maintenant. Il sait que je suis là-haut et n'a qu'une idée, s'tailler avant qu'je n'descende lui c'ever l'cul. Son p'tit copain, c'est pas pa'eil... lui, il a enco' d'l'éne'gie à 'evend', et ça lui di'ait d'me fa' enco' un peu chier. L'a envie d'monter s'taper la mo'icaude même si le V'aiment Méchant est pas d'acco'. Ga'anti. Une nég'esse qu'a pas d'jambes, y doit s'di', alle est pas d'taille à lutter avec un g'and gailla' comme moi. Pas envie d'fout' le camp, donc. Envie d'la t'quer c'te pétasse, d'lui coller un ou deux coups d'a'balète et ap'ès ça on pou'a s'en aller où tu veux. Oui, c'est ça qu'y pense, et c'est bien. Ouais, c'est 'udement bien, f'omage blanc. Tu peux continuer d'penser qu'tu vas te t'ingler Detta Walker, et juste monter là-haut dans ces D'awe's et fai' un essai. Tu vas t'ape'cevoi' en m'fou'ant ton p'tit zob me'dique dans ma chatte que t'as ti'é l'bon numé'o. Ouais, tu vas t'en ape'cevoi'...*

Mais un bruit la tira du trou à rats de ses pensées, un bruit qui domina sans peine le fracas du ressac et les sifflements du vent : la monumentale déflagration d'un revolver.

# 15

— Je pense que tu comprends mieux que tu ne veux l'admettre, dit Eddie. Vachement mieux. Tu voudrais que je m'approche assez pour que tu puisses m'attraper, voilà ce que je pense. M'attraper et me pousser là-dedans par surprise. (Il montra la porte d'un signe de tête sans lâcher des yeux le Pistolero et ajouta, ignorant qu'à quelques mètres de là quelqu'un pensait exactement la même chose :) Je sais que tu es malade, mais je te vois très bien faire semblant d'être beaucoup plus faible que tu ne l'es en réalité. Ce serait tout à fait ton genre de te planquer à l'affût dans les hautes herbes.

— C'est mon genre, reconnut le Pistolero sans sourire, mais ce n'est pas ce que je suis en train de faire. (Il le faisait quand même… rien qu'un peu mais quand même.) À part ça, tu n'en mourras pas de redescendre encore de quelques pas. Je ne vais plus pouvoir brailler ainsi très longtemps. (Comme pour en donner la preuve, sa voix se fit coassement de grenouille sur la dernière syllabe.) Et je tiens à ce que tu y réfléchisses avant de faire ce que tu as envie de faire. Si je ne peux pas te convaincre de m'accompagner, donne-moi une chance de te mettre sur tes gardes… une fois de plus.

— Pour l'amour de ta chère Tour, n'est-ce pas ? ricana Eddie qui ne s'en laissa pas moins glisser sur la moitié de la pente, ses tennis éculées soulevant des éboulis et des nuages de poussière ocre.

— Pour ma chère Tour, comme tu dis, et pour ta chère petite santé. Sans parler de ta chère existence.

Il sortit le revolver qu'il avait gardé, le contempla, son expression à la fois triste et insolite.

— Si tu crois me faire peur avec cet engin…

— Loin de moi cette pensée. Tu sais très bien que je ne peux pas te tirer dessus, Eddie. Mais je pense que tu as besoin de toucher du doigt combien les choses ont changé. Que tu mesures à quel point la situation n'est plus du tout la même.

Roland leva l'arme, canon braqué non vers Eddie mais vers la vide immensité de l'océan. Son pouce amena le chien au bandé. Eddie se banda lui-même en prévision du vacarme.

Se banda pour rien. Seul un *clic* lui parvint.

Roland réarma. Le barillet tourna. Il pressa de nouveau la détente et, de nouveau, il n'y eut qu'un *clic*.

— Te casse pas, lui dit le jeune homme. Là d'où je viens, tu te serais fait jeter de l'armée à la première balle refusant de partir. À ta place, j'arrê…

Mais le violent KA-BLAM du revolver coupa la fin du mot non moins nettement que les brindilles des arbres sur lesquels le Pistolero s'était exercé au tir du temps de sa formation. Eddie sursauta. Le constant *riiiiii* des insectes s'interrompit momentanément, attendit pour reprendre, et dans un canon timide, que Roland eût posé l'arme sur ses genoux.

— Et qu'est-ce que ça prouve ?

— Tout dépend, je suppose, de ce que tu vas bien vouloir écouter et de ce que, de toute manière, tu te refuses à entendre, rétorqua Roland, un tantinet cinglant. C'est d'abord censé prouver que toutes ces cartouches ne sont pas bonnes à jeter. Mais aussi, et surtout, cela suggère – suggère fortement – qu'une ou plusieurs sinon toutes les balles du revolver que tu as donné à Odetta sont susceptibles de partir.

— Merde ! (Eddie réfléchit.) En quel honneur, au fait ?

— Parce que j'avais chargé l'autre – celui que je viens d'essayer – avec des cartouches prises sur l'arrière des ceinturons, des cartouches qui, en d'autres termes, avaient mariné dans la flotte. J'ai fait ça pour passer le temps pendant que tu étais parti. Ne va pas t'imaginer que charger un pistolet me prenne des siècles, même avec deux doigts en moins… (Roland se permit un petit rire et dut le regretter quand ça se transforma en toux qu'il musela d'un poing restreint)… mais après avoir tenté de tirer des cartouches humides, il te faut ouvrir ton arme et la nettoyer. *Ouvrez la machine et nettoyez-la, bande d'asticots*, c'est la première chose que Cort, notre maître, nous faisait rentrer dans le crâne. Je n'avais aucune idée du temps que j'allais mettre à ouvrir mon revolver, à le nettoyer puis à le remonter avec seulement une main et demie, mais je me suis dit que si je comptais survivre – ce dont j'ai la ferme intention, Eddie – je ferais mieux d'en avoir une. Voir le temps que ça me prend et chercher ensuite les moyens d'améliorer ce temps, tu ne crois pas ? Allez, rapproche-toi, Eddie ! Redescends un peu, pour l'amour de ton père !

— C'est pour mieux te regarder, mon enfant, lança Eddie qui n'en fit pas moins deux autres pas vers Roland.

Deux pas mais pas plus.

— Quand la première balle que j'ai tirée est partie, j'ai failli faire dans mon froc, enchaîna le Pistolero. (De nouveau, il éclata de rire. Eddie en fut secoué : il le découvrait au bord du délire.) La première... et crois-moi si je te dis que c'était bien la dernière chose à laquelle je m'attendais.

Eddie s'efforça de déterminer si Roland mentait, si l'histoire du pistolet était ou non un mensonge, si son pitoyable état n'en était pas un de plus. L'animal était malade, pour sûr. Mais l'était-il à ce point ? Ça, Eddie n'en savait rien. S'il s'agissait d'un rôle de composition, l'acteur était prodigieux. Pareil pour les revolvers. Comment aurait-il su ? Tout au plus avait-il tiré trois fois au pistolet dans toute sa vie avant de se retrouver sous un feu croisé chez Balazar. Son frère aurait peut-être été de bon conseil mais Henry était mort – pensée qui, une fois de plus, et toujours à sa grande surprise, ne manqua pas de raviver son chagrin.

— Aucune autre n'est partie, poursuivit Roland, j'ai donc nettoyé la machine, l'ai rechargée, ai tiré un nouveau tour de barillet. Cette fois, j'y avais mis des cartouches venant d'alvéoles plus proches de la boucle des ceinturons et qui couraient un peu moins le risque d'avoir pris l'eau. Pour te donner un repère, c'est avec les premières en partant des boucles que nous avons abattu les homards, avec celles que je savais parfaitement sèches. (Il s'interrompit pour tousser dans sa main puis reprit :) Lors de ce deuxième essai, deux coups sont partis. J'ai rouvert mon arme, l'ai renettoyée, en ai regarni le barillet, et n'y ai plus touché jusqu'à maintenant où tu viens de me voir presser par trois fois la détente. (Il eut un petit sourire las.) Tu sais, au bout de deux clics, je me suis dit que ce serait bien ma chance si, cette fois, je n'avais chargé que des balles mouillées. Ma démonstration en aurait souffert, tu ne penses pas ? Vraiment, Eddie, ne pourrais-tu te rapprocher ?

— Effectivement, elle n'aurait pas été très convaincante, dit le jeune homme, et, pour répondre à ta deuxième question : je ne crois pas avoir à m'approcher plus. Maintenant, quelle leçon suis-je censé tirer de tout ça, Roland ?

Le Pistolero le regarda comme s'il était en présence du dernier des idiots.

— En t'envoyant ici, je ne t'envoyais pas à la mort, tu sais. J'ai fait en sorte que ni toi ni elle ne risquiez de mourir. Grands dieux, Eddie, qu'as-tu fait de ta cervelle ? C'est un pistolet parfaitement fiable qu'elle a en main ! (Ses yeux s'étrécirent, examinant Eddie.) Elle est quelque part dans ces collines. Tu te figures pouvoir retrouver sa trace mais tu n'as aucune chance si le terrain est aussi rocheux qu'il le paraît d'ici. Elle est là-haut et elle t'attend, mais ce n'est pas Odetta, c'est Detta, tapie là-haut avec un revolver chargé de balles qui sont probablement presque toutes bonnes. Si je te laisse monter à sa recherche, tu vas te retrouver mort avant de t'en apercevoir.

Un nouvel accès de toux le secoua.

Eddie regarda fixement l'homme qui toussait, accroché aux bras du fauteuil roulant, cependant que les vagues pilonnaient la grève, que le vent modulait sa note insensée.

Il finit par s'entendre dire :

— Tu as très bien pu garder pour cette démonstration une cartouche dont tu étais sûr. Je t'en sens parfaitement capable.

Et c'était la vérité. Il le sentait en fait capable de n'importe quoi.

Pour sa Tour.

Pour sa putain de Tour.

Et la perversité d'avoir logé cette bonne cartouche dans la troisième alvéole ! D'avoir ainsi donné à la démonstration bidon sa touche de réalisme, le petit détail qui vous oblige à y croire…

— Il y a une expression chez moi : Ce type serait fichu de vendre des frigos aux Eskimo. Voilà ce qu'elle dit, cette expression.

— Et elle signifie ?

— Que le type en question est un baratineur de première.

Le Pistolero le regarda longuement et hocha la tête.

— Tu es décidé à rester. Bon. Sache toutefois qu'en tant que Detta, elle est bien plus à l'abri de… de quelque forme de vie sauvage hantant les parages… qu'elle ne l'aurait été en tant qu'Odetta, et que toi, tu serais plus à l'abri d'elle – du moins pour l'heure – si tu m'accompagnais, mais je vois ce qu'il en est. Ça ne me plaît pas mais je n'ai pas l'intention de perdre mon temps à discuter avec un insensé.

— Dois-je en conclure, demanda poliment Eddie, que personne n'a jamais tenté de discuter avec toi sur cette Tour Sombre que tu as un si grand désir d'atteindre ?

De nouveau ce sourire las.

— Bon nombre, au contraire. Et c'est ce qui me fait dire que tu ne changeras pas d'avis, je suppose. Un fou sait reconnaître ses pairs. De toute façon, je suis trop faible pour monter t'attraper, tu es manifestement trop méfiant pour descendre à ma portée, et je n'ai plus le temps de te faire entendre raison. Je ne puis qu'y aller en espérant que tout se passera au mieux. Mais avant de partir, je tiens à te répéter une dernière fois : reste sur tes gardes.

Puis Roland fit quelque chose qui rendit Eddie honteux de ses doutes (sans pourtant le faire revenir le moins du monde sur sa décision) : il bascula le barillet en position ouverte d'un coup de poignet expert, le vida de toutes ses cartouches et les remplaça par des neuves qu'il prit juste de part et d'autre des boucles de ceinturon. Un autre mouvement sec du poignet renvoya le barillet en position.

— Pas le temps de nettoyer la machine, dit-il, mais je crois que ça ira. Maintenant, attrape et tâche de ne pas le laisser tomber, ne salis pas la machine plus qu'elle ne l'est. Il n'y en a plus trop dans mon monde qui restent en état de marche.

Il lança le revolver. Dans la fébrilité causée par l'angoisse, Eddie faillit le rater. Puis l'arme fut à l'abri de toute atteinte dans la ceinture de son jean.

Le Pistolero s'extirpa du fauteuil, manqua s'étaler par terre à la renverse quand l'engin se déroba sous ses bras. Puis il s'avança, chancelant, vers la porte. Sa main se posa sur la poignée et la tourna sans effort. Eddie ne vit rien de la scène sur laquelle s'ouvrait la porte mais il y perçut, étouffé, le bruit de la circulation.

Roland se retourna une dernière fois vers Eddie. Dans son visage d'une pâleur mortelle, ses yeux de bombardier étaient d'un bleu étincelant.

## 16

Detta dans sa cachette ne perdait rien du spectacle. Elle aussi avait des étincelles dans les yeux, c'était la haine qui les faisait briller, une haine avide.

## 17

— N'oublie pas de rester sur tes gardes, Eddie, répéta le Pistolero d'une voix rauque, puis il franchit le seuil.

Son corps s'y affaissa comme s'il avait cogné dans un mur de pierre au lieu d'aborder un espace vide.

Eddie fut pris du désir presque insatiable de se ruer jusqu'à la porte pour voir où – et sur quand – elle s'ouvrait, mais il s'en détourna et porta son regard vers les collines cependant que sa main se posait sur la crosse du revolver.

*Je tiens à te le répéter une dernière fois.*

Soudain, alors que ses yeux balayaient ce désert de roches fauves, Eddie eut peur.

*Reste sur tes gardes.*

Rien ne bougeait, là-haut.

Rien qu'il pût voir, en tout cas.

Il n'en sentait pas moins sa présence.

Non celle d'Odetta. Roland ne s'était pas trompé.

C'était la présence de Detta qu'il sentait.

Il déglutit – à nouveau ce clic perceptible dans sa gorge.

*Sur mes gardes*.

Oui. Mais, de sa vie entière, il n'avait été assailli par un tel besoin de dormir. Le sommeil allait s'emparer de lui, bientôt, et s'il ne s'y abandonnait pas, consentant, le sommeil allait le violer.

Et quand il serait endormi, Detta descendrait.

Detta.

Il combattit cette lassitude, promena sur l'immobilité des collines des yeux qu'il sentait lourds et turgescents, se demanda combien de temps Roland mettrait pour ramener son troisième atout, le Pousseur, quel qu'il fût.

— Odetta ? cria-t-il sans grand espoir.

Il n'y eut que le silence pour lui répondre, et pour lui commença le temps de l'attente.

# LE POUSSEUR

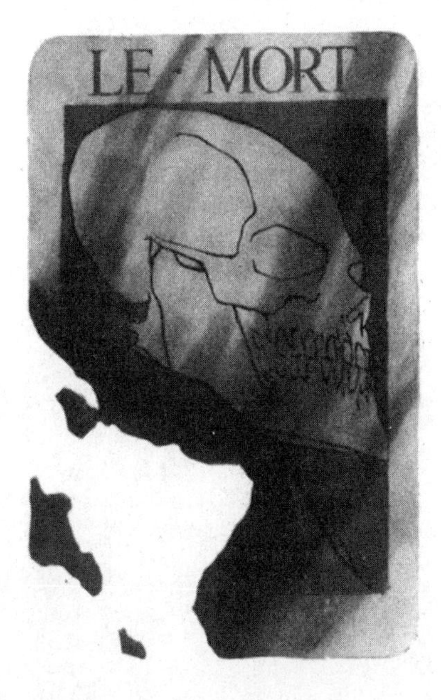

# Chapitre 1

# AMÈRE MÉDECINE

## 1

Quand le Pistolero était entré dans l'esprit d'Eddie, celui-ci, un instant, avait été pris de nausées puis il s'était senti observé (ce dont Roland n'avait pas eu conscience mais qu'Eddie lui avait raconté plus tard). Il avait, en d'autres termes, vaguement perçu la présence du Pistolero. Avec Detta, Roland s'était trouvé contraint de passer immédiatement au premier plan, qu'il en eût envie ou non. Et elle n'avait pas fait que le sentir : d'étrange manière, il avait eu l'impression qu'elle l'attendait – lui, ou quelque autre visiteur plus familier. Toujours fut-il que, dès son irruption, elle avait eu pleinement conscience de sa présence.

Jack Mort en revanche ne sentit rien.

Il était trop concentré sur le gamin.

Voilà quinze jours qu'il l'observait.

Aujourd'hui, il allait le pousser.

## 2

Même de l'arrière de ces yeux par lesquels il regardait maintenant le monde, le Pistolero reconnut le gamin. C'était celui qu'il avait rencontré au relais dans le désert, arraché à la séduction de l'Oracle dans les Montagnes, puis sacrifié quand il avait dû finalement choisir entre sauver cet enfant et rattraper l'homme en noir. Ce garçon qui, tout en plongeant dans l'abîme, lui avait alors crié : « Allez-vous-en. Il existe d'autres mondes que ceux-ci. » Et, à coup sûr, le gosse avait raison.

C'était le même gamin. C'était Jake.

Il avait un cartable à la main... contenant des livres, se dit Roland au vu des formes anguleuses gonflant la toile bleue.

Le flot du trafic emplissait la rue que le garçon attendait de traverser – une rue, comprit le Pistolero, appartenant à cette même grande ville d'où il avait déjà tiré le Prisonnier et la Dame. Mais, pour l'heure, c'était sans importance. Seul comptait ce qui allait se produire ou ne pas se produire dans les quelques secondes qui allaient suivre.

Jake n'avait pas échoué dans le monde du Pistolero par l'entremise d'une porte magique. Il s'y était retrouvé après avoir franchi un seuil plus grossier, moins insolite : celui de sa propre mort.

On l'avait assassiné.

Pour être plus précis, on l'avait poussé.

Poussé sur la chaussée où une voiture l'avait écrasé, poussé alors qu'il allait à l'école, son cartable à la main.

Poussé par l'homme en noir.

*Ce qu'il va faire ! Ce qu'il est sur le point de faire ! Tel va être mon châtiment pour avoir laissé mourir l'enfant dans ce monde d'où je viens : assister à son meurtre sans avoir le temps de l'empêcher !*

Mais Roland avait consacré sa vie entière à lutter contre la fatalité brutale – c'était son *ka* en quelque sorte –, aussi bondit-il au premier plan sans même y penser, obéissant à des réflexes si enracinés qu'ils étaient presque devenus des instincts.

Et dans le temps même où il agissait, une pensée aussi horrible qu'ironique lui traversa l'esprit : *Et si ce corps dans lequel il venait d'entrer était celui de l'homme en noir ? Si, alors qu'il se ruait au secours de l'enfant, c'étaient ses propres mains qu'il allait voir se tendre pour le pousser ? Si l'impres-*

*sion d'être aux commandes se révélait n'être qu'une illusion, et que l'ultime et jouissive plaisanterie de Walter fût que le Pistolero lui-même dût assassiner l'enfant ?*

## 3

Un seul, un unique instant, Jack Mort perdit le contact avec la fine et puissante flèche de sa concentration. Sur le point de bondir et de pousser le gosse sous les roues des voitures, il sentit quelque chose dont son esprit lui donna une interprétation erronée, un peu comme lorsque le corps attribue à tel ou tel de ses organes une douleur émanant en réalité d'ailleurs.

Quand le Pistolero passa au premier plan, Jack crut qu'un insecte s'était posé sur sa nuque. Ni guêpe ni abeille, rien qui eût un dard et le piquât pour de bon, mais une bestiole à la présence irritante. Un moustique, peut-être. Il y vit la cause de cette rupture de sa concentration en cet instant crucial, s'assena une claque sur l'endroit de la démangeaison et ramena son attention sur l'enfant.

S'il avait le sentiment de ne l'avoir détournée que le temps d'un clin d'œil, sept secondes s'étaient en fait écoulées. Il ne fut pas plus sensible à la vive retraite du Pistolero qu'il ne l'avait été à sa vive avance, et personne autour de lui (passants se rendant à leur travail, pour la plupart, dégorgés par la bouche de métro un peu plus loin au carrefour, le visage encore bouffi de sommeil, le regard introverti oscillant entre veille et rêve) ne remarqua que les yeux de Jack, après avoir viré de leur bleu foncé habituel à une nuance plus claire derrière ses verres cerclés d'or, reprenaient leur couleur cobalt. Personne ne remarqua non plus l'éclair de rage frustrée qui envahit ces yeux lorsque, de retour à la normale, Jack les centra de nouveau sur l'enfant. Le feu était passé au rouge.

Il regarda sa proie manquée traverser avec le reste du flot puis rebroussa chemin à contre-courant du flux de piétons.

— Eh là, m'sieur. Faites un peu attention à ce que…

À peine entrevit-il la bouille de lait caillé de l'adolescente avant de la bousculer sans ménagement, indifférent au cri de colère qu'elle poussait alors que sa brassée de livres de classe lui échappait des mains. Il continua de descendre la 5e Avenue, s'éloignant du croisement de la 43e Rue, là où il avait espéré tuer le gamin aujourd'hui. Il fonçait tête baissée, lèvres pincées au point de ne plus paraître avoir de bouche tant il n'en restait qu'une mince et ancienne cicatrice lui barrant le bas du visage au-dessus du menton. Loin de ralentir, une fois libéré de la bousculade, il allongea le pas pour traverser la 42e Rue, franchit sur sa lancée la 41e, puis la 40e et passa alors devant l'immeuble du garçon. Il n'y jeta qu'un bref regard, bien qu'il eût, depuis trois semaines, chaque jour où il y avait école, suivi Jake dans son trajet matinal sur la 5e Avenue, de la porte de cet immeuble jusqu'à la troisième intersection, endroit qu'il appelait mentalement le Point de Poussée.

Derrière, la fille braillait toujours mais Jack Mort ne s'intéressait pas plus à elle qu'un collectionneur de papillons au commun des lépidoptères.

Jack présentait à sa manière beaucoup de ressemblances avec un collectionneur de papillons.

Il exerçait avec succès la profession d'expert-comptable.

Pousser n'était que son violon d'Ingres.

## 4

Le Pistolero regagna son poste d'observation à l'arrière de la conscience qu'il occupait et s'y fondit. S'il éprouvait quelque soulagement, c'était simplement parce qu'il savait à présent que cet homme n'était pas l'homme en noir, qu'il n'était pas Walter.

Mais tout le reste n'était qu'horreur absolue… et totale compréhension.

Divorcé d'avec un corps diminué, son esprit – son *ka* – retrouvait son acuité foncière, mais cette soudaine lucidité le frappa comme un coup sur la tempe.

À présent que le gosse était hors de danger, cette même lucidité lui révélait à présent un rapport entre cet homme et Odetta, rapport inconcevable au plus haut point et néanmoins trop affreusement pertinent pour ressembler à une pure coïncidence. Un terrible soupçon l'envahissait alors à propos du tirage, à propos de l'authentique nature des trois cartes retournées.

La troisième n'était pas cet homme, ce Pousseur ; la troisième lame, Walter l'avait nommée Mort.

*La mort... mais pas pour toi.* C'était là ce que Walter, retors jusqu'au bout, retors comme Satan, avait annoncé en la retournant. Commentaire laconique d'un homme de loi, si proche de la vérité que la vérité n'avait aucune peine à se dissimuler dans son ombre. Mort, mais pas pour lui : mort dont il devenait l'instrument.

Le Prisonnier, la Dame.

Puis Mort en troisième position.

Troisième position qu'il eut soudain la certitude d'occuper.

## 5

Le bond que Roland fit pour passer au premier plan ne fut rien de moins que celui d'un projectile, missile inintelligent programmé pour lancer le corps qui l'hébergeait contre l'homme en noir sitôt qu'il le verrait.

Les considérations sur ce qui pourrait advenir s'il empêchait l'homme en noir d'assassiner Jake ne devaient se présenter que plus tard : l'éventuel paradoxe, la fissure dans le temps et dans l'espace susceptible d'annuler tout ce qui s'était produit après son arrivée au relais... car Jake n'avait pu y être puisqu'il le savait ici, et tout ce qui avait alors suivi leur rencontre s'en trouvait nécessairement modifié.

Modifié comment ? Il était même impossible de s'en faire une idée. Que cela pût représenter la fin de sa quête ne l'effleura pas une seconde. Et, de toute façon, prévoir *a posteriori* était d'un intérêt discutable : aurait-il repéré l'homme en noir que ni conséquence, ni paradoxe, ni décret du destin ne l'aurait empêché de courber la tête du corps qu'il occupait pour la lancer dans la poitrine de Walter. Il n'aurait pu agir autrement, pas plus qu'un revolver ne peut se soustraire au doigt qui en presse la détente, expédiant la balle sur sa trajectoire.

Si ça foutait tout en l'air, que tout aille se faire foutre.

Il scruta rapidement la foule massée au bord du trottoir, examinant chaque visage, les femmes comme les hommes, s'assurant qu'aucun ne faisait simplement semblant d'être celui d'un passant.

Walter n'y était pas.

Progressivement, il se détendit, comme un doigt déjà replié sur la détente peut au dernier instant s'en détacher. Non, Walter n'était nulle part à proximité du garçon, et le Pistolero eut de quelque manière la certitude intuitive que le moment n'était pas encore venu. Qu'il n'allait plus tarder – dans quinze jours, dans une semaine, voire d'ici vingt-quatre heures –, mais pas encore.

Si bien qu'il se retira.

Ce faisant, il vit…

## 6

… et en resta interdit : cet homme dans l'esprit duquel s'ouvrait la troisième porte avait un jour été posté juste en retrait d'une fenêtre, celle d'une pièce inoccupée dans un immeuble rempli de pièces pareillement inoccupées – sinon par les alcoolos et les timbrés qui fréquemment y passaient la nuit. La présence habituelle des alcoolos se décelait à l'odeur de leur sueur désespérée et de leur pisse hargneuse, celle des timbrés à la puanteur de leurs pensées dérangées. Le mobilier se réduisait à deux chaises. Jack Mort se servait des deux : de l'une pour s'asseoir, de l'autre pour caler en position fermée la porte donnant sur le couloir. Il ne s'attendait pas à être dérangé, mais autant ne pas prendre de risques. Il était assez près de la fenêtre pour voir ce qui se passait dans la rue, assez enfoncé toutefois dans l'angle d'ombre pour être à l'abri d'un éventuel regard.

Et il avait à la main une brique qui s'apprêtait à retourner à la poussière.

Une brique qu'il avait détachée du mur sur le côté de l'embrasure, là où bon nombre ne tenaient plus très bien. Elle était déjà ancienne, avec ses coins arrondis par l'érosion, mais restait lourde. Des caillots de ciment y adhéraient comme des berniques.

Il avait l'intention de lâcher cette brique sur quelqu'un.

Sur qui ? Aucune importance. Quand il s'agissait d'accomplir sa fonction de pousseur, de pourvoyeur de mort, Jack Mort n'était pas regardant sur la clientèle.

Au bout d'un moment, une petite famille apparut un peu plus haut dans la rue : papa, maman et leur fillette. La gamine marchait du côté des maisons, sans doute à cause de la circulation qui, si près de la gare, était plutôt intense. La densité des véhicules n'entrait pour aucune part dans le choix du lieu. Décisive, en revanche, avait été l'absence de bâtiment en vis-à-vis : de l'autre côté de la rue, on avait rasé des immeubles ; il n'en demeurait qu'un terrain vague jonché de planches fracassées, d'éboulis de briques et d'un miroitement de verre brisé.

Il n'allait se pencher que quelques secondes, et ne laisser paraître qu'une tête affublée de lunettes de soleil et coiffée d'un bonnet hors saison dissimulant ses cheveux blond-roux. C'était comme la chaise calée sous le bouton de la porte. Même si l'on s'estimait à l'abri de tout risque prévisible, il n'était pas mauvais de réduire l'inévitable part d'inattendu.

Il portait également un sweat-shirt trois fois trop grand qui lui arrivait à mi-cuisses. En plus du doute que ce vêtement faisait planer sur son gabarit réel (il était assez maigre), un tel sac à patates, si d'aventure on le voyait se pencher, répondait à un autre but. Quand Jack « larguait une grenade sous-marine » sur quelqu'un (ainsi définissait-il cette forme de son activité), il larguait parallèlement la purée dans son froc. Le sweat-shirt informe avait donc le mérite annexe de dissimuler la tache humide qui s'arrondissait invariablement sur son jean.

La petite famille s'était rapprochée.

*Ne gaspille pas ta bombe, attends, contente-toi d'attendre...*

Il frémit au bord de la fenêtre, tendant la brique puis la ramenant sur son ventre, la tendant de nouveau pour de nouveau la ramener, mais pas tout à fait cette fois, l'immobilisant à quelques centimètres de son corps, puis se penchant pour de bon, d'un sang-froid total à présent. Il l'était toujours en ce pénultième instant.

Il lâcha la brique et la regarda tomber.

Elle descendit, présentant successivement ses faces, et Jack eut dans le soleil une vision nette de ses berniques de mortier. En ces instants comme dans nul autre, tout était d'une extraordinaire netteté, tout ressortait dans l'exacte et géométrique perfection de sa substance : c'était cela dont il venait de pourvoir le réel, comme un sculpteur qui, balançant son maillet sur le ciseau, modifie la pierre et fait naître une substance nouvelle de la *caldera* brute. C'était ce qu'il y avait de plus remarquable au monde : de la logique en habit d'extase.

Il lui arrivait de rater sa cible ou de la frapper de biais, comme au sculpteur de détacher un éclat malencontreux du bloc qu'il travaille ou de riper dessus pour rien. Mais ce coup-ci fut parfait. La brique percuta carrément le crâne de la fillette en éclatante robe de guingan. Il vit jaillir le sang, d'un rouge plus vif que celui de la terre cuite mais qui, en séchant, allait s'obscurcir dans les mêmes tons de brun. Entendit hurler la mère. Fut déjà loin de la fenêtre.

Gagnant la porte, il envoya valdinguer à l'autre bout de la pièce la chaise qui l'avait calée (d'un coup de pied, au passage, il venait de renverser l'autre sur laquelle il s'était assis pour attendre). Puis il souleva le sweat-shirt, tira un foulard de sa poche arrière, et s'en servit pour tourner le bouton.

Comme ça, pas d'empreintes.

Les Négatifs seuls laissent leurs empreintes.

Il refourra le foulard dans sa poche arrière alors que la porte s'ouvrait. Et adopta pour descendre le couloir une démarche légèrement avinée. Sans se retourner.

Se retourner aussi était bon pour les Négatifs.

Car les Positifs savent que tenter de voir si quelqu'un vous regarde est le plus sûr moyen d'amener ce quelqu'un à vous regarder. Se retourner était le genre d'acte susceptible de se graver dans la mémoire d'un témoin à la suite d'un accident. Susceptible d'amener un flic plus malin que les autres à décider qu'il s'agissait d'un accident suspect et, partant, à ouvrir une enquête. Et tout ça à cause d'un simple coup d'œil nerveux par-dessus l'épaule. Jack ne croyait pas qu'on pût établir un lien entre lui et le crime, viendrait-on même à déclarer l'accident suspect, à ouvrir cette enquête. Mais…

Ne prendre de risques qu'acceptables, les réduire au possible.

En d'autres termes : toujours caler une chaise sous la poignée.

Il s'engagea donc dans le couloir poussiéreux dont le plâtre des parois révélait par plaques l'armature de baguettes, le descendit les yeux rivés au sol, se marmonnant des trucs comme les clodos qu'on voit dans les rues. Les hurlements d'une femme – la mère de la fillette, supposait-il – continuaient de lui parvenir, mais de très loin, de la façade de l'immeuble, et c'était sans importance. Tout ce qui arrivait après – les cris, la confusion, les gémissements de la victime (quand elle était encore en mesure de gémir) – n'avait aucun intérêt pour Jack. La seule chose qui comptait, c'était de pourvoir au changement dans le cours normal des choses, de creuser de nouveaux biefs dans le flux des existences… et peut-être pas seulement dans le destin de ceux qui étaient frappés, mais sur un cercle autour d'eux qui allait s'élargissant comme les rides autour du caillou jeté dans un étang.

Qui pouvait dire qu'il n'avait pas sculpté le cosmos aujourd'hui ou que celui-ci n'allait pas dans l'avenir en porter la marque indélébile.

Seigneur, pas étonnant qu'il en balance la purée dans son jean !

Il ne croisa personne dans l'escalier mais continua de tituber légèrement, sans embardée toutefois. Une allure modérément éméchée ne retiendrait pas l'attention comme l'auraient immanquablement fait d'ostentatoires zigzags. Il marmonnait toujours mais sans rien dire qui pût être compris. En pareilles circonstances, il aurait même été préférable de ne pas du tout jouer la comédie que d'en faire trop.

Une porte de service en piètre état le fit déboucher sur une ruelle jonchée d'ordures et de bouteilles cassées si nombreuses qu'elles éparpillaient sur le sol de scintillantes galaxies de tessons.

Il avait programmé sa retraite à l'avance comme il programmait toute chose à l'avance (ne prendre de risques qu'acceptables, les réduire au possible, être toujours et en tout un Positif). Une telle attitude lui avait valu d'être considéré par ses collègues comme un homme qui irait loin (et il avait effectivement l'intention d'aller loin, mais l'un des endroits où il n'avait nulle intention d'aller était la prison, et un autre la chaise électrique).

Il y avait des gens qui couraient dans la rue sur laquelle donnait la ruelle, mais c'était pour aller voir d'où venaient les cris, et pas un ne prit garde à Jack Mort qui avait retiré son bonnet hors saison mais pas ses lunettes noires (lesquelles, par une matinée si ensoleillée, n'avaient rien d'incongru).

Il emprunta un autre passage.

Ressortit dans une autre rue.

Il remontait maintenant d'un pas nonchalant une troisième ruelle moins crasseuse que les deux premières vers une artère desservie par une ligne de bus. Moins d'une minute après qu'il eut atteint l'arrêt, un bus se présenta, ce qui était également conforme au planning. Il y monta quand la porte accordéon s'ouvrit et laissa tomber sa pièce de quinze *cents* dans la boîte. Le chauffeur ne lui accorda même pas un regard. Parfait. Mais s'il avait levé les yeux sur lui, il n'aurait vu qu'un type en jean, un chômeur peut-être avec ce sweat-shirt qui semblait sortir d'un colis de l'Armée du Salut.

*Être prêt, paré à tout, être un Positif.*

Tel était le secret de la réussite de Jack Mort, dans son travail et dans ses loisirs.

Neuf rues plus loin, il y avait un parking. Jack descendit du bus, pénétra dans le parking, se mit au volant de sa voiture (une Chevrolet 50 parfaitement anodine et toujours en excellent état), puis regagna New York.

Sans l'ombre d'une préoccupation.

## 7

La vision complète de cet épisode n'avait pas requis plus d'un instant. Avant que le Pistolero ait pu simplement fermer son esprit à l'horreur de ces images, il vit autre chose. Pas tout mais assez. Largement assez.

## 8

Il vit Mort découper au cutter un morceau de la quatrième page du *New York Daily Mirror*, s'assurant avec un soin méticuleux que sa lame suivait exactement le cadre de l'article. UNE FILLETTE DE COULEUR DANS LE COMA À LA SUITE D'UN TRAGIQUE ACCIDENT, annonçait le journal. Il vit Mort appliquer la colle au dos de la coupure avec la petite spatule dont était pourvu le couvercle du pot. Il le vit la positionner au centre de la page vierge d'un album qui, à en juger par l'épaisseur gondolée des pages précédentes, en contenait déjà beaucoup. Il put en lire les premières lignes : « Odetta Holmes, cinq ans, venue à Elizabeth, New Jersey, pour un joyeux événement, est à présent victime d'un cruel coup du sort. Après le mariage d'une de ses tantes, célébré avant-hier, la fillette et ses parents se rendaient à pied à la gare quand une brique... »

Mais ce n'était pas la seule fois que Mort s'était occupé d'elle.

Dans les années qui s'étaient écoulées entre ce matin-là et le soir où Odetta avait perdu ses jambes, Jack Mort avait largué un grand nombre d'objets et poussé un grand nombre de personnes.

Puis Odetta s'était de nouveau trouvée être sa victime.

La première fois, il avait projeté quelque chose sur elle.

La deuxième fois, c'était elle qu'il avait poussée devant quelque chose.

*De quelle sorte d'homme suis-je censé me servir ?* pensa le Pistolero. *De quelle sorte d'homme...*

Mais Jake lui revint à l'esprit, la poussée qui avait expédié Jake de ce monde dans un autre, et il crut entendre le rire de l'homme en noir, et ce fut plus qu'il ne pouvait en supporter.

Roland s'évanouit.

## 9

Quand il reprit conscience, il avait sous les yeux des chiffres alignés bien nets sur une feuille de papier vert. Une feuille quadrillée, si bien que chaque chiffre ressemblait à un prisonnier dans sa cellule.

Il pensa : *Quelque chose d'autre.*

Pas seulement le rire de Walter. Quelque chose d'autre... un plan ?

Seigneur, non. Rien d'aussi complexe, d'aussi riche d'espoir.

Mais une idée au moins. L'esquisse d'une idée.

*Depuis combien de temps suis-je ici ?* se demanda-t-il, saisi d'une inquiétude soudaine. *Il était dans les neuf heures quand j'ai franchi cette porte. Peut-être un peu moins. Combien de temps...*

Il se projeta au premier plan.

Jack Mort – qui pour l'heure n'était plus qu'une marionnette humaine manipulée par le Pistolero – leva les yeux et vit les aiguilles de la coûteuse pendulette à quartz posée sur son bureau marquer treize heures quinze.

*Dieu ! Tant que ça ? Mais alors... Eddie... il était dans un tel état de fatigue... il n'aura jamais pu rester éveillé jusque...*

Roland tourna la tête de son hôte. La porte était toujours là, mais le spectacle qu'il y découvrait passait en horreur ses pires craintes.

Sur un côté de l'ouverture, il voyait deux ombres. L'une était celle du fauteuil, l'autre celle d'un être humain... mais d'une créature incomplète en appui sur ses bras parce que amputée en un temps d'une moitié de ses jambes avec la même brutalité que Roland l'avait été de son orteil et de ses doigts.

L'ombre se déplaça.

Roland détourna aussitôt le visage de Jack Mort avec la soudaineté d'un serpent qui attaque.

*Il ne faut pas qu'elle croise le regard de cet homme. Il ne saurait en être question tant que je ne suis pas prêt. Jusque-là, elle n'en doit voir que la nuque.*

Non par crainte que Detta Walker vît Jack Mort de face puisque quiconque regardait par la porte ne voyait que ce qui s'offrait au regard de celui sur qui elle s'ouvrait. La seule possibilité que Detta eût de voir le visage de cet homme était qu'il se regardât dans une glace (même si en toute logique, il pouvait en résulter un atroce paradoxe), mais, même alors, ce visage n'aurait rien évoqué à l'une ou l'autre de ses deux moitiés, pas plus que celui de la Dame n'aurait évoqué quoi que ce soit à Jack Mort. Bien qu'ils aient été par deux fois sur un pied de mortelle intimité, ils ne s'étaient jamais vus.

Ce que le Pistolero tenait à éviter, c'était que la Dame vît la Dame.

Pour le moment, du moins.

L'intuitive étincelle tendit vers un plan.

Mais il se faisait tard là-bas : la luminosité du ciel lui avait suggéré quelque chose comme trois heures de l'après-midi, voire quatre heures.

De combien de temps disposait-il avant que le coucher du soleil ne ramenât les homarstruosités sur la grève, mettant un terme à la vie d'Eddie ?

Trois heures ?

Deux ?

Il pouvait retourner là-bas et tenter de sauver le jeune homme… mais c'était exactement ce que Detta souhaitait. Elle lui avait tendu un piège à l'instar de ces paysans sacrifiant un agneau et l'attachant à la lisière de leur village, pour attirer à portée d'arc le loup qu'ils n'osent traquer dans les bois. S'il réintégrait son corps malade, il n'aurait pas à souffrir très longtemps. Quant à Detta, elle ne laissait voir que son ombre car elle se tapissait sur le côté de la porte, un revolver au poing, prête à tirer à l'instant même où elle verrait bouger ce corps qu'elle surveillait.

Et comme elle avait peur de lui, elle lui accorderait pour le moins la grâce d'une mort rapide.

Mais celle d'Eddie serait atroce.

Il lui semblait entendre le hideux gloussement de Detta Walker :

*T'as envie d'me 'égler mon compte, hein, fomage blanc ? Sû' qu'ça t'démange ! Ne m'dis pas qu't'as peu' d'une 'tite nég'esse infime !*

— Il n'y a pas trente-six moyens, articulèrent les lèvres de Jack Mort. Il n'y en a qu'un. Un seul.

La porte du bureau s'ouvrit et un homme chauve aux yeux doublés de lentilles passa la tête à l'intérieur.

— Qu'est-ce que vous comptez faire pour le dossier Dorfman ? demanda-t-il à Mort.

— Je ne me sens pas très bien. Mon déjeuner qui ne passe pas, sans doute. Je m'en irais bien tout de suite.

Le chauve eut l'air ennuyé.

— Ce doit être un microbe. Il en traîne un du genre méchant dans le secteur, me suis-je laissé dire.

— Oui, c'est sans doute ça.

— Euh… du moment que vous nous réglez ce problème avec Dorfman d'ici demain dix-sept heures…

— Oui.

— Parce que vous savez comme moi quel connard…

— Oui.

Le chauve, qui semblait à présent vaguement mal à l'aise, hocha la tête.

— Bon, rentrez chez vous. C'est vrai que vous n'avez pas l'air bien… à peine si je vous reconnais.

— Ça ne m'étonne pas.

Le chauve s'empressa de disparaître.

*Il m'a senti*, pensa le Pistolero. *Mais il y a autre chose. Cet homme leur fait peur. Ils ne savent pas pourquoi, mais il leur fait peur. Et ils ont raison d'avoir peur.*

Le corps de Jack Mort se leva, trouva la mallette qu'il avait à la main quand le Pistolero était entré en lui et y rangea les papiers étalés sur le bureau.

Il fut saisi d'une impulsion de jeter un coup d'œil derrière lui sur la porte et il y résista. Il ne la regarderait que lorsqu'il serait prêt à risquer le tout pour le tout et à la franchir de nouveau.

Dans l'intervalle, son temps était compté, et il avait des choses à faire.

## Chapitre 2

# LE POT DE MIEL

### 1

Detta s'était tapie dans la crevasse ombragée formée par deux rochers appuyés l'un sur l'autre tels des vieillards pétrifiés au moment où ils échangeaient un secret. Elle observait Eddie arpentant les éboulis des collines et s'égosillant à l'appeler. Avec le duvet qui avait fini par se transformer en barbe sur ses joues, on l'aurait presque pris pour un adulte. Presque, car quand, à trois ou quatre reprises, il était passé près d'elle (et même une fois si près qu'elle n'aurait eu qu'à tendre la main pour lui saisir la cheville), il était devenu manifeste qu'il s'agissait toujours d'un gamin, et d'un gamin au bout du rouleau.

Odetta aurait éprouvé de la pitié. Detta n'avait en elle que la glaciale vigilance du prédateur.

Quand elle s'était glissée à quatre pattes dans cet abri, elle avait senti comme des feuilles mortes craquer sous ses mains. À mesure que ses yeux s'étaient accoutumés à l'obscurité relative, elle avait découvert qu'il s'agissait non de feuilles mais des os minuscules de petits animaux. Quelque carnassier, belette ou furet depuis longtemps parti ailleurs à en croire le jaunissement de ces vestiges, avait eu ici sa tanière. Il avait dû sortir la nuit pour monter dans les Drawers, guidé par son flair, guidé vers sa proie, là où broussailles et futaies se faisaient plus épaisses. Il l'avait trouvée, l'avait tuée, en avait ramené ici les restes pour son repas du lendemain entre deux sommes dans l'attente du soir, dans l'attente du moment de repartir en chasse.

L'antre hébergeait à présent un plus gros prédateur, et Detta avait tout de suite pensé qu'elle devait *grosso modo* – sommeil en moins – se comporter comme le précédent locataire : attendre le moment où Eddie s'endormirait, comme elle avait la quasi-certitude qu'il finirait par faire, puis le tuer et ramener ici son corps. Les deux pistolets en sa possession, elle pourrait alors descendre jusqu'à la porte et attendre le retour du Vraiment Méchant. Sa première idée avait été de tuer le corps du Vraiment Méchant sitôt réglé le compte du gamin, puis elle s'était ravisée. Si le Vraiment Méchant n'avait pas de corps où rentrer, quel espoir aurait-elle de s'évader d'ici, de réintégrer son propre monde ?

Cela dit, avait-elle un moyen de convaincre le Vraiment Méchant de la ramener chez elle ?

Peut-être pas.

Mais peut-être que oui.

Par exemple s'il savait Eddie toujours en vie.

Et il en résultait une bien meilleure idée.

## 2

Bien que rusée au possible, elle pouvait aussi se montrer totalement dénuée d'assurance – bien qu'elle eût probablement ri au nez de quiconque aurait osé le suggérer. C'est par la ruse qu'elle avait senti le Pistolero. Elle avait entendu un coup de feu et avait regardé : de la fumée sortait de l'autre revolver. Puis elle avait vu Roland recharger son arme et la lancer à Eddie avant de franchir la porte.

Elle avait compris ce que c'était censé signifier pour Eddie : que toutes les cartouches n'avaient pas pris l'eau, que le revolver était en mesure d'assurer sa protection. Elle savait aussi quelle signification cela revêtait pour elle (car le Vraiment Méchant, bien sûr, n'avait pas ignoré qu'elle les observait et que, même si elle dormait encore quand ils avaient commencé à bavarder, le coup de feu n'avait pu manquer de la réveiller) : *Ne t'approche pas de lui. Il est armé.*

Mais les démons étaient connus pour leur subtilité.

Si ce petit numéro avait été monté à son intention, ne pouvait-elle envisager que le Vraiment Méchant ait eu en tête un autre but censé n'être entrevu ni d'elle ni du gamin ? Qu'il ait en réalité pensé : *Si elle voit cette arme en état de tirer, elle en déduira que celle qu'elle détient en est également capable.*

Maintenant, supposons qu'il ait eu conscience de ce qu'Eddie finirait par céder au sommeil. N'aurait-il pas su alors qu'elle allait attendre ce moment pour subrepticement descendre chercher l'arme et tout aussi subrepticement remonter se réfugier dans les collines ? Oui, le Vraiment Méchant pouvait avoir prévu tout ça. Il était vachement malin pour un cul blanc. Assez pour comprendre que Detta était vouée à tirer le meilleur parti du petit jeune homme.

Il était donc possible que le Vraiment Méchant ait à dessein mis dans cette arme des balles défectueuses. Il lui avait déjà fait le coup ; pourquoi n'aurait-il pas recommencé ? Cette fois, elle avait soigneusement vérifié que les cartouches étaient complètes, qu'il ne s'était pas contenté comme l'autre jour de garnir le barillet de douilles vides. Elle n'avait rien relevé d'anormal mais aurait eu tort d'y voir la preuve que ces balles partiraient. Car, en fait, il n'avait même pas eu à risquer que l'une d'entre elles fût assez sèche : il était parfaitement capable de les avoir bricolées. Après tout, les armes étaient la spécialité du Vraiment Méchant. Et pourquoi aurait-il fait ça ? Pardi, pour l'obliger à se montrer ! Eddie n'aurait plus eu qu'à la tenir en joue avec son pistolet qui, lui, fonctionnait, et, si fatigué fût-il, il n'irait pas faire deux fois la même erreur. Il était même permis de penser qu'il serait particulièrement attentif, précisément parce qu'il était au bout du rouleau.

*Bien joué, cul blanc*, se dit Detta dans sa tanière ombreuse, dans cet endroit exigu et néanmoins confortable avec son sol tapissé d'ossements que le temps avait rendus friables. *Bien joué, mais ça ne prend pas.*

Rien ne l'obligeait à tirer sur Eddie, après tout. Il lui suffisait d'attendre.

## 3

Sa seule crainte était de voir revenir le Pistolero avant qu'Eddie n'ait succombé au sommeil, mais l'absence du Vraiment Méchant se prolongeait. Le corps affalé au pied de la porte restait inerte. Peut-être rencontrait-il des problèmes pour trouver le médicament dont il avait besoin... ou quelque autre sorte de problèmes, vu ce qu'elle savait de lui. Ce genre d'hommes semblait attirer les ennuis comme une chienne en chaleur attirait les mâles en rut.

Deux heures s'écoulèrent tandis qu'Eddie battait les collines à la recherche de celle qu'il nommait Odetta (oh, qu'elle avait horreur de ce O initial !), qu'il arpentait les lourdes courbes, hurlant jusqu'à ne plus avoir de voix.

Il finit par faire ce qu'elle n'avait cessé d'attendre, redescendant jusqu'à la petite pointe de plage pour s'asseoir à côté du fauteuil et promener autour de lui des regards désolés. Sa main monta effleurer les roues du fauteuil – presque une caresse –, puis elle retomba et il poussa un gros soupir.

À cette vue, Detta sentit dans sa gorge une douleur à goût de métal qui finit par lui exploser dans le crâne, le déchirant de part en part comme un éclair zébrant le ciel d'été. Elle crut alors entendre une voix qui appelait... appelait ou exigeait.

*Non, pas question*, rétorqua-t-elle mentalement sans savoir à qui elle pensait ou s'adressait. *Pas question, pas cette fois, pas maintenant. Pas maintenant et plus jamais, peut-être*. L'atroce décharge lui traversa encore une fois la tête et ses poings se crispèrent. Jusqu'à son visage qui se fit lui-même poing, tordu dans un rictus d'extrême concentration – expression frappante par son mélange de laideur et de détermination quasi extatique.

Il n'y eut pas de troisième assaut, ni de la douleur ni de cette voix qui semblait s'exprimer au travers de ces crises.

Elle attendit.

Bien qu'il se fût calé le menton au creux des mains, la tête d'Eddie ne tarda pas à piquer du nez, donnant l'impression que ses poings lui remontaient le long des joues. Detta continua d'attendre, rivant sur lui son regard d'obsidienne.

Il redressa la tête en sursaut, se leva, gagna le bord de l'eau et s'en aspergea la figure.

*C'est qu'il fe'ait tout pou' pas 'oupiller, ce p'tit Blanc. Dommage qu'y ait pas d'Anti-Dodo dans c'monde, t'en p'end'ais une pleine plaquette, pas v'ai ?*

Eddie choisit cette fois de se rasseoir dans le fauteuil mais, à l'évidence, s'y trouva trop confortablement installé. Aussi, après avoir posé un long regard par la porte ouverte *(qu'est-ce tu y vois, p'tit gars ? Detta donne'ait che' pou' l'savoi')*, il transféra de nouveau ses fesses à même le sable.

Se calant de nouveau la tête sur les poings.

Tête qui, de nouveau, ne tarda pas à s'affaisser.

Et que, cette fois, nul sursaut ne redressa. Le menton d'Eddie finit par buter sur sa poitrine et, malgré le vacarme du ressac, Detta commença d'entendre ses ronflements. Bientôt, il bascula sur le flanc et se roula en boule.

Surprise, elle sentit écœurement et panique se mêler en elle alors que l'assaillait une bouffée de pitié à l'égard de ce jeune Blanc, là en bas sur la grève. Il lui évoquait un petit mioche qui a tenté de veiller jusqu'aux douze coups de minuit le soir de la Saint-Sylvestre et qui a perdu le défi qu'il s'était lancé. Puis elle se remémora comment ce morveux de cul blanc et son copain le Vraiment Méchant avaient cherché à lui faire avaler de la nourriture empoisonnée, comment ils l'avaient narguée avec la leur, succulente et saine, la lui arrachant de devant la bouche à l'instant même où elle allait y mordre… du moins jusqu'à ce qu'ils aient eu peur de la voir mourir d'inanition.

*S'ils avaient peur à ce point que tu meures, pourquoi auraient-ils voulu t'empoisonner au début ?*

La question ne la paniqua pas moins que la soudaine pitié qui l'avait assaillie quelques instants plus tôt. Elle n'avait pas coutume de se tourmenter et la voix intérieure qui venait de l'assaillir n'avait rien eu à voir avec la sienne.

*Z'avaient pas l'intention d'me tuer avec leu' poison, voulaient juste que j'sois malade à c'ever pou' qui puissent 'igoler d'me voi' dégueuler et gémi'.*

Elle attendit encore une vingtaine de minutes puis s'ébranla vers la plage, mettant à profit la considérable vigueur de ses bras d'infirme pour, sans jamais quitter Eddie des yeux, ramper avec l'ondulante souplesse d'un serpent. Elle aurait bien continué d'attendre, une demi-heure encore, voire une heure de plus *(autant qu'ce p'tit 'culé d'cul blanc soit pa' quinze b'asses de fond dans l'dodo plutôt qu' pa' t'ois ou pa' quat')* mais il n'était pas question de se permettre un tel luxe. À tout instant, le Vraiment Méchant pouvait réintégrer son corps.

Parvenue à proximité d'Eddie qui ronflait toujours comme un sonneur, elle repéra une pierre suffisamment lisse d'un côté pour assurer la prise, suffisamment déchiquetée de l'autre pour faire du vilain.

Sa paume en enveloppa le côté lisse et elle reprit sa reptation vers le jeune homme endormi, le miroitement vitreux du meurtre dans les yeux.

## 4

Son plan était d'une simplicité brutale : abattre encore et encore les meurtrières aspérités de la pierre sur la tête d'Eddie jusqu'à ce qu'il n'y eût pas plus de vie dans l'une que dans l'autre. Puis elle prendrait le revolver et attendrait le retour du Pistolero.

Il aurait à peine le temps de se redresser qu'elle le placerait devant un choix : la ramener chez elle ou se faire descendre. *Dans un cas comme dans l'aut', tu se'as déba'assé d'moi, mon mignon, lui dirait-elle, et avec ton p'tit copain camé, me 'aconte pas qu'ça t'fe'ait pas plaisi'.*

Si l'arme que le Vraiment Méchant avait donnée à Eddie n'était bonne à rien – ce qui restait possible, vu qu'elle n'avait jamais rencontré personne qui lui inspirât, autant que Roland, une telle haine, une telle terreur –, elle agirait avec lui comme avec l'autre. Elle le tuerait avec la pierre ou à mains nues. Il était malade et avait deux doigts de moins. Elle l'aurait.

Mais alors qu'elle n'était plus qu'à quelques mètres d'Eddie, une pensée la traversa, particulièrement perturbante.

Une question qu'une fois de plus une autre voix semblait avoir posée.

*Et s'il le sait déjà ? Si à la seconde même où tu massacres Eddie, Roland est au courant ?*

*Pou'quoi y se'ait au cou'ant ? Y se'a bien t'op occupé à che'cher son médicament.*

La voix s'abstint de répondre, mais le doute était semé. Elle les avait entendus parler alors qu'ils la croyaient endormie, le Vraiment Méchant avait quelque chose à faire. Elle ne savait pas quoi, sinon qu'il était question d'une Tour. Peut-être le Vraiment Méchant avait-il dans l'idée que cette Tour était pleine d'or, de bijoux, de quelque chose dans le genre. Il disait qu'il avait besoin d'elle et d'Eddie, ainsi que d'un troisième qu'il avait encore à ramener, ce qu'elle avait jugé possible. Sinon, pourquoi y aurait-il eu ces portes ?

Si la magie avait à voir là-dedans et qu'elle tuait Eddie, l'autre était effectivement susceptible de l'apprendre. Et si lui interdire ainsi l'accès à sa Tour, c'était sans doute anéantir la seule chose qui raccrochât ce 'culé d'cul blanc à l'existence ? Et s'il savait qu'il n'avait plus de raison de vivre ? Alors l'culé d'cul blanc en question allait être capable de n'importe quoi parce que l'culé d'cul blanc allait se fiche de tout comme de sa première chemise.

Elle frissonna à la pensée de ce qui pourrait arriver si le Vraiment Méchant débarquait dans un tel état d'esprit.

Mais s'il était exclu de tuer Eddie, qu'allait-elle faire ? Se contenter de désarmer le gamin ? Mais quand l'autre allait revenir, serait-elle en mesure d'affronter les deux ?

Elle n'en savait strictement rien.

Son regard passa sur le fauteuil, le dépassa, puis y retourna vite fait. Il y avait une poche à l'arrière du dossier. Un bout de corde en sortait, de la corde dont ils s'étaient servis pour l'attacher.

Elle comprit alors la marche à suivre.

Et modifia sa direction, rampant vers le corps inerte du Pistolero. Elle allait d'abord prendre quelque chose dont elle estimait avoir besoin dans le havresac que le Vraiment Méchant appelait sa « bourse », puis retournerait chercher la corde, le tout sans tarder… mais voilà que le spectacle offert par la porte la figeait sur place.

Comme Eddie, elle y voyait un film… celui-ci ayant une ressemblance poussée avec les séries policières à la télé. Le décor montrait l'intérieur d'une pharmacie avec, au centre, le pharmacien qui avait l'air mort de trouille, et Detta n'aurait pas songé à le lui reprocher : il y avait une arme au premier plan, braquée sur le front du malheureux. Celui-ci disait quelque chose, mais la voix était lointaine, déformée, comme venant d'un haut-parleur. Elle n'aurait su dire pourquoi. Ne voyait pas non plus qui tenait le pistolet, mais là, nul mystère, elle savait qui c'était.

Le Vraiment Méchant, voyons.

*Pas dit, d'ailleu', qu'il ait la même appa'ence d'l'aut' côté, peut fo' bien 'essembler à un gros patapouf, et même à un fè' de couleu', mais dedans, c'est lui. En tout cas, y s'est t'ouvé vite fait un aut' péta'. M'est avis qu'y met jamais cent sept ans à fai' les choses. Et tu fe'ais bien d'en p'end' de la g'aine, ma fille. Allez, g'ouille-toi, Detta Walke'.*

Elle ouvrit la bourse de Roland. Faible et nostalgique, l'arôme d'un tabac dont elle avait longtemps contenu la réserve et dont l'épuisement remontait à longtemps s'en exhala. Ce n'était pas très différent d'un sac de dame, rempli d'un bric-à-brac hétéroclite à première vue… mais se révélant à qui l'examinait d'un peu plus près le nécessaire de voyage d'une personne que rien ou presque ne saurait prendre au dépourvu.

Detta avait dans l'idée que le Vraiment Méchant était depuis pas mal de temps sur le chemin de sa Tour. Si oui, la simple quantité d'objets qui restaient dans ce sac – même si bon nombre ne payaient pas de mine – était en soi passablement surprenante.

*Allez, g'ouille-toi, Detta Walke'.*

Elle y trouva ce dont elle avait besoin puis, serpent silencieux, retourna vers le fauteuil. Quand elle l'eut atteint, elle prit appui sur un bras pour se hisser à la hauteur de la poche et y pêcher la corde. Ce faisant, elle garda un œil sur Eddie, s'assurant qu'il dormait toujours.

Il n'eut pas même un mouvement dans son sommeil jusqu'à ce que Detta, d'une brusque traction sur la corde, resserrât le nœud coulant qu'elle venait de confectionner et de lui passer autour du cou.

## 5

Il se sentit brutalement tiré en arrière et sa première pensée fut qu'il dormait encore, qu'il était la proie de quelque horrible cauchemar où on l'enterrait vivant, à moins qu'on n'y tentât de l'étouffer.

Puis il prit conscience, douloureusement conscience, de la corde qui lui cisaillait la gorge, du chaud ruissellement de la salive sur son menton alors qu'il étouffait, mais pas en rêve. Ses doigts s'accrochèrent au garrot. Il tenta de se relever.

L'extraordinaire vigueur des bras de Detta se manifesta de nouveau. Arraché en arrière, Eddie se raplatit sur le dos dans un bruit sourd. Il était violet.

— Tu bouges plus, siffla Detta derrière lui. J'te tue pas si tu bouges plus. Mais continue d'te débatte et je continue de se'er.

Eddie baissa les mains et tenta de bloquer ses spasmes. Le nœud se relâcha, juste de quoi lui laisser happer une goulée d'air brûlant. Mieux que rien, mais sans plus.

Quand son cœur emballé fut un peu revenu de sa panique, il voulut tourner la tête. Le nœud se resserra aussitôt.

— T'occupe ! T'as pas aut' chose à voi' que c'te flotte là-devant, f'omage blanc. Pou' l'instant, ça t'suffit la'gement comme spectacle.

Il ramena les yeux sur l'océan et une autre de ces parcimonieuses mesures d'air enflammé lui fut accordée. Sa main glissa vers sa ceinture (mouvement subreptice qu'elle remarqua, même si lui ne la vit pas sourire). N'y trouva rien. Elle lui avait pris le revolver.

*Elle t'est tombée dessus pendant que tu dormais, Eddie.* C'était le Pistolero, bien sûr, qui lui parlait. *Ça ne sert plus à rien que je te le dise mais… je t'avais averti. Regarde où ton roman d'amour t'a emmené : un nœud coulant autour du cou et une folle armée de deux pistolets quelque part derrière toi.*

*Mais si elle avait voulu me tuer, elle l'aurait déjà fait, aurait profité de ce que je dormais.*

*Tiens, tiens, tu crois ça, Eddie ? Quelles sont ses intentions à ton égard selon toi ? T'offrir un voyage tous frais payés à Disneyworld pour deux personnes ?*

— Écoute, dit-il. Odetta…

À peine le mot eut-il franchi ses lèvres que le nœud se resserra.

— T'a'ête de m'appeler comme ça ! La p'ochaine fois qu'tu l'fais, ça se'a aussi la de'niè'e qu' t'ouv'i'as la bouche. Mon nom, c'est Detta Walke', et si tu veux avoi' une chance d'met' un peu d'ai' dans tes poumons, t'as inté'êt à t'en souveni' !

Dans une succession de bruits étranglés, il crispa de nouveau ses mains sur le nœud. De grosses taches noires de néant commençaient d'exploser dans son champ de vision, fleurs maléfiques.

Au bout d'une éternité, la pression sur sa glotte redevint supportable.

— Pigé, cul blanc ?

— Oui, fit-il, couinement éraillé sans plus.

— Alo' dis-le ! Dis mon nom !

— Detta.

— En entier ! Dis-le en entier !

Hurlement hystérique, oscillant sur l'inquiétante frontière de la démence. Eddie en cet instant fut bien content de ne pas la voir.

— Detta Walker.

— Bien. (Léger relâchement du collier de chanvre.) Maintenant, tu m'écoutes, f'omage blanc, et tu tâches de pas en pe'd' une miette si t'as envie d'viv' jusqu'au coucher du soleil. T'as pas inté'êt à jouer les p'tits malins comme tu viens d'fai' en essayant d'att'aper c't' a'me qu'heu'eusement j't'avais d'jà p'ise tandis qu'tu do'mais. T'as pas inté'êt à vouloi' 'ouler la môme Detta pasqu'elle a l'œil. 'éfléchis-y bien avant d'fai' quoi qu'ce soit !

« Et va pas non plus t'imaginer qu'tu pou'as jouer les p'tits malins pasque Detta elle a pas d'jambes. Y a des tas d'choses que j'ai app'is à fai' depuis qu' j'les ai pe'dues, et puis n'oublie pas qu'j'ai les deux pistolets maintenant, et qu'ça change un tas d'choses, tu c'ois pas ?

— Si, croassa Eddie. Mais je n'ai pas trop l'impression d'avoir envie de jouer les petits malins.

— Pa'fait, mon ga'. Félicitations. (Elle gloussa.) Tu sais qu'j'ai pas chômé pendant qu'tu 'oupillais. Le scéna'io est là point pa' point dans ma tête et j'vais te l'donner, cul blanc : tu vas d'abo' met' les mains de'iè'e le dos pou' que j'y passe le même gen'e de boucle qu'autou' du cou. Ca' j'ai aussi fait du mac'amé pendant qu'tu do'mais, feignasse ! T'ois jolies p'tites bouc' ! (Nouveau ricanement.) Dès qu'tu la sens, tu 'éunis les poignets pour qu'je puisse la passer. Alo' tu vas senti' ma main se'er l'nœud et, à c'moment-là, tu vas t'di' : « C'est là ma chance d'échapper à c'te salope de nég'esse. Faut qu'j'en p'ofite maintenant qu'a' n'tient plus aussi solidement la co'de », sauf que... (sur ce la voix de Detta s'assourdit, la caricature d'accent noir du Sud plus nasillarde et voilée que jamais)... sauf que tu fe'ais mieux de te 'etou'ner avant d'fai' une bêtise.

Eddie se retourna et découvrit une Detta qui avait désormais tout de la sorcière et dont la vue aurait glacé d'effroi des cœurs autrement mieux accrochés que le sien. La robe qu'elle portait chez Macy's – et dans laquelle le Pistolero l'avait arrachée à l'Amérique des années 60 – ne subsistait qu'à l'état de haillon répugnant, et elle avait utilisé le couteau de Roland – celui qui leur avait précédemment servi à ôter le corset de sparadrap – pour y faire deux entailles supplémentaires au-dessus des hanches, créant ainsi deux étuis de fortune d'où dépassaient les crosses des revolvers polies par le temps.

Et si sa voix s'était épaissie, il fallait en chercher la cause dans la corde qu'elle tenait entre ses dents, l'extrémité fraîchement sectionnée d'un côté de son sourire mauvais, le reste allant droit à la boucle qu'elle lui avait passée autour du cou. Pareille vision, de cette corde de chanvre émergeant d'un tel rictus, avait quelque chose de tellement barbare et prédateur qu'il en resta figé, l'horreur écarquillant ses yeux tandis que, par ricochet, s'élargissait le sourire de Detta.

— Donc, reprit-elle, tu fais quoi que ce soit d'suspect pendant que j'm'occupe de tes mains et je te se'e le kiki à la fo'ce des dents. Et cette fois, j'vais jusqu'au bout. T'as comp'is, f'omage blanc ?

Il se contenta de hocher la tête, plus très sûr de pouvoir répondre à voix haute.

— Bien. Il se peut que tu su'vives encore quelque temps.

— C'est préférable, croassa Eddie. Sinon tu n'auras plus jamais le plaisir de piller les rayons de chez Macy's. Parce qu'il le saura, et qu'alors ça va chier des bulles.

— Silence, dit Detta, murmurant presque. Tu la fe'mes gentiment et tu laisses le soin de 'éfléchi' à ceux qui en sont capab'. Tout c'que t'as à fai', c'est d'che'cher cette deuxième boucle avec tes mains.

## 6

*Ca' j'ai aussi fait du mac'amé pendant qu'tu do'mais*, avait-elle dit, et le dégoût d'Eddie se doublait d'une inquiétude croissante alors que s'imposait l'évidence. Detta n'avait pas exagéré. La corde présentait l'aspect d'une série de nœuds coulants. Le premier l'étranglait depuis déjà trop longtemps et le deuxième venait de lui bloquer les mains derrière le dos. Maintenant, voilà qu'elle le poussait brutalement sur le flanc et lui ordonnait de plier les jambes jusqu'à ce qu'il eût les pieds au niveau des fesses. Il comprit à quoi ça l'amenait et se fit tirer l'oreille. Un des revolvers jaillit de son étui improvisé. Elle l'arma, en appliqua le canon contre la tempe du jeune homme.

— Tu t'décides ou c'est moi qui m'décide, fomage blanc, susurra-t-elle. La diffé'ence, c'est que si c'est moi, tu se'as mo'. J'au'ais qu'à met' du sab' su' les mo'ceaux de ce'velle et te 'abat' les ch'veux su' l't'ou d'l'aut' côté. Y se'a pe'suadé qu'tu do's.

Suivit un autre de ses hideux gloussements.

Eddie leva les pieds. Elle lui passa la troisième boucle autour des chevilles et fit prestement coulisser le nœud.

— Voilà. Lié comme un veau au 'odéo.

Description d'une rare justesse, songea Eddie. Tenter de déplier les jambes, de soulager l'inconfort de cette posture, aurait d'abord pour effet de resserrer le nœud, partant de lui cisailler les chevilles, puis de tendre la longueur de corde entre celles-ci et ses poignets, resserrant au passage le nœud et, plus grave, communiquant sa tension au reste de la corde, c'est-à-dire au nœud coulant qu'il avait autour du cou, et...

Elle le tirait à présent, le tirait vers le bord de l'eau.

— Eh là ! Qu'est-ce que tu...

Il voulut se débattre et constata qu'effectivement tout se resserrait, y compris son aptitude à respirer. Il se fit aussi mou que possible *(et garde ces pieds en l'air, connard, tâche de t'en souvenir ; dis-toi bien que si tu les baisses, ça équivaut à un suicide)* et se laissa traîner sur le sol inégal. Un caillou lui écorcha la joue, et il sentit la chaleur de son sang. Le souffle rauque de Detta lui emplissait les oreilles, mais plus encore le fracas des vagues et le choc du ressac au fond du tunnel qu'il creusait dans la roche.

*Seigneur ! Aurait-elle l'intention de me noyer ?*

Non, bien sûr que non. Il n'eut même pas à attendre que son visage ouvrît un sillon dans l'enchevêtrement de varech marquant la limite des hautes eaux – guirlande de matière morte à la puanteur saline, froide comme des doigts de marins noyés – pour savoir où elle voulait en venir.

Il crut réentendre Henry lui dire : *De temps à autre, ils nous dégommaient une sentinelle. Un Américain, je veux dire... Ils savaient très bien que ça n'aurait servi à rien de choisir un type de l'armée régulière, vu qu'aucun de nous ne se serait aventuré hors du camp pour un Viet. Non, fallait que ce soit un de nos gars frais débarqué du pays. Ils l'éventraient et l'abandonnaient, hurlant et baignant dans son sang, puis cueillaient ensuite un par un tous les mecs qui se pointaient pour essayer de le sauver. Ça durait jusqu'à ce que leur victime ait rendu l'âme. Et tu sais comment ils l'appelaient, le pauvre connard ?*

Eddie avait fait signe que non.

*Un pot de miel, qu'ils disaient. Du sucré. Pour attirer les mouches. Un ours, pourquoi pas ?*

C'était ça qu'elle faisait : elle se servait de lui comme d'un pot de miel.

Elle l'abandonna environ deux mètres plus bas que la laisse de haute mer, l'abandonna sans mot dire, l'abandonna face à l'océan. Ce n'était pas la marée montante et la perspective qu'Eddie se noyât que le Pistolero était censé découvrir s'il jetait un œil par la porte, car les eaux étaient sur le reflux et il s'écoulerait encore six heures avant qu'elles ne redevinssent une menace. Mais, bien avant…

Il haussa légèrement les yeux et vit le soleil imprimer sa voie d'or sur les flots. Quelle heure pouvait-il être ? Quatre heures, environ. Il en restait à peu près trois d'ici le coucher du soleil.

Il allait faire nuit longtemps avant qu'il n'eût à se soucier de la marée montante.

Et avec la nuit, les homarstruosités sortiraient des vagues pour arpenter la grève où il gisait ligoté, arpenter et questionner, puis elles le trouveraient, et leurs pinces feraient le reste.

## 7

Le temps commença de s'étirer interminablement pour Eddie Dean. La notion même de temps devint une vaste plaisanterie. Même l'horrible perspective de ce qui allait lui arriver quand il ferait noir s'effaça devant l'inconfort grandissant de ses jambes – une palpitation qui alla croissant sur l'échelle des sensations, pour se transformer en douleur lancinante puis en véritable supplice. Relâchait-il ses muscles que les trois nœuds se resserraient et qu'au bord de l'étranglement il parvenait de justesse à redresser les chevilles, à soulager la pression de la corde sur sa gorge et admettre un peu d'air dans ses poumons. Il n'était plus du tout sûr de tenir jusqu'au soir. N'importe quand au cours de ces trois heures, il se pouvait qu'il ne puisse tout bonnement plus relever les pieds.

## Chapitre 3

# ROLAND PREND SON MÉDICAMENT

### 1

Jack Mort était maintenant conscient de la présence du Pistolero. S'il s'était agi d'un autre – d'un Eddie Dean ou d'une Odetta Holmes, par exemple –, Roland aurait tenu palabre avec lui, ne fût-ce que pour ôter à cet homme un peu de cette confusion et de cette panique bien naturelles pour quiconque se retrouve brutalement sur le siège du passager dans ce corps dont il avait depuis toujours tenu le volant.

Mais parce que Mort était un monstre – et de la pire espèce, bien pire même que ne le serait, ni ne saurait jamais l'être, Detta Walker –, il ne fit aucun effort pour s'expliquer et jugea même inutile de parler. Le type n'arrêtait pas de se plaindre – *Qui êtes-vous ? Qu'est-ce qui m'arrive ?* –, et pissait dans un violon : le Pistolero se concentrait sur sa courte liste d'urgences, mettant sans scrupule à contribution l'esprit de son hôte. Les plaintes se firent cris de terreur. Roland continua de les ignorer.

Pour ne pas être chassé d'un tel esprit par sa pestilence, il avait fallu n'y voir qu'un atlas doublé d'une encyclopédie. Mort disposait de toutes les informations dont Roland avait besoin. Son plan d'action se réduisait à une ébauche mais, souvent, mieux valait de grandes lignes qu'un dessin trop fouillé. Pour ce qui était de programmer leurs entreprises, on n'aurait pu trouver dans l'univers entier deux créatures plus opposées que Roland et Jack Mort.

Se borner à tracer les grandes lignes de ce qu'on va faire laisse de la place pour l'improvisation. Or l'improvisation à court terme avait toujours été l'un des points forts du Pistolero.

## 2

Un corpulent personnage avec des lentilles sur les yeux – comme le chauve qui avait passé la tête dans le bureau de Mort cinq minutes auparavant (apparemment, dans le monde d'Eddie, bon nombre de gens portaient ce genre de lentilles que la Mortcyclopédie désignait par le terme de « lunettes ») – monta dans l'ascenseur avec lui. Le regard de l'homme se fixa sur l'attaché-case de celui qu'il croyait être Jack Mort puis sur Mort même.

— Tu vas voir Dorfman, Jack ?

Le Pistolero s'abstint de répondre.

— Parce que, si tu crois pouvoir lui parler de sous-location, je peux te dire que c'est une perte de temps, dit l'obèse qui cligna des yeux en voyant son collègue faire brusquement un pas en arrière.

Les portes de la petite cabine s'étaient refermées. Ils tombaient.

Roland se jeta sur l'esprit de Mort, sourd aux cris de celui-ci, et constata que tout était normal. Il s'agissait d'une chute contrôlée.

— Si tu estimes que ça te regarde, excuse-moi, dit l'homme, et le Pistolero pensa : *Encore un qui a peur de lui.* Tu t'es mieux débrouillé avec cette enflure que quiconque dans la boîte, voilà ce que je pense.

Roland garda le silence. Il attendait d'être sorti de ce cercueil dégringolant.

— Et d'ailleurs je ne me gêne pas pour le dire, s'empressa d'enchaîner l'homme. Figure-toi que pas plus tard qu'hier je déjeunais avec…

La tête de Jack Mort pivota et, derrière ses verres cerclés d'or, des yeux d'un bleu différent de celui des yeux de Jack Mort se rivèrent sur l'obèse.

— Ta gueule, fit le Pistolero sans intonation particulière.

Les traits de l'homme perdirent toute couleur et ce fut à son tour de reculer. Ses fesses molles s'aplatirent sur le panneau de faux bois au fond du cercueil ambulant qui soudain s'arrêta. Les portes s'ouvrirent et le Pistolero, toujours vêtu du corps de Jack Mort comme d'un complet étriqué, sortit sans un regard en arrière. L'homme garda son doigt sur le bouton OUVERTURE DES PORTES et ne quitta pas l'ascenseur avant que Mort ait disparu. *Il a toujours eu un grain*, songeait-il, *mais cette fois, on dirait que c'est plus sérieux. Il pourrait bien nous piquer sa crise.*

Le corpulent collègue de Jack Mort trouvait particulièrement rassurante la perspective que celui-ci fût enfermé dans un asile.

Le Pistolero n'en aurait pas été surpris.

## 3

Quelque part entre la salle bruissante d'échos pour laquelle sa Mortcyclopédie donnait le mot « hall » – à savoir un endroit par où s'effectuaient l'entrée et la sortie des bureaux remplissant cette tour qui montait jusqu'au ciel – et la rue baignée de soleil (la Mortcyclopédie la nommait indifféremment 6e Avenue ou Avenue des Amériques), Roland cessa d'entendre hurler son hôte. Non que la terreur eût fini par le tuer. Le Pistolero sentait – intuition qui avait chez lui valeur de certitude – que si Mort mourait, leurs *kas* respectifs seraient expulsés à jamais dans le vide de possibilités qui s'étendait par-delà les mondes matériels. Pas mort, donc, mais évanoui. Évanoui sous la violence d'une surcharge de panique et d'étrangeté, au même titre que le Pistolero quand il était entré dans l'esprit de cet homme et en avait découvert les secrets, un entrecroisement de destins trop exceptionnel pour ressortir de la pure coïncidence.

Il n'était pas mécontent que son hôte eût tourné de l'œil, du moment que cette perte de connaissance n'affectait en rien son accès à la Mortcyclopédie. C'était même un soulagement de ne plus l'avoir dans les pattes.

Les voitures jaunes étaient un service communautaire nommé *Tac-scies*. Ceux qui les conduisaient se répartissaient entre deux tribus, les *Spix* et les *Mockies*, lui apprit son ouvrage de référence. Pour en arrêter un, il suffisait de lever la main comme un gosse à l'école.

Roland procéda au rituel. Après qu'un certain nombre de *Tac-scies* furent passés devant lui sans même ralentir bien que manifestement vides à l'exception du chauffeur, il prit conscience de leur point commun : le capuchon sur l'enseigne. Il attendit d'en voir un affichant LIBRE (ce qu'il lut sans recours à la Mortcyclopédie : c'étaient des Grandes Lettres) et leva de nouveau le bras de Mort. Le *Tac-scie* pila. Le Pistolero ouvrit la portière de derrière et monta. Une odeur de tabac refroidi, de parfum, de vieille sueur l'assaillit. La même que dans les diligences de son monde.

— Où va-t-on, l'ami ? demanda le chauffeur.

Était-ce un Spix ou un Mocky ? Roland n'en avait pas la moindre idée, ni la moindre intention de poser la question. Il se pouvait qu'en ce monde ce fût considéré comme une impolitesse majeure.

— C'est que je ne sais pas très bien, dit Roland.

— On n'est pas ici pour causer, l'ami. Je gagne ma croûte, moi.

*Dis-lui d'enclencher son compteur*, lut Roland dans la Mortcyclopédie.

— Enclenchez votre compteur, dit-il.

— Y va me débiter que du temps, rétorqua le chauffeur. C'est pas ça qui fera marcher mes affaires.

*Dis-lui qu'il aura cinq tickets de pourliche*, conseilla la Mortcyclopédie.

— Vous aurez cinq tickets de pourliche.

— J'veux les voir, rétorqua l'autre.

*Demande-lui s'il veut ce fric ou s'il veut aller se faire foutre*, souffla aussitôt la Mortcyclopédie.

— Vous voulez ce fric ou vous voulez aller vous faire foutre ? répéta le Pistolero, glacial.

Un court instant, le taxi posa un regard effaré dans son rétroviseur, puis il se tut.

Roland mit son silence à profit pour consulter, plus attentivement cette fois, la banque de données réunies par Jack Mort. Le taxi jeta un nouveau coup d'œil dans son rétro durant les quinze secondes que son client passa la tête légèrement inclinée, la main gauche sur le front comme s'il avait un urgent besoin d'Excedrin. Il avait déjà décidé de placer à son tour le type devant un choix – se casser ou voir rappliquer le flic qu'il allait rameuter par ses cris – quand ledit client lui rendit son regard et dit :

— Je voudrais que vous m'emmeniez au carrefour de la 7e et de la 49e. Je vous paierai cette course dix dollars de plus que le tarif marqué au compteur, quelle que soit votre tribu.

*OK*, se dit le chauffeur (un bon WASP[1] du Vermont qui tentait de percer dans le showbiz), *j'ai affaire à un dingue. Mais peut-être à un dingue plein aux as*. Il embraya.

— C'est comme si on y était, mon pote.

Et, tandis qu'il se glissait dans le flot des véhicules, il ajouta mentalement : *Et dommage que ce ne soit qu'une figure de style, car le plus vite sera le mieux.*

## 4

*Improviser*, tel était le maître mot.

Descendant du taxi, le Pistolero repéra la voiture bicolore garée un peu plus bas et, sans recours au lexique de Jack Mort, lut PATROUILLE à la place du POLICE écrit dessus blanc sur bleu. Deux pistoleros étaient assis à l'intérieur, sirotant leur café dans des tasses de papier blanc. Des pistoleros, oui… mais gras et mous.

1. White Anglo-Saxon Protestant : protestant blanc anglo-saxon, incarnant souvent la classe supérieure aisée de la société américaine. *(N.d.T.)*

Il sortit la bourse de Jack Mort (le mot courant était portefeuille mais « bourse », cité entre autres synonymes par la Mortcyclopédie, amusait Roland qui avait peine à imaginer un voyageur réussissant à faire entrer son barda dans un si petit sac) et tendit au chauffeur un billet portant le chiffre 20. L'homme redémarra aussi sec. Il s'agissait à coup sûr du plus gros pourboire qu'il s'était fait de la journée mais, vu l'allure de ce barjo, il en avait mérité chaque centime.

Le Pistolero reporta son attention sur l'inscription dominant le magasin :

CLEMENTS – ARMES ET ARTICLES DE SPORT – MUNITIONS, MATÉRIEL DE PÊCHE, FAC-SIMILÉS ESTAMPILLÉS.

Il fut loin d'en comprendre tous les termes mais un coup d'œil sur la vitrine lui suffit pour constater que Mort l'avait amené au bon endroit. Il y avait là des bracelets de force, des insignes… et surtout des armes à feu. Plutôt des fusils mais aussi des pistolets. Une chaîne courait de l'un à l'autre, passée dans chaque pontet, mais c'était sans importance.

Il saurait ce dont il avait besoin une fois qu'il le verrait… s'il le voyait.

Roland consulta l'esprit de Jack Mort – un esprit assez retors pour répondre à ses desseins – et cette nouvelle prise de renseignements dura plus d'une minute.

## 5

Dans la voiture pie, un des deux flics enfonça son coude dans le flanc de son collègue.

— Vise un peu, dit-il. Ça c'est un consommateur qui ne se laissera pas coller n'importe quoi.

L'autre éclata de rire.

— Mon Dieu, mon Dieu, fit-il d'une voix efféminée alors que l'homme en costume trois pièces et verres cerclés d'or mettait un point final à son examen des pièces exposées en vitrine et poussait la porte du magasin. Ze crois qu'il vient zuste d'arrêter son soix sur cette délicieuse paire de menottes mauves.

Le premier flic s'étouffa sur une gorgée de café tiède mais réussit l'exploit, tout en pouffant, d'en recracher l'essentiel dans sa tasse.

## 6

Presque tout de suite, un vendeur apparut et proposa ses services.

— Je me demandais, répondit l'homme au complet bleu, si vous n'auriez pas un papier… (Il s'interrompit, parut s'absorber dans ses réflexions, puis releva la tête.) Je veux dire un tableau avec le dessin des munitions pour revolver dont vous disposez.

— Une table des calibres ? demanda le vendeur.

Le client marqua une nouvelle pause.

— Oui, finit-il par dire. Mon frère a un revolver avec lequel j'ai déjà tiré, mais ça remonte à pas mal d'années. Je me sens toutefois capable d'en reconnaître les balles si je les vois.

— Vous croyez en être capable mais rien n'est moins sûr, rétorqua le vendeur. S'agissait-il d'un 22 ? D'un 38 ? Ou encore…

— Montrez-moi ce tableau et je vous le dirai.

— Un instant. (Le vendeur décocha un regard peu convaincu à l'homme en bleu puis haussa les épaules. Après tout, merde, le client avait toujours raison, même dans l'erreur… du moment qu'il avait de quoi payer.) J'ai une *Bible du Tireur*. Peut-être devriez-vous y jeter un coup d'œil.

— Certainement.

Le Pistolero sourit. *Bible du Tireur*. Quel beau titre pour un livre !

L'homme fouilla sous le comptoir et en ramena un volume dont la tranche noircie témoignait d'une utilisation fréquente, et dont l'épaisseur n'avait rien à envier à celle des rares livres que le Pistolero avait vus dans sa vie. Le vendeur le maniait pourtant comme s'il n'avait pas plus de valeur qu'une poignée de cailloux.

Il l'ouvrit sur le comptoir et le retourna face à Roland.

— Regardez. Mais si c'est un vieux modèle, vous tirez dans le noir. (Il parut surpris, puis sourit.) Excusez le jeu de mots.

Roland ne l'écoutait plus. Il était penché sur le livre, examinant des images qui avaient l'air presque aussi réelles que les objets représentés, d'extraordinaires images que la Mortcyclopédie lui disait être des *Fauteurs Graffies*.

Il tournait les pages avec lenteur. Non… non… non…

… Et avait pratiquement perdu tout espoir de trouver ce qu'il cherchait quand il tomba dessus. Une telle excitation brillait dans ses yeux quand il les leva sur le vendeur que celui-ci en fut vaguement effrayé.

— Là ! dit Roland. Celle-là ! Là !

La photo sur laquelle son doigt semblait tétanisé était celle d'une munition de 45 pour pistolet Winchester. Bien que cette cartouche ne fût pas l'exacte réplique des siennes pour n'avoir été ni façonnée ni chargée à la main, il n'avait nul besoin d'en consulter les cotes (lesquelles n'auraient d'ailleurs pas eu grand sens à ses yeux) pour constater qu'elle s'ajusterait sans problème dans les alvéoles de ses barillets et réagirait de même à la retombée du percuteur.

— Bon, parfait, vous avez trouvé votre bonheur, à ce que je vois, dit le vendeur, mais il n'y a pas de quoi jurer dans vos jeans, l'ami. Ma foi, ce ne sont que des balles.

— Vous les avez en magasin ?

— Évidemment. Il vous en faut combien de boîtes ?

— Il y a combien de cartouches dans une boîte ?

— Cinquante.

Le regard que le vendeur posait sur le Pistolero se teinta d'un net soupçon. Si ce type avait l'intention d'acheter des balles, il devait être au courant qu'il allait avoir à montrer un permis de port d'arme avec photo d'identité. Pas de munitions pour arme de poing sans présentation d'une pièce officielle en bonne et due forme, telle était la loi dans ce quartier de Manhattan. Or, s'il avait cette autorisation, comment pouvait-il être à ce point ignorant sur le conditionnement classique des cartouches ?

— Cinquante !

Et voilà que le mec le regardait, la bouche pendante. Sûr, il avait affaire à un timbré.

Il se décala légèrement sur la gauche, se rapprochant de la caisse enregistreuse... se rapprochant aussi, sans qu'il fallût vraiment y voir une coïncidence, du Magnum 357 chargé qui reposait en permanence dans son râtelier sous le comptoir.

— Cinquante ! répéta le Pistolero.

Il s'était attendu à cinq, à dix, aurait peut-être été jusqu'à douze, mais tant... tant que ça...

*Qu'est-ce que tu as sur toi comme argent ?* s'enquit-il auprès de la Mortcyclopédie qui dit n'en rien savoir... enfin, pas avec précision, estimant toutefois que son portefeuille ne contenait pas moins de soixante tickets.

— Et combien coûte une boîte ?

L'autre allait lui annoncer un chiffre supérieur à soixante, supposa Roland, mais peut-être arriverait-il à le convaincre de lui vendre des cartouches au détail, ou encore...

— Dix-sept dollars cinquante, répondit le vendeur. Mais auparavant, monsieur...

Jack Mort était comptable, et il n'y eut cette fois aucun délai d'attente : conversion et réponse franchirent ensemble la ligne d'arrivée.

— Trois, fit le Pistolero. Trois boîtes.

Cent cinquante cartouches ! Dieu du ciel ! Quelle corne d'abondance insensée que ce monde !

Le vendeur n'avait pas l'air de vouloir bouger.

— Vous n'en avez pas autant ?

Roland n'était pas vraiment surpris : ç'avait été un beau rêve.

— Oh si, j'ai tout ce qu'il faut en Winchester 45. (Le vendeur fit un deuxième pas sur la gauche, un deuxième pas qui le rapprocha encore un peu de la caisse et du Magnum. Si ce type était un dingue – hypothèse qu'il s'attendait à voir confirmée d'une seconde à l'autre –, il allait bientôt s'agir d'un dingue avec un gros trou quelque part au milieu du corps.) Sûr que j'en ai, des balles de .45. Mais ce que j'aimerais savoir, monsieur, c'est si vous, vous avez votre carte.

— Quelle carte ?

— Un permis de port d'arme avec votre photo dessus. Je n'ai le droit de vous vendre des munitions pour arme de poing que sur présentation de cette pièce. Maintenant, si vous n'en avez pas, il vous reste la solution de monter acheter vos cartouches à Westchester.

Le Pistolero posa sur le vendeur un regard vide. Il n'avait rien compris. Sa Mortcyclopédie avait bien une vague idée de ce à quoi l'homme faisait allusion, mais trop vague justement pour qu'on pût s'y fier. Mort n'avait jamais eu d'arme. Il s'était toujours débrouillé pour faire son sale boulot autrement.

Le vendeur fit un nouveau pas sur la gauche sans détacher les yeux de son client. *Il est armé*, se dit Roland. *Il s'attend à ce que je fasse une connerie… ou il veut que j'en fasse une. Histoire d'avoir un prétexte pour me tuer.*

Improviser.

Il repensa aux pistoleros un peu plus bas sur la rue dans leur voiture blanc et bleu. Des gardiens de la paix, des hommes chargés de faire obstacle aux modifications du monde. Mais le bref regard qu'il leur avait jeté au passage ne lui avait pas révélé des êtres moins mous, moins dénués de vigilance que tout autre en ce monde de lotophages, rien que deux types en uniforme avachis dans leur véhicule à siroter du café. Il pouvait les avoir jugés trop vite, espérait toutefois pour eux ne s'être pas trompé.

— Ah oui, bien sûr, fit Roland, et il imprima un sourire d'excuse sur les traits de Jack Mort. Désolé. Je crois n'avoir pas mesuré combien le monde a changé depuis la dernière fois où j'ai eu un pistolet à moi.

— Il n'y a pas de mal, lui fut-il répondu, mais le vendeur ne se détendit qu'un peu.

Peut-être ce type était-il normal, après tout ; mais peut-être ne faisait-il que donner le change.

— Est-ce que je pourrais voir ce kit de nettoyage ? demanda le Pistolero, la main tendue vers une étagère derrière l'homme.

— Bien sûr.

L'autre se retourna pour prendre le coffret, et le Pistolero fit sauter le petit bissac de la poche intérieure de Jack Mort. Le fit avec la même dextérité qu'il dégainait. Le vendeur ne lui tourna pas le dos plus de trois secondes, et quand il lui refit face, le portefeuille était par terre.

— Une merveille, disait maintenant le vendeur, ayant opté pour la normalité du type. (Ouais, il savait la touche qu'on peut avoir quand on passe pour un connard total aux yeux des autres. Ça lui était arrivé assez souvent lors de son passage par les Marines.) Et pas besoin d'un foutu permis pour acheter ce genre d'article. C'est-y pas beau la liberté !

— Sûr, approuva gravement le Pistolero qui prétendit s'absorber dans l'examen du kit de nettoyage même s'il n'avait pas eu plus d'un coup d'œil à lui accorder pour s'apercevoir que c'était de la camelote dans un emballage tape-à-l'œil, mais camelote itou.

Ce faisant, il repoussa du pied le portefeuille de Mort jusque sous le comptoir.

Au bout d'un moment, il mit un terme à sa curiosité feinte sur un médiocre numéro de regret :

— Je crains d'avoir à m'abstenir.

— Comme vous voudrez, fit le vendeur, perdant brusquement tout intérêt pour ce type qui n'était ni fou ni même acheteur potentiel, et avec qui, par conséquent, toute relation n'avait plus de raison d'être. Autre chose ? articulèrent ses lèvres alors que ses yeux disaient au costard bleu de débarrasser le plancher.

— Non, ce sera tout. Merci.

Le Pistolero sortit sans un regard en arrière. Le portefeuille de Mort était à l'abri des regards sous le comptoir. Roland venait lui aussi d'installer un pot de miel.

# 7

Leur café terminé, les agents Carl Delevan et George O'Mearah s'apprêtaient à transporter ailleurs leurs pénates quand l'homme au complet bleu sortit de chez Clements – que les deux flics pensaient être une poire à poudre (argot de police pour désigner une armurerie ayant pignon sur rue mais comptant parmi ses clients des truands indépendants dotés de papiers en règle et ne dédaignant pas non plus, éventuellement pour de grosses commandes, de traiter avec la Mafia) – et marcha droit sur leur voiture.

Arrivé à sa hauteur, il se pencha du côté passager et son regard se posa sur O'Mearah, lequel s'attendit à une voix haut perchée, peut-être avec ce zézaiement qu'il avait imité tout à l'heure pour sa vanne des menottes mauves... bref, à une voix de pédé. Au commerce des armes, Clements ajoutait avec profit celui des menottes. Elles étaient en vente libre à Manhattan, et leurs acheteurs n'avaient généralement rien des émules de Houdini (ce qui déplaisait souverainement aux flics, mais depuis quand l'avis des flics changeait-il quoi que ce soit ?). Les acheteurs, donc, étaient des homosexuels avec de vagues tendances sadomasos. L'homme, toutefois, ne semblait pas en être : il s'exprimait d'une voix posée, sans intonation particulière, polie mais comme morte.

— Le tenancier de ce magasin m'a pris mon portefeuille.

— Qui ?

O'Mearah s'était redressé d'un bond. Voilà un an et six mois qu'ils essayaient de pincer Justin Clements. Si la chose était possible, elle leur donnerait peut-être une chance de troquer leur uniforme bleu contre une plaque d'inspecteur. Encore une fois, la désillusion n'allait sans doute pas manquer à l'appel – c'était trop beau pour être vrai – mais quand même...

— Le négociant. Le... (pause infime)... vendeur.

O'Mearah et Carl Delevan échangèrent un regard.

— Des cheveux noirs ? demanda Delevan. Plutôt rondouillard ?

De nouveau la plus brève des pauses.

— Oui. Et des yeux marron. Une petite cicatrice sous l'un d'eux.

Il y avait quelque chose de bizarre chez ce type... Sur le moment, O'Mearah n'arriva pas à mettre le doigt dessus, mais ça devait lui apparaître beaucoup plus tard, à une époque où il n'aurait plus grand-chose d'autre à quoi penser. Et certainement plus l'occasion d'accrocher au revers de son veston la plaque dorée des inspecteurs. Que Delevan et lui fussent restés dans la police avait déjà tenu du miracle.

Mais, des années après, il y avait eu cette brève épiphanie mise à profit pour emmener ses deux gosses au musée de la Science à Boston. Ils y avaient vu une machine – un ordinateur – qui jouait au morpion, et vous baisait à tous les coups pour peu que vous n'ayez pas fait d'entrée votre croix dans la case du milieu. Il lui fallait toutefois, et systématiquement, marquer une pause pour consulter ses banques de données, faire l'inventaire des mouvements possibles. Il en était resté fasciné comme ses gosses mais sans pouvoir se défendre d'un certain malaise... puis Costard Bleu lui était revenu en mémoire. Il s'en était souvenu parce que Costard Bleu avait eu la même putain d'attitude. Lui parler avait été comme de parler à un robot.

Delevan n'avait jamais ressenti pareille impression mais, neuf ans plus tard, alors qu'un soir il avait emmené son propre fils au cinéma (le gamin avait dix-huit ans et entrait à l'université), Delevan devait brusquement se lever après une demi-heure de film et beugler : « C'est lui ! Lui ! Le type dans son putain de costard bleu ! Le type qui ressortait de chez Cle... »

Quelqu'un allait lui gueuler : « Assis, là devant ! », mais n'eut pas à se donner cette peine ; il n'en serait pas même au « là » que Delevan, avec ses trente-cinq kilos de trop et toutes les cigarettes qu'il s'était fumées, serait déjà tombé raide mort, terrassé par une crise cardiaque. Entre l'homme en bleu qui les avait abordés ce jour-là dans leur voiture pour leur parler de son portefeuille et la vedette du film, pas de ressemblance, mais le même débit mort des mots, la même grâce implacable des mouvements.

Ce film, bien sûr, avait pour titre *Terminator.*

## 8

Les deux flics échangèrent un regard. Costard Bleu ne parlait pas de Clements mais d'un gibier presque aussi bon : Johnny Holden, dit Gras Double, beau-frère de Clements. Cela dit, une couillonnade monstre comme chouraver le portefeuille d'un pékin serait…

… *serait tout à fait dans la ligne de c'pauv' type*, acheva O'Mearah, et il lui fallut porter la main à sa bouche pour dissimuler un sourire momentanément irrépressible.

— Vaudrait peut-être mieux nous expliquer exactement ce qui s'est passé, fit Delevan. Commencer par nous dire votre nom, par exemple.

Encore une fois, la réponse de l'homme fit un drôle d'effet à O'Mearah. Dans cette ville où on avait parfois l'impression que les trois quarts des gens prenaient « Va te faire foutre », pour un synonyme de « Bonne journée », il s'était attendu à ce que le type lâche un truc du genre : « Hé, les mecs, je vous rappelle que cette ordure a fauché mon portefeuille. Vous comptez faire quelque chose pour que je le récupère, ou allons-nous continuer à jouer au Jeu des Vingt Questions ? »

Mais il y avait le costume de bonne coupe et les ongles soigneusement manucurés, bref, la touche d'un type probablement rompu au merdier bureaucratique. En fait, George O'Mearah ne s'y attarda guère. La perspective de coincer Gras Double et de s'en servir pour faire tomber Arnold et Justin Clements le faisait saliver. Le temps d'une vertigineuse incursion dans un avenir glorieux, il se vit même utiliser Holden pour atteindre par-delà les Clements quelque très gros bonnet… Balazar, par exemple, ou cet autre Rital à défaut, Ginelli. Ouais, pas mal, pas mal du tout.

— Je m'appelle Jack Mort, dit l'homme.

Delevan avait sorti de sa poche un bloc passablement enclin à s'ouvrir en éventail.

— Adresse ?

Légère pause. *Une machine*, pensa de nouveau O'Mearah à la frontière de sa conscience. Un temps de silence suivi d'un clic presque audible.

— 409, Park Avenue South.

Delevan coucha l'adresse sur le papier.

— Numéro de Sécurité sociale ?

Nouvelle pause, puis Mort énonça les chiffres.

— Comprenez que ces éléments d'identité sont indispensables. Si ce type vous a effectivement pris votre portefeuille, ça sera chouette que je puisse détailler un peu son contenu avant de le récupérer. Vous comprenez ?

— Oui. (Une note d'impatience venait de percer dans la voix de Costard Bleu, rassurant O'Mearah de quelque manière.) Simplement que ça ne se prolonge pas outre mesure. Le temps passe et…

— On ne sait jamais. Oui, je pige.

— C'est ça, on ne sait jamais, approuva l'homme au trois-pièces bleu.

— Vous avez une photo particulière dans votre portefeuille ?

Pause, puis :

— Oui, de ma mère devant l'Empire State Building. Il y a écrit au dos : « Une journée fantastique, une vue merveilleuse. Ta maman qui t'aime. »

Delevan coucha la dernière tartine d'un stylo rageur puis claqua son bloc aussi violemment que le permettait le coussinet des feuillets épaissis.

— Bon. Je crois que ça ira. La dernière chose qu'on vous demandera, tout à l'heure, si on récupère votre bien, c'est un exemplaire de votre signature pour comparer avec celles de vos permis de conduire, cartes de crédit et le saint-frusquin. OK ?

Roland acquiesça, néanmoins conscient que s'il avait toute latitude pour puiser dans le réservoir des souvenirs et connaissances de Jack Mort, il n'avait pas la moindre chance d'en reproduire la signature sans la participation active d'un Mort pour l'heure évanoui.

— Dites-nous ce qui s'est passé.

— Je suis entré acheter des balles pour mon frère. Il a un revolver, un Winchester 45. Cet homme m'a demandé si j'avais un permis de port d'arme. Je lui ai dit que oui, et il a voulu le voir.

Pause.

— J'ai sorti mon portefeuille pour lui montrer ce qu'il demandait, mais quand je l'ai ouvert, il a dû voir qu'il y avait là une quantité appréciable de… (pause infime)… billets de vingt. Il faut vous dire que je suis expert-comptable et que j'ai un client, un nommé Dorfman, qui vient de gagner son procès contre le fisc et d'obtenir la restitution d'un… (pause)… trop-perçu. Ça n'allait pas très loin, huit cents dollars, mais ce type, Dorfman, est… (pause)… le plus gros nœud qu'on ait jamais eu sur les bras. (Pause.) Excusez l'image.

O'Mearah se repassa dans la tête la dernière phrase de l'homme et comprit soudain. *Le plus gros nœud qu'on ait jamais eu sur les bras*. Pas mal. Il éclata de rire. Tout ce qui allait déclencher la comparaison *a posteriori* avec un robot ou un ordinateur jouant au morpion lui sortit de la tête. Ce type était simplement hors de lui et tentait de cacher sa colère sous un humour froid.

— Quoi qu'il en soit, Dorfman voulait du liquide. Il s'est montré sur ce point on ne peut plus insistant.

— Vous avez donc eu l'impression que Gras Double guignait la galette de votre client ? résuma Delevan alors que lui et O'Mearah descendaient de voiture.

— C'est le nom que vous donnez au type qui tient cette boutique ?

— Nous lui en donnons d'autres encore moins flatteurs, à l'occasion, précisa Delevan. Et que s'est-il passé quand vous lui avez montré votre port d'arme, M. Mort ?

— Il a demandé à le voir de plus près, alors je lui ai tendu le portefeuille. Il l'a pris mais pas pour regarder la photo : pour le laisser tomber par terre. Je lui ai demandé pourquoi il faisait ça et il m'a répondu que c'était une question stupide. Je lui ai dit de me rendre immédiatement mon portefeuille. J'étais fou de rage.

— Je veux bien le croire.

Mais un coup d'œil sur les traits marmoréens de Costard Bleu fit douter Delevan que celui-ci pût jamais perdre son sang-froid.

— Il n'a fait qu'en rigoler. J'allais contourner le comptoir pour lui faire sa fête quand il a sorti son arme.

Ils avaient pris la direction du magasin, mais se retrouvèrent soudain immobiles. C'était plutôt le brusque regain d'intérêt qu'une quelconque inquiétude.

— Son arme ? répéta O'Mearah, voulant être sûr d'avoir bien entendu.

— Oui. Elle était sous le comptoir, près de la caisse enregistreuse, poursuivit l'homme en bleu. (Roland se rappelait comment il avait failli laisser tomber son projet initial pour simplement devancer le geste du vendeur et s'emparer du revolver. Il expliquait maintenant aux deux pistoleros pourquoi il n'en avait rien fait. Il voulait se servir d'eux, pas les envoyer au casse-pipe). Dans un crampon de débardeur, je crois.

— Un quoi ? fit O'Mearah.

Cette fois, la pause fut plus longue. Le front de l'homme se barra d'un pli.

— J'ignore le terme exact, mais c'est quelque chose dans quoi on met son arme. Personne ne peut vous la prendre par surprise à moins de savoir comment libérer le ressort...

— Un étrier à mécanisme ! s'écria Delevan.

Nouvel échange oculaire entre les deux coéquipiers. Aucun n'était très chaud pour être le premier à dire au plaignant que, d'ores et déjà, Gras Double avait probablement vidé le portefeuille de son argent, traîné ses miches jusqu'à la porte de derrière et balancé la pièce à conviction par-dessus le mur de la ruelle dans la cour d'un voisin... mais une arme à feu dans un étrier à mécanisme, voilà qui changeait tout. Si une inculpation pour vol restait envisageable, une autre pour dissimulation d'arme dissuasive se présentait soudain comme acquise. Rien de bien génial, peut-être, mais qui leur calait un pied dans l'entrebâillement de la porte.

— Ensuite ? demanda O'Mearah.

— Ensuite, il m'a dit que je n'avais jamais eu de portefeuille. Il a prétendu… (pause)… que j'étais tombé sur un pot de piquet – sur un pickpocket, je veux dire – en venant chez lui, et que j'avais intérêt à m'en souvenir si je voulais rester en bonne santé. Je me suis alors rappelé avoir vu une voiture de police garée un peu plus bas dans la rue et je me suis dit que vous étiez peut-être toujours là. Je suis donc sorti.

— Bon, dit Delevan. Moi et mon coéquipier, on va y aller d'abord. Vous nous laissez une minute – une bonne minute – pour le cas où il y aurait des problèmes. Puis vous vous pointez, mais vous restez sur le pas de la porte, compris ?

— Ouais.

— Parfait. Allons cueillir cette ordure.

Les deux flics entrèrent. Roland n'attendit pas plus de trente secondes pour les y suivre.

## 9

Gras Double faisait plus que protester, il braillait comme un putois.

— Ce mec est complètement givré ! Il est rentré ici, il ne savait même pas ce qu'il voulait, puis il l'a trouvé dans la *Bible du Tireur*, et là, c'était le nombre de cartouches dans une boîte qu'il ne connaissait pas, ni le prix, et ce qu'il raconte sur son port d'arme que j'aurais voulu examiner de plus près, c'est le pire tissu de conneries que j'aie jamais entendu parce qu'il n'en avait pas, de permis. Il a… (Holden s'arrêta net.) Tenez, le v'là ! Il a du culot, c'fumier ! Attention, mec… j'l'ai repérée, ta gueule. La prochaine fois que j'la croise, tu vas l'regretter ! Garanti, tu vas sacrément l'regretter !

— Vous niez toujours avoir le portefeuille de cet homme ? demanda O'Mearah.

— Sûr que je le nie ! Vous savez très bien que je ne l'ai pas !

— Verriez-vous un inconvénient à ce qu'on jette un coup d'œil derrière cette vitrine ? contre-attaqua Delevan. Juste pour ne pas rester sur un doute.

— Bordel de bon Dieu de merde de Pute Vierge ! Elle est en verre, cette vitrine ! Vous y voyez des masses de portefeuilles à travers ?

— Pas là… mais là, peut-être… fit Delevan dans un pur feulement alors qu'il s'approchait de la caisse enregistreuse. À cet endroit, une bande d'acier chromé courait du haut en bas des étagères sur une largeur d'environ cinquante centimètres. Delevan se retourna vers l'homme au costard bleu qui hocha la tête.

— Vous allez me faire le plaisir de sortir d'ici, les gars, et sur-le-champ, dit Gras Double dont le visage avait perdu ses couleurs. Si vous revenez avec un mandat de perquisition, on en reparlera. Mais, pour l'instant, je vous ai assez vus. On est encore dans un pays libre, que je sa… Eh là, qu'est-ce que vous foutez, vous ? Écartez-vous de là ! (O'Mearah s'était penché par-dessus le comptoir.) Vous n'avez pas le droit ! hurla-t-il. Z'êtes dans l'illégalité la plus totale. La Constitution… Mon avocat… Retournez tout de suite à côté de votre copain ou…

— Je voulais seulement avoir une chance de jeter un coup d'œil sur votre marchandise, le coupa tranquillement O'Mearah, vu que la vitrine est franchement dégueulasse. C'est pour ça que je me suis penché par-dessus. Pas vrai, Carl ?

— Vrai de vrai, collègue, approuva solennellement Delevan.

— Et regarde ce que j'ai trouvé.

Roland perçut un *clic* et, soudain, le pistolero en uniforme bleu eut au poing un revolver d'une grosseur exceptionnelle.

Gras Double, finalement convaincu d'être le seul dans cette pièce à pouvoir donner des faits une version qui s'écartât du conte de fées débité quelques minutes auparavant par le flic qui, par-dessus le marché, venait de mettre la main sur son Magnum, sombra dans une humeur morose.

— J'ai un permis, dit-il.

— De port d'arme ? demanda Delevan.

— Ouais.

— De port dissimulé ?

— Ouais.

— Enregistré, ce revolver ? demanda O'Mearah, prenant le relais. Oui ou non ?

— Euh... j'ai peut-être oublié.

— Peut-être qu'il a été volé et que ça aussi tu l'as oublié.

— Faites chier ! J'appelle tout de suite mon avocat.

Gras Double se tourna vers le téléphone. Delevan le retint.

— Et puis il y a aussi la question de savoir si tu as ou non un papier qui t'autorise à dissimuler une arme de ce calibre dans un étrier à mécanisme. (Toujours ce même feulement doux.) Question intéressante, d'ailleurs, car, à ma connaissance, la Ville de New York ne délivre pas de permis de ce type.

Les deux flics avaient les yeux sur Holden, et Holden leur rendait un regard noir. Partant, nul ne vit Roland retourner la pancarte suspendue derrière la porte vitrée. Au lieu d'annoncer OUVERT, elle annonça FERMÉ.

— On y verrait peut-être plus clair si on retrouvait d'abord le portefeuille de monsieur, dit O'Mearah. (Satan même n'aurait pas menti avec une telle conviction.) Après tout, peut-être qu'il l'a seulement égaré.

— Je vous l'ai déjà dit ! Je ne l'ai même jamais vu, son portefeuille ! Ce type est complètement jeté !

Roland se pencha.

— Il est là-dessous. Je le vois. Il a son pied dessus.

Mensonge, mais Delevan, qui avait toujours la main sur l'épaule de Gras Double, le tira brusquement en arrière, rendant désormais impossible de dire si Holden avait eu ou non le pied sur quelque chose.

C'était maintenant ou jamais. Roland se glissa sans bruit derrière les deux pistoleros accroupis pour regarder sous le comptoir. Comme ils étaient côte à côte, leurs têtes se touchaient presque. O'Mearah avait toujours à la main l'arme du vendeur.

— Bon Dieu, il est là ! s'écria Delevan. Je le vois !

Roland décocha un bref regard à celui qu'ils avaient appelé Gras Double, s'assurant que le type ne mijotait pas quelque chose. Mais Holden était adossé à la cloison, pesant dessus comme s'il cherchait à s'y fondre, les mains le long du corps, les yeux en boules de loto. Il avait l'air du mec qui se demande pourquoi son horoscope ne l'a pas prévenu des tuiles qui allaient s'abattre aujourd'hui sur lui.

De ce côté, pas de problème.

— Ouais ! fit joyeusement O'Mearah. Ça y est, moi aussi, j'le v...

Roland venait de faire son dernier pas. Il avait plaqué une main sur la joue droite de Delevan, l'autre sur la joue gauche d'O'Mearah et, tout d'un coup, cette journée dont Gras Double aurait juré qu'elle avait atteint le fond de l'horreur s'était révélée garder le meilleur pour la fin. Le cinglé en costard bleu avait réuni les deux têtes avec une telle violence qu'elles avaient rendu un son de roches enveloppées dans du feutre.

Les flics s'effondrèrent en tas et l'homme aux lunettes cerclées d'or se redressa. Il pointait le Magnum 357 sur Gras Double. Le méchant trou noir de l'arme était assez gros pour qu'on pût s'attendre à en voir sortir une fusée lunaire.

— On ne va pas se créer d'autres problèmes, n'est-ce pas ? demanda l'homme de sa voix sans timbre.

— Non, m'sieur, fit aussitôt Gras Double. Pas l'ombre.

— Tu ne bouges pas. Si tes fesses se décollent de ce mur, c'est de la vie telle que tu l'as toujours connue que tu vas décoller. Compris ?

— Oui, m'sieur. Compris.

— Bien.

Roland sépara les deux flics. Ils étaient toujours vivants. Bonne chose. Si lents, si peu vigilants fussent-ils, il ne s'agissait pas moins de pistoleros, d'hommes qui s'étaient efforcés d'aider un étranger qui avait des ennuis. Rien n'exigeait qu'il tuât ses pairs.

Mais ne l'avait-il pas fait précédemment ? Si. L'un de ses frères jurés, Alain, n'était-il pas mort sous ses balles et sous celles de Cuthbert ?

Sans que Roland relâchât sa surveillance sur le vendeur, la pointe du mocassin Gucci de Jack Mort explora le dessous du comptoir et finit par rencontrer le portefeuille. Un coup sec de cette même pointe l'expédia, tourbillonnant, à quelques pas de Gras Double qui sursauta et poussa un cri comme une idiote voyant déboucher une souris de sous un placard. Momentanément, ses fesses perdirent contact avec la cloison mais le Pistolero s'abstint de tenir sa promesse. Loin de lui toute intention de coller une balle dans le corps de cet homme. S'il devait se servir de ce revolver pour prévenir quelque absurde tentative, ce serait comme d'une arme de jet, la taille et le poids de cette masse de métal promettant d'assommer sa cible avec la même efficacité qu'une seule détonation ameutant tout le voisinage.

— Ramasse, dit le Pistolero. Sans geste brusque.

Gras Double se pencha et, alors que sa main se refermait sur le portefeuille, il péta et poussa un autre petit cri. Vaguement amusé, Roland comprit que le type avait confondu l'explosion de ses entrailles avec celle d'un coup de feu et cru sa dernière heure arrivée.

Holden se redressa. Il était tout rouge... avait le devant du pantalon tout trempé.

— Bon, pose cette bourse – je veux dire : ce portefeuille – sur le comptoir.

Gras Double s'exécuta.

— Maintenant, occupons-nous de ces cartouches. Des Winchester 45. Et, pas un instant, je ne veux perdre de vue tes mains.

— Il va falloir que j'en mette une dans ma poche. Pour prendre les clés.

Roland l'y autorisa d'un signe.

Alors que le vendeur déverrouillait puis faisait glisser le panneau fermant le casier où étaient empilées les boîtes de munitions, Roland réfléchit.

— Tu m'en sors quatre boîtes, finit-il par dire, incapable de s'imaginer ayant besoin d'autant de cartouches mais ne pouvant résister à la tentation de les avoir.

Holden posa les boîtes sur le comptoir. Le Pistolero en ouvrit une, n'y croyant toujours pas, s'attendant à trouver n'importe quoi sauf des balles. Mais c'en était, lisses, brillantes, sans traces de percussion, sans rayures, des douilles qui n'avaient jamais servi, n'avaient jamais été rechargées. Il en prit une, la tint un instant dans la lumière, puis la remit en place.

— Maintenant, tu me donnes une paire de ces fers.

— Des fers... ?

Roland consulta la Mortcyclopédie.

— Des menottes.

— Monsieur, je ne sais pas ce que vous voulez au juste, mais la caisse...

— Fais ce que je te dis.

*Seigneur, ça n'aura donc jamais de fin*, gémit en pensée Gras Double. Il ouvrit une autre section du comptoir et en sortit une paire de menottes.

— La clé ? fit Roland.

L'indispensable accessoire rejoignit sur le comptoir les bracelets d'acier, rendant un son cristallin en se posant sur le verre. L'un des flics sans connaissance émit un court ronflement et Johnny glapit en contrepoint.

— Tourne-toi, lui ordonna le Pistolero.

— Vous n'allez pas me tirer dessus, hein ? Dites-moi que vous n'allez pas faire ça !

— Non, dit Roland. Du moment que tu te retournes. Sinon, je le fais.

Gras Double obéit et commença de pleurnicher. Bien sûr, le type venait de dire qu'il n'allait pas tirer mais l'odeur de mort s'était faite ici trop forte pour qu'il pût continuer de l'attribuer à son imagination. Ses sanglots cédèrent le pas à des gémissements étranglés.

— Je vous en supplie, monsieur, épargnez-moi. Faites-le pour l'amour de ma mère. Elle est vieille. Elle est aveugle. Et elle est...

— … affligée d'un foie jaune en guise de fils, acheva Roland, glacial. Rapproche tes poignets.

Piaillant, le tissu mouillé du pantalon se prenant dans son entrejambe, Johnny s'exécuta. En un rien de temps les menottes furent en place. Comment s'y était pris le type pour faire aussi vite le tour du comptoir et les lui passer ? Mystère. Il n'avait à vrai dire aucune envie de le savoir.

— Tu restes là et tu regardes le mur jusqu'à ce que je t'autorise à te retourner. Si tu le fais avant, tu es un homme mort.

Une lueur d'espoir naquit dans l'esprit du malheureux vendeur. Le type n'avait peut-être pas l'intention de le tuer après tout. Peut-être n'était-il pas fou, simplement dérangé.

— J'me r'tournerai pas. Promis juré ! Par le bon Dieu. Par tous Ses saints. Par tous Ses anges. Par tous Ses arch…

— Et moi, par ce que tu veux, je te jure que si tu ne la fermes pas, je te colle un pruneau dans la nuque.

Johnny préféra la fermer. Il eut l'impression de rester planté devant ce mur pendant une éternité. Il ne s'écoula en réalité qu'une vingtaine de secondes.

Roland s'agenouilla, posa l'arme du vendeur à terre, releva un instant les yeux pour s'assurer que celui-ci était sage, puis se déplaça jusqu'aux deux pistoleros qu'il retourna sur le dos. L'un comme l'autre étaient hors de combat, mais sans que leur état, jugea-t-il, pût inspirer quelque inquiétude. La respiration était régulière. Celui qui s'appelait Delevan avait un peu de sang qui lui coulait de l'oreille mais rien de plus.

Roland jeta encore un coup d'œil sur l'homme collé au mur puis, après avoir ôté la veste de Jack Mort, il débarrassa les deux pistoleros de leurs ceinturons pour s'en revêtir. Si ridicules fussent-elles, c'étaient des armes, et en sentir de nouveau le poids sur ses hanches était bon. Sacrément bon. Meilleur qu'il ne l'aurait cru.

Deux revolvers, donc. Un pour Eddie et un pour la Dame… quand il serait possible – en admettant que ce vînt à l'être – de lui confier une arme.

Il renfila la veste de Mort et en lesta chaque poche avec deux boîtes de munitions, opération qui transforma cette pièce de costume, antérieurement impeccable, en sac informe. Ensuite, il ramassa le Magnum du vendeur, en extirpa les cartouches qu'il rangea dans sa poche de pantalon avant de balancer l'arme à l'autre bout du magasin. Quand elle atterrit sur le sol, Gras Double sursauta, glapit une fois de plus et gratifia son pantalon d'une petite giclée supplémentaire de liquide à 37 °C.

Puis Roland se releva et dit à Holden qu'il pouvait se retourner.

## 10

Quand, sans risquer sa vie, Gras Double put de nouveau poser les yeux sur le type au costard bleu et aux lunettes cerclées d'or, il en resta bouche bée, un moment convaincu que, pendant qu'il avait le dos tourné, l'homme s'était transformé en spectre. Il le voyait flou et avait l'impression de distinguer au travers une silhouette nettement plus réelle, celle d'une de ces légendaires figures du Far West dont cinéma et télé avaient nourri son enfance : Wyatt Earp, Doc Holliday, Butch Cassidy… enfin, l'un de ceux-là.

Puis l'illusion d'optique cessa et il comprit : le timbré avait pris les ceinturons des flics pour se les entrecroiser bas sur les hanches. Avec le costume trois pièces et la cravate, l'effet aurait pu être grotesque ; pour quelque obscur motif, il ne l'était pas.

— La clé des fers est sur le comptoir. Les patrouilleurs finiront bien par se réveiller et ils te libéreront. (Il prit le portefeuille, l'ouvrit et, contre toute attente, en sortit quatre billets de vingt qu'il déposa sur la surface vitrée. Puis il le rempocha.) Pour les munitions, expliqua-t-il. Au fait, j'ai vidé ton revolver de ses balles et, une fois dehors, je vais les jeter. Je pense qu'en l'absence de portefeuille et avec une arme non chargée ils auront quelques difficultés à t'inculper de quoi que ce soit.

Gras Double déglutit. Et, ce qui ne lui était pas arrivé plus de deux ou trois fois dans toute son existence, il se retrouvait sans voix.

— Maintenant, tu vas me dire où est la… (pause)… pharmacie la plus proche.

Et Johnny Holden comprit tout – ou, du moins, crut tout comprendre. Il avait affaire à un drogué, bien sûr. Pas étonnant qu'il eût l'air si bizarre. Le mec était probablement défoncé jusqu'aux yeux.

— Tournez le coin de la rue et vous en trouverez une cinquante mètres plus bas sur la 49e.

— Si je constate que tu as menti, je reviens et je te loge une balle dans le crâne.

— C'est la vérité ! glapit Gras Double. Je le jure par Dieu le Père. Je le jure par tous les saints. Je le jure sur la tête de ma mère…

Mais la porte se refermait déjà. Johnny la fixa dans un total silence, incapable de croire que le timbré était parti. Puis, aussi vite qu'il le put, il se précipita sur le battant, se plaça de dos, chercha le loquet de la serrure, le trouva, l'enclencha. Mais il ne s'estima satisfait qu'après avoir également réussi à fermer le verrou.

Alors, et seulement alors, il se laissa glisser jusqu'au sol et, assis là, hoquetant et gémissant, prit Dieu à témoin, et tous Ses saints et tous Ses anges, de ce qu'il jurait d'aller à Saint-Antoine dans l'après-midi même, sitôt qu'un de ces deux poulets se serait réveillé pour lui ôter les menottes. Oui, qu'il irait à Saint-Antoine et qu'il s'y confesserait, qu'il y dirait le nombre voulu d'actes de contrition, puis qu'il y recevrait la communion.

Johnny Holden, dit Gras Double, voulait se mettre en règle avec Dieu.

C'était vraiment passé trop près cette fois.

## 11

Le soleil couchant se réduisit à une arche posée sur la Mer Occidentale puis à un simple trait de brillance qui agressait les yeux d'Eddie. À regarder trop longtemps une telle lumière, on risquait une brûlure permanente de la rétine. C'était un de ces nombreux détails fascinants qu'on vous apprenait à l'école et qui vous permettaient de décrocher un boulot gratifiant de barman à temps partiel ou de vous adonner à un passe-temps du plus haut intérêt (genre recherche à plein temps de la poudre – et du fric pour se la payer). Eddie ne détourna pas les yeux pour autant. Leur état ne semblait plus devoir compter très longtemps.

Il ne se donnait pas la peine de supplier la sorcière derrière lui. D'abord, ça n'aurait servi à rien. Ensuite, c'eût été dégradant. Il avait mené une existence dégradante et ne se découvrait nulle envie de tomber plus bas dans ce qui lui restait à vivre. Car la disparition de cette ligne aveuglante sur l'horizon n'était plus qu'une affaire de minutes ; alors les homarstruosités commenceraient à se hisser sur la grève.

Il avait cessé d'espérer le miracle qui ramènerait Odetta au dernier moment, comme il avait perdu tout espoir de lui faire comprendre qu'elle resterait à jamais échouée dans ce monde s'il mourait. Un quart d'heure auparavant, il la croyait encore en train de bluffer. Il savait maintenant qu'il n'en était rien.

*Ça vaudra sans doute mieux que de s'étrangler toujours plus à chaque fois*, se dit-il, mais sans vraiment le penser après avoir, soir après soir, assisté au retour des monstrueux crustacés. Il espérait pouvoir mourir sans hurler, était assez sûr d'en être incapable, mais comptait essayer.

— Vont a'iver, cul blanc ! lui cria Detta. Vont v'ni' te voi' d'une minute à l'aut' et tu vas êt' le meilleu' dîner qu'y z'aient eu d'puis longtemps !

Sûr, elle ne bluffait pas, et Odetta ne réapparaissait pas… et le Pistolero non plus. C'était ça le plus dur. Eddie avait eu le sentiment que lui et Roland étaient devenus… sinon frères, du moins associés au cours de leur remontée vers le nord de la grève, et il aurait attendu ne fût-ce qu'un petit effort de présence de sa part.

Mais Roland n'avait toujours pas l'air de s'annoncer.

*Peut-être n'est-ce pas l'envie de venir qui lui manque, mais la possibilité. Peut-être qu'il est mort, tué par le vigile d'une pharmacie – merde, quelle rigolade : le dernier pistolero du monde abattu par un flic de location... ou encore écrasé par un taxi. Ouais, peut-être qu'il est mort et que la porte a disparu. Peut-être que c'est pour ça qu'elle ne bluffe pas. Parce qu'il n'y a plus de raison de bluffer.*

— J'te dis, d'une minute à l'aut' qu'y vont a'iver ! hurla Detta, puis Eddie n'eut plus à se préoccuper d'avoir les yeux brûlés parce que les derniers feux du soleil couchant s'évanouirent et qu'il n'en subsista que les images dont sa rétine avait gardé le souvenir.

Il fixa les vagues et ce brillant souvenir à son tour s'estompa. Il attendit alors le rouleau qui déchargerait sur la grève le premier arrivage d'homarstruosités.

## 12

Eddie tenta de détourner la tête pour éviter la première créature, mais il fut trop lent. D'une pince presque négligente, l'homarstruosité lui détacha du visage un lambeau de chair, ouvrit son œil gauche et en fit gicler l'humeur, révélant ainsi dans le crépuscule l'éclat blanc de l'os, cependant qu'elle poursuivait son interrogatoire et que la Vraiment Méchante hurlait de rire...

*Arrête*, s'ordonna Roland. *Penser ce genre de trucs est plus qu'inutile : c'est dangereux. Et ça n'a aucune raison d'être. Il doit rester du temps.*

Il en restait, de fait. Alors que Roland dévalait la 43e Rue dans le corps de Jack Mort – les bras ballants au rythme de ses enjambées, les yeux rivés sur l'enseigne de la pharmacie, indifférent aux regards qu'il suscitait comme aux détours qu'on faisait pour l'éviter –, le soleil était toujours assez haut dans son monde d'origine. Un bon quart d'heure le séparait encore de l'instant où son arc inférieur allait toucher la frontière entre ciel et mer. Et, même s'il promettait d'horribles souffrances pour le jeune homme, cet instant restait avenir.

Non que le Pistolero fût certain de disposer d'un tel délai : il savait seulement qu'il était plus tard là-bas qu'ici, et bien qu'il pût en déduire que le soleil n'y était pas encore couché, le postulat que dans les deux mondes le temps s'écoulait à la même allure pouvait se révéler extrêmement dangereux... surtout pour Eddie qui connaîtrait alors, songeait Roland, cette mort d'une horreur inimaginable et que son esprit s'obstinait pourtant à imaginer.

Le besoin de se retourner, de voir ce qu'il en était, avait quelque chose de presque irrépressible. Pourtant, il n'osait pas. Il ne devait pas.

La voix de Cort s'interposa, sévère, barrant le flot de ses pensées : *Contrôle ce que tu peux contrôler, asticot. Laisse le reste te tomber dessus comme ça lui chante, et si tu dois succomber, que ce soit avec tes revolvers crachant le feu.*

Oui.

Mais c'était dur.

Très dur parfois.

S'il avait été un peu moins obnubilé par la nécessité d'en finir au plus vite avec ce qu'il avait à faire en ce monde, il aurait vu et compris pourquoi les gens rivaient sur lui des yeux ébahis puis bondissaient hors de son chemin. Mais ça n'aurait rien changé. Il marchait si vite vers les lettres bleues – qui, selon la Mortcyclopédie, signalaient un endroit où il pourrait trouver le Keflex dont son corps avait besoin – que les pans de la veste de Jack Mort lui flottaient dans le dos malgré le poids des munitions qui en lestaient les poches, révélant les ceintures d'armes bouclées sur ses hanches, ceintures qu'il ne portait pas à la manière nette et réglementaire des précédents propriétaires mais entrecroisées, chaque étui bas sur la cuisse.

Pour les badauds, les voyous et les putes arpentant la 49e, il offrait la même vision étrange que celle aperçue par Gras Double : celle d'un desperado.

Roland atteignit la pharmacie Katz et y entra.

# 13

Le Pistolero avait connu dans le temps bon nombre de magiciens, d'enchanteurs et d'alchimistes. Pour la plupart, d'astucieux charlatans ou de grossiers simulateurs dont les tours de passe-passe ne pouvaient attraper que les gens plus bêtes qu'eux (mais, le monde n'ayant jamais été à court d'imbéciles, la seconde catégorie prospérait autant que la première, sinon mieux) –, mais il avait aussi croisé une infime poignée d'hommes dignes de la noire réputation qui leur était faite, capables d'invoquer les morts et les démons, de tuer avec des mots, de guérir avec d'étranges breuvages. Dans l'un d'eux, le Pistolero avait pensé reconnaître un démon, créature qui se faisait passer pour humaine et disait s'appeler Flagg. Brève avait été leur rencontre, et elle s'était située sur la fin, alors que déjà le chaos puis l'ultime écroulement cernaient son pays. Sur les talons de Flagg, étaient survenus deux autres personnages, des jeunes gens respirant le désespoir mais n'en dégageant pas moins une aura sinistre, et qui se nommaient Dennis et Thomas. Ces trois-là n'avaient traversé qu'une part infime de ce qui, dans l'existence de Roland, devait rester comme un temps de trouble et de confusion, mais il n'oublierait jamais comment Flagg avait changé en chien hurlant un malheureux qui avait eu l'imprudence de l'irriter. Oui, cette image s'était gravée dans sa mémoire. Puis il y avait eu l'homme en noir.

Et il y avait eu Marten.

Marten qui avait séduit sa mère alors que son père était au loin, qui avait tenté d'être l'artisan de sa mort et n'avait réussi qu'à hâter son entrée dans l'âge adulte. Marten qu'il allait de nouveau croiser sur sa route avant d'atteindre la Tour… à moins qu'il ne dût l'y retrouver.

Autant dire que son expérience de la magie et des magiciens avait semé en lui l'attente de quelque chose d'assez différent de la pharmacie Katz telle qu'elle devait lui apparaître.

Il s'était imaginé un lieu de pénombre et de fumée douce-amère, trouées çà et là par la clarté des chandelles, tout plein de bocaux et de fioles aux contenus mystérieux – poudres, potions et philtres –, la plupart sous une épaisse couche de poussière, voire enveloppés dans des toiles d'araignées. Il s'était attendu à une silhouette encapuchonnée tapie au fond de cet antre, à un personnage dont il lui fallût éventuellement se méfier. Or les gens qu'il voyait évoluer derrière la transparence de ces murs de verre ne semblaient pas se comporter différemment que dans n'importe quel magasin, et il crut qu'il s'agissait d'une illusion.

En fait, ils étaient bien réels.

Pendant un moment donc, le Pistolero ne fit que se tenir dans l'embrasure de la porte, surpris d'abord, puis franchement ironique. Il était là dans un monde qui, presque à chaque pas, le frappait d'étonnement, dans un monde où les diligences empruntaient la voie des airs, où le papier ne semblait pas avoir plus de valeur que le sable. Et la toute dernière merveille qu'il découvrait était que dans ce monde les gens avaient tout simplement cessé d'être sensibles au merveilleux : au sein de tels miracles, il ne voyait que des visages mornes et des corps pesants.

Il y avait là des milliers de fioles contenant des potions et des philtres que la Mortcyclopédie considérait en général comme du pipeau. Ici, c'était une panacée censée restaurer votre crâne chauve dans sa pilosité d'origine mais qui le laissait désespérément lisse, là une crème qui, promettant de vous gommer ces vilaines taches sur les bras et sur les mains, mentait honteusement. Et puis là, des remèdes pour ce qui n'en requérait d'aucune sorte : bloquant ou relâchant vos intestins, vous donnant des dents blanches ou des cheveux noirs, ou encore meilleure haleine comme si le même résultat ne pouvait être obtenu en mâchant de l'écorce d'aulne. Nulle magie en ces lieux, rien que du trivial – bien qu'il s'y trouvât de l'astine et quelques autres médicaments dont le nom semblait être un gage d'efficacité. Roland, dans l'ensemble, en était effaré. Fallait-il s'étonner que la magie ait déserté ces lieux qui, promettant l'alchimie, s'occupaient avant tout de parfums ?

Mais un nouveau recours à la Mortcyclopédie lui apprit que la vérité de cet endroit n'était pas tout entière dans ce qu'il en voyait. Les potions réellement efficaces y étaient tenues à l'abri des regards, et donc des convoitises. On ne pouvait les obtenir que sur autorisation d'un sorcier, lesquels, en ce monde, se nommaient DOCKTEURS et consignaient leurs formules magiques sur des feuilles de papier portant le nom d'ORDOS, termes l'un comme l'autre inconnus du Pistolero. Il aurait pu s'informer plus avant mais c'était sans importance. Il en savait assez pour ce qu'il avait à faire, et un bref coup d'œil dans la Mortcyclopédie le renseigna sur l'endroit précis du magasin où il pouvait trouver ce qu'il cherchait.

D'un pas déterminé, il gagna donc le comptoir surmonté d'un écriteau où était écrit : EXÉCUTION DES ORDONNANCES.

## 14

Le Katz qui, en 1927, avait ouvert sur la 49e Rue le Drugstore Katz, Pharmacie et Débit de Limonade (Articles Divers pour Hommes et Dames), avait depuis longtemps rejoint sa tombe, et son fils unique semblait bien parti pour rejoindre la sienne. N'ayant pourtant que quarante-six ans, il en paraissait vingt de plus. Passablement dégarni, le teint jaune et d'une maigreur effarante, il savait que bon nombre de gens lui trouvaient une mine de déterré, savait aussi qu'aucun ne comprenait pourquoi.

Mme Rathbun, par exemple, cette conne qu'il avait au bout du fil et qui lui promettait pis que de se pendre s'il ne lui délivrait pas son putain de Valium, et tout de suite… à l'instant même.

*Qu'est-ce que tu crois, mémère, que je vais te déverser un flot de pilules bleues par téléphone ?* Cela dit, c'était dommage : elle lui aurait au moins fait la grâce de la fermer, ou plutôt de ne l'ouvrir que pour gober la manne sortant du combiné.

Cette pensée lui arracha un sourire spectral qui révéla ses dents jaunies.

— Vous ne comprenez pas, Mme Rathbun, l'interrompit-il après l'avoir écoutée délirer une pleine minute tandis que la trotteuse faisait un tour complet sur le cadran de sa montre.

Juste une fois, il aurait aimé être capable de lui dire : *Arrêtez de me gueuler dessus, connasse ! Prenez-vous-en plutôt à votre médecin traitant. C'est lui qui vous a rendue dépendante de cette saloperie !* Ces fumiers de toubibs prescrivaient ça comme si c'était du chewing-gum et, quand ils décidaient de fermer le robinet, qui est-ce qui se retrouvait éclaboussé de merde ? Lui, pardi !

— Que voulez-vous dire par : « Vous ne comprenez pas » ? (La voix résonnait dans son oreille comme une guêpe furieuse d'être prisonnière sous un pot.) Moi, je comprends que je laisse des fortunes dans votre pharmacie minable. Je comprends que j'ai toujours été une bonne cliente tout au long de ces années. Je comprends…

— Il faut vous adresser au… (à travers ses verres demi-lunes, il jeta un nouveau coup d'œil sur la carte Rolodex de la connasse)… Dr Brumhall, Mme Rathbun. Votre ordonnance n'était pas renouvelable et je n'ai pas le droit de vous vendre du Valium maintenant qu'elle est expirée : ce serait un délit fédéral.

*Et ce devrait en être un d'en prescrire… à moins que le médecin ne donne à son patient son numéro personnel, celui qui est sur liste rouge.*

— C'était un simple oubli ! hurla la femme dont la voix, maintenant, se teintait de panique.

Eddie aurait immédiatement identifié cette intonation : le cri sauvage et désespéré de l'oiseau-junkie.

— Appelez, donc, et demandez-lui de rectifier, dit Katz. Il a mon numéro.

Oui, ils avaient tous son numéro. Et c'était là le cœur du problème. S'il avait, à quarante-six ans, l'air d'un vieillard à l'agonie, il pouvait en remercier tous ces *fershlugginers* de toubibs.

*Et tout ce que j'ai à faire pour voir fondre les derniers vestiges de bénéfices que je tire encore de ce bagne, c'est de dire à l'une de ces connasses d'aller se faire foutre.*

— Mais je ne peux pas l'appeler ! hurla la voix au bout du fil dans un sursaut de stridence qui lui vrilla le tympan. Lui et son petit ami sont en vacances quelque part et personne ne veut me dire où !

Katz sentit au fond de l'estomac des sécrétions acides s'activer. Il avait deux ulcères, l'un cicatrisé, l'autre qui saignait en permanence, et toutes ces hystériques en étaient la cause. Il ferma les yeux. Aussi ne put-il voir le regard ébahi que son assistant rivait sur l'homme au costume bleu et aux lunettes cerclées d'or qui s'approchait du comptoir des ordonnances, pas plus qu'il ne vit Ralph, le vieux vigile obèse (Katz le payait une misère mais n'en râlait pas moins sur la dépense ; son père n'avait jamais eu besoin d'un vigile, mais son père – que Dieu le fasse pourrir dans l'éternité – avait eu la chance de vivre à une époque où New York était encore une ville et pas une immense cuvette de chiottes), s'arracher à sa coutumière somnolence et porter la main à son arme. Il entendit bien crier une femme, mais crut qu'elle venait simplement de s'apercevoir qu'il vendait du Revlon – il avait été obligé d'en garnir ses rayons pour contrer la concurrence déloyale de ce *putz* de Dollentz, un bloc plus haut dans la rue.

Il n'avait donc en tête que Dollentz et cette connasse au téléphone alors que le Pistolero s'avançait vers lui, incarnation du destin, il ne pensait qu'à l'extraordinaire spectacle que ces deux-là pourraient offrir, sous le soleil brûlant du désert, sans rien d'autre sur eux qu'une couche de miel et attachés à un poteau planté sur une fourmilière. Chacun son poteau, chacun sa fourmilière. Merveilleux ! Jouissance de l'esprit qu'accompagnait cependant l'amère conscience d'avoir atteint le fond. Telle avait été la détermination du vieux Katz à voir son unique héritier marcher sur ses traces qu'il s'était refusé à lui payer d'autres études que celles débouchant sur une licence de pharmacologie ; l'infortuné fils avait donc marché sur les traces de son père, et que dans l'éternité Dieu fît pourrir ce dernier dont l'unique rejeton en était maintenant à toucher le fond d'une vie qui semblait n'avoir pourtant connu que des creux et l'avait vieilli avant l'âge !

Oui, le fond, le nadir absolu.

Du moins le croyait-il alors qu'il avait encore les yeux fermés.

— Si vous pouvez passer, Mme Rathbun, je pourrai vous donner une plaquette de douze Valium 5. Ça irait ?

— Enfin, il entend raison ! Merci, mon Dieu, de lui avoir fait entendre raison !

Et elle raccrocha. Comme ça. Sans un mot pour le remercier, lui. Mais dès qu'elle allait revoir ce rectum ambulant qui se prétendait médecin, elle tomberait à ses pieds, lui astiquerait avec son nez la pointe de ses Gucci, passerait ensuite à l'étage supérieur pour lui tailler une pipe, puis...

— M. Katz, fit son assistant d'une voix étrangement blanche. Je crois que nous avons un prob...

Il y eut un nouveau cri, suivi par la détonation d'une arme à feu, et si violente fut la surprise de Katz qu'il crut son cœur sur le point de battre un dernier coup monstrueux avant de s'immobiliser à jamais.

Il ouvrit les yeux, les retrouva rivés dans ceux d'un inconnu, puis il les baissa et découvrit le pistolet que celui-ci avait au poing. Un regard sur la gauche lui révéla Ralph en train de se tenir la main et de fixer lui aussi sur l'homme des yeux qui semblaient lui sortir de la tête. Quant à l'arme du vigile, le 38 qu'il avait réglementairement porté tout au long de ses dix-huit années dans la police (et dont les balles n'avaient jamais touché d'autres cibles que celles du stand de tir dans le sous-sol du commissariat du 23e District même s'il prétendait – sans pouvoir en apporter la preuve – l'avoir dégainé par deux fois en service commandé), elle gisait dans le coin, hors d'usage.

— Je veux du Keflex, dit l'homme au regard bleu acier d'une voix sans expression. J'en veux beaucoup. Tout de suite. Et pas la peine de me demander mon ordo.

Sur le moment, Katz ne put que river des yeux ronds sur le type, la bouche molle, le cœur battant à tout rompre et l'estomac transformé en bouilloire pleine d'acide.

S'était-il imaginé être arrivé au fin fond ?

Avait-il vraiment cru pouvoir jamais l'atteindre ?

## 15

— Vous faites erreur, finit par articuler Katz. (Sa propre voix lui paraissait bizarre, ce qui en soi ne l'était guère, vu qu'il se sentait la bouche en flanelle et la langue comme de la ouate à molleton.) Il n'y a pas de cocaïne ici. C'est une substance qui n'entre dans aucune préparation que nous soyons habilités à faire.

— Je n'ai pas dit *cocaïne*, rétorqua l'homme au costume bleu et aux lunettes cerclées d'or, mais *Keflex*.

*C'est bien ce que j'avais cru entendre*, faillit dire Katz à ce tordu de *momser*, puis il se ravisa, jugeant que pareille réponse risquait d'être prise pour de la provocation. Il avait ouï dire qu'on attaquait des pharmacies pour se procurer des amphétamines ou une demi-douzaine d'autres produits actifs (au nombre desquels le précieux Valium de Mme Rathbun), mais ce devait être à sa connaissance le premier vol d'antibiotiques de toute l'Histoire.

La voix de son père (que Dieu le fasse pourrir dans l'éternité, le vieux salaud !) lui intima l'ordre d'arrêter de bayer aux corneilles et de se décider à faire quelque chose.

OK, mais il ne voyait pas quoi faire.

L'homme au pistolet lui vint en aide :

— Dépêchez-vous de me donner ce que je demande. Je suis très pressé.

— Quelle quantité voulez-vous ? demanda Katz dont les yeux quittèrent un instant les traits du voleur pour découvrir par-delà son épaule un spectacle qui lui parut presque impossible.

Non, pas dans cette ville ?! Pourtant, il semblait que ce fût bien réel. De la chance ? Katz ayant de la chance ? Voilà qui était digne de figurer dans le livre Guinness des Records !

— Je n'en sais rien, dit l'homme au pistolet. Autant qu'en peut contenir un sac. Un grand sac. (Et sans crier gare, il pivota sur lui-même et la détonation de l'arme une fois de plus retentit. Quelqu'un beugla. Des éclats de vitre blindée volèrent sur le trottoir et jusque sur la chaussée, blessant quelques passants mais sans gravité. À l'intérieur du drugstore, des femmes – et des hommes en nombre appréciable – poussèrent des cris d'orfraie. L'alarme se déclencha, joignant au vacarme son propre mugissement rauque. Les clients paniqués se précipitèrent vers la porte et, à l'issue d'une courte bousculade, l'eurent tous franchie. L'homme au pistolet fit de nouveau face au pharmacien. Son expression n'avait pas changé. Il émanait toujours de son visage cette effrayante – mais certes pas inépuisable – patience dont il ne s'était pas départi depuis le début.) Faites ce que je dis, et vite. Je suis pressé.

Katz ravala bruyamment sa salive.

— Oui, monsieur.

## 16

Le Pistolero avait vu et admiré le miroir convexe suspendu dans le coin supérieur gauche de la boutique alors qu'il était encore à mi-chemin du comptoir derrière lequel l'alchimiste gardait les potions puissantes. La fabrication d'un tel miroir était au-delà des capacités techniques de n'importe quel artisan de son monde dans l'état présent de celui-ci, bien qu'il y ait eu un temps où de tels objets – et bon nombre d'autres merveilles du monde d'Odetta et d'Eddie – avaient sans doute été monnaie courante. Il en avait relevé des vestiges dans le tunnel sous les montagnes et ailleurs aussi… reliques mystérieuses et d'une haute antiquité à l'égal des pierres aux *Druits* qui se dressaient parfois dans les lieux fréquentés par les démons.

Et il avait tout de suite compris à quoi servait ce miroir.

Le mouvement du garde, en revanche, ne lui était apparu qu'avec un léger retard – il commençait à mesurer l'effet désastreux des lentilles que portait Mort sur sa vision périphérique –, mais encore assez tôt pour qu'il se tournât et le désarmât d'une balle bien ajustée. Tir de pure routine à ses yeux, bien qu'il ait eu à se presser quelque peu, mais dont la victime devait garder un souvenir différent. Ralph Lennox allait, jusqu'à la fin de ses jours, jurer ses grands dieux que le type avait réussi là un coup impossible... hormis peut-être dans les shows western pour gamins attardés, style *Annie Oakley*.

Grâce au miroir, évidemment placé là pour repérer les voleurs, Roland avait été plus rapide pour s'occuper de l'autre.

Il avait vu le regard de l'alchimiste se hausser un court instant par-dessus son épaule et, immédiatement, son propre regard s'était levé vers la providentielle surface réfléchissante, lui révélant l'image déformée d'un homme en veste de cuir qui s'avançait derrière lui dans l'allée centrale, un long couteau à la main et, sans nul doute, des rêves de gloire plein la tête.

Le Pistolero fit volte-face et, le pistolet contre la hanche, pressa la détente, conscient que son manque de familiarité avec l'arme risquait de lui faire rater sa cible, mais peu désireux de blesser l'un des clients qui se tenaient figés derrière le prétendant au titre de héros. Mieux valait avoir à tirer, après rectification, une deuxième balle ascendante qui ferait son boulot tout en préservant la vie des badauds que de tuer par exemple une dame dont le seul crime aurait été de mal choisir son jour pour s'acheter du parfum.

Le pistolet avait été bien entretenu. Sa visée était juste. Il se souvint des rondeurs mollassonnes des pistoleros auxquels il avait emprunté ces armes et il eut le sentiment que ces derniers s'en étaient mieux occupés que d'eux-mêmes. Un tel comportement lui semblait étrange, mais ce monde dans son ensemble était étrange et Roland ne pouvait se permettre de juger. Il n'en aurait d'ailleurs pas eu le temps.

La première balle fit donc mouche, tranchant le couteau de l'homme à la base de la lame, ne lui laissant que le manche en main.

Les yeux de Roland se posèrent, très calmes, sur le type en veste de cuir, et quelque chose dans ce regard dut rappeler à l'ex-prétendant au titre de héros quelque rendez-vous urgent car il pivota sur ses talons, laissa tomber les vestiges du couteau et se joignit à l'exode général.

Roland ramena son attention sur l'alchimiste pour lui donner ses ordres... assortis d'un avertissement : plus de blagues, sinon le sang coulerait. L'autre s'apprêtait à obéir quand le canon d'une arme effleura son épaule osseuse. Il se retourna aussitôt sur un « Yeeek ! » étranglé.

— Pas vous, dit le Pistolero. Restez ici et laissez votre 'prenti s'en occuper.

— Mon quoi ?

— Lui.

D'un geste impatient, Roland montra le jeune homme.

— Que dois-je faire, M. Katz ?

Quelques survivances d'acné postpubère rutilaient sur le blanc visage du préparateur.

— Lui apporter ce qu'il demande, *putz* ! Du Keflex.

L'assistant gagna l'un des rayons qui se trouvaient derrière le comptoir et y prit un flacon.

— Tournez-le de manière à ce que je voie ce qui est écrit dessus, dit le Pistolero.

Le jeune homme montra l'étiquette et Roland n'y put rien déchiffrer : trop de lettres étaient étrangères à son alphabet. Il consulta la Mortcyclopédie qui confirma : c'était bien du Keflex. Roland prit alors conscience d'avoir perdu son temps en voulant vérifier. Si lui savait ne pas pouvoir tout lire en ce monde, il n'en était pas de même de ces gens.

— Combien y a-t-il de cachets dans ce flacon ?

— Ce ne sont pas des cachets mais des gélules, précisa l'assistant, nettement nerveux. Mais si vous désirez des antibiotiques sous forme de ca...

— Je m'en fiche. Combien de doses ?

— Euh... (Le gamin affolé jeta de nouveau un œil sur le flacon et faillit le laisser tomber.) Deux cents.

Roland se sentit à peu près comme quand il avait découvert quelle quantité de munitions pouvait être acquise dans ce monde pour une somme ridicule. Le compartiment secret de l'armoire à pharmacie d'Enrico Balazar renfermait neuf échantillons de Keflex, soit trente-six doses, et notable avait été l'amélioration de son état. Si deux cents doses s'avéraient impuissantes à juguler définitivement l'infection, rien n'y parviendrait.

— Donnez-moi ça, dit l'homme au costume bleu.

Le préparateur lui tendit le flacon.

Le Pistolero retroussa la manche de sa veste, révélant à son poignet la Rolex de Jack Mort.

— Je n'ai pas d'argent mais ceci devrait être une compensation correcte. Du moins, je l'espère.

Il se tourna et, de la tête, salua le vigile qui, assis par terre auprès de son tabouret renversé, continuait de le regarder avec des yeux ronds ; puis il sortit.

Pas plus compliqué que ça.

Cinq secondes durant, il n'y eut d'autre bruit dans le drugstore que le braiment de l'alarme, lequel était assez tonitruant pour couvrir jusqu'aux commentaires et autres bavardages qui, devant sur le trottoir, allaient bon train.

— Et maintenant, M. Katz, qu'est-ce qu'on fait ? osa finalement chuchoter le jeune préparateur.

Le pharmacien ramassa la montre et la soupesa.

De l'or. De l'or massif.

Il ne pouvait y croire.

Était bien obligé d'y croire.

Un dingue débarquait dans son magasin, d'une balle désarmait son vigile, d'une autre le quidam qui s'approchait par-derrière avec un couteau, et tout ça pour se procurer la drogue la plus improbable.

Du Keflex.

Pour environ soixante dollars de Keflex.

Et qu'il payait en laissant une Rolex à quatre briques.

— Ce qu'on fait ? répéta Katz. Vous commencez par me mettre cette montre sous le comptoir. Vous ne l'avez jamais vue. (Il se tourna vers Ralph.) Vous non plus.

— OK, s'empressa d'acquiescer Ralph. Du moment que je touche ma part quand vous la vendrez, je n'ai rien vu qui ressemble à une montre.

— Il va se faire abattre comme un chien, dit Katz avec une évidente délectation.

— Du Keflex... fit l'assistant, songeur. Et il n'avait même pas l'air d'avoir la goutte au nez.

# Chapitre 4

# LE TIRAGE

## 1

Alors que l'arc inférieur du soleil touchait la Mer Occidentale, y déversant une coulée d'or en fusion jusqu'à cette extrême pointe de grève où Eddie gisait troussé comme une volaille, les agents O'Mearah et Delevan reprenaient péniblement conscience dans ce monde d'où le jeune homme était issu.

— Vous pourriez me retirer ces menottes ? quémanda humblement Johnny Gras Double.

— Où est-il ? demanda O'Mearah, la voix pâteuse, portant une main tâtonnante à son étui.

Plus d'étui. Ni étui, ni ceinturon, ni revolver. Envolé, le revolver.

Merde.

Commencèrent à défiler dans sa tête les questions qu'allaient probablement lui poser les connards de l'Inspection Générale des Services – des mecs qui tiraient de *Starsky et Hutch* toute leur connaissance du travail de terrain – et, à ses yeux, la valeur monétaire de son pistolet perdu se fit tout d'un coup comparable en importance à la population de l'Irlande ou aux principaux gisements miniers du Pérou. Il se tourna vers Carl et constata que son coéquipier s'était également fait dépouiller de son arme.

*Ô doux Jésus*, pensa-t-il, *peut-on imaginer une plus belle paire de crétins ?*

Et quand Gras Double réitéra sa prière, lui demandant s'il voulait bien prendre la clé sur le comptoir et le débarrasser de ses menottes, O'Mearah lui répondit : « Je devrais plutôt... » puis s'arrêta parce qu'il avait été sur le point de dire : *Je devrais plutôt te coller quelques pruneaux dans le bide*, et que cela aurait été une menace qui, de toute façon, n'aurait pas été prise au sérieux. Le fond de commerce des Clements était soi-disant imprenable et, pourtant, le salopard aux lunettes cerclées d'or – d'autant plus salopard qu'il avait eu la touche d'un citoyen respectable – les avait, Carl et lui, délestés de leur arme avec l'aisance de quelqu'un confisquant un pistolet à bouchon à un gamin.

Donc, au lieu d'achever sa phrase, il prit la clé sur le comptoir et délivra Gras Double. Puis, remarquant le Magnum dans le coin où, d'un coup de pied, Roland l'avait expédié, il alla le ramasser et le glissa dans la ceinture de son pantalon.

— Eh là, c'est à moi, glapit Gras Double.

— Ah bon ? Tu tiens à le récupérer ? (Il détachait ses mots, y était obligé, vu le mal de crâne qu'il se payait, et pour le moment, il n'avait qu'une envie, retrouver M. Lunettes Cerclées d'Or pour le clouer sur le premier mur venu. En choisissant des clous émoussés.) Il paraît que ça plaît beaucoup, les nouveaux détenus dans ton genre du côté d'Attica. Ils ont un dicton là-bas : « Plus le coussin est gros, plus c'est chouette de le pointer. » Tu es vraiment sûr de vouloir ce flingue ?

Johnny Holden se détourna sans répondre mais O'Mearah eut le temps de voir les larmes qui lui montaient aux yeux cependant qu'une tache de pisse toute fraîche apparaissait sur son pantalon. Mais sa pitié n'en fut nullement éveillée.

— Où est-il ? s'enquit derrière eux Delevan d'une voix qui se débrouillait pour être à la fois pâteuse et nasillarde.

— Parti, fit Gras Double. J'en sais pas plus. J'ai bien cru qu'il allait me tuer.

Delevan se relevait. Il porta la main à sa joue, la sentit humide ; regarda : du sang. Merde. Puis il chercha son arme et continua de la chercher longtemps après que ses doigts lui eurent amplement confirmé son absence, comme celle de l'étui, de la ceinture et du reste. Quant à son état de santé, si O'Mearah n'avait que la migraine, lui, Carl, aurait juré qu'on venait de se livrer dans sa tête à des essais nucléaires.

— Ce mec a piqué mon pistolet, fit-il dans une bouillie de voyelles à laquelle son collègue répondit dès qu'il en eut percé le sens :

— Je sais. Bienvenue au club.

— Il est toujours là ?

Delevan fit un pas vers O'Mearah, tanguant sur la gauche comme s'il avait à compenser une gîte énorme sur le pont d'un bateau par gros temps. Puis il réussit à se redresser.

— Tu parles !

— Depuis combien de temps il est parti ? demanda Delevan à Gras Double dont il n'obtint aucune réponse – l'autre leur tournait le dos et pouvait les avoir crus parlant toujours ensemble – mais Delevan n'était pas connu pour son caractère facile, même dans les meilleures circonstances, et même si le crâne devait lui voler en éclats, le type eut droit à sa gueulante : Je t'ai posé une question, gros lard ! Y a combien de temps qu'il s'est tiré ?

— Peut-être cinq minutes, dit Gras Double, toujours sans entrain. Il a pris vos armes, puis ses cartouches. (Temps d'arrêt.) J'y croyais pas mais il les a payées.

*Cinq minutes*, réfléchit Delevan. Le type était arrivé en taxi. Ils l'avaient vu débarquer pendant qu'ils prenaient leur pause café dans la bagnole. Sauf que, maintenant, on approchait de l'heure de pointe, et trouver un taxi allait devenir rudement coton. Ils avaient une chance…

— Allez ! On y va ! Mais il va nous falloir une arme… (O'Mearah lui montra le Magnum ; il commença par en voir deux puis fit la mise au point.) Bien. (Ça revenait, mais pas d'un coup, comme à la boxe quand l'un des gars se ramasse un méchant crochet dans le menton.) Tu le gardes. Je prendrai le fusil sous le tableau de bord.

Il s'ébranla vers la porte et, cette fois, fit plus que tituber, bascula, et dut se retenir au mur pour ne pas s'étaler.

— Tu crois que ça ira ?

Le doute était perceptible dans la voix d'O'Mearah.

— Parfaitement, si on le rattrape.

Ils sortirent. Leur départ ne soulagea pas Johnny autant que celui du tordu au costard bleu, mais presque.

## 2

Delevan et O'Mearah n'eurent même pas à discuter de la direction prise par leur gibier en sortant de chez Clements ; la radio les renseigna sitôt qu'ils la branchèrent.

— Code 19, répétait la fille sans apparemment s'en lasser, code 19, vol à main armée en cours, coups de feu tirés. Code 19, code 19. Emplacement : 395, 49e Rue Ouest, pharmacie Katz. Agresseur : grand, blond-roux, costume bleu…

*Des coups de feu*, retint Delevan entre les assauts plus violents que jamais de son mal de crâne. *Partis de quel pistolet ? Du mien ou de celui de George ? Des deux, qui sait ? Si ce fumier a fait des morts, on est fichus. À moins de mettre la main dessus.*

— Démarre, dit-il à O'Mearah qui ne se le fit pas répéter, obsédé par les mêmes pensées que son collègue et souffrant moins que lui, donc plus lucide.

Il enclencha sirène et gyrophare et se lança dans la circulation. Ça commençait à se compliquer avec la sortie des bureaux et il roulait deux roues dans le caniveau, les deux autres sur le trottoir, suscitant des envols de piétons effarés. Côté chaussée, l'aile arrière d'un poids lourd garda le rude souvenir de leur passage. Ils avaient les yeux rivés sur les éclats de verre qui miroitaient là-bas devant et les oreilles déjà pleines des stridences de l'alarme. Les passants s'étaient tous abrités sur les pas de porte ou derrière les poubelles, mais dans les étages, on semblait s'être rué aux fenêtres comme s'il s'agissait d'une série télé disposant enfin d'un budget correct ou d'un film qu'on pouvait voir sans payer.

Devant l'immeuble, la rue n'avait pas attendu d'être barrée pour se vider de toute circulation.

— Espérons qu'il y est encore, dit Delevan, et, d'un tour de clé, il libéra les deux courtes barres d'acier qui bloquaient l'étrier du fusil à pompe sous le tableau de bord. Ouais, espérons seulement que cette saloperie de putain de fumier n'a pas déjà fichu le camp.

Ce qu'ils s'acharnaient tous deux à ne pas comprendre, c'était que, quand on se retrouvait confronté au Pistolero, il valait souvent mieux lui foutre la paix.

## 3

Quand Roland était ressorti du drugstore, le gros flacon de Keflex avait rejoint la moitié des munitions dans la poche de veste de Jack Mort mais le 38 de Carl Delevan n'avait pas regagné son étui… car c'était rudement bon de tenir de nouveau un pistolet dans une main droite à laquelle il ne manquait aucun doigt.

Il entendit la sirène et vit la voiture qui se ruait sur lui. *Eux*, pensa-t-il, et il allait lever son arme quand il se rappela : c'étaient des pistoleros. Des pistoleros dans l'accomplissement de leur tâche. Il pivota sur ses talons et rentra dans la boutique de l'alchimiste.

— Pas plus loin, salopard, hurla Delevan.

Les yeux du Pistolero volèrent jusqu'au miroir convexe et s'y posèrent à l'instant où l'un de ses pairs en ce monde – celui qui avait saigné de l'oreille – se penchait avec un fusil à la fenêtre du véhicule que son coéquipier faisait piler net, dans le crissement et la fumée des roues en caoutchouc freinant sur l'étrange et lisse pierre noire de la chaussée. Il le vit faire monter d'un coup de levier une cartouche dans la chambre de l'arme.

Il se plaqua au sol.

## 4

Katz n'eut pas besoin de miroir pour comprendre ce qui allait se passer. Au lieu d'un cinglé, trois. Un braqueur et deux flics. *Oy vay*.

— Baissez-vous ! cria-t-il à son assistant et à Ralph, le vigile, en se laissant tomber sur les genoux derrière le comptoir, sans se soucier de vérifier si son conseil était suivi.

Puis il sut que c'était du moins le cas pour le préparateur puisqu'une fraction de seconde avant que Delevan ne tirât, il reçut le jeune homme sur le dos et s'affaissa sous son poids. Il alla cogner du menton contre le carrelage et se fractura la mâchoire en deux points.

La décharge de douleur qui lui jaillit dans le crâne ne noya pas complètement le coup de feu ; il l'entendit comme il entendit voler en éclats le restant de sa vitrine ainsi que l'eau de Cologne, l'after-shave, le parfum, le sirop pour la toux... bref, tout ce qui était bouteilles. Un millier d'odeurs contradictoires se mêlèrent, créant un véritable enfer olfactif, et, avant de tourner de l'œil, Katz exhorta une dernière fois Dieu à faire pourrir son père dans l'éternité pour lui avoir à l'origine attaché au pied le boulet infect de cette pharmacie.

## 5

Roland vit les flacons et les boîtes voler en tous sens sous la gifle des plombs. La vitre d'un présentoir se désintégra. Les montres qu'il contenait furent projetées en arrière sous forme de dense et scintillant nuage.

*Ils n'avaient aucun moyen de savoir s'il restait ou non des innocents dans la boutique*, songea-t-il. *Et ils se sont quand même servis d'une arme à tir dispersé !*

C'était impardonnable. Une bouffée de colère l'envahit qu'il réprima. C'étaient des pistoleros. Plutôt se dire que le choc entre leurs deux crânes en avait altéré le contenu que de les imaginer faisant sciemment ce qu'ils faisaient, sans nul souci de ceux qu'ils risquaient de blesser ou de tuer.

Ils s'attendaient à le voir fuir ou répondre à leur tir.

Au lieu de cela, il se redressa et rampa vers eux à quatre pattes, se lacérant mains et genoux sur les bouts de verre. La douleur fit reprendre conscience à Jack Mort, ce dont Roland fut enchanté : il allait avoir besoin de son hôte et, supportant aisément la cuisson des plaies que les tessons ouvraient dans les chairs, se fichait éperdument de leur gravité, les sachant infligées à un monstre qui les méritait cent fois plutôt qu'une.

Il atteignit le soubassement de ce qui n'offrait plus qu'une lointaine ressemblance avec une vitrine de verre blindé et se tapit derrière, juste à droite de la porte. Puis il rengaina l'arme qu'il avait – jusqu'alors et par plaisir – gardée au poing.

Il n'allait pas avoir à s'en servir.

## 6

— Arrête de déconner, Carl ! hurla O'Mearah.

Un gros titre du *Daily News* venait de s'inscrire brutalement dans sa tête :

BAVURE POLICIÈRE DANS UN DRUGSTORE
DU WEST SIDE : QUATRE MORTS

Delevan l'ignora totalement et pompa une cartouche neuve dans le fusil.

— Finissons-en avec c't'ordure.

## 7

Tout se passa conformément aux espoirs du Pistolero.

Furieux d'avoir été sans effort bernés puis désarmés par un homme qui ne devait pas se distinguer à leurs yeux des autres moutons parqués dans les rues de cette ville apparemment infinie, et toujours groggy du choc qui les avait assommés, ils s'engouffrèrent dans la boutique avec, en tête, l'imbécile qui avait tiré à la grenaille. Ils couraient légèrement penchés en avant, tels des soldats chargeant une position ennemie, mais c'était là leur seule concession à l'idée que leur adversaire fût toujours à l'intérieur. Ils le voyaient déjà en train de s'enfuir par-derrière.

Ils traversèrent donc en trombe le trottoir, faisant crisser sous leurs pas le verre qui le jonchait, et, quand le pistolero au fusil poussa la porte à présent débarrassée de sa vitre, Roland se leva, les mains entrelacées en un poing unique qu'il abattit sur la nuque de l'agent Carl Delevan.

Lors de son témoignage devant la commission d'enquête, Delevan devait affirmer n'avoir aucun souvenir de tout ce qui avait suivi le moment où il s'était agenouillé dans l'établissement des Frères Clements et avait vu sous le comptoir le portefeuille du plaignant, lequel, plus tard, allait se révéler leur agresseur. Les membres de la commission devaient estimer que, vu les circonstances, pareille amnésie était sacrément pratique, et Delevan allait avoir de la chance de s'en tirer avec deux mois de suspension sans solde. Roland, lui, l'aurait cru, et, dans d'autres circonstances (si l'imbécile ne s'était pas servi d'un fusil à forte dispersion dans une boutique pleine d'innocents, par exemple), aurait même compati. Quand on se reçoit deux coups sur le crâne en l'espace d'une demi-heure, on peut s'attendre à certains troubles cérébraux.

Alors que Delevan s'effondrait, soudain aussi mou qu'un sac de flocons d'avoine, le Pistolero lui arracha son fusil des mains.

— Arrête ça ! hurla O'Mearah d'une voix où se mêlaient colère et consternation.

Il était en train de lever le Magnum de Gras Double mais ainsi que Roland l'avait soupçonné : lentement, avec cette pitoyable lenteur des pistoleros de ce monde. Il aurait eu pour le moins trois fois le temps de tirer sur O'Mearah mais, n'en éprouvant nullement le besoin, se contenta d'imprimer au fusil un irrésistible arc ascendant. Il y eut comme un bruit de baiser alors que la crosse entrait en collision avec la joue gauche d'O'Mearah, dont tout le bas du visage, de la joue jusqu'au menton, se déjeta de cinq centimètres sur la droite. Il allait falloir trois opérations et quatre broches d'acier pour ramener et maintenir sa mâchoire en position normale. Un moment, il resta là, planté face au Pistolero, rivant sur l'homme en costume de ville et ceinturons entrecroisés un regard incrédule, puis ses yeux ne montrèrent plus que leur blanc, ses genoux se ramollirent et, à son tour, il s'effondra.

Debout sur le seuil, indifférent à l'approche des sirènes, Roland ouvrit le fusil et en actionna le levier, éjectant les grosses cartouches rouges sur le corps inerte de Delevan. Après quoi, avec un égal mépris, l'arme alla rejoindre ses munitions.

— Tu es un fou dangereux qui aurait eu sa place à l'Ouest, dit-il à l'homme inconscient. Tu as oublié le visage de ton père.

Il enjamba le corps et s'achemina vers le véhicule des pistoleros qui ronronnait toujours à l'arrêt, en ouvrit la porte et se glissa sur le fauteuil du passager, puis sur l'autre derrière le gouvernail.

## 8

— Est-ce que tu sais conduire ça ? demanda-t-il au débordement de cris et de charabia auquel s'était réduit Jack Mort.

Mais il n'obtint aucune réponse cohérente, Mort ne démordant pas de ses stridences. Hystérie, reconnut-il, mais avec un soupçon d'inauthenticité. Jack Mort piquait sa crise à dessein, moyen d'éviter toute conversation avec l'étrange ravisseur.

*Écoute*, lui dit le Pistolero. *Je suis trop pressé pour répéter. Si tu ne réponds pas à ma question ou à l'une de celles qui vont suivre, je te colle un pouce dans l'œil droit, j'appuie tant que c'est possible puis je te l'arrache du crâne et je m'essuie le doigt sur la banquette. Je pense pouvoir me débrouiller avec ton seul œil gauche. Après tout, ce n'est pas comme si c'était le mien.*

Il était dans l'incapacité de mentir à Mort comme Mort dans celle de lui mentir. Telle était la nature de leur relation, glaciale et forcée pour tous deux, mais plus intime que n'aurait su l'être le plus passionné des rapports sexuels. Il s'agissait en fait non d'une réunion des corps mais de l'ultime fusion de deux esprits.

Roland pensait ce qu'il disait.

Et Mort le comprit.

Les cris cessèrent aussitôt.

*Je sais conduire*, dit Mort, et ce furent les premiers mots sensés que Roland capta dans cette tête depuis qu'il y était entré.

*Fais-le, donc.*

*— Où dois-je aller ?*

*Connais-tu un endroit qui s'appelle le « Village » ?*

*Oui.*

*Alors vas-y.*

*Où dans le Village ?*

*Pour l'instant, occupe-toi seulement de m'y conduire.*

*On ira sans doute plus vite si je mets la sirène.*

*Parfait. Tu la mets. Ainsi que ces phares qui tournent.*

Pour la première fois depuis qu'il s'était emparé de cet homme, Roland se plaça légèrement en retrait, lui laissant partiellement les commandes. Quand la tête de son hôte se tourna pour inspecter le tableau de bord de la voiture blanc et bleu de Delevan et d'O'Mearah, Roland regarda aussi mais sans avoir pris l'initiative. Toutefois, physiquement présent plutôt que le *ka* désincarné, il n'eût pas manqué de se tenir sur la pointe des pieds, prêt à reprendre les choses en main au moindre signe de mutinerie.

Vigilance inutile. Cet homme qui avait tué ou estropié Dieu savait combien d'innocents n'avait nulle intention de perdre un de ses chers yeux. Il enfonça des boutons, tira sur un levier, et ils furent en mouvement. La sirène gémit et le Pistolero vit des spasmes de lumière rouge éclabousser avec régularité l'avant du véhicule.

*Tâche de conduire vite*, ordonna-t-il sèchement.

## 9

Nonobstant la sirène et les gyrophares, et bien que Jack Mort parût battre la mesure sur le klaxon, il leur fut impossible à cette heure de pointe d'atteindre Greenwich Village en moins de vingt minutes. Dans le monde du Pistolero, les espoirs d'Eddie fondaient comme du beurre sur le feu.

La mer avait déjà dévoré la moitié du soleil.

*Voilà*, dit Mort. *Nous y sommes*. Et c'était la vérité, ne pouvait qu'être la vérité, même si Roland ne voyait rien qui évoquât un village dans cet étouffoir de bâtisses, de véhicules et de piétons. Et pour ce qui était des véhicules, ils ne faisaient pas qu'engorger la chaussée ; l'air même était empli de leurs clameurs incessantes et de leurs fumées nocives. Il supposait qu'elles provenaient de la combustion d'un carburant quelconque, et c'était un miracle que les gens y survivent et que les femmes ne donnent pas naissance à des monstres tels les Lents Mutants des montagnes de son pays.

*Bon, où allons-nous maintenant ?* demandait Mort.

Le plus dur attendait Roland. Il s'y prépara… s'y prépara comme il pouvait, quoi qu'il arrivât.

*Éteins la sirène et les lumières. Gare-toi le long du trottoir.*

Mort obéit et s'immobilisa devant une borne d'incendie.

*Il y a un chemin de fer souterrain dans cette ville*, dit le Pistolero. *Je veux que tu m'emmènes dans une gare où ces trains s'arrêtent pour laisser monter et descendre les voyageurs.*

*Laquelle ?* s'enquit Mort, non sans panique. Il ne pouvait rien cacher à Roland ni Roland rien lui cacher… du moins jamais très longtemps.

*Voilà quelques années – j'ignore combien – tu as poussé une jeune femme devant le train qui entrait dans l'une de ces gares. C'est dans cette gare que tu vas m'emmener.*

S'ensuivit une courte lutte acharnée. Le Pistolero en sortit vainqueur mais ce fut étonnamment difficile. À sa manière, Jack Mort était aussi double qu'Odetta. Certes pas schizophrène comme elle puisqu'il était parfaitement au courant de ce qu'il faisait, mais gardant secrète cette part de lui qui était le Pousseur, la tenant sous clé avec le même soin qu'un détourneur de fonds cachant le tiroir où s'amasse peu à peu sa cagnotte.

*Tu m'y emmènes, salopard*, répéta le Pistolero. Le pouce droit de Jack Mort monta vers l'œil correspondant. Un centimètre au plus l'en séparait lorsque le propriétaire de l'œil en question céda, affolé.

La main droite de Mort retourna sur le levier près du volant et ils roulèrent vers Christopher Street Station où, trois ans auparavant, une jeune femme nommée Odetta Holmes avait eu les jambes sectionnées par le fabuleux Train A.

## 10

— Allons voir ça d'un peu plus près, dit l'îlotier Andrew Staunton à son coéquipier Norris Weaver alors que la voiture pie de Delevan et d'O'Mearah s'immobilisait presque en face d'eux.

Sans se donner la peine de chercher un emplacement libre, le chauffeur se garait en double file et, derrière lui, la circulation se ralentissait encore pour contourner ce nouvel obstacle, tel un filet de sang s'acharnant à alimenter un cœur désespérément obstrué par le cholestérol.

Weaver vérifia le numéro peint sur le côté du phare avant droit. 774. Ouais, c'était bien celui qu'on leur avait donné au Central.

Hormis son stationnement gênant – infraction dont les gyrophares semblaient établir qu'elle était justifiée –, le véhicule n'offrit rien d'anormal dans son apparence, du moins jusqu'à ce que sa portière se fût ouverte et que son chauffeur en fût sorti. Il était en bleu, d'accord, mais ni du bleu ni de la coupe que rehaussent ordinairement des boutons dorés et un badge argenté. Ses chaussures non plus n'avaient rien de réglementaire, à moins que Staunton et Weaver n'eussent raté la note de service spécifiant que, dorénavant, Gucci devenait le fournisseur exclusif de la police new-yorkaise, ce qui était peu probable. Hautement probable, en revanche, que ce fût là le tordu qui avait attaqué deux flics au centre-ville. Indifférent au concert de protestations des klaxons ou aux hurlements des automobilistes, l'homme abandonna son véhicule.

— Bon sang, fit Andy Staunton entre ses dents.

« N'aborder qu'avec les plus extrêmes précautions, avait dit la voix dans sa radio. Suspect armé extrêmement dangereux. » À les entendre, on avait presque toujours l'impression qu'il n'existait pas au monde d'être humain plus blasé que les filles du Central, impression qu'avaient confirmée les rares contacts d'Andy Staunton avec ce corps féminin et son administration. Aussi, la répétition du mot « extrême », sous forme d'adjectif puis d'adverbe, s'était accrochée dans son esprit comme un bouton de bardane.

Pour la première fois en quatre ans de carrière, il sortit son arme de service. Un coup d'œil sur le côté lui apprit que son coéquipier avait fait de même. Tous deux se tenaient sur le seuil d'une charcuterie fine à une dizaine de mètres de la bouche de métro. Ils se connaissaient depuis assez longtemps pour être parfaitement accordés l'un à l'autre comme seuls savent l'être les flics et les soldats de métier. Sans échanger un mot, ils reculèrent dans l'embrasure de la porte, le revolver à la verticale.

— Métro ? demanda Weaver.

— Ouais. (Andy jeta un bref regard sur les escaliers un peu plus loin. Le rush battait son plein et la foule s'y enfonçait en un flot presque continu.) Il va falloir l'alpaguer tout de suite, avant qu'il n'en soit trop près.

— Allons-y.

Ils s'ébranlèrent, tandem impeccable dans lequel Roland eût aussitôt reconnu des adversaires autrement sérieux que les deux premiers pistoleros. D'abord, ils étaient plus jeunes, et puis la voix qui les guidait l'avait étiqueté comme *extrêmement* dangereux, ce qui, aux yeux d'Andy Staunton et de Norris Weaver, faisait de lui l'équivalent d'un tigre affamé. *S'il ne se fige pas à la seconde même où je lui dis de le faire, c'est un homme mort*, pensa Andy.

— Police ! On ne bouge plus ! hurla-t-il en se laissant choir accroupi, l'arme tendue à bout de bras et bloquée entre ses paumes, position dont Weaver offrait le calque exact. Mettez vos mains sur la tê…

Il en était là de son injonction quand le type piqua un sprint vers la bouche de métro, et à une vitesse proprement prodigieuse. Mais Andy Staunton en action se découvrait tout d'un missile à tête chercheuse : il pivota sur ses talons avec la sensation qu'un manteau de froideur sans émotion l'enveloppait… sensation que Roland aurait également reconnue pour s'être maintes fois trouvé dans une situation similaire.

Andy prit une légère avance sur la silhouette en mouvement puis pressa la détente de son .38. Il vit l'homme au costume bleu tournoyer en tentant de rester debout. Puis il le vit s'écrouler à terre alors que les gens – ceux-là mêmes qui, quelques instants plus tôt, ne s'occupaient que de survivre au trajet qui les ramenait chez eux – se mettaient à hurler et à s'égailler comme des cailles, soudain conscients de dangers d'une autre ampleur que celui de mourir étouffé dans une rame surchargée.

— Putain de merde, collègue, fit Norris Weaver. Tu l'as vraiment soufflé comme une bougie.

— Je sais, dit Andy d'une voix ferme qui aurait suscité l'admiration de Roland. Allons voir qui c'était.

## 11

*Je suis mort !* braillait le Pousseur. *Vous avez réussi à me faire tuer et je suis mort, je suis…*

*Non*, répondit le Pistolero.

Par des yeux réduits à deux fentes, il regardait approcher les deux flics, le revolver toujours sorti. Ils étaient plus jeunes et plus rapides que ceux qui avaient monté la garde près du magasin d'armes. Plus rapides, à coup sûr. Et au moins l'un d'entre eux était un tireur d'élite. L'hôte de Roland – et Roland par voie de conséquence – aurait dû être mort, mourant, ou grièvement blessé. Andy Staunton avait tiré pour tuer mais, si sa balle s'était foré un chemin dans le revers de la veste, elle n'avait pas été plus loin que la poche de chemise. Les deux hommes qui se partageaient ce corps, l'apparent et le caché, avaient eu la vie sauve grâce au briquet de Jack Mort.

Mort ne fumait pas, mais comme son patron – dont, l'année prochaine à cette même date, il avait bon espoir d'occuper la place – était un fumeur invétéré, Mort avait consacré deux cents dollars à l'achat chez Dunhill d'un briquet d'argent. Il n'allumait pas toutes les cigarettes que M. Framingham se fourrait dans le bec quand ils étaient ensemble – ce qui l'aurait par trop fait ressembler à un vulgaire lèche-cul – mais seulement une de temps à autre... et, en règle générale, quand ils étaient en présence d'un de leurs supérieurs dans la compagnie, de quelqu'un susceptible d'apprécier : *primo*, la tranquille courtoisie de Jack Mort, *secundo*, le bon goût de Jack Mort.

Les Positifs mettaient toutes les chances de leur côté.

En l'occurrence, mettre toutes les chances de son côté venait de sauver tant sa vie que celle de Roland. La balle jaillie du .38 de Staunton avait frappé le briquet d'argent au lieu du cœur de Mort.

Il n'en était pas moins blessé, bien sûr. Se recevoir un pruneau de gros calibre exclut de s'en tirer indemne. Le briquet s'était trouvé assez profondément repoussé dans sa poitrine pour y créer un trou. Il s'était aplati puis avait volé en éclats, creusant des ornières superficielles dans l'épiderme de Mort, l'un de ces projectiles ayant nettement tranché son téton gauche. Chauffée à blanc, la balle avait également embrasé la mèche imbibée d'essence. Le Pistolero n'en conservait pas moins une immobilité parfaite alors qu'approchaient ses deux pairs en ce monde. Celui qui n'avait pas tiré disait aux gens de reculer... de rester à distance, putain de merde !

*J'ai pris feu*, hurla Mort. *Je brûle. Éteins ça ! Mais qu'est-ce que tu attends pour étein…*

Roland restait couché sur le ventre, sans un geste, à l'écoute des crissements sous les pas des pistoleros, ne prêtant nulle attention aux cris de Mort, tâchant de faire de même à l'égard du feu qui couvait dans sa poitrine et de l'odeur de chair grillée qui se répandait.

Il sentit un pied s'introduire sous sa cage thoracique et le soulever ; il se laissa mollement retourner sur le dos. Jack Mort avait les yeux ouverts, les traits flasques. En dépit de la cuisante douleur qu'infligeaient à son corps inerte les vestiges du briquet, rien ne trahissait qu'à l'intérieur un homme hurlait, hystérique.

— Mon Dieu, murmura un badaud, c'est une balle traçante que vous lui avez tirée dessus, mec ?

Un mince filet de fumée montait du trou dans le revers de la veste de Mort, plus diffuse était celle qui s'échappait de par-dessous le revers. L'odeur de barbecue s'accentua quand, dans le briquet broyé, la mèche prit vraiment feu.

Puis Andy Staunton, qui pouvait jusqu'alors s'enorgueillir d'un sans-faute, commit là son unique erreur, une erreur pour laquelle Cort l'eût renvoyé chez lui l'oreille enflée en dépit de son admirable comportement, vu qu'il n'en fallait bien souvent pas plus, lui aurait-il dit, pour causer la mort d'un homme. Staunton avait été capable de tirer sur le type – ce qu'aucun flic n'est réellement sûr de pouvoir faire avant d'être en situation de confrontation directe –, mais la pensée que sa balle avait mis le feu au type en question l'emplissait d'une horreur irraisonnée. Il se pencha donc imprudemment sur l'homme et le pied du Pistolero s'écrasa dans son ventre, avant que Staunton ait eu le temps d'observer les étincelles de vie consciente flamboyant encore dans ces yeux qui auraient dû être morts.

Andy Staunton partit à la renverse, bousculant son coéquipier alors que le .38 lui échappait. Weaver ne s'en accrocha que plus fermement au sien mais il était encore empêtré avec Staunton quand il entendit un coup de feu et constata que son arme avait disparu comme par magie. La main qui l'avait tenue était aussi insensible que si elle avait reçu à pleine volée le marteau d'un forgeron.

Le type en costard bleu se leva, les regarda un moment et dit :

— Vous êtes bons. Bien meilleurs que les autres. Je vais donc vous donner un conseil : ne vous avisez pas de me suivre. J'en ai presque terminé ici, et ça m'embêterait d'avoir à vous tuer.

Puis il leur tourna le dos et s'engouffra dans le métro.

## 12

L'escalier était encombré de gens qui avaient inversé leur trajectoire descendante quand cris et coups de feu avaient déchiré l'ordinaire brouhaha. Tous, irrésistiblement, ils étaient retournés vers la surface, animés par ce morbide – et spécifique – désir new-yorkais de contempler des flaques de sang souillant l'asphalte de leur cité. Toutefois, ils trouvaient le moyen de reculer devant l'homme en costume bleu qui dévalait les marches à contre-courant. Cela n'avait rien d'étonnant : il tenait un revolver à la main et en avait un autre sur la hanche.

Et il était en feu.

## 13

Roland restait indifférent aux cris de douleur de Mort dont la veste, la chemise et le T-shirt brûlaient maintenant à flammes plus vives tandis que le briquet commençait à fondre et que d'ardentes gouttes d'argent roulaient jusqu'à son ventre.

Des remous d'air vicié venaient frapper ses narines ; le grondement d'une rame approchante lui emplissait les oreilles.

C'était presque l'heure, celle de tirer la troisième carte ou les perdre toutes. Encore une fois, il eut l'impression de sentir les mondes trembler et chanceler autour de lui.

Déboulant sur le quai, il jeta le 38, défit la ceinture du pantalon de Mort et le baissa, révélant un caleçon blanc qui tenait de la culotte sexy. Il n'avait pas le temps de s'attarder sur cette bizarrerie. Ralentirait-il le mouvement que la perspective d'être transformé en torche vivante ne cesserait de l'inquiéter : les boîtes de munitions qu'il avait achetées allaient bientôt être portées à une température telle qu'elles exploseraient et lui avec.

Il les transféra dans le caleçon où le flacon de Keflex les rejoignit. Les dessous de fille offraient à présent plus d'une bosse grotesque. Ensuite, il se débarrassa de la veste en flammes mais ne se préoccupa nullement d'ôter une chemise pourtant tout aussi dangereuse.

Il entendait le train rugir dans le tunnel, en voyait déjà la clarté. Bien que n'ayant aucun moyen de savoir que c'était une rame empruntant cette même ligne qui était passée sur Odetta, il le savait quand même. En ce qui concernait la Tour, le destin pouvait se révéler miséricordieux comme ce briquet qui lui avait sauvé la vie, et cruel aussi comme le brasier qu'un tel miracle avait allumé. Il suivait, à l'instar du train dont les roues se ruaient vers lui sur les rails, une trajectoire à la fois logique et d'une brutalité inouïe, course contre laquelle acier et douceur seuls pouvaient se poser en obstacle.

Il remonta le pantalon de Mort et se remit à courir, à peine conscient que la foule s'éparpillait sur son passage. Dans le courant d'air qui l'alimentait, le feu gagna son col de chemise puis ses cheveux. Les boîtes de balles dans le sous-vêtement de Mort lui battaient les couilles, les broyaient ; d'atroces élancements lui percèrent les entrailles. Il enjamba le tourniquet, homme qui se muait en météore. *Éteins-moi !* hurlait Mort. *Éteins-moi avant que je sois brûlé vif !*

*C'est ce qui devrait se passer*, lui répondit le Pistolero, glacial. *Mais tu vas connaître un sort autrement plus doux que celui que tu mérites.*

*Qu'est-ce que tu veux dire ? Quel sort ?*

Roland s'abstint d'en dire plus, rompit en fait tout contact avec son hôte alors qu'il redoublait de vitesse vers le bord du quai. Une des boîtes tenta de s'échapper de la ridicule petite culotte de Mort et il se plaqua la main sur les parties pour la retenir.

Toute sa puissance mentale se concentra sur la Dame. Il ignorait si un tel ordre télépathique avait des chances d'être entendu et, si c'était le cas, quelle contrainte il pourrait exercer sur sa destinataire, mais il décocha quand même un trait de pensée vif et acéré.

LA PORTE ! REGARDE PAR LA PORTE ! LÀ ! TOUT DE SUITE !

Le vacarme du train envahit le monde. Une femme hurla : « Mon Dieu ! Il va sauter ! » Une main s'abattit sur son épaule et tenta de le retenir. Puis Roland poussa le corps de Jack Mort par-delà la ligne jaune et par-dessus le bord du quai. Il tomba devant la masse de métal qui fonçait sur lui, tomba les deux mains dans l'entrejambe, retenant le bagage qu'il avait à rapporter… qu'il rapporterait à la condition d'être assez rapide pour sortir de Mort au tout dernier instant. Et, alors qu'il tombait, il l'appela, *les* appela de nouveau :

ODETTA HOLMES ! DETTA WALKER ! REGARDEZ !
C'EST MAINTENANT QU'IL FAUT REGARDER !

Tout son être était tendu dans cet appel quand la rame fut sur lui, impitoyable. Il tourna la tête, regarda par la porte.

Et y vit le visage de la Dame.

Les visages !

Il voyait simultanément les deux visages…

*Non !* hurla Mort, et dans l'ultime dernière fraction de seconde avant que le train ne lui passât dessus, ne le sectionnât non au-dessus des genoux mais au niveau de la taille, Roland s'élança vers la porte et la franchit.

Jack Mort mourut seul.

Munitions et pilules se matérialisèrent près du corps physique du Pistolero et ses mains se tendirent vers elles, convulsives, les saisirent puis les relâchèrent. Il s'astreignit à se lever, conscient de revêtir à présent sa dépouille souffrante et palpitante, conscient des hurlements d'Eddie Dean, de ce que la Dame hurlait aussi mais avec deux voix différentes. Il posa sur elle un bref regard qui confirma ce qu'il venait d'entendre : il n'y avait plus une femme mais deux. Pareillement infirmes, dotées du même teint sombre et d'une égale beauté. Il n'en restait pas moins que l'une d'elles était une horrible sorcière, la laideur de son âme non point dissimulée mais rehaussée par l'extrême grâce de ses traits.

Roland contempla ces jumelles qui, en fait, n'en étaient pas, qui n'avaient d'autre lien que d'être les images positive et négative d'une même femme. Il riva sur elles un regard fiévreux, hypnotique.

Puis Eddie poussa un nouveau cri et le Pistolero vit les homarstruosités s'extraire des vagues pour se traîner vers l'endroit où Detta avait abandonné le jeune homme troussé comme une volaille et sans défense.

## 14

Detta se vit par l'ouverture entre les mondes, se vit par ses propres yeux, se vit par ceux du Pistolero, et son sentiment de dislocation fut aussi soudain que celui éprouvé par Eddie mais en beaucoup plus violent.

Elle était ici.

Elle était là-bas dans les yeux du Pistolero.

Elle entendait se ruer la rame de métro.

*Odetta !* cria-t-elle, comprenant tout, soudain : ce qu'elle était et quand c'était arrivé.

*Detta !* cria-t-elle, comprenant tout, soudain : ce qu'elle était et qui en était responsable.

Suivit la fugitive sensation d'être retournée comme un gant… puis une autre, mille fois plus torturante.

*Celle de se déchirer.*

## 15

Roland descendit par embardées la courte pente vers l'endroit où gisait Eddie. Ses mouvements étaient ceux d'un homme qui aurait perdu ses os. Un des monstrueux crustacés tendit une pince menaçante vers Eddie qui hurla. D'un coup de botte, le Pistolero repoussa l'animal, puis se pencha et saisit le jeune homme par les bras. Il commença de le tirer en arrière... mais c'était un peu tard, et il était trop faible : ils allaient avoir Eddie, ouais, ils allaient même les avoir tous les deux...

Eddie cria encore quand l'une des horribles créatures lui demanda : *I-ce que chic ?* avant d'arracher un lambeau de son jean et un morceau de chair du même coup. Il voulut réitérer ce cri mais rien ne sortit de sa gorge, sinon un gargouillis étranglé. Le nœud coulant de Detta faisait son office.

Les monstres resserraient à présent leur demi-cercle dans un horrible cliquetis de pinces. Le Pistolero investit ses ultimes vestiges d'énergie dans une dernière traction... qui le fit basculer à la renverse. Il les entendit s'approcher, poser leurs maudites questions, ouvrir et fermer leurs pinces. Ce n'était peut-être pas si mal, songea Roland. Il avait joué son va-tout, et c'était là tout ce qu'il avait perdu.

Le tonnerre de ses propres armes l'emplit d'un émerveillement ébahi.

## 16

Les deux femmes gisaient face à face, le torse redressé comme des serpents prêts à mordre, les doigts porteurs des mêmes empreintes noués autour de leur gorge aux plis identiques.

*Cette femme essayait de la tuer, mais elle n'avait pas plus de réalité que n'en avait eu la petite fille de jadis : elle n'était qu'un rêve né d'avoir reçu cette brique sur la tête... et voilà que ce rêve s'accrochait pourtant à sa gorge et tentait de la tuer pendant que le Pistolero s'efforçait de sauver son ami. Le rêve fait réalité hurlait des obscénités en lui couvrant le visage de chaude salive : « Oui, j'ai volé le plat bleu parce que cette femme m'avait laissée toute seule à l'hôpital et puis parce que je n'avais jamais rien eu à moi qui soit* classe *et je l'ai cassé parce que j'avais* besoin *de le faire et quand je voyais un garçon blanc je faisais pareil parce que j'en avais besoin oui je faisais du mal aux garçons blancs parce qu'il fallait qu'ils aient mal et je vole dans des magasins qui ne vendent que des choses* classes *pour les Blancs pendant que nos frères et nos sœurs crèvent de faim à Harlem et que les rats bouffent leurs bébés, c'est moi, salope, c'est moi la seule, moi qui... moi... moi ! »*

*Tue-la*, se dit Odetta, et elle s'en savait incapable.

Elle ne pouvait pas plus tuer la sorcière et survivre que la sorcière ne pouvait la tuer et s'en tirer à si bon compte. Elles allaient s'entre-tuer pendant qu'Eddie et ce...

*(Roland)/(Vraiment Méchant)*

... lui qui les avait tirés de leur monde se faisaient dévorer vivants un peu plus bas sur la grève. Ils allaient tous mourir. Ou alors, elle pouvait.

*(Amour)/(haine)*

lâcher.

Odetta lâcha la gorge de Detta, indifférente aux mains qui serraient la sienne, aux pouces qui lui coupaient la respiration. Au lieu de tendre les bras pour s'accrocher au cou de l'autre, elle les ouvrit pour l'enlacer.

— Non ! hurla Detta, mais dans un cri d'une infinie complexité, où se mêlaient horreur et gratitude. Fous-moi la paix, salope ! Tu me fous la paix et c'est t...

Odetta n'avait plus de voix pour lui répondre. Alors que Roland repoussait d'un coup de pied le premier assaillant et qu'une autre homarstruosité réussissait à se tailler un bifteck sur la cuisse d'Eddie, elle ne put que chuchoter à l'oreille de la harpie :

— Je t'aime.

Un moment, les doigts continuèrent de serrer… puis ils se relâchèrent.

*Disparus.*

De nouveau la sensation d'être retournée comme un gant, puis soudain, merveilleuse, celle d'être entière. Pour la première fois depuis qu'un nommé Jack Mort avait laissé tomber une brique sur la tête d'une fillette qui n'était là pour la recevoir que parce qu'un chauffeur de taxi blanc s'était empressé de redémarrer après un bref regard sur eux (et que son père, dans son orgueil, avait refusé d'en appeler un autre par peur d'essuyer un second refus), elle se sentait former un tout. Elle était Odetta Holmes, mais alors, l'autre… ?

*Magne-toi, salope !* lui gueula Detta… à ceci près que c'était toujours sa voix : elle et Detta avaient fusionné. Elle avait été une, elle avait été deux, le Pistolero venait d'extraire d'elle une troisième. *Magne-toi ou ils vont se retrouver dans le ventre de ces bestioles !*

Elle regarda les boîtes de cartouches. Trop tard. Le temps de recharger les revolvers, ce serait déjà fini. Il ne lui restait que l'espoir.

*Mais reste-t-il jamais autre chose ?* se demanda-t-elle, et elle dégaina.

Et le tonnerre emplit soudain ses mains brunes.

## 17

Eddie vit surgir au-dessus de lui une homarstruosité, des yeux comme des billes dépolies qui n'en brillaient pas moins d'une vie hideuse, des pinces qui s'abaissaient vers son visage.

— *O-ce qu…* commença la créature, puis elle partit en arrière, explosion de matières plus ou moins solides.

Roland, lui, en vit une sur sa gauche. *Je peux dire adieu à mon autre main*, pensait-il quand il ne resta plus de l'horreur qu'une masse indistincte de vertes entrailles et de fragments de carapace.

Il se retourna et vit une femme d'une beauté à couper le souffle, dans une rage à vous glacer les sangs.

— Allez-y, bande d'enculés ! hurlait-elle. App'ochez ! Essayez de les bouffer que je vous fasse sauter la t'onche, que vous en ayez les yeux qui 'esso'tent pa' l't'ou du cul !

Une troisième balle repoussa l'homarstruosité qui était remontée entre les jambes écartées d'Eddie, s'apprêtant à faire coup double, se nourrir et le châtrer.

L'intelligence rudimentaire que Roland avait soupçonnée chez ces créatures était à présent manifeste :

Elles fuyaient.

Si le percuteur d'un des revolvers finit par tomber sur une balle défectueuse, le coup suivant réduisit une quatrième horreur en bouillie.

Les autres n'en battirent que plus vite en retraite vers la mer. Elles semblaient avoir perdu tout appétit.

Entre-temps, Eddie s'étranglait.

Roland luttait avec la corde profondément sertie dans le cou du jeune homme mais voyait son visage virer peu à peu du violet au noir, entendait faiblir les petits cris.

Puis ses mains furent écartées par d'autres plus vigoureuses.

— Je m'en occupe.

Il y avait un couteau dans l'une de ces mains… son couteau.

*Tu t'occupes de quoi ?* pensa-t-il avant de perdre conscience. *Que comptes-tu faire maintenant que nous sommes tous deux à ta merci ?*

— Qui es-tu ? réussit-il à chuchoter alors que déjà l'enveloppaient des ténèbres plus noires que la nuit.

— Je suis trois femmes, l'entendit-il répondre, et c'était comme si elle lui parlait du fond de la margelle d'un puits dans lequel il tombait. Celle que j'étais, celle qui existait en moi sans en avoir le droit et celle que tu as sauvée. Merci, pistolero.

Elle l'embrassa sur les lèvres. Il en eut encore conscience mais, dans le long temps qui suivit, n'eut plus conscience de rien.

# BRASSAGE FINAL

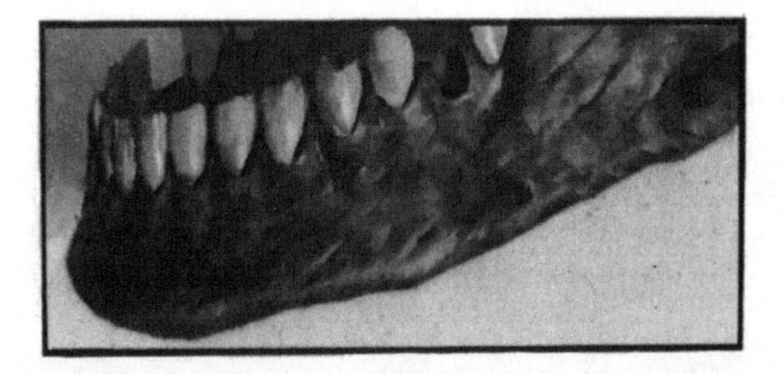

# 1

Pour la première fois dans une période de temps qui semblait s'être étirée sur mille ans, le Pistolero ne pensait pas à la Tour Sombre. Il était totalement concentré sur le daim qui était descendu s'abreuver à cette mare dans la clairière.

Il visa de la main gauche par-dessus le tronc d'un arbre abattu.

*Viande*, se dit-il, puis il tira tandis qu'un afflux de salive lui déferlait dans la bouche.

*Raté*, se dit-il encore dans la milliseconde qui suivit la détonation. *C'est fini. Toute mon adresse s'est envolée.*

Le daim s'écroula mort au bord de l'eau.

La Tour allait bientôt reprendre entière possession de son esprit mais, pour l'heure, il ne s'y trouvait que gratitude envers les dieux pour ses compétences intactes et la pensée de la viande, de la viande, de la viande. Il rengaina le revolver – le seul qu'il portât, désormais – et enjamba le tronc derrière lequel il avait patiemment attendu que l'après-midi tirât à sa fin, ramenant vers la mare, avec le crépuscule, quelque chose d'assez gros pour les nourrir.

*Je vais mieux*, songea-t-il avec quelque surprise alors qu'il tirait son couteau. *Je vais réellement mieux*.

Il ne vit pas la femme qui, debout derrière lui, le jaugeait du regard.

## 2

Dans les six jours qui avaient suivi la confrontation sur l'extrémité septentrionale de la plage, ils avaient continué à ne manger que de la chair de homard et à ne boire que l'eau saumâtre des ruisseaux. De cette période – vécue dans la confusion du délire –, Roland ne gardait que des souvenirs épars, entre autres celui d'avoir appelé Eddie tantôt Alain tantôt Cuthbert et celui de s'être obstiné à ne jamais nommer la femme autrement que Susan.

Puis, sa fièvre étant peu à peu tombée, ils avaient entamé leur lente et pénible ascension dans les collines. Il y avait des moments où c'était la femme qu'Eddie poussait dans le fauteuil, d'autres où c'était Roland, et le jeune homme la portait alors sur son dos, les bras lâchement noués autour de son cou. La plupart du temps, il était même impossible que quiconque occupât le fauteuil et leur progression s'en trouvait ralentie. Roland mesurait à quel point Eddie était exténué. La femme aussi. Mais Eddie ne se plaignait jamais.

Ils ne manquaient pas de nourriture. Durant ces jours que Roland avait passés entre la vie et la mort, brûlant de fièvre, revenant encore et encore sur des temps révolus, sur des êtres disparus, Eddie et la femme avaient chassé avec une égale constance. À la longue, les homarstruosités s'étaient tenues à bonne distance de ces dangereux bipèdes, mais pas avant que ceux-ci ne se fussent constitué une bonne réserve de leur chair. Puis, s'enfonçant dans les collines, ils avaient fini par rencontrer des plantes et s'étaient jetés dessus, affamés qu'ils étaient de verdure, et ce changement de régime avait entraîné la résorption progressive de leurs boutons et autres affections cutanées. Certaines herbes étaient amères, d'autres sucrées, mais ils les mangeaient toutes sans se soucier de leur goût... toutes, sauf une.

Le Pistolero s'était éveillé d'une somnolence exténuée pour voir la femme arracher une herbe qu'il ne reconnaissait que trop.

— Non ! Pas celle-là ! Jamais ! Grave son image dans ta mémoire ! Tu ne dois jamais en cueillir !

Elle était restée un long moment à le regarder puis elle avait jeté son indésirable cueillette sans demander la moindre explication.

Le Pistolero s'était recouché, glacé d'effroi rétrospectif. Si, parmi toutes ces plantes, il en était qui pouvaient les tuer, celle que la femme avait cueillie l'aurait à coup sûr damnée. Il y avait reconnu un pied d'herbe du diable.

Le Keflex avait déclenché dans ses entrailles une émeute qui, il le savait, avait inquiété Eddie, mais l'apport de verdure y avait mis bon ordre.

Ils atteignirent enfin d'authentiques sous-bois, et le fracas de la Mer Occidentale se réduisit à un bourdon lointain qu'ils percevaient seulement lorsque le vent soufflait du bon côté.

Et maintenant… de la vraie viande.

## 3

Le Pistolero s'approcha et voulut vider le daim en tenant son couteau entre l'annulaire et le petit doigt de sa main droite. Pas moyen. Leur force était insuffisante. Il confia le travail à l'autre main et celle-ci se débrouilla, gauchement bien sûr, pour entailler l'animal du bas-ventre au sternum. Assez de sang s'échappa pour ne pas risquer qu'il se coagulât dans les chairs et les corrompît… mais c'était quand même un mauvais coup de lame. Un gamin aurait fait mieux.

*Il va te falloir acquérir un peu plus de dextérité*, dit-il à sa main gauche, et il s'apprêtait à recommencer quand deux mains brunes se refermèrent sur la sienne et prirent le couteau.

Roland se retourna.

— Je vais m'en occuper, dit Susannah.

— Tu as déjà vidé une bête ?

— Non, mais tu vas m'expliquer comment on fait.

— D'accord.

— De la viande, dit-elle, et elle lui sourit.

— Oui, dit-il, lui rendant son sourire. De la viande.

— Qu'est-ce qui se passe ? leur cria Eddie resté au camp. J'ai entendu un coup de feu.

— On est en train de tuer le veau gras, lui cria-t-elle. Viens nous aider !

Le repas qu'ils firent un peu plus tard fut celui de deux rois et d'une reine, et, alors qu'il dérivait vers le sommeil, les yeux levés vers les étoiles, baigné dans la fraîcheur aseptique de cet air des hauteurs, il songea qu'il n'avait jamais été si près de la plénitude et que cela avait duré depuis bien trop d'années pour qu'il pût envisager d'en faire le compte.

Il s'endormit. Et rêva.

## 4

C'était la Tour. La Tour Sombre.

Elle se dressait sur l'horizon d'une vaste plaine couleur sang dans le violent décor d'un coucher de soleil. Ses parois de brique interdisaient d'en voir l'escalier qui, toujours plus haut, portait sa spirale mais on l'apercevait au travers des fenêtres qui s'étageaient le long des marches, laissant se découper les ombres de tous ceux qu'il avait connus. Toujours plus haut, ces fantômes poursuivaient leur ascension et le vent lui apportait le son de leurs voix qui l'appelaient par son nom.

Roland... viens... Roland... viens... viens... viens...

— J'arrive, murmura-t-il, et il s'éveilla, se redressa en sursaut, suant et tremblant comme si la fièvre le tenait encore.

— Roland ?

C'était Eddie.

— Oui.

— Un mauvais rêve ?

— Mauvais ou bon. Sombre, en tout cas.

— La Tour ?

— Oui.

Ils jetèrent un œil sur Susannah mais elle dormait toujours. Il y avait eu en un temps une femme nommée Odetta Susannah

Holmes, puis une autre, plus tard, nommée Detta Susannah Walker. Il y en avait à présent une troisième : Susannah Dean.

Roland l'aimait parce qu'il la savait capable de se battre jusqu'au bout ; et il avait peur pour elle parce qu'il se savait capable de la sacrifier – comme de sacrifier Eddie – sans la moindre hésitation, sans un regard en arrière.

Pour la Tour.

Cette damnée Tour.

— C'est l'heure de ton médicament, dit Eddie.

— Je n'en veux plus.

— Prends-le et ferme-la.

Roland avala sa pilule et la fit passer avec une gorgée d'eau fraîche prise dans l'une des outres. Puis il rota, n'en eut cure : c'était un rot à la viande.

— Est-ce que tu sais où on va ? lui demanda Eddie.

— À la Tour.

— Ça, je sais, fit Eddie, mais moi, je suis comme un péquenot du Texas sans carte routière qui voudrait se rendre à Mal-au-Cul, en Alaska. Où est-ce ? Dans quelle direction ?

— Va me chercher ma bourse.

Eddie y alla. Susannah s'agita dans son sommeil et le jeune homme s'immobilisa, et les braises mourantes du feu de camp marquèrent ses traits d'aplats rouges et d'ombres noires. Quand elle fut de nouveau calme, il retourna vers Roland.

Roland fouilla dans le sac – désormais alourdi de munitions provenant de cet autre monde – et n'eut pas trop de mal à trouver ce qu'il cherchait dans les vestiges de sa vie passée.

La mâchoire.

La mâchoire de l'homme en noir.

— On va d'abord rester ici, dit-il, le temps que je me remette.

— Tu crois que tu t'en apercevras quand tu seras mieux ?

Roland eut un petit sourire. Les tremblements se raréfiaient et la brise nocturne épongeait sans peine la sueur perlant à son front, mais il gardait à l'esprit, intensément présentes, ces silhouettes de chevaliers et d'amis, d'amantes et d'ennemis de jadis, leur hélicoïdale ascension brièvement entrevue au travers des fenêtres, il revoyait s'étirer l'ombre de la Tour qui tenait ces ombres enfermées, ombre noire et interminable déchirant une plaine de sang, de mort et d'épreuves sans merci.

— Moi non, dit-il, puis désignant Susannah du menton : mais elle, oui.

— Et ensuite ?

Roland montra la mâchoire de Walter.

— Ceci parlera. (Il regarda Eddie.) Ça reparlera.

— C'est dangereux, fit le jeune homme, la voix neutre.

— Oui.

— Et pas seulement pour toi.

— Non.

— Je l'aime, tu sais ?

— Je sais.

— Si tu lui fais du mal…

— Je ferai ce que j'aurai à faire.

— Et nous, on ne compte pas, c'est ça ?

— Je vous aime.

Roland leva de nouveau les yeux vers son compagnon et celui-ci vit ses joues briller dans les dernières lueurs de leur feu de camp. Il pleurait.

— Ce n'est pas une réponse. Vas-tu continuer ou non ?

— Je continue.

— Jusqu'au bout ?

— Oui. Jusqu'au bout.

— Et quoi qu'il arrive.

Dans le regard d'Eddie, il y eut amour et haine, et toute la tendresse qu'un être désemparé, désespéré, peut offrir à l'esprit d'un autre, tout le désir, tout le besoin.

Le vent fit gémir les arbres.

— J'ai l'impression d'entendre Henry, enchaîna-t-il, luttant contre ses propres larmes : il avait horreur de chialer. Henry aussi avait sa tour, sauf qu'elle n'était pas sombre. Je t'en ai déjà parlé, souviens-toi. Nous étions frères, et des pistoleros je crois. On avait cette Tour Blanche et il m'a demandé de la chercher avec lui de la seule manière dont il pouvait me le demander, alors j'ai sauté en selle… parce que c'était mon frère, pigé ? On y est arrivés. On a trouvé la Tour Blanche. Seulement c'était du poison. Ça l'a tué. Ça m'aurait tué aussi. Tu as vu comment j'étais. Tu n'as pas fait que me sauver la vie. C'est ma putain d'âme que tu as sauvée. (Il saisit Roland et l'embrassa sur les joues, en goûta les larmes.) Alors quoi ? Dois-je remonter en selle ? Aller voir le mec ? (Le Pistolero s'abstint de répondre.) Car, même si je n'ai pas encore vu grand monde ici, je sais que ça ne va pas durer, que dès qu'il est question d'une Tour, il y a toujours un mec. Et on attend ce mec parce qu'on a besoin de le voir, et au bout du compte, c'est le fric qui parle et les emmerdes qui arrivent, peut-être même des bons et solides pruneaux qui parleront mieux que les mots. Donc, je répète : Alors quoi ? Remonter en selle ? Aller voir le mec ? Parce que, s'il faut que je me replonge dans la même merde, tu aurais mieux fait de me laisser me faire bouffer par les homards. (Il leva sur le Pistolero des yeux cernés de sombre.) Je me suis retrouvé plus bas que terre, et s'il y a une chose dont je me suis aperçu, c'est que je n'avais pas envie de mourir comme ça.

— Ce n'est pas pareil.

— Ah bon ? Tu ne vas tout de même pas me dire que tu n'es pas accro ?

Silence de Roland.

— Qui va débouler par une porte magique pour te sauver ? Tu le sais, toi ? Moi, je le sais. Personne. Tu as tiré tout ce que tu pouvais tirer. La seule chose que tu puisses tirer à compter de maintenant, c'est un putain de pistolet de son étui car c'est tout ce qui te reste. Exactement comme Balazar.

Silence de Roland.

— Tu veux que je te dise la seule chose que mon frère m'ait jamais apprise ?

— Oui.

Le Pistolero s'était penché, rivant son regard dans celui d'Eddie.

— Il m'a appris que, si l'on tuait ce qu'on aimait, on était damné.

— Je le suis déjà, répondit calmement Roland. Mais il se peut que même les damnés puissent être sauvés.

— Vas-tu nous faire tous tuer ?

Silence de Roland.

Eddie agrippa Roland par les haillons de sa chemise.

— Vas-tu la faire tuer, elle ?

— Nous mourrons tous à notre heure, dit le Pistolero. Il n'y a pas que le monde qui soit soumis au changement. (Ses yeux plongèrent dans ceux d'Eddie, leur bleu délavé presque ardoise dans cette lumière.) Mais nous atteindrons la splendeur. (Il marqua une pause.) Ce n'est pas seulement un monde qui est à conquérir, Eddie. Je ne risquerais ni ta vie ni la sienne – et je n'aurais pas permis que mourût l'enfant – s'il n'y avait eu que cela.

— De quoi tu parles ?

— De tout ce qui est, répondit le Pistolero, serein. On va y aller, Eddie. On va se battre. On va être blessés. Et à la fin, nous serons debout.

Maintenant, le silence était celui d'Eddie qui ne trouvait plus rien à dire.

Roland lui prit le bras en douceur.

— Même les damnés connaissent l'amour, dit-il.

## 5

Eddie finit par aller s'étendre aux côtés de Susannah, cette troisième carte tirée par le Pistolero pour former un nouveau brelan. Roland, lui, resta éveillé à l'écoute des voix de la nuit cependant que le vent séchait les larmes sur ses joues.

Damnation ?

Salut ?

La Tour.

Il atteindrait la Tour Sombre et, là, chanterait leurs noms. Là, il chanterait leurs noms. Tous leurs noms.

Le soleil tacha l'orient d'un rose poussiéreux, et Roland, non plus dernier pistolero mais l'un des trois derniers, s'endormit et rêva ses rêves de colère où ne se faufilait que l'apaisement de ce seul fil bleu :

*Là, je chanterai tous leurs noms !*

# Postface

Ici s'achève le deuxième des sept livres qui constitueront ce long récit que j'ai intitulé *La Tour Sombre*. Le troisième, *Terres Perdues*, narre par le détail une moitié de la quête de Roland, d'Eddie et de Susannah. Le quatrième, *Magie et Cristal*, parle d'un enchantement et d'une séduction mais se rapporte pour l'essentiel à la vie de Roland avant que le lecteur n'ait fait connaissance avec lui sur la piste de l'homme en noir.

Ma surprise à l'accueil favorable reçu par le premier volet de cet ouvrage – qui n'a rien à voir avec ceux pour lesquels je suis mieux connu – ne le cède qu'à ma gratitude envers ceux qui l'ont lu et aimé. C'est là, semble-t-il, ma propre Tour : ces personnages me hantent, Roland plus que tout autre. Sais-je vraiment ce qu'est cette Tour, et ce qu'en attend Roland (s'il l'atteint, car il faut vous préparer à l'éventualité bien réelle qu'il ne soit pas celui qui, en définitive, y parviendra) ? Oui… et non. Je ne sais qu'une chose : que ce récit n'a cessé de me solliciter sur une période de dix-sept ans. Ce deuxième volume, pourtant plus long, laisse à coup sûr bon nombre de questions sans réponse et loin encore dans l'avenir le point culminant de l'histoire, mais j'y sens un ouvrage plus achevé que le premier.

Et la Tour se rapproche.

Stephen KING
1er décembre 1986

3037

*Composition*
NORD COMPO

*Achevé d'imprimer en Slovaquie*
*par* NOVOPRINT SLK
*le 15 mars 2017.*

1er dépôt légal dans la collection : février 2006
EAN 9782290345900
OTP L21EPGNJ03566C009

ÉDITIONS J'AI LU
87, quai Panhard-et-Levassor, 75013 Paris

*Diffusion France et étranger : Flammarion*